윤동주와 한국 근대문학

저자

오무라 마스오 大村益夫, Omura Masuo

1933년 도쿄 출생. 1957년 와세다대학교 제1정치 경제학부를 졸업, 도쿄도립대학교 인문과학연구과 석박사과정을 수료했다. 1964년 와세다대학교 전임강사 임용. 1966년부터 1978년까지 동대학 법학부에서 중국어 담당. 1967년 조교수, 1972년 교수로 임용됨. 1978년 다시 어학교육연구소로 옮겨 2004년까지 조선어 담당. 1985년 와세다대학교 재외연구원으로 1년간 중국 연변대학에서 연구 유학했고, 1992·1998년 고려대학교 교환 연구원으로 한국에 체재했다.

저서로는 『사랑하는 대륙이여-시인 김용제 연구』(大和書房, 1992), 『시로 배우는 조선의 마음』(青丘文化社, 1998), 『사진판 윤동주 자필 시고 전집』(공편, 민음사, 1999), 『윤동주와 한국문학』(소명출판, 2001), 『조선 근대문학과 일본』(綠蔭書房, 2003), 『중국조선족 문학의 역사와 전개』(綠蔭書房, 2003), 『조선의 혼을 찾아서』(소명출판, 2005), 『김종한 전집』(공편, 綠蔭書房, 2005), 『제국주의와 민족주의를 넘어서』(공저, 역락, 2009), 『식민주의와 문학』(소명출판, 2014) 등이 있고, 번역서로는 『한일문학의 관련양상』(김윤식, 朝日新聞社, 1975), 『친일문학론』(임종국, 高麗書林, 1976), 『조선 단편소설선』상·하 (공역, 岩波書店, 1984), 『한국단편소설선』(공역, 岩波書店, 1988), 『시카고 복만-중국조선족단편소설선』(高麗書林, 1989), 『탐라이야기-제주도문학선』(高麗書林, 1996), 『인간문제』(강경애, 平凡社, 2006), 『바람과 돌과 유채화(제주도 시인선)』(新幹社, 2009) 등이 있다.

윤동주와 한국 근대문학

초판 인쇄 2016년 9월 5일 **초판 발행** 2016년 9월 20일
지은이 오무라 마스오 **펴낸이** 박성모 **펴낸곳** 소명출판
출판등록 제13-522호 **주소** 서울시 서초구 서초중앙로6길 15, 1층
전화 02-585-7840 **팩스** 02-585-7848
전자우편 somyungbooks@daum.net **홈페이지** www.somyong.co.kr

ISBN 979-11-5905-083-1 94810
ISBN 979-11-5905-082-4 (세트)

값 45,000원
ⓒ 오무라 마스오, 2001, 2016

윤동주와 한국 근대문학

오무라
마스오
저작집 1

오무라 마스오 지음

YOON DONG-JOO AND
MODERN KOREAN LITERATURE

소명출판

오무라 교수의 저서에 부쳐

김윤식[*]

이 책의 독자라면, 한국의 민족시인 윤동주의 사적(事跡)을 발굴 조사한 지구상에서의 최초의 연구자로 저자 오무라 마스오 교수의 이름을 기억할 것이다. 사람에 따라서는, 일본인이라는 당시로서는 썩 유리한 처지에 있었기에 가능한 업적이라 말할 수도 있겠으나, 이 책의 저자가 윤동주의 유고 육필을 조사, 검토한 지구상에서의 최초의 연구자라는 점에 대해서는 모종의 토를 달 독자란 아마도 없지 않을까 싶다. 이 사실은 강조되어 마땅한 사항이 아닐 수 없다. 대상에 대한 실증적 엄밀성을 체득한 연구자의 자세, 노력 및 생득적 성실성이 없이는 결코 가능한 업적은 아니었을 터이다. 문학 연구의 기초의 하나가 원전 검토임을 상기시킴과 동시에 그것이 연구의 성과에 직결된다고 믿기 때문이다. 윤동주의 육필원고를 통해 윤동주가 얼마나 『정지용 시집』과 백석의 시집 『사슴』에 경도되어 있었는

---

[*]   문학평론가, 서울대 명예교수.

가를 밝혀낸 것이 그 구체적 사례에 해당될 터이다.

그러나 무엇보다 경이로운 것은 저자의 이러한 탐구자로서의 열정 및 그 밀도의 지속성이 아닐까 한다.

내가 씨를 처음 만난 것은 연구차 체일 중인 1970년이 아니었던가 기억된다. '조선문학의 모임'에 초청되어 간 곳이 와세다 대학 오무라 교수 연구실이었다. 이 모임은 일본인만으로 구성되었으며 학문적 소개와 연구에 국한되었음이 특징이었다. 그간 재일 조선인 교포들에 의해 독점되었던 조선학 소개 및 연구와의 변별성이 뚜렷했다. 오무라 교수는 이 모임의 대표격이었다. 그로부터 오늘에 이르기까지의 중요 업적이 이제 이 책으로 묶이었다.

이렇듯 30여 년의 세월 속에서 저자의 조선 근대문학에 대한 실증적 연구의 지속성은 한결같지 않았겠는가. 경이로움이 아닐 수 없다.

이광수를 비롯한 자료 조사에 골몰한 내게 저자는 많은 도움을 주었으며, 두 번째 체일(1980) 때에도 역시 그러했고, 졸저 『한일문학의 관련양상』(1974)의 일역도 저자의 손에 의해 이루어진 바도 있었다. 이 저자와 30년의 세월 속에 함께 살아오면서 내게 늘 궁금한 점이 한 가지 있었지만 이를 나는 입밖에 낸 바 없다. "그대는 어째서 하필 한국 근대문학인가?"가 그것. 언젠가 저자로부터 그 이유를 들을 수 있으리라 기대한 바도 없다. 저자도 잘 설명할 수 없으리라 믿기 때문이다. 그렇지만 그 궁금증은 여전히 내 것으로 남아 있어 나를 기쁘게 한다.

지금 내 책장 속에는 『조선문학』(창간호~제5권)과 함께, 『조선단편소설선』(大村益夫 외 2인 공역, 1984), 『시로써 배우는 조선의 마음』
(1998), '중국 조선족 단편소설선'인 『시카고복만』(1989), 『사랑하는
대륙이여－시인 김용제 연구』(1992), '제주도 문학선'인 『탐라의 나라
얘기』(1996) 등 두툼한 오무라씨의 역서 및 저서들이 있다. 중국문학
전공에서 출발한 저자가 조선문학을 거쳐 연변의 조선문학에로 나아
갔고 그 끝에 제주도 문학이 놓였음이 한눈에 들어온다. 근대 제국주의
에 의해 상처 입은 사람이나 집단에 대한 모종의 숨결이 거기 작동되고
있어 보였다. 이 숨결이 살아 있는 한 저자의 저 열정과, 저 지속성은
쉼이 없으리라 믿는다.

간행사 『윤동주와 한국 근대문학』 발간의 의미

오무라 교수의 한국어판 저서에 부쳐 임헌영[*]

1. 30여 년의 세월 속에서

중요하지 않은 이야기지만 오무라 교수와의 첫 만남부터 말문을 트고 싶다. 분명히 1972년 전후이긴 한데 그 앞뒤가 아리송하다. 1972년 1월 난생 처음 외유 길에 오른 나는 오무라 교수와 도쿄에서 상면, 일본에서 하고픈 일을 도와주시겠다는 선심을 흔쾌히 받아들여 몇 가지 청을 넣었는데, 그 중에는 당시만 해도 철저히 금기시되었던 소련 영화를 보고 싶다는 항목도 들어 있었다. 1970년대의 일본은 한반도에서는 상상도 할 수 없었던 진보적인 분위기 속에서 대형 서점들은 '중국 조선 코너'를 별도로 둘 정도로 사회주의에 대한

---

[*] 문학평론가, 중앙대 교수.

관심이 고조되어 있었다. 선생님께서 후배 한 분을 소개해 준 세심한 배려로 나의 첫 도쿄 나들이는 매우 풍성한 공부가 되었다.

아리송한 대목은 이게 첫 만남인지 아니면 그 전 해(1971)에 오무라 교수께서 한국엘 오셔서 서울에서 이미 만났었는지가 헷갈린다. 분명 오무라 교수는 이 무렵 한국엘 오셨는데, 그게 1971년인지 1973년인지 가물거린다.

어쨌건 그로부터 30여 년 동안 오무라 교수는 나에게 국내의 어느 문단 선배나 스승에 못지 않은 '선배이자 스승'의 위치를 굳게 차지하게 되었다.

강산이 세 번 바뀌는 이 세월 속에서 오무라 교수에 대한 한국 문인들의 평가 역시 세 번 쯤은 흔들거리지 않았을까 싶다. 1970년대의 닫힌 사회 속에서 오무라 교수의 '남북한 문학 등거리(等距離) 연구' 방법론과 민족 주체적인 문학의 독자성을 중시하는 자세는 차라리 경탄이었다. 카프와 납월북 문학인, 당대의 북한문학에 대한 긍정적인 연구와 현대 한국문학 중 민중·민족적 성향의 작가와 작품에 대한 지지와 성원은 너무나 고맙고 우리의 눈을 뜨게 만들어 주었다. 사실 1970년대 한국의 진보적인 학자들은 대개 일본(혹은 재일 조선인)의 진보적 업적에 신세 진 바 있음을 부인할 수 없는데, 오무라 교수의 비중도 무척 컸고, 나 역시 거기에 매료당했었다. "백두산 이남에서 현해탄에 이르는 지역에서 살았던, 또는 살아가고 있는 민족이 낳은 문학을 대상으로" 연구하는 조선문학연구회가 낸 『조선문학－소개와 연구』(1970년 12월 창간)의 주모자로서 오무라 교수는 당시 국내에선 마땅한 선배 하나 제대로 찾지 못했던 나 같은 미련퉁이에게 얼마나 존경스런 대상이었던가.

그 뒤 나는 1974년과 1979년 두 차례에 걸쳐 감방엘 들락거리며 황망히 세월을 죽였다. 광란처럼 다가선 1980년대는 우리의 허기진 지적 풍토를 들뜨게 만들어 기존의 가치관을 허물어 냈는데, 그게 다 옳은 건 아니었다. 예컨대 오무라 교수에 대해 '보수주의자'란 평가가 은연중 나돌던 시절이었다. 진정한 진보주의자도 아닌 사이비들이 이런 시대에는 더 설치기 일쑨데 오무라 교수를 폄하하려던 평자들도 그런 분위기를 탔던 성싶다. 진지한 객관적인 분석과 평가보다는 고함과 욕설의 분위기에 맞지 않으면 '보수 반동'으로 낙인찍던 시절이었고, 심지어는 나 같은 사람에게도 변했다느니, 온건해졌다는 말을 할 지경이었으니까. 일본에서도 이런 분위기를 타고 숱한 새로운 한국문제 전문가가 부각(그런데 결국 얼마 안 가 다 쉬지근해져 버린 사실을 기억하자)하여 한국의 끓어오르는 피와 뒤섞이는 듯 했지만 불과 10년도 못되어 변질해버린 쪽이 더 많아 졌다.

다시 10년이 지났다. 1990년대에 오무라 교수는 한국에서 실증적인 남북한 문학 연구자로 조용히 자리를 굳혔다. 윤동주의 묘지를 발굴한(1985) 일본인 한국문학 연구자라는 문패는 한국인에게 영원한 채무의식을 심어 줬고, 이후 오무라 교수는 해외 한국문학 연구자 중 단연 가장 앞자리에 서도록 만들었다.

오무라 교수에 대한 30여 년에 걸친 이런 시각이 대체 얼마나 근거 있으며 무슨 의미가 있을까. 내가 알고 있는 오무라 교수의 대 한

국(조선)관이나 민족문학관, 분단 한국(남한)에 대한 일정한 비판의
식과 민주주의에 대한 열망, 북한에 대한 애정 어린 비판과 일정한
지지와 기대, 남북 통일에 대한 전망, 일본의 제국주의적 성격에 대
한 진보적인 비판의식 등등은 1970년대에서 지금껏 한 번도 변하지
않은 일관된 가치관 위에 서있다. 그는 오로지 1970년대적 열정(그
젊었을 시절의 정열)으로 남북한 민족·민중 전체를 조망하면서 진정
한 문학인, 문학 작품의 가치는 무엇이며, 그게 민족사에 무슨 의미
가 있는가를 실증적인 연구로 밝혀내려는 일념에 차있을 뿐이다.
1980년대에 가장 목청이 높았던 인사들이 꼬리를 내린 뒤에도 오무
라 교수는 의연히 냉철한 학자적 양식과 진보적인 지식인으로서의
자세를 견지하면서 '남북한 등거리 문학 연구'에 매진하고 있는 유
일한 존재로 남아 있다. 우리 문학과 민족문제에 대한 순결한 애정은
실로 윤동주의 그것에 비긴대도 손색이 없을 지경이리라. 그는 진지
한 학자이며 원만한 인격자요 진보적인 지식인이란 삼위일체로 우
리문학을 연구하는 외국인으로는 누구에도 뒤지지 않는 '지남북한
(知南北韓)'의 차원을 넘어 '애(愛)남북한'인사로 평가받고 있다. 우리
민족이 아닌 학자로 우리 문학에 대하여 오무라 교수처럼 해박한 지
식을 갖춘 인사는 아마 찾기 어려울 것이다.

2. 남북한 문학 등거리 연구의 의미

오무라 교수는 단순한 남북한 문학 연구자에 그치는 게 아니라 일본 속의 한국문학 소개자에다 후진 양성과 한국의 연구자들이 미처 손대지 못한 미지의 영역을 밝혀주는 개척자 역할을 겸하고 있다. 오무라 교수의 우리문학 연구에서 가장 중요한 업적은 남북한뿐이 아니라 해외동포(특히 중국과 일본 등 아시아 지역)문학의 경계선 허물기일 것이다. 냉전체제의 우물 속 개구리 신세였던 우리 문학이 카프에 시선을 돌리도록 만든 계기가 국내에서는 김우종 교수의 『한국현대소설사』와 김윤식 교수의 『한국근대문예비평사연구』였다면 일본에서는 단연 오무라 교수의 조선문학연구회일 것이다. 이 책에 실린 「나와 조선」, 「진군 나팔소리는 들리지 않는다」, 「기쁨과 당혹과」 등에서 어렴풋하게 떠오르는 제2차 대전 이후 일본에서의 조선문학 연구 족적은 바로 오무라 교수의 자서전 이래도 지나치지 않을 것이다.

1958년 3월부터 시나노마치(信濃町) 조선회관에서 실시한 조선어 강좌에서 "초급반에 마지막까지 남은 것은 나를 포함해서 세 명이었다"는 대목에서 홀연 오무라 교수와 우리 민족의 숙명 같은 걸 느낀다. 그냥 우수한 한 중국문학도(그는 대학에서 중국문학을 전공했다)가 '조선문학'에 관심을 가지고 학문적 연구 대상으로 덤벼든 게 아니라 저 1950년대 후반기 약소민족 해방의 혁명적 열기 속에서 '조선문제'에로 다가선 것이다. 이를 오무라 교수 자신은 "조선은 나를 민족주의자로 만들었다"고 표현하고 있다. 오무라 교수의 여러 얼굴 중 아마 이런 측면을 꿰뚫어보는 분이 한국에 얼마나 있을지는 모르나 나로서는 단순한 연구자가 아닌 우리민족과 얽힌 숙명으로서의 그를 가장 존경하며 어떤 경우, 어떤 비난이나 공격 앞에서도 나는 그가 지닌 이 숙명성 때문에 깊이 신뢰한다.

오무라 교수의 조선문학(남북한을 포함한 술어로 편의상 이렇게 쓰는 걸 양해해 주기 바란다) 연구는 우리의 아전인수식으로 말하자면 대승적 민족문학론으로 남북한의 누구도 미치지 못한 영역을 개척해준다. 남한에서 민족문학론은 민족·민주·민중·통일문학으로 간추릴 수 있는데, 대개의 경우 좌 혹은 우 편향적으로 소승적 민족문학론이란 표현이 어울릴 것이다. 예컨대 친일의 행위가 발견되면 그 객관적인 분석도 없이 일언지하에 배격해 버리는 게 좌편향이라면, 윤동주 같은 명망성으로 항일문학을 대변시키려는 의도는 우편향이다.

윤동주를 가장 사랑하는 연구자인 오무라 교수는 윤동주를 "혁명가나 정치가"가 아닌, "해야할 일은 스스로 선택한 것이 아니고, 하늘이, 그리고 시인의 양심이 그에게 준 일"을 한 시인으로 보면서, 시 「무서운 시간」 끝 부분의 "일이 마치고 내 죽는 날 아츰에는 / 서럽지도 않을 가랑잎이 떨어질텐데……"란 초판본이 나중에 "일을 마치고"로 바꾼 걸 비판하고 있다. 분위기에 들떠 옥사했으니 투사라는 식의 편향적인 평가를 내리기보다는 윤동주의 삶을 통하여 그의 시에 나타난 민족의식의 정체성을 추구하는 자세로 일관하는 연구

업적이 우리를 감동시킨다.

좌편향에 대한 오류를 일깨워준 대목으로는 「시인 김용제 연구」
가 있다. 일본 프로문학인들과 함께 맹활약했으나 친일행각으로 오
점을 남긴 뒤 1994년 향년 85세로 타계한 그에 대하여 한국에서는
관심조차 없었는데 이건 분석과 평가가 결여된 흑백논리의 한국적
학문 풍토의 소산에 다름 아니다. 오무라 교수는 김용제에 대하여
이렇게 말한다.

"문학자에 대한 평가는 결과만으로 판단해서는 안된다. 루쉰[魯
迅]이 위대한 것은, 만년에 그가 공산주의에 접근했기 때문은 아닐
것이다. 김용제의 오점은 오점이라 치더라도, 그가 목숨을 걸고 일
본제국주의와 싸운 문학까지도 말소시켜서는 안된다.

또한, 설사 한국에서 친일문학자로서 규탄을 받는다 하더라도, 친
일문학을 강요한 일본인의 자손으로서, 비난의 합창에 가세할 수는
없다. 그것은 친일문학을 옹호하는 것과는 별개의 문제일 것이다."

문학사적인 분석과 평가에 앞서 문단적 친분과 파벌로 얽혀 문학
사적인 평가를 왜곡시켜 재조립해내려는 풍토가 지배적인 한국인지
라 오무라 교수의 이런 자세가 우리에겐 무척 아쉽고 절실하다. 양
도론적인 가치평가로 파벌화 시켜버린 연구 풍토는 올바른 민족문
학에 인식과 평가 자세를 가로막는 장애일 뿐이다.

이 글을 「김종한에 대하여」나, 「대동아문학자대회와 조선」을 함
께 읽노라면 친일문학을 우리가 어떻게 접근할 것인가를 느끼게 만
든다. 일본의 싱가폴 함락을 찬양한 작품에 대하여 예술성이 없다고

비아냥거린 김종한의 친일은 당시로서는 대단한 용기에 속하고, 대동아문학자대회에 참여했던 중국의 도항덕(陶亢德)은 귀국 후 「동행일기」에서 일본 거리풍물이나 병원의 정원수에 대한 묘사, 학생 수영 연성(錬成)대회 관람 중 혼자 슬쩍 빠져 나와 찻집에서 냉차를 한잔 마신 이야기 따위로 일관한 사실과, 이광수가 이중교(二重橋)에서 "소인 가야마 미츠오[香山光郎] 삼가 성수(聖壽)의 만세를 축복 드려 올리옵니다"라는 최대의 경의를 표해 보였지만, 중국측 참여자 장아군(張我軍)은 딴 청을 피웠다든가, 혹은 교토에서는 "집단으로 기생집에 우르르 몰려들어"간 일을 소개한 대목에서 왜 조선문인들은? 이란 자책을 하도록 만들고 있다. 아니 자책에 앞서 보다 냉철하고 객관적인 사료 분석과 친일에 대한 동기와 결과를 면밀하게 검토하는 자세가 필요할 것 같다는 생각이 든다.

그렇다고 중국에 대한 경솔한 신뢰는 금기란 사실은 「량치차오[梁啓超]와 '가인지기우(佳人之奇遇)'」를 읽으면 이내 깨닫게 된다. 같은 민족적 위기 속에서 중국 지식인들이 조선에 대하여 호의적이었을 것이라는 선입견을 여지없이 허물어 버린 이 글은 중국과 한반도의 오랜 조공국으로서의 숙명을 느끼게 해준다. 량치차오조차도 "조선인의 망국의 슬픔" 때문이 아닌 "이전에 속국이었던 나라를 제삼국에 빼앗긴 것이 슬픈 것이었다"는 대목에 이르노라면 아연해진다.

오무라 교수의 작업 중 남북 통일문학의 이정표 역할을 해줄 수 있는 글은 매우 소중하다. 「90년대 북한의 프로문학 연구」·「북한의 문학선집 출판 현황」 등은 바로 우리가 추진해야할 작업을 대신

해줘 고맙다는 인사를 드려야 할 논문들이다.

이와 병행하여 만주 지역의 조선인 문학 연구와 현황 및 작품 소개나, 일본에서의 조선문학 연구 현황, 오무라 교수의 개인적인 애정이 스며있는 제주도 문학에 대한 종횡무진한 연구 등등 어느 것 하나 빼어 놓을 수 없는 논문들이 연구자의 시선을 사로잡을 것이다.

하나하나 소개하고 싶지만 아무래도 축하 인사 형식으로는 너무 글이 길어져 버렸다. 과찬은 비례지만 나로서는 오무라 교수에게 아무리 찬사를 보내도 부족하다는 느낌인데, 그것은 분단 조국이 지닌 연구자의 한계성을 바로 그의 시선을 통해서 시력 교정을 받을 수 있었기 때문이다. 아마 통일이 될 때까지 그는 우리의 스승 역을 해주어야 할 것이다. 동아시아 전체를 무대로 한 그의 탐사와 연구활동은 결국 우리 문학의 풍요를 위한 노력이기에 나는 언제나 그의 동정에 관심을 가지고 무슨 새로운 소식을 전해 주려나 기다리고 있다. 이 저서를 계기로 한국의 일반 독자들에게도 오무라 교수의 한국에 대한 애정이 널리 전해질 수 있기를 기원한다. 일본이 낳은 이 조선문화 애호자, 야나기 무네요시[柳宗悅]를 능가하는(아니, 이렇게 비교해서 송구스럽지만) 오무라 교수의 지속적인 활동을 기대해 마지않는다.

지금까지 한국의 문학 잡지에 몇 번 기고했던 적이 있지만, 한국에서 단행본으로 내는 것은 이 책이 처음이다. 어느덧 고희(古稀)가 다가오는 발소리가 귀에 들리는 나이가 되어, 지금까지 써온 것 중에 20여 편을 뽑아 한 권의 책으로 정리하는 요즘, 이런저런 만감(萬感)이 오고 간다.

우선, 무엇보다도 부끄럽다. 이 나이 들도록, 이런 일밖에 할 수 없었던가, 지금까지 무엇을 하며 왔던 것인가, 라는 생각이 앞선다.

그래도 어쩔 수가 없다. 나라고 하는 인간은, 한국문학연구라는 세계에서 이렇게 살아온 것이고, 부끄럽지만, 이제 와서 새삼스럽게 무슨 다른 길로 갈 수도 없다. 빈천한 글이지만, 오늘까지 내 스스로 살아온 하나의 증거 자료로서 세상에 남겨두고 싶은 것이다.

그러나, 이 책의 출판이, 단지 자기만족에 그치는 것이라고 생각하지는 않는다. 나의 변변찮은 작업이, 한국의 연구자에게, 좋건 나쁘건 조금이라도 자극이 되어준다면, 하고 바래본다. 그렇게 믿고 한국에서 출판하기로 결심했던 것이다. 많은 비판도 있을 것이지만,

그래도 한국문학연구에 한 개의 돌을 던질 수만 있다면, 더할 바 없이 다행스럽겠다.

책 뒤에 저자의 저작연보(著作年譜)를 붙였지만, 이것이 지금까지 내가 연구자로서 발표했던 대부분의 글이다. 연보(年譜)에서, 표제가 한글로 된 것은 한글로 발표했던 것이고, 일본어로 된 것은 일본어로 발표했던 것이다. 한국의 독자에게 자기 소개하는 의도로 정리해 본다.

생각해보면, 20년 전까지 일본에서 한국 근현대문학을 연구하는 전문적인 연구자는 4~5인에 지나지 않았고, 현재도 20여 명에 지나지 않는다. 전문영역을 좁혀 깊게 한정할 수 없었던 하나의 사정이 거기에 있다. 잡다하고 통일성이 없게 보일지 모르나, 그러나 전후, 한국문학연구의 초창기에 몸을 둔 자로서, 이것은 피할 수 없는 숙명이었을지도 모른다.

이 책에 수록되어 있는 논문은, 가장 오래된 것은 1973년, 새로운 것은 2000년으로, 시기적으로 꽤 차이가 있다. 발표한 지 20년이 훨씬 넘은 4편을 생략하려고 했지만, 이 책을 최초로 기획해주었던 김응교(와세다대학 객원 조교수) 선생의 "이것들을 한국에서 발표하는 것은 지금도 의미가 있다"는 조언에 따라 그대로 수록했다.

각 논문의 끝에는, 몇 년 어디에 발표했던가를 명기했다. 현시점에서는 수정하거나 추가하지 않으면 안되는 점도 생겨났지만, 괄호( )로 주기(注記)했던 것 외에는, 일절 손을 더하지 않았다. 그 시점에서 발언했던 원형을 훼손시키고 싶지 않았기 때문이다. 지금이라면, 이렇게 쓰지 않았으리라고 생각하는 부분도 몇 군데 있지만, 집필했을 때 문장에는 그 나름대로 젊은 기운이 있어, 부분적으로 간단히 수정할 수도 없었다.

이 책에 실린 논문의 반은, 지금까지 한국이나 중국, 혹은 다른 나라의 국제회의 등에서 한글로 발표되었던 것이다. 그리고 논문의 반은 이번에 일본어를 한글로 번역한 것이다. 번역은 심원섭(경기대)·노혜경(연세대)·송태욱(연세대)·김응교(와세다대) 이렇게 네 선생이 했다. 문체의 통일과 전체적인 조율은 심원섭·김응교 두 분에게 부탁했다. 그 외에 와세다대학 한국 유학생인 어재선·김경연·김윤주·강봉균 군이 일부분 초역을 맡았었다. 교정은 호테이 토시히로 [布袋敏博, 와세다대] 선생이 보아주었다.

김윤식·임헌영, 두 선생님이 바쁘신 중에도 이 책에 고마운 글을 보내주셨다. 1970년대 초기부터 친밀하게 지내온 분들이기에, 무엇보다도 기쁘게 생각한다.

출판사정이 어려울 텐데, 이 책의 출판을 쾌히 떠맡아주신 소명출판의 박성모 사장님과 편집해 주신 분들께, 그리고 한국의 많은 벗들에게, 마음 깊이 감사함을 전한다.

2000년 12월 4일
도쿄에서
오무라 마스오[大村益夫]

차례

제2부   **한국문학사 연구(1)**
         ―개화기 신문학 · 카프문학 · 일제말기 문학

제5부   일본에서의 남북한문학의 연구 및 번역 상황

제6부   한국문학과의 만남

윤동주의 사적事跡에 대하여

    본 연구에서는 윤동주론을 전개할 생각은 없다. 다만 1985년 4월부터 1년간 중국 길림성(吉林省)의 연변(延邊) 조선족 자치주에 체재하는 기회를 얻었던 바, 그 동안 선행 연구 결과와 현지 중국의 여러 곳의 협력을 얻어 확인한 윤동주에 관한 몇 가지 사적과, 새로 발굴해낸 사실을 보고하려는 것뿐이다. 이하는 1985년 10월 5일 제36회 조선학회대회에서 발표한 연구 보고의 요지이다. 단, 대회에서는 슬라이드를 사용해서 보고했지만 이번에는 『조선학보』라는 성격상 사진은 대폭으로 줄일 수밖에 없었다.

    중국과 한국은 국교가 없다. 다소의 교류가 있다고는 하나 학술면에서는 아직 아득한 일이다. 한국의 서적, 문헌의 수입이 급속하게 증가하고 있지만 아직 충분하다고는 말할 수 없다. 윤동주라는 시인에 대해서도 연변의 문학자들은 그의 존재는 물론 작품에 대해 전혀 아는 바가 없다. 동주의 친척들도 다수가 연변에 살고 있지만 동주가 한국에서 국민적 시인으로서 많은 사람들의 존경을 받고 있으리라고는 꿈에도 생각해 본 일이 없는 것 같다. 조선족 문학사에서도 중국의 조선족 문학자로서 신채호(申采浩)·김택영(金澤榮)·김좌진(金佐鎭) 등은 언급되고 있지만 윤동주가 거론된 일은 없었다. 그것이 이제야 연변이 낳은 자랑스러운 '항일시인'으로서 일약 각광을 받고 『하늘과 바람과 별과 시』가 돌아가면서 읽힐 정도에 이르렀으며, 연변문학예술연구소 출판의 『문학과 예술』, 1985년 제6기(11월 13일 발행)에도 '윤동주 시 10편'이 처음으로 소개되기에 이른 것이다.

중국에서는 조선족 역사를, 조선족문학사를 포함해서 두 가지 원칙에 근거해서 다루고 있는 것 같다. 하나는 중국에서 태어나서 중국에서 죽었거나 혹은 지금도 중국에 살고 있는 사람은 중국 소수민족의 하나인 조선족으로서 다룬다는 점이다. 또 하나의 원칙은 해방 후 여러 사정 때문에 대한민국이나 북한에 돌아가 그곳에서 죽었거나 현재에도 살고 있는 사람은 외국인인 조선인으로 취급한다는 것이다. 따라서 『조선족간사(簡史)』(1964년)나 『연변인민혁명투쟁사선강제강(宣講提綱)』(1984년)을 보면 옛 만주에서 항일운동을 한 김일성의 이름이 나오지 않는다. 그것은 조선의 역사에 속한다고 생각하기 때문이다. 윤동주는 일본에서 죽었지만 연변에서 태어났으며, 연변이 낳은 시인으로서 조선족 문학 속에서 장래에도 다루어질 것은 틀림이 없다. 다만, 한국에서처럼 최고봉의 하나로서 취급될 지는 의문이다.

[1] 동주 묘지에서. 남쪽(한반도)을 향해 있다.

[2] 묘비 뒷면에서 남쪽을 바라보며

〔3〕 묘비 정면

1. '시인 윤동주지묘詩人尹東柱之墓'의 발견

　윤동주의 묘비가 연변에 있다는 것 자체는 이전부터 알려져 있었다. 『하늘과 바람과 별과 시』(서울: 정음사, 1983년)에도 묘 앞에서 당숙 윤영선(尹永善), 종제 윤갑주(尹甲柱), 누이동생 윤혜원(尹惠媛), 동생 윤광주(尹光柱), 자형 오형범(吳瀅範) 다섯 사람이 찍은 사진이 실려 있다. 1984년 여름 일본 유학 중이던 윤일주(尹一柱: 尹東柱의 동생) 교수를 만났을 때 그는 약 40년 전의 기억을 더듬어 동주의 묘가 옛 은진(恩眞)중학교에 이어진 구릉의 옛 동산교회묘지 내에 있다는 것을 알려주었다.

　1985년 4월 12일 연길(延吉)에 도착하고 나서 며칠 후 사람을 통해서 동주의 묘를 찾아 달라고 부탁했다. 연길시는 85년 2월에 개방도시가 되어 외국인도 자유롭게 다닐 수 있게 되었지만 동주의 묘지는 연길 시내가 아니라 용정현(龍井縣) 용정진(龍井鎭) 교외에 있다. 외국인이 그곳에 가려면 공안국의 허가증이 있어야 하기 때문에 다른 사람한테 의뢰한 것이다. 내가 의뢰한 이는 여기저기 다니며 정보를 입수하고, 일요일에도 쉬지 않고 온종일 옛 동산교회묘지를 돌아다녀 주었지만 끝내 발견하지 못했다고 전해 왔다. 아마도 문화혁명 때 파괴되어 버린 것이 아닌가 하는 비관적인 추측을 낳게 했다. 나는 묘가 없으면 없는 대로 직접 눈으로 확인해야겠다고 생각했다. 마침내 공안국의 허가증을 입수하여 5월 14일 연변대학의 지프를 타고 용정으로 향했다. 연변대학 민족연구소 소장 권철(權哲) 부교수, 연변대학 조선문학 교연실(教研室) 주임, 이해산(李海山) 강사와 함께 우선 용정중학(옛 대성중학 자리에 있음. 당시의 건물 일부가 남아 있어서 지금은 전시실로 쓰이고 있다)을 방문하여 역사에 밝은 한생철(韓生哲) 선생을 만나 동행을 부탁했다. 옛 동산교회 묘지는 묘지라기보다는 산 자체였다. 승용차로는 도저히 오를 수 없는 구릉의 급경사지에 밭과 엉성한 숲이 드문드문 널려 있었다. 조선의 회령(會寧)으로 이어지는 길이 서북에서 동남으로 달리며 그 좌측으로 끝없이 이어진 구릉의 여기저기에 흙더미나 묘비가 보일 듯 말 듯 흩어져 있었다. 문혁 때문인지 신축공장 때문인지 농경에 방해가 되었던 때문인지는 알 수 없으나 산 밑쪽의 묘비는 쓰러지거나 흔적조차 없어져 버린 것이 많았다. 윤동주의 묘는 산밑에서 15분 내지 20분 정도 올라가 길가에서 조금 내려앉은 곳에 있었다. 5월 14일인데도 새싹은 아직 돋아나지 않았으며 지난해의 마른 잎이 뒤덮고 있었다. 그 날은 묘 둘레의 큰 풀 포기들을 뽑고 돌을 치우기만 하고 산을 내려왔다.

5월 19일에 연변대학의 여러 선생, 그리고 연변민속박물관장 심동검(沈東劍), 연변박물관장 정영진(鄭永振) 등 우리 일행 9명은 지프 두 대에 나누어 타고 윤동주 묘소 앞에 가서 제사를 올렸다. 두만강에서 잡은 송어에다 조선산 명태를 더하여 박물관의 제기(유기)를 사용해서 순조선식 제사를 올렸다. 재일 조선인에게 현해탄이 특수한 의미를 지니듯이 연변의 조선족에게도 두만강은 특별한 의미를 지닌다.

2. 묘비명墓碑銘

묘비는 높이 돋아놓은 봉분의 바로 옆에 약간 남서쪽을 향해 세워져 있었다. 받침돌 위에 세워진 비석 본체의 정면과 이면은 상부가 완만한 반타원형을 이루고 있으며, 중앙의 제일 높은 곳이 길이 1m, 좌우 낮은 곳이 93cm, 폭이 39.5cm이다. 측면은 길이 93cm, 폭이 17cm이며 주위의 묘석에 비해 좀 큰 편이었다. 정면에는 "詩人尹東柱之墓"라고 음각 되어 있다. 이면에 22자 8행 그리고 정면에서 보아 우측면에 22자 3행 좌측면에 3행 25자의 한자가 음각 되어 있으며 윤동주의 생애의 사적이 3면에 걸쳐 기록되어 있다.

〔4〕 묘비 정면

〈墓碑 裏面〉

嗚呼故詩人尹君東柱其先世坡平人也童年畢業於明東小學及和龍縣立第

一校高等科嗣入龍井恩眞中學修三年之業轉學平壤崇實中學閱一歲之功復

回龍井竟以優等成績卒業于光明學園中學部一九三八年升入京城延禧專門

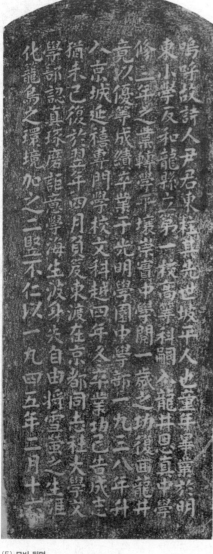

嗚呼故詩人尹君東柱其先世坡平人也童年畢業於明東小學及和龍縣立第一校高等科嗣分龍井恩真中學修三年之業轉學平壤崇實中學闕一歲之功復回龍井竟以優等成績卒業于光明學園中學部一九三八年升入京城延禧專門學校文科越四年冬卒業旣而志猶未已復於翌年四月負笈東渡在京都同志社大學文學部認真琢磨詎意學海生波身失自由將雪黃之生罡化龍鳥之環境加之二竪不仁以一九四五年二月十六

[5] 묘비 뒷면

日長逝時年二十九材可用於當世詩將鳴於社會乃春風無情花而不實吁可惜也君夏鉉長老之令孫永錫先生之肖子敏而好學尤好新詩作品頗多其筆名童舟云

[6] 묘비 우측면

一九四五年六月十四日　海史　金錫觀　撰並書

弟　一柱　光柱　謹堅

[7] 묘비 좌측면

學校文科越四年冬卒業功已告成志猶未已復於翌年四月負笈東渡在京都同
志社大學文學部認眞琢磨詎意學海生波身失自由將雪螢之生涯化籠鳥之環
境加之二竪不仁以一九四五年二月十六

〈**墓碑** 右側面〉

日長逝時年二十九材可用於當世詩將鳴於社會乃春風無情花而不實吁可
惜也君夏鉉長老之令孫永錫先生之肖子敏而好學尤好新詩作品頗多其筆名
童舟云

〈**墓碑** 左側面〉

一九四五年六月十四日 海史 金錫觀 撰並書

弟一柱 光柱 謹竪

이것을 한문식으로 훈독하면 다음과 같이 된다. [ ]는 오무라의
보충설명이다.

아아 고 시인 윤군동주는 그의 선세 파평(坡平)사람이다. 동년(童年)
명동소학과 화룡 현립제일교 고등과를 필업하고 이어서 용정 은진중학
에 들어가 3년의 업을 마치고 평양의 숭실중학에 전학한다. 한 해의 공을
마치고 다시 용정에 돌아와 마침내 우등 성적으로 광명학원 중학부를 졸
업하다. 1938년 경성연희전문학교 문과에 진학하여 4년의 겨울을 지나
서 졸업하다. 공이 이미 성취될 즈음이나 뜻은 아직 그치지 않다. 다시 익
년 4월 급(笈[책상자])을 짊어지고 동[일본]으로 건너가 경도 동지사대

학 문학부에 재학하여 열심히 탁마 하였거늘 어찌 알았으랴 학해(學海)
에 파도가 일어 신체의 자유를 잃고 형설의 생애는 농조(籠鳥)의 환경으
로 바뀌고 이에 더하여 병이 악화(二竪不仁), 1945년 2월 16일 장서(長
逝)하다. 나이 29, 당세에 쓰일 인재, 시가 마침내 사회에 울려 퍼지려는
데 오히려 춘풍무정, 꽃피어도 열매맺지 못하니 아아 애석하고나. 너 하
현(夏鉉) 장로의 영손·영석(永錫) 선생의 초자, 민첩하고 학문을 즐겨
특히 신시를 즐겨 작품이 꽤 많도다. 그 필명을 동주(童舟)라 하다.

　1945년 6월 14일 해사 김석관 글 지어서 씀. 아우 일주, 광주, 삼가 서다.

3. 동주東柱의 사적事跡

　지금까지 가장 신빙성이 높고 상세한 동주 연보는 앞에서 밝힌 정
음사 판 『하늘과 바람과 별과 시』의 책 말미에 붙여진 것으로 실제
윤일주 씨가 작성한 연보다. 묘비명과 이 연보를 대조하면 대부분
일치하나 약간 다른 데가 있음을 알게 된다. 묘비가 죽은 지 얼마 안
되어 세워진 것이고 그 당시에는 부모도 모두 건재했었으니 비석의
기술 내용은 상당히 정확했다고 생각된다.

　윤일주 씨가 작성한 연보(이하 연보라고 약칭함)에서도 명동소학교
졸업 후 "대랍자(大拉子)의 중국인 소학교 6학년에 편입해서 1년간 수
학했다"고 되어 있다. 대랍자는 현재의 용정현 지신(智新)이다. '대랍자

〔8〕 화룡현립 제1소학교

의 중국인 소학교'는 정확히는 당시의 '화룡(和龍)현립 제일소학교'(사
진 8)에 해당된다. 연보에는 6년에 편입했다고 되어 있지만 묘비에
는 편입이 아니고 고등과에 입학한 것으로 되어 있다. 어느 쪽이 더 정
확한 것인지는 단언할 수 없지만 소학교를 졸업하면 고등과로 진학
하는 것이 보통이며 다른 소학교에 재편입하는 것은 이례적인 일이다.

동주가 시 「별 헤는 밤」에서 "나는 별 하나에 아름다운 말 한마디씩
불러 봅니다. 소학교 때 책상을 같이 했던 아이들의 이름과 패(佩), 경
(鏡), 옥(玉), 이런 이국소녀들의 이름과, 벌써 애기 어머니 된 계집애들
의 이름과, 가난한 이웃 사람들의 이름과……"라고 노래한 것은 아마
도 이 대랍자 시대의 경험이 기초가 되어 있을 것이다.

은진중학에서 평양의 숭실중학으로 전학하는 예는 당시에는 꽤 많았던 것 같다. 상급학교로 진학하려면 5년제 중학을 나와야 되는 데 은진중학은 사립학교로서 4년제였기 때문에 고등학교나 전문학 교에 진학할 자격이 없었던 까닭이다.

비문의 「찬병서(撰並書)」의 김석관에 대해 말한 사람이 지금까지 없기 때문에 간단하게 기술해 두자. 김석관은 정식 이름이 김석관(金錫寬)이며 1919년부터 1922년까지 명동학교의 학감을 지냈다. 명동 학교는 독립운동가인 규엄 김약연(圭嚴 金躍淵, 1868~1942년)이 창립 한 학교로서 동주는 약연의 누이동생을 어머니로 하고 태어났다. 동 주에게 약연은 외삼촌이 된다. 김약연의 뒤를 이어 명동학교의 교장 이 된 사람이 김정규(金定奎)이며 김석관은 정규의 자식이다. 학감이 란 학무와 학생감독을 겸한 자리로서 말하자면 교무주임과 학생부 장을 겸한 역할이다. 동주는 6년간 명동학교의 소학부에 다녔으니 석관은 동주의 스승도 된다.

당시는 양친이 모두 건재했었다. 특히 아버지는 동주의 시신을 인 수하려고 일본까지 다녀왔다. 그러나 조선의 풍습에 따라서 연장자 는 근친의 연소자의 비석을 세울 수 없기에 두 아우 일주(一柱)·광 주(光柱)의 이름을 표면에 내놓고 있다. 육신의 비탄과 슬픔이 비문 속에 숨겨져 있다.

4. 광명중학光明中學 학적부學籍簿

'간도의 서울'이라고 불리는 용정에는 6개의 중학이 있었으며 해방 후에 합병해서 현재의 용정중학교가 되었다. 6개의 중학은 '은진중학 (恩眞中學)'·'명신여자중학(明信女子中學)'·'동흥중학(東興中學)'·'광 명중학(光明中學)'·'대성중학(大成中學)'·'광명여자중학(光明女子中 學)'이다. 옛 '대성중학'의 부지 내에 세워진 용정중학에서 동주 관계 자료를 찾아 본 결과 광명학원 중학부 학적부와 광명학원 중등부의 당시 졸업생 명부가 발견되었다. 학적부에는 1936년 4월 6일에 평 양 숭실중학교 3년을 수료하고 광명중학 4학년에 편입해 온 것과 1938년 2월 17일에 광명중학을 졸업한 사실이 기록되어 있다. 제5 학년에 영어와 한문 중 영어를 선택하였으며 성적이 꽤 좋은 편이었 음을 알 수 있다. 점수는 나쁘지만 일본어도 학교에서 배우고 있었 다. 일본어에 비해 비중이 낮았던 조선 한문의 성적도 좋은 편이었 음을 알 수 있다. 종교는 기독교로 기록되어 있고 아버지 윤영석의 직업은 '상업(포목상)'으로 기록되어 있다.

학적부는 한 사람에 대한 기술이 두 페이지로 되어 있으며 한 페 이지에는 본인의 성씨명·학력·보호자·성적 등이 기재되어 있고 다른 한 페이지에는 조행이 적혀 있다. 조행은 제1학년부터 4학년 까지는 공란이고 제5학년 때부터만 기재되어 있다. 생년월일에 대 해서 연보는 1917년 12월 30일로 되어 있고 학적부는 '대정 7년

在外指定 財團法人光明學園中學部學籍簿

生年月日	姓名	學科 \ 學年	第一學年	第二學年	第三學年	第四學年	第五學年	備考
大正七年十二月卅日	尹東桂	修身 公民				78	83	英一六讀本。英二六會話。作文、文法。
		日語 本文 法文 典文 語文 作文 讀文				66 48 52 80	75 50 62 52 88	
		朝漢 文語 作文				/ /	/ /	
		滿				86	/	
		英語 一 二 三				80 60 83 77	81 67 76 78	
		理 史 術 數						
		地歴 算 代數 幾何 三角				69 82 /	81 59 /	
		植物 動物 鑛物 物理 化學				/ / 85 60 82 78	/ / 78 72 78 68	
		實業 操 唱				/ 78	98 /	
		計				1344	1402	
		平均				71	74	
		行操 定判				及	及	
		位						
		順數				18/88	6/8	
		出席日數				237	214	
		欠席日				3	2	

原籍	現住		退學理由	
咸北清津府浦項洞七二	龍井街第二區洞三統十二	退學年月日		
		卒業年月日	昭和十三年二月十五日	
		入學年月日	昭和十年四月六日	
		入學前經歷	崇實宗學校中學校 三年修了	

	保 護 者			業 成 績
原籍	現住	姓名	職業	關係
仝上	仝上	尹永錫	商業	父

宗教 キリスト 婚姻

[9] 학적부

38 | 윤동주와 한국 근대문학

12월 30일'로 되어 있다. 대정 7년은 1918년이므로 꼭 1년 차이가 난다. 이에 대해서 연보는 "호적상 윤동주의 생년이 1918년으로 되어 있는 것은 출생신고가 1년 늦었기 때문이다"라고 설명하고 있다. 실제 일주의 말이니 그럴지도 모른다. 그러나 그의 출생일인 음력 1917년 12월 30일이 양력 1918년 2월 초에 해당한다는 것도 변수의 하나로서 고려해 볼 수 있다고 생각된다.

操行種別 ＼ 學年	第五學年
檢査月日	2月17日
性質	溫順・誠實
思想	穩健
行爲	方正
礼儀	端正
服飾	整
勤怠	勤勉
身體	强健
言語	明瞭
嗜好	ナシ
才幹	圖書部員ニ勤ム
長短所	親切
賞罰	ナシ
其他	ナシ

〈표〉

출생일의 월일이 바뀌는 것은 좋지 못하므로 12월 30일은 그대로 두고 태어난 해만 양력으로 고쳐서 1918년으로 한 것은 아닐까. 연보에 기록된 것처럼 출생신고가 늦는 것은 흔한 일이지만 꼭 1년이 늦는다는 것도 기묘한 일이다. 당시는 음력이 일상생활을 지배하고 있던 시대이므로 '대정 7년 12월 30일' 전체가 음력으로 적혀진 것이 아닌가 하는 생각도 든다.

5. 동주의 주변

동주를 이해하는 방법의 하나로서 동주가 생활한 집, 통학한 학교, 걸어다닌 길, 예배를 본 교회, 친교가 있었던 사람, 사상적 영향을 미

쳤던 사람들을 만나보고 그가 살았던 시대를 재구성하는 것도 하나의
방법일 것이다. 동주가 살았던 집은 용정에 두 곳, 명동에 한 곳이 있
었지만 양쪽 모두 당시 건물은 철거되어 지금은 없다. 명동의 생가는
1983년에 철거되었다고 하니 안타까운 일이다. 그렇지만 두 곳의 집
터는 모두 확인되었다. 그가 다닌 중학교 소학교의 건물도 지금은 없
다. 그렇지만 당시의 교사사진은 입수할 수가 있었다. 일본의 대학도
서관과 연변에서 입수할 수 있었던 윤동주 관계 자료는 다음과 같다.

| 동주의 어머니(앞줄 맨 왼쪽, 사진 10)

김룡(金龍, 1891~1948년)의 50세경으로 여겨지는 사진. 눈이 가늘
고 코가 높다. 동주와는 6촌뻘 되는 인주(仁柱)가 보관하고 있었다.

[10] 동주 모친(앞줄 좌단)

친척 중에 남아 있는 사진은 이 한 장뿐이다. 동주의 사진이나 편지류는 어느 집에서나 문혁 때 태워버렸다고 한다. 한 장이라도 남은 것은 기적에 가깝다. 김룡은 김약연의 누이동생으로서 한문 한학을 잘했던 지식인이다. 조용한 인품에 잔병이 잦았다고 한다. 김룡이 사망했을 때 광주의 나이는 15세(한국 나이), 광주의 조모가 손자의 뒷바라지를 해주고 있었다.

〔11〕 동주 모친이 쓰던 항아리와 다듬잇돌

아버지 영석은 1955년경에 후처를 맞았다. 이때에는 광주만 집에 있었다. 1962년에 광주가 폐결핵으로 죽고 영석도 그로부터 3년 후인 65년에 세상을 떠나자 10년간 영석과 살던 후처는 기동이 불가능한 상태에서 영석의 사촌인 영집(永集)의 집에서 모셔가게 되었으며 3년 후에 거기서 숨을 거두었다.[1]

---

1 이 무렵의 사정에 대해서 윤인주 어머니, 즉 영집 씨 처(영석 사촌)는 다음과 같이 말하고 있다.
"노인들(동주의 조부모)도 세상을 떠나고 어린 광주도 있고 아주버니(영석을 가리킴)도 홀아비로 지내는 것은 좋지 못하기 때문이라고 새언니를 맞이했습니다. 먼저 집을 팔고 영남에게 작은 집을 사주고 광주와 셋이서 살고 있었습니다. 그 후 광주가 죽고 아주버니도 돌아가시자 뒤에 왔던 언니는 병이 나서 눕고 혼자가 되었지요. 광주한테 와서 10년 고생한 사람이고, 우리 집의 영감님(영집)과 광주 아버지(영석)는 사촌이니까 내버려둘 수 없어서 대소변도 못 가리고 누워있는 언니를 우리 집으로 맞이했습니다. 광주 아버지는 생산대에서 빌린 빚이 있기 때문에 집을 팔

동주어머니에 이어서 아버지 영석의 후처가 사용했다는 항아리와 다듬잇돌(사진 11)이 친척인 영집의 집에 남아있다.

| 생가가 있던 자리(명동, 사진 12)

생가 터는 현재 담배밭이 되어 파헤쳐진 초석 등이 높이 70~80cm의 무더기로 남아 있을 뿐이다. 부엌이었으리라고 짐작되는 곳에는 콘크리트 바닥 등이 남아 있어서 그곳임을 알게 한다. 한 채뿐으로서 남북으로 길게 동풍이 잘 스미도록 세워져 있었다.

수 없어서, 생산대에 집을 내주었습니다. 가재도구도 팔릴 물건은 팔고 우리 집에서는 다듬잇돌과 갈색 물항아리 하나를 얻었습니다. 거기에 동주가 쓰던 작은 책상자가 있었지만 이것은 곧 망가져버렸지요. 언니는 우리 집에 3년 있다가 돌아가셨습니다. 이웃사람들이 그 즈음에 색시로 지내는 것도 큰일인데 사촌네 마누라까지 데려다가 뒷바라지를 하고 있다니 하고 말들이 있었습니다. 확실히 나도 큰일이었습니다. 그렇지만 언니 본인은 더 괴로웠겠지요.
동주가 죽었다는 소식은 조카인 국주의 결혼식이 한창일 때 전해졌습니다. 친척일동이 광주의 집에 가버려서 결혼식 쪽은 형편없었습니다. 영춘(동주의 5촌)과 광주 아버지가 시신을 인수하러 일본에 갔다가 화장해서 돌아와 추도식을 올렸는데, 그때 영춘이 말하기를 광주 아버지는 목관 속에 눕혀져 있는 동주를 보고 "동주야!" 하고 부르며 붙들어 안고 매달려서 울었다고 합니다. 흰옷이 입혀지고 턱수염은 가슴까지 늘어지고 머리는 허리근처까지 늘어져 있었다고 합니다. 광주 아버지는 "세상을 만났으면 동주도 혁명열사로서 받들어질 것인데 이 아이의 일을 아무도 알아주지 않는구나" 하고 울며 슬퍼하고 있었습니다."
이상이 인주 어머니의 회상이다. 아버지 영석이 동주를 혁명열사로서 인정받게 하고 싶어서 정식으로 신청을 했다는 것은 딴 사람들도 증언하고 있다. 열사 여부는 당이 결정한다. 결과는 부정적이었다. 이유는 열사로서 인정받으려면 규정이 있어서 최소 두 사람의 증인이 있어야 되는데 일본 옥중의 죽음이고 보니 증인을 얻을 수가 없다는 것이었다. 조부 하현이 부농이었다는 이면적 이유도 이와 관련이 있는지 모르겠다. 혁명열사쯤 되면 본인과 그 일가는 사회적 존경을 받는다. 마을 사람들의 노무제공도 있게 되고 행정 측의 경제적 원조도 있게 된다. 가령, 열사의 자제는 교육비가 면제된다.

[12] 윤동주 생가터

| 송몽규宋夢奎 유년시절 집(명동, 사진 13)

몽규는 동주와는 거의 같은 시기에 체포되었으며 거의 같은 시기에 옥사했다. 두 사람은 같은 해에 같은 명동에서 태어나 집도 바로 가까운 이웃이었고, 함께 유아세례를 받았으며, 함께 명동소학에 다닌 사촌간이다. 몽규가 어려서부터 살았던 집은 그대로 남아 있다. 중앙의 굴뚝만 새 것이고 나머지는 당시 그대로다.

몽규의 아버지 송창희(宋昌禧)는 명동학교 교장을 거쳐 대랍자 촌장을 지냈다. 몽규의 먼 친척 송덕섭(宋德燮)은 지금도 명동에 살고

〔13〕 송몽규의 유년시절 집

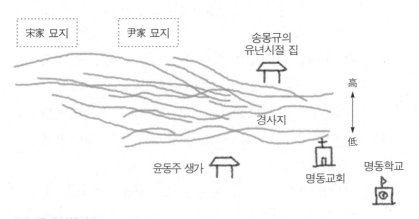

宋家 묘지　　尹家 묘지　　송몽규의
　　　　　　　　　　　　유년시절 집

高

경사지

低

윤동주 생가　　　　　명동교회　　명동학교

〔13〕 명동 생가 부근 지도

있지만 몽규의 육친은 해방 후에 북조선으로 돌아갔다. 몽규가 졸업한 대성중학건물은 지금도 그대로 보존되어 있으며 몽규의 학적부도 이곳에 남아있다.[2]

| 윤씨가 묘지(명동)

동주 생가로부터 북쪽으로 조금 걸으면 10분쯤 걸리는 작은 언덕에 있다. 좀 넓은 면적인 것 같은데 현재는 사용되지 않고 있으며 경계도 확실하지 않다. 그리고 동주의 묘는 용정 교외에 있고 이곳에서부터 4~5Km 떨어져 있다.

| 조부 하현夏鉉의 묘(명동)

아버지 영석과 어머니 김룡의 묘는 '윤씨가 묘지'에 있을 터이지만 묘비가 발견되지 않기 때문에 확정할 수 없다. 다만, 송덕섭 씨의 증언에 따라, 조부 하현의 묘라고 하는 구멍은 찾아낼 수가 있었다.

---

2 「연보」에는 1945년 "3월 10일, 송몽규도 옥사하다. 그의 아버지에 의해서 시체가 인수되고 고향의 대랍자에 매장되다"라고 되어 있다. 여기에는 약간의 의문이 있다. 몽규의 먼 친척에 의하면 "송씨가의 묘는 윤씨가의 묘지 바로 옆, 서북으로 붙어 있고 같은 경사지에 있으며 몽규의 묘는 우리 집의 묘지 바로 옆, 큰 소나무의 조금 서쪽 내려앉은 자리"에 있었으며 전에는 위치도 확실히 기억하고 있었다고 한다. 지금은 온통 풀밭으로 변해 원래의 자리를 측정할 방법조차 없었다. 적어도 송몽규의 고향이 대랍자가 아니고 명동인 것은 확실하다. 연보 편자가 착오를 일으킨 것은 1940년대의 전반, 몽규의 부친이 대랍자의 촌장을 지낸 것에서부터 연유되었을 것이다(추기 : 현재, 송몽규의 묘는 윤동주 바로 옆에 이장되었다).

하현은 장로회에 들어가 있었으며 또 5정보 정도의 부농이었다고 한다. 별로 대단한 면적은 아닌데도 산간의 마을에서는 서구사상에 물든 부농계급으로 간주되어 문혁 당시에 홍위병들에 의해서 산소가 파헤쳐졌다고 한다. 부장품 등이 있었으면 '계급투쟁'을 고취하는 자료로 써먹을 작정이었을 것 같다. 묘비도 있었던 것 같으나 지금은 없다. 파헤쳐진 구멍은 지금도 그대로 남아 있다.

| **명동학교**(당시, 사진 14)

명동학교는 세 번 화재를 만났다. 혁명운동의 소굴이라고 일본에 의해서 태워졌었다고 전해진다. 동주는 1925년부터 31년까지 다녔다. 그 당시의 교사 전경 사진을 입수할 수 있었다. 일자형으로 왼쪽이 소학교,

오른쪽이 중학교, 중앙에는 문이 있고 그 위에 가로로 '명동학교'라는 글자가 울퉁불퉁하게 새겨진 간판이 있다. 현재 교사는 없지만 교직원의 숙직실은 그대로 남아 살림집으로 쓰이고 있다. 교사 터는 잡초가 우거져 있으며 현재의 명동소학교는 개울 건너 다른 자리에 세워져 있다.

| **명동교회**(현재, 사진 15)

옛 명동학교로부터 북쪽으로 200~300미터 떨어져 있는 낮은 벼랑 밑에 위치해 있다. 일부 개수되어 지금도 남아 있다. 집회장인지

〔15〕 **명동교회**

창고인지 공공시설로 사용되고 있는 듯하다. 교회의 종이 매달려 있었다는 나무는 그 모습 그대로 서 있다.

| 화룡현립 제일 소학교(당시, 사진 8)

현재의 용정현 지신향지신소학교(智新鄕智新小學校). 대랍자는 지신의 옛 이름. 동주가 다닌 교사는 바로 2~3년 전에 철거되었다. 옛날의 사진은 남아 있다.

| 은진중학교(용정, 당시, 사진 16)

동주가 1932년 4월부터 1935년 8월까지 다닌 캐나다계 미션스

쿨. 1920년 창립. 당시 사진은 일본이나 연변에서도 발견된다. 뒤쪽 숲은 그대로지만 현재 군시설이 들어서 있어 들어갈 수가 없다. 한편 은진중학교의 실습농장(교지와 이어져 있음)은 현재 용정4중의 운동장으로 되어 있다.

| 광명중학교(용정, 당시, 사진 17)

전신은 영신(永新)중학교. 동주는 1936년 4월부터 38년 2월까지 다녔다(1910년 창립). 당시의 교사는 ㄷ자형이었는데 그 한 모서리 부분의 건물이 남아 신안(新安)소학교의 구매부로 쓰이고 있다. 신안

〔17〕 광명(영신)중학교   〔18〕 동산교회

소학교는 용정중학과 인접해 있다.

| 동산그리스도교회

(용정, 당시 : 사진 18, 현재 : 사진 19)

장로파 교회로서 용정진의 동쪽 언덕에 있다. 종루는 남아 있지 않지만 교회의 건물 본체가 남아 있다. 남녀별 입구가 좌우에 있었지만 현재는 벽돌로 봉쇄되어 창고로 사용되고 있다. 당시의 사진을 보면 종루 위에 "耶蘇敎 長老派 東山禮拜堂"이라는 간판이 있고 그 밑에 동산유치원이라는 간판이 보인다.

〔19〕 동산교회의 현재 모습

〔20〕용정 집터

| 용정의 집(현재, 사진 20)

명동에서 용정으로 옮긴 일가는 용정진 내에서 두 군데로 집을 옮긴
다. 두 군데 모두 지금은 그 건물이 사라지고 없다. 단, 동주의 5촌 당
숙 영규(永奎)가 살고 있던 집은 그대로 남아 있는데 지금은 다른 사람
이 살고 있다. 하현(夏鉉)·영석(永錫)·동주 등이 함께 살았던 집이 그
이웃에 있었는데 지금은 용정현 기계수리공장의 정문과, 정문으로부
터 공장에 이르는 길이 되어 있다. 영규와는 가까운 친척일 뿐만 아니
라 바로 이웃이어서 매우 친했는데 동주 등도 어느 쪽이 자기 집인지
분간 못할 만큼 왕래가 잦았다고 한다. 은진중학에서 걸어서 몇 분 거
리 내에 있다. 두 번째 집도 그리 멀지 않은 곳에 있는데 이웃집 초가지

붕은 그대로 남아 있고 당시의 정취가 그대로 남아 있다.

| **대성중학**(현 용정중학 소재지, 현재, 사진 21)

송몽규가 이 학교를 졸업했다. 옛 중학 중 당시의 교사가 원래 그
대로 남아 있는 것은 대성중학과 광명여자중학의 초기교사뿐이다.
건물 중앙의 입구에는 우측으로부터 횡서로 '대성중학교'라는 문자
가 새겨져 있다. 건물 중앙부분은 원래 3층으로서 맨 위층에 공자를
모시는 제단이 있었다. 1923년 4월 1일, 매일 아침 행하는 공자 예
배를 폐지할 것, 임 교무주임을 추방할 것, 현대과학을 가르칠 것 등

〔21〕 **대성중학교**(현 용정중학교)

을 학교 당국에 요구하여 학교측이 응하지 않자 학생들이 3층의 제단을 파괴했다고 한다. 현재 이 건물의 2층 2실이 교사(校史) 전시실이 되어 있는데 통합된 6개 중학의 관계자료들이 전시되어 있다. 1985년 6월 11일에는 용정중학 학생 30여 명이 교원지도 하에 모여 '윤동주문학사상학습소조'가 만들어졌으며, 그후 8월 중순경에는 이 전시실에 동주 시집, 경도지방재판소의 판결문, 철창 속의 동주를 그린 그림, 약력 등을 기록한 전시물이 장식되었다.

| 기타

직접 윤동주와 관계된 것은 아니지만 이상 말한 것 외에 동주가 봤으리라고 짐작되는 당시의 건물로서 현존하고 있는 것은 다음과 같다.

① 자혜(慈惠)병원, 이것은 현재 용정제일백화공사 반공실(사무실)로 되어 있다. 자혜병원은 멋진 3층 건물로서 지붕이 녹색이다. 조선총독부 병원으로 설립되어 그후 성립병원(省立病院)이 되었다.
② 홍중소학교(弘中小學校), 현재 용정소학교의 일부.
③ 광명여자중학의 최초의 건물, 현 용정2중의 문전에 있으며 민가로 사용되었는데 근일중 철거될 예정임.
④ 광명실천여학부 강당, 현재 용정현 제5중학교. 소학교 수준으로서 광명중학과 연계되어 있었다.

6. 연변延邊의 친척과 아우 광주光柱

아는 한도 내에서 윤동주가의 계보를 밝힌다면 다음과 같다. 원칙적으로 여자의 이름은 들어 있지 않다. 밑줄친 이름은 연변지구에 살면서 이야기를 들려줄 수 있었던 사람의 이름이다. 성씨 우측 위의 숫자는 동주와의 촌수를 나타낸다. 영범(永範)·영만(永滿), 두 분은 어린 시절 동주의 기억을 갖고 있긴 있지만 특기할 만한 것은 없었다. 모두 침통한 표정으로 떠듬떠듬 말한 것은 아우 광주에 관한 것이다.

인척관계로서는 김동식(金東植) 연변농학원 부교수가 가장 가까운 존재지만 그래도 40년의 공백이 있어서 동주에 관한 선명한 기억은 적다. 김동식의 부인은 동주의 고모가 되는 관계로 가깝게 지냈다. 동식 씨는 한때 동주의 집에 하숙한 일도 있었다.

동주에게는 누이동생 혜원(惠媛), 아우 일주(一柱)·광주(光柱)가 있다. 앞의 두 사람은 서울과 서울 근교에 건재하고 있으며 광주만이 연변에 머물러 있다가 연변에서 죽었다. 동주의 네 형제는 모두 시인이라고 일컬어진다. 일주 씨도 현재는 건축학 전문이지만 시인으로서 추천완료를 받은 사람이다.

광주(1933~1962년)는 연변에서 시인으로서 인정받고 있다. 『중화인민공화국창건30주년기념시선집』(연변인민출판사, 1969.9)에 시 3편이 수록되어 있다. 책이름으로 보아서는 일정한 평가를 받는 작품을 모았을 듯하다. 「다시 만나자, 고향아!」·「고원의 새봄」·「아

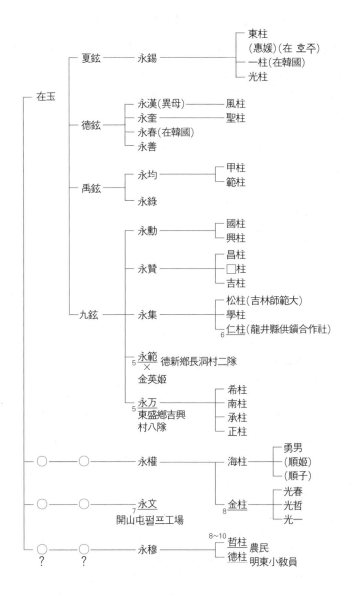

「침합창단」의 3편은 연변의 시인다운 서정시로서 동주의 시와는 색채를 달리한다. 시대와 환경이 다르니까 당연할 것이다. 이 3편 이외에도 잡지·신문에 발표된 작품은 많다. 현재 확인할 수 있는 작품을 발표순으로 열거하면 다음과 같이 된다.

> 「쓰지 못한 사연」 —『연변문예』, 1955.3.
>
> 「어머니」 —『연변문예』, 1955.7.
>
> 「길」 —『연변문예』, 1956.11.13.
>
> 「우애」 —『연변문예』, 1956.11.
>
> 「그때면 알겠지」 —『창작선집』, 중국작가협회연변분회편, 1956.11.
>
> 「대접」 —『아리랑』, 1957.8.
>
> 「산간일경」 —『아리랑』, 1957.12.
>
> 「조국이 부를 때」 —『아리랑』, 1958.2.
>
> 「양돈장에서의 단시」 —『연변문학』, 1960.2.
>
> 「그 은덕을 못 잊으리」 —『연변문학』, 1960.7.
>
> 「고원의 새봄」 —『연변시집-1950~62』, 중국작가협회연변분회편,
>
> 1964.9.
>
> 「고원의 새봄」의 말미에는 '1957.12. 작'이라고 되어있다.[3]

---

3 친구 김성후(金成輝·1986년 현재 중국작가협회연변분회상무주석)는 광주에 대해 이렇게 회상하고 있다.
"내가『연변일보』의 기자로 있을 때 좀 좋은 시를 투고해 오는 청년이 있었다. 1956년경이니까 그나 나나 23~4세. 기자의 한 사람으로서 광주를 찾아갔다. 그는 초급중학 졸업 후 일자리가 없어서 가난했지만 독학으로 공부해서 시를 쓰고 있었다. 아르바이트로 민간문학연구가인 정길운(鄭吉雲) 선생의 집에서 원고 정

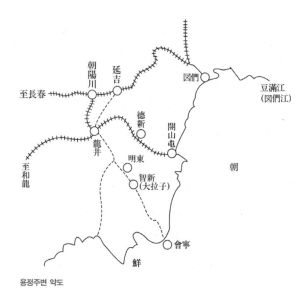

용정주변 약도

서나 자료정리를 하고 지내던 일이 있었다. 두만강 연안의 황무지를 청년들을 조직해서 개간한다는 말이 있어서 그도 거기 참가했다. 그해 겨울 그곳을 그만두고 돌아와 집에 뒹굴고 있는 그를 찾았다. 손바닥만한 좁은 방에 이불을 깔고 누워 있었다. "웬일이지?" 하고 묻자, "개간지에서 감기에 걸렸어"라고 말했다. "좋은 의사를 알고 있는데 불러올까?" 하자, "돈이 없어서 부를 수가 없어"라고 했다. 그래도 의사에게 보이니 의사는 각혈을 몇 차례 해서 이미 3기에 들어서 있다는 것이다. 전염되니까 자주 드나들지 말라고 만류했다. 그 이후에는 약간의 경제적 원조 정도밖에는 해주지 못했다. 그는 결혼은 하지 않았지만 약혼자가 있었다. 돈도 없고 치료도 못하니 약혼은 집어치우자고 광주가 말을 꺼냈다고 들었다. 폐병 환자가 되었기 때문에 여자가 조선으로 도망쳤다는 것은 맞는 말이 아니다. 당시의 시는 제재에도 제한이 있어서 그는 사랑을 테마로 한 시는 쓰지 못했다. 집은 동상가(街)에 있었다. 뒤에 동명가로 개칭되고 학습가라고 불리기도 했다. 집은 지금 없다. 형제들이 남조선으로 가있다는 것이 알려지면 중국에서는 당시로서는 큰일이다. 동주형에 대해서 침묵을 지키고 있었던 것은 이유가 있는 일이다. 광주는 결핵에 걸리지 않았더라도 문혁 때 살아남지 못했을지도 모른다. 나처럼 아무것도 걸리는 것이 없어도 10년간 농촌에서 죽을 지경이었으니까. 광주는 '시를 쓰는 일은 우리 집 가문의 일 같은 것'이라고 말한 적이 있다. 형제들의 일은 말하지도 않았고, 나도 몰랐는데 지금 생각하니 거기에는 숨은 뜻이 있었던 셈이다."

그밖에 동주에게 사상적 영향을 미쳤다고 생각되는 스승들이 있다. 명동소학교 시대의 이기창(李基昌)·한준명(韓俊明)·김정훈(金楨勳), 은진중학교 시대의 명희조(明義朝)·김준성(金俊星)·이태준(李泰俊), 광명중학교 시대의 박용환(朴龍桓) 등 모두 뛰어난 인재로서 민족심이 강한 교사들이었다. 특히 박용환은 에피소드가 많은 사람이다.

　동주의 학창시대와 거의 동시기를 살았던 선후배를 만날 수는 있었지만 그를 가르친 교사들은 이미 세상을 떠났다. 그들의 경력을 밝히는 것은 가능하지만 동주에게 어떤 사상적 영향을 미쳤는지는 지금 단계로서는 분명하지 않다고 말할 수밖에 없다.

(『조선학보』, 1986.10)

윤동주의 일본 체험

독서력讀書歷을 중심으로

    사람은 누구라도 사회에서 유리되어 살 수는 없다. 그 사회에 순응하든 거역하든 사람은 그가 살고 있는 사회와의 관련 속에서 살 수밖에 없다.

    루쉰[魯迅, 1881~1936]은 청년시절에 일본에서 유학했다. 굳건한 반제·반봉건 정신의 소유자였던 그는 일본을 통해서 서구문예를 섭취하고 이를 양식으로 성장해서 중국을 대표하는 문학가가 되었다.

    루쉰은 『무덤(墳)』의 첫머리에 '인류의 역사(人之歷史)'를 썼다. 1907년 가장 초기 시절의 작품이다. 이것은 그 당시 일본에서 번역 출판된 헤켈(E. H. Haeckel, 1834~1919년)의 『우주의 수수께끼』(岡上梁·高橋正熊 역, 1906년 3월 간행)의 일부분을 번역한 것이다.

    완전한 번역이라고는 할 수 없을지라도 번안이라기보다는 번역에 가깝다. 그럼에도 불구하고 루쉰이 이를 『무덤(墳)』에 수록한 데는 이유가 있다. 헤켈은 『우주의 수수께끼』에서 사회진화론을 기축

1930년 9월 생일날의 루쉰.

으로 해서 인류의 발생, 인간사회구조부터 우주의 질서까지 일원적
으로 해석하려고 시도했다. 그런데 루쉰은 사회적 진화론의 그러한
주장을 담은 부분은 옮기지 않고 자연진화론―인류의 발생에 이르
는 부분만을 옮겼다. 그는 일본을 통해 서구의 새로운 사상을 접하
면서 무조건 무비판적으로 받아들인 것이 아니라 명확한 주체성을
가지고 수용한 것이다. 루쉰의 위대함은 바로 거기에 있다.

　루쉰의 「문화편지론(文化偏至論)」이나 「마라시력설(摩羅詩力說)」을
보더라도 일본 유학시절의 루쉰은 일본어를 통해서 바이런(G. G.
Byron, 1788~1824년), 셸리(P. B. Shelley, 1792~1822년), 푸시킨(A. S.
Pushkin, 1799~1837년) 등 서구의 시인과 시에 접했음을 알 수 있으
며 이러한 서구의 문학과 사상을 흡수한 루쉰은 열강과 경쟁하기 위
해서는 중국인의 '인간의 확립'이 급선무라고 주장했다.

將生存兩間, 角逐列國是務基首在立人, 而後凡事擧.(「文化偏至論」)

이 세계에 생존하여 열국과 경쟁하려면, 맨 먼저 인간을 확립하는 일이 중요하다. 인간이 확립된 후에야 모든 일이 시작된다.

'사람을 세우는 것(立人)'을 민족의 지상과제라고 생각한 그는 작품집 『외침(吶喊)』서문의 환등(幻燈) 사건을 기다릴 필요까지도 없이 이미 이때부터 의학을 버리고 문학으로 향하게 되는 필연성을 자각하고 있었다.

윤동주도 백석·서정주 등의 국내 시인으로부터 많은 것을 배움과 동시에 일본어를 통해서 서구의 시인들과 일본의 시인들을 접했다.

그가 서구문화와 일본의 시인들에 대해서 어떤 태도를 취했던가, 무엇을 흡수하고 무엇을 거부했던가 하는 데 대한 연구는 윤동주 연구의 핵심과 관련되어 있는 과제다. 그러나 이 과제를 수행하려면, 많은 사실들의 규명이 필요할 것이다. 그가 어떤 책을 읽었는가, 그것이 구체적으로 어떤 책이었는가, 그것이 일본문학사나 일본의 서구 문학 수용 과정 속에서 어떤 위치를 지니고 있었던가를 밝히지 않으면 안될 것이다.

본고는 윤동주의 시에 관한 직접적인 연구가 아니라, 그가 살아온 시대, 특히 일본 유학시절의 학적과 학업성적, 독서력 등 그의 시작품 형성의 기초가 되는 부분을 조금이라도 밝혀 윤동주 시 연구의 외면적 상황 해명에 일조를 기하고자 하는 것이다.

한국의 문학사상사가 발행한『윤동주 연구』(1995년 8월)의 부록
「윤동주 관련 단행본 및 논문 목록」을 보면 249편의 논문과 저작이
있음을 알 수 있다. 방대한 양이다. 그러나 제목으로 미루어 보면 일
본문학이 윤동주에게 미친 영향에 대해 논한 연구는 없는 듯하다. 일
본문학으로부터의 영향을 논하는 데 필요한 재료가 모자라기 때문
인가, 아니면 그 외의 다른 이유가 있는지는 알 수 없다.

본고는 아직 공개가 안되었다고 생각되는 일본 유학시절의 각종
학적부와 성적표 그리고 독서력 및 유학시절의 일본의 문학 상황 등
외적 환경을 규명하여 이후에 진행되리라고 예견되는 본격적인 윤
동주 연구에 일조가 되기를 희망한다.

1. 릭쿄대학의 학적부, 성적부

릭쿄[立敎]대학은 기독교계 대학이다. 릭쿄대학의 학적부에 따르
면, "만주국(滿洲國) 광명학원(光明學園) 중학부 5년"을 졸업한 날짜가
1938년 3월 5일로 기록되어 있다. 그런데 용정(龍井)중학교에 보존
되어 있는 재단법인 광명학원(光明學園) 중학부의 학적부에 의하면
졸업 연월일이 1938년 2월 17일이라고 기재되어 있다. 이 날짜의
차이는 역시 광명중학의 학적부를 믿어도 괜찮다고 생각한다.

본적지 기재에도 차이가 있다. 광명중학의 학적부는 "咸北 淸津府

浦項洞 76"으로 되어 있으나 릭쿄대학 학적부는 "朝鮮 咸鏡北道 淸津府 浦項町 67番地"로 되어 있다. '洞'이 '町'으로 바뀌어 있고 번지 '76'이 '67'로 되어 있는 것이다. 지번은 어느 쪽이 바른지 알 수 없다.

학적부상으로 보면 윤동주는 1942년 4월 2일 도쿄의 릭쿄대학 '英文學科 選科 1학년'에 입학하여 1942년 12월 19일에 퇴학한 것으로 되어 있다. 그러나 실제로는 여름방학 전까지 1학기밖에는 다니지 않았다. 교토[京都]의 도시샤[同志社]대학의 학적부에는 입학 연월일이 1942년 10월 1일로 되어 있다. 이렇게 보면 릭쿄대학에는 퇴학계를 내지 않고 도시샤대학에 입학한 것이 된다. 릭쿄대학에는 1942년 4월에 반년분 아니면 1년분의 수업료를 납부했을 것이다.

릭쿄대학에는 1942년 12월 19일에 퇴학·제적되었으나, 비고란에는 "일신상의 사정에 의해 퇴학"이라고 기재되어 있다.

릭쿄대학의 성적표에는 '英文學'(담당 스기모토[杉本]) 85점과 '東洋哲史'(담당 우노[宇野]) 80점의 2과목 성적이 기재되어 있다. '東洋哲史'가 '東洋哲學史'를 가리키는지 여부는 분명치 않다. 성적표에 인쇄된 '東洋哲學史' 난에는 기재하지 않고 일부러 공란에 '東洋哲史'라고 펜으로 교과목을 써넣은 것을 본다면 '東洋哲學史'와 '東洋哲史'는 별개 과목일 가능성도 있다. '東洋哲史'가 '東洋哲學·東洋哲學思想史'의 약칭인지도 모르겠다.

2. 거처

릭교대학 학적부에는 "居所"(현주소)가 "神田區 猿樂町 2丁目 4의 3 平沼永春"(친척, 제2보증인)으로 되어 있다. 보증인은 아버지인 "尹永錫"으로 주소는 "龍井"으로 되어 있다. 제2보증인이란 이른바 재도쿄[在東京] 보증인 혹은 재일(在日) 보증인이란 의미일 것이다.

"平沼永春"은 말할 나위도 없이 종숙이 되는 윤영춘(尹永春)을 일컬음이다. 그 주소지인 "神田區 猿樂町 2丁目 4의 3"은 현재 재일본 한국 YMCA가 있는 곳이다. 한국 YMCA의 현재 주소는 '東京都 千代田區 猿樂町 2-5-5'이나, 간다구[神田區]는 2차 세계대전이 끝나고 얼마 안된 시기에 구(區)의 통합이 이루어져 현재의 지요다구[千代田區]로 되었으며, 사루가쿠조[猿樂町]라는 이름은 바뀌지 않은 채 '2丁目 4의 3'이 지번 변경으로 '2丁目 5의 5'로 바뀌었다. 지번 변경의 정확한 일시는 당해 행정관청인 지요다구약쇼[千代田區役所]에서도 밝혀주지 못했으

1942년. 동주가 한 때 하숙하고 있던 韓國YMCA.

나 '2丁目 4의 3'이 '2丁目 5의 5'로 변경된 사실만은 틀림없다. 현재의 '2丁目 4의 3'에는 2차 세계대전 전부터 이어져오는 민가가 있는데, 한국 유학생을 하숙시킨 적은 없다고 한다.

한국 YMCA의 관계자에게 확인하니 1930년대에는 유학생의 숙박시설로 쓰였다고 하므로 윤영춘(尹永春)이 한때 한국 YMCA에 거주했음은 틀림없을 것이다. 그 건물에 윤동주도 한때 기숙한 적이 있다. 동생 윤일주(尹一柱) 씨가 편찬한 윤동주 연보 1942년 항에도 "YMCA 기숙사에 기거하다가 개인 집으로 옮겨 혼자 하숙을 했다"라고 기록되어 있다. 윤동주가 살았던 한국 YMCA 건물은 1928년에 지어져서 1980년 12월에 현재의 건물이 준공되기까지 사용되었다.

3. 도시샤대학의 학적부, 성적표

도시샤[同志社]대학 학적부의 '입학 전의 학력'을 보면 "京城延喜專門 16, 12"라고 쓰여 있다. '延喜'는 '延禧'의 잘못이고 '16, 12'는 소화 16년 12월, 즉 1941년 12월 졸업이라는 의미일 것이다.

윤동주의 각종 학적부에 기재된 졸업·입학 연월일을 추적해 보면 다음과 같다.

　　1938.3.5. 滿洲國 光明學園 中學部 5년 졸업

1941.12.27. 延禧專門學校 文科本科 졸업

1942.4.2. 立敎大學 文學部 英文學科選科 入學

1942.12.19. 同校 同選科 '일신상의 사정에 의해 퇴학'

1942.10.1. 同志社大學 文化學科 英語英文(選科) 입학

1944.1. 同校 '휴학 처분'

1948.12.24. 同校 '교수회의결의에 의해 장기결석, 학비 미납으로 제명'

윤동주는 1943년 7월 14일에 '쿄토 시모가모 서[京都下鴨署]'에서 체포되었다. 도시샤대학 측에서는 1944년 1월에 휴학 처분을 내렸다가 윤동주가 옥중사한 뒤인 1948년 12월 24일 '장기 결석, 학비 미납'으로 제명 처분을 했다. 세상을 뜨고 3년 10개월이 지난 후에 제명이 된 것이다.

가족은 도시샤대학에 윤동주의 사망을 통고할 여유가 없었으며 대학측에서는 사망사실을 몰랐다고 생각된다.

'及落年月'란에 "18년 9월 英1再, 19년 9월 英1再(休學中), 21년 5월 英1再修, 22년 英1再修, 23년 4월 英2(이하 2字 不明)"라고 기재되어 있는 내용으로 짐작해 보건대 영어 또는 영문학 관계의 불합격 과목이 있어서 매년도마다 재이수하도록 결정이 내려졌음을 알 수 있다. 도시샤대학의 '平沼東柱'(윤동주)의 수강과목과 성적은 다음과 같다.

영문학사 65점 / 영문학연습(다키야마) 85점 / 영작문(다키야마) 80점 / 영작문(南 石) 73점 / 신문학 75점.

이상의 5과목이다. 교과목으로는 선택으로 '성서문학'도 있었지만 이 과목은 선택하지 않았다. 필수과목으로 '교련 1'·'교련 2'·'교련 3'을 이수해야만 했던 시대에 도시샤대학의 유학생활을 했던 것이다.

4. 릴케

윤동주의 시세계 형성에 영향을 미친 주요한 문학조류로서는 두 가지를 들 수가 있다. 하나는 민족문학, 즉 한국문학의 흐름이고, 다른 하나는 1930년대의 일본문학 및 일본어를 통해 수용한 서구문학이다.

한국 근대문인들이 일본문학 및 일본어를 통해 수용한 서구문학과 접촉했다는 것은 부정할 수 없는 사실이다. 윤동주도 예외가 아니다. 물론 그의 독서력에 관한 기록은 남아 있지 않다. 혹은 일기에 열독(熱讀)한 서명이나 독후감을 써서 남겨 놓았을지도 모르지만 그 일기는 일본 관헌에 압수되어 영원히 돌아오지 않고 있다. 본인이 남겨 놓은 독서력 관련 기록이 없는 상황에서는 동생 윤일주 씨가 작성한 윤동주 연보와 윤일주 씨의 증언을 따를 수밖에 없다.

윤동주는 「별헤는 밤」에서 다음과 같이 노래하고 있다.

어머님, 나는 별하나에 아름다운 말 한마디씩 불러봅니다. 小學校때 冊床을 같이 했던 아이들의 이름과 佩, 鏡, 玉 이런 異國 少女들의 이름과 벌써 애기 어머니가 된 계집애들의 이름과, 가난한 이웃 사람들의 이름과 비둘기, 강아지, 토끼, 노새, 노루, 프랑시스잠, 라이너 마리아 릴케 이런 시인의 이름을 불러 봅니다.

이네들은 너무나 멀리 있습니다.
별이 아슬히 멀 듯이.

어머님,
그리고 당신은 멀리 北間島에 계십니다.

라이너 마리아 릴케(1925년)

이와 같이 어머니와 이국소녀의 이름, 고향 북간도와 함께 릴케(R. M. Rilke, 1875 ~1926년)와 잠(Francis Jammes, 1868~ 1938년)이 등장하고 있다. 별을 향해 릴케와 잠의 이름을 부를 정도로 동경했던 윤동주는 과연 이들 시인의 어떤 작품을 읽었을까.

윤동주는 영어로 원서를 읽을 수 있었지만 불어로 문학작품을 읽을 정도는 못되었고 독어는 전혀 못했다. 불어

사전에서 찾은 단어 밑에 붉은 줄을 긋기도
했지만 문학작품을 읽을 정도는 아니었다고
윤일주 씨도 회상한 바 있다.

이렇게 보면 번역을 통해서 릴케나 잠에
접했었다고 할 수 있겠다. 영어역도 전혀 생
각할 수 없는 것은 아니지만 일본어 역일 가
능성이 높다고 보아야 할 것이다.

한국에서 처음으로 라이너 마리아 릴케
의 작품들이 소개된 것은, 단국대학교(檀國
大學校) 부설 동양학연구소 편『한국 세계문
학 문헌서지목록 총람(韓國世界文學文獻書誌目
錄總攬)』(1992년 11월 간행)에 따르면, 1936
년 6월『여성(女性)』지에 박용철(朴龍喆)이 번
역한 시「소녀의 기도(마리아께 드리는)」였다.
다음으로 1941년 6월『문우(文友)』지에 윤태

『하늘과 바람과 별과 시』, 1955년판(6판, 정음
사). 초판과 같이 "라이넬"로 씌어 있다.

웅(尹泰雄) 번역의 시「가을」과「고독(孤獨)」이 있고, 1942년 6월, 7월
『춘추(春秋)』지에 같은 윤태웅 번역의「위대(偉大)한 밤」과「가을날」이
수록되어 있다.

해방 후 첫 단행본으로 릴케 시초『동경(憧憬)』이 출판되는 것이
1950년(金洙敦·金春洙 공역, 大韓文化史 刊)이다.

이렇게 본다면 윤동주가 한국어로 릴케 시집을 읽었을 가능성은

전무하다. 또한 모든 국내 잡지에 촉각을 세워 찾아 읽었다 하더라도 단시 5편이 전부일 터이다. 윤동주는 역시 릴케의 작품을 일본어를 통해 읽었다고 볼 수밖에 없다.

일본어 역으로 읽었다고 생각되는 또 하나의 방증은 『하늘과 바람과 별과 시』의 초판본(1948년)의 「별헤는 밤」에는 "라이넬 마리아 릴케"로 되어 있어 "라이너 마리아 릴케"로 되어 있는 현행본과는 다르다. 2차 대전이 끝나기까지 일본에서는 '라이넬 마리아 릴케'라고 부르던 것이 관행이었다.

윤동주는 연희전문을 다닐 무렵부터 서울에서 일본 문예서를 접할 기회를 많이 얻었으리라 생각된다. 그러면 릴케의 어떤 시를 읽고 '이런 시인의 이름을 불러봅니다'라고 읊었을까. 연희전문 입학이 1940년 4월이고, 「별 헤는 밤」의 제작 연월일이 1941년 11월 5일이란 상황에 비추어 본다면, 그 사이에 윤동주가 읽은 일본어 역의 릴케 저작은 한정할 수 있다.

1952년 9월에 간행된 후지카와 히데오[富士川英郎]의 『릴케—사람과 작품』 끝부분의 문헌 리스트에 의하면 1927~1941년 사이에 일본에서 출판된 릴케 번역서는 단행본만 세어도 16권이 있다.

그중에서 재판·개정판·서함집 그리고 『로단』(石中象治 譯, 弘文堂, 1940년 8월) 같은 예술론을 빼면 시집 3권, 소설 2권이 있다.

시집

① 치노 쇼쇼[茅野蕭蕭] 譯, 『リルケ詩集』, 第一書房, 1939년 6월(1927

년 3월, 第一書房版의 增補版) 릴케의 여러 시집 중에서의 초역(抄譯).

② 하가 마유미[芳賀檀] 譯, 『ドイノの悲歌』.

ぐろりあ・そさえて, 1940년 3월 「장편시」.

③ 시오야 다로[鹽谷太郞] 譯, 『旗手クリストフ・リルケの愛と死の歌』,

昭森社, 1941년 4월.

소설

① 기쿠치 에이이치[菊池榮一] 譯, 『神様の話』, 白水社, 1940년 10월
[13편의 단편집으로 화자는 '나'로 일관되어 있다. 이 단편집의 초
역은 『사랑하는 신의 이야기』, 호시노 신이치[星野愼一] 譯, 春陽堂,
1933年 7月이다. 이 번역본은 『신 이야기[神の話]』라는 이름으로
'홍문당 세계문고 46'에 수록되어 1940년 10월에 간행되었다].

② 오야마 테이이치[大山定一] 譯, 『マルテ ラウリッ ブリッケの手記[말
테의 수기]』, 白水社, 1939년 10월.

이 『수기(手記)』는 소설이지만, 산문시 같은 격조(格調)를 갖추고
있고 '이 넓은 파리에 한 사람의 믿을 만한 사람이나 한 사람의 아는
이도 없는 고독'한 감정을 노래하고 있다. 오스트리아에서 태어난
무명의 릴케가 고독한 파리생활의 밑바닥에서 쓴 이 작품을 윤동주
가 읽었다면, '육조방(六疊房)은 남의 나라'로 노래한 윤동주의 마음
에 이 세계가 스며들었을 것이라고 생각된다. 앞서 말한 시집 중 『기
수(旗手) 크리스토프 릴케의 사랑과 죽음의 노래』는 도쿄의 쇼신샤

[昭森社] 1941年 4月 30日 발행으로 되어 있지만, 동주는 이 책이 발행된 직후인 5월 4일에 구입했다. 구입한 연월일을 책 표지 뒷면에 쓰는 것은 윤동주의 습관인데, 현재 보존되어 있는 42권의 윤동주 장서(藏書) 대부분에는 친필로 책을 구입한 연월일이 기재되어 있다.

윤일주 씨 작성의 윤동주 연보 1940년 항에는 "이 해 무렵 릴케·발레리·지드 등을 탐독하는 한편, 프랑스어를 자습하다"라고 쓰여 있다.

이렇게 볼 때 독일어를 못했던 윤동주는 「기수 크리스토프 릴케의 사랑과 죽음의 노래」를 일본어 역으로 읽었음에 틀림없다고 생각된다.

「기수 크리스토프 릴케의 사랑과 죽음의 노래」는 오스트리아의 청년귀족, 크리스토프 릴케의 전장에서의 비장한 죽음을 노래한 장편시이다. 이 시는 본국에서 1백만 부가 팔릴 정도로 인기를 끈 작품으로 곡까지 붙여져 노래로 불려졌다고 한다. 이 장편시는 전투와 여성과의 사랑과 밤의 정적을 노래하고 있으나 윤동주가 직접적인 형태로 이 작품의 영향을 받았다고는 생각되지 않는다. 다만 릴케의 본질, 즉 모든 일을 조용히 꿰뚫어 보며 사색에 깊이 침잠하는 그 작품 성향이 윤동주와 일맥상통하는 점이 있다고 생각된다.

릴케는 오스트리아의 시인이며 소설가로, 고독한 슬픔과 영혼의 수난과 위기를 노래하여 1930년대 일본문학에 커다란 영향을 미쳤다. 특히 당시의 『사계(四季)』파에 미친 영향은 지대하다.

5. 잠과 발레리

프랑시스 잠의 시가 한국에 최초로 소개된 것은 1931년 10월의
『시문학(詩文學)』에 이하윤(異河潤) 역으로 발
표된 「향기로운 바람을」이다. 다음이 1933
년 11월의『가톨릭 청년』 1권 6호에 수록된
이하윤 역의 시 「만일 네가」이며 1934년 11
월 5일의『동아일보』에 손우성(孫宇聲) 역의
「애연가(哀戀歌)」가 실렸으며, 같은『동아일
보』의 1939년 11월 5일에 손우성 역의 애연송
(哀戀頌)이 실렸다. 그리고『조광(朝光)』1939
년 6월에 손우성 역의 「내사랑 하고」와『조광

프랑시스 잠

(朝光)』1940년 3월에 손우성 역의 「비애(悲哀)」가 실려 있다.

이상의 시 6편이 해방 전에 한국에 소개된 잠의 시의 전부인데 신
문과 잡지에 산발적으로 소개된 이 번역을 윤동주가 모두 보았다고
는 생각할 수 없다. 잠의 한국어역 시집은 아직 나와 있지 않았으므
로 역시 일본어 역 시집을 읽고 그것을 흡수한 것이라 할 수 있겠다.

연희전문 시대에 윤동주는 잠의 번역시집『밤의 노래』(미요시 다츠
지 역, 野田書房, 1936년 11월 15일 발행)를 사서 읽었다. 그는 이 책을
1940년 1월 31일에 구입했다고 기록하고 있다.

이 번역 시집은 인기를 끌어 2년 1개월 뒤인 1938년 12월 15일

발행의 이와나미 문고[岩波文庫]에 넣어졌다. 2차대전 전의 이와나미 문고는 고전으로 인정된 것만을 문고에 실었던 것이다. 초판이 나온 지 2년 만에 문고에 들어갈 수 있었다는 것은 그 작품의 평가도를 말해 주는 것이다.

『밤의 노래』는 산문시집이다. 잠은 1868년에 프랑스 북부의 피레네의 작은 산촌에서 태어나 1938년에 세상을 떠날 때까지 평생 그 땅을 떠나지 않았다. 농민의 생활을 형식에 매이지 않고 자유롭게 그리고 소박하면서도 알기 쉬운 말로 노래한 작품이 많다. 잠의 시는 릴케의 시와 마찬가지로, 윤동주의 시제나 테마, 작품에 직접 강한 영향을 미쳤다고는 보기 어렵다. 그러나 윤동주 시에 나오는 밤의 이미지와 잠의 밤의 이미지에는 겹치는 부분이 있다고 생각된다.

『밤의 노래』 이외에 잠의 일본어역 시집을 읽었다고 한다면, 출판 시기를 고려해 볼 때 다음 2책 이외에는 없다. 호리구치 다이가쿠[堀口大學] 역, 『잠 시초(詩抄)』(第一書房, 1940년 간행), 이치하라 도요타[市原豊太] 역, 『Clara d'Ellé beuse』(石文書院, 1941년 간행). 이 두 책은 지금은 윤동주 유품으로 남아있지는 않지만 아마 읽었으리라고 추측된다.

동생 윤일주 씨에 의하면 윤동주는 릴케, 발레리(P. A. Valéry, 1871~1945년), 지드(A. Gide, 1869~1951년) 등을 탐독했다고 한다. 발레리·지드의 무엇을 읽었는지는 밝혀져 있지 않다. 다만 발레리 번역서 중 다음 셋을 읽은 것이 확실하다.

- 가와마타 교노스케[川俣京之介] 역, 『固定觀念』, 白水社, 1941.9 간
  행. 구입 1941. 10.3.
- 호리구치 다이가쿠 역, 『文學論』, 第一書房, 1938.7 간행. 구입
  1941.2.28.
- 가와모리 고오조[河盛好藏] 역, 『詩論敍說』, 小山書店, 1938.8. 간
  행. 구입 1940.5.

발레리는 외국시인 가운데에서는 릴케를 가장 높이 찬미하고 있
다. 일본에서는 발레리의 시보다도 그의 평론이 커다란 영향력을 지
니고 있었고, 당시 대부분의 평론이 번역되어 있었으므로 윤동주도
열심히 읽었음에 틀림없다.

　제2차 세계대전 개전 전후의 일본이라는 공간에서 발레리가 갖고
있는 의미란 무엇이었을까. 윤동주를 포함한 당시의 발레리 독자들은
그의 어떤 점에서 매력을 느꼈던 것일까? 평론가 가토 슈이치[加藤周
一]의 다음과 같은 회상 속에서 우리는 그 문제 해결을 위한 힌트를 얻
을 수 있을 것이다.

　15년 전쟁(1931~1945년) 후반기, 진주만 침공을 전후한 시기였다.
나는 여름만 되면 나가노현의 숲속에 틀어박혀 발레리를 읽고 있었다.
숲속에서는 뻐꾸기가 울어대고, 도쿄[東京]에는 거리마다 '일본 낭만파'
풍의 공허하고 무의미한 언어가 넘쳐흐르고 있던 때였다. 발레리의 산문
은 이와 정반대였다. 정확하고 명료한 사고의 산물, 그것이었다. 전쟁기

의 청년들에게는 소집영장이 언제 나올는지 모르는 법. 얼마나 더 살 수 있을까? 짧을지도 모르는 인생을, '유구(悠久)의 대의(大義)', '팔굉일우(八紘一宇)' 따위의 거짓말과 벗하여 살 수는 없는 것이다. 나의 불어 실력은 그렇게 뛰어난 것은 아니었지만 나는 당시 간행되어 있던 발레리의 저작물들을 거의 전부 읽었던 터였다. 그러나 발레리의 지적인 엄격주의만이 나를 매료시켰던 것은 아니다. 발레리 이외에도 그런 이는 많기 때문이다. 지적인 엄격주의 이외에 그가 지니고 있었던 독특한 매력은 일종의 감각적 세련성, 거의 관능적인 것에 가까운 감수성의 예민함이었다.

— 「발레리의 추억」, 『朝日新聞』, 1996.7.22 석간, 석양망어(夕陽妄語)

기타 윤동주가 남긴 책으로는 다음과 같은 유럽문학 번역서가 있다.

- ポール・クローデル, 하세가와 요시오[長谷川善雄] 譯, 『前兆と寓話』, 立命館出版部, 1939.9.15. 구입 1942.2.2.
- テイボーデ, 이크시마 료이치[生島遼一] 譯, 『小說の美學』, 白水社, 1940.5.30. 재판. 구입 1941.6.26.
- 야마노우치 요시오, 『山內義雄 譯詩集』(ポール・クローデル他 14名), 白水社, 1933.12.10. 구입 1940.4.
- デイルタイ, 도쿠나가 이크스케[德永郁介] 譯, 『近世美學史』, 第一書房, 1934.6.15. 구입 1941.5.
- デイルタイ, 핫토리 마사미[服部正巳] 譯, 『體驗と文學』, 第一書房,

1935.4.15, 2刷. 구입 1941.5.

- マルセル・プルウスト, 사이토 이소오[齊藤磯雄]・곤도 미쯔하르[近藤光治]・고라이 다츠[五來達] 譯, 『愉しみと日日』, 三笠書房, 1941.10.23. 구입 1941.11.13.
- 니시와키 준자부로[西脇順三郎] 譯, 『ヂォイス詩集』, 第一書房, 1933.10.15. 구입 1941.10.

6. 시전문지 『사계』

1984년 초 당시 일본에 체재 중이던 윤일주 씨를 만날 기회가 있어서 윤동주의 독서력에 대해 얘기를 들은 적이 있다. 윤일주 씨는 다음과 같이 이야기를 들려주었다(『나라사랑』 제23집, 「윤동주의 생애」에도 비슷한 내용의 회상이 있음).

전집류로서는 지드 전집이 전권 갖추어져 있었다. 발레리 저작의 일본어 역도 많았으며 키에르케골도 있었다. 이들 책은 서울이나 도쿄에서 사서 용정(龍井)에 가지고 돌아온 것들이었다. 언젠가 아쿠타가와 류노스케[芥川龍之介]의 「거미줄」의 이야기를 들려준 적이 있다. 오가와 미메이[小川未明]의 동화집을 나한테 보내준 적도 있다. 잡지로는 『세르팡』, 『백과 흑』, 『사계』 등이 있었다. 미요시 다츠지[三好達治], 다치하라 미치조[立原道造], 호리 다츠오[堀辰雄], 하기와라 사쿠타로[萩原朔太郎], 사이조 야소[西條八十], 하루야마 유키오[春山行夫], 다카무라 고타로 [高村光太郎], 츠보타 조지[坪田讓治], 가와바타 야스나리[川端康成] 등 책도 있었다.

귀중한 증언이다. 위에서 든 작가 중에서 오가와 미메이 · 츠보타 조지는 동화작가이고, 미요시 · 다치하라 · 호리는 『사계』 동인이며 하기와라도 '사실상 동인과 같은 열의로 동참한 한 사람(四季 소식)' 이다.

『사계』는 시전문 잡지로서 제1기는 계간으로 1933년 5월부터 2 호까지, 제2기는 월간으로 1934년 10월부터 1944년 6월호까지 출 판되었다. 제3기, 제4기는 모두 1945년 이후 출판이므로 윤동주와 는 관계가 없다.

윤동주 연보 1942년 항에는 "당숙 윤영선(尹永善)에게 서정주 시 집 『화사집(花蛇集)』과 미요시 다츠지 시집 「봄의 곶」을 선물하여"라 고 쓰여 있고 1943년에는 "일본 체재 중 읽은 책 중에는 『고호 서간 집』 · 『고호의 생애』 · 『다치하라 미치조 시집』 등이 있다"고 쓰여 있다.

미요시 다츠지[三好達治, 1900~1964년]는 시인이며 번역가로 『사 계』파의 중심인물이었고, 앞서 언급한 잠의 『밤의 노래』의 역자이 기도 하다.

그와 한국과의 인연은 깊다. 사관후보생 시절에 회령(會寧)에 체재한 적도 있고, 1941년 5회에 걸쳐 『문학계(文學界)』에 「방랑시인 김립(金笠)에 대해서」를 연재하기도 했다. 1941년 1월에는 「김동환 씨(金東煥氏)」라는 글을 써서 김동환과 만난 인상을 술회하고 있으며, 「남선잡관(南鮮雜觀)」이란 여행기도 남겼고, 나아가 「국경(國境)」 (1927년 6월)에서는 북방 국경지대의 실상에 대해 논하였고, 「소년 (少年)」에서는 통역을 해준 한국의 소년에 관한 글을 남겼다.

미요시는 1920년대 후반의 일본 시단에 모더니즘의 신풍을 일으 킨 『시와 시론』의 창간(1928년)에 참여해서 활약하였고 마루야마 가 오루[丸山薫], 호리 다츠오와 셋이서 제2차 『사계』를 창간하기도 했다.

『사계』의 중심인물은 미요시 다츠지 · 마루야마 가오루 · 호리 다 츠오[堀辰雄] · 다치하라 미치조 · 츠무라 노부오[津村信夫]의 5명이 며, 그밖에 '사실상 동인과 같은 열의로 동참한 사람'으로는 하기와 라 사쿠타로 · 나카하라 주야[中原中也] · 이부세 마스지[井伏鱒二] · 다케나카 이쿠[竹中郁] · 진보 고타로[神保光太郎] 등이 있었다.

윤동주가 미요시 · 호리 · 다치하라 · 하기와라 등 사계파 시인들 의 작품에 접할 기회가 많았음은 분명하다. 특히 미요시의 시를 탐독 했다.

제2기의 『사계』는 1934년 10월에서 1944년 6월까지로, 미요시 다츠지, 마루야마 가오루 · 호리 다츠오가 편집인이 되어 그간 여든 한 권을 내었다. 이들 세 사람은 다 모더니즘의 세례를 받았다. 이들 은 서구적인 시법을 받아들이면서도 모더니즘 운동이 과도하게 전 개되는 것을 억제하였으며 지성적인 미의식에 바탕을 둔 서정시의 확립을 모색하고자 했다. 그랬기 때문에 프롤레타리아 문학의 세례를 받았던 30년대 초기의 다른 작가들과는 달리 시대의 중압을 그리 의식하지 않고 예술의 순수성 추구에 몰두할 수가 있었다.

일본 프롤레타리아 작가동맹이 해산한 것이 1934년 2월이다. 프롤레타리아 문학이 궤멸한 뒤 시단의 헤게모니는『사계』가 쥐게 되었다.『사계』가 프랑스의 모더니즘 시의 번역과 소개에 힘을 기울였던 바로 그 시기에 윤동주는 일본의 시를 접하게 된 것이다.

호리의 대표작『바람이 인다[風立ちぬ]』는, 결핵 요양소의 나날 속에 죽음과 이웃하고 살면서 죽음을 뛰어넘은 생을 발견하는 감회를 서정적으로 묘사한 "바람이 인다. 자, 살아보자구나[風立ちぬ いざ生きめやも]"라는 발레리의 시구가 작품 전체의 축을 이루고 있는 소설인데, 윤동주의 시 「병원」과 상통하는 분위기를 가지고 있다.

사계파는, 제2차 세계대전에서 태평양전쟁으로 치닫는 문단의 파시즘의 거친 물결을 바로 눈앞에 둔 시기에, 문학의 서정성을 간직하면서도 그것에 도취되는 일없이 자기를 응시하는 깨인 시각을 확보함으로써 군국주의의 흐름에 냉정히 대처한 시인 그룹이었다.

문학에 일관함으로써 현실의 정치상황에 등을 돌리고, 정치상황을 거부함으로써 결과적으로 자신의 정치적 태도를 결정짓고자 하는『사계』의 경향은 윤동주와 상통하는 것이 아닐까. 만일에 전운이 드리워지지 않은 평화로운 시대였다면『사계』는 완성도 높은 서정시의 세계를 추구해 나갈 수 있었을 것이며 윤동주는 초기 동시의 세계를 더 한층 키워 나갈 수 있었을 것이다.

태평양전쟁이 시작되자 『사계』는 점차로 생기를 잃어갔다. 그와 반대로 명확한 민족의식을 지닌 윤동주는 동시의 세계에 머무를 수가 없게 되어 '모든 죽어 가는 것을 사랑'하며 서른을 채우지도 못한 젊음으로 일본의 옥중에서 죽지 않으면 안되었다. 윤동주는 『사계』로부터 강한 영향을 받으면서 그와는 다른 길을 걸은 것이었다.

그리고 『사계』는 1935년 6월에 '릴케 연구' 특집호를 냈고 1939년 7월에 '다치하라 미치조 추도호[立原道造追悼號]'를, 1942년 9월에는 '하기와라 사쿠타로 추도호[萩原朔太郎追悼號]'를 냈다. 윤동주도 읽었음에 틀림없을 것이다.

7. 문예전문지 『세르팡』

『세르팡』은 1931년 5월부터 1944년 3월까지 간행된 문예전문지이다. 시·소설·에세이·미술·음악·평론이 매호의 지면을 매웠다.

문학가로는 괴테(J. W. von Goethe, 1749~1832년)·발레리·투르게네프(I. S. Turgenev, 1818~1883년)·조이스(J. Joyce, 1882~1941년) 등에 주요한 관심사가 쏠렸고, 시선은 주로 런던과 파리로 향하고 있었다.

『세르팡』은 출판사 제일서방(第一書房)에서 간행되었는데, 편집 겸 발행인은 하세가와 미노키치[長谷川巳之吉]이다. '세르팡'은 불어로 뱀을 뜻하며 그것은 동시에 예지·영원·혁신의 상징이기도 하다. 윤동주가 용정에 가지고 돌아간 책의 저자 중의 한 사람인 하루야마 유키오[春山行雄]도 1935년에『세르팡』의 편집인이 되었다.

『세르팡』은 매호에 외국문학 — 실제로는 대부분이 구미문학 — 을 소개·번역했는데 윤동주도 거기서 영양을 흡수했을 것으로 보인다.

이『세르팡』지는 1941년 4월에『신문화(新文化)』로 개제(改題)된다. 1941년 2월호의 편집 후기는 이 개제를 예고하며 다음과 같이 말하고 있다.

> 예고한 바와 같이 본지『세르팡』을 4월호부터『신문화(新文化)』로 개제하지만, 서양의 사정과 지식을 소개한다고 하는 본지 종래의 임무를 버리는 것은 아니다. 다만 나는 '세르팡'이라고 하는 불어의 이름을 이전부터 탐탁하게 생각하지 않았고 또한 공연히 박식한 체하는 편집방침보다도 혁신적이고 건설적인 편집에 매진하여 새 일본 문화에 유익한 잡지로 만들기 위해서이다.

이와 같이 개제 이유를 밝히고 있지만 실제로 개제한 1941년 4월호의『신문화』의 편집 후기에서는 "이제까지의 본지처럼 문학청년적인 서구 지향 취미는 버리고 전투적인 젊은이의 기분을 가지고자 한다"고 하는 어조로 바뀐다. 태평양전쟁 개전을 8개월 앞두고 전시체제가 급템포로 가속되고 있던 시기였던 것이다.『세르팡』은 1944년 3월호를 최후로 폐간되어 14년간의 생명을 마쳤다.

8. 『백과 흑』

『백과 흑』은 1937년 3월에 창간되어 같은 해 6월까지 4호를 냈다. 그 뒤 계속되었는지 여부는 확인이 되지 않는다. 5백 부 한정의 호화 잡지다.

에세이와 판화의 잡지로 이 시기로서는 보기 드물게 양질의 종이를 쓰고 컬러 판화를 꽤 많이 삽입하고 있다. 더욱이 그 판화는 인쇄가 아니라 실물로 찍은 판화를 그대로 끼워 넣은 것이었다. 그래서 판화를 찍은 지질(紙質)도 작자에 따라 다르다.

편집 겸 발행자인 료치 유타[料治熊太]의 「창간사」에는 다음과 같은 말이 보인다.

이 잡지는 인생을 사랑하고 생활을 즐기며 예술을 사랑하는 사람들이 읽기를 바라는 것입니다. 이 잡지는 문단적으로 메시지를 전파하는 것도 아니고 예술 수업의 道場도 아닙니다. 그러니까 천하의 藝道之士는 즐기면서, 시가로, 문장으로, 또는 판화로 각자의 뜻하는 바의 작품을 발표해 주시기를 권하는 바입니다. ……

창간호에서 제4호까지 매호에 제명과 표지 판화를 무나가타 시코[棟方志功]가 담당했다. 그리고 속표지와 책 가운데에는 가와카미 스미오[川上澄生]·마에카와 치호[前川千帆]·히라즈카 운이치[平塚運一]·

니시카와 후지타로[西川藤太郎] · 야마구치 스스무[山口進] · 아제치 우메타로[畦地梅太郎] · 가와니시 에이[川西英] · 온치 고시로[恩地孝四郎] · 다니나카 야스노리[谷中安規] 등 일류 판화가들의 판화가 수록되어 있다. 제4호의 에세이에 마에카와 치호[前川千帆] · 다케이 다케오[武井武雄] · 아오키 시게루[青木茂] · 후지모리 시즈오[藤森靜雄] · 하츠야마 시게루[初山滋] · 료치 하나코[料治花子] · 미야지 가로쿠[宮地嘉六] 등이 보인다. 그들이 다룬 제재(題材) — 온천 · 고양이 · 낚시 · 여행 · 옛 기와 · 공중욕탕 · 죽순 · 꽃 · 석불 등 — 를 볼 때 이 잡지가 이른바 취미와 풍월, 그리고 생활 속의 미를 향수 하는 잡지였다는 것을 알 수 있다.

창간호에 실린 사잔시[茶山子]의 「봄의 구(句)」를 인용한다.

> 양지 볕을 등에 이고 판화를 새기는 평화로움이여
> (日だまりを背に版を彫るのどかさよ)
> 장지 마르는 내음에 피는구나 앵도꽃이여
> (障子かわく匂ひに咲くやゆすら梅)
> 한가롭구나 손뼉소리 나는 쪽으로 움직이는 잉어여
> (のどけさや手の鳴る方へうごく鯉)

창간호의 에세이에는 오가와 미메이[小川未明](3월호에도 집필) · 츠보타 조지, 제2호에는 미요시 다츠지 등 윤동주가 경도했던 작가들의 에세이도 있다.

판화가를 중심으로 주변에 문학가를 집어넣은 『백과 흑』은 그야
말로 얼마 안되는 기간의 '평화로운 봄'을 즐기고는 사라졌다.

『근대일본문학대사전』에도 실리지 않은 이 『백과 흑』을 윤동주
가 입수해 용정에까지 가져가면서 그가 어떤 감회를 품었는지는 알
길이 없다. 프롤레타리아 문학이 괴멸되고 파시즘의 거친 바람이 몰
아치기까지의 얼마 되지 않은 짧은 봄, 그 촌음을 아끼듯이 즐긴 『백
과 흑』을, 윤동주는 공감을 느끼면서 읽은 것이 아니었을까.

9. 맺음말을 대신하여

지금까지 『사계』·『세르팡』·『백과 흑』 등 일본 잡지에 대하여
살펴보았다.

물론 윤동주가 읽은 것은 잡지뿐만이 아니라 당연히 단행본도 읽
었다. 그가 읽은 그 범위도 상당한 영역으로 넓게 퍼져있다. 현재 보
관되어 있는 윤동주의 장서를 검토해 보면 시론(詩論)·문학론·일
본문학·프랑스문학·독일문학·미학·철학 등 상당한 범위에 이
르고 있음을 알 수 있다.

정지용·서정주 등 국내 문학가의 작품을 **빼놓고** 이 글에서 지금까
지 취급하지 않았던 외국 문예 관계의 서적을 열거하면 아래와 같다.

- 生田春月 遺稿詩集,『象徵の烏賊(상징의 오징어)』, 第一書房, 1930.6. 20, 구입 날짜 없음.
- 百田宗治,『詩作法』, 椎の木社, 1935. 구입 1941.9.9.
- 高沖陽造,『藝術學』, 美英堂, 1937.6.22(初版은 ナウカ社, 1936.4.3 발행). 구입 1939.
- 三木淸,『構想力の論理, 第二』, 岩波書店, 1939.7.15. 구입 1941.9.9.
- 林達夫,『思想の運命』, 岩波書店, 1939.7.17. 구입 날짜 없음.
- 高村光太郎 草野心平 中原中也 藏原伸二郎 神保光太郎,『現代詩集』(1), 河出書房, 1939.12.15. 구입 1940.12.8.
- 丸山薫 立原道造 田中冬二 伊藤靜雄 宮澤賢治,『現代詩集』(2), 白水社, 1940.5.20, 再版(初版 1940.3.20). 구입 1941.6.26.
- 萩原朔太郎 北川冬彦 高橋新吉 金子光晴 三好達治,『現代詩集』(3), 河出書房, 第2刷, 1940.3.25(第1刷 1939.12.15). 구입 1940.12.8.
- 三好達治,『春の岬』, 創元社, 1940.3.3, 第3刷. 구입 1940.9.7.
- 河合榮治郎,『學生と歷史』, 日本評論社, 1940.4.1. 구입 1941.10.
- 春山行夫,『詩の硏究』, 第一書房, 1940.4.10, 第3刷(第1刷 1936.5.15). 구입 1942.2.19.
- 三好達治,『岬千里』, 創元社, 1940.8.1, 第2刷(第1刷 1940.6.12). 구입 1941.10.16.
- 日本詩人協會編,『昭和 十六年春季版, 現代詩』, 河出書房, 1941.5.30. 구입 1941.6.
- 日本詩人協會編,『昭和 十六年秋季版, 現代詩』, 河出書房, 1941.11.25.

윤동주가 남긴『소화 16년 봄판, 현대시』및『소화 16년 가을판, 현대시』의 표지 뒷면에는 죽을 때까지 깊은 우정을 이어온 정병욱의 시조가 씌어 있다. 1941년 12월 전시(戰時) 학제(學制) 단축에 따라 3개월을 앞당겨 연희전문을 졸업한 선배인 윤동주에게 정병욱이 보낸 짧은 기록이다.

祝 卒業

언니가 떠난다니 마음을랑 두고가오
바람곤 信있으니 언제다시 못보랴만
이깃븜 저시름에 언니없어 어이할고

一九四一. 十二. 炳昱 들임

祝 卒業

저 언니 마음에서 冬柏꽃 피연지고
冬柏꽃 피온 고장 내 故鄉이 아닌가
몸이야 떠나신들 꽃이야 잊을쏜냐

一九四一. 十二. 炳昱 들임

이 시조는 정병욱이 윤동주에게 보낸 것이다. 일반적으로 '서시'라고 불리는 무제(無題)의 시는 윤동주 18편의 시를 모은 시고집『하늘과 바람과 별과 시』의 첫머리에 그가「정병욱형에게」라고 해서 쓴 것이다. 같은 시기에 쓰여진 이 두 편의 시가 서로의 응답가 형식으

윤동주(왼쪽)와 절친한 친구였던 정병욱(오른쪽, 전 서울대 교수)이 연희전문학교 졸업반 시절 함께 찍은 사진

로 씌어진 것은 주목해야 할 사실이다.

윤동주는 한국이 낳은 위대한 민족시인이다. 물론 당시 한국은 세계에서 격리된 존재도 아니었으며, 윤동주 역시 시대의 흐름 속에 살아가면서, 세계 문예사조의 흐름을 호흡하면서 스스로를 성장시켰던 것이다.

금후 윤동주 연구는 여러 시점에서 시도되고 심화될 것이지만, 진지한 국제적 협력관계가 필요하지 않을까 생각한다.

근대문학을 개척한 이광수(李光洙)가 최초로 공표한 작품은 일본어로 쓰여진 「사랑인가」였다. 20년대나 30년대에 활약한 김소월(金素月)이나 이상(李箱)에게도 일본어로 쓴 습작(習作)이 있다.

윤동주의 경우에도 앞에서 보아온 바와 같이 일본문학과 일본어를 통해 수용한 서구문학으로부터 영양을 흡수하면서 목숨을 내걸고 일본제국주의와 대항하는 길을 걸은 것이었다. 윤동주에 관한 본격적인 연구는 한국의 국문학자가 중심이 되어 진행하는 것은 당연한 일이지만, 북한·일본, 그리고 윤동주가 태어나서 자란 중국 연변(延邊)과의 공동연구, 나아가서는 종교학, 미학, 역사, 철학, 독일문학, 프랑스문학 등 전문가들의 공동연구 역시도 필요할 것이다.

(『두레사상』, 1996.8)

『사진판 윤동주 자필시고 전집』편찬 공간㈜ 작업을 둘러싸고

1. 들어가며

윤동주는 1930년대 후반부터 40년대 전반, 조선이 가장 고통스러웠던 시기에, 준엄한 민족적 저항정신과 기독교적 희생 정신에 입각한 인간애 넘치는 서정시를 남겼다. 그의 시는 저항시이자 서정시였으며, 시인은 단아한 혼과 민족의 운명을 아울러 소유하고 있었다.

'한일합병'으로 나라를 빼앗긴 상태에서 민족의 언어도 문화도 모두 숨이 끊어져 가고 있던 와중에서, 「서시」에 씌어 있는 바와 같이, 윤동주는 '죽는 날까지 하늘을 우러러 한 점 부끄럼이 없기를' 기원하는 단 하나의 의지로 살았던 것이다. 그는 활동가도 혁명가도 아닌, 일개 시인에 지나지 않았으나, '모든 죽어 가는 것을 사랑'하고 '내게 주어진 길을 걸어가야' 한다는 사명감 아래, 민족이 나아가는 길에 자기의 생의 방식을 합치시키면서 자신의 길을 걸어나가는 길을 모색한 것이다.

때문에 한국에서는, 항일무장투쟁을 실천하다 체포되어 북경감옥에서 옥사한 시인 이육사와 더불어, 윤동주를 '일제말 암흑기'에 빛을 밝힌 민족시인이라고 부르는 것이다.

윤동주의 시는, '일제말 암흑기'라 불리는 어두운 시대에서, 20세기 초 이래 지속되어 온 근대문학을 해방 후로 이어주는 역할을 수행했다고 할 수 있다. 생전에는 무명의 시인으로서 단 한 권의 시집을 낸 적도 없이 젊은 나이에 일본에서 옥사한 윤동주가, 한국문학사에서 빛나는 별로 간주되는 것은 그 때문이다.

한국에서 진행된 윤동주 연구의 질과 양은 상당하다. 권영민 편 『윤동주 연구』(문학사상사, 1995.8) 부록 「윤동주 관련 단행본 및 논문 목록」에 의하면, 1995년 전반까지 윤동주를 연구대상으로 한 논문과 저작이 모두 249편에 이른다고 한다.

그러나 그렇게 많은 논저가 윤동주를 다루고 있음에도 불구하고, 무엇을 윤동주의 작품으로 할 것인가, 즉 텍스트 비평 문제에는 그간 너무나도 관심이 없었던 듯하다. 논저에서 인용된 윤동주의 작품의 경우도, 어느 판에 의거한 것인지 명시되어 있지 않은 경우가 많으며, 혹 있다 하더라도 정음사 신판(新版)을 애초부터 자명한 것처럼 아무 주저 없이 그대로 인용하고 있다. 초판 이후 거듭 출간된 판본들의 비교 작업에도 거의 관심이 없는 듯하다.

김소월이나 이육사 시의 판본 비교 연구는 있는 데 반해, 윤동주의 경우에는 그것이 없는 것은 어째서일까. 윤동주의 자필원고의 사진 판 등이, 지금까지 14 내지 15편 정도나 공개되어 있는데도, 그것과 현행본을 대조한 작업은 현재로는 전무하다. 윤동주 같은 국민시인에 대한 연구 성과 중에 그 기초자료의 음미와 관련된 것이 거의 포함되어 있지 않다는 것은 좀 이상한 느낌이 든다. 윤동주가 거대한 존재이니, 그의 시의 사상성이나 문학성에 대한 연구가 급선무이며, 기초연구는 뒤로 미뤄도 된다는 사연이 있었던 때문인지도 모르겠다.

2. 자료집 작성 경위

1986년 여름, 저자는 처음으로 윤동주의 육필원고를 눈으로 접했다. 손이 떨릴 정도의 감동을 느꼈다. 기구한 운명길을 밟았던 시인이 남긴 최대의 보물인, 조선문학의 한 주봉(主峰)을 눈 앞에서 본 감격이기도 하며, 그 원고들을 문자 그대로 목숨을 걸고 보관해 온 이들에 대한 뜨거운 감회 때문이기도 했다. 윤동주의 친우인 정병욱 일가는 마루 밑에 묻은 독 속에 동주의 자선시고집을 비밀리에 숨겨, 일본 관헌의 눈을 피했으며, 친구인 강처중도 동주의 유품과 작품을 해방 후의 격동기 속에서 보관해오다가 동주의 동생인 윤일주에게 넘겼으며, 동주의 누이동생 부부는 해방 후, 중국 용정에서 한국으로 오는 고단한 탈출행 속에서 동주의 창작 노트를 갖고 남하해 왔던 것이다. 그 자료들을 정리・보관하고 많은 작품을 세상에 소개한 윤일주 선생에 대한 추억, 그것들이 눈 앞의 육필 원고 속에 응축되어 있었다.

1984년 여름, 구 '만주'의 조선인문학 연구 계획을 세우고 다음해 4월부터 중국 길림성 연변 조선족 자치주에서 연구유학을 할 것을 계획하고 있었던 저자는, 당시 일본 연구유학 중이었던 윤일주 교수를 만날 기회를 얻을 수 있었다. 그 때 윤 교수는 40여 년 전의 기억을 더듬어, 동주의 묘가 구 은진(恩眞)중학교에 이어져 있는 구릉에 있는 구 동산교회(東山敎會) 묘지 내에 있다는 것을 알려 주었으며, 간략한 지도도 그려준 적이 있었다.

1985년 4월, 간신히 연변대학 유학이 결정되어, 연변 땅에서 '만주'시대의 조선인 문학자 관련 자료를 수집하려 했으나 불발로 끝났다. 단 하나의 유일한 성과가 40년간 방치되었던 '시인 윤동주의 묘'를 찾아낼 수 있었던 것이다. 윤일주 선생은 내가 중국에서 귀국하기 전에 이미 타계한 상태여서, 선생에게 묘지를 발견했다는 보고는 드릴 수 없었다. 그러나, 그것이 계기가 되어 윤일주 선생 일가와 가족 전체와의 친밀한 교제가 시작되었다. 그러한 신뢰 관계 속에서 윤동주가 남긴 유품인 버클과 함께, 동주의 장서 몇 종과, 육필 시고를 직접 눈으로 볼 수 있는 기회를 얻었던 것이다.

나는 정치한 예술품을 다루는 것처럼 동주의 창작 노트와 직필(直筆) 원고에 눈을 집중하면서도, 원고의 전면적 공개, 그것도 칼라사진으로 공개되는 날이, 언젠가 올 것이라고 기원했다. 그러나 당시는, 내가 윤동주의 직필 원고를 보았다는 사실조차 공개할 수 없는 상태였다. 일본인에게 보이는 것은 처음이기 때문에, 참고로 보는데 그쳤으면 한다는 유가족의 의향도 있었다. 창작 노트의 필적을 판독하고 정리하는 작업은, 아무래도 한국인의 손에 의거하지 않으면 안되겠다고 생각한 것은 그때였다. 한국의 국민시인 윤동주의 전면적인 원고 공개가 일본인의 손으로 행해져서는 안된다는 나의 생각은, 윤동주의 유가족의 생각과 같았다.

해방 후 40년간, 중국 길림성 용정 땅에 방치되어 온 '시인 윤동주의 묘'가, 당시 중·한 교류가 없는 상태여서 일반 한국인의 중국 체재가 어려웠던 시기(한국의 정치가나 학자, 한국계 미국인은 상당수 연변 땅을 방문했지만)에, 1985년 5월, 일본인의 손에 의해 발견되었다는 것이 「동아일보」 등에 의해 '역사의 아이러니'라 평가되었던 적이 있다. 이것은 그러나 점잖은 표현이었다. 직설적으로 심정을 토로하는 한국의 어느 국문학자는, "하필이면 일본인이 발견하다니" 하고 발을 동동 구르기만 할 뿐이었으며, 윤동주를 주제로 다룬 한·일 심포지엄 석상에서 어느 교수는 "일본인이 먼저 발견했다고 그를 미워해서는 안된다"고 하면서, 패널리스트로 동석하고 있었던 나의 입장을 옹호해 주었지만, 실은 난처하게 느껴졌었다.

그러한 분위기 속에서는 창작 노트의 정리작업은 고사하고, 육필 원고를 보았다는 사실조차 입에 담는 것을 꺼릴 수밖에 없었다(육필 원고 일부와 창작 노트의 표지 사진 및 영상은, 한국의 서적이나 TV 등에서는 그렇게 진귀한 것은 아니었다).

그 10년 뒤인, 1996년 여름, 연구상의 필요로 윤동주의 육필원고
를 보고 싶다고 유가족에게 신청한 한국인이 나타났다. 근대 일한
비교문학을 전공하고 있는 단국대학의 왕신영(王信英) 부교수가 그
다. 윤동주 유가족의 말을 빌면, 왕 부교수는 "윤동주의 제1차 자료
를 상세하게 보고 싶다고 밝힌 지구상 두 번째의 인물"이다.

윤동주가 그렇게 왕성하게 논의의 대상이 되어 있었으면서도, 이
상하게도 1차 자료를 직접 보여달라고 요청한 이는 없었다는 것이
다. 기증해 달라, 혹은 사고 싶다는 의뢰나 요청은 있었지만, 연구자
료로 사용하고 싶다고 한 이는 그 때까지 나타나지 않았다고 한다.

왕씨는 한 여름 내내, 정성스럽게 윤동주의 육필원고 조사 작업을
진행했다. 우선 윤동주의 육필원고를 그대로 손으로 베끼고, 그것을
컴퓨터에 입력하는 작업부터 시작했다. 윤일주 씨의 장남 윤인석(尹
仁石) 성균관대 부교수는 그 작업을 전면적으로 지원했다.

윤인석 씨는 윤동주의 육필원고를 윤씨 일가가 소장하고 있지만,
윤동주가 전 국민적 존재인 이상, 언젠가는 윤동주의 전 자료를 공
개하고, 공공기관에 기증하지 않으면 안된다고 생각하고 있었다.

이러던 중에 윤동주의 전 원고를 정리하여 공개하자는 이야기가
나왔다. 나 역시도 오랫동안 그것을 기다려 왔으니만큼 기쁨도 컸
다. 상담을 받은 나는, 그 작업을 계속하는 것을 추진함과 동시에,
윤동주의 창작 노트 등 원고의 상태의 악화되고 있기 때문에, 그 즈
음 영구보존용으로 칼라사진을 찍어 둘 것을 제안했다. 윤인석 씨

는 우선 전 원고를 칼라 복사했다.

컴퓨터판 윤동주 수고전집을 만든다 해도, 작업의 중대성을 생각해 보니 한 두 사람의 힘만으로는 역시 좀 불안한 데가 있었다.

그때 오랫동안 윤동주의 원자료에 깊은 관심을 보여온 오무라에게, 윤씨가로부터 공동작업의 일원으로 참여해 주었으면 좋겠다는 의뢰가 들어 왔다. 원고의 복간(復刊) 출판과 관련하여 일본이 갖고 있는 수준 높은 기술을 참고하고 싶다는 뜻도 들어 있었다. 한국 학자의 작업이 신뢰할 만하다고 한 번 사양하긴 했지만, 결국은 수락하기로 했다. 그 즈음, 이 작업에는 아무래도 한국의 국문학자의 참여가 필요하다는 것을 역설했다. 이렇게 해서 공동 작업의 일원으로서 연세대 강사인 심원섭(沈元燮) 선생이 참여하게 되었다. 심씨는 『원본 이육사 전집』을 편찬·출판하면서 탄탄한 텍스트 비평연구를 한 실적이 있었다. 이리하여 국문학 전공자인 심원섭, 유가족 대표로 건축학 전공자인 윤인석, 한일 비교문학 전공자인 왕신영, 조선문학의 오무라, 이렇게 서로 전공이 다른, 그러나 윤동주의 시를 더할 나위 없이 소중하게 생각하는 4인의 공동작업이 시작되었다.

그러나 이 작업은 결국 벽에 부딪혔다. 원고의 상태와 퇴고 과정을 문자로 보여주려고 애를 써도 그 작업에는 한계가 있어서, 원고의 사진과는 비교할 수가 없었다. 또 아무리 정확을 기한다 해도 원고를 활자화하는 과정에서 자료집으로서는 치명적인 문제라 할 수 있는 인쇄 오류가 생길 수도 있었다. 그리하여 모처럼 원고를 칼라 사진으로 찍게 되었으며, 때를 맞춰 원고 사진을 자료집 속에 첨가하는 것이 어떻겠는가 하는 요청이 재연되었다. 나는 윤씨가에 사진수록을 허가해달라고 다시 요청했다. 다소의 우여곡절은 있었지만, 유가족은 원고와 관련된 복잡한 생각들을 극복하고, 전면적인 사진공개를 승낙해 주었다.

1997년 2월부터 3월에 걸쳐 다시 4인의 공동작업이 시작되었다. 대학의 겨울방학을 이용해서 1개월, 아침부터 점심식사를 끼고 밤까지 공동작업이 이어지는 매일이었다. 긴장과 피로가 이어졌으나 즐거운 작업이었다. 단 3월은 한국의 신학기가 시작되는 시기였기 때문에, 4인의 스케줄이 맞는 시간이 충분히 확보되지 않아, 97년 여름방학으로 작업이 미뤄졌다.

본고는 『윤동주 자필시고 전집』의 편찬과정을 저자 나름으로 정리한 중간보고임과 동시에, 편찬작업 과정에서 저자 나름으로 느낀 윤동주 연구의 문제점의 일부를 기술하려 한다. 본고는 자료 면에 상당한 중점을 두고 있는데, 자료 정리를 통해 윤동주에 대한 저자 나름의 관심의 틀을 제시하려고 한다.

3. 『윤동주 자필시고 전집』의 구성

1998년 초엽에는 한국에서 출판될 것으로 기대하고 있었던 『사진판 윤동주 자필시고 전집』의 구성은 다음과 같았다.

① 윤인석 씨 서문(윤동주 원고, 창작노트 등의 보관 경위 및 본서 출판 과정).

② 편자 해설 및 범례.

③ 사진판, 윤동주 자필시고(50% 축소판).

④ 사진판, 윤동주 장서 등에 기록된 메모와 자필서명.

⑤ 활자판, 본문의 확정과 편자 주.

⑥ 현존 윤동주 소장도서 목록.

⑦ 현존 윤동주 작성 스크랩북 내용 일람.

⑧ 윤동주 연보, 저작 목록.

⑨ 작품 제목 총목록.

편자들의 목적은, 연구자를 위한 자료집 출간에 있지, 일반 독자용 시집 출간에 있는 것은 아니다. 편자들은 윤동주의 유고를 원형 그대로 완전 복각하는 데 전력을 기울였다.

본서의 중심 내용은, 사진판 부분을 제외하면, ⑤의 「본문 확정과 편자주」 부분에 있다.

윤동주가 남긴 자필시와 산문은 150편이다. 제목만 있는 1편을 빼면 총 149편이 된다. 149편이라는 수는, 퇴고를 거듭하는 과정에서 작품 전체를 다시 옮겨 쓴 경우 그것을 중복해서 센 것이다. 자필 원고는 다음의 다섯 그룹으로 나눠진다.

① 제1습작집 『나의 習作期의 詩아닌 詩』, 시 59편(이 중 1편은 제목만 있음)

② 제2습작집 『窓』, 시 53편

③ 산문 4편

④ 자선시고집 『하늘과 바람과 별과 詩』, 시 19편

⑤ 습유시(拾遺詩)

　　㉠ 일본 유학 이전, 시 10편

　　㉡ 일본 유학 시기, 시 5편

　①은 1934년 12월부터 1937년 3월에 이르는 기간에 창작된 시고로서, 동시와 동요가 비교적 많이 포함되어 있다. 윤동주 작품 중에서는 가장 초기에 속하는 것이다.

　②의 『窓』은 1936년부터 1939년 9월 사이에 창작된 시고로, ①에 있는 시편들을 개작했거나 그대로 옮겨 적은 시 17편이 들어 있다.

　⑤는 ①, ②처럼 노트로 묶인 것이 아니라, 낱장 종이에 씌어진 것이다. ⑤의 ㉠은 고쿠요(コクヨ) 원고용지 및 낱장 종이에 씌어져 있으며, ⑤의 ㉡의 5편은 릿교[立敎]대학 용지에 씌어 있다.

　①, ②, ④, ⑤의 목차 제목과, 그 출입 관계를 제시하면 다음과 같다. '기(旣)발표'란 생전에 신문잡지에 발표된 것, '미발표'는 이번에 처음으로 공개되는 것을 가리킨다. '동요'·'동시' 등의 구분은 윤동주 자신이 붙인 것이다. '전기(轉記)'란 옮겨 적었다는 것을 의미한다.

① 『나의 習作期의 詩아닌 詩』 목차

초한대

삶과 죽음

래일은 없다

조개껍질(동요)

고향집(동시)

병아리(동요)   기발표

오줌쏘개디도(동시)   기발표

창구멍(동요)   미발표

짝수갑(동요)   제목만 있음

기와장내외(동요)

비둘기

離別

食券

牧丹峰에서

黃昏   『窓』에 轉記

가슴 1   『窓』에 轉記

가슴 2   미발표. 『窓』에 轉記

종달새

山上   『窓』에 轉記

거리에서

空想	기발표
이런날(矛盾)	
午後의球場	
陽地쪽	『窓』에 轉記
山林	『窓』 및 『拾遺詩』에 轉記
가슴 3	『窓』에 轉記
꿈은깨여지고	
蒼空	
南쪽하늘	『窓』에 轉記
빨래	『窓』에 轉記
비ㅅ자루(동시)	기발표
해ㅅ비(동시)	
비행긔(동시)	
닭	『窓』에 轉記
谷間	『窓』에 轉記
(제목 없음) (아인양, 雜筆)	『窓』에 轉記, 改題 「가을밤」
굴뚝(동시)	
무얼먹구사나	기발표
봄(동시)	
참새	
개	
편지	

버선본

눈

사과

눈

닭

아츰 『窓』에 轉記

겨을 『窓』에 轉記

호주머니

黃昏 「黃昏이 바다가되여」로 개제하고 『窓』 및
『拾遺詩』에 轉記

거즛뿌리(동시)

둘다

반듸불

밤 『窓』에 轉記 後 삭제

할아버지 『窓』에 轉記

만돌이

개(동시) 미발표

나무

② 『窓』 목차

黃昏 『나의習作期의詩아닌詩』(이하 『아닌』이라

	표기함)에서 轉記
가슴 1	『아닌』에서 轉記
가슴 2	전문 삭제. 『아닌』에서 轉記
가슴 3	『아닌』에서 轉記
山上	『아닌』에서 轉記
陽地쪽	『아닌』에서 轉記
山林	『아닌』에서 轉記. 『拾遺詩』에도 있음.
南쪽하늘	『아닌』에서 轉記
빨래	『아닌』에서 轉記
닭	『아닌』에서 轉記
가을밤(아이ㄴ양)	『아닌』에서 轉記
谷間	『아닌』에서 轉記
겨울	『아닌』에서 轉記
黃昏이 바다가되여	『아닌』의 「黃昏」을 改題 轉記. 『拾遺詩』에도 있음.
밤	『아닌』에서 轉記
할아버지	『아닌』에서 轉記. 전문 삭제
장	전문 삭제
風景	
달밤	
鬱寂	미발표. 전문 삭제
寒暖計	

그女子	
夜行	미발표. 전문 삭제
비ㅅ뒤	미발표. 전문 삭제
悲哀	
冥想	
窓	
바다	
遺言	
山峽의午後	
새로운길	자선시고집에 수록
어머니	미발표. 전문 삭제
아츰	『아닌』에서 轉記
소낙비	
街路樹	미발표. 전문 삭제
비오는밤	
사랑의殿堂	
異蹟	
아우의 印像畵	
코쓰모쓰	
슬픈族屬	자선시고집에 수록
고추밭	
毘盧峰	

해빛·바람(동요)

해바라기 얼골

애기의 새벽

귀뜨람이와 나와

산울림   기발표

달같이

薔薇病들어

츠르게네프의 언덕(산문시)

산골물

自像画

③ 산문

달을 쏘다   기발표

별똥 떨어진데

花園에 꽃이 핀다

終始

④ 자선시고집

〈제목 없음〉(序詩)

自画像   『窓』에서 轉記

少年

눈오는地圖

돌아와보는밤   『拾遺詩』의「흐르는 거리」를 改題 轉記

病院   『拾遺詩』에도 있음

새로운길   『窓』에서 轉記

看板없는거리

太初의아츰

또太初의아츰

새벽이올때까지

무서운時間

十字架

바람이불어

슬픈族屬   『窓』에서 轉記

눈감고간다

또다른故鄕

길

별헤는밤

⑤ **습유시**

㉠ 일본유학 이전

山林   『아닌』,『窓』에도 있음

황혼이 바다가되여   『아닌』,『窓』에도 있음

慰勞

病院　　　　　　　　자선시고집에 수록

八福

慰勞　　　　　　　　『拾遺詩』에「위로」2편

못자는밤

흐르는 거리　　　　자선시고집에「돌아와보는밤」으로 改題 수록

肝

懺悔錄

ⓛ 일본 유학기

흰그림자

사랑스런追憶

흐르는거리　　　　　『拾遺詩』(1)의「흐르는거리」와는 별도 작

　　　　　　　　　　품임

쉽게씨워진詩

봄

이상 ①~⑤의 출입 사항을 정리하면 다음과 같다.

①의『나의 습작기(習作期)의 시(詩)아닌 시(詩)』59편의 시 중, ②의『창(窓)』에 전기된 것이 17편이다. 그 17편 중「황혼(黃昏)」(「黃昏이바다가 되여」)과「아이ㄴ양잡필(雜筆)」(「가을밤」) 2편은 표제는 고쳐졌지만, ④의「습유시(拾遺詩)」의 낱장 종이에 기록되어 있다.

②의 『창(窓)』에 수록된 53편 중, 『나의 습작기(習作期)의 시(詩)아닌 시(詩)』에서 재수록한 작품이 17편이다. ⑤의 『습유』의 낱장 종이에 기록된 것과 같은 작품이 「산림(山林)」·「황혼(黃昏)이 바다가 되여」(「황혼」) 2편. ④의 자선시고집과 동일한 작품이 「새로운길」·「슬픈족속(族屬)」·「자화상(自畵像)」 3편이다.

⑤의 습유시는 15편인데(「慰勞」가 2편 있기 때문에 14편으로 보아도 무방하다), ①, ②와 동일한 작품이 「산림(山林)」과 「황혼(黃昏)이 바다가되여」의 2편이다. 또 ④의 자선시고집에 채록된 작품은 「흐르는거리」(「돌아와보는밤」)과 「병원」 2편이다.

④의 자선시고집 『하늘과 바람과 별과 시(詩)』는 19편 중에서 『창』에서 뽑은 것은 「자화상(自畵像)」·「새로운길」·「슬픈족속(族屬)」 3편, 『습유시(拾遺詩)』에서 뽑은 것은 「돌아와보는밤」·「병원(病院)」 2편이다. 14편은 자선시고집에서만 볼 수 있는 것이다.

이렇게 보면, 『나의 습작기(習作期)의 시(詩)아닌 시(詩)』와 『창(窓)』은 창작 노트 혹은 습작집이라는 의식이 배후에 있었다는 것이 분명하며, 자선시고집 『하늘과 바람과 별과 시(詩)』는, 도일(渡日) 전의 작품 중에서 골라내어 남에게 보이고 싶다는, 가능하다면 출판하고 싶다고 생각한 시편이라는 것을 알 수 있다. 이 시고집에 수록된 19편은, 1939년부터 41년 11월 사이에 창작된 것으로서, 윤동주의 작품 중에서는 비교적 후기에 속하는 것이다. 『나의 습작기(習作期)의 시(詩)아닌 시(詩)』에서 전기한 것이 1편도 없으며, 『창』에서 전기한 것도 3편밖에 없다는 점이 그것을 입증하고 있다. 초기에 많이 볼 수 있었던 동시와 동요류가 1편도 없다는 것도 특징적이다. 1939년을 경계로 윤동주의 작품을 전기와 후기로 나누는 것은, 이러한 외재적 면에서도 합리성을 갖고 있다고 할 수 있을 것이다.

4. 본문의 확정과 주

앞에서 기술한 바와 같이, 이번의『윤동주 자필시고 전집』은 자료 집이라는 성격 때문에 모든 것을 원자료 그대로 독자에게 제공하는 것을 목적으로 하고 있으며, 편주자의 판단은 최대한 제한하고 객관적 사실을 있는 그대로 정확하게 제시하려고 노력했다.

편주자는 윤동주의 전 육필원고의 칼라사진을 제시한 후, 그것을 해독하고 본문을 확정하는 작업부터 시작했다. 윤동주가 스스로 최종적 작품이라고 인정한 형태를 본문으로 하고, 이것을 활자화했다. 본문은 철자・띄어쓰기・행갈음・사용 한자・구독점은 전부 원문 그대로 제시하여, 인쇄를 통해 자필원고를 재생하려고 노력했다.

배열 순서는 ①『나의 습작기(習作期)의 시(詩)아닌 시(詩)』, ②『창(窓)』, ③『산문』4편, ④ 자선시고집『하늘과 바람과 별과 시(詩)』, ⑤『습유시』15편의 순으로 했다.

①, ②에 수록되어 있는 작품은, 거의 창작 연월순으로 배열되어

있는데, 때로는 창작 연월순으로 배열되어 있지 않은 경우도 있다. 자료집이기 때문에 창작 노트의 배열순 그대로 배열했다. 『습유시』의 경우도 창작 연월순으로 배열했는데, 이 중에는 일부 추정작업을 가한 경우도 있다. ④는 창작 연월순과 상당히 다르게 배열되어 있다. ④의 경우는 남에게 보여주는 시집으로서의 의식이 작용했기 때문일 것이다.

본 자료집의 각 페이지의 상단에는 윤동주 자필 원고사진을, 하단에는 가능한 한 최종원고 형태에 충실한 활자체 본문을 썼다. 때로는 본문 확정 작업에 곤란이 수반되는 경우도 있었다. 창작 메모인지 본문의 시구인지, 띄어쓰기가 되어 있는 건지 아닌지, 새카맣게 잉크로 지워진 글자가 무엇인지 알 수 없는 경우, 때로는 '판독불능'의 경우도 있었다. 또는 90% 이상 편주자의 추측이 맞을 것이라고 생각되었으나 주관이 개입되는 판단을 피하기 위해 "○○라고 판단된다"라는 표현을 채용하기도 했다.

원고에 기록된 글자는 물론, 각종 기호·도형·원고의 상황 등도, 자필 원고에 가장 가까운 형태를 재현하려고 노력했다. ○·◎·△·□·그물눈모양(▦)·사각 테두리 모양(▢)·옆줄·행갈음 표시·전후 바꿈 표시·중복 기호·각종 괄호 등이 기호·도형의 대표적인 것으로서, 모두 편주 대상으로 삼았다.

하단의 주 부분에서는 윤동주의 퇴고 흔적을 따라가면서 그 과정을 가능한 한 상세하게 기록했다. 추가·삭제·수정 내용 등이 그것인데, 표현 방법이나 수사적 측면에서도 퇴고 과정을 추적하는 것은 흥미롭다.

또 자필원고의 대부분은, 농담(濃淡) 상태가 다양한 청색 또는 검은 잉크로 씌어 있는데, 이외에 적연필·청연필·흑연필 등으로 쓴 가필 내용이나 각종 기호가 있다. 그것들도 주 대상으로 취급했다. 단, 원고용지의 경계선 밖에 '『窓』에 轉記' 등등 흑연필로 쓴 내용들은, 필적으로 볼 때, 본인의 것이 아님이 분명하기 때문에 주 대상에서 제외했다.

5. 생전의 발표 작품

윤동주가 생전에 신문·잡지에 발표한 작품은 다음의 12편이다. 발표 연대순으로 나열하면 다음과 같다.

空想	『崇實活泉』(1935.10). 제작 연월일 없음.
병아리(童謠)	『카톨릭少年』(1936.11), 제작 1936.1.6.
비ㅅ자루(童謠)	『카톨릭少年』(1936.12), 제작 1936.9.9.
무얼먹구사나(童謠)	『카톨릭少年』(1937.3), 제작 1936.10.
거짓뿌리(童謠)	『카톨릭少年』(1937.10), 제작 연월일 없음.
오즘싸개지도(童詩)	『카톨릭少年』(1937.11), 제작 연월일 없음.
아우의 印像畵	『朝鮮日報』(1938.10.17), 제작 1938.9.15.

달을쏘다(散文)	『朝鮮日報』(1939.1.23),	투고 1938.10.
遺言	『朝鮮日報』(1939.2.6),	제작 1937.10.24.
산울림	『少年』(1939),	제작 1938.5.
새로운길	『文友』(1941.6),	初作 1938.5.10.
우물속의 自像畵	『文友』(1941.6),	제작 연월일 없음.

이상 12편 중 「공상(空想)」・「병아리」・「비ㅅ자루」・「무얼먹구사나」・「거즛뿌리」・「오즘싸게지도」(자필원고 본문에서는 「오즘쏘게디도」) 6편은 제1창작노트 『나의 습작기(習作期)의 시(詩) 아닌 시(詩)』에 들어 있으며, 「아우의 인상화(印像畵)」・「산울림」・「유언(遺言)」・「새로운길」・「우물속의 자화상(自像畵)」은 제2창작 노트 『창(窓)』에, 산문 「달을쏘다」는 산문묶음 속에 수록되어 있다.

무엇보다도 원고와 발표된 활자와의 사이에는 시구에 약간의 차이가 있다(이번 『윤동주 자필시고 전집』에서는 그 차이들도 주를 붙여 분명하게 했다). 차이가 생긴 원인은 창작노트를 원고용지에 베껴 신문・잡지에 투고할 때 손을 댔을 가능성도 있고, 신문・잡지의 오식일 경우도 있을 것이나, 그보다는 발표 후 창작 노트의 작품에 퇴고를 거듭한 경우가 많았을 것이라고 생각된다. 「병아리」・「비ㅅ자루」・「오좀싸개지도」・「空想」 4편은 활자로 발표된 것을 윤동주가 스크랩한 후 펜으로 손질을 한 흔적이 역력하다.

6. 최초 공개 작품

이번에 처음으로 공개되는 작품은 아래 8편이다. 「창구멍」·「가
슴 2」·「개」 3편은『나의 습작기(習作期)의 시(詩) 아닌 시(詩)』에 수록
되어 있었던 것이며, 「울적(鬱寂)」·「야행(夜行)」·「비ㅅ뒤」·「어머
니」·「가로수(街路樹)」 5편은『창(窓)』에 수록되어 있었던 것이다.

이 중 「창구멍」과 「가슴 2」는『창(窓)』에도 전기되어 있다.『창
(窓)』에 전기된 경우, 「창구멍」은 제목이 「해빛 바람」으로 바뀌어 있다.

창구멍(童謠)	제작연월일 없음
가슴 2,	1936.3.25
개(童詩)	제작 연월일 없음
鬱寂	1937.6
夜行	1937.7.26
비ㅅ뒤	제작연월일 없음
어머니	1938.5.28
街路樹	1938.6.1

「창구멍」은『창(窓)』에서는 대폭 개작되어, 제목도 「해빛·바람」
으로 바뀌어 있다. 개작의 폭이 크기 때문에 다른 작품으로 보는 것
도 가능하다. 「가슴 2」는 자구가 수정되어,『창(窓)』에 전기된 후, 작

품 전체에 ×표시가 쳐진 것으로 보인다. 정음사판『하늘과 바람과 별과 시(詩)』에 있는 「가슴 2」는 원래 「가슴 3」으로 제작되었던 것을, 「가슴 2」를 삭제했기 때문에 번호가 위로 올라간 것이다.

「개」·「울적(鬱寂)」·「야행」·「비ㅅ뒤」·「어머니」·「가로수(街路樹)」는 전부 윤동주 자신이 작품 전체에 삭제 표시를 붙여놓았다. 이러한 의미에서는『하늘과 바람과 별과 詩』의 편자 윤일주는, 윤동주의 뜻을 충실하게 이어받고 있다고 할 수 있다. 물론 "시인은 이 작품의 원고 전체에 ×표시를 붙여 삭제했지만, 편자는 이것을 살려두기로 했다"고 편자주를 붙이고, 시집 속에 살려놓은 「장」과 같은 예도 있긴 하지만.

이하 종래 미발표 상태였던 8편의 시의 원문을 소개한다. 원고에는 퇴고의 흔적이 많은데, 작자가 의도했던 것으로 보이는 최종형을 원문으로 한다.

바람부는 새벽에 장터가시는
우리압바 뒷자최 보구싶어서
춤을발려 뚤려논 적은창구멍
아롱아롱 아츰해 빛이움니다
×
눈나리는 져녁에 나무팔려간
우리압바 오시나 기다리다가
헤끝으로 뚤려논 적은창구멍

살랑살랑 찬바람 날아듭니다

　　　　　　—「창구멍」, 『나의 習作期의 詩아닌 詩』 수록

늦은가을 스르램이

숲에째워 恐怖에떨고

웃음웃는 흰달생각이

도망가오.

　　　　　　—「가슴 2」, 『窓』 수록, 1936.3.25

「이 개 더럽잔니」

아―니 이웃집 덜렁 숭개가

오날 어슬렁 어슬렁 우리집으로 오더니

우리집 바두기의 미구멍에다 코를대고

씩씩 내를 맛겟지 더러운줄도 모르고,

보기 숭해서 막차며 욕해 쫓앗더니

꼬리를 휘휘 저으며

너희들보다 어떻겟느냐하는 상으로

뛰여가겟지요 나― 참.

　　　　　　—「개」(童詩), 『나의 習作期의 詩아닌 詩』 수록

처음 피워본 담바맛은

아츰까지 목앓에서 간질간질 타.

어제밤에 하도 鬱寂하기에

가만히 한대피워 보앗더니.

—「鬱寂」,『窓』 수록, 1937.6

正刻! 마음이 앓은데있어 膏藥을붗이고

시들은 다리를 끟을고 떻나는 行裝,

—汽笛이들리잖게 운다.

사랑스런女人이 타박타박 땅을 굴려 쫓기에

하도 무서워 上架橋를 기여넘다.

—이제로붙어 登山鐵道,

이윽고 思索의 포푸라턴넬로 들어간다.

詩라는것을反芻하다 맛당이反芻하여야한다.

—저녁煙氣가 놀로된 以後,

휘ㅅ바람부는 햇 귀뜰램이의

노래는 마듸마듸 끟어저.

그믐달처럼 호젓하게슬프다,

늬는 노래배울 어머니도 아바지도 없나보다.

—늬는 다리가는 쬐그만보해미앤,

내사 보리밭동리에 어머니도

누나도 있다.

그네는 노래부를줄 몰라

오늘밤도 그윽한 한숨으로 보내리니—

—「夜行」, 『窓』 수록, 1937.7.26

「어— 얼마나 바가운비냐」

할아버지의 즐거움.

가믈들엇든 곡식 자라는소리

할아바지 담바 빠는 소리와같다.

비ㅅ뒤의 해ㅅ살은

풀닢에 아름답기도 하다.

—비ㅅ뒤, 『窓』 수록

어머니!

젖을 빨려 이마음을 달래여주시오.

이밤이 작고 설혀 지나이다.

이아이는 턱에 수염자리잡히도록

무엇을 먹고 잘앗나이까?

오날도 힌주먹이

입에 그대로 물려있나이다.

어머니

부서진 납人形도 슬혀진지

벌서 오랩이다.

철비가 후누주군이 나리는 이밤을

주먹이나 빨면서 새우릿가?

어머니! 그어진손으로

이 울음을 달래여주시요.

—「어머니」, 『窓』 수록, 1938.5.28

街路樹, 단촐한 그늘밑에

구두술 같은 헤人바닥으로

無心히 구두술을 할는 시름.

때는 午正. 싸이렌,

어대로 갈것이냐?

□□ 그늘은 맴 돌고.   (□□는 판독 불가능)

따라 사나이도 맴돌고.

—「街路樹」, 『窓』 수록, 1938.6.1

「비人뒤」나 「어머니」 같은 좋은 작품에 윤동주가 왜 X표를 붙이고 삭제했는지, 그 이유를 이해하기 어렵다.

7. 장서와 자필 메모

윤일주 씨는 증언을 통해 "그가 방학 때마다 이불짐 속에 한 아름씩 넣어 오는 책은 800권 정도 모이었다"고 한 바 있다(「윤동주의 생애」, 『나라사랑』 23호). 그러나 현재 유가족의 손에 남아 있는 윤동주의 장서는 42권밖에 없다.

현존하는 장서의 대부분은 한자로 '尹東柱'·'東柱 藏書'·'東柱', 한글로는 '동주'·'동주장서' 혹은 영문으로 'Yun T. C'·'Youn'이라 씌어 있는 자필 서명과, 구입 연월일이 기록되어 있다. 또 고서점에서 구한 것으로 생각되는 것도 많은데, 고서점의 스탬프, 스티커들이 붙어 있는 것도 있다. 고서점은 대부분 아리요시서점[有吉書店]을 이용한 것으로 되어 있다. 아리요시서점은 '서울시 종로구 대문동(大門洞) 1가 3번지'(해방 후 주소)에 있었다. 동주가 연희전문에 다니고 있었던 당시, 그가 살고 있던 하숙에서 가까웠기 때문에, 자주 이용했던 것으로 생각된다.

현존하는 장서는 세 종류로 나눠진다. 하나는 한글시집, 또 하나는 일본도서, 다른 하나는 영문도서다.

일본도서에 관해서는 「윤동주의 일본체험」에서 이미 소개한 바 있으니, 여기서는 한글시집과 영문도서를 소개한다. 한글도서는 다음과 같다.

『永郎詩集』, 詩文學社, 昭和 10.11.25刊, 서명 '東柱藏書', 1937.10.15.

張萬榮詩集, 『祝祭』, 人文社, 昭和 14.11.30刊. 서명 '東柱' 1942.2.

徐延柱, 『花蛇集』, 漢城圖書印刷, 南蠻書房刊, 昭和 16.2.10刊. 서명
'東柱' 1941.2.

吳章煥, 『獻詞』, 南蠻書房, 昭和 14.7.20刊. 서명 '尹東柱', 1939.10.5.

辛夕汀, 『촛불』, 人文社, 昭和 14.11.28刊. 서명 '東柱', 1942.2.

『朴龍喆全集』(詩集), 東光堂書店, 昭和 14.5.5刊. 서명 '東柱' 1942.2.

吳熙秉編, 『乙亥名詩選集』(詩와 時調), 詩苑社, 昭和 11.3.27刊. 서명
'동주장서', 1937(김기림 · 김광섭 · 김광균 · 김동환 · 김달진 ·
김동명 · 김상용 · 안서 · 영랑 · 노천명 · 김조규 · 노춘성 · 김
해강 · 유치환 등의 시).

鄭芝溶, 『白鹿潭』, 文章社, 昭和 16.9.15刊. 서명 '東柱', 1941.10.6.

『鄭芝溶詩集』, 詩文學社, 昭和 10.10.27刊. '東柱장서', 1936.3.19.

白石, 『사슴』, 昭和 11年刊, 필사.

영문책은 5권인데 그 중 4권은 『연구사현대영문학총서(硏究社現代
英文學叢書)』에 포함되어 있는 책들이다. 곳곳에 각주가 일본어로 붙
어 있다.

新里文八郎, 『Selected Poems of Walter De La MARE』, 研究社, 昭和 9.11.15. 서명 'Yun', 1940.5. 아리요시서점 스탬프 있음.

岡倉由三郎 市河三喜, 『The Bible』, 研究社 昭和 6.1.5. 서명, 구입시기 없음.

中野好夫, 『BITTER SWEET and THE VORTEX』, 研究社, 昭和 10.1.15. 서명 'Yun', 1940.5. 아리요시서점 스탬프 있음.

佐藤淸, 『MEMORIES OF A FOX-HUNTING MAN』, 研究社, 昭和 10.7.25. 서명 'Yun', 1940.5. 아리요시서점 스탬프 있음.

『THE NEW TESTAMENT』, LONDON, BRITISH AND FOREIGN BIBLE SOCIETY. 1933 서명 '尹東柱'.

현존하는 장서로 보아, 윤동주는 문학 작품을 중시하는 한편으로, 그 배경이 되는 철학·미학·역사·예술학·논리학 등에도 깊은 관심을 갖고 있었던 것을 알 수 있다. 책 속에 메모나 옆줄이 많은 것은 철학서이며, 적은 것은 시집 등 문학서다. 문학서는 감상하기만 하면 되나, 철학서 등은 이해를 하려고 노력했기 때문일 것이다. 중요 관심부분에 옆줄을 긋거나, 주요 사항·인물 등에 표시를 하거나, 스스로 소제목을 붙이거나 메모와 촌평(寸評)을 기록한 부분들은 41권의 장서 속에서만도 백 수십 개소에 이른다.

윤동주가 독서 과정 중에 떠오른 단상을 기록한 예를 들기로 한다. 『정지용 시집』의 「태극선」이라는 시의 제8연의 시구,

나는, 쌀, 돈셈, 집웅샐것이 문득 마음 키인다

이 한 행에 옆줄을 그은 뒤 "이거文學者답다(生活의 협박장이다)"라는,
촌평 혹은 촌감(寸感)이라 할 만한 내용을 윤동주는 기록하고 있다.

또 정지용의 「압천(鴨川)」이라는 시에도 "傑作!"이라는 두 글자를
써놓았다.

이것은 장서라고는 할 수 없는 예인데, 『백석시집(白石詩集) 사
슴』의 사본이 있다. 1936년에 100부 한정판으로 출판되었는데, 입
수가 불가능했기 때문에 윤동주가 전문을 원고용지에 베껴놓은 것
이다.

여기에도 촌평이 삽입되어 있어 흥미롭다. 작품 「모닥불」에는 "傑
作이다"라고 기록되어 있고, 「초동일(初冬日)」의 제1연 "아이들이 물
코를흘리며 무감자를 먹었다" 부분에 파도형의 옆줄을 긋고, "그림
같다"고 감상을 보여주고 있다.

다른 작품에서도 "좋은句節", "氏의觀察力을볼수있다", "我不知
道" 등의 촌감을 기록한 예들을 볼 수 있다. 때로는 작품 「힌밤」의
마지막 일절 "이러한밤이었다"에 옆줄을 긋고 "'이러한밤이었겟지'
라고 한다면"이라고 자기 나름의 의견을 쓰는가 하면, "山새는벌베
먹어의 '벌베'에 괄호를 치고 '레'가 않을가"라고 미스 프린트를 정
정한 예도 있다. 윤동주가 얼마나 백석과 정지용에 경도되어 있었는
가, 열심히 읽고 있었는가를 알 수 있다.

이상에서 현존하는 윤동주의 장서에 대해 논해 왔지만, 물론 장서가 그것만 있는 것은 아니다. 앞에서 기술한 바와 같이 동생 일주 씨의 증언에 의하면 800권이나 있었다고 한다. 대부분이 산일되어 버렸다고 할 수 있다. 현존하고 있지는 않지만, 일주 씨가 서명까지 분명하게 기억하고 있는 책에는 다음과 같은 것이 있다(「윤동주의 생애」, 『나라사랑』 23호).

한글 잡지로는 『어린이』·『아이생활』·『소년』(조선일보사 발행)·『문장(文章)』·『인문평론(人文評論)』·『진단학보(震檀學報)』 등.

일본어 잡지로는 『セルパン』·『사계(四季)』·『詩と詩論』·『白と黒』 등.

한글 단행본으로는 변영로 『조선(朝鮮)의 마음』, 주요한 『아름다운 새벽』, 김동환 『국경(國境)의 밤』, 한용운 『님의 침묵』, 이광수·주요한·김동환 『삼인시가집(三人詩歌集)』, 양주동 『조선(朝鮮)의 맥박(脈搏)』, 이은상 『노산시조집』, 『윤석중동요집』, 윤석중 『잃어버린 댕기』, 황순원 『방가(放歌)』, 김동인 『아기네』, 김래성 『백가면』, 『아동문학집』(조선일보사간), 강소천 『호박꽃초롱』, 『현대조선문학전집』 전 8권(조선일보사), 『조선고전문학전집』(삼중당), 『호암전집(湖岩全集)』(전 3권), 최현배 『우리말본』, 그 외에 칼라화집 『오지호(吳之湖) 김주경(金周經) 2인화집(2人畵集)』이 있었다고 한다.

일본어 단행본으로는 『소천미명동화집(小川未明童話集)』·『アンドレ・ジイド全集』·『バレリ詩全集』·도스토예프스키 연구서·프랑스시집·『ゴッホの生涯』·『ゴッホ書簡集』 등도 있었다고 한다.

8. 텍스트 검토와 그 의미

앞에서 논한 바와 같이 이번 『윤동주 자필시고 전집』의 중심은 자필시고의 정리작업과, 윤동주가 의도한 바에 해당하는 최종고를 확정하여 그것을 본문으로 제시하는 작업, 그것에 이르는 퇴고의 과정을 '주'를 첨가하여 분명하게 하는 작업 등이 있다. 이 장에서는 퇴고의 흔적을 추적하여 작품 성립의 과정을 밝히고, 시인이 의도한 작품의 최종형을 확정하는 작업이 작품의 이해와 어떠한 관련성이 있는가를, 「곡간(谷間)」·「아츰」 두 편을 예로 들어 보기로 한다.

우선 『나의 습작기(習作期)의 시(詩) 아닌 시(詩)』의 「곡간(谷間)」부터 보기로 하자.

'주' 부분 중, ○ 표시는 원고의 상황을 편주자가 설명한 부분이며, 기타 부분은 퇴고 과정을 설명한 부분이다.

「곡간(谷間)」은 제1습작집 『나의 습작기(習作期)의 시(詩) 아닌 시(詩)』와 『창(窓)』 양쪽에 수록되어 있으며, 『창(窓)』에서는 상당 부분 수정되어 있다.

『나의 습작기(習作期)의 시(詩) 아닌 시(詩)』의 수고(手稿)를 좌측에 활자화하고, 그 퇴고과정을 우측에 제시하면 다음과 같이 된다.

谷間

산들이 두줄로 줄다름질치고,
여울이소리처 목이자젓다,
한여름의 햇님이 구름을타고,
이골짝이를 빠르게도 건너런다.

    ×   ×

산등아리에 송아지뿔처럼,
울뚝뿔뚝히 어린바위가
얼룩소의 보드러운털이
이산등서리에 푸러케자랏다.

    ×   ×

三年만에 故鄕찻이드는,
산꼴나그네의 발거름이
타박타박 땅을고눈다,
벌거숭이 두루미다리, 같이,

    ×   ×

헌신짝이 집행이 끝에
목아지를 달아매여 늘어지고,
색기의날발을태우려
푸루룩 저산에날뿐, 고요하다.

    ×   ×

○ 제목 위에 가위표가 있음.

○ 1행과 2행 사이 윗쪽에 붉은 색연필로
동그라미표가 그려져 있음.

○ 「산등아리에 / ~푸러케자랏다」의 4행에
붉은 색연필로 옆줄이 그어져 있음. 「××」는
모두 행간에 있음.

「어린바위가」는 처음에 「어린바위가솟구」
에서 「어린바위가자라구」로 수정되었다가,
다시 「어린바위가」만 남기고 연필로 모두
삭제되었음.

「얼룩소」는 원래 「얼럭소」.

「두루미다리, 같이,」는 처음에 「두루미다리,
가.」에서 「두루미다리, 가치,」로, 다시 「두루
미다리, 같이,」로 수정되었음.

                      까치가

「까치가 색기의날발을태우려」는 처음에
「까치가 나무가지를 물고」에서 「까치가
색기를 날발을 태우려」로, 다시 「까치가

갓쓴양반 당나구하고, 모른척지나고,

이땅에두물든,

말탄섬나라사람이,

길을뭇고지남이 異常한일이다.

다시곬작은고요하다 나그네의마음보다.

색기의날발을태우려」로 수정되었음.

○ 「사람이」 앞에 「삼」자가 있었으나 붉은

색연필로 가위표가 그어져 있음.

「다시」는 삽입되었음.

「곬작은」은 원래 「곬작이」.

○ 4연과 5연(「고요하다. ~갓쓴양반」)사이의

다음 4행이 삭제되었음.

버리지들이 연달아 노래하고,

저기, 집이있으니 사랑도있을것이다.

가담가담 논둑도있어

늙은이와 아희의 물싸흠을보다.

(주) 「저기,」는 삽입되었음.

「집이있으니 사랑도있을것이다,」는 원래

「집 이있나보니 사랑도있을껄니다.」

『창(窓)』의 「곡간(谷間)」의 최종형을 좌측에, 그 퇴고과정을 우측
에 제시하면 다음과 같다.

谷間

산들이 두줄로 줄다름질 치고
여울이 소리처 목이 자젓다.
한여름의 햇님이 구름을 타고
이골작이를 빠르게도 건너런다.

山등아리에 송아지뿔 처럼
울뚝불뚝히 어린바위가 솟구,
얼룩소의 보드러운 털이
山등서리에 퍼―렇게 자랏다.

三年만에 故鄕 찾어드는
산꼴 나그네의 발거름이
타박타박 땅을 고눈다.
벌거숭이 두루미 다리같이……

헌 신짝이 집행이 끝에
목아지를 매달아 늘어지고,
까치가 색기의 날발을 태우려 날뿐,
골작은 나그내의 마음처럼 고요하다.   ○ 마지막 행은 원고지 왼쪽 가장자리

一九三六. 여름.   여백에 쓰여졌음.

「고요하다」 다음의 6행이 삭제되었음.

푸루죽 저山에 날뿐 고요하다.

날뿐, 골작은 나그네의마음처럼 고요하다.

갓쓴양반 당나구타고 모른척 지나고,

이땅에 드믈든 말탄 섬나라사람이

길을 물고 지남이 異常한 일이다.

다시 꼴작은 고요하다 나그네의마음·보다.

(주) 1행의 「고요하다」는 원래 「고요다」.

2행의 「골작은」은 한 번 지워졌다가 오른쪽에

씌어진 뒤, 모두 삭제되었음.

　　『나의 습작기(習作期)의 시(詩) 아닌 시(詩)』에 있는 「곡간」에, 삭
제 및 첨가·수정 등의 퇴고가 상당량 중첩되어 있다는 것을 알 수
있다.

　　『창』에 있는 「곡간」은 상당히 정리되어, 마지막 6행을 제외한 부
분에는 가필과 삭제의 흔적이 없다. 『나의 습작기(習作期)의 시(詩)
아닌 시(詩)』에서 살려졌던 제5연 전체가 삭제되어 있는 것이 가장
큰 차이점이다.

　　이 차이는 단순한 수사상의 차원을 넘어 커다란 의미를 갖는 것으
로 보인다. 4연까지의 「곡간」은 산리(山里)의 자연을 노래한 시인데,

나귀를 탄 양반과 말을 타고 길을 묻는 일본인이 5연에서 등장하게 되면서 갑작스런 긴장감이 형성된다. 작품의 완성도로 보자면, 아무래도 제5연이 없는 쪽이 좋을 듯하나, 「곡간」을 최초로 구상한 시점, 그리고 『창』에 옮긴 시점에는, '갓쓴양반 당나구' 탄 양반과 '말을 타고 길을 묻는' 일본인이 존재하고 있었다는 것은 확실하다.

다음으로 「아츰」에 대해 보기로 한다. 「아츰」은 『나의 습작기(習作期)의 시(詩) 아닌 시(詩)』에 있으며, 그것이 수정되어 『창』에도 수록되었다. 그런데 정음사판(최신판은 1990년)에 수록되어 있는 「아침」은 앞의 두 습작집 중에 수록되어 있는 작품을 근거로 한 것이 아니라, 두 작품 속에서 뛰어난 시구들을 모아 합친 형태로 수록한 것이라는 것을 알 수 있다. 그 결과 보다 예술성이 높은 작품이 만들어졌다고는 할 수 있다. 윤동주도 난 외에 '고칠 것'이라 쓴 바 있다. 물론 윤동주 시집의 편자로서는 이렇게 합칠 수도 있었겠으나, 자료집을 염두에 두는 입장에서는 두 개의 습작집 내용을 그대로 독자에게 제시하는 수밖에 없다.

『나의 습작기(習作期)의 시(詩) 아닌 시(詩)』에 있는 「아츰」의 수고를 활자화하고, 그 퇴고과정을 제시하면 다음과 같다.

아츰   ○ 제목 위에 붉은 색연필로 동그라미표가 그려져 있음.

휙, 휙, 휙, 소꼬리가 부드러운 채ㅅ직

질로 어둠을 쫓아,

캄, 캄, 캄, 어둠이 깁다깁다 밝으오.

이제 이동리의 아츰이,

풀살오른 소영덩이 처럼 기름지오   ○「처럼 기름지오」에 붉은 색연필로 옆줄이

이동리 콩죽먹는 사람들이,   그어져 있음.「기름」은 삽입되었음.

땀물을 뿌려 이여름을 자래윗소.

닢, 닢, 풀닢마다 땀방울이 맺엇소.

여보!여보! 이 모—든 것을 아오.

　　　　　　　　（一九三六, ）   「（一九三六, ）」은 연필로 쓰여 있음.

이아츰을   「이아츰을」위에「（소꿉비를 쿤채로）」가

深呼吸하오 또하오,   있었으나 삭제되었음.

『창』에 있는「아츰」을 활자화하고, 그 퇴고과정을 제시하면 다음과
같다.

아츰   ○ 작품 전체에 가위표가 그어져 있음.

휙, 휙, 휙, 소꼬리가 부드러운 채ㅅ직   ○ 1연 위에 붉은 색연필로 ⌒표시가

질로 어둠을 쫓아,   되어 있음

캄. 캄. 어둠이 깁다깁다 밝으오.

땀물을 뿌려 이여름을 길렀오.

2연은 원래 4행이었으나 다음의 3행이
앞에서 삭제되었음.

닢. 닢. 풀닢마다 땀방울이 맺엇소.

이제 이洞里의 아츰이

풀살오른 소영덩이 처럼 푸드오.

이洞里의 콩죽먹은 사람들이

꾸김살 없는 이아츰을.

深呼吸하오 또하오.

(一九三六)

○ 삭제 부분 오른쪽 위에 「고칠 것」이라고
쓰여 있음.

「길렀오.」는 원래 「자래윗소」였으나 연필로
수정되었음.

「深呼吸하오.」 앞에 「이아츰을」이 삭제되었음.

『창』의 「아츰」은 반복된 첨삭의 결과 4행만 남겨지게 되었다. 이
것만으로는 완성된 작품이라고 하기 어렵다. 편자 윤일주 씨는 윤동
주의 "고칠 것"이라는 지시에 따라 『詩 아닌 詩』의 「아츰」을 참고로
해서 현재 윤동주 시집 속에 있는 「아침」이라는 시를 만들어냈다.

참고로 1990년 정음사판 시집 『하늘과바람과별과詩』에 수록되
어 있는 「아침」을 제시하면 다음과 같다. 시집의 편자가 고생한 흔
적이 역력하다.

아침

훠, 훠, 훠,

소꼬리가 부드러운 채찍질로

어둠을 쫓아,

캄, 캄, 어둠이 깊다깊다 밝으오.

이제 이 洞里의 아침이

풀살 오른 소엉덩이처럼 * 푸드오.

이 洞里 콩죽 먹은 사람들이

땀물을 뿌려 이 여름을 길렀오.

잎, 잎, 풀잎마다 땀방울이 맺혔오.

구김살 없는 이 아침을

深呼吸하오 또 하오.   *[편주]푸들다 : 살이 오른다는 뜻의

                                              북도 사투리.

〈1936.〉

9. 한자의 용법

이번에 출판되는 『윤동주 자필시고 전집』은 현재 가능한 한도 내에서 윤동주 작품과 관련된 모든 자료를 집성해 놓은 자료집이다. 이후 많은 연구자가 이 전집에 의거하여 윤동주 연구를 추진할 것이라고 생각된다. 그런 의미에서 이 전집에는 무한한 연구 테마가 만재되어 있다고 할 수 있을 것이다. 그 중의 하나에 윤동주의 한자 사용 문제가 있다. 이번 편찬작업을 진행해가던 도중에 윤동주의 한자 사용법에 대해 느낀 점이 있어 이 문제에 대해 기술해 두기로 한다. 이번의 한자 용법 조사는 초보적인 것으로서 완벽을 기한 것은 아니나, 전체적인 문제점은 거의 수집되어 있다고 할 수 있을 것이다.

윤동주를 둘러싸고 있었던 시대환경과 그 자신의 생활 체험, 문학 수업의 과정 등이 영향을 미치고 있는 것으로 생각되는데, 윤동주의 창작 노트 등에 나타난 한자 용법은, 정자체(正字體) 외에 일본식 약자·속자(俗字)·중국식 필기체 등 각종 용법이 혼재되어 있다. 기본적으로는 구 한자체(正字)가 많은데, 그 틀을 벗어난 것으로는 다음과 같은 것이 있다.

▶ **일본식 약자**(중국식 필기체와 동일한 것도 포함). **괄호 안은 작품 제목임.**
① 『나의 習作期의 詩아닌 詩』
名譽(空想)·鉄脚(午後의球場)·桟関車(離別)·断片(山林)·風景畫

(黄昏)・横断(黄昏)

중복기호「々」. 쨍々한(빨래).

②『窓』

小学生(陽地쪽)・風景画(黄昏이 다가가되여)・軽快(風景)・満潑(寒暖計)・厂史(寒暖計)・鉄道(夜行)・上学鐘(窓)・海辺(바다)・松涛園(바다)・都会地(소낙비)・対答(아우의印像画)・飛行桟(薔薇病들어)

③拾遺詩

横断(黄昏이 바다가되여)・風景画(黄昏이 바다가되여)・竜宮(肝)

④自選手稿集

自画像(自画像)・教会堂(十字架)・空気(돌아와보는 밤)

⑤산문

ㄱ.「달을 쏘다」: 芸術・断案・反対

ㄴ.「별똥 떨어진데」: 焦点・点・観念・軽妄

ㄷ.「花園에 꽃이핀다」: 独得・速断・対・世界観・人生観・砲声

ㄹ.「終始」: 終点・始点・始点・終点・発作・教育・為・断然・勧告・対・断念・対象・為・教訓・以来・対答・判断・鉄道・終点・始点・発揮・判断・労働者

▶ 오자 및 오용 한어(漢語)로 생각되는 것

①『나의 習作期의 詩아닌 詩』

恐佈(삶과죽음)・異哇(牧丹峯에서)・大鼓(가슴 1)[「太鼓」의 오기]・恐佈(山林)・陰酸・勧怠(이런날)[「倦怠」의 오기]

② 『창』

恐怖(가슴 2)・恐佈(山林)・陰酸(닭)・狐獨(달밤)・反鄒(夜行)・瞑想(瞑想)・瞑想(山峽의午後)・印像凷(아우의 印象凷)・竣儉(사랑의 殿堂)・奮怒(異蹟)

③ 습유시(拾遺詩)

定泊(흐르는 거리)

④ 산문

ㄱ.「달을 쏘다」: 轉家

ㄴ.「별똥 떨어진데」: 恐佈・還境・休講

ㄷ.「花園에 꽃이핀다」: 牛汗充棟(汗牛充棟)・精寂・休講

ㄹ.「終始」: 心筭・企待・過斷性・關耽・精神異狀者・當慌・世界一週

▶ **중국식 서사체자(書寫體字), 이체자(異體字) 등**

① 『나의 習作期의 詩아닌 詩』

地圖(陽地쪽)・灵[靈](남쪽 하늘)

② 『창(窓)』

地圖(陽地쪽)・神経貟(寒暖計)・真实(寒暖計)・灵(남쪽 하늘)・山脉(사랑의殿堂)

③ 자선시고집

地圖(눈오는 地圖)

④ 산문

確実(花園에 꽃이핀다)・鈍貴(별똥떨어진데)

그 외에 시 「참회록」이 기록되어 있는 원고용지 하단에 "시(詩)란 부지도(不知道)"라는 낙서가 있다. '부지도(不知道)'란 한어(중국어)로 알 수 없다는 뜻이다.

▶ 필기 습관

오자라 할 수도 없고, 또 표준적이라 할 수도 없는 글자체 몇 개가 보인다.

時計(山林)・孤兒(黃昏이 바다가되어)・寒暖計(寒暖計)・時計(츠르게 네프의 언덕)・時計(슙유시의 「山林」)・少年(少年)・時計(달을 쏘다)・事件(슙유시의 「山林」)・少年(少年)・時計(달을 쏘다)・事件(終始)・回(회)數(終始)・一個人(懺悔錄) 등.

일본인이 통상 사용하지 않는 중국식 서사체(후에 簡体字로서 그 일부가 현대 중국의 정식 자체가 되었다)나 한어(중국어)가 사용되고 있는 점이 흥미롭다.

10. 마무리

『사진판 윤동주 자필시고 전집』은 철두철미 객관적 자료성을 중시하는 한편으로, 주관적 판단을 최대한 피하려고 노력했다. '주(註)'는 하나 '해(解)'는 하지 않는 것, 그것이 본서의 기본적 입장이다. 자료집이기 때문에 이 자체가 연구서라고는 할 수 없으나, 금후의 윤동주 연구가 본서를 무시하고는 성립되기 어려울 것이라는 자부심은 갖고 있다.

현단계에서 편자들에게 남겨진 최대의 관심사는 『정본 윤동주 시집』과 「윤동주 시어 색인」이다. 이번 자료집으로 인해 본문은 이미 확정되었기 때문에, 이에 대한 상세한 주가 필요할 것이다. 바로 '주해'가 필요한 것이다.

과거에 출판된 것 중에서 가장 신뢰할 수 있는 윤동주 전집은, 고 윤일주 교수가 편찬한 것이다. 편집방침이 정교하며, 현대어로 수정하는 면에서도 저자의 의도나 표현을 가능한 한 손상하지 않으려고 배려하고 있다. 무엇보다도 원저자에 대한 애정이 넘치고 있다. 그럼에도 불구하고 문제가 전혀 없다는 것은 아니다. 그것은 어느 쪽이 정확한가 하는 문제가 아니라, 현대의 일반 독자를 주요대상으로 상정한 시집이냐, 일부 연구자용 자료집이냐 하는 성격상의 차이에 있다.

또 전례에서 있었던 것처럼, 수고(手稿) 「아츰」은 현행본에는 「아침」으로 되어 있다. 「아침」이 표준적이라는 것은 말할 필요도 없으나, 「아츰」이 갖고 있는 지방(地方)적인 음색이나 풍토적 배경은 「아침」이라고 할 경우 상실되어버리고 만다. 「문들레」와 「민들레」의 경우도 이와 유사하다고 할 수 있다. 윤동주의 수고에서는 모두 「문들레」로 되어 있는데, 대부분의 독자들이 보는 시집을 목표로 했을 경우에는 「민들레」로 고칠 수밖에 없을 것이다. 시집과 자료집은 성격을 달리하는 것이기 때문에, 자료집의 입장에 설 경우는 원형에 철저할 수밖에 없을 것이다.

『윤동주 시고 전집』은 앞에서도 기술한 바와 같이, 윤인석·왕신영·심원섭·오무라 4인의 공동작업으로 진행되었다. 한국에서 출판되는 이번 전집의 저자는 어디까지나 윤동주이며, 편자가 위의 4인이다. 그러나 일본에서 발표된 본고의 경우는 공동작업에 의거하지 않은 부분도 있고 해서, 개인으로서 책임을 지지 않으면 안되기 때문에, 오무라 개인의 이름으로 발표하는 바이다.

본고의 집필을 마치며, 윤동주의 전자료 공개를 허락해 주신 유가족 여러분께 다시금 감사의 뜻을 표한다.

(『근대 조선문학에서의 일본과의 관련양상』, 1998.1)

氏 名	（振假名）ヒラ ヌマ トウ チウ 平沼 東柱
戶主トノ續柄	戶主 夏鍊 孫　　大正七年十二月三十日生
本 籍	朝鮮咸鏡北道清津府浦項町七六
居 所	神奈川縣鎌倉郡□□□□ 平沼 永鍊（從兄ノ保證人）
入學前ノ經歷	中等校　昭和十三年二月十七日　満洲明治學園中學校第五年卒業 高等校　昭和十六年十二月廿六日　京城延禧專門學校文科本科年卒業
保證人	氏名　平沼 永鍊　　年齡五十二歳　本人トノ關係 父　職業 商業 居所　咸鏡北道清津府浦項町七六ノ二〇

學籍得　　立教大學

豫科	入學年月日	昭和　年　月　日　豫科　科　年入學
	修了年月日組	昭和　年　月　日　豫科　科　年修了
學部	入學年月日	昭和十七年四月二日　文學部英文學科一年入學
	卒業年月日	昭和　年　月　日　學部　學科卒業
	退學除籍年月日	昭和十七年十二月十九日　學部英文學科年

徵兵關係	（要摘）

（備考）　一一〇五 〒殘（一二月 分受）

昭和　　年入學者試驗成績表　　文學部　英文學科									
必修科目	一學年	年三月	二學年	年三月	三學年	選擇科目	一學年	年三月	二學年	年三月	三學年	年三月

必修科目	一學年	年三月	二學年	年三月	三學年 年三月	選擇科目	一學年	年三月	二學年 年三月	三學年 年三月
文學槪論						西洋哲學史				
歐州文學						東洋哲學史				
言語學						美術史				
拉典語						英米國史				
英文學						文學各篇				
同上演習	85 (杉本)					敎育學				
米文學						敎育史				
同上演習						英作文 1				
英語學						2				
同上演習						英會話 1				
國文學						2				
美學						英米諸家硏究				
敎練						古代及中世英語				
卒業論文						佛蘭西語				
						獨逸語				
						東洋先史	80 (宇野)			
						各年總點				
						各年平均				
姓　名	大正　　年　　月　　日生					卒業總點		卒業平均		
平沼東柱						選科錄 (鮮)		（　）內は擔当者		

立敎大學 성적부

平沼東柱

本　　　籍	朝鮮咸北清津府浦項町北八
身分職業	
現 住 所	満洲國間島省龍井街靖安區 綺昌路一一二〇.
生年月日	大正 7年 12月 30日生
入學前ノ學歴	京城延禧専門　　16.12
入學年月日	昭和 17年 10月 1 日
入學試驗ノ 有　　　無	文化學科 英語英文(上學科) 有
退學年月日及 理　　　由	昭和 23年 12月 24日 19.4 休学セシ 教授会決意ニヨリ 長期次届 學費未納除名
卒業年月日	昭和　　年　　月　　日
徴兵事故	
保證人住所 氏　　　名	平沼永錫
及落年月	18.9. 英1再 19.9. 英1再. 休學中 21.18 英1再後 22丼英1 ヒ 23.6 英2, 修上
備　　　考	

同志社大學 학적부

英語英文學專攻

氏名　平沼東柱（選科）

必修科目	評點	必修科目	評點	英文學選擇	評點
文 學 概 論		獨　逸　語		作 品 研 究	
英 文 學 史	65	獨　逸　語		作 家 研 究	
英 文 學 史		佛 蘭 西 語		文 學 思 潮 研 究	
英文學特殊講義		佛 蘭 西 語		文學史特殊講義	
英文學特殊講義		日 本 精 神 史		聖 書 文 學	
英 文 學 演 習	85	社 會 學 概 論			
英 文 學 演 習		基 督 敎 通 論		（共通特殊講義）	
言 語 學 概 論		基 督 敎 文 學		倫 理 學	
英 語 學 概 論		卒 業 論 文		哲 學	
英 語 演 習				心 理 學	
英 作 文	80	敎 練 1		社 會 問 題	
英 作 文	73	敎 練 2		藝術學特殊講義	
英 作 文		敎 練 3		藝 術 史	
英 作 文				新 聞 學	75
英 語 音 聲 學					
歐 洲 文 學 史				（隨 意 科 目）	
敎育學及敎授法				ギリシヤ語	
敎育學及敎授法				ラ テ ン 語	
日 本 文 學				支 那 語	
支 那 文 學					

同志社大學 成績部

윤동주를 둘러싼 네 가지 문제

　윤동주 연구와 관련하여, 최근 마음에 걸리는 네 가지 문제에 대해 써보려고 한다. 첫째는 「서시」에 대한 문제이고, 둘째는 묘비의 비문에 대한 문제이며, 셋째는 윤동주의 형제에 대한 문제, 그리고 넷째는 북한에서 윤동주의 시를 어떻게 보고 있는가 하는 문제이다. 이 네 가지의 문제에 대해 검토해 보고자 한다.

1. 「서시序詩」에 대하여

「서시」는 동주의 대표작으로 널리 알려져 있지만, 동주가 '「서시」라고 제목을 붙여 시를 썼는가'라고 누군가 묻는다면, '아니다'라고 답할 수밖에 없다.

「서시」라는 제목은 나중에 누군가가 붙인 것이고, 원래는 제목이 없었다. 「서시」라고 불려지는 시의 원래 모습을 그대로 찍은 친필사진은 윤동주 시의 일본어 번역시집인 『하늘과 바람과 별과 시[空と風と星と詩]』(記錄社)에도 있고, 한국의 텔레비전 프로에도 소개된 적이 있지만, 어느 것도 제목이 붙어 있지 않다. 1948년 1월에 나온 정음사(正音社) 판 초판본에도, (서시)라고 괄호가 붙여져 있으며, 그 밑에 「하늘과 바람과 별과 시」라고 씌어 있다. 「서시」는 초판에서도 아직 정식 제목이 붙은 상태가 아니라, 서시적(序詩的)인 것으로 다루어져 있다. 괄호의 의미는 그 때문일 것이다.

확실히, 「서시」는 전체 9행의 짧은 내용에서 '하늘'이 한 번, '바람'이 두 번, '별'이 두 번 나오는 시다. 그러므로 이 시의 제목을 「하늘과 바람과 별과 시」로 해도 이상하지는 않다. 결국 제목이 없던 「서시」는 『하늘과 바람과 별과 시』라는 전체 시집을 집약해서 권두(卷頭)에 놓여진 시라는 의미로서, 서시라 불려도 별 지장은 없다. 그러나, 윤동주 본인이 「서시」라는 제목으로 시를 쓴 것은 아닌 것이다. 다만, 윤동주 자신이 가지고 있던 자필 원고에는 「서시」라는 제목이 있었다고 동생 윤일주 교수가 증언한 바 있긴 하나, 그 원고는 현재 유실되어 확인할 길이 없다.

이런 사정은 『하늘과 바람과 별과 시』의 1955년 이후 판만을 보고 있으면 알 수 없는 것이다.

덧붙여 말하자면, 1995년 2월에 도시샤[同志社] 대학 캠퍼스에 세워진 윤동주 시비에 새겨진 글자는 의심할 여지없이 100퍼센트 동주 본인의 친필이다. 이 친필자료를 제공해 준 가족에게 감사하는 바이다.

한편 서울의 연세대학 캠퍼스에 세워진 시비는, 그 글자 일부가 현대풍으로 고쳐져 있다. 많은 사람들에게 보여주기 위해서는 이 방법이 좋지만 동주를 기리는 데에는, 도시샤와 같이 친필을 그대로 사용하는 편이 낫다고 생각한다.

이부키 고[伊吹鄕] 씨가 번역한 윤동주 시집은 매우 훌륭한 업적이다. 현재 공개되어 있는 윤동주의 모든 작품이 일본어로 번역된 책은 이 한 권밖에 없다. 치쿠마쇼보[筑摩書房]에서 발행된 교과서에도 그대로 인용되어 있고, 도시샤 대학 캠퍼스에 놓인 시비에도 이부키 씨의 번역이 새겨져 있다. 나는 이부키 씨의 업적에 최대한의 경의를 표하나 번역의 일부에 이론(異論)이 아주 없다는 것은 아니다.

화제를 「서시」로 한정하자. 우선 1999년 민음사 간 『윤동주 자필 시고 전집』 수록 내용과 기록사(記錄社)에서 발행된 『하늘과 바람과 별과 시』의 이부키 역을 비교해 본다.

죽는 날까지 하늘을 우르러

한점 부끄럼이 없기를,

잎새에 이는 바람에도

나는 괴로워 했다.

별을 노래하는 마음으로

모든 죽어가는것을 사랑해야지

그리고 나안테 주어진 길을

거러가야겠다.

오늘밤에도 별이 바람에 스치운다.

— 윤동주, 「서시」 전문

(1941.11.20 / 『윤동주 자필 시고전집』, 민음사, 1999년, 140면)

死ぬ日まで空を仰ぎ

一點の恥辱なきことを、

葉あいにそよぐ風にも

わたしは心痛んだ。

星をうたう心で

生きとし生けるものをいとおしまねば

そしてわたしにあたえられた道を

歩みゆかねば。

今宵も星が風に吹きさらされる。

첫째로, 의아한 것은 '葉あいにそよぐ風にも'라는 표현이다. 원문에는 '이는'의 기본형은 '일다'이니까 '葉あいに起こる風'로 해야 하지 않을까. 윤동주의 시에 나오는 '바람'은 단지 공기의 움직임인 바람만을 의미하는 것이 아니다. '별'도 단순히 하늘에 빛나는 별이 아니며, '하늘'도 하늘의 의미에 한정되는 것이 아니다. 동주의 시에서 바람·별·하늘은 다양한 의미를 갖지만, '별'이 자기의 운명, '하늘'이 내 몸을 맡기는 공간, '바람'이 때때로 '별'의 존재를 위협하는 존재의 의미로 사용되는 것은 확실하다. 동주의 주변에서 계속 '일어나는[起こる]' 파시즘의 준열한 폭풍에 그는 괴로워했던 것이지, 잎새에 살랑이는[そよぐ] 바람에 괴로워하는 처녀의 감상은 아니다.

두 번째는, 이부키 씨가 번역한 「서시」의 가장 큰 문제점으로서 '生きとし生けるものをいとおしまねば'라는 부분이 그것이다.

원문은 '모든 죽어가는 것을 사랑해야지'이다. 이 구절은 아무래도 'すべての死にゆくものを愛さねば'라고 하지 않으면 안된다. 동주는 '죽어 가는 것을' 모두 사랑하겠다고 했지, 생명 있는 것이라면 무엇이든 사랑해야 한다고 말했던 것은 아니다.

「서시」를 쓴 1941년 11월 20일은 이른바, 태평양전쟁이 시작되기 직전이었다. 일본군국주의 때문에 많은 한국인이 죽어갔으며, 사람뿐만이 아니라, 말[言語]도, 민족의 옷도, 생활풍습도, 이름도, 그 민족문화의 모든 것이, 그리고 전쟁터로 내몰린 일본 백성들도 다

'죽어 가는[死にゆく]' 시대였다. 이렇게 '죽어 가는 것[死にゆくものを]'을 '사랑해야지[愛さねば]'라고 외친 그는 죽음으로 몰아대는 주체에 대해서 당연히 심한 증오를 갖고 있었을 것이다. 그것을 '生きとし生けるものをいとおしまねば'로 번역하면, 죽음으로 몰아대는 주체도 한꺼번에 사랑해 버리는 것이 되지 않는가.

1995년 2월 16일, 도시샤 대학의 시비제막식을 마치고, 심포지엄이 열렸을 때, 참석자로부터 '生きとし生けるもの'라는 번역에 대해 질문이 있었다. 그때 동석하고 있었던 나도 내 나름의 견해를 밝혔던 바, 역자는, 번역에는 여러 가지 해석이 있는 것이어서 '모든 죽어가는 것'을 '生きとし生けるもの[살아 있는 온갖 것]'라고 해도 괜찮다고 대답했다. 번역에 해석이 덧붙여진다는 것은 나도 동감이지만, '모든'이 있건 없건 간에, '모든 죽어 가는 것'을 '生きとし生けるもの[살아 있는 온갖 것]'으로 해석할 수는 없는 것이다. '生きとし生けるもの'라는 해석은 동주 시의 근간(根幹)에서 한두 걸음 거리가 멀어지는 결과를 낳는 것이 아닐까.

2. 묘비 비문에 관하여

중국 길림성(吉林省) 용정시(龍井市) 교외에 있는 윤동주의 묘비를 찾아낸 경위에 관해서는, 『조선학보』(121호, 1968년 10월)에 실린 「윤동주의 사적에 관해서」에서 이미 다루었기에 반복하지 않겠다. 1985년 5월 14일 용정중학의 한생철(韓生哲) 선생, 연변대학의 권철(權哲), 이해산(李海山) 선생의 협력을 얻어서 발견할 수 있었던 것이다.

그 묘비의 비문 해독과 관련하여, 한 군데 정정해야 할 점이 있다는 사실을 밝히고 싶다. 나는 '及'이라는 글자를 '反'이라고 잘못 읽었던 것이다. 사진에 있는 것처럼 묘비 뒷면 두 번째 행의 위에서 네 번째 글자는, 아무래도 '反'이라고 읽을 수밖에 없다. 세워진 후 40년 동안, 돌보는 이도 없이 비바람 속에 방치되어 있었으므로, 묘비의 글자가 조금은 닳아 있었다(그 뒤 보수했다). 그러나 전후관계로 유추해보면 여기는 아무래도 '及'이지 않으면 안된다. 『조선학보』에 소개했을 때에는 거기까지 생각이 미치지 못하여 '反'이라고 읽어버린 것이다. 여기에 그 일을 반성하며 정정해둔다.

정정해두지 않으면 잘못이 계속된다. 작가 송우혜(宋友惠) 씨는 매우 훌륭한 저작『윤동주 평전』(열음사, 1988년 10월)을 썼지만 묘비문은 내 오독(誤讀)을 그대로 인계하고 있고, 그 책의 일본어 초역본인 『윤동주─청춘의 시인』(伊吹鄕 번역, 筑摩書房, 1991년 10월 초판본)도 역시 그대로 되어 있다. 잘못의 원천은 나에게 있는 것이다.

묘비명의 한문을 다시 소개해 둔다. 묘비는 봉분과 함께 남서 방향, 즉 조국을 바라보는 방향으로 서 있다. 대좌 위에 서 있는 비석 본체는, 그 정면과 뒷면은 상부가 약간 둥글게 되어 있다. 세로 길이는 중앙의 높은 곳에서 100cm, 좌우의 낮은 곳에서 93cm이며, 가로가 39.5cm이다. 옆면은 세로 93cm, 가로 17cm로 주변의 다른 묘석에 비해 약간 큰 편이다. 묘비 정면의 고인 이름 위에 '시인(詩人)'이라는 명칭을 쓴 것은 이례적이다. 남은 자의 고인에 대한 배려라고 말할 수 있다. 뒷면, 우측면, 그리고 좌측면에 계속되는 한문을 훈독(訓讀)하고 거기에 약간의 주석을 붙여 보기로 한다.

아아, 윤동주 시인은, 그 선조(先祖)가 파평(坡平)① 사람이다. 어린 시절, 명동소학교 및(及) 화룡현립제일교(和龍縣立第一校) 고등과②를 졸업한 뒤, 다시 용정(龍井)의 은진(恩眞)중학에서 3년의 학업을 마치고 ③, 평양의 숭실중학으로 전학했다. 학업을 닦느라, 그 곳에서 한 해를 보내고 다시 용정으로 돌아와 마침내 우수한 성적으로 광명중학부를 졸업했다. 1938년, 경성의 연희전문학교 문과에 진학하여, 4년의 겨울을 지내고 졸업을 마쳤다. 공부는 이미 성공의 지경에 이르렀으나, 이듬해 4월 스스로 아직 미진하다 하여 책을 싸들고 동(東, 일본—인용자)으로 건너가⑥, 교토의 도시샤 대학 문학부에서 성실하게⑦ 학문을 탁마(琢磨)했으나, 어쩌랴, 배움의 바다에 파도가 일어, 몸은 자유를 잃고, 형설(螢雪)의 생애⑧는 조롱(鳥籠)⑨에 갇힌 새의 운명이 되었고, 더욱이 병마저 깊어져 1945년 2월 16일을 기해 운명했으니. 나이 스물아홉. 사람됨은 당세에 큰 인물이 됨직했고, 그의 시 비로소 사회에 울려 퍼질만 했는데, 춘풍무정(春風無情), 꽃은 피우고도 열매는 맺지 못하였나니, 아아, 애석하도다. 그대여, 하현(夏鉉) 어른의 손자며 영석(永錫) 선생의 아들인 그대. 영민하고 배우기를 즐겨하며 신시(新詩)를 좋아해 작품이 많았다. 그 필명은 동주(童舟)라 하더라.

1945년 6월 14일 해사(海史) 김석관(金錫觀) 짓고 씀.

동생 일주, 광주 삼가 세웁니다.

• 주(注)

① 파평(坡平) 윤(尹)씨, 본관(本貫)이 파평

② 종래 가장 상세한 연보는, 동생 윤일주(尹一柱)가 만든 것이었다.
그 1931년의 항목 중에 '명동에서 10리(4킬로) 남쪽에 있는 작은
읍인 대납자(大拉子)의 중국인 소학교 6학년에 편입하여 1년간 공
부한다'라고 되어 있다. 비문에 의해 중국인 소학교의 이름이 화룡
현립 제일소학교인 것이 처음으로 밝혀졌으며, 게다가 6학년 편입
이 아니라, 고등과 1학년에 입학한 것이 밝혀졌다.

③ 은진중학에서 3년만에 숭실로 옮긴 것은, 도회지를 나와 공부하고
싶은 의욕과 은진중학이 4년제이기 때문에, 여기를 졸업해도 상급
학교를 수험할 자격(5년제)이 없었기 때문이다. 역시, 은진중학은
숭실처럼 기독교 계통의 학교이다.

④ 용정에 돌아온 것은 숭실중학이 일본이 요구한 신사참배를 거부하
여 폐교가 거론되고 있었기 때문이다.

⑤ 1942년 4월, 일본에 가서 우선 릿쿄대학의 선과생(選科生, 이른바
청강생)이 된다.

⑥ 원문에 씌어 있는 '笈'은 책상자를 말한다. '책상자를 지고 동(東)으
로 건너다'라는 말은 공부하기 위해 일본으로 간다는 것.

⑦ 진지하게, 성실하게.

⑧ 공부하는 몸.

⑨ 잡혀진 몸.

⑩ 이수불인(二竪不仁)이란 병이 악화되었다는 말. 이수(二竪)는 두 사람의 병마(病魔)를 가리키지만, 바꾸어 병의 의미로 사용된다. 『좌전(左傳)』의 고사(故事)에 근거를 둔 말이다.

3. 세 형제의 시에 관하여

윤동주는 4남매 중의 장남이었다. 밑에 여섯 살 차이인 여동생 혜원(惠媛)이 있다. 혜원은 건재(建在)하며 지금은 호주에서 살고 있다. 그리고 네 살 차이인 일주(一柱). 일주 씨는 1985년에 타계했다. 일주와 여섯 살 차이인 광주(光柱)가 또 있다. 따라서 동주에게 일주는 열 살, 광주는 열 여섯 살 차이가 나는 동생인 셈이다.

이 세 명의 남형제는 모두 다 시인이었다. 세 명은 같이 현재의 길림성(吉林省) 용정시에서 태어났지만, 죽은 장소는 모두 다르다. 동주는 일본의 후쿠오카[福岡]의 옥중에서 사망했고, 일주는 한국 서울에서, 광주는 중국 연변에서 죽었다. 세 명 모두 풍부한 시적(詩的) 재능이 있었지만, 남긴 작품은 세 명 다 그리 많지 않았다. 일주는 건축학이 전문으로 성균관대학 교수로 재직 중 병사(病死)했다. 그러나 시인으로서 충분한 실적을 가지고 있었다.

1955년에는 시 「설조(雪朝)」·「전야(前夜)」가 두 번에 걸쳐 『문학예술』지에 실려 문단에 데뷔했고, 1959년에는 1월·4월·8월에 『사상계』에 작품을 발표했다. 그러나 문학자로서의 일주의 주요한 업적은, 어른을 위한 시가 아니고, 동시(童詩)의 세계에 있었다. 1987년 5월, 정음사 발행의 동시집 『민들레 피리』는 일주의 동시(童詩) 유고집이다. 여기에 실린 32편의 동시의 세계는, 동주가 초기에 보여준 동시의 세계와 공유(共有)되고 있다. 동주와 일주의 시를 한 편씩 보기로 한다.

우리애기는
아래밭추에서 코올코올,

고양이는
부뜨막에서 가릉가릉

애기바람이
나무가지에 소올소올

아저씨 햇님이
하늘한가운데서 째앵째앵

—윤동주, 「봄」 전문

(1936.10 / 『윤동주 자필 시고전집』, 민음사, 1999년, 43면)

다음으로 일주의 동시 「낮잠」을 보자.

　　따가운 지붕엔

　　잎사귀를 덮고서

　　박 하나가 쿠울쿨

　　잠을 자고

　　그늘진 토담 밑

　　매미가 우는데

　　나팔꽃 꼬옵박

　　잠을 자고

　　부채질 시원한

　　할머니의 무릎엔

　　애기가 새액색

　　잠을 자고.

— 윤일주, 「낮잠」 전문

(『민들레 피리』, 정음사, 1987년, 37면)

　　필명이 동주(童舟)인 동주(東柱)는 동요시인(童謠詩人)으로 출발했
다. 평화로운 시대에 살면서 민족의 위기에 휘말리지만 않았더라면,
동주는 마음 착한 동요 · 동시(童詩) 시인으로서의 삶을 살았으리라.

그러나 동주는 「서시」에 있듯이, 순수한 혼의 동요시인이었으므로, '모든 죽어가는 것을 사랑해야지'라고 하지 않으면 안되었다. 동시의 세계에 머물고 싶었지만, 민족의 피가, 인간으로서의 양심이, 그를 불렀던 것이다. 그 「무서운 시간」은 그의 소명감에 관한 고백이다. 동시(童詩)의 세계에 안주하면 위험을 겪지 않아도 되는 것을 신(神)의 목소리, 민족의 목소리가 그의 갈 길을 부른 것이리라.

> 거 나를 부르는 것이 누구요,
>
> (…중략…)
>
> 한번도 손들어 보지못한 나를
>
> 손들어 표할 하늘도 없는 나를
>
>
> 어디에 내 한몸둘 하늘이 있어
>
> 나를 부르는 것이오.
>
> (…중략…)
>
> 나를 부르지마오.
>
> — 윤동주, 「무서운 時間」에서
>
> (1941.2.7 / 『윤동주 자필 시고전집』, 민음사, 1999년, 154면)

누군가 타인이 그를 부르는 것이 아니라, 그의 결백한 혼(魂)이 그를 부르고 있는 것이다. 영웅도 장사도 아닌 동주는 양심의 길을 걸으면 생명의 위험마저 예측할 수 있던 그때, 그것을 무섭다고 고백

했다. 부르지 말라고 외쳤다. 그러나 결국 그는 부르는 소리에 대답하여 그 길을 걷지 않으면 안되었다. 동시(童詩)의 세계를 지키기 위해 동시의 세계에서 나오지 않으면 안되었던 것이다.

그러나 그의 본질은 동시(童詩)에 있었고, 그것은 일주, 광주에게도 마찬가지였다.

동주는 열 살 연하의 일주를 귀여워했다. 그 일단이 동주의 시「아우의 인상화(印象畵)」에도 잘 나타나 있다. 일주는 형을 사모했다. 앞에 언급한 동시집『민들레 피리』에도 동주를 생각하는 마음이 절실하게 표현되어 있다. 그리고 동생은 형이 동경에서 보내오는 일본어와 영어책을 영양소로 하여 자신의 문학세계를 구축해 나갔던 것이다.

같은 일이 광주(光柱)에게도 있다. 광주에 관해 쓰여진 글은, 저자가 쓴「윤동주의 사적(事蹟)에 관하여」가 최초일 것이다. 거기에서 소개한 연변의 김성휘(金成輝) 시인의 증언은 충격적이었지만 여기서는 반복하지 않겠다. 그 뒤 십년이 지나, 연변에서의 광주에 대한 자료 수집은 진전된 것처럼 생각된다. 나는 당시 시 열일곱 편밖에 확인하지 못했지만 현재는 희곡도 두 편 남아있고, 경력에 관해서도 상세한 것이 알려졌다고 한다(『월간중앙』, 1995년 2월호;『신동아』, 1995년 2월호).

광주는 동주보다 16살 아래이고, 동주의 장례식 때엔 12살이어서, 두 사람이 인생론을 나눌 일은 없었겠지만, 광주는 동주가 남긴 서적을 탐독했다고 한다. 그 책들은 후에 생계 때문에 팔렸다고 하지만, 소년기의 독서는 그 사람의 일생을 정할 정도의 큰 영향력을 갖는 것이다.

광주는 29살의 젊은 나이에 결핵으로 죽었다. 직업도 없이, 가난하게, 학력도 없이, 애인이 있었으나 결혼도 하지 못하고, 형제가 한국에 있는 것도 숨기고 죽었다. 그는 서정시인(抒情詩人)으로서 본질적으로 동주·일주와 같은 동시의 세계를 갖고 있었으나 사회주의 중국의 사회구조 속에서는 충분히 개성을 발휘하지 못했던 것 같다. 그의 「석별」이란 시 한 편만 소개하고자 한다.

오늘 병역으로 떠나는 총각에게
처녀는 수첩에 글 적어 드리련다.
"잘 싸워라" "건강 하시라" 이 말은
엊 저녁 환송회서 다 했는데……

하고푼 말, 그 많은 말 중에
대체, 무엇을 적는담?

그대가 열정다해 가꾸던 모판을
올해도 싱싱하니 자래워야 하려니

「동무의 모판을 제가 가꾸렵니다.

초소에서 푸르려는 벼포기 지켜주세요.」

— 윤광주, 「석별(惜別)」 전문

광주는 이외에도 「명령서」란 시에서 병사가 된 감격을 노래하고 있지만, 광주 자신이 인민군에 입대한 경험은 없다. 연변에서도 벽지 중의 벽지에 해당하는 평두산(平頭山) 개간대(開墾隊)에 지원 입대한 적은 있었지만.

이 「석별」이란 시 한 편으로도, 광주의 시가 당시 다른 중국 시인과 비교해 볼 때, 서정성 짙은 작품이라는 것을 알 수 있다. 두 형의 작품에는 미치지 못하지만.

1945년 해방이 되었을 때, 12살의 소년이었던 광주는, 이미 늙은 부모와 같이 연변에 머물면서, 조국에 돌아가지 않았다기보다는 중국땅을 조국으로 삼고, 중국의 흙이 되었다.

일본과 한국과 중국에서 각각 죽은 동주·일주·광주 삼형제는 다른 환경 속에서 다른 방식의 삶을 살았지만, 세 명은 소년시대의 한 시기와 시세계의 일부를 공유했다. 동시의 서정성이 세 시인의 바탕에 흐르고 있다고 해도 좋을 것이다.

4. 동주에 대한 공화국의 평가

조선민주주의인민공화국(이하, 공화국이라고 약칭)에서 나온 윤동주 관련 평론 두 편을 소개하고자 한다.

공화국의 1930년대 문학사 서술은, 종래, 국외에서의 항일무장 투쟁 속에서 태어난 작품을 주류로 하고, 그 영향 아래 전개된 국내의 프롤레타리아 문학을 지류로 다루는 것뿐이었다. 따라서 민족주의적, 반(反)계급주의적 입장에 선 문학은 부르조아 문학으로서 배제해 왔다. 그런 경향에 약간의 변화가 나타나면서, 민족주의적 입장에 서 있긴 하나, 항일적·양심적인 문학을 평가하려는 경향이 나타나기 시작한 것은, 근간 십 년간의 일에 지나지 않는다. 이광수의 초기 작품 등이 평양에서 출판된 것으로 보아, 언젠가는 윤동주도 평가를 받겠구나 하고 생각했지만, 저자가 알고 있는 한, 동주를 본격적으로 논한 글은 현재(1996년) 다음 두 편밖에 없다.

하나는 「『하늘과 바람과 별과 시』의 미학─윤동주의 시세계」이다. 이 논문은 『통일문학』(제8호, 1991년판)에 실렸고, 필자는 박종식이다. 『통일문학』은 주로 해외를 의식한 잡지로 '평양출판사 발행'이다. 이 논문은 유보조건을 붙이면서까지 윤동주를 애국시인으로 평가한다. 특히 「십자가」를 대표작으로 하면서 '순절의 시인, 저항의 시인으로 부를 이유가 있다'고 한다.

시 「쉽게 쓰여진 시」에 관해서도 "시대처럼 올 아침을 기다리는 최후의 나"라는 한 구절을, "조국광복을 위해 한몸 바치려는 결의의 높은 경지가 있는 것이다"(『통일문학』, 262면)라고 해석하여 높이 평가하고 있다.

반면, 동주의 시에 보여지는 고독감, 비수(悲愁)의 유래에 관하여는 부정적인 견해를 나타낸다. 시 「비애(悲哀)」에 관한 견해가 그 예다.

> 끝없는 曠野를 홀로 거니는
> 사람의 心思는 외로우러니
>
> 아— 이 젊은이는
> 피라미트처럼 슬프구나
>
> —윤동주, 「悲哀」 2·3연에서
>
> (1937.8.18 / 『윤동주 자필 시고전집』, 민음사, 1999년, 77면)

이런 시에 '내성적이며 내향적인 요소'가 보여진다고 부정적인 평가를 하면서도, 그것이 "그의 시의 진면모가 아니며 또 그의 시의 본질을 이루는 것도 아니라"(위의 책, 252면)고 하면서, 전체적으로 윤동주의 문학사상의 위치를 다음과 같이 정하고 있다.

> 일제식민지통치의 가장 포악하고 암담한 그 마지막 시기 조선시문학발전력사에서 특기할 만한 사실중의 하나는 시인 윤동주의 출현이다.
>
> —박종식, 앞의 글, 251면

윤동주를 평가한 또 다른 문헌은, 1994년 12월 20일 평양의 '문학예술종합출판사'에서 발행된 『문예상식』이다. 713항목으로 된 두꺼운 이 책에는, 문예 각 부분에 걸쳐 사람들이 상식으로 알아두어야 할 기본적인 지식이 실려 있다. 그중 「계몽기와 해방 전 문학예술」의 「창작가와 작품」의 장에서 이인직, 이해조, 신채호, 이광수, 나도향, 현진건, 이익상, 김소월, 한용운, 최서해, 이상화, 이효석, 채만식, 심훈, 강경애, 조명희와 더불어 윤동주를 한 항목으로 다루고 있다(한설야의 항목은 없지만, 그의 『황혼』은 작품명으로 다루어지고 있다. 이기영은 「해방 후 문학예술」의 장에서 으뜸으로 다루어지고 있다). 이것을 보아도 과거 문학사에서는 전혀 다루어지지 않았던 윤동주가 지금은 꽤 비중 높게 다루어지게 되었음을 알 수 있다.

윤동주 항목을 보면 우선 1990년 3월 '남조선의 재야인사 문익환 목사'가 평양을 방문했을 때 공항에서 최초의 연설에서 「서시」를 인용한 것으로 시작된다. 전문을 인용하여 해설하고 있는 것은 「서시」와 「쉽게 쓰여진 시」이다.

「슬픈 족속」에 관해서는, '불과 4개의 행으로 이루어진 이 짧은 시에서 시인은 일제의 파쇼적 폭압 속에서도 굴하지 않는 인민의 정신과 기상을 뚜렷히 보여주고 있다'(『문예상식』, 180면)라고 쓰고 있다.

결론으로는, 다음과 같이 말하고 있다.

그의 시에는 일제식민지통치 밑에서 신음하는 우리 인민의 수난과 슬픔이 반영되어 있으며 그 암담한 시절에도 조국해방의 그 날을 굳게 믿고 억세게 살아갈데 대한 지향정신이 구현되어 있다.

— 위의 책, 181면

남북의 문학관이 한걸음 가까워진 것을 기뻐하고 싶다.

(『별 헤는 시인』, 三五館, 1997.2)

『하늘과 바람과 별과 시詩』의 판본版本 비교 문제

1.

이 글의 목적은 윤동주(尹東柱)의 문학사상을 논하는 데에 있지 않다. 다만 본격적인 윤동주 연구에 필요한 기초 작업이랄 수 있는 몇 가지 문제만 생각해 보려 한다. 『하늘과 바람과 별과 시(詩)』의 판본(版本) 비교를 통해서 윤동주 시의 원형(原型)을 찾아보려고 하는 것이다.

윤동주 연구와 관련하여 가장 먼저 행해져야 할 작업은 원본비평 (原本批評) 작업이라고 생각한다. 또 윤동주 시를 논하는 경우에도 그 것이 어느 텍스트를 기본 자료로 했는가를 분명하게 밝혀야 한다고 생각한다.

한국에는 윤동주를 연구한 논문이 몇 백 편 정도 있을 것으로 생 각된다. 중국에도 여러 편이 있으며,[1] 요즘 조선민주주의인민공화국

에서도 한 편이 발표되었다.[2]

물론 저자는 그것을 다 읽을 수가 없다. 그래도 외국인으로서 할 수 있는 여지가 남아있다고 한다면 그것은 무엇이겠는가? 이렇게 생각한 나머지, 나는 세 가지 일을 해보려는 계획을 갖게 되었다.

① 먼저 『하늘과 바람과 별과 시(詩)』의 판본 비교 문제.
② 두 번째, 윤동주(尹東柱)의 독서경력에 관한 조사(調査).
③ 동생 일주(一柱)·광주(光柱)와의 비교 연구.

이 글에서는 첫 번째 문제(問題)를 생각해보려고 한다.

2.

동생 윤일주(尹一柱)가 윤동주 연구에 끼친 공적은 아무리 강조해도 지나침이 없다. 자료의 보관, 정리, 연보(年譜)의 작성, 동주에 대한 회상·증언 등, 그가 없었더라면 윤동주 연구는 성립되지 못했으

---

1 일철(權哲筆名), 「尹東柱論」, 『조선족문학연구』(任範松·權哲主篇), 흑룡강 조선민족출판사, 1989년 6월.
2 『통일문학』 제8호(평양출판사, 1991년)에 발표된 박종식 『「하늘과 바람과 별과 시」의 미학—윤동주의 시세계』는 평양에서 처음 나온 윤동주론이다. 그러나 거기에 소개된 「가을」이란 미발표 작품은 윤동주의 시라고 인정하기가 어렵다.

리라고 저자는 믿는다.

그러나 자료의 정리는 비교적 잘 되어 온 반면에, 동주 시의 원형 보존에는 어느 정도 문제점이 있지 않았는가 생각된다.

윤동주 시의 원래 모습은

① ㄱ : 그가 note에 쓴 草稿, 곧 文藻『나의 習作期의 詩아닌 詩』.

　　ㄴ : note에 쓴 草稿集『窓』.

　　ㄷ : 「散文 4篇, 詩 1篇」.

　　ㄹ :『나의 習作期의 詩아닌 詩』·『窓』 속에서 자기가 좋아하는 詩
　　　　를 18편 골라 出版하려고 한 詩稿集『하늘과 바람과 별과 詩』.

　　ㅁ : 낱장 원고 상태로 보관되어 있는 15편.

② 初版本『하늘과 바람과 별과 詩』(正音社 1948年 1月30日 發行)에
　　수록된 31편의 시.

③ 再版, 正音社 1955年 2月 16日.

④ 以下, 1976年, 84年, 85年, 86年, 90年度版 등이 있다.

지금까지 공개된 친필 원고 사진으로는 다음과 같은 것이 있다.

①『窓』表紙.

②『文藻－나의 習作期의 詩아닌 詩』表紙.

③『하늘과 바람과 별과 詩』詩稿集 表紙.

④「봄」(1948년, 初版에 있음).

⑤ 「초 한 대」(初版에 없음).

⑥ 「쉽게 씌어진 詩」(一部. 初版에 있음).

⑦ 無題(소위 序詩).

⑧ 「힌(흰) 그림자 其一」(初版에 있음).

⑨ 「八福」(原稿 寫眞에 퇴고 痕迹이 있음).

⑩ 「참회록」(初版에 있음. 퇴고 흔적 있음).

⑪ 「黃昏이 바다가 되어」(初版에 있음. 퇴고 흔적 있음).

⑫ 「食券」(初版에 없음. 퇴고 흔적 있음).

⑬ 「귀뚜라미와 나와」(初版에 없음. 퇴고 흔적 있음).

⑭ 散文詩「終始」 첫 部分(初版에 없음).

윤동주 본인이 어떻게 퇴고를 되풀이했는지 그 과정의 연구가 재미있다. 이 부분에 대한 검토는 다음 기회로 미룬다.

3.

| 「서시(序詩)」와 작품 수

초판(初版)에는 '서시(序詩)'라는 제목이 붙여진 시가 없다. 초판본 권두시(卷頭詩)에도 연세대학교 시비(詩碑)에도 '서시'란 제목은 없

으며, 단지 제목 대신 이 시집 전체의 앞에 수록한 시라는 의미로 괄호가 붙은 '(序詩)'가 인쇄되어 있을 뿐이다.

이런 정황으로 보건대 동주가 자기의 마음에 든 시, 남에게 보여주어도 괜찮다고 생각한 시 18편을 골라서 그 자선시고집(自選詩稿集)의 권두에 수록한 시가 "죽는 날까지 하늘을 우르러……"로 시작하는 '무제(無題)'의 시이고, 후에 그 시를 「서시(序詩)」라고 부르게 된 것이 아닌가 한다. 처음부터 '서시'란 제목을 붙인 시가 있는 것은 아니었던 것 같다.

1948년 1월 30일에 출판된 초판본에는 시고집(詩稿集)의 19편 뒤에 12편이 추가되어 총 31편이 수록되었다. 1955년도 판에는 93편이 수록되었고, 1975년도판 역시 93편, 그 이후는 모두 116편이 수록되어 있다. 결국 처음의 18편이 116편으로 늘어난 셈이다.

1988년도판 책의 표지를 두른 띠를 보면 "저항 시인 尹東柱의 全作品 收錄"이라고 적혀 있지만, 이것은 선전 효과를 노린 출판사의 상업적 의도의 결과가 아닌가 한다. 동주 자신이 "나의 習作期의 詩아닌 詩"라고 인정한 습작 가운데서 편자인 동생 윤일주(尹一柱)가 사회적 요청에 따라, 이만큼이면 발표해도 괜찮다고 생각한 시들을 조금씩 공개해 온 것이라고 본다.

예를 들면 시 「장」의 말미에 "시인이 이 作品 原稿 全體를 ×표로 삭제하였으나 편자들은 살려서 싣기로 하였다"고 씌어 있다. 현행본 중에서 ×표 시를 다시 살렸다는 주가 달린 시는 이 한 편 밖에 없다. 그렇다면 동주가 ×표로 삭제한 나머지 시들은 아직 미공개 상태로 남아 있을 것이라고 생각한다.

| 철자법 문제

여러 판본(版本) 중에서 초판본(1955) · 재판본(1955) · 1972년도
판 · 1983년도판을 비교해 본다. 원고 사진이 있는 경우에는 그것도 참
조한다.

稿 · 初　　　죽는날까지 하늘을 우르러
1955~　　　죽는 날까지 하늘을 우러러

初　　　　　나는 괴로워 했다.
55　　　　　나는 괴로워 했다.
72　　　　　나는 괴로워 했다.
83~　　　　나는 괴로와 했다.

稿　　　　　나안테
初~　　　　나한테

稿　　　　　거러가야겠다
初~　　　　걸어가야겠다

원고(原稿)의 "거러가야겠다"와 초판의 "걸어가야겠다"는 단순한 철자법 문제니까 별 문제가 안된다. 그러나 "우르러"와 "우러러"는 꼭 같은 것일까? 1941년 당시, 함경북도 출신의 가정에서 자라나, 북간도에서 중학교를 다닌 청년이 "우러러"가 아닌 "우르러"를 선택한 이유가 무엇인지 궁금하다.

동주는 아직 철자법이 확립되지 못했던 시대에 살았다. 그 시의 철자법을 현대 표준어로 고치면 물론 지금의 독자들은 쉽게 동주 시에 접근할 수는 있을 것이다. 그러나 옛표기를 현대식으로 고치는 과정에서 편자의 판단이 언제나 개입되게 된다. 이 경우 어감이나 의미의 차이가 생길 가능성이 있는 것이다.

「눈 오는 지도(地圖)」라는 시의 경우 초판부터 72년도판까지는 "쪼고만"이라는 부사를 쓰고 있지만, 83년도 이후에는 "조그만"이라는 표준형으로 고쳤다.

초판본의 "작고"도 83년도판부터는 "자꾸"로 교정되어 있다. 각 작품마다 철자법의 이동이 있는 부분을 제시하면 다음과 같다.

「눈 오는 地圖」

初	아츰, 눈이 나려, 쪼고만, 작고
72	아침, 눈이 나려, 쪼고만, 자꼬
83	아침, 눈이 내려, 조그만, 자꾸

「少年」

初　　　　나무가지 우에, 단풍닙

83　　　　나뭇가지 위에, 단풍잎

「病院」

初　　　　얼골, 누워

72　　　　얼골, 누어

83　　　　얼굴, 누워

「쉽게 씨워진 詩」

初　　　　講義를 들으려, 씨워지는

72　　　　講義를 들으려, 씨워지는

83　　　　講義를 들으러, 쐬어지는

기타, 初版本(가장 왼쪽) 表記는 아래와 같이 교정되어 있다.

나렷을 때→나렸을 때→내렸을 때

파라게→파랗게

걸리였습니다→걸리었읍니다.

오날→오늘

오든→오던

터러드리고→털어트리고

애딘→앳된

있습니다 → 있읍니다

문들레 → 민들레

앞으로 개정판이 새로 나온다면 "있읍니다"가 "있습니다"로 교정
될 가능성이 또 있다.

동주 시에 자주 나오는 "민들레"란 말도 저자가 아는 한 72년도판
까지는 "문들레"로 되어 있었다. "문들레"와 "민들레"는 어감이 꼭
같지는 않을 것이다.

동주가 국민시인·민족시인으로 자리잡고, 그의 작품이 일반
화·대중화되어 갈수록 그의 시에 깃들어 있는 지방색채가 사라져
가고 있는 것이 아닐까? 시인이 갖고 있는 시대성·지방성·고유성
이 상실되고 있는 것이 아닐까 하는 우려감을 갖게 된다.

4.

동주 역시도 글쓰기 과정에서 오류를 범했을 수 있다. 또 인쇄소
에서도 오식이 있을 경우도 있을 것이다. 이런 부분을 편자가 고칠
경우 편자 나름의 판단이 필요하게 된다.

오늘까지 다양한 제목의 윤동주 시집이 출간되어 있으나, 윤일주
(尹一柱) 이외의 편자는 현대 독자의 편이에만 관심을 둔 나머지 너무

대담하게 원문을 고친 결과를 보여주고 있다. 이런 책을 통해서는 도저히 동주 시의 원형을 찾을 수 없다.

윤일주 편 시집『하늘과 바람과 별과 시(詩)』속의 작품들은 가능한 한 원의에서 벗어나지 않도록 신중하고 조심스럽게 교정되어 있다. 그럼에도 불구하고 현행본만으로는 원본 상태를 확실하게 파악할 수 없는 부분들이 다소 있다.

「무서운 시간(時間)」을 예로 하여 초판본과 90년도판을 비교해 보자. 초판본은 아래와 같다.

거 나를 부르는것이 누구요.

가랑잎 잎파리 푸르러 나오는 그늘인데,
나 아직 여기 呼吸이 남어 있소.

한번도 손들어 보지못한 나를
손들어 표할 하늘도 없는 나를

어디에 내 한몸둘 하늘이 있어
나를 부르는 것이오.

일이 마치고 내 죽는 날 아츰에는
서럽지도 않을 가랑잎이 떨어질텐데……

나를 부르지마오.

이에 비하여 90년도판(기본적으로 55년도판과 같다)은 다음과 같다.
고딕체 부분이 차이가 있는 부분이다.

거 나를 **부르는 것이** 누구요、

가랑잎 **이파리** 푸르러 나오는 그늘인데,
나 아직 여기 呼吸이 **남아** 있소.

한번도 손들어 보지 못한 나를
손들어 표할 하늘도 없는 나를

어디에 내 **한몸 둘** 하늘이 있어
나를 부르는 것이오.

일을 마치고 내 죽는 날 **아침**에는
서럽지도 않은 가랑잎이 떨어질 텐데……

나를 부르지마오.

"아침"과 "아츰", "남아 있다"와 "남어 있다"는 어감 문제가 있지만 그렇게 큰 문제가 아니다. 문제는 "일을 마치고 내 죽는 날 아침에는"과 "일이 마치고 내 죽는 날 아츰에는"에 있다.

1955년판 이후부터 최근에 나온 90년도판까지는 모두 "일을 마치고"로 되어 있다. "일을 마치고"의 경우, '일'은 '자기가 해야 할 일'의 뜻이라고 할 수 있겠다. 여기에는 긴박한 소명감이 있다.

"일이 마치고"의 경우, 그 뜻은 '일이 끝나고'이고, '일을 마치고'에 비하여 능동성이 약하다. 그러나 문맥상 뜻은 충분히 통한다. 뜻이 통한다면 될 수 있는 대로 원문 그대로 교정하는 것이 좋다고 본다.

또 이렇게도 말할 수 있을 것이다. '일을 마치'는 사람은 자기가 세운 구체적인 계획을 갖고 있는 혁명가나 정치가다. 윤동주가 해야 할 일은 스스로 선택한 것이 아니고, 하늘이, 그리고 시인의 양심이 그에게 부여한 일이다. 그래서 윤동주는 "나한테 주어진 길을 걸어가야겠다"고 말했을 것이다. 「무서운 시간」의 이 부분은 초판 그대로 "일이 마치고"로 놔두는 것이 좋지 않을까 여겨진다.

제3의 해석 가능성은 '이리 마치고'이다. '이리 마치고'의 경우, '이리'가 부사가 된다. '이렇게'의 뜻으로 해석할 수도 있겠다.[3]

하여간 연구자의 입장으로서는 세 가지 가능성을 검토한 후에 한 가지를 선택해야 하고, 처음부터 아무 의문도 없이 하나로 한정해서는 안된다고 본다.

이 구절의 텍스트의 확정 작업은 「무서운 시간(時間)」 전체의 평가

---

3   初版本에 「일은 봄」(이른 봄)이란 用法도 있다. '이리'를 '일이'로 썼을 가능성을 부정할 수 없다.

와 관계가 있으며, 더 나아가서는 동주 시의 이해와도 관계가 있는 것으로 생각되는데, 기존 연구 성과 중에서 판본 비교 연구를 거의 볼 수 없는 점이 안타깝다.

5.

판본 비교 작업은 동주의 독서 경력에 대한 연구와도 관련성이 있다.

동주가 어떤 책을 읽었으며, 그 독서 경력이 동주의 사상 형성에 어떤 영향을 주었는가 등등의 연구는 그의 시를 보다 깊게 이해하는 데 도움이 될 것이다.

「별 헤는 밤」에서 동주는

> 벌써 애기 어머니 된 계집애들의 이름과, 가난한 이웃 사람들의 이름과, 비둘기, 강아지, 토끼, 노새, "푸랑시스 쨤""라이넬·마리아 릴케" 이런 詩人의 이름을 불러봅니다.
>
> —「별 헤는 밤」, 1948, 초판본

라고 노래한 바 있다.

그런데 개정판에는 "프랑시스 잠, 라이너 마리아 릴케"라고 씌어 있다.

1930년대와 40년대 일본에서는 '라이너 마리아 릴케'를 독일식 발음으로 '라이넬 마리아 릴케'라고 불렀다('라이넬'이 '라이너'로 변하는 것은 83년도판 이후이다. 한국에 정착된 발음 방식을 따른 것이다).

　1941년 4월 30일 쇼신사[昭森社]란 출판사에서 'ライネル・マリア・リルケ'『旗手 クリストフ・リルケの・愛と死の歌』(라이넬・마리아 릴케『기수 크리스토프・릴케의 사랑과 죽음의 노래』)가 시오야 타로오 [鹽谷太郎] 역으로 동경에서 출판되었다. 「별 헤는 밤」 창작 날자가 1941년 11월 5일인 것으로 봐서 위의 번역책을 읽었을 가능성이 아주 높다고 볼 수 있다. "라이넬"이란 표기법으로 봐도 동주가 일본어 번역책을 통해서 서구 시작품을 애독하고, 그 영향을 받았다는 사실을 알 수 있다.

(『문학사상』, 1993.4)

량치차오梁啓超와 『가인지기우佳人之奇遇』

량치차오(Liang Ch'i-ch'ao)는 자를 탁여(卓如), 호를 임공(任公), 별
호를 창강(滄江), 또는 음빙실주인(飮冰室主人)이라 하는데, 1873(同治
12)년 광뚱성[廣東省]의 신호이[新會]에서 태어나, 1929년 베이징에서
사망했다. 그는 정력적인 활동가였으며, 1898년, '무술(戊戌) 변법'(개
혁) 운동에서 캉유웨이[康有爲]를 도와 활약한 사실은 역사상 특필할 만
하다. 후에 중화민국으로 바뀌고 나서는 위안스카이[袁世凱]의 제제(帝
制)운동을 전력을 기울여 저지하고, 1915년 '호국'전쟁에서 주도적인 역
할을 했으며, 또한 1917년 장쉰[張勳]의 '복벽(復辟)' 운동 때에는 돤치
루이[段祺瑞]의 군대를 움직여 음모를 분쇄하는 등, 항상 중국공화제를
옹호하기 위해 목숨을 걸고 싸웠다. 하지만 그의 본령은, 오히려 청·장
년기 일본에서 보냈던 망명시절의 문필활동에 있다고 해야 될 것으로, 그
문장은 당시의 젊은 세대에게 많은 자극과 광범위한 공감을 불러일으켜
서, 그 후의 역사를 전진시키는 에너지가 되기도 했다. 현재 그의 모든 저

작은『음빙실합집(飲冰室合集)』40책(『음빙실문집(飲冰室文集)』16책
과『음빙실전집(飲冰室專集)』24책을 합한 것으로 1936년 중화서국 발
행)으로 모아져 남아있다.

— 마스다 와따루[增田 涉],『량치차오에 대하여』에서

1.『청의보^{清議報}』와『음빙실합집^{飲冰室合集}』

1898년, 무술정변에 실패하여 일본으로 망명하는 선상(船上)에
서, 량치차오는『가인지기우(佳人之奇遇)』를『가인기우(佳人奇遇)』라
는 제목을 붙여서 번역했다고 한다.『음빙실합집(飲冰室合集)』의 편
자는 다음과 같이 말한다.[1]

임공(任公)선생 무술년에 도피해서 일본으로 건너갔다. 망명하는 배
안에서 이것을 번역하며 우울함을 달래었다. 저자 이름은 밝히지 않았다.
글 또한 오래되어 이미 절판되었다.
최근에 노점에서 이것을 발견하여, 합집에 보충하여 넣었다.

한 시대를 풍미한 량치차오의 저작이, 어떻게 초라한 노점 같은

---

1 『음빙실합집』전집(專集) 제19책.

곳에 진열될 수가 있었을까. 정치에 목숨을 걸고, 정치소설에서 정치적 효과를 갈망했던 량치차오가 『가인지기우』를 번역하는 것이, 어째서 '자견(自遣)'(기분전환)에 불과할 수 있었을까. 『합집』의 편자는 량치차오를 유별나게 구식 문인으로 꾸며놓고 있는 것 같다. 이렇게 보면, 일본으로 건너가는 배 안에서 번역했다는 것도, 그대로 순진하게 믿어야 좋을지 의심스럽다.

정말 『가인기우』가 량치차오의 손에 의해 번역된 것인지도 의심스럽다. 량치차오의 『삼십자술(三十自述)』에,

戊戌九月至日本, 十月與橫浜商界諸同志, 謀設淸議報, 自此居日本東京一年, 稍能讀東文, 思想爲之一變.

라는 한 구절이 있다. 일본에 오기 전에 일본어를 배웠다는 기록은 없고, 동경에서 1년간 체재하면서 그럭저럭 일본어를 읽을 수 있게 되었다는 것은 사실일 것이다. 그런데 일본에 오는 도중에 배 안에서 『가인지기우』를 통독하고, 그 처음 부분만이라도 번역할 수가 있었을까. 이것에는 확실히 의문이 남는다. 마스다 와따루[增田 涉] 씨는 "혹은 누군가가 구어체로 번역해 주었을 지도 모른다"[2]고 추측한다. 충분히 있을 수 있는 일이다. 단, 『가인지기우』가 지극히 딱딱한 한문을 가나를 섞어서 풀어쓴 문체인 점으로 보아, 원문의 한자 어순

---

2 『중국문학사연구』, 岩波書店, 1967.

만 바꾸면 중국어로 번역을 할 수 있는 사정도 있고, 초보적인 일본어 문법지식과, 부사·조사·고유명사에 관한 약간의 조언이 있으면 번역이 가능했을 것으로도 생각된다. 『가인지기우』의 문체라면, 한자만 따라가며 보는 것만으로도 팔십 퍼센트는 의미를 파악할 수 있을 것이다. 어쨌든, 몇 사람인가의 도움이 있었다고 하더라도 작품의 선택이나 번역작업에 있어서, 량치차오가 주체적으로 추진했을 것임에는 틀림없다.

논의를 전개하기에 앞서『음빙실합집』전집(專集) 제19책에 수록되어 있는 번역문과『청의보(淸議報)』의 번역문을 대조해 보기로 한다.

량치차오는『가인기우』의 번역문을『청의보』창간호부터 35호까지 9호와 23호를 제외한 매호에 게재하여, 토오카이 산시[東海散士]의 원문 중 12권 중간까지 번역하였다. 그 후 16권까지 번역한 것을 어디에 발표했는지, 『합집』에 수록된 이 부분이 어느 텍스트를 근거로 한 것인지는 명확하지 않다.

『청의보』와『합집』의 번역문은, 기본적으로는 다르지 않지만 약간의 차이가 있다. 먼저 청나라 말기의 소설론 중에서도 가장 유명한 『역인정치소설서(譯印政治小說序)』는,『가인지기우』의 번역에 즈음하여 량치차오가 붙인 서문[3]인데, 그 마지막 부분이 약간 다르다.

『청의보』는,

---

3 『역인정치소설서』에는 '임공(任公)'이라는 서명이 있으므로 '량치차오'임에 틀림없다. 번역문의 본문에는 역자명이 없다.

今特採外國名儒所撰述而有關切於今日中國時局者次第譯之, 附於報末,
愛國之士或庶覽焉.

『합집』은, '외국명유(外國名儒)'라는 표현이 진부하다고 느꼈는지,

今特採日本政治小說佳人奇遇譯之, 愛國之士或庶覽焉.

라고 되어 있다.

번역문 자체에 그렇게 큰 차이는 없다. 단, 『청의보』에서 '개연(愾
然)'·'미인(米人)'·'창(窓)' 등으로 되어 있는 것이, 『합집』에서는
'개연(慨然)'·'미인(美人)'·'창(窗)'으로 되어 있는 정도의 어구 차
이는 많다. 나중에 수정한 것일 것이다.

문장의 단락도 다르다. 『청의보』가 단락의 구분이 많다. 양자를
비교했을 때 가장 큰 차이점은, 『합집』이 1권 말미부분 가까이에서
주요 등장인물의 한 사람, 청나라의 혁명지사 정범경(鼎范卿)이 등장
하는 "청나라 사람이 있어 술자리를 마련하였다. 그 행동거지가 범
상치 아니하고 뛰어나게 보였다. 연령은 대략 오십을 넘은 듯했다"
로 시작되는 전문을 삭제하고, 게다가 2권 서두에서 역시 정범경과
관계되는 부분, 일본어 원문의 2428자를 번역하지 않은 것에 비하
여, 『청의보』는 삭제하는 일없이 처음부터 정범경을 등장시키고 있
는데, 일본어 원문 1권과 2권을 이어서 정범경의 이야기가 일단락
되는 부분까지를 1권으로 하여 번역했다는 점이다. 이야기의 단락

으로 치자면 원문보다 『청의보』가 오히려 안정감이 있다. 『합집』은 정범경 관련 기술 내용과 정범경의 이름을 무리하게 삭제한 결과, 2권의 끝부분에서 아무리 해도 이야기의 앞뒤가 맞지 않게 되자, 원문의 "유란(幽蘭) 머리를 흔들며 미소지을 뿐"과 "범경은 배를 물가에 대고 오랫동안 기다렸다" 사이에,

范卿者支那志士也, 憤世嫉俗, 遁跡江湖, 與散士交最契, 過從甚密, 久耳
幽蘭紅蓮之名, 散士此行, 早約其艤舟待

라는 원문에 없는 설명구를 보충해 넣었다.

요컨대 『청의보』·『합집』 모두 원문에 백퍼센트 충실하지는 않지만, 『청의보』가 훨씬 원문에 가깝다고 할 수 있다.

다음으로, 기술적인 실수겠지만, 『청의보』에는 번역문의 게재순서가 뒤바뀐 부분이 있다. 12장의 일부를 11장 속에 넣었는가 하면, 32장 다음에 34장을 이어 번역한 것 등이 그것이다.

세 번째 차이는 앞에서 언급했듯이 『청의보』가 원문 12장의 중간까지밖에 번역하지 않고 중단해 버린 데에 비해 『합집』은 마지막 장인 16장까지 있다는 점이다.

왜 『청의보』가 독자들에게 예고도 없이 중단되어 버렸는지 이유를 알 수 없다. 량치차오가 다망했을 것임에는 틀림없다. 일본에 와서 2개월도 채 되지 않은 상황에서 순간(旬刊)[4] 『청의보』를 주재하고, 논설에서부터 국내외의 시사거리, 번역 등을 거의 혼자서 써내

고 있었으니까 바빴으리라는 것은 충분히 짐작할 수 있다. 그러나, 너무나도 다양한 분야에 걸친 흥미, 새로운 대상에 대한 정열 때문에, 그가 창작한 소설『신중국미래기』・희곡『겁회몽전기(劫灰夢傳奇)』・『신라마전기(新羅馬傳奇)』・『협정기전기(俠情記傳奇)』 등이 모두 완결되지 못하고 미완성으로 끝나버린 것처럼, 문학작품에 대한 흥미를 지속할 수 없었던 것이 이유일지도 모른다. 35호로『가인기우(佳人奇遇)』의 연재를 중단한『청의보』는 36호부터 야노 류우케이[矢野龍溪]의『경국미담(經國美談)』을 번역하여 연재하지만, 이것은 량치차오의 손으로 번역한 것이 아니다.[5]

2. 량치차오 역,『가인기우』를 둘러싼 문제점

량치차오의 번역은 상당히 원작에 충실해서, 당시 맹위를 떨치고 있던 번안물과는 전혀 다르다. 원작자인 시바 시로오[柴四郞]의 이름도 밝히고 있고, "역자가 생각하건대⋯⋯"라는 식으로 역자가 얼굴을 내미는 일도 없다. 뛰어난 철학자・사상가・정치가・저널리스트・문학자・역사가인 량치차오는 동시에 뛰어난 번역가이기도 했다.

---

4 1일, 11일, 21일 발행. 창간호는 1898년 음력 11월 11일. 종간호는 제100호, 1901년 12월 1일 발행이다.
5 『경국미담』도 후편이 완결되지 않은 사이에『청의보』가 정간되었다.

하지만, 상당히 충실한 번역이라고는 해도 완전히 충실하다는 의미는 아니다. 량치차오가 의도적으로 원문의 일부분을 삭제하고 번역한 부분도 있고, 때로는 약간의 어구를 첨가한 경우도 있다. 원작과 번역의 차이점을 명확하게 하고, 그 차이점이 시바 시로오의 아시아관, 특히 조선에 대한 인식과, 량치차오의 인식의 차이에서 비롯된 것임을 밝히는 것이 본 논문의 취지이다. 그것은 아시아 연대의식이 왜곡될 위험성, 국권론자가 침략으로 기울어질 취약성, 노골적인 메이지[明治] 정치소설 찬미론[6]에 대한 의문 등과 깊은 관계가 있을 것이다.

량치차오는 왜 『가인지기우』를 번역했을까? 량치차오가 정치소설에 눈을 돌린 이유는, 소설이 대중들에게 널리 애호되고 있는 현실을 보고, 소설로써 대중을 계몽하고 사회 변혁에 기여하려고 했기 때문이다. 량치차오는 스승 캉유웨이의 말을 빌어 다음과 같이 말한다.

僅識字之人, 有不讀經, 無有不讀小說者.

글자를 알 정도의 사람이라면, 경전은 읽지 않더라도 소설을 읽지 않는 사람은 없다. 그러니까 소설의 효용을 중시한 것이다. 량치차

---

6 아스카이 마사미치[飛鳥井雅道]가 "정치소설은 '전근대'가 아니고, 문학사의 '방류'도 아니다. 정치소설이야말로 일본 근대문학의 시작이고, 또한 근대문학사 중에서도 가장 눈부신 달성의 하나였다"라고 평한 것은 수긍할 수 있어도, 그가 정치소설의 대표작인 『가인지기우』를 '찬탄'한 나머지, 그것이 갖고 있는 약점을 '속편은 점차로 우경화 한다'는 정도로밖에 보고 있지 않은 것은 공평하다고 할 수 없다.

오의 생각으로는,

彼美英德法奧意日本各國政略之日進, 則政治小說爲功最高焉.

구미제국이나 일본의 진보 개혁에 있어서는 정치소설의 공적이
컸기 때문에, 중국에서도 그것을 시도하려고 했다는 것이다.

이러한 태도는 량치차오가 『가인지기우』를 번역하여 게재할 때
쓴 서문에서 엿볼 수 있는데, 그렇다면 왜 정치소설 중에서도 특히
『가인지기우』를 선택했을까. 이에 대해서는 량치차오 자신의 설명
이 없기 때문에 추측으로 대신하는 수밖에 없다. 저자의 견해로는
그 이유로서 다음의 세 가지를 지적해 보고 싶다.

① "시인으로 전문가가 아닌"(토오카이 산시 自序, 『가인지기우』)[7]자
가, 소설을 통하여 정치에 관한 자기 주장을 세상에 호소해서 세상
의 변혁에 기여하려고 한 시바 시로오 즉, 토오카이 산시의 의도는
그대로 량치차오의 것이기도 했다.

② 토오카이 산시는, "바야흐로 초미지급(焦眉之急)의 과제는 열
자의 자유를 안으로 신장시키기보다는, 오히려 한 자의 국권을 밖으
로 신장함에 있다"(권2)라는 국권론자로 일본을 공화제(共和制)로 바
꾸려고 하는 급진파와는 뚜렷이 구별되었다. "존왕파(尊王派)는 내가
자유를 논함으로써 왕실에 충성스럽지 않다고 비난할 것이다. 민정

---

7 『가인지기우』의 초판본 및 재판본은 한자카타까나 혼용문으로, 후에 카타까나 대
신 히라가나가 된다. 이하 인용문은 인쇄 사정상 히라가나를 사용한다.

당(民政黨)은 내가 공화제를 비난함으로써 왕실에 아부하려 한다"[자서(自序)]고 자신의 입장을 규정하는 개진당(改進黨)적인 입장 — 산시 자신 개진당의 상당한 지위에 있었다. — 에 개량주의자 량치차오가 동조했다. "위로는 공무(公武-정권과 군대) 간의 알력을 조화시키고 아래로는 내란이 일어날 수 있는 여지를 없앤다"(2권)고 하는 산시의 입장은, 서태후(西太后) 등 완고파에 대항하고, 쑨원[孫文] 등 혁명파에도 반대하는 량치차오의 정치적 입장이기도 했다.

③ 셋째로 저자와 역자 사이에, 적어도 이야기의 전반에서는 서구의 제국주의에 직면한 아시아의 약소국이라는 공통된 위기의식이 있었다.

조용히 동서의 형세를 관찰하니, 유럽의 열강은 평화롭게 대치하는 것의 이로움을 알고, 경쟁하여 침략(侵掠)하는 것의 그릇됨을 깨달아, 열강 상호 간에는 평화 균형을 유지하기에 급급한데, 단 그 여세를 몰아 이것을 동남원양(東南遠洋)에 뻗쳐서 잠식탄서(蠶食吞噬)의 욕구를 마음대로 펼치려 하고, 일청(日淸) 두 나라의 세력이 아직 충분히 성장하지 못한 것에 편승하여 판도를 확대하려는 상황이다. 즉, 영국은 그 손을 이집트에서부터 남양(南洋)으로 뻗치고, 프랑스는 마다가스카르에서 통킹만으로, 독일은 남미에서 남양으로, 러시아는 터키의 북경(北境)에서부터 청나라 서역에 접근하여 조선북부까지 넘보고 있음은 의심할 여지가 없다. 그렇다면 즉, 오늘날 동양의 형세는 그야말로 장작더미 위에 앉아서, 불기가 순식간에 이미 그 밑에 웅크리고 있는 것을 깨닫지 못하는 것과 같다. 그리고 동양 각국의 상황을 보면 순치보차(脣齒輔車), 서로 의지하는 것의 이로움을 잊고 서로 시기하며 헐뜯고 질투하여, 마침내 그 방법을 빌려서 스스로가 공격하는 어리석은 책략을 배우기에 이른 것이다. (9권)

민족의 위기를 극복하기 위해서는, 서구에 대항하는 동양의 단결이 필요하다는 아시아 연대관(連帶觀)에 량치차오는 동감했을 것이다. 량치차오에게 있어 『가인기우』는 단순한 번역 이상의 의미를 지녔던 것이다. 단순한 번역이 아니기 때문에, '원작'과 '량치차오 역' 사이에는 약간 차이가 있다고 할 수 있다.

일본어 원문과, 『합집』의 중국어 번역내용을 비교 대조해 보기로 하자.

① 원문 중의 와까[和歌]는 모두 번역하지 않았다. 그것은 번역상의 어려움 때문일 것이다.

② 원문 중의 한시가, 어떤 부분은 그대로 번역문에 옮겨졌지만, 어떤 부분은 생략되었다. 일부 작품이 생략된 이유는, 내용보다도 일본식의 한시가 중국인의 눈에 어법 · 어휘 · 음률 등이 이상하게 비쳤기 때문이 아닐까.

③ 그다지 큰 의미가 없는 극히 작은 부분의 삭제 또는 보충.

④ 원문의 초판본(1885년 10월~1897년 10월)과 재판(再版)에서는 각 권에 반드시 붙어 있던 서(序)와 발(跋), 그리고 각 페이지 상부 여백에 적혀 있던 평어(評語)가 량치차오 역(譯)에서는 모두 생략되었다.

⑤ 1권 · 2권 · 16권의 상당히 많은 부분을 의도적으로 생략. 량

치차오 역은 16권의 조선문제와 관련된 부분에서 번역을 중단하고, 그 대신에 량치차오의 코멘트를 붙였다.

문제가 되는 것은 ⑤ 뿐이다.

앞에서 언급했듯이, 『합집』에서는 명나라 명신(名臣)의 후예 정태련(鼎太璉), 자(字)를 범경이라고 하는 인물의 긴 사설부분이 빠져있다. 『가인지기우』에 등장하는 네 사람의 주요인물 중의 하나인 범경이, 보잘 것 없는 단역으로 전락해버린다. 『청의보』에서는 원작대로였던 범경을 단역으로 만들어버린 이유는, 역시 량치차오의 정치적 주장과 작품 중에서 범경이 펼치는 주장이 일치하지 않기 때문일 것이다.

범경의 선조는 명나라의 명신(名臣)으로, 명나라 말기에 청나라 병사와 싸우다 전사한다. "중화의 문물의관 모조리 바뀌어 오랑캐의 풍속을 따르니, 만인(滿人) 승승장구하여 노인과 어린아이를 살생하고, 부녀자를 욕보이며, 선비를 생매장하고, 학생은 지방으로 쫓아내니 가학폭려(苛虐暴戾) 극악무도하기가 호랑이보다 잔인하여", 청 왕조에 대한 민중의 불만은 마침내 "격문(檄文)을 중국전체에 돌려서 청 왕조의 죄악을 알리고, 명 왕조를 되살리어 도탄에 빠진 창생(蒼生)을 구하며, 간신을 처형하고 악정(惡政)을 개혁하고"자 폭발한다. 이른바 태평천국 혁명이다. 범경도 혁명에 참가하는데, 누이는 청병에 살해되고, 범경 자신은 청 왕조에 대한 복수를 맹세하며 "천민 사이에 섞이어" 세상 눈을 피한다―이것이 삭제된 부분이다. 종족혁명(種族革命)을 부정하고, 만·한(滿漢) 두 종족의 협조를 주장하며, 청 왕조 자체는 옹호하고, 계몽군주 밑에서 위로부터의 근대화를 꾀하고자 했던 량치차오의 주장과는 일치하지 않았던 것이다.

10권에서는 갑신정변에 대하여 언급하였으며, 16권에서는 일본에서 보통 '동학당의 난'으로 불려온 1894년의 갑오농민전쟁을 다루고 있다. 10권은 1891년(메이지 24년) 12월에 초판이 나왔고, 16권은 1897년 10월에 초판이 나왔으니 그 사이에는 6년이라는 차이가 있다. 이 6년의 차이는 크다. 일본은 청일전쟁을 거쳐서 러일전쟁으로 치닫는 제국주의 확립기였고, 시바 시로오 개인도, 일찍이 서구 제국주의의 식민지 침략에 저항하자는 아시아 연대론을 뜨거운 정열을 가지고 역설해 왔으나, 국권론을 중심으로 하여, 아시아 침략 이데올로기로 기울어버린 시대이기도 하다.

김옥균 · 박영효 등 조선의 독립당과, 일본의 국권론자인 야당인사의 기묘한 접근 현상을 여기에서 찾아볼 수가 있다. 근본적으로 이 양자간에는 모순이 있음을 잊어서는 안된다. "강한 러시아는 밖으로는 이주를 구실로 서서히 주변 국가들을 휘젓고, 안으로는 교묘히 인심을 끌어들여서 원조하도록 만들고, 교활한 영국은 만행을 저질러서 거문도를 약탈하며, 청나라는 허례 허식에 빠져 조선이 여전히 속국임을 주장하여, 자유자재로 감독하며 지배해서 실권을 장악하려고 한다."(10권) 이러한 국제정세에 대한 인식은 공통적인 것일 수도 있다. 이와 관련하여 토오카이 산시는 "신분의 고하를 막론하고 모든 이가 이윽고 우리(일본)가 딴 마음을 품고 있지 않음을 헤아려서, 정유왜란의 오래된 원한을 풀고, 강화도 조약으로 인한 새로운 원한은 잊어버려, 점차로 시기하고 미워하는 좁은 마음을 버리고, 의지하며 친목을 하는 감정은 달을 거듭할수록 돈독해졌다"(권10)[8] 라고 김옥균 등의 심정을 서술한 바 있으나 이것은 사실이 아니다. 이러한 문장은 산시가 멋대로 생각해 낸 교만한 표현이다.

독립당은 일본 세력에 의지하여, 다년간에 걸친 폐정으로 인한 해악을 개혁하고 청의 간섭을 저지하려 했으나, 그것은 일본에 환상을 품고 있었기 때문이 아니고 국제정세의 어떤 한 장면에서 일본의 힘을 이용하려한 것에 지나지 않는다.[9] 그것이 개화파의 약점이었지만.

갑신정변이 일어났을 때에, 토오카이 산시는 일본정부의 입장에 동조하였다. 10권이 바로 그것이다. 재야의 지사(志士)가 격앙하여 조선과 청나라를 쳐야한다고 국민여론을 고조시키려 할 때, 산시는 오히려 신중론을 펼친다.

조선 토민(土民)의 폭거(暴擧)는 나 또한 깊이 증오하는 바이다. 하지만 스스로를 돌아보아 꺼림칙한 곳은 없는가. 듣기로는 조선에 양당이 있다 한다. 하나는 일본과 친하고, 또 하나는 청국과 가깝다. 지금 우리와 친한 붕당(朋黨)이 적당(敵黨)의 수령을 습격하여, 죽이고 상처를 입혔다. 설령 외국의 간섭에 분개하여, 순전히 독립을 희망하는 단심(丹心)에서 비롯되었다하더라도 그 행위는 문명세계의 악덕으로 실로 혐오할 만한

---

8   인용부분에 대해서 량치차오는 "정유왜란" "강화도 조약"이라는 표현을 생략하여 번역했다. 이 정도의 원문과의 차이가 많다.

9   강재언(姜在彦), 『조선 근대사 연구』(日本評論社, 1970)는 그것을 실증하고 있다.

일이다. …… 아울러 우리 군사는 조선국의 수호자가 아니고, 우리나라 일국(一國)을 대표하는 대사 및 재류인의 보호자인 것이다. 만약에 그렇지 아니하다면 우리가 어찌 함부로 독립국에 군사를 주둔시킬 수 있겠는가. 우리 군사는 일본국민의 수호병이지 조선국 군사가 아니다. (10권)

1884년 12월, 조선의 개화파＝독립당이 쿠데타를 기도하였으나 수구파＝사대당에 패하였다. 청군의 힘을 빌린 민비(閔妃)가, 일본군을 믿었다가 따돌림당한 개화파를 물리친 것으로 다량의 유혈사태를 불러 일으켜서 김옥균 · 박영효 등 소수만이 일본으로 망명했다.

위에 인용한 토오카이 산시의 주장은 그야말로 정론(正論)이다. 정론이기는 하지만, 한때 청군에 대항하여 출병시킬 것을 약속했으면서 도중에 손을 떼어, 일본에 가까웠던 조선 개화파를 괴멸시키고, 일본의 국내여론을 청나라와 조선을 응징하는 쪽으로 유도하여, 마침내 청일전쟁으로 연결시킨 일본 정부에 토오카이 산시도 협력한 셈이 된다.

10권의 후반 '백운산하(白雲山下)의 손님'이 보낸 편지에서 볼 수 있는 시바 시로오의 조선과 청나라에 대한 전략 등은, 상책(上策) · 중책(中策) 모두 중국과 조선을 침략하기 위한 강경한 전술론이다.

가장 좋은 방법은 신속하게 정예부대를 부산에 파견하여 조선의 관헌을 쫓아내고 폭정을 제거하고 북상하여, 민심을 안정시킨다. 한편 본 부대는 인천에서 서울로 진입하여 청병을 포로로 하고, 조선 국왕을 추대한 후에, 청나라와 강화회담을 하면 유리하다는 것.

두 번째 방법으로는, 인천과 서울을 봉쇄하고 한두 척의 순양함으로 광뚱[廣東]과 푸젠[福建]성 연해에 침입하여 청군을 지치게 해놓은 다음, 별동대로 하여금 대동강을 거슬러 올라가게 하여 압록강에서 선양[瀋陽]까지 세력을 넓히려는 계획이었다.

이것은 침략을 위한 전술론 이외에 아무 것도 아닌 것이다.

10권에서 이미 『가인지기우』가 갖고 있는 역사적 의미는 완전히 소멸되었다고 할 수 있지 않을까. "우리 조상이 삼한(三韓)에 세웠던 위업을 더럽혀서는 안된다"(권10)라는 대목에 이르면, 이것은 이미 아시아 약소국의 연대감과는 용납될 수 없는 것이다.

량치차오는 10권까지는 대체로 원문대로 충실하게 번역했다.

그러나, 그 이후는 달라진다. 11권에서 15권까지는 중국 조선 경영론 같은 것이 나오지 않기 때문에 괜찮지만, 16권이 되면 량치차오는 삭제에 삭제를 거듭하고, 끝내는 중도에서 붓을 던져버리며, 스스로 짧은 한 구절을 써넣는다.

16권에서 량치차오가 삭제한 주요 부분은, 원문 중의 청나라에 대한 비호의적인 부분과 일본이 청을 물리치고 조선에 대한 권익을 주장하는 부분이다. 당시 중국의 위정자는 조선을 속국으로 여기는 것이 보통이어서 량치차오도 예외는 아니었다. 따라서 토오카이 산시의 정론을 량치차오로서는 용납할 수 없었을 것이다. 그러나 역사는 토오카이 산시도 량치차오도 진실을 파악하지 못했으며, 당시의 조선인, 특히 '척왜척양(斥倭斥洋)'・'축멸왜이(逐滅倭夷)'・'진멸권귀(盡滅權貴)', 즉 침략적 외국세력의 타도와 봉건적인 특권층의 타도를 목표로 하여 결집된 조선농민들만이 세계를 꿰뚫어 보는 눈을 가지고 있었음을 증명했다.

량치차오가 16권에서 삭제 혹은 수정한 부분을 조금 더 상세하게 살펴보기로 하자.

청이 톈진[天津]조약을 무시하고 조선침략을 진행하는 것을 비난하는 부분, 김옥균의 암살 경과를 그린 대부분, 또 그 사건에 대처하는 일본정부의 소극적 자세를 비난한 부분, 위안스카이[袁世凱]의 책략으로 민영준의 요청에 응하는 것처럼 하여 조선에 출동한 청군이, 거류민을 보호한다는 명목으로 서울에 진입한 일본군과 대치하는 부분, 전봉준 등 조선농민군과 일본군이 전투하는 부분, 이것들이 16권 전반의 3분의 1을 차지한다. 량치차오는 이것을 만신창이 상태로 번역해왔지만 전봉준의 죽음 이후는 끝내 중단해버린다.

중단된 후반 3분의 2는 "계림(조선의 옛 명칭 – 저자)에 들어가기를 한해에도 네 번, 미력(微力)하나마 청나라 정벌과 조선의 독립(청의 지배로부터의 독립, 즉 일본의 지배 하에 두려고 준비 – 저자)을 이루려고 하는"토오카이 산시가, 예전부터 주장한 "청국응징, 조선부식(朝鮮扶植)"을 외쳐대며 "청과 조선이 무례함을 분개하고, 우리나라의 외교가 연약하여 이 지경에 이르게 되었음을 개탄"하는 부분에서부터 시작된다. 조선의 문제는 조선에 맡겨야 함에도 불구하고, 산시는 조선을 위하여 "전범(典範)을 만들고 세계(歲計 : 세입·세출)를 정하여, 조선팔도에 일본지폐를 통용하게 하고, 천여 년 동안 유지되어왔던 제도 풍속을 하루아침에 바꾸어, 이것을 천황의 덕(德)으로써 교화시키"려고 한다.

그후, 청일전쟁·시모노세키조약[下關條約]·삼국간섭 등의 정세 속에서 산시를 비롯한 10여 명이 술잔을 주고받으며 아시아를 둘러싼 국제정세를 분석하고 일본의 해외진출에 대하여 이야기를 나누는 장면이 면면히 이어진 다음에 민비 학살사건이 나오지만, 이에 대해서는 단 한 마디 "그 후 얼마 지나지 않아서 10월 8일의 변(變)이 있었다. 산시 코오료오[廣陵]의 감옥에 투옥되었다"라고 되어 있을 뿐이다. 게다가 이것을 원죄(冤罪)라 하여 "어떻게 예상할 수 있었겠는가, 민비가 이 밤을 마지막으로 서거하다니"라고 술회하며, "나의 단심(丹心)은 피보다도 붉고, 나의 절조(節操)는 서리보다도 희다"며 결백하다고 단언한다. 그러나, 『가인지기우』중의 토오카이 산시의 정치적 주장이, 바로 작가 시바 시로오 즉 토오카이 산시의 주장인 이상―그것은 정치소설로서 당연한 것이다―그것은 있을 수 없는 일이다.

다음 장에서, 토오카이 산시의 이력을 조선과 관련지어 살펴보기로 하겠다.

이번 장의 마지막으로, 량치차오가 번역을 중단한 후에 붙인 코멘트 전문을 소개하기로 한다. 이것은 조선에 대한 청군파병의 정당성을 논한 것으로, 토오카이 산시의 조선 경영론과는 정면으로 대립하는 것이었다. 하지만, 조선의 자주성을 인정하지 않고, 조선을 자국의 속국으로 만들려고 하는 점에서는, 양자는 완전히 일치되어 있던 것이다.

朝鮮者, 原爲中國之屬土也, 大邦之義, 於屬地禍亂, 原有靖難之責, 當時朝鮮, 內憂外患, 交侵迭至, 乞援書至中國, 大義所在, 故派兵赴援, 而日本方當維新, 氣焰正旺, 竊欲於東洋尋釁, 小試其端, 彼見淸廷之可欺, 朝鮮之可誘也, 遂借端扶植朝鮮, 以與淸廷搆釁, 淸廷不察, 以爲今日之日本, 猶是昔日之日本, 亦欲因而懲創之, 俾免在東洋狂橫跳梁多事也, 不謂物先自腐, 虫因而生, 國先自毁, 人因而侮, 歌舞太平三百載, 將不知兵, 士不用命, 以腐敗廢朽, 而且不通世故之老大病夫國, 與彼兇性蠻力, 而且有文明思想之新出世日本, 鬪力角智, 勢固懸絶, 故一擧 而敗於朝鮮, 再擧而陷遼島, 割臺灣, 償巨款, 我日人志趣遠大, 猶以爲未足也, 不意俄德法三大國干涉其間, 不無所慄, 見機而退, 理有固然, 而在野少年志士, 多有以此咎政府者, 是未知政府之苦心耳.

량치차오는 청나라의 위정자와는 달리 앞을 내다보는 눈이 있어서, 명치유신 이후 급격히 상승한 일본의 힘과 청 왕조가 "세상을 모르는 늙고 병든 대국"임을 자각하고 있었지만, 유독 조선에 관해서는 위정자와 조금도 다르지 않아 속국의식을 계속 가지고 있었던 것이다.

3. 시바 시로오柴四郎의 경력[10]

   시바 시로오는 갑신정변으로 일본에 망명한 박영효나 김옥균과 교류를 나눴는데, 김옥균과는 각별히 친했다. 『가인지기우』 권10에, 망명해온 김옥균을 방문하여 아시아 정세에 관해 의견을 교환하는 대목이 있다. 김옥균 즉 작중의 고균거사(古筠居士)는 "패잔하여 실의에 빠진 나, 사업은 침돈(沈頓)하고 국가를 위해서 죽을 수도 없다. 목숨을 연명하여 수치를 무릅쓰고 유우(流寓)하여 귀국에(貴國) 누를 끼친다"고 심히 수치스러워 하자, 산시는 성패는 하늘의 뜻이라고 위로한다. 이에 대해 김옥균은 "국군(國君)은 권신(權臣)으로 인해 능욕(凌辱)당하고, 장사(壯士)는 간과(干戈)에 죽으며, 충신은 독수(毒手)에 쓰러지고, 친했던 사람들은 참형에 몰살당하며 사우(師友)는 뇌옥(牢獄)에 갇히는 등 안으로는 폐정(弊政)에 시달리고 밖으로는 열강에 괴롭힘을 당하고 있"는데 자기만이 살아 있으니, 세상사람들이 비겁자라 하며, 인간이 아니라고 하더라도 참자, 그러나 이렇게 살아 있는 것은 여생을 아깝게 여기기 때문이 아니고, 국가에 보답하고 죽은 자에게 보상하기 위함이라고 심정을 토로한다. 토오카이 산시는, 실은 나도 아이즈[會津]의 망국민이다, 서로 비슷한 처

---

10 이력에 대해서는, 쇼오와[昭和]여자대학의 『근대문학 연구총서』(21권) 외에 여러 가지가 있지만, 역시 야나기다 이즈미[柳田泉]의 『정치소설연구』(상)을 능가하는 것은 없다. 이력에 대해서는 주로 야나기다 이즈미 씨의 논고에 의거했다.

지라고 타이르지만, 두 사람의 대화가 잘 조화된다고만 할 수 없는 듯한 느낌이 독자에게도 전해진다.

시바 시로오가 김옥균을 자기 집으로 불러들여서 돌봐주려 했지만, 김옥균이 그것을 거절한 사실도 있다.

지우(知遇)를 얻은 타니 칸죠[谷干城] 장군이 입각하자, 1886년(메이지 19년) 산시는 일약 발탁되어서 농상무(農商務)대신 비서관이 되고, 타니의 외유를 수행하게 된다. 귀국 후 타니가 이토오 히로부미[伊藤博文] 내각총리와 충돌하여 사임하자, 시바도 비서관을 그만두고 반번벌(反藩閥)연합을 조직하려고 정계를 움직이지만 마음대로 되지 않았다. 그 후 신문기자 시절을 보내다가, 1892년(메이지 25년) 이후는 국회의원 생활을 하게 된다.

1894년, 김옥균은 민씨가 보낸 자객에 의해 상하이[上海]에서 쓰러진다. 김옥균의 일본친구들은 대표를 파견하여 김옥균의 유해를 인수하기로 결의하고, 박영효는 산시에게 대표를 맡아 줄 것을 부탁하지만 산시가 이것을 거절했기 때문에, 오까모토 류우노스케[岡本柳之助]를 대신 보낸다.

같은 해 6, 7월경 정부의 강경하지 못한 외교에 분개한 낭인 호걸조(豪傑組)가 한국정벌안을 내세우는데, 이 계획에 산시도 관여했다. 8월에는 청일전쟁을 선전(宣戰)하는 「조칙(詔勅)」이 내려진다.

산시는 1895년(메이지 28년) 5월 상순 국회의원으로서 타니 칸죠 · 미우라 고로오[三浦梧樓] 등의 생각을 전하려고, 5월 하순 한국(구한국)에 가서, 내무대신이 되어있던 박영효를 만난다. 6월 하순 귀국한다. 귀국 후 형세가 바뀌어 민비가 대원군을 축출하자 위협을 느낀 박영효는 다시 일본으로 망명한다. 이에 앞서 이토오 총리 휘하의 육군중장 미우라 고로오가 주한공사가 되고 산시는 미우라의 고문으로서 한국에 가게되는데, 미우라보다 조금 늦어져서 9월 초순 부임한다. 미우라는 일본군을 지휘하여, 러시아와 손을 잡고 일본세력의 축출을 꾀하던 민비를 왕궁으로 습격하여 시해한다. 10월 8일 사건 당일 산시는 서울에 없었다고는 하나 미우라 공사의 고문임에는 틀림이 없었다. 일본정부는 은밀히 미우라에게 지시를 내려, 형식적으로는 미우라 이하의 문·무관을 파면하고 한국을 떠나도록 명령했다. 산시는 출국 명령은 받지 않았지만 출국자 일행과 행동을 같이 해서 일본에 귀국한다. 귀국하자 흉도소집모살죄(兇徒嘯集謀殺罪)로 체포되어 히로시마[廣島] 감옥에 수감되었다. 다음해 1월 22일 미우라 이하 전원이 '증거불충분'으로 불기소된다. 산시는 국회에 출석해야하는 사정상 한발 앞서서 1월 7일 출옥한다. 1월 25일 귀경(歸京)하는 미우라를 산시는 타니부처와 함께 시즈오카[靜岡]까지 마중을 나간다. 2월 23일부터 3월 1일 사이에, 『토오쿄오니치니치[東京日日]신문』에 쿠니또모 시게아키[國友重章]와 연명(連名)으로 「8일 사변의 원인」이라는 제목으로 몇 회에 걸쳐 기고한 내용 속에서 민비학살 사건은, 어쩔 수 없이 일어난 것이며 미우라 등의 행위는 적극적으로 이루어진 것은 아니었다고 변명했다. 2월 25일 국회에서도, 민비 사건이 결국은 정부의 조선 정책이 무위무책(無爲無策)이기 때문에 일어난 것이라 하며 정부를 규탄했다. 산시로서는 민비학살의 책임을 지게된 것은 뜻밖의 일이며, 정부의 교묘한 방법에 분노를 느꼈는지도 모르지만, 결국 외국의 왕비를 살해한 한패라는 사실은 면할 수 없었을 것이다. 이 점에 대한 자기반성을 찾아볼 수 없다.

민비 학살을 직접 지휘한 것은, 조선 전권공사 미우라 고로오였다. 미우라 고로오, 호를 칸쥬[觀樹]라 하고 야마구치항[山口藩]의 무사 출신으로 육군 중장, 자작(子爵), 궁중고문관 겸 학습원장(學習院長)을 역임한다. 산시는 미우라의 고문이자 브레인이며 벗이었다. 『가인지기우』에는 매권마다 발(跋)·서후(書後)·제시(題詩) 등이 붙어 있는데, 1권의 머리말은 타니 칸죠, 2권의 머리말은 김옥균, 9권의 머리말은 이누카이 보쿠도오[大養木堂]가 집필했는데, 8권 책머리에 미우라 고로오가 서문을 쓴 것도 산시와 미우라의 관계를 입증해 주는 것이라 할 수 있다.

誰謂, 治亂盛衰者天數而非人力所及乎. 古語曰, 有德者昌無德者亡. 蓋國之治也. □有所以治. 其衰也亦必有所以衰. 而未嘗不由爲政如何也. 因之觀之, 一治亂雖云天數, 亦豈非人力哉. 東海散士所著佳人之奇遇, 論國權之伸縮, 憤執政之專橫, 言辭劂切, 痛斥不措. 余嘗怪其詭激, 及反覆熟思, 始知發憤著書之不偶然也. 世徒喜其結構巧妙文字悲壯, 而不知著者寓意之所存. 可悲也. 已雖然. 此書終以空論浮文見稱, 而勿使其言有驗於後, 則國家之幸也, 生民之福也.

이상이 미우라가 쓴 서문 「가인지기우서(佳人之奇遇序)」의 전문이다. 원문은 달필인 초서체로, 구두점도 없기 때문에, 혹 오자나 독해의 오류가 있을 수도 있다.[11] 참고로 훈독을 해두겠다.

누군가 말했다. 치란성쇠(治亂盛衰)는 하늘의 뜻이지 사람의 힘이 미치는 바가 아니라고. 옛말에 이르기를, 덕이 있는 자는 번창하고, 덕이 없는 자는 망한다고 했다. 필경 나라가 편안하게 다스려질 때에는, (한 글자 불명 − 인용자)다스려지는 이유가 있다. 쇠하거나 또 반드시 쇠할 수밖에 없는 이유가 있는 것이다. 그리고 일찍이 정치를 어떻게 하느냐에 달려있지 않은 적이 한 번도 없었다. 따라서 생각해보면 첫째로 치란은 천수(天數)라고 하지만, 또한 어찌 인력이 아니겠는가. 토오까이 산시가 저술한 가인지기우는 국권의 신축을 논하며, 집정자의 전횡을 분개하는데, 표현이 딱 들어맞고, 강하게 비판하기를 멈추지 않는다. 나는 일찍이 그 궤격(詭激)을 이상히 여겼지만, 거듭하여 충분히 생각하니, 비로소 발분(發憤)한 저자의 행동이 우연한 것이 아님을 알게 되었다. 세상은 쓸데없이 그 구성이 교묘하고 문자가 비장함을 좋아해서, 저자의 숨은 뜻이 무엇인지를 모른다. 슬퍼해야 할 일이다. 이미 세상에서, 이 책이 공론부문(空論浮文)이라 하지만, 그 말이 적당치 않다는 것을 깨달았으면 그것은 바로 국가의 행(幸)이요, 백성의 복(福)인 것이다.

---

11 미우라 고로오의 서문 해독과 관련하여, 와세다대학 도서관 특별자료실 시바따 미츠히코[柴田光彦] 씨의 지도를 받았다. 그러나, 만약 잘못이 있다면 그것은 물론 저자의 책임이다.

『가인지기우』는 근대일본이 낳은 걸작 중의 하나이다. 단지 문학사에 그 이름을 남기고 있을 뿐 아니라, 지금 읽어도 힘있는 문체와 아울러 읽는 이의 피를 끓게 한다. 아일랜드 독립운동가인 여성투사, 스페인 전제 군주에 반기를 든 여성혁명가, 청 왕조의 전제지배를 뒤엎으려고 하는 중국의 지사, 그리고 토오카이 산시, 이 네 명의 남녀가 세계를 무대로 대국의 식민지정책에 반대하는 가운데 굳게 맺어져 있다.

그뿐 아니라, 이집트의 반영(反英)투쟁·미국의 인종차별·폴란드 망국사·헝가리의 오스트리아에 대한 저항사 등등이 전편에 깔리며 열정적으로 전개되는 것이다.

지금 우리 일본 3천7백만, 만청(滿淸) 3억만, 조선 1천만, 인도 2억5천만, 터키, 이집트 4천만의 생령(生靈)이 있다. 그것도 머리를 숙이고 손을 묶인 채, 소수의 외인(外人)의 경모(輕侮)를 받으면서도 태연하여 수치스럽게 여기려하지 않는다. (9권)

이러한 비참한 상황을 타파하고 '또한 동양의 여러 나라를 잘 연합해'서 서구의 아시아 침략에 저항하려고 한 생생한 아시아 연대감이 넘친다. 그러나 아쉽게도, 앞에서도 말했듯이 조선문제에 관해서는 권수를 거듭할수록 더욱 더 그 연대감이 약해지다가, 결국은 때로 정부보다도 격렬한 대외 강경파가 되어, 조선합병으로 이어지는 길을 걷게 되어버린다. 명치 초년에는 서구제국주의에 대항하는 피

침략자의 국제적 연대와 동양세계의 단결에 뿌리를 내리면서, 다른 아시아 여러 나라보다 한 걸음 앞서서 근대화＝서양화의 길을 걸은 일본은, 연대의식이 지도자의식으로 바뀌고 대동아공영권 구상으로 기울어버린 역사적 비극을 경험하지 않으면 안되었다. 그 위험한 맹아는『가인지기우』2권에도 이미 있었다고 할 수 있을 것이다.

"바로 지금이 동양이 많은 것을 이루어야 할 가을에 해당하니, 주도권을 잡아서 아시아의 맹주가 되어, 동쪽으로는 민중의 도현(倒懸)한 난을 해결하고, 서쪽으로는 영국과 프랑스의 발호(跋扈)를 제압하며, 남쪽으로는 청인의 인습을 깨고, 북쪽으로는 러시아인의 헛된 욕망을 없애버려서, 서구 열강이 동양을 멸시하고, 내정을 간섭하여 결국 이것을 속국으로 만들려는 책략을 물리치고, 저 억조(億兆)의 창생으로 하여금 처음으로 자주독립의 참 맛을 알게 하고, 문물전장(文物典章)의 광휘를 발하게 한다."(2권) 이 의도는 장하다고 할 만하지만, 그 리더쉽을 '일본이 아니고 누가 잡겠는가'라고 한 것은, 다른 아시아 여러 나라에 비하여 한 걸음 빨리 근대화를 이룬 일본의 자부심의 표명인 동시에, 대동아공영권의 맹주를 자칭할 위험한 표상으로 이어지는 것이기도 했다.

4. 량치차오의 조선론

　량치차오의 조선론으로는, 1903년 『일본지조선(日本之朝鮮)』·
1904년 『조선망국사략(朝鮮亡國史略)』·1910년 『조선멸망지원인(朝
鮮滅亡之原因)』, 같은 해에 『일본병탄조선기, 부조선대어아국관계지
변천(日本併吞朝鮮記, 附朝鮮對於我國關係之變遷)』이 있고, 그밖에 1910년
의 『조선애사오율24수(朝鮮哀詞五律二十四首)』가 있다.

　그의 조선론은 모두 이른바 논을 전개한 것이라기보다는, 객관적
사실을 외교사와 정치사적인 면에서 살펴본, 말하자면 신문기사적
인 것이다.

　『일본지조선』은, 일본이 조선 전역의 경찰권을 손에 넣기까지의
사실 경과와 조선의 저항 실태를 당시의 한정된 자료로 기술한 것이
다. 짧은 논문으로 그렇게 힘을 기울인 것도 아니다. 단, 조선 사태의
추이를 보고 중국의 장래를 우려한 마지막 한 구절이 주목할 만하다.

　　數年來, 中國藐進步, 而惟辦警察警察之聲, 徧於國中焉. 吾見其將來之結
　果, 一朝鮮警察類也. 誠如是也, 則辦警察一事, 其已足以亡國也已矣.

　조금도 사회제도를 개혁하려고 하지 않고, 단순히 경찰력을 강화
해서 인민봉기를 탄압하고 제거하려는 강경파에 대한 일격이다.

　『조선망국사략』은, 제1기 중일 양국의 조선, 제2기 일로 양국의

조선, 제3기 일본의 조선의 3기로 나누어 외교교섭, 조약조문 등, 외교사적인 입장에서 일본의 조선식민지화의 과정을 밝히고 있다.

20년 전의 이홍장(李鴻章)의 외교문헌을 읽으면 "穆然想見上國之位置之威信"이라고 종주국으로서의 위신에 가득 차 있던 것이, 그 위신이 떨어지기 시작한 것은 1885년에 일본과 중국간에 맺어진 톈진[天津]조약에서부터다라고 하면서, 그 조문을 인용하고, 이어서 '청일전쟁' 후의 중국과 일본간의 조선에 관한 교섭과정을 회고하는 것으로부터 『조선망국사략』이 시작된다. 그 다음도 같은 건조한 필치로 집필시점인 1904년까지 써나간다. 저자의 감정은 모두(冒頭)의 사(詞－단가 형식의 한 가지)를 제외하고는 표면에 드러나는 경우가 적다. 사(詞)는 이러하다.

章臺柳, 章臺柳, 昔日依依今在否, 縱使長條似舊時, 也應攀折他人手

버들가지는 옛날 모습 그대로 길게 늘어져 있지만, 과거에 마음을 주었던 사람은, 틀림없이 다른 사람에게 갔을 것이라고 헤아리는 내용의 사(詞)인데, 량치차오에게 있어서는 조선이라는 한 나라의 독립이 문제가 아니라, 과거에 친했던 여성이 다른 사람의 것이 된 것과 같은 관심을 조선에 기울인 것이었다.

토오카이 산시와의 관계에서 말하자면, 『조선망국사략』 중에서 그가 산시의 「한국의 장래」를 소개한 것은 주목해도 좋을 것이다. 산시가 시바 시로오라 서명하고, 잡지 『태양』(1904년, 메이지 37년) 9월호에 집필한 20페이지에 걸친 논문이다. 이 논문은 야나기다 이즈미 [柳田泉] 씨도 언급한 적이 없으며, 쇼오와[昭和]여자대학의 『근대문학연구총서(近代文學研究叢書)』21권의 시바 시로오 저작 연표에도 실려있지 않다.

「한국의 장래」는 러일전쟁 중에 쓰여졌다. 이 글은 '한국의 사정에 정통한 수많은 유식자와, 한국의 경영에 관해 담론한 10여 항목의 대략을 서술하여, 강호제군의 참고가 되도록 한다'는 전제 하에 일곱 가지의 조선경영론을 전개하고 있다.

첫째, 한황(韓皇)의 반면론(半面論) ― 조선 황제의 일본에 대한 불신감을 없애고, 이씨(李氏)사직의 안전을 보장하며, "한국을 여친국(與親國)의 제1위에 둔다". "일본은 아버지나라, 한국은 어머니나라, 부모가 서로 아끼는 마음을 깊고 두텁게 하는 것을 근본적인 급무"로 여긴다.

둘째, 일한대제국합병론 ― "임의로 연합하여 일대제국을 건설함으로써 열강과 힘을 겨루고 활약해야한다"는 주장. 한국 황제를 기후가 온화한 일본에 데려와서, 일한연합대제국을 건설하라는 합방론이다.

셋째, 고문정치론(顧問政治論) ― 한국 정계를 다시 한번 고문정치로 휘어잡으려고 하는 것이 고문정치론인데, 이것은 과거에 실패한 적도 있고 효율성이 낮다는 주장.

넷째, 보호국론 ― 프랑스와 베트남의 관계와 같은 위치에, 일본과 조선을 두자고 하는 주장. 원래 청일전쟁 때에 각국이 한국을 일본의 보호국으로 승인했는데, 일본정부가 "사양함으로써 결국 기회를 노리던 러시아가 이용하게" 되었다. "원래 한국은 위력으로 복종시키고 명령을 듣게 하여야 하지, 결코 친한 사이가 되어서는 안된다"고 하는 강경론이다.

다섯째, 한국영구중립론 ── 한국을 스위스나 벨기에와 같은 영구중립국으로 만든다는 주장.

여섯째, 총독정치론(總督政治論) ── 조선 왕실은 그대로 존속시켜 두고, '총독부를 세워서 오른쪽에는 칼을 차고, 왼쪽에는 협정의 좌권(左券)을 쥔다'는 주장.

일곱째, 정치방기 실업획득론(政治放棄 實業獲得論) ── 정치적 야심은 버리는 형태를 취하여, 조선을 "해마다 모자라는 미곡의 공급지"로 삼고, "무수한 한인(韓人)으로 하여금 순량(順良)한 우리 노동자가 되게 만든다"는 주장.

그밖에 "한황양위론(韓皇讓位論)", "망명객 이용론"이라는 두 가지 설을 내세우고 있는데, 이것은 "오늘날 그 논지가 기탄[忌憚]해야 할 만한 것임으로 여기에 이것을 생략한다"고 말하며 내용에 대해서는 한 마디 설명도 없다.

량치차오는 「한국의 장래」를 상세하게 소개하고 있는 것은 아니다. 각론의 표제를 나열한 다음 이렇게 쓰고 있다.

　　日本之輿論, 略具於是矣 …… 而現在所實行者, 則丁說[保護國論]也.
　　亦實日本今後對韓政略之不二法門也.

량치차오의 예측은 정확했다.

량치차오는 『조선망국사략』을 상세히 소개하고 있지 않다. 제목 7개만 제시한 후 그 글의 말미를 "吾恐吾之哀朝鮮, 其又將見哀於朝鮮耳, 嗟夫"라는 구로 맺고 있다. 지금은 우리가 조선의 망국을 동정하고 있지만, 언제 조선에게 동정을 받을 처지가 될지 모른다. 이것이 량치차오의 조선에 대한 관심의 출발점이자 귀결점이었다. 그러나 량치차오는 끝내 조선의 입장을 이해하지 못했으며 조선의 입장에 설 수도 없었다. 『스파르타소지[斯巴達小志]』·『폴란드 멸망기[波蘭滅亡記]』·『이태리건국3걸전[意大利建國三傑傳]』·『헝가리애국자코슈트전[匈加利愛國者噶蘇士傳]』과 같이 스파르타·폴란드·이태리·헝가리의 내부에 깊숙이 파고 들어가, 그 나라 사람의 입장에 서서 정열적으로 투쟁과 독립을 주장할 수는 있었지만, 조선의 경우에는 조선인의 입장에 설 수 없었다. 그는 조선의 망국을 슬퍼했지만, 그것은 조선인의 망국의 슬픔을 알았기 때문이 아니라, 이전에 속국이었던 나라를 제 삼국에 빼앗긴 것 때문이었다. 그의 조선론에서 평가할 만한 점이 있다면, 앉아서 팔짱만 끼고 있으면 중국에도 망국의 위기가 닥쳐올 것임을 동포들에게 호소하여, 경종을 울린 점에 있다.

『조선멸망지원인』은 조선론으로서는 보잘것없다. 이 글에서 량치차오는 역사적 사실을 오인하고 있다고 할 수 있다. 먼저,

嗚呼, 而今而後, 朝鮮名實俱亡矣. 而今而後, 中國以東, 日本以西, 突出

於黃海與日本海間之一牛島, 更後何有, 無復有國家, 無復有君主, 無復有
政府, 無復有民族, 無復有言語, 無復有文字, 無復有宗敎, 無復有典章文物
制度……

량치차오는 조선이 정치적으로 일본에 '병합'된 것을 조선민족이
멸망한 것으로 혼동하여, 그 망국을 슬퍼하고 있다. 게다가 망국의
원인이 '실로 오로지 궁정(宮廷)뿐', 즉 조선 왕실에 최대의 책임이
있다고 하면서, 일본을 비롯한 중국, 러시아, 아메리카 등의 침략은
면죄하고 있다.

朝鮮滅亡最大之原因, 實惟宮廷, 今世立憲國, 君主無政治上之責任, 不能
爲惡. 故其賢不肖, 與一國之政治無甚關係

조선 왕실에 악한 실권이 존재했던 것이 망국의 최대 원인이라고
한다. 그것이 왕실의 어디에 존재했는가 하면, 대원군의 전제정치(專
制政治)에 있었던 것으로 본다. 량치차오의 입장은 중국을 조선에 투
영시킨, 서태후=대원군, 광서제(光緖帝)=조선왕실이라는 등식에
서 비롯된 발상일 것이며, 광서제를 등에 업은 위로부터의 근대화에
실패하여 망명생활을 강요당한 량치차오로서는, 명치유신을 본뜬
개명군주제도(開明君主制度)에 조선의 미래가 있다고 보았을 것이다.
『조선멸망지원인』이 조선론이 아니고, 중국론이라고 한다면, 민
족적 위기감이 계기가 되어 쓰여진 뛰어난 글이라 할 수 있다. 극도

로 부패한 관료제도, 추악한 당쟁, 엽관운동(獵官運動) 등, 외형상은 조선을 논하고 있지만 실은 중국을 고발하고 있다고 할 수 있다. 이 글 중에 열 여덟 군데나 "우리나라는 어찌할 것인가[我國何如]"라고 저자가 얼굴을 내밀고, 더욱이 "우리나라에 이런 예가 없었을까[我國曾有類此者否]"라고 저자의 심정을 토로하고 있는 부분을 보아도, 조선의 이름을 빌려 중국을 경세(警世)하려 한 책이었음에 틀림없다. 따라서 다음 인용문 같은 것은, 조선인에 대한 모독이라 할 수 있지만, 량치차오의 의도는 따로 있었다고도 할 수 있다.

朝鮮人對於將來之觀念甚薄弱, 小民但得一飽, 則相與三三兩兩, 煮茗憩
樹陰, 淸談終日, 不復計明日從何得食, 儵然若羲皇上人也, 其宦達者亦然,
但使今日有官有權勢, 明日國亡, 固非所計. 故自日本設統監以後, 盡人皆
知朝鮮命在旦夕, 朝鮮人自知之與否, 吾不敢言, 惟見其爭奪政權, 醰醰然
若有至味, 視昔爲尤劇也. 此次合倂條約之發表, 鄰國之民, 猶爲之獻戲泣
數行下, 而朝鮮人酣嬉自得, 其顯官且日日運動, 冀得新朝榮爵, 栩栩樂也.

이렇게 량치차오는 "육국(六國)을 멸망시킨 것은 육국(六國)이지, 진(秦)이 아니다. 진을 도운 것은 진이지, 천하가 아니다"라는 미산소(眉山蘇) 씨의 말을 인용하여, "조선을 멸망시킨 것은 일본이 아니고 조선이다. 조선인이 스스로 망국을 즐기고 있는데, 어찌 동정할 필요가 있으랴"라고 결론짓고 있다. 그의 눈에는 안중근(安重根)과 홍석원(洪奭源)을 비롯한 조선인의 저항이 비치지 않았던 것일까. 군

대의 해산에 응하지 않고, 전국각지에서 전개된 의병투쟁과 그것을
뒷받침한 민중의 저항이 보이지 않았던 것일까. '이날, 목을 놓아 통
곡한다'고 일본의 보호조약에 분격한 조선 민중의 모습이 눈에 비치
지 않았던 것일까.

『일본병탄조선기』도 선통(宣統) 2년, 1910년에 집필한 것이다.
이것은 량치차오 자신도 '론(論)'이 아니고 '기(記)'이니까 논단(論斷)
을 피한다고 미리 얘기하고 있듯이, 외교·정치사적으로 객관적인
사실을 진술하는 것을 목표로 삼았다. 그는 조선사를 「중국에 종속
되었던 시대」·「독립을 일컫는 시대」·「일본에 종속되었던 시대」
·「일본에 병탄(倂呑)된 시대」로 나누어 — 여기에서도 조선민족의
주체적인 역사창조성 같은 것은 하나도 인정하지 않고 있다 — 대강
설명한 다음, 일본이 조선을 멸망시킨 시대를 ① 중국과 조선을 놓
고 경쟁한 시대, ② 러시아와 조선을 놓고 경쟁한 시대, ③ 조선을 보
호국으로 만든 시대, ④ 조선을 병탄한 시대로 네 단계로 나누고, 조
약문을 중심으로 논술하였다.

　흥미로운 것은, 이 글에 딸려 있는『조선대어아국관계지변천(朝鮮
對於我國關係之變遷)』으로, 이것은 중국의 대조선정책의 실패를 역사
적으로 지적하고 있다. 조선에서 일어난 조선인에 의한 배외투쟁들
의 책임을, 프랑스·미국·일본이 각각 중국에 물었을 때 "조선지사
(朝鮮之事), 아국불임기책야(我國不任其責也)"라 하여 물리쳐버린 것은
실패였다고 하며 하나하나 꼽아본다. 이것은 뒤집어 말하자면, 중국

이 조선의 종주국임을 여러 외국에게 인정시켰다면 성공적이었을 것이라는 논리로서 여기에도 량치차오의 조선관이 나타나 있다. 그는 광서(光緒) 원년인 1875년 이전, 조선은 중국만의 보호국이고 1905년 이후는 일본만의 보호국으로서, 그 사이는 흔들리고 있었던 과도기로 보고 있다. 과도기 중에서 특히 주목해야 할 것은 조선이 일본과 중국 공동의 보호국임을 인정한 톈진[天津]조약, 그리고 일본의 승리로 끝난 시모노세키[下關]조약이라 하며 그의 국제 관계론을 전개시킨 점이다.

　량치차오의 조선관을 파악하는 데는 『조선애사오율24수(朝鮮哀詞五律二四首)』가 유효할지도 모른다. 『조선애사』는 오언율시 24수를 조선사의 역사적 추이순으로 배열했다. 많은 전고(典故)를 구사하여 난해하지만, 다음에 몇 수 소개해보기로 한다.

> 禍慘滔上國　赫怒命元戎
> 嘶馬關山黑　翻鯨海水紅
> 伐謨祛蜂蠆　養士付沙虫
> 痛絶殽函路　秦師不復東
>
> ―「그 여섯째」

화시(禍慘)는 상국에 넘치니
혁노(赫怒)하여 원융(元戎)에 명한다.

소리 높여 우는 말은 관산(關山)에 검고

몸을 뒤집는 고래는 바닷물을 붉게 물들이고

벌모(伐謀)는 벌과 전갈을 두려워하고

양사(養士)는 사충(沙虫)에 건네준 것 같다.

통절한 효(殽)협곡의 전투 이래로

진사(秦師)는 두 번 다시 동쪽으로 가지 않았다.

　재난의 거품은 상국＝종주국인 중국에 넘치니, 중국의 천자는 격노하여 사령관에게 철수하도록 명령을 내렸다. 소리 높여 우는 육군 군마(軍馬)의 무리에 관산(關山)은 검게 물들고, 해군함정은 배를 내민 고래와 같기 때문에 해수는 붉게 보인다. 중국군 참모는 작은 벌이랑 전갈[일본군]에도 겁을 내니, 이는 애써 군사를 길러 사충[조선]에 건네준 것과 같은 것이다. 춘추시대, 진(秦)과 진(晉)이 효(殽)협곡에서 싸워 진(秦)이 비통하게 대패한 이래, 진(秦)의 군대는 두 번 다시 동쪽을 치지 않았던 것 같이[좌전(左傳), 희공(僖公)33년], 청나라군대도 두 번 다시 조선에 출병하는 일은 없을 것이다.

　"갑오년에 패한 후, 우리는 결국 한성의 수병(戍兵)을 철수시키고, 조선이 독립 평등국임을 인정했다"고 량치차오는 이 율시에 스스로 설명을 덧붙이고 있다. '청일전쟁'에서 청이 패하자, 서울 위수병(衛戍兵)을 철수시키고, 조선이 중국의 속국이 아님을 인정했을 때에 지은 것이다.

奇福無端至　　天胎受命符

夜郞能自大　　帝号若爲娛

誓廟絲綸詰　　交鄰玉帛圖

千秋萬歲壽　　朝野正驩虞

—「그 일곱째」

기복(奇福)이 뜻하지 않게 찾아와 천자는 수명(受命)의 부(符)를 주었다.

야랑(夜郞)은 아주 거만하여 제호(帝號)를 즐기고 있는 것 같다.

묘(廟)에 맹세하여 사린(絲綸)을 내리고 옥백(玉帛)의 칙어로써 교린

(交鄰)한다.

천추만세(千秋萬歲) 무궁하도록 조야(朝野)가 그야말로 환우(驩虞)

했다.

"을미화의(和議)[12]가 이루어지자, 조선은 바로 독립국임을 만국에

선언하고, 스스로 황제라 칭하며 태묘(太廟)에 맹세하고 백성에게 널

리 알리어 이성계가 찬위(簒位)한 해를 개국원년으로 하였다"고 량

치차오는 작시(作詩) 상황을 설명한다.

커다란 행운이 생각지도 않게 굴러 들어와, 하늘은 조선조에게 천

자의 칭호를 허락했다. 거만하게도 야랑(夜郞, 원래는 서남 오랑캐의 이

름. 여기에서는 조선을 가리킨다.)은 뽐을 내며, 이 제호를 기뻐하고 있는

---

12 1895년의 시모노세키조약.

것 같다. 천자의 조묘(祖廟)에서 칙어를 내리고, 옥백[비단]에 칙어를 써서 외국과 국교를 열었다. 조정이 천년 만년 이어질 것이라고, 조야(朝野)가 다같이 그야말로 환희에 들떠있다.

"夜郎能自大"란 량치차오의 솔직한 심정이었을 것이다.

<blockquote>

三韓衆十兆　　吾見兩男兒

殉衛肝應納　　椎秦氣不衰

山河枯淚眼　　風雨閟靈旗

精衛千年恨　　沈沈更語誰

</blockquote>

—「그 열 여덟째」

삼한의 민중 십조중에서 우리는 두 명의 남아를 본다.

위나라를 위하여 순국하여 태연자약하며 죽음을 받아들이는 것이 당연하고 진(秦)에 당하여도 기개는 쇠하지 않는다.

산하는 시들어버릴 때까지 눈물을 흘리고, 풍우는 장례 깃발을 보이지 않게 해버렸다.

정위(精衛)의 천년의 한을 도대체 누구에게 조용히 이야기할 것인가

삼한(여기에서는 조선이라는 의미)의 사람 수는 많지만, 나는 그곳에서 두 사람의 대장부를 찾아볼 수가 있다. 전국시대에 위(衛)나라를 위해 순국하여 태연히 독약을 마시고 죽은 자객 장량(張良), 진왕을 암살하려다 실패하여 죽은 자객 형가(荊軻), 이 두 사람처럼 조국을

위하여 순국한 안중근과 홍석원의 기개. 그들 열사를 위하여 산하는 시들 때까지 눈물을 흘리고, 풍우(風雨)는 장례깃발도 보이지 않을 정도로 슬퍼했다. 서산(西山)의 돌로 동해(東海)를 메우려고 한 정위(精衛)라는 새의 천년 한을 도대체 누구에게 이야기할 수 있을까.

'한일합병' 직전에 이토오 히로부미 조선통감을 하얼빈역에서 쓰러뜨린 안중근은 재판에서도 일본의 불의를 비난하며 일관된 태도를 누그러뜨리지 않아 죽음을 당했다. 또한, '합병'되고 나서 3일 후, 충청남도 금산군수 홍석원은 독을 마시고 죽음으로써 일본에 항의했다. 량치차오는 아쉽게도 조선 땅에서 이 두 사람밖에 보지 못했던 것 같다.

昔有死社稷　　今聞樂禍殃
賜酺百戶酒　　建極萬年觴
公合名安樂　　人疑別肺腸
由來國自伐　　不信有天亡

—「그 스물 두 번째」

예전에 멸한 사직이 있는데 지금은 재앙을 즐긴다고 듣는다.

조정이 국민에게 술을 하사하고 천자의 등극을 기념하는 만년의 축배 모두 하나가 되어 안락하다고 칭하고 있으니 조선인은 다른 폐장을 가지고 있는 것이 아닌가 의심스럽다.

원래 국가는 스스로 멸하는 것이다. 하늘이 멸망시킨다는 것은 믿을 수 없다.

"합병협약은 양력 9월 24일로써 의정획낙(議定畵諾) [조인]되었다. 한인(韓人)은 28일을 황제 즉위 4주년 기념일로 정하고, 축전을 행한 후 발표하기를 원했다. 일본인들은 이것을 허락했다. 이 날 온 나라가 국기를 내걸고 경축하였다. 다음날 단적으로 말하자면 국기(國旂)[國旗]와 황면(皇冕)[皇帝]이 동시에 시멸(澌滅)한 것이다. 그런데도 조선인들은 틀림없이 지금부터 발전하여 일등국민이 될 수 있다 하며 서로 기뻐했다."

량치차오는 율시에 위와 같이 주를 달았다. 24일에 '합병' 의정서를 교환하고, 28일에 즉위기념식전을 행하여 29일에 의정서를 발표했다. 이른바 '합병' 전날에 한국 황제의 즉위 4주년 기념식전을 거행한 것은, 조선의 지배층조차도 나라를 빼앗긴 혈루(血淚)를 참으며, 언젠가 맞이할 조선 독립을 기약해서 한 것이었음에 틀림없다. 합병 날 서울은 "십오분 정도의 간격으로 헌병은 순찰하고, 두 사람만 모여서 이야기를 해도 헌병의 신문을 받았을 정도의 경계"[13] 속에서, 생각하는 바가 있는 조선인은 분노의 눈물을 흘리면서 독립을 맹세한 것이다. 그것을 량치차오는, "조선인은 이제 오늘부터 일등 국민이 될 수 있다고 망국을 서로 지뻐했다"고 말한다.

율시의 대체적인 의미는 다음과 같다.

어제 멸망한 사직이 있다고 하는데도, 오늘은 재앙을 즐기고 있다는 소

---

13 야마베 켄타로오[山邊健太郎]의 『일본의 한국병합』.

리가 들린다. 조선 조정은 국민에게 축하주를 하사하고, 천자의 즉위를 기념하여 만년까지 이어지도록 축배를 들었다. 국민 전체가 하나가 되어 안락하다고 한다니, 조선인은 우리와 다른 폐와 장을 가진, 구조가 다른 인종인지 의심스럽다. 본디 국가는 스스로 멸망하는 것이지, 천명에 의해 멸망한다는 따위의 이야기는 믿을 수 없다.

弱肉宜强食　　誰尤祇自嗟

幾人爭失鹿　　是處避長蛇

殷鑒何當遠　　周行亦匪賖　.

哀哀告我后　　覆轍視前車

　　　　　　　　　　　　　—「그 스물 세 번째」

약육(弱肉)을 강식(强食)하는 것은 당연하다. 누구를 탓하겠는가, 단지 스스로를 한탄할 뿐.

몇 사람인가가 놓친 사슴을 차지하려고 싸우는데, 사슴은 어디로 큰 뱀을 피할 것인가.

은감(殷鑒)이 어찌 멀리 있겠는가. 주행(周行)도 또한 멀리 있지 않다.

슬퍼하며 우리 후손에게 알린다. 복철(覆轍), 전차(前車)를 볼 것을.

약육강식(弱肉强食)은 어쩔 수 없는 것으로, 누구를 탓하리오, 단지 스스로 한탄할 뿐이다. 몇 사람인가가 도망가는 사슴(조선)을 차지하려 뒤를 쫓는데, 사슴은 어디로 큰 뱀(제국주의 나라들)을 피하면 좋을 것인

가. 은감(殷鑒)이 어찌 멀리 있겠는가. 주행(周行)도 멀리 있지 않다. 멸망한 예는 멀리 고대에서 찾지 않더라도 눈앞에 있는 것이다. 슬퍼하며 우리 자손에게 알리자, 전차(前車)[조선]가 쓰러진 것을 보고 우리의 교훈으로 삼도록.

량치차오는 조선의 망국을 보며 중국의 장래를 우려했다. 조선의 망국을, "몽단조공인(夢斷潮空咽) 신상월초연(神傷月帕然)[밤에 잠도 이루지 못하고 꾸벅꾸벅 졸다가 눈을 뜨니, 바다소리는 목메어 우는 것처럼 들리고, 상처 입은 마음에 달은 처량하게 보인다]"이라고 노래할 만큼 슬퍼할 수 있는 량치차오의 귀에, 어째서 조선민중의 독립을 희구하는 절규와 의병투쟁의 총성이 들리지 않았던 것일까.

(『人文論集』11号, 早稻田大學 法學會, 1974.2)

중국의 '만청晚淸소설'과 한국의 '신소설'

일본이 에도[江戶]막부 말기부터 메이지[明治]에 걸쳐 서구의 신문명을 왕성하게 흡수하면서도 흡수 · 소화 · 발전의 과정에서 일본의 독자적인 길을 걸어 일본 근대사를 형성해온 것과 마찬가지로, 조선 근대사도 자국(自國)의 전통적인 기반 위에서 서구 · 중국 · 일본으로부터 새로운 영양소를 체내에 섭취하며 자신의 성장과정을 밟아왔다.

이 소론(小論)은 대부분의 경우 한국 근대문학의 전사(前史)로 다루어지는 '신소설'이 그 생성과 발전의 과정에서 중국의 만청(晚淸)소설과 어떻게 관련되었는지를 규명하는 데 필요한 극히 초보적인 연구 메모이다. 신소설 전체로 보면 중국보다는 일본과 관련이 깊지만 이에 관한 언급은 다음 기회로 미루기로 한다. 그런데 신소설은 아직 미개척지로 남아있다. 즉 일본에서는 오오타니 모리시게[大谷森繁]의 연구가 유일하며, 한국의 남북 양쪽에서도(식민지 지배, 6 · 25,

남북분단, 정국 불안 등이 한국문학사 연구를 지연시켰다고 하더라도) 고전문학은 고전문학대로 그리고 현대문학은 현대문학대로 그 나름의 업적을 쌓아왔지만 고전과 현대의 분기점(分岐點)에 해당하는 개화기의 신소설에 대해서는 전광용·송민호·하동호·이재선 등의 연구 정도가 있을 뿐이어서 아직은 미개척 분야라 할 수 있을 것이다. 그 원인으로는 문학사적으로 위치 결정이 곤란하다는 점, 용어의 난해함,[1] 자료수집의 어려움 등을 들 수 있지 않을까 생각된다.[2]

강재언의 『조선근대사연구』(日本評論社, 1970)에 따르면 김옥균에게 사상적인 영향을 주었다고 하는 오경석(吳慶錫)이 청나라로부터 위원(魏源)의 『해국도지(海國圖志)』, 서계여(徐継畲)의 『영환지략(瀛寰志略)』을 쇄국 상태의 조선에 가져왔다고 한다. 이 『영환지략』이라는 세계지리서는 과거[會試]에 실패한 량치차오[梁啓超]가 고향으로 돌아가는 도중 샹하이[上海]에 있는 서점에서 구입해 처음으로 해외의 사정에 눈을 뜨게 되었다고 하는 책이기도 하다(마스다 와타루[增田 涉], 『중국문학사연구』, 岩波書店, 1967).

조선의 개화사상은 전통적 실학사상을 계승·발전시키면서 "청나라 공양학파(公羊學派)의 신학풍과 세계 열강의 새로운 동향에 자

---

1 조사나 어휘가 다소 다르다. 그런데 70년 전의 작품을 읽는 데 도움이 될 만한 사전이 없다. 복각(覆刻)된 작품에는 편자의 노고에 의해 주석이 붙어 있지만, 편자가 해석할 수 있는 말에만 주석을 붙이고 있는 느낌이어서 아직 불분명한 곳이 많다.
2 지금으로서는 우선 신소설의 원본을 구할 수가 없다. 대학 도서관 등에서 약간은 볼 수 있지만 그것도 제한되어 있으며 대부분은 개인이 소장하고 있는 것 같다. 『한국신소설전집』 전10권(을유문화사, 1968)에 의해 비로소 대중적으로 신소설을 접할 수 있게 되었는데, 여기에는 상당한 양의 작품이 수록되어 있으나 중요한 작품이 빠져 있는 등 아무래도 전집이라 하기에는 부족하다.

극을 받아 형성되었다." 이러한 개화사상을 품고 있던 사람들의 인적(人的) 결합이 개화파라는 정치세력으로 성장해 갔다. 개화파에 의한 위로부터의 근대화 시도인 갑신정변(甲申政變)은 정치적으로 실현되지는 못했지만, 그 흐름을 이어받아 신소설의 담당자들이 나타나게 된다.

우선 이 신소설이라는 호칭에 대해 정의하고 넘어가지 않으면 안될 것이다. '신소설'이란 원래 개화기에 창작·번역·번안된 소설의 제목 위에 붙인 용어 중의 하나인데, 정치소설·교육소설·가정소설·실업소설·토론소설·윤리소설·애락(哀樂)소설 등과 병행해서 사용되었다. 즉 그것은 작품의 내용이나 소재, 성격 등을 독자들에게 미리 알려주는 역할을 한 것이다. 중국의 경우를 예로 들면, 『신편소설(新編小說) 문명소사(文明小史)』·『정치소설(政治小說) 산호미인(珊瑚美人)』·『실업소설(實業小說) 시성(市聲)』·『미신소설(迷信小說) 할편기문(瞎騙奇聞)』이라는 식으로 되어 있다.

제목 위에 붙인 용어로 사용되었던 '신소설'이라는 말은 그 이전인 중세나 근세의 한글 소설, 예컨대『춘향전』·『심청전』·『흥부전』·『홍길동전』등과는 달리 새로운 시대를 반영하고 새로운 소재를 다룬 혹은 새로운 사상을 고취하는 소설이라는 의미로 사용된 것으로 보인다. 그것이 언제부터인가 한국문학사의 한 양식을 대표하는 사적(史的) 용어로 정착하여, 이광수·최남선의 문학활동이 시작되기 전까지의 개화기 작품들을 총괄해서 신소설이라고 부르게 된 것이다.[3]

신소설은 내용에서나 형식에서나 서구소설의 영향이 보인다. 그리고 일본·중국은 서구에 대한 이차적 창구였다고도 할 수 있다.

신소설의 작품 수는 "純粹한 創作物, 外國作品의 翻案物, 古代小說을 改作한 것 등 數百種을 算할 수 있다."[4]

일본어의 번안으로 분명히 확인할 수 있는 것은 스에히로 데쵸[末廣鐵腸]의 『설중매(雪中梅)』를 번안한 구연학(具然學)의 『설중매』, 오자키 고요[尾崎紅葉]의 『금색야차(金色夜叉)』를 번안한 조일제의 『장한몽(長恨夢)』이 있다. 『장한몽』에서는 아타미[熱海]의 해안이 아닌 평양의 대동강변에서 이수일이 심순애를 걸어찬다. 이 외에도 구로이와 루이코[黑岩淚香]·기쿠치 유호[菊池幽芳]·도쿠토미 로카[德富蘆花] 같은 사람의 작품을 번안한 것도 있는 것 같지만 확실하지는 않다.

일본과의 교류에 대해 논하는 것이 이 글의 목적은 아니다. 다만 신소설이라는 개념이 일본의 메이지 시대 정치소설만이 아니라, 보다 폭넓게 『금색야차』의 번안에서 쥘 베르느의 과학모험물, 나아가 영웅전기, 역사이야기, 미신타파의 계몽소설까지 포함한다는 것을 지적하고 싶었을 뿐이다. 폭이 넓다는 의미에서는 '만청소설(晩淸小說)'이라는 호칭에 가깝지만, 그렇다고 해서 신소설이 어떤 일정한

---

3 이광수·최남선의 이인(二人) 문단시대 이후에도 신소설 부류의 작품이 쓰여지지만, 그것들을 신소설이라고 부르지는 않는 듯하다. 본격적인 근대문학의 탄생 이후에는 이미 문학사적 가치를 상실했다고 생각한 때문인지, 아니면 신소설 자체가 말기에 이르면 완전히 대중소설화해버렸기 때문인지도 모르겠다.

4 전광용, 『韓國小說發達史』下(『韓國文化史大系 V』), 高大 民族文化研究所, 1967.

시기(구한말에서 1917년 무렵까지)에 출판된 모든 소설을 통칭하는 것은 물론 아니다.

일찍이 신소설에 끼친 중국의 영향에 대해 지적한 사람으로는 저자가 아는 한에서는 문헌학자 하동호가 있다. 일본의 영향에 대해서는(민족감정으로 인해 좀처럼 다루기를 꺼려하는 측면이 있는 듯하지만) 어느 정도의 실증적 연구가 이루어졌지만 중국의 영향에 대해서는 거의 손길이 미치지 않았다고 할 수 있을 정도이다. 한국에서 중국에 대한 연구가 극히 곤란하고 대만 자료 이외의 자료를 입수할 수 없다는 사정도 그 원인이 되었을 것이다.

하동호는 『신소설연구초(新小說硏究草)』 상·중·하(『세대』, 1966. 9·11·12)에서 1910년 '한일합방'과 함께 아래의 저작이 발매금지 처분을 받았다는 사실을 기록하고 있다.

『월남망국사(越南亡國史)』, 보성사(普成社), 1906.11.
『롤랑부인전(夫人傳)』, 대한매일신보사, 1907.8.
『경국미담(經國美談)』, 현공렴(玄公廉), 1908.9.
『피득대제(彼得大帝)』, 광익서포(廣益書舖), 1908.11.
『나빈손(羅賓孫)표류기』, 의진사(義進社), 1908.9.

『경국미담』은 야노 류우케이[矢野龍溪]의 작품에 대한 번안 아니면 번역일 것이다. 일본어를 직접 한글로 옮긴 것인지 중국어역의 중역(重譯)인지는 알 수 없다. 『롤랑부인전』은 량치차오의 『근세제일녀걸(近世第一女傑) 나란부인전(羅蘭夫人傳)』일 것이고 『월남망국사』도 량치차오의 작품이라고 생각되지만 지금 확인할 수는 없다.

한국 유일의 신소설 연구서인 『한국개화기소설연구(韓國開化期小說研究)』(일조각, 1972)의 저자 이재선은 이 책 속에서 역사물로,

『태서신사(泰西新史)』, 1897.

『미국독립사(美國獨立史)』, 1899.

『법국혁신전사(法國革新戰史)』, 1900.

『월남망국사(越南亡國史)』, 1906.

『법란서신사(法蘭西新史)』, 1906.

『의태리독립사(意太利獨立史)』, 1907.

『나파륜전사(拿破崙戰史)』, 1908.

『영법로토제국가리미아전사(英法露土諸國哥利米亞戰史)』

『보로사국(普魯士國) 후례두익태왕칠년사(厚禮斗益太王七年史)』

『아국략사(俄國略史)』

『비율빈전사(比律賓戰史)』

『나마사(羅馬史) 부의태리사(附意太利史)』

『보법전기(普法戰記)』

『만국사(万國史)』, 김상연찬술(金祥演撰述), 1907.

『파란말년사(波蘭末年史)』

등이 있다는 것을 들고, 다시 전기물(傳記物)로는 다음과 같은 것을 들고 있다.

①『롤랑부인전(夫人傳)』, 1907.

②『비사맥전(比斯麥傳)』

③『피득대제(彼得大帝)』

④『의태리건국삼걸전(意太利建國三傑傳)』

⑤『부란극림전(富蘭克林傳)』

⑥『법황나파륜전(法皇拿巴崙傳)』

⑦『흉아리애국자갈소토전(匈亞利愛國者葛蘇土傳)』

⑧『화성돈전(華盛頓傳)』

⑨『내이손전(鼐爾遜傳)』

⑩『나파륜사(拿破崙史)』, 1909.

이 가운데 ①, ④, ⑦은 량치차오에게도 같은 제목의 저술이 있어 번안일 가능성이 높다. ⑦은 헝가리의 애국자 'Louis Kossuth'의 전기이고 ④는 이탈리아 통일에 공이 있었던 마티니·가리발디·카불의 전기이다.

전광용도 번안에 대해 "『越南亡國史』는 越南 亡命客 巢南子의 原著를 中國의 梁啓超가 纂한 것을 다시 韓國의 玄采가 譯하였고…… 韓國에서 飜譯 紹介된 歷史나 傳記物은 中國이나 日本에서 飜譯 出版된 것의 重譯되어 나온 것이 많다"고 말하고 있다(『한국문화사대계』).

그밖에 량치차오의 저작을 번역한 것으로는 『무술정변기(戊戌政變記)』(현채 역, 1900년 9월)가 있다. 번역 출판이 빨랐다는 점에서 볼 때 중국에 대한 관심이 얼마나 높았는가를 알 수 있다.

이 외에도 중역(重譯)으로 『서사건국사(瑞士建國史)』가 있다. 전광용에 따르면 윌리암 텔을 소재로 한 쉴러의 원작을 광동(廣東)의 정철관(鄭哲貫)이 의역했고 그것을 다시 박은식이 중국본(中國本)을 원본(原本)으로 삼아 역술(譯述)한 것이라고 한다.

'합병'을 눈앞에 둔 민족 최대의 위기에 직면한 조선의 문학이나 예술이 직접적으로 현실 사회의 혁신을 지향하는 작품을 요구한 것은 당연한 일이었다. 다만 신소설이 곧 정치소설인 것은 결코 아니어서 보다 큰 진폭을 갖고 있었다. 창작물 속에서도 정론(政論)만 전개되는 이해조의 『자유종(自由鐘)』과 안국선의 『금수회의록(禽獸會議錄)』과 같은 딱딱한 것에서 이인직의 『모란봉(牧丹峰)』처럼 주위의 방해에도 굴하지 않고 엇갈리는 남녀의 애정을 길게 그린 대중소설적 요소가 강한 것까지 있으며, 여기에 다시 번안물까지 섞여 있었다.

작자의 정치적 입장도 각양각색이어서 이완용의 비서였던 이인직으로부터 정치활동에 가담해 진도에 유배된 안국선에 이르기까지 다양한 편차를 보이고 있었다.

이러한 신소설 시대의 초기에는 량치차오의 영향이 강했다. 그러나 '합방' 후에는 조선의 현실이 량치차오가 우려했던 사태를 이미 넘어섰고 또한 총독부의 금지와 탄압에 의해 량치차오의 이름이 조선에서 사라지게 된다.

신소설 시대의 소설론들은 간단명료한 공리주의가 전면(全面)에 등장하는 량치차오의 저작『역인정치소설서(譯印政治小說序)』·『논소설여군치지관계(論小說與群治之關係)』와 비슷한 것들이 많은데, 이것이 놓여 있는 상황의 유사성 때문에 동일한 주장이 나타난 것인지, 량치차오의 소설론에서 영향을 받은 것인지 확실하지 않다. 어느 쪽이든 받아들일 수 있는 소지는 충분히 있었다.

『이십년목도지괴현상(二十年目睹之怪現狀)』식의, 이른바 어떤 것이든 보자는 식의 관조적 리얼리즘을 주장한 것은 조선에서는 보이지 않는다. 정부의 힘이 미치지 않는 조계(租界)에서 무력(無力)을 노정(露呈)한 부패한 청나라 정부를 우롱할 정도의 여유가 없었던 것이다.

량치차오의 영향은 문학면에서보다는 오히려 정치면에서 더 컸을 것이다. 구한말 잡지목록을 조사해보면 다른 중국인의 번역·소개는 그다지 보이지 않으나 량치차오라는 이름은 자주 등장한다.

西友學會月報　1号(1906.12.1),『자려(自勵)』2수[5]

5　平生最惡牢騷語　作態呻吟苦恨誰
　　萬事禍爲福所倚　百年力與命相持
　　立身豈患無余地　報國惟憂或後時
　　未學英雄先學道　肯將榮瘁校群兒

　　獻身甘作万矢的　著論求爲百世師
　　誓起民權移旧俗　更擊哲理牖新知
　　十年以後當思我　擧國猶狂欲語誰

2号, 3号(1907.1.1, 2.1), 『학교총론(學校總論)』(박은식
역)

6号(1907.5.1), 『논유학(論幼學)』(박은식 역)

湖南學報　　5号(1908.10.25), 『입법권론(立法權論)』

4号~9号(1908.11.25~1909.3.25), 『정치학(政治學)』

大韓協會會報　2号(1908.5.25), 『변법통의서(変法通議序)』

이 가운데 『학교총론』과 『논유학』은 둘 다 사회 변혁을 의도한 『변법통의(變法通議)』의 한 장(章)을 구성하고 있는 것들이다.

이상과 같이 중국이 개화기 조선 문화에 미친 영향에 대해 추론해 보았다.

그런데 어느 시점까지 개화사상의 주된 흡수처가 중국이었고 또 그것이 언제부터 일본으로 바뀌었는지, 그 전환점이 언제였는가는 더 조사해 볼 필요가 있는 것 같다. 강재언의 경우는 정치사상적인 면에서 봤을 때 1876년으로 생각하고 있는 듯하다. "개화사상의 전개는 강화도 조약이 이루어진 시기를 축으로 1870년부터 1876년까지는 오로지 청나라를 통해서, 그리고 1876년부터 1880년까지는 주로 일본을 통해서 신세계에 대한 대외 인식을 깊게 함으로써…… 부르주아적 개혁사상으로 성장해갔다."(『朝鮮近代史研究』)

世界無窮願無盡　　海天寥廓立多時

강재언의 경우는 1884년의 갑신정변에서 유효성을 발휘한 부르조아적 개혁사상에 대해 말하고 있는데, 부인문제(婦人問題)·가족제도·개혁문제를 포함해 널리 문화 일반의 측면에서 말한다면 시기적으로 좀더 뒤로 늦추어도 좋을 듯하다. H. 알렌의『조선근대외교사연표(朝鮮近代外交史年表)』에 1881년 9월에 "유학생 80명을 청국(淸國)에 파견했다. 24명의 유학생을 일본에 파견했다"라고 기록되어 있는 것처럼, 1881년의 시점에서는 선진문화를 흡수하는 데 있어 아직 일본보다는 중국에 역점을 두고 있었던 것 같다. 그러므로 중국에서 일본으로 그 비중이 옮겨가는 시점은 1905년 이후라고 생각해도 좋을 듯싶다. 신소설에 친일파적 언사(言辭)가 많고 반(反) 중국적 색채가 강한 것은 이러한 사실과 무관하지 않을 것이다.[6]

량치차오 이외의 만청소설이 조선에 소개되거나 번역된 적은 없었던 것 같다. 구한말의 지식인은 고문(古文)에는 일본인보다 훨씬 강했지만 백화(白話)를 감당할 수는 없었는지 모른다. 혹은 읽을 수는 있었어도 백화소설(白話小說)에 가치를 부여하지 않은 탓인지도 모른다.

량치차오의『신중국미래기(新中國未來記)』등도 번역된 흔적은 없다.

신소설 전체로 보면 정론물(政論物)보다는 오히려 인정물(人情物)이 많은데도 중국과의 교류라는 면에서는 유신파(維新派)의 정치 논의에 한정된 듯하다.

---

6 신소설의 대표적 작품인 이인직의『혈의누』나 이해조의『우중행인(雨中行人)』등은 친일적인 색채가 농후하다.

이재선은『한국개화기소설연구』에서 유신파의 문장이 조선에서도 읽혔을 것이라는 근거로 다음의 세 가지를 들고 있다.

① 조선에는 전통적으로 한학(漢學)의 기반이 있었고 반(半) 자국어처럼 한문 문헌을 충분히 읽을 수 있었다.

② 구한말의 글에 보이는 서구의 인명이나 지명 표기가 중국의 그것과 완전히 동일하다. 다시 말해 원어(原語)를 중국어로 옮긴 한자를 조선식으로 읽으면 원음에서 상당히 멀어지는데도 그것을 그대로 사용했던 것이다.

③『황성신문(皇城新聞)』의 기사에서 추측해보면『청의보(淸議報)』가 조선에서도 읽혔다는 것을 알 수 있다.

이러한 추론은 사실일 것이다. 그러나 좀더 직접적인 근거는『혈의누』속에 있다.『혈의누』에는 강유위(康有爲)가 실명(實名)으로 나오고『대동서(大同書)』를 비판하는 부분도 나온다. 비판 내용은 천박하지만 신소설 작가가 강유위를 읽었다는 증거인 것만은 분명하다.

(『龍溪』 7호, 1973.9)

'코프조선협의회^{朝鮮協議會}'와『우리동무』

1. 머리말

1930년대 전반기의 일본의 좌익문화운동에 있어서, 조선문화 특히 조선문학에 대한 일본측의 인식이 어떠하였는지, 또한 동시에 당시의 문학운동 가운데서 조선인 문학자들이 수행한 역할이 어떤 것이었는지를 밝혀 보고자 한다. 그 일환으로서 구체적으로는 '일본프로레타리아문화연맹', 약칭 '코프(KOPF : Federacio de Proletaj Kultur Organizoj Japanaj의 축약어)' 내의 '조선협의회(朝鮮協議會)'와, 그 협의회가 책임 발행한『우리동무』를 살펴보고자 한다.

『우리동무』가 발행되었다는 사실은 이전부터 알려져 있었지만, 그것은 실물을 볼 수 없는, 행방이 묘연한 출판물이었다. 저자는 미국 의회도서관 소장의 미군 몰수자료에 포함된 구(舊)일본 내무성자료 속에서『우리동무』를 발견하여 1991년 10월 6일, '조선학회(朝鮮學會)'(본부 天理大學)에서 보고한 적이 있다. 그 후 후지이시 타카요 [藤石貴代] 씨가 논문「김두용(金斗鎔)과 재일조선인문화운동」(『근대 조선문학에 있어서 일본과의 관련양상』수록. 綠蔭書房, 1998.1) 속에서 김두용(金斗鎔)과 직접 관련되는 부분의『우리동무』를 정리하여 소개한 것이, 저자가 알고 있는 한, 일본·한국·북조선·중국을 통틀어 지금까지『우리동무』에 관해 언급된 것의 전부이다.

결론을 먼저 말하자면 '코프'는 일본 프롤레타리아 문화운동의 최후의 빛이며, 그 속에 설치된 '조선협의회'와『우리동무』는 결함이 있긴 하나, 일조(日朝) 프롤레타리아 문학의 한 접점일 수 있었다. 1국1당이라는 코민테른의 방침 하에 행해진 일본의 좌익문화운동의 상당부분이 실은 조선인의 활동에 의한 것이었다는 사실을『우리동무』를 살펴봄으로써 입증할 수 있다.

관헌측의 자료에 따르면, 코프관계의 조선인 검거자 총수는 1933년에 76명, 1934년에 69명에 달하고 있다. 76과 69라는 숫자 속에는 동일인물이 두 번 세 번 검거된 경우도 있을 테지만 어쨌든 1년에 70명 전후의 조선인이 코프관계자로서 검거되었다는 사실에는 놀라움을 금할 수 없다. 그것은 그만큼 탄압이 가혹했다는 사실, 그리고 그만큼 재일 조선인이 일본 제국주의에 저항해 과감히 투쟁했다는 사실을 말해 주는 것이다.

2. '코프'의 결성에 이르기까지

『우리동무』를 논하기 전에 먼저 '코프'의 성립 역사를 간략히 살펴보기로 한다.

제2차 『씨뿌리는 사람[種蒔く人]』이 1921년 10월부터 발행되어 이듬해 22년 8월호에 로만 롤랑과 앙리 발뷰스(1873~1935년)와의 다섯 차례에 걸친 왕복서한이 일본어로 번역되어 게재되었다. 그것이 조선반도에서 팔봉(八峰) 김기진에 의해 중역되어 『개벽』 1923년 9~10월호에 연재되었다. 그 소개와 논평이 그후 10년간에 걸친 조선 프롤레타리아 문학의 도화선이 되었다고 하는 것은 한국사회에서는 잘 알려진 사실이다.

『씨뿌리는 사람』은 명확히 사회주의 원리에 입각한 것은 아니라 할지라도 거기에 반자본주의적 제경향을 포섭해서 조직된 일본 최초의 문예잡지라 할 수 있다. 『씨뿌리는 사람』은 관동대지진과 때를 같이하여 일어난 사회주의운동 탄압에 의해 1923년 10월에 폐간을 당하지만 그후 1924년 6월에 『문예전선(文藝戰線)』이 창간되어 프롤레타리아 문학운동은 새로운 고양기를 맞는다. 1925년 12월에 '일본프로레타리아문예연맹[프로聯]'이 결성되어 『문예전선』은 그 기관지가 된다. '프로聯'은 1년 후에 개조되어 '일본프로레타리아예술연맹[프로藝]'이 된다.

그러나 좌익문예운동이 늘 그랬듯이 조직은 분렬항쟁을 거듭한다. '프로藝'가 분열되어 1927년 6월에 '노농예술연맹(勞農藝術聯盟) [勞藝]'이 만들어지나 '勞藝'가 다시 분열되어 1927년에 '전위예술연 맹(前衛藝術聯盟)[前藝]'이 생겨나 결국 '프로藝'·'勞藝'·'前藝'의 3 파정립 시대가 출현했다.

1928년 3월 15일에 일본공산당에 대한 대탄압을 계기로 파쇼체제 에 대한 방위력을 강화할 목적으로 '프로藝'와 '前藝'의 합병이 실현되 고 '전일본무산자예술연맹(全日本無産者藝術聯盟)', 약칭 '나프(NAPF)' 가 1928년 3월 25일에 결성되고 기관지 『전기(戰旗)』가 발간되었다.

그 후 1928년 12월 25일에 나프는 개조되어 '전일본무산자예술 단체협의회(全日本無産者藝術團體協議會, 약칭은 같은 '나프')'로 되고 그 산하에 6개의 동맹을 두고 1930년 9월에 기관지 『나프』를 낸다 (1931년 11월 폐간). 6개의 동맹을 결성순으로 열거하면 '일본프로레 타리아미술가동맹(美術家同盟, AR)'·'일본프로레타리아영화동맹(映 畵同盟, 프로키노)'·'일본프로레타리아극장동맹(劇場同盟, 프롯트)'· '일본프로레타리아작가동맹(作家同盟, 나르프)'·'일본프로레타리아음 악가동맹(音樂家同盟)', 그리고 '일본프로레타리아가인동맹(歌人同盟)' 이다.

온건한 사회민주주의적 경향을 굳혀가던 『문예전선』파는 『전기(戰 旗)』의 '나프'파에 대항치 못해 점차로 쇠퇴해가다 32년 7월에 해체되 었다. '나프'는 구라하라 코레히토[藏原惟人]가 이론면에서 지도적 역 할을 하고 작품면에서는 고바야시 타키지[小林多喜二], 도쿠나가 스 나오[德永直], 나카노 시게하루[中野重治], 무라야마 토모요시[村山知

義] 등이 배출되었다. 1928년 12월의 '나프' 결성으로부터 이른바 '만주사변'이 일어나는 1931년 9월에 이르기까지가 일본 프롤레타리아 문학의 전성기라고 할 수 있다.

그러나 '나프'는 정치성과 계급성을 지나치게 우위에 두고『전기(戰旗)』를 나프에서 떼어내어『나프』를 창간하는 등 혼란을 불러일으켰으며 거기다가 '만주사변' 후 탄압이 강화되는 가운데 구라하라의 제언으로 예술가의 공산주의화를 요구하고 '프로레타리아문화연맹', 약칭 '코프'로 개조된다(1931년 11월).

그러던 '코프'도 지도부 전원이 검거되어 활동의 숨통이 끊어지고 고바야시는 33년에 옥중에서 고문으로 죽음을 당하는 등의 대탄압으로 1934년 3월 '코프'는 활동을 정지하게 된다.

그 후『문학평론(文學評論)』(1934년 3월~36년 8월)이나『문학안내(文學案內)』(1935년 7월~37년 4월)로써 한걸음 물러난 리얼리즘문학의 선에 머무르려고 하였지만 시대의 흐름에 거스르지 못하고 문예계 전체가 전시색 일색으로 뒤덮여 갔다.

그렇지만 비록 코프는 겨우 3년간의 단명으로 끝났다고는 할지라도 '나프' 후의 계급문화운동의 최첨단에 서서 반동과 군국주의에 항거해 싸운 공적은 일본문학사에서 지울 수 없는 것이다. 그리고 '코프' 활동의 상당 부분 역할을 실은 조선인들이 담당했다는 역사적 사실도 또한 잊어서는 아니 될 것이다.

3. '코프'의 조직

코프는 12개의 가맹단체로 구성되었다. 그 정식 명칭과 약칭, 그리고 그 기관지명을 든다면 다음과 같다.

일본프로레타리아文化聯盟(1931.11~1934.3)

　출판물『프로레타리아文化』·『일하는 婦人』·『대중의 벗』·『작은 同志』·『코프』, 十錢文庫

일본프로레타리아作家同盟	作同	『프로레타리아文學』·『文學新聞』
일본프로레타리아演劇同盟	프롯트	『演劇新聞』, 지도하에 〈三一劇場〉
일본프로레타리아美術家同盟	P.P	『프로레타리아美術』·『美術新聞』
일본프로레타리아映畵同盟	프로키노	『映畵클럽』·『프로키노』
일본프로레타리아音樂家同盟	P.M	『音樂新聞』
일본프로레타리아寫眞家同盟	프로포토	
프로레타리아科學硏究所	프로科	
일본戰鬪的無神論者同盟	戰無	『우리들의 세계』·『戰鬪的無神論者』
일본프로레타리아 에스페란티스트同盟		
	포에우	『가마라도』
新興敎育同盟準備會	新敎	『敎育新聞』
無産者産兒制限同盟	프로 B.C	

프로레타리아圖書館   프로圖書

이들 12단체 가운데 활발하게 활동할 수 있었던 것은 작가동맹과 연극동맹이었다고 할 수 있다.

'코프'는 이들 동맹의 협의에 의해 운영되는 시스템으로 되어 있었다. '코프중앙협의회(中央協議會)'는 프롤레타리아 문화운동 전체의 최고 지도부로서의 지위를 점하고 있었고 그 중핵에는 상임중앙협의회(常任中央協議會)가 있었다.

'코프'의 기본적 임무는 그 강령에 다음과 같이 규정되어 있다.

① 부르죠아, 파시스트, 사회파시스트에 의한 문화반동과의 투쟁
② 로동자 농민, 그 외의 근로자의 정치적 경제적 임무의 계통적 계몽
③ 로동자 농민, 그 외의 근로자의 문화적 생활적 욕구의 충족
④ 마르크스레닌주의에 입각한 프로레타리아문화의 확립

이 네 기본임무를 실현하기 위해 10개조의 행동강령이 규정되었다.

한편 기관지로서는, 중앙협의회 이름 하에 이론지『프로레타리아文化』가, 그 대중판으로서『일하는 婦人』·『대중의 벗』이 간행되고 여기에 덧붙여 뒤에『우리동무』가 발간되는 것이다.

4. '코프' 성립 전후의 재일조선인 문화운동

'한일합방'에 의해 전국토를 병탄당한 조선민족은 광복을 위해 여러 가지로 길을 모색하였다. '만주' 땅에서 무력투쟁을 하는 길, 국내에서 힘을 함양하는 길 등도 그 예였다. 일자리를 찾아 일본에 들어온 조선인들의 일부는 일본의 좌익운동의 일익을 담당하면서 "조선 · 대만의 완전한 독립"을 요구하고 일본이 "조선 · 대만 · 만주로부터의 군대의 철수"를 요구했다.

당시 '제3인터내셔널', 약칭 '코민테른'은 '1국1당주의'를 취하고 있었기 때문에, 민족독립의 방도로서 사회주의를 선택한 재일조선인들도 일본공산당의 일원으로서 활동을 전개할 수밖에 없었다. 조선독립을 도모해 중국에서 항일운동을 한 조선인들이 중국군의 일부로서 활동한 것도, 일본제국주의 타도 없이는 식민지로부터의 자국의 해방이 불가능했기 때문이며 또한 위와 같은 원칙에 의해 중국공산당의 산하에 들어가지 않을 수 없었기 때문이기도 했다.

'코프조선협의회'가 성립하기까지에는 그에 앞선 재일조선인들의 일련의 활동이 있었다.

1925년 서울에서 '조선프로레타리아예술동맹', 약칭 '카프'가 결성되어 그 지부가 동경에도 설치되고 1927년 11월 조선어 기관지 『예술운동(藝術運動)』이 발간되었다. 얼마 후 그 조직과 주요 멤버가 '무산자사(無産者社)'에 합류하여 조선어 기관지 『무산자(無産者)』를 발행하였다. '무산자사'는 조선인의 계몽운동을 표방한 합법적 조직이었다. 그들은 우선 조선인들을 대상으로 하고 본국에도 그 출판물을 배부하려고 했다.

그러나 '무산자사'에 대한 일본관권의 탄압에 의해 조직은 괴멸되었다. 그 후 일본좌익문예운동의 방향전향이 구라하라 코레히토를 축으로 이루어져 '코프'가 결성되자 조선인 문학자는 '코프' 조직 내에서 일본프로문학의 일환으로서 활동을 강요당하게 된다. 그리하여 구(舊)카프동경지부나 재일조선인연극인·학생들은 '코프'와 '카프'를 적극적으로 지지하여 마르크스주의 예술이론을 파악하는 연구단체로서 '동지사(同志社)'를 조직한다.

재동경조선인연극단체인 '삼일극장(三一劇場)'에 대해서는 김정명(金正明)편『조선독립운동』IV(原書房, 1966년)에 많은 자료가 수집되어 있다. '삼일극장'은 1919년 3월 1일의 조선독립운동 발단의 날과 연관지어 이름 붙여진 조선어극장으로 '재일조선민족의 연극운동을 수행하여 일본에 있는 조선인의 문화적(연극) 요구를 충족하고 동시에 조선의 진보적 연극의 수립을 도모한다'는 단체이다.

그 전신이 1930년 6월 동경 '조선프로레타리아연극연구회(演劇研究會)'라는 이름으로 발족한 단체로서, 이것이 같은 해 10월 동경 '조선어극단(朝鮮語劇團)'으로 발전하여 츠키지 소극장(築地小劇場)에서 제1회 시연을 공개했다. 동 극단은 1932년 2월 8일 나프 산하의 '일본프로레타리아연극동맹(演劇同盟, 프롯트)'에 정식 가입하면서 '삼일극장'으로 이름을 바꾸고 1934년 7월 '프롯트' 해산 후에는 '일

본에 있는 조선민족 연극의 선두부대가 될 것을 지향하며' 활동을
전개했다.

그 후신이 '조선예술좌(朝鮮藝術座)'이다. 이 연극단체는 1935년 3
월 3일에 창립총회를 열고 '우리 민족의 고전적 예술(연극)을 올바로
계승하고 널리 일본의 조야의 인사들에게 소개하며 나아가 조선민
족연극예술의 향상 발전을 위해 진력하고 독자성 있는 새로운 스타
일을 지향'했다.

시인 김용제(金龍濟)는 '조선예술좌' 문예부 고문으로 이름이 올라
있으나 아마도 명예직 같은 것으로 창립 시에는 아직 옥중에 있어서
활동에는 참가하지 않았다. 창립 시의 책임자였던 김보현(金寶鉉)이
제명되어 김두용(金斗鎔)이 위원장이 되고 김두용(金斗鎔)·김봉원
(金鳳元)·김삼규(金三奎)·김사량(金史良) 등이 중심이 되어 운영되
었다. '조선예술좌'는 1935년 6월에 『우리무대』를 창간하여 11월
에는 25·26 양일에 걸쳐 축지소극장(築地小劇場)에서 추계(秋季)공
연을 가졌다. 이기영(李箕永)의 「서화(鼠火)」와 한태천(韓泰泉)의 「토
성랑(土城廊)」이 상연되었다.

5. '코프조선협의회|朝鮮協議會'

앞서 언급한 '동지사(同志社)'는 일본의 '코프'와 조선의 '카프'를

지지하여 그 연대제휴에 힘을 기울였지만 1국 내에 2민족 프롤레타리아 문예단체가 존재한다는 것이 이론상 불가하다고 하는 '코민테른'의 방침에 따라 '동지사(同志社)'는 '코프'에 해소되고 '동지사(同志社)'의 멤버는 분야별로 '코프'의 각 동맹에 가입하게 되었다.

현시점에서 본다면 '동지사(同志社)'라고 하는 민족적 조직을 해소하여 일본의 좌익문예운동 속에 편입시킨 것은 잘못이라고 하겠으나, 당시의 세계적 추세는 물론 조일(朝日) 양당(兩黨)의 방침도 민족보다는 계급에 역점을 두고 있었으므로, 이 결정을 당시로서는 받아들이지 않을 수 없었다.

이와 같은 사정을 「코프중앙협의회일반보고(中央協議會一般報告)」(1932년 6월)는 다음과 같이 기록하고 있다.

> 수 차례에 걸친 내부토론을 거친 후, 朝鮮協議會準備會에 있어서, 同志社와 같이 재일조선노동자농민을 일본의 노동자농민과 별개로 조직하는 것의 오류를 지적하고 당연히 同志社가 해야 할 임무는 코프朝鮮協議會에서 해야 한다는 데에 의견의 일치를 보고, 드디어 同志社를 해산하고 동시에 코프의 종래와 같은 조선문제에 대한 무관심한 태도를 자기비판하여 3월(1932년)에 朝鮮協議會의 결성을 맞이하였다.

말하자면 '조선협의회' 결성에는 두 가지 요소가 있었다고 할 수 있다. 하나는 일본과 조선이라고 하는 두 민족적 조직의 병렬을 해소하는 것이고 또 하나는 '코프' 내의 조선에 대한 무관심 상황을 타파하는 것에 있었다. 전자는 위로부터의 지시에 의한 것이므로 조직에 소속된 재일조선인으로서는 따르지 않을 수 없는 것이었다. 대신 그들은 후자에 기대를 걸었지만 그후의 역사는 그들의 기대가 빗나간 것을 증명하는 결과로 끝나 버렸다.

'조선협의회'는 코프 가맹의 12단체 내에 각기 조직된 조선위원회(朝鮮委員會)에서 각 1명씩을 선출해 구성되었다. '조선협의회'의 구성도와 1932년 4월의 『특고월보(特高月報)』에 의거하여 각 동맹내의 조선위원회(朝鮮委員會) 활동 멤버를 나열하면 다음과 같다.

朝鮮協議會(코프中央協議會에 직속)

포에우朝鮮委員會	朴石快 외 연구생 20 수명.
戰無朝鮮委員會	상당수.
프로科朝鮮委員會	李北滿 외 4, 5명.
新敎朝鮮委員會	연구생 수명.
作同朝鮮委員會	金龍濟 외 4명.
P.P 朝鮮委員會	朴石丁, 尹相烈 외 2, 3명.
프로키노朝鮮委員會	宋洙贊, 鄭寅應, 李炳宇 외 2, 3명.
P.M 朝鮮委員會	朴榮根 외 7, 8명.
프롯트朝鮮委員會	朝鮮語劇團(三一劇場으로 개칭). 崔炳漢, 韓弘奎, 宋洙贊, 尹相烈, 李化仙, 李洪鍾 외 극장원 전부.

프로圖書朝鮮委員會	다수.
프로B.C朝鮮委員會	조선부인 2명.
프로포토朝鮮委員會	全允弼, 朴某 외 수명.

이리하여 각 조선위원회(朝鮮委員會)는 중앙본부를 둠과 동시에 '코프'의 지구조직마다 전국에 각각 몇 지부를 두게 되었다.

위의 표에 이름이 보이는 김용제(金龍濟)는 시인으로 작가동맹의 서기를 맡아 작가동맹의 사무소에서 침식하며 많은 일본인 문학자와 교류를 나누고 있었다. 미야모토 유리코[宮本百合子], 나카노 시게하루[中野重治]와는 개인적으로도 매우 가까운 사이였다. 또한 이북만(李北滿)은 카프동경지부의 창립멤버의 한 사람으로, 나카노 시게하루가 시 「비내리는 품천역(品川驛)」(『改造』, 1929년 2월호)의 표제 밑에 "李北滿·金浩永에게 보낸다"라고 적은 그 이북만(李北滿)이다.

'코프조선위원회(朝鮮委員會)'는 '코프' 밑에 있으면서 조선문제를 다루려고 했다. 전술한 '동지사(同志社)'를 해산하고 '코프조선위원회'를 성립시켰던 것은 1932년 3월의 일이었다. 제1회, 제2회의 협의회에서 '코프조선위원회'의 임무를, ① "재일조선인의 획득"과 ② "카프확대강화"로 규정했다. '카프'란 전술한 바와 같이 1925년에 조직된 '조선프로레타리아예술동맹'을 말한다.

현재의 관점에서 보자면 ①은 당연하다 하겠지만 ②에는 위화감을 느낀다. '코프'가 일본의 조직인 이상 과연 국경과 민족을 간단히 뛰어넘어 조선의 문화운동의 '확대강화'를 자기의 임무로 할 수 있는 것일까.

그러나 실태를 보면 잘 이해된다. '조선협의회'에 모인 이들은 전원이 재일조선인들이었다. 일본의 좌익문화운동 추진자들이 짐짓 조선문제에 관심을 가지고 조선에 대한 선량한 이해자인 척하고는 자기만족에 빠져 본질적으로 자기의 문제로 파악하지 못했던 사상적 타락은 이 시점에서부터 이미 형성되어 있었다. 이처럼 굳게 몸에 배인 버릇은 1960년대 후반까지 지속되었던 것이다. 전후 일본의 좌익운동이 조선문제는 조선인에게 떠맡겼다가 필요할 때마다 조선인에게 의뢰하는 습성은 실로 30년대부터 시작된 부정적인 유산이다.

'코프중앙협의회(中央協議會)' 밑에는 '조선협의회' 외에도 '농민협의회(農民協議會)'·'청년협의회(靑年協議會)'·'부인협의회(婦人協議會)'·'소년협의회(少年協議會)'가 있었지만 조직상의 숫자 맞춤에 불과한 듯하며 이렇다할 활동의 전개는 없었다.

'코프조선협의회'는 뒷날 앞서 정한 2대 임무 외에

① 일본의 로동자 농민 사이에 식민지문제에 대한 관심을 고조시킬 것.
② 일본제국주의의 식민지에서의 문화적 지배 및 민족개량주의에 대한 투쟁.

의 ②항목을 추가하고 목표를 명확히 함과 동시에 조선뿐만이 아니라 대만, '만주(滿洲)' 등 일본의 식민지·반식민지 전체를 대상으로 할 것으로 명기했다. 뒷날 명칭도 '조선대만위원회(朝鮮臺灣委員會)'

로 개칭했다.

조선위원회(朝鮮委員會)는 전술한 바와 같이 코프가맹의 각 동맹 내에 각기 설치되었지만 '작가동맹(作家同盟)'·'P.P(美術家同盟)'· '프롯트(演劇同盟)'·'P.M(音樂家同盟)'이외는 휴면상태였다.

'조선협의회'에서 가장 역점을 둔 것은 작가동맹(作家同盟)이다. 작가동맹은 본부와 지부 내에 조선위원회(朝鮮委員會)를 설치하고 조선 민족문화의 연구에 힘을 쏟았다. 또 실현은 되지 않았지만 조선어로 된 문학잡지도 기획했다. '에스페란티스트동맹'은 역시 언어문제에 관심을 쏟은 동맹인 만큼 조선위원회 확립에 즈음하여 「전동맹원에게 격문을 보낸다」는 제명의 선전삐라 속에서 다음과 같이 말하고 있다.

그들의 언어에 대한 정책을 보라!! 다른 모든 민족문화와 함께 묻어 버리려고 광분하고 있는 상태가 아닌가! 조선인이 조선어를 사용하는 것을 죄악처럼 취급하고 있는 것이다. 소학교 1학년부터 무자비하게도 일본어를 강제하고 있는 것이 아닌가!

이런 때에 임해서 아사상태에서 헤어나 살길을 찾고자 일본에 흘러 들어와 온갖 부당한 박해와 싸우면서 생활을 지키고 있는 조선인노동자를 교육하고 조직하며 또한 조선내지에 있어서 마르크스레닌주의적 에스페란티스트의 활동을 정력적으로 돕는 것이 우리 동맹의 가장 중요한 활동에 속하는 것이다.

'음악가동맹(音樂家同盟)'에서도 '조선음악연구회(朝鮮音樂研究會)'를 설치하고 투쟁가를 조선어로 번역했으며 이동공연에서는 반드시 조선어 노래를 섞어 부르도록 했다.

'미술가동맹(美術家同盟)' 내의 조선위원회(朝鮮委員會)는 조선어 만화뉴스 『붉은 주먹』을 발행했다. 2색 인쇄의 2매 2전으로 적어도 제2호까지 나온 것을 확인할 수 있다.

6. 『우리동무』의 발간

'코프조선협의회'가 스스로 내건 두 임무 가운데 '재일본조선인의 획득'은 문화활동을 통하여 재일조선인을 '코프' 내에 포섭하는 것이 목표였는데 그 일환으로서 "조선인의 좌익선전·선동을 위해 조선어 잡지를 발간하는 것"을 들고 있다. 『우리동무』는 그 목표가 달성된 유일한 조선어 출판물이었다. '코프'가 "朝鮮協議會의 전활동의 가장 중요한 일환을 이루는 것이다"(『日本프로레타리아文化聯盟中央協議會一般報告』, 1932년 6월)라고 스스로 평가하는 이 출판물은 사육(四六)4배판(세로 38Cm, 가로 26Cm) 4페이지의 리플렛트로서 코프중앙협의회출판소의 '대중계몽잡지 『大衆의 벗』'의 부록 형식으로 출판되었다.

『우리동무』는 예정보다 한참 늦게서야 나왔다. 1932년 7월 1일 발행의 필사로 된 『삼일극장(三一劇場)뉴스』 NO.2는 『우리동무』의 발매를 이렇게 보도하고 있다.

『우리동무』가 나왔도다. 기다리던 조선의 형제들을 위한 조선어의 문화잡지. 매월 정기적으로 만난을 물리치고 나온다. 1부 5전

『우리동무』의 주요 대상은 재일조선인이었다. 코프의 중앙기관지 『프로레타리아문화(文化)』(1932년 4월호)는 『우리동무』의 발매를 예고하면서 이렇게 말하고 있다.

우리는 반드시 조선어잡지가 필요하다. 각기 다른 민족은 그 민족문화에 의해 격렬한 감동을 받는 것이다. 우리 日本프로레타리아文化聯盟은 일본글을 읽지 못하는 재일본조선로동자제군을 위해, 또한 일본글을 읽을 수는 있어도 조선어만큼 정확하게 의미를 파악하지 못하는 조선의 형제들을 위해 『우리동무』라는 조선어잡지가 5월부터 창간된다.

일본어가 자유롭지 못한 재일조선인을 주대상으로 하여 그들을 일본 프롤레타리아트와 결합시켜, 착취와 압박과 민족적 학대를 받으며 이제까지 계급투쟁에 참가하지 못하고 있는 그들을 투쟁에 참가시키는 것이 『우리동무』의 임무였다는 것을 알 수 있다.

『우리동무』는 1932년 6월 이후 창간 준비호를 2회, 본호를 5회 발행했다.

A. 창간 준비 제1호, 1932년 6월 25일.

B. 창간 준비 제2호(필사판), 1932년 8월 1일.

C. 창간호, 1932년 9월 23일.

D. 제2호, 1932년 11월 25일.

E. 제3호(활자판), 1933년 1월 1일.

F. 1933년 2월호, 1933년 2월 20일.

G. 1933년 8월호, 1933년 8월 1일.

A~G 가운데 현물 전체를 마이크로필름 형태로 볼 수 있는 것은 B와 E의 2점으로, 그 나머지는 대부분 관헌측 자료(『조선인의 공산주의운동』 사회문제자료총서 특집 71호, 司法省刑事局, 1940년 1월) 기타를 통해 그 주요 기사의 표제를 알 수 있을 뿐이다.

A의 주요 기사는 1932년 5월 8일 발행의 『연극운동(演劇運動)』(京城府安國洞98番地, 演劇運動社 발행) 창간 준비호에 실린 광고에 의하면 아래와 같다.

卷頭言, 金斗鎔, 「메-데-의 意義와 우리의 任務」, 푸로科學硏究所 「지난 메-데-의 經驗」, 安鐵岩, 「赤色 메-데-를 準備하라!」, 李周烈, 「朝鮮의 메-데-」, 松山文雄, 「鬪爭漫畵」, 金龍濟, 「五月의 詩」, 朴石丁, 「文化聯盟朝鮮協議會란 무엇인가」, 朝鮮協議會書記局, 「文化聯盟彈壓에 對한 檄」.

이 창간 준비호의 발행 날짜가 공고에는 1932년 4월 25일로 되어 있지만 그 날 실제로 발행되었는지는 확인할 수 없다.

C의 주요 기사는, ① 「창간의 말」, ② 「잊지 말라 피투성이의 9월을」, ③ 「혁명경쟁에 왜 참가하는가」, ④ 「소비에트동맹견학단(同盟見學團)에 조선로동자대표를 보내라」, ⑤ 「우리의 전위들의 사형중죄를 반대하라」, ⑥ 「민족개량주의자를 분쇄하라」, ⑦ 「국치일 '8월 29일', 대학살일 '9월 1일'에 임하여 전세계 형제들에게 호소한다」이다.

상기의 8월 29일이란 한일합방의 날이며 9월 1일이란 관동대지진 당시 조선인학살이 자행된 날이다.

D의 주요 기사는 ① 「러시아 15주년 혁명기념과 문화연맹 창립 1주년 기념일을 맞으며」, ② 「광주학생사건 3주년 기념일을 맞으며」, ③ 「대만무사(臺灣霧社) 사건을 돌아보며」, ④ 「××실업자대회의 조선인이동공연을 듣고」이며,

F의 주요 기사는 ① 「3월 5일 실업반대데이에 즈음하여」, ② 「스탈린의 운명관」, ③ 「3L데이에서 5월 메이데이까지 제3차 혁명전쟁은 시작되었다」, ④ 「2월 11일 건국제를 분쇄하라」, ⑤ 「백색테러 속에 돌진하는 카프진영」이다.

G의 주요 기사는, ① 「우리 동지는 왜 이처럼 뒤떨어졌는가」, ② 「금년의 메이데이」, 「메이데이의 력사」, ③ 「6·10 만세사건 제

8회 기념일에 임하여」, ④「소비에트·중국의 최근 소식들」, ⑤
「일본(日本)프로레타리아문화연맹조선협의회(文化聯盟朝鮮協議會)
란 무엇인가」, ⑥「조선협의회(朝鮮協議會)에 일어난 이 폭거를 보
라」, ⑦「하옥에 임해 특히 악선전에 대해」, ⑧「동지 김두용(金斗
鎔) 군을 떠나보내는 위안회」이다.

위에 보이는 3L 데이란 리프크네히트와 로자룩셈부르크가 살해
된 1월 15일부터 레닌이 사망한 1월 21일 사이의 1주일 간을 가리
킨다.

6·10 만세사건이란 1926년 6월 10일 조선왕조 최후의 왕인 순
종(純宗)의 장례식에 즈음하여 서울에서 학생·청년들이 중심이 되
어 일어난 독립시위운동을 말한다.

7. 창간 준비 제2호

창간 준비 제2호는 사륙(四六)배판 4면의 리프렛트로 제자는 한글
로 '우리동무', 본문은 한자와 가타카나가 섞인 일본어로 쓰여진 등
사판이다. 이 호의 권두의 글「다시 '준비호'를 내며」와 김두용(金斗
鎔)의 벽소설「반장(飯場)」(토목공사 현장의 허술한 로무자 합숙소를 뜻하는
일본어로 원음은 '한바')는 앞의 후지이시[藤石] 논문의 부속자료에 소
개되어 있으므로, 그 이외의 부분을 보기로 한다.

1면에서 2면에 걸친 "8월 1일 반전데이를 대중데모로 싸우라"라는 제명이 붙은 논설은 현대사회에서도 충분히 통하는 역사인식을 보여준다.

…… 일본 정치도 역시 만주국을 세워 주는 척하면서 사실 뱃속에는 다른 야심이 있는 것이다. 어떤 속셈이 있는가 하면, 이전의 우리 조선처럼 만주국을 세워 준다고 하고 결국은 고양이가 쥐를 잡아먹듯이 마침내는 만주를 삼켜 버리고자 하는 궁리다. …… 요전의 上海전쟁도 그랬지만 그 앞의 세계대전도 역시 각국 자본주의가 자기의 이익(이하 5자 불명)전쟁이다.

제1차 세계대전의 참화를 두 번 다시 되풀이하지 않는다는 결의하에 1929년 이래로 전세계의 노동자들이 8월 1일을 반전데이로 정하고 제국주의전쟁에 반대하는 데모를 거행하는 의의를 알기 쉬운 말로 설명하고 있다.

『우리동무』일본어판은 확실히 쉬운 말로 쓰여 있으나 그 문체는 분명히 일본인이 쓴 문장이 아니라 재일조선인이 쓴 것이다. 그것은 문체면에서 보나 용어면에서 보나 명백하다. 조선문제는 조선인에게 맡겨 내버려두라는 식의 의식이 '코프'에 미만해 있었을 것이다. 『우리동무』의 편집위원도 김용제(金龍濟)·김두용(金斗鎔)을 비롯한 전원이 조선인이었다.

1면 왼쪽 기사 「전세계 작가예술가의 국제반전회의와 문화연맹

(文化聯盟)의 반전문화투쟁주간」은 8월 1일의 반전데모를 앞두고, 7월 28일부터 8월 1일까지 '국제반전회의(國際反戰會議)'를 '제네바'에서 작가·예술가·사상가·학자 등이 모여 개최한다는 뉴스를 전하고 있다. 같은 해 2월에 같은 제네바에서 열린 국제연맹(國際聯盟) 주최의 군축회의에 대항한 것이다. 이 기사에서 국제연맹의 군축회의를 "부르조아국이 서로 군함이니 대포니 많이 만든다고 싸움을 하면서 군축회의를 한다고 떠들고 있다"고 평하고 있는데, 정곡을 찌르고 있다.

1면에서부터 2면에 걸쳐서는 「강좌 파쇼」가 실려 있다. 파시즘과 파쇼의 단어 해설에서 시작해 계급사회의 제도적 구조를 설명하고 마지막에는 "파시스트를 분쇄하지 않으면 안된다"고 끝맺고 있다.

2면 오른쪽 하단의 시사만화, 유춘식(柳春植) 작 「반전데이를 싸운다」에는 일본인 노동자가 망치로 대포 위에 앉은 자본가의 머리를 두들겨 패는 모습이 있고 그 뒤에 깃발을 내건 조선 농민이 그려져 있다.

2면 왼쪽의 「계급재판에 대해서 용감히 싸우는 우리의 전위들, 치안유지법을 철폐하라」와 2면에서부터 3면에 걸쳐 있는 「8월 29일은 조선국치기념일이다!」에는 판독불능 부분이 산재해 있다. 전자는 "치안유지법을 매장하라! 백색테러반대! 계급재판반대!"를 내걸고 "우리들은 죄인이 아니다, 죄인은 그놈들이다"라고 주장하고 있다. 후자는 "한일합방의 부당성을 明治 이래의 역사를 회고함으로써 밝히고 일본국 내의 착취와 '조선정벌'이 같은 뿌리에서 나온 것"이라고 밝히며 앞서 조선을 빼앗았듯이 지금도 또 중국으로부터 '만주'를 빼앗으려 하고 있는 일본 제국주의를 규탄하고 있다.

3면 오른쪽의 박염(朴熖) 「문화서클의 이야기」는, "지금까지 소설이라고 하면 춘향전·심청전으로 알아 왔고 근래에는 신소설이라고 해서 젊은 학생 등이 연애해서 죽느니 사느니 한다든지 이 □사람 같은 썩어빠진 자들이 유정이니 무정이니 따위만을 생각하고 있는"그런 문학이 아니라, "프로레타리아문화를 수립해야만 한다"고 하며, 직장에서 "일본동지들과 함께 써클을 만들어도 좋다"며 음악·연극·미술 등의 문화써클을 육성해야 한다는 뜻의 논설이다.

3면의 「조선농촌에서」는 성진(城津)의 김철무(金鐵武)의 기고문이다. 성진(城津)은 함경북도의 도시로 대지주도 없는 반면 농촌에는 봉건사상이 짙게 남아있으며 투쟁면에서는 간도(間島)의 영향이 강하다는 것을 전해 주고 있다.

4면 오른쪽의 박석정(朴石丁)의 시 「반전데이」는 문자대로 프로시이지만 예술적 향기는 그다지 찾아볼 수 없다.

「어머님전상서」는 농촌에서 도시의 공장에 와 일하고 있는 딸이 고향에 있는 모친에게 보낸 편지라는 형식을 취한 창작이다. 공장에서 해고당해 굶어 죽느니보다는 낫다며 스트라이크를 준비하고 있다는 상황을 모친에게 적어 보내고 있다.

4면 왼쪽의 「8·1 반전데이를 기하여 문화연맹(文化聯盟)에 대한 폭압을 역습하자」라는 기사는 '코프'에 대해 계속되는 탄압 상황을 전해 주고 있다. 코프 중앙본부에서도 그랬지만 『우리동무』도 편집진의

'金龍濟·朴石丁이 경찰에 끌려가' 아직도 창간호를 발행할 수 없는 상태에 있다고 분개하고 있다(『우리동무』는 창간 준비단계에서는 金龍濟 편집장 밑에서 朴亥釗·金斗鎔이 편집에 종사했고, 1932년 6월 13일 金龍濟가 세 번째로 체포되고 나서는 金斗鎔이 편집장이 되고 朴亥釗·李洪鍾 등이 편집작업을 맡았다).

말미의 「공장에서 농촌에서」는 이른바 독자통신란으로 두 사람의 독자가 『우리동무』에 대한 기대를 적고 있다.

8. 『우리동무』 제3호

『우리동무』 제3호는 4페이지 거의 전부가 한자 섞인 한글로 되어 있다. 제명도 지면 상단 오른쪽에 세로로 '우리동무'라고 붙여져 있고, 지면 상단 난 외에는 1면에 「LA URI DONG MU」, 2면에 「만국로동자 단결하라」, 3면에 「일선(日鮮)프로레타리아제휴만세」, 4면에 가타카나로 「ウリトンム」라고 오른쪽에서 시작해 쓰여 있다.

권두의 「일구삼삼년(一九三三年)년을 맞이하는 우리들의 새로운 결의」는 "一九三三年은 일층 우리들의 생활이 더욱 곤궁할 것과 함께 戰爭과 革命 속에서 맞이하는 해인 만큼 새로운 굳은 결의가 있어야 될 것이다"라며 "工場·소개소·한바(일본어 '飯場'의 음역)·농촌에서 全혀 조직되지 않은 동무들을 '우리동무독자회'로 확립하자"고

호소하고 있다.

"소·중 국교회복·소비에트同盟 평화정책의 성공"은 1932년 12월 12일 제네바에서 중소국교가 회복되었다는 뉴스를 전하고 있다.

1면에는 그 외에도 「三L데이」의 해설과 스탈린의 「레닌의 첫인상」의 초역이 실려 있다. '三L' 가운데 가장 상세히 진술하고 있는 것은 레닌으로 소비에트연방의 기초를 마련하고 '코민테른'을 결성한 공적을 찬양한 다음 그 소비에트연방이라고 하는 세계혁명의 기지를 무너뜨리려고 광분하는 "이 선두에는 우리의 철천지 원수인 日本帝國主義"가 존재한다고 지적하고 있다.

공격의 표적은 "오늘까지 보지도 못한 굉장한 군사예산 20여 억을 만장일치로 통과시키려는 기만적 기관인 第六十五議會"뿐만 아니라 '나치스사회파시스트'·'민족자치개량주의'·'천도교'에까지 이르고 있다.

2면에는 「백색테러에 넘어진 동지×전(同志×田)의 노농장(勞農葬)
―지배계급(支配階級)의 살×(殺×)을 보라」·「우리들의 변호사(辯護士) 포시진치씨(布施辰治氏)의 변호사자격을 뺏으려한다」는 기사와 김봉원(金鳳元)의 「원산로동쟁의제사주년기념일(元山勞動爭議第四周年記念日)을 맞으면서」라는 제명이 붙은 어필, '일본(日本)프로레타리아문화연맹조선협의회(文化聯盟朝鮮協議會)'라는 이름으로 「백색테러에 항의하다」라는 성명문을 발표하고 있다.

이청원(李靑垣)의 「신흥(新興)? '만주국(滿洲國)'에 조선농민(朝鮮農民)의 생로(生路). 민족개량주의책동(民族改良主義策動)을 분쇄(粉碎)하라!」는 "구천에 사무친 원수 日本帝國主義에게 정든 고향 옥토를 발탈당하고 눈보라 날리는 만주로 쫓겨간 조선농민의 살길은 오직 중국 프롤레타리아트와 굳게 뭉쳐서 같이 싸우는 길밖에 없다"고 역설하고 있다.

3면에는 문예란이 많다. 박석정(朴石丁)의 시 「동지(同志) 김군(金君)에게-감옥에 보내는 편지」가 첫 머리에 실려 있다. 박석정은 원래 미술가이지만 시도 썼다. 여기서 말하는 '金君'이란 시인 김용제(金龍濟)를 가리킨다.

"그대가 잡혀 간 지 햇수로 3년 / 아직도 형무소에서 / 얼마나 쇠약했느냐……"고 걱정하며 "남아 있는 우리들이 / 목숨 걸고 아직도 싸우노니 / 오! 김아! / 감옥에서 추움 떠는 그대에게 / 우리들이 푼푼이 모아 산 / 담요 한 개와 / 그보다 더 반가와 할 / 싸움의 레포를 보내노니……"라고 결의를 표명하고 있다.

박석정(朴石丁)은 또한 자신의 시에 이어 김용제(金龍濟)의 대표작 「사랑하는 대륙(大陸)아」의 전문을 조선어로 번역하여 싣고 있다. 번역 후기에 박석정(朴石丁)은 "원작은 일본말이며 P.M 작곡으로 日本 勞動者 사이에 널리 불려지고 있다"는 코멘트를 붙이고 있다. 그러나 '널리 불려지고 있다'는 것은 과장이다. 실제로는 'P.M(日本프로레타리아音樂家同盟)' 주최 제4회 프롤레타리아 음악제(1932년 3월 26일 개최)에서 시극 「사랑하는 대륙(大陸)아」를 상연하기 위해 하라 타로오(原太郎)가 첼로 반주의 혼성 4부로 작곡해 연습해 왔으나 당일 관헌에 의해 상연을 금지당한 사연이 있을 뿐이었다.

3면에는 그 외에도 「노동자농민(勞動者農民)의 조국 소비에트동맹(同盟)에 우리들의 대표자도 보내자. 조선동지(朝鮮同志) 두 사람도 간다」·「소위(所謂) '적색(赤色)갱'이란 무엇인가」, 시사문제 해설 「국제연맹(國際聯盟)이란 무엇이냐」, 동요 「공장문 열 때까지」, 그리고 「원고모집」의 안내가 실려 있다.

4면 톱으로는 「대중(大衆)의 압도적(壓倒的) 지지(支持) 밑에서 '조선(朝鮮)의 밤'의 성황. 팔백여명(八百余名)이 동원(動員)되었다」라는 기사가 있고 이어 「직장(職場)에서 농촌(農村)에서」라는 제하에 독자와 통신원이 투고한 「천도교(天道教)를 박멸(撲滅)하자」·「혁명기념일(革命記念日)을 이렇게 싸웠다」·「일본(日本)·조선(朝鮮)·대만(臺灣)의 동무들이 함께 모인 가마라도 써클」·「폭압중(暴壓中)에서 대중(大衆)이 계급적(階級的) 출판물(出版物)을 이같이 요구(要求)하고 있다」라는 네 편의 글이 실려 있다. 그리고는 편집부의 호소 「『우리동무』의 유지원(維持員)이 되라」와, 통신원 규정, 마지막으로 「편집후기」가 있다.

9. 맺음말

일본 군국주의에 대항해 가장 과감히 싸운 자는 가장 가혹한 탄압을 받았다.

'코프'의 회원은 1932년 10월 현재, 가타오카 텟페이[片岡鐵兵], 구라하라 코레히토[藏原惟人], 나카노 시게하루[中野重治], 츠보이 시게지[壺井繁治], 무라야마 토모요시[村山知義], 구보카와 츠루지로오[窪川鶴次郎], 오자와 에이타로오[小澤榮太郎], 사와무라 사다코[澤村貞子], 기시야마지[貴司山治] 등 91명이 기소·구속 중이었다. 그들, 가운데는 김용제(金龍濟)와 미술가 윤상렬(尹相烈)도 들어 있었다. 일본인이 대부분 일찌감치 전향한 데 비해 김용제(金龍濟)와 같이 1936년 3월에 이르기까지 거의 4년을 옥중비전향(獄中非轉向)으로 관철한 자도 있다. 1932년 6월 15일 '코프'의 기관지『프로레타리아문화(文化)』는 호외를 내고 "계급지배의 폭압"이 "우리 聯盟의 활동을 봉쇄하려고 하고 있다"고 비통하게 외치고 있다.

3월 하순 이래로……지배계급은 벌써 40수명의 우수한 동지들을 빼앗아 가 밤낮 잔학하기 그지없는 고문을 가하고 구류 '29일'을 되풀이 하면서 고문과 날조로 악법인 치안유지법을 덮어 씌우려 한다. 또 고우치(高知), 오카야마(岡山) 지방 등 그 외의 우리 연맹 地方協議會에도 포학한 손길을 뻗치고 있다. 그 후에도 文聯書記局, 出版所의 동지를 이유도 없이 빼앗아 가 聯盟事務所의 활동을 방해하며 각 同盟의 大會, 總會, 硏究會를 해산시켜 모임자리에서 많은 동지들을 납치해 가고 있다.

1932년 5월 31일 현재, '코프'「희생자일람표(犧牲者一覽表)」의 명부를 세어 보면 희생자는 81명 외에 몇 명이 더 있다.『우리동무』

편집부의 김용제(金龍濟)·김두용(金斗鎔) 등이 기소·구류되었다는 것은 앞서도 언급했다. 이렇게 해서 '코프'도 『우리동무』도 공안당국의 힘에 꺾이고 말았다.

『프로레타리아文化』는 1933년 12월호를 마지막으로 종간 선언도 없이 종간하게 되고 '코프'도 사실상 해체당하고 말았다. 지도자 미야모토 켄지[宮本顯治]의 체포도 같은 시기의 일이었다. 그 미야모토는 1936년 5월 30일 이치가야[市ヶ谷] 형무소에서 김용제(金龍濟) 앞으로 편지를 써 보냈다. 한 걸음 먼저 나온 김용제(金龍濟)가 자신의 출옥을 알린 엽서를 보내준 것에 대한 답신이다.

김군, 정말로 오랜만의 소식을 열흘정도 전에 받아 보았습니다. …… 그대가 健康을 유지하면서 出京할 수 있었다는 것을 무엇보다 반갑게 생각합니다. 그대의 엽서를 읽으면서 벌써 소식이 올 때가 되었구나 하며 초여름의 햇살로 눈을 싱긋하며 돌렸습니다. …… 나는 늘 건강합니다. …… 시와 소설 등을 여러 가지로 쓰고 있다고 했는데 언제까지나 늘 健在하시고 훌륭한 일을 하십시오.

—『文學評論』, 1936.7

'出京'은 '출옥(出獄)', '건강(健康)'·'건재(健在)'는 '비전향(非轉向)'의 의미로 읽을 수 있을 것이다. 『우리동무』는 첫째로 가혹한 탄압, 둘째로 자금난, 셋째로 '코프' 내의 비판 때문에 『프로레타리아 문화(文化)』에 비하면 훨씬 빈약한 체재로밖에 발행할 수 없었고 그것조차도 단명으로 끝났다.

코프중앙에서는 '조선협의회'와 『우리동무』를 일단 높이 평가한다. 『프로레타리아문화(文化)』 1933년 8월 20일호(6·7월호 합병)는 '조선협의회'의 활동을 총괄하여 다음과 같이 밝히고 있다.

① 재일본조선노동자의 조직에 노력하고 日鮮프로레타리아 제휴를 역설하며 그 실천에 힘써 써클 약 30, 써클 회원 천여 명을 조직할 수 있었다.

② 『우리동무』 네 차례의 발행을 쟁취하여 2천 이상의 실질 독자를 획득하고 가장 단기간내에 7백이 넘는 대금을 완전히 회수(선불 납입도 상당히 많음)할 수 있었던 것…… 특히 조선내에서 가장 야만한 ××制 테러와 용감히 싸우면서 많은 독자를 획득하고 그 독자들의 자주적 독자회가 각지에 조직되었다는 점도 빠뜨릴 수 없는 성과의 하나일 것이다. 그에 따라 통신원 수도 격증하여 조선내의 생생한 통신문이 쉴새 없이 오게 되었다.

③ 코프창립 1주년 기념투쟁으로서 '조선의 밤'에 약 천이, 삼백 명의 대중을 동원하여 성공적으로 쟁취한 것, 또 프롯트 주최의 모르트 연극데이 週間에 '극동민족연극의 밤'을 성공적으로 쟁취했다.

이같은 세 가지를 성과로 들면서, "自己批判하지 않으면 안되는 허다한 결함"도 열거하고 있다. 그 중에서 가장 두드러진 것은 '조선협의회'가 '코프'의 확대강화를 위한 투쟁이라는 테두리를 넘어서 조선인을 위한 기관으로서 활동한 측면이 있다는 점이다. 코프중앙에서 보면 "朝協은 철저하게 日本프로레타리아트의 입장에 선 것"이 아니었다. 말하자면 '코프'에 소속되어 있으면서 "朝鮮프로레타리아트의 조직에 소속하여 후자에 중점을 둔 동지들"의 "분파적 행동에 의해" 조협(朝協)의 힘을 약화시켰다고 하는 비판이다. 한걸음 더 나아가 코프중앙은 이렇게 말한다. "朝鮮協議會의 멤버들이『우리동무』의 발행에 전 에네르기를 쏟았기 때문에 모든 활동이『우리동무』발행으로 해소되어 따라서 대중으로부터 유리되어 버렸다"고 한다. 그리고 "유리된 몇몇의 조선인들끼리만 북적되는 파당을 만들었는데 또 그 멤버를 적에 빼앗김과 동시에 괴멸되었다."

이것은 너무도 지나친 언사이다. 자기비판이라고 하지만 이것은 재일(在日) 조선인문화운동(朝鮮人文化運動)에 대한 비판으로 받아들여진다. 코프 가맹의 각 동맹(同盟)이 조선문제에 무관심했고 '조선협의회'에 조선인 밖에는 보내지 않고서 그 '조선협의회'가 움직이기라도 하면 조선인의 분파(分派)라고 비난하는 것은 역으로 코프중앙 스스로의 태만(怠慢)을 드러내는 말이 아닐까.

'코프'는 프롤레타리아 문화운동의 최후의 진(陣)이었다. 그것은 '만주사변(滿洲事變)'·'상해사변(上海事變)' 이후로 한층 가혹해진 탄압과 싸운 마지막 보루였던 것이다. 파시즘에 의해 괴멸 당했다고는 하지만 사회주의 문화운동의 마지막 빛이었다.

'코프' 속에는 많은 재일조선인도 있었다. 민족해방운동·조국광복운동의 일환으로서 사회주의의 길을 선택한 그들은 일본의 반파시즘운동과 손잡고 같이 싸울 수 있었다. 그러나 '코민테른'의 1국(國)1당제(黨制)라는 그릇된 방침 때문에 민족모순보다도 계급모순을 우선시키고 민족조직을 해소하여 일본 프롤레타리아 문화운동 속에 편입시켜졌던 것이다.

그러한 상황 속에서도 재일조선인들은 훌륭히 싸웠다. 전반적으로 보았을 때 일본의 좌익인사들보다도 격렬히 투쟁했으며, 좌절했다고는 해도 일본인보다 안이하게 좌절하지는 않았다. 1930년대 후반의 전향의 계절에도 일본인과 재일조선인은 서로 다른 양상을 드러낸다.

사노 마나부[佐野學], 나베야마 테이신[鍋山貞親] 등 일본 공산당의 중심적 인물의 극적 전향은 재일조선인들에게는 없었고 사노·나베야마 등과 같은 이른 시기(1933년 봄)의 전향도 또한 없었다. 일본 프롤레타리아 문화운동의 마지막 보루가 '코프'라고 한다면, '코프'의 최후의 진(陣)은 재일조선인이었다고 할 수 있다. 하야시 후사오[林房雄]는, 일본인들은 전향해도 국가가 있지만 조선인들에게는 그것이 없다는 그런 말을 한 적이 있다. 그러나 하야시 후사오에게는 아니 일본의 좌파에는 재일조선인의 민족해방운동으로서의 사회주의운동이라는 시점이 전적으로 결여되어 있었다.

사회주의 운동에 앞장선 많은 조선인은 해방 후 조국의 남반부인 대한민국으로, 그리고 북반부인 조선민주주의인민공화국으로 돌아갔다. 남으로 돌아간 이들은 사회주의운동에 앞장섰다는 경력 때문에 반공을 국시로 하는 한국사회에서 숨을 죽이고 살아갈 수밖에 없었고, 북으로 돌아간 이들은 구 '만주'에서 항일투쟁을 한 김일성파와 맞지 않아 사회활동을 전개할 기회가 부여되지 않았다. 일본에서 반파시즘 투쟁을 목숨 걸고 펼쳤던 그들의 조국에서의 나머지 삶은 대체로 불행했다.

이 논문의 목적은, 일본의 파시즘에 저항한 최후의 조직이라 할 수 있는 '일본(日本)프로레타리아문화연맹(文化聯盟)' 속에서 재일조선인들이 어떻게 투쟁했는가, 그리고 일본의 민주화운동의 역사 속에서 얼마나 많은 조선인들이 피를 흘렸는가에 관해서, 지금까지 행방을 알 수 없는 자료로 일컬어져 온 『우리동무』의 소개를 통해서 밝히는 데에 있었다. 그리고 이 문제는 '코프조선협의회'와 『우리동무』만에 그치는 것이 아니라, 1952년의 유혈(流血) 메이데이 사건(체포자 조선인 140명, 일본인 1078명에 달함)을 비롯해서 전후(戰後)의 한일관계사에까지 영향을 미치는 문제라고 할 수 있다. '코프조선협의회'와 『우리동무』를 재조명하는 것은 거기에 관여했던 한 사람 한 사람의 묘비명을 새기는 것이며 그리고 그 묘비명을 새기는 것은 현대를 살고 있는 자의 하나의 마음의 증표라 할 수 있지 않을까.

(『語研 포럼』, 早稻田大學, 1999.10)

注記

1. 조선어의 인용문은 원문을 현대표기로 고쳤다. 그리고 인용문 가운데 들어 있는 □은 판독불능임을, ××는 伏字임을 가리킨다.
2. 이 논문 제6장에 있는 『演劇運動』의 기사는 호테이 토시히로[布袋敏博] 씨의 교시를 받았다.

제2차 세계대전 전의 조선문학과 가나가와[神奈川]

가나가와[神奈川] 출신이거나 가나가와에 살았던 적이 있는 조선인 문학자로 누가 있고, 또 가나가와를 무대로 한 조선문학 작품에는 어떤 것이 있는가에 대해서는 지금까지 전혀 조사된 바가 없다. 그래서 여기서는 저자가 알고 있는 범위 안에서 그것에 대해 써보려고 한다.

1. 『창조』와 염상섭

1919년 3·1 독립운동을 계기(단 『창조』 창간호의 발행은 2월 1일로 3·1 운동 이전)로 『창조』·『백조』·『폐허』라고 하는 문학동인지들이 조선문학사에 등장한다. 동인지라고는 해도 이것들은 문학사에서 한 시대의 획을 그은 기념비적인 잡지들이다.

『창조』는, 창간호부터 7호까지는 동경에서 그리고 8호와 9호는 서울에서 발행되었다. 그런데 1호에서 7호까지를 인쇄한 곳은 요코하마[橫浜市山下町 104番地]에 있는 복음인쇄합자회사(福音印刷合資會社)였다. 인쇄한 사람도 창간호는 무라오카 헤이키치[村岡平吉, 橫浜市 大田町5丁目87番地]로 되어 있고, 2호부터 7호까지는 오리사카 도모유키[折坂友之, 橫浜市根岸町3257番地]로 되어 있다. 인쇄인의 명의(名義)를 일본인으로 한 것은 출판규제를 완화하기 위한 방편이었을 것이다. 복음 인쇄합자회사가 있던 자리는 현재 요코하마시 중화가(中華街)의 변두리에 있는 주택지이다.

이 복음인쇄소라는 곳은 당시 조선의 사상계에 커다란 영향력을 행사한 일본 유학생 잡지인 『학지광(學之光)』을 인쇄한 곳이기도 하다. 원래 성서를 각국어로 인쇄하기 위한 인쇄소여서 한글 활자도 있었던 것이다. 하지만 활자를 취급하는 직공이 한 사람을 제외하고는 모두 일본인이었기 때문에 『창조』도 세 번씩이나 교정을 했는데도 오자가 많아서 독자로부터 항의 편지가 오기도 했다.

3개월에 불과했지만 그 인쇄소에 있었던 유일한 조선인 식자공은 다름 아닌, 조선 근대문학을 짊어지고 나간 소설가 염상섭(廉尙燮, 1897~1963년, 필명 廉想涉, 호는 橫步)이었다. 게이오[慶応]대학에서 배운 적이 있는 염상섭은 오오사카에서 3·1 운동을 맞이했는데, 재(在)오오사카 조선인 노동자 대표로서 선언문을 발표하고 3개월간 징역살이를 했다. 출소한 그는 노동자 대표로서의 고집을 관철하려고 복음인쇄소에 취직했던 것이다. 염상섭은 『창조』가 아니라 『폐

허』동인이었지만, 『창조』가 요코하마에서 인쇄된 사정에 그가 관
련되어 있다는 것은 틀림없는 사실일 것이다. 또한 염상섭에게는
『폐허』창간호에 발표한(1920년 1월에 쓴) 「법의(法衣) ─ 요코하마 인
쇄공장에서」라는 시가 있기도 하다.

2. 임화林和의 시 「우산雨傘밧은 요꼬하마의 부두埠頭」

임화의 시 「우산(雨傘) 밧은 요꼬하마의 부두(埠頭)」는 서울의 혁신
적 잡지『조선지광(朝鮮之光)』1929년 9월호에 실렸다. 이 시는 요코
하마 부두에서 강제 퇴거당해 형사에게 호송되어 가는 조선인 남자
가 요코하마 부두 도크에 우두커니 서있는 사랑하는 일본인 여자에
게 보내는 이별의 시이다.

    ………

  거긔에는 아모짜닭도 업섯스며

  우리는 아모因緣도업섯다

  덕우나 너는 異國의 계집에 나는 植民地의 산아희

  그러나 ─ 오즉한가지 理由는

  너와나 ─ 우리들은 한낫勞動하는 兄弟이엇든째문이다.

  그리하야 우리는 다만 한일을爲하야

요코하마 부두 풍경

두개다른나라의 목숨이 한가지밥을 먹엇든것이며

너와나는 사랑에서라왓든것이다

'이국의 반역청년'인 '나'는 노동자의 연대감 속에서 '너'와 서로
사랑하게 되고 '새장'(옥중)에서 자는 사람들을 위해서 '눈오는밤을
멧번이나' 길모퉁이에서 지샌다.

어서 드러가거라

인제는 네의 「게다」소리도 빗소리 파돗소리

애뭇처 사라젓다

가보아라 가보아라

내야쫏기어나가지만은 그젊은勇敢한녀석들은

쌈에저즌 옷을입고 쇠창살밋헤 안저잇지를 안을 게며

네가잇는工場엔 어머니누나가 그리워우는北陸의 幼年工이 잇지안으냐

너는 그녀석들의 옷을 쌔러야하고

너는 그어린것들을 네가슴에안어주어야하지를안켓느냐—

「가요」야! 「가요」야 너는 드러가야한다

·········

비는 「독크」에 나리우고 바람은 「댁기」에부듸친다

雨傘이부서진다—

오늘—쫏겨나는 異國의 靑年을 보내주는 그 雨傘으로 來日은 來日은

나오는 그녀석들을 마주러

「게다」소리놉게 京濱街道를 거러야하지안켓느냐

시의 주인공은 연인의 전송을 받으며 형사에게 팔을 잡힌 채 배에 오른다. '새장속'의 사람들은 그것도 모르고 있다. '이 생각으로 이 분한 사실로 비들기 같은 네 가슴에 빨갛게 물들어라'고 말하며 이 시는 다음과 같이 끝난다.

그러면 그째면 지금은 가는나도 벌서 釜山, 東京을것처동모와갓치 「요
시오하마」를 왓슬째다

그리하야 오래동안 서러웁든생각 憤한생각에

疲㤀한 네귀여운머리를

내가슴에파뭇고 울어도보아라 우서도보아라

港口의 내의계집애야!

그만 「독크」를 쉬어오지마러라

비는 연한네등에 나리우고 바람은 네 雨傘에불고 잇다.

이 시는 '만주사변'이 시작되기 전 그러니까 아직 세계적으로 좌
익운동이 화려했던 시절의 조선과 일본 노동자의 국제적 연대를 노
래한 상당히 긴 시인데, 그 일부를 여기에 소개했다.

이 시는 나카노 시게하루[中野重治]의 「비날이는 시나가와역[品川
驛]」(『改造』, 1929년 2월호)에 대한 답시(答詩)의 형태를 취하고 있다.
나카노의 시는 다음과 같다.

辛이여 잘가거라

金이여 잘가거라

그대들 비오는 品川驛에서 차에올으는구나

李여 잘가거라

쏘한분의 李여 잘가거라

그대들은 그대들의 부모의 나라로 도러가는구나

(…중략…)

그대들은 출발하는구나

그대들은 써나는구나

오오!

조선의 산아이요 계집아이인그대들

머리싯 새싯까지싯싯한동무

일본프로레타리아ー트의 압짭이요 뒷군

가거든 그싹싹하고 듯터운 번질한얼음장을

투될여 째ㅅ쳐라

오래동안 갓치엿든물로 분방한 홍수를 지여라

그리고 쏘다시

해협을 건너쒸 여닥처오너라

神戸 名古屋를 지나 동경에 달여들어

 (…중략…)

쒸거운복X의 환희속에서

울어라! 우서라!

　　　　—「비날이는 品川驛ー×××기념으로 이북만 김호영의게」 전문

　시인 임화(1908~1953?)는 서울에서 태어나 1929년 동경에 유학한 적이 있는 시인이자 평론가이다. 한때는 좌익적인 시도 썼지만, 그의 시는 그저 용감하기만 한 것이 아니라 항상 감상과 비애가 감돌고 있다. 그는 1945년 8월 이후 서울에서 '근대적 민족문학' 수립을 위해 활동했지만 38선을 넘어 조선민주주의인민공화국을 선택했고, 그곳에서 정치적인 이유로 처형된 비극적인 시인이었다.

3. 이주복李周福의 희곡 「파천당破天堂」

중국 길림성(吉林省) 용정촌(龍井村 — 지금의 용정시)에서 나온 한글 잡지 『북향(北鄕)』 1936년 3월호와 8월호에 이주복의 미완의 희곡 「파천당」이 2회에 걸쳐 연재된 적이 있다.

당시에도 많은 조선인이 살고 있었던 용정은 문화활동의 중심지이기도 했다. 『북향』은 4호(등사판 인쇄를 포함하면 8호)로 끝난 조그마한 잡지였지만, 거기에는 나중에 한국에서 활약한 문학자들, 조선민주주의인민공화국으로 돌아가 활약한 문학자들, 그리고 전쟁이 끝난 후 중국에 남은 문학자들도 함께 있었다.

『북향』의 중심인물은 이주복이라고 하는데 광명중학의 영어 교사로서(한국의 국민시인 윤동주도 1938년 광명중학을 졸업했다) 동경의 호세이[法政]대학에서 영문학을 공부했던 사람이다.

「파천당」은 1927년의 이른 봄, 장년소(張年小)라는 청년이 요코하마 부두에 도착해 야마노테[山手]공원 언덕에서 일출을 맞이하는 장면에서 시작한다. 장년소는 요코하마 공립 여자신학교에 다니는 조선 여학생을 찾아가 교육론과 신앙론에 대해 토론하기도 한다. 미완의 희곡으로 그다지 예술성이 높다고는 할 수 없지만, 이 작품을 통해 볼 때 "요코하마에만 3천여 명, 가나가와[神奈川] 부근에 만여 명"의 동포가 있어서인지, 당시에는 자제에 대한 교육 문제가 최대의 관심사였던 것 같다.

야마노테 공원은 지금도 남아 있고, 부근에 신학교도 몇 개 있지만 '요코하마 여자 중학교'란 학교는 1920년대도 없었고, 지금도 없다. 작자의 체험을 기초로 해서 상상을 가미한 것으로 여겨진다.

4. 김사량金史良의 소설 「곱사왕초」

김사량(1914~1950)은 일본어와 조선어, 양국어로 작품을 썼는데, 일본어로 발표한 마지막에 가까운 작품으로 「곱사왕초」(『新潮』, 1942.1)가 있다. 요코스카[横須賀]가 무대인데 작중 O군은 김달수(金達壽)가 모델이다. 김사량이 김달수보다 여섯 살이 더 많았지만 두 사람은 아주 친한 사이였다. 이 소설은 '나'가 요코스카에 살고 있는 O군을 찾아가 '곱사왕초'를 만나는 이야기인데, 당시 요코스카에 살고 있던 재일 조선인의 모습을 매우 생생하게 묘사하고 있다.

곱사는 등에 커다란 혹이 있는 사람을 말한다. 수하에 20명 정도의 '인부'를 가진 '곱사왕초'는 다리까지 자유롭지 못하지만 그래도 한없이 쾌활하고 아랫사람들을 잘 챙기는 사람이다. 그날도 그는 '국책에 따라' 남양군도로 보내지는 조선의 젊은이들을 위해 송별연을 겸한 운동회를 연다. '곱사왕초'는 부두로 향하는 사람들 중 한 사람이 수건을 갖고 있지 않은 것을 보고 운동회의 상품인 수건을 들고 달려가 건네주기도 한다.

"손 언저리에 하얀 수건을 팔랑팔랑 나부끼면서 절름거리는 발을 재게 놀려 등의 혹을 출렁이며 넓은 구내를 달려가는"'곱사왕초'의 뒷모습에 재일 조선인에 대한 김사량의 뜨거운 마음이 담겨있다. '곱사왕초'도 모델이 있고 소설 속의 운동회도 실제 있었던 이야기를 소재로 했다고 한다.

요코스카는 예나 지금이나 군항이다. 그리고 당시 대규모의 매립 공사가 있었기 때문에 조선인들이 그나마 살 곳을 찾아 그곳으로 몰려들었다.

김사량은 한때 가마쿠라[鎌倉] 오오기가야[扇ヶ谷] 407번지에 있는 고메신테이[米新亭]여관에서 산 적이 있었다. 식료사정 악화 때문에 여관을 경영하지 못하게 된 고메신테이 여주인은 비어있는 방을 젊고 가난한 문인에게 제공한 것이다. 그리고 김달수와는 1941년 가을, 『문예수도(文藝首都)』 동인대회에서 처음으로 알게 되었다. 같은 해 12월 9일, 다시 말해 태평양전쟁이 시작된 다음 날 아침 일찍, 김사량은 사상범예방구금법에 의해 가마쿠라 경찰서에 구금되었다. 당시에는 아무런 죄를 짓지 않아도, 죄를 지을 것 같다는 경찰의 짐작만으로도 구속될 수 있었다. 김사량은 석방된 이듬해의 1월 29일까지 약 50일간 정신적·육체적으로 상당한 고초를 겪은 것 같다. 그의 석방을 위해 야스타카 도쿠조[保高德藏]나 구메 마사오[久米正雄] 등이 힘써주었다. 반하숙생·반식객이었던 김사량을 돌봐주었던 여주인, 그리고 김사량이 함께 놀아주었던 남매 중 아들은 이미 작고한 상태였고, 딸만이 근처 가라쿠마 시에 살고 있었다. 옛 건물은 완전히 재

건축된 상태였는데 며느리가 거주 중이었다. 여관 마당에 있던 백목련나무와 출입구의 계단만이 옛 모습 그대로 남아 있었다.

한편 1939년에 발표된 김사량의 일본어 작품 「빛 속으로[光の中に]」가 1940년 아쿠다가와[芥川]상 후보작으로 뽑혔고, 그후 두 권의 일본어 소설집이 일본에서 출판되었다.

1945년 김사량은 '조선출신학도위문단'의 일원으로 중국에 파견되었을 때 탈출을 감행해 항일투쟁의 근거지인 태항산(太行山)으로 들어간다. 일본의 패전과 동시에 평양으로 돌아와 문학활동을 재개했지만 1950년 한국전쟁 중에 병사했다. 민족적 색채가 강하고 질 높은 작품을 많이 남긴 작가였다.

5. 요코스카와 김달수

조선반도에서 생활의 터전을 상실할 수밖에 없었던 사람들 중 상당수가 일본으로 건너와 일본인이 일하기 싫어하는 매립지나 댐 등의 공사현장에서 일하거나 폐품 모으는 일을 하며 생활해나갔다. 시나가와[品川] 근처의 바닷가인 시바우라[芝浦]나 요코스카의 매립지, 사가미[相模]댐 등은 그 좋은 예이다.

작가 김달수는 열다섯 살 때 열여덟 살이라 속이고 요코스카 가쓰가쵸[春日町]의 야마자키[山崎]에 있는 조선인 마을에 살며 매립공사에서 밀차 밀기를 한 적도 있었다. 교통비가 아까워서 시바[芝]의 가나스기바시[金杉橋]에서 요코스카의 가쓰가쵸까지 걸어다녔다고도 한다.

김달수가 이른바 '막노동'보다 더 오래 했던 것은 '넝마주이'이다. 그것은 한 집 한 집 돌아다니며 폐품을 구입해 분류하여 파는 일이다. 당시 "막노동꾼에는 일본인도 있었지만 넝마주이는 모두 조선인이었다"라고 김달수는 말하고 있다. 처음에는 사람들에게 보이는 게 싫어서 수건으로 얼굴을 가리고 마스크를 쓴 채 집집마다 돌아다녔다고 한다. 이렇게 해서 요코스카는 물론 미우라[三浦]반도 전역을 걸어서 돌아다녔다. 그는 요코스카 시내의 유일한 백화점인 '사이카야'의 쓰레기통에서 다량의 휴지조각을 얻게 된 기쁨을 마치 보석으로 된 산이라도 발견한 듯이 회상하고 있다.

김달수는 넝마주이를 하면서도 향학열에 불타 가나가와 현립 요코스카중학의 야간인 메이토크[明德]중학(현재, 가나가와 현립 요코스카고등학교 야간부)에 입학한다. 그러나 그것은 생활난 때문에 오래 지속되지는 못했다. 김달수에게 요코스카는, 휴지조각이나 철 부스러기를 줍고, 쓰레기를 분류하고, 전기관(電氣館)이라는 영화관에서 영사기술 견습 등을 하며 청춘 시절을 보낸 아주 연고가 깊은 곳이었다.

『문예수도(文藝首都)』 1942년 3월 호에 실린 김달수의 「쓰레기」라는 단편은 요코스카의 조선인 마을에 사는 사람들의 생활감정을 소설화한 것이다. 김사량의 「곱사왕초」는 작품 구성면에서는 성공했지만, 현지인의 생활감정을 잘 표현하고 있다는 점에서는 김달수의 「쓰레기」쪽이 더 낫다. 김사량은 부잣집 출신으로 당시 동경대학생이었지만, 김달수는 매일 쓰레기 더미와 싸우고 있었던 당사자였기 때문이다.

「쓰레기」는 Y시(요코스카를 생각케 한다)의 U도크에서 나오는 쓰레기를 처리하는 재일 조선인들의 생활을 그리고 있다. 주요 등장인물인 현팔길(玄八吉)은 철 부스러기나 구리 조각, 기름투성이가 된 넝마 더미와 씨름하고 있다. 그는 그 넝마주이 일을 빼앗길 것 같아 걱정이 돼 신문기자인 '나'에게 상담하러 온다. 어려운 문제를 해결해 주자 팔길은 너무 기쁜 나머지 "널판지에서 뛰어올라 첨벙하고 바다에 빠지고 말았다. 팔길이 양팔을 벌려 파도를 철썩철썩 미친 듯이 때리고 포말을 뒤집어쓰면서 '아이구(기쁘다) 아이구(기쁘다)!'" 하며 이 소설은 끝이 난다.

객관적으로 보면 비참하다고밖에 할 수 없는 생활을 김사량이나 김달수는 어두운 색 일색으로 그리는 것이 아니라, 때로는 웃음조차 섞어가며 성실하고 다부지게 생활해가는 재일 조선인들의 모습을 그려냈다.

김달수는 1950년에 「야노쓰 고개[矢の津峠]」를, 1966년에는 「잡초처럼」을 썼는데 모두 요코스카를 무대로 하고 있다. 하지만 전후의 작품이기 때문에 여기서는 다루지 않는다.

김달수는 넝마주이를 하면서 고학해 단속적(斷續的)으로 학교를 다니고, 와세다대학의 강의록을 읽거나 하면서 공부를 계속해 결국에는 요코스카 시내의 가나가와 일일신문사(神奈川日日新聞社)에서 근무하게 된다. 1943년 4월까지 거기에 있다가 서울로 가 경성일보(京城日報)에서 한 달 동안 일하고 다시 가나가와 일일신문으로 돌아온다. 이 서울행에는 일본인 여성과의 사랑이 파탄으로 끝난 일이 계기가 되었고, 경성일보사를 그만둔 것은 그 신문이 반민족적 신문이었기 때문일 것이다. 이 시기의 일은 장편소설『현해탄(玄海灘)』(치쿠마[筑摩]서방 1955년 3월)으로 작품화되었다.

6. 그 외의 문학자들

장두식(1916~1977)・오임준(1926~1973)・박원준(1917~1972)・이은직(1917~)・강순(1918~1987)도 김달수와 거의 같은 세대의 문인으로, 가나가와에 살며 손수 창작활동을 함과 동시에 조선문학의 번역에도 힘썼던 사람들이다.

특히 장두식은 요코스카에서 김달수와 마찬가지로 넝마주이를해서 모은 물품을 선별해 제지원료 도매상이나 그 밖의 곳에 팔아 생계를 유지했다. 신문 배달을 하면서 요코스카의 사와야마[澤山] 보통[尋常]소학교를 다녔고, 졸업하고 나서는 오다와라[小田原]시 하야카와[早川]다리에서 노무자 합숙소 생활을 했으며 마나즈루[眞鶴]항의 방파제 공사장에서 일하기도 했다.

장두식에게는『어느 재일 조선인의 기록』(同成社, 1966년 3월)이라는 자전(自傳)이 있다. 그는 1946년『민주조선』의 편집에 가담했고 1958~9년에는 조선 문예 잡지『계림(鷄林)』을 주재하기도 했다.

『민주조선』은 요코하마에서 출판되었고 1949년 재일본조선인연맹이 해산될 때까지 지속된 잡지로, 한때는 한덕수(현재 재일본조선인총연합회 의장)가 발행인, 김달수가 편집인이었던 시기도 있었다.

이은직도 전쟁 전부터 니혼[日本]대학 예술과를 다녀 창작활동을 했으며, 전후(戦後)에는 대작『탁류』(新興書房, 1967~1968년)를 쓰기도 했다. 그리고 조선문학의 번역에도 종사했지만 주로 교육계에서 활동했다. 오랫동안 요코하마의 햐쿠라쿠[白樂]에 살며 가나가와대학에서 조선어 강사를 계속했다.

시인이자 번역가인 강순도 가나가와 대학의 자주(自主)강좌를 담당하고 있었다.

박원준도 일찍부터 김달수와 함께 조선문학을 일본에 번역 소개한다거나 요코하마의 가나가와 조선인 중고등학교의 교장을 하기도 했지만 만년에는 개인 잡지『조선문학』에 정열을 바쳤다.

전후에 문학활동을 시작한 작가로는 다치하라 마사아키[立原正秋, 본명 金胤圭]가 있다. 가마쿠라[鎌倉]에 살았으며, 소설『쯔루가사키[劍ヶ崎]』에서는 미우라[三浦]반도를 무대로 한국인 아버지와 일본인 어머니를 가진 소년을 그리기도 했다. 다치하라 자신은 양친 모두 한국인이라고 한다.

김소운도 해방 전에 6년 동안 가마쿠라시에 살았다(수필,「수박껍질」). 하세[長谷]의 대불(大仏)에서 멀지 않은 '하세 5丁目50번지20호'(현재 주거표시)가 그의 집터였다.

(『가나가와와 조선의 관계사 조사 보고서』, 가나가와현, 1994.3)

'대동아문학자대회'와 조선

　이 글은 조선 쪽의 시각에서 '대동아문학자대회(大東亞文學者大會)'
를 보면서, 대회가 어떻게 진행되었는지 그 경위를 추적해 봄과 동시
에, 그 문제점을 정리하려고 한 글이다.

　'대동아문학자대회' 자체에 대해 검토한 글은 단 한 편이 있을 뿐
이다. 오자키 홋키[尾崎秀樹]의 「대동아문학자대회에 대해서」라는
본격적인 논문이다. 이 논문은 『文學』 1961년 5월호에 처음 발표되
었다가, 나중에 후쭈우샤[普通社]에서 1963년에 출판된 『근대문학
의 상흔(傷痕)』에 다시 수록되었다. 그 후, 그 내용이 약간 덧붙여져
서 『구(舊) 식민지 문학의 연구』(勁草書房, 1971)에 다시 한번 수록되
었다. 그런데, '대동아문학자대회'에 대한 본격적인 논문이 이것 하
나뿐이라는 것은 무엇을 의미하는 것일까? 당시, 일본인 문학인 대
다수가 참가했던 회의였고, 또한 일본의 근대문학을 연구하는 연구
자는 몇 천명이 있는 데에도 불구하고, 이 대회에 관한 논문이 불과

단 한 편밖에 없는 이유는 어디에 있는 것인가? 관제(官制) 대회였다는 등의 이유로 연구할 만한 가치도 없다고 본 것일까, 전시하(戰時下)의 어용(御用)문학 따위는 생각하고 싶지도 않다는 것이었을까. 이유가 그것이라면 그것으로 좋다. 하지만, '대동아문학자대회'에 동원된 조선·중국·몽골 문학인들의 명예는 어찌할 것인가? 어떤 이는 민족반역자로 재판에 회부되었으며, 어떤 이는 '한간(漢奸 : 중국말로 '매국노'라는 뜻)'으로 몰려 사회적 규탄을 받았다. 어떤 이는 문인을 포기했으며, 어떤 이는 해방 후 써서는 안되는 괴로운 변명문을 써서 또 한번 비난을 받기도 했고, 어떤 이는 이름을 바꾸고 숨어 살기도 했다. 중국과 조선의 문학인에 대해 언급하면, 참가를 강요당한 그들은 그 나름대로의 사회적인 책임을 졌음에도 불구하고, 대회를 주재(主宰)했거나 적극적으로 참가하기도 했던 일본문학자들이 재판을 받았다든가, 사회적 규탄을 받았다는 예는 알려진 바가 없다.

마스이 코우이치[益井康一]의 『한간 재판사(漢奸裁判史)』(みすず書房, 1977)에 의하면, 남경(南京) 정부의 주석(主席)인 진공박(陳公博)은 일본의 패전 직후 중경(重慶)의 정부에 "나는 국민정부군이 광복지구에 들어오기 전까지 치안유지를 담당, 국민정부군에 광복지구를 인계(引繼)한다. 이것으로 나의 숙년(宿年)의 죄업에 대가를 치르고 싶다"라고 이르고, 자살을 하였다.

남경 정부의 인사원(人事院) 총재(總裁)라는 역무(役務)를 맡고 있던 진군(陳群)은 장개석(蔣介石)에게 살해되기보다는 자살을 선택해,

"유체(遺體)는 중국의 풍습과 반대로, 화장(火葬)해 주기 바란다"고 가족에게 유서를 남겼다고 한다.

제1회 문학자대회는 1942년 11월 3일부터 개최되었다. 동경의 마루노우치[九の內]의 대동아회관에서 3~5일은 회담, 6~8일의 견학이 계속되었다. 9일은 동경을 떠나 관서(關西)지방으로 향해, 이세신궁(伊勢神宮) 등을 참배했고, 10일에 오사카[大阪]에서 폐막식을 가졌다. 의제는 「대동아전쟁의 목적완수 및 대동아 공영권 건설을 위한 동아(東亞)문학자의 협력방법」으로, 조선에서는 이광수(李光洙, 창씨명 가야마 미츠오[香山光郎]라는 이름으로 참가),[1] 박영희(朴英熙, 芳村香道라는 이름으로 참가), 유진오(兪鎭午), 데라다 에이[寺田瑛], 가라시마 타케시[辛島驍]가 참가했다. 앞의 세 명이 조선인 문학인이고, 뒤의 두 명은 조선에 거주(居住)하고 있던 일본인이었다. 그들은 일본국내의 한 지방인 조선 지역의 대표로서 조선 민족을 대표하는 자격은 부여받지 않았었다. 『매일신보(每日新報)』[2]의 1942년 10월 29일의 기사

---

1 창씨명(創氏名) 카야마 미츠오[香山光郎]에 대하여, 『친일문학론(親日文學論)』의 저자, 임종국(林鍾國)은 다음과 같이 말하고 있다. "필자는 이렇게 생각하였다. 光郎의 '光'은 물론 光洙의 '光'자를 딴 것이겠고, '香山'은 李光洙가 平北 출신이니 아마도 妙香山의 '香山'을 땄으리라고"(『친일문학론』, 평화출판사, 1966년, 제5장 15절 283면) 하지만, 「每日新報」(1940년 1월 5일자)에서 이광수 자신이 橿原의 '香久山'에서 '香山'을 따고, '洙'은 일본식으로 말하면 남자 이름에 가장 많이 쓰여지는 '郞'에 해당하기에 '香山 光郞'라고 이름지었다고 한다. 이광수 자신의 설명에 반대한 임종국의 최초의 추측이 맞을 수도 있다고 생각한다.

2 『매일신보(每日新報)』는 1938년 4월, 『매일신보(每日申報)』를 개제한 신문이다. 1939년부터는 '국어란(國語欄)'을 마련하여 일본어의 보급에도 한몫을 하였다 (한글로 쓰여진 다른 신문 잡지가 전면적으로 폐간되는 중에 이 신문만은 상의하

에 의하면, 그들은 '각각 일본문학 보국회의 회원으로서 대회 접대
역을 겸해 출석'한 것이었다. 그들은 1942년 10월 7일, 경성 부민관
식당에서 조선문인협회가 주최했던 장행회(壯行會)에 참가한 다음,
서울을 출발하여, 시모노세키[下關]에서 대만 대표들과 합류하여 11
월 2일 동경에 도착했다. 대회 참가국은 일본·만주·중화민국의
세 나라로서 거기에 몽골(蒙疆) 지방이 추가되었다. "이 날 회의장 정
면에는 일장기를 중앙으로 만주·중화민국의 깃발이 게양되어졌
다." 조선에서 온 조선인 참가자도 대만에서 온 중국인 참가자도 일
본대표에 포함되어 있었다.

　제1회 대회 석상에서 이광수는,
　"자신의 전부를 천황에게 바쳐 올리는 것이 일본정신이라고 하는
것입니다. 또 천황(天皇)님께서 자비(慈悲)를 베푸는 것을 황도(皇道)
라고 말씀드리는 것입니다. 천황님에게 있어서는 이것이 황도(皇道),
우리 신민(臣民)에게 있어서는 이것이 신도(臣道)입니다. 자신을 바
치고 자신을 버리는 이 정신이야말로, 인류가 살아가는 길 중에서도
가장 고귀하며 또한 완전한 진리에 가까운 길이라고 여기고 있습니
다. 왜냐하면, 우리들의 목표, 일본인으로서의 우리들의 목표는 미
영(米英)처럼 나라의 강대함을 꾀하는 것이 아니고, 이 세계 인류를
완전히 구제하는 데에 있다"[3]라고 말했다.

　달을 목적으로 하여 마지막까지 한글로 발행되었다).
3 『日本學藝新聞』, 1942.11.5.

의장이었던 키쿠치 칸[菊池寬]은 이 연설에 "가야마[香山 : '이광수'의 창씨명] 군의 지금 이야기는 극히 명쾌하여, 경청할 만한 점이 많았다고 생각합니다"라고 찬사를 보냈으며, 니시카와 미츠루[西川滿][4]도 "조선의 가야마 미츠오[香山光郎]의 이야기를 굉장한 감동을 가지고 들었다"라고 대회석상에서 발언하였다.

유진오(俞鎭午)는 대회 첫날에 이렇게 발언했다.

"…… 동아십억(東亞十億)의 민중에게 문화를 두루 퍼지게 하는 것과 더불어, 근본적으로는 팔굉일우(八紘一宇) 일본의 조국정신(肇國精神)을 십억의 민중에게 철저히 미치게 하여, 그를 위해서 일본어의 보급이 굉장히 필요한 것이 아닌가 생각하는 바입니다."

박영희(朴英熙)는 대회 이틀째 되는 날 이렇게 말하고 있다.

"어제 이래, 성전(聖戰)의 목적 완수에 어떻게 협조해야 하느냐에 대하여, 열성적인 의견을 피력해주셨습니다만, 이 정열 속에서 벌써 우리들의 혼과 혼은 서로 합쳐져서 하나가 되었습니다. 이런 생생한 사실만으로도 대동아의 새로운 힘으로써 영미(英米)적인 사상을 구축(驅逐)할 수 있을 뿐만 아니라, 웅대한 대동아문화공영권(大東亞文化共榮圈)에 존엄스런

---

4 일본(대만) 대표의 한 사람으로서 시인이자 소설가. 1908년 會津若松에서 출생. 세 살 때 대만에 건너가 臺北에서 중학교를 나와 早稻田대학 불문과를 졸업하였음. 『문예대만』 주재. 臺灣文藝家협회 이사.

제일보(第一步)를 내딛은 것이라고 생각합니다. 이것은 상호간의 협력과 이해와 정열 속에서 사상과 문화가 혼연동화(渾然同化)되어 새로운 추진력이 되는 것입니다. 이것은 세기적인 감동이라고 고하지 않을 수가 없습니다."⁵

활자는 정말 잔인하게도 그들의 발언을 역사에 남겨두고 있다. 일본 패전 이후의 그들의 행동을 보거나, 또한 조선근대문학사에 빛나는 이름을 남긴 1930년대 말까지 발표된 그들의 작품을 보면 대회에서 발언한 그대로 그들이 믿고 있었다고는 생각되지 않는다. 불행한 시대를 만나 도회(韜晦)를 거듭한 후 자기 자신을 잃어버린 최면 상태에서 한 발언이라고 보아야만 할 것이다. 유진오(兪鎭午) 자신의 작품 속에 있는 말을 빌리면, 주인공은 이렇게 말하고 있다.

"이 사회에서는 이중, 삼중, 사중 않이 칠중, 팔중, 구중의 중첩된 인격을 갖도록 강제되고 있는 것이다. 그 많은 중에서 어떤 것이 정말 자기의 인격인가는 남몰으게 저혼자만 알고 있으면 고만일것이다. 어떤 사람은 사실 똑똑하게 이것을 의식하고 경우를 따러 인격을 변한다. 그러나 어떤 자는 자기자신의 그 수많은 인격에 황홀해 끝끝내는 어떤 것이 정말 자기의 인격인지도 모르게 되는 것이다."⁶

---

5 각주 3)과 같다.
6 유진오, 「김강사와 T교수」, 『兪鎭午短篇集』, 學藝社, 1939년, 103면. 이 작품의 일본어 번역은 大村益夫・長璋吉・三枝壽勝 編譯, 『조선단편소설선』 상권(岩波문고, 1984년)에 수록되어 있다.

1935년 1월에 발표되어진 『김강사와 T교수』 중의 일절(一節)이다. 1935년의 시점에서는 아직 이렇게 말할 수 있었던 것이다. 위 작품에서 시간강사인 김 강사가 일본인 교장에게 과자 선물을 손에 들고 인사하러 가면서, T교수가 내뱉은 조롱의 말을 떨쳐버리기 위해 "내가 이런 짓을 하는 것이 더럽다하면 나에게 이런 짓을 하게 하는 자들은 더 더러운 것이다. 이런 것으로 더럽히는 것은 내 양심이 아니라 놈들의 양심이다"[7]라고 중얼거렸다. 1930년대 중반까지의 문학자 중에 소위 친일파 문학인의 마음속에는 이런 의식이 잠재해 있었을 것이라고 추측된다. '대동아문학자대회'의 개최 취지가 "동아(東亞)의 천지로부터 미영(米英)의 침략세력과 위만적인 물질문화를 격양(擊壤)하고 참된 세계인류의 평화를 초래해야만 할 도의(道義)적인 정신문화를 수립(樹立)하기 위한 일(日)・만(滿)・화(華)・몽(蒙)의 대표적 문학자들과 한 곳에서 만나 문학자로서 정신 협력을 해야 되는 구체책(具體策)을 의논하기로 한다"[8]는 것이었으므로, 이 대회에 끌려오게 된 이상 개최취지에 거슬리는 발언을 할 수 있었을 리가 없다. 다만, 이 세 사람의 조선인 문학인의 발언을 검토해 보면, 이광수와 다른 두 명의 사이에는 질적인 차이가 있는 것으로 생각된다. 이 점에 대해서 다음에 해방 후의 발언과 맞추어보며 생각해보기로 한다.

---

7 유진오, 위의 책, 134면.
8 제1회 '대동아문학자대회' 「취지」, 『일본학예신문』 1942.11.1.

1.

제2회 대회는 1943년 8월 25일부터 삼일간, 첫째 날은 제국(帝國) 극장에서, 둘째날은 대동아회관에서 열렸다. 조선에서 온 참가자는 유진오(兪鎭午)·유치진(柳致眞)·최재서(崔載瑞)·김용제(金龍濟, 그는 가네무라 류사이[金村龍濟]라는 창씨명으로 참가)의 네 명이며, 또 한 명은 녹기연맹(綠旗聯盟)[9]의 주재자(主宰者)인 츠다 고[津田剛]이다. 원래, 가을에 개회될 예정이었으나, 전황(戰況)이 일본에 불리해진 사정이 있어서 앞당겨 열린 것이다. 이 제2회 '결전(決戰)회의'에서 조선대표는 다음과 같은 표제(表題)에 따른 발언을 하였다. 유진오와 최재서는 첫째 날의 전체회의에서, 다른 두 사람은 이틀째 이후의 분과회에서 발언하고 있다. 강연 제목과 발언 요지는 다음과 같다.

유진오 · 「결전(決戰)문학의 이념 확립에 대하여」 : 우리들 문학자의 사명은 미영격멸(米英擊滅) 정신을 작품화하고 그것을 통해 개인주의적 영미(英米)문화를 격멸(擊滅)하고 동양 고유의 문화를 확립하는 데 있다.

최재서 · 「조선에서의 징병제의 시행과 문학운동」 : 징병제와 특별지원병

9　1925년의 '기원절'을 계기로 '경성천업청년단'을 개조하여 조직한 총독부 어용단체의 하나. "우리들은 일본국의 정신에 따라 건국의 이상실현에 공헌하는 것을 결의한다"라는 강령을 가지고, '관'이 할 수 없는 생활 수준의 '皇民化'를 '民'의 차원에서 강력히 추진하였다.

제의 시행에 의하여 조선에는 전쟁방관자적인 태도가 일소(一掃)되어질 것이며, 또한 조선문학도 절대적인 영향을 받을 것이다.

유치진 · 「결전(決戰) 문학의 이념 확립」: 개인주의의 미영문학을 격멸(擊滅)해야 한다.

김용제 · 「대동아문학 확립에 대한 한 가지 제안」

제3회 '대동아문학자대회'는 1944년 11월부터 3일간, 남경에서 열렸다. 이 회의에 참가한 일본대표 중에 포함된 조선인 문학인은 이광수[香山光郞]와 김팔봉[金村八峰]이었다.

제4회 대회는 1945년도에 장춘(長春), 즉 당시의 신경(新京)에서 개최될 예정이었으나, 일본의 패전으로 실현되지는 않았다.

2.

1940년부터 1945년까지의 시기를 한국에서는 보통 '일제말 암흑기'라고 부르고 있다. 1939년 10월에는 '조선문인협회'가 결성되어 1940년 2월부터는 '창씨개명(創氏改名)' 제도가 시행되었고, 같은 해 8월에는 『동아일보』, 『조선일보』가 폐간되었다. 같은 1940년 10월에 '국민총력연맹'이, 12월에는 '황도(皇道)학회'가 조직되었다. 다음 해 1941년에는 조선어문학지인 『문장』과 『인문평론』이 폐간

되고, '사상범 예방 구속령(思想犯豫防拘束令)'이 공포되었다. 실로 암흑기라는 이름을 붙일 만하다.[10]

이 시기에 이육사(李陸史)와 윤동주 같은 시인이 없었던 것은 아니다. 이육사의 시는 힘이 넘치며, 윤동주의 시는 단아(端雅)하여 둘 다 민족의 기개(氣槪)를 보여주어 민족의 양심을 지키려고 하는 작품을 남겼으며, 둘 다 1944년 해방을 눈앞에 두고, 이육사는 북경감옥에서 윤동주는 일본의 후꾸오까[福岡] 형무소에서 옥사하였다. 그들의 존재와 작품은 캄캄한 어둠 속의 광명이었다. 이외에도 당국의 종용에 의해 일본어로 작품을 써나가긴 했으나, 내용은 민족의 마음을 새긴 김사량(金史良) 같은 작가도 있었다. 시국적인 제재(題材)와 상관없이 신변잡기를 써나가며 조선어를 갈고 닦은 이태준(李泰俊)도 있었다. 완전 침묵은 허락되지 않은 탓에 극히 적은 작품만이 남아 있는 이기영(李箕永) 등도 있었다. 하지만, 대부분의 작가는 조선의 토지를 떠나지 못한 채 일본통치하의 조선에서 생활하고 있었으므로, 어떤 의미로든지 타협하여 살아가지 않을 수 없었다. 1939년 10월 19일, 총독부 학무국장 시오바라 사부로오[塩原三郎]는 조선인 문학인들을 조선호텔에 초대하여 간담회를 열었다. 다음날 10월 20일에는 '조선문인협회'의 발기인회(發起人會)가 열렸으며, 10월 29일에는 정식으로 협회가 발족하였다. 시오바라[塩原] 학무국장을 명예총재로 앉힌

---

10 조선민주주의공화국에서는 '일제말 암흑기'라는 말을 쓰지 않는다. '만주' 땅에서 항일투쟁과 민족해방의 광명을 보았기 때문에, 이 시기는 암흑기가 아니라고 인식하고 있기 때문이다.

'조선문인협회'에는 대부분의 조선 재주(在住, 일본인도 포함) 문학인이라면 참가하지 않으면 안되었고, '조선문인협회'가 중심이 되어 '조선 하이쿠[俳句] 작가협회', '조선 센류[川柳] 협회', '국민시가연맹(國民詩歌聯盟)'의 세 단체를 발전적으로 해산, 합친 것이 1943년 4월 10일에 발족한 '조선문인보국회(朝鮮文人報國會)'였다.

3회에 걸친 '대동아문학자대회'에 대표로 참가한 7명(연인원 9명)은 '문인보국회' 중에서도 철저한 '친일문학자'였다. 한국에서 '친일'이라고 하는 말은 '일본에 친애감(親愛感)을 가지고 있는 것'이라는 문자 그대로의 의미로서 사용되는 일은 없다. 『친일문학론』의 저자인 임종국 씨는 "주체적 조건을 몰각한 맹목적이고 사대주의적인 일본예찬, 일본추종의 내용을 가지고 있는 문학"이라고 '친일문학'을 규정하고 있다. 이것은 한국·북한에 상관없이 공통된 인식, 공통된 용어라고 할 수 있다. 여기서 '대동아문학자대회'에 참가한 일곱 명의 조선의 문학인 이름과 참가했던 대회의 회수를 간단히 남겨둔다.

이광수(李光洙, 1892~1950) : 제1, 3회

박영희(朴英熙, 1901~ ?) : 제1회

유진오(兪鎭午, 1906~1986) : 제1, 2회

유치진(柳致眞, 1905~1974) : 제2회

최재서(崔載瑞, 1908~1964) : 제2회

김용제(金龍濟, 1909~1994) : 제2회

김기진(金基鎭, 1903~1982) : 제3회

3.

제1회·제2회·제3회에 걸쳐 개최된 '대동아문학자대회'는 굉장히 요란하게 보도되었다. 당시의 일본 신문이 어떻게 보도하였는가는 앞서 소개한 오자키 홋키[尾崎秀樹]의 논문에 리스트까지 첨부되어 있으므로 그 논문을 참조하기 바란다. 이 장에서는 조선에서 어떻게 보도되었는지, 그것과 관련해서 중국에서는 어떠했는가. 또, 대회에 참가한 조선과 중국의 문학인들은 무엇을 생각하고 있었는가, 동석했던 당시의 사람들은 조선·중국의 문학자들을 어떻게 보고 있었는가를 단편적인 자료로부터 고찰하고 싶다.

『아사히신문[朝日新聞]』·『마이니치신문[每日新聞]』·『요미우리신문[讀賣新聞]』으로 시작하는 일반 신문은 물론이고, 『일본학예신문(日本學藝新聞)』·『문학보국(文學報國)』등의 전문지, 『시국잡지(時局雜誌)』·『경국(經國)』등의 잡지 등도 대회가 열릴 때마다 연일 대서특필 했다. 카이조[改造]에서 출판된『문예(文藝)』도 제1회의 경우에는 모든 발언을 수록한 특집기사를 엮었고,[11] 제2회의 경우에도「대동아문학자대회에 기(寄)해」라는 특집호를 엮고 있다. '동아의 전지에서 미영(米英)의 침략세력과 기만(欺瞞)적인 물질문화를 격양(擊壤)'하기 위한 '日·中·華·蒙의 대표자적 문학자들과 한자리에

---

11 「大東亞文學者會議號」, 『문예』10권 12호, 1942.12.

모여서 정신(挺身) 협력해야 할 구체책(具體策)을 토론하기 위한'¹²
회의였음을 고려해 볼 때, 이 국책 대회가 요란하게 대서특필되었던
것도 당연한 일이다. 그렇지만, 조선과 중국에서는 아주 자그마하게
대회를 취급하였다. 일본 국내 — 당시의 용어로 말하면 '내지(內地)'
— 와의 격차는 굉장히 심했다. 구(舊) '만주'의 항일연합군지배구
(抗日聯合軍支配區)와 연안(延安), 중경(重慶)에서 그랬다는 것이 아니
다. 일본 지배하에 있었던 한반도와 윤함구(淪陷區 : 일본에 의한 피점령
지역)의 중국에서조차도 일본 내지와는 비교되지 않을 정도로, 어쩔
수 없이 소개한 정도에 지나지 않았다.

조선총독부의 조선어 기관지였던 『매일신보(每日新報)』의 기사 중
'대동아문학자대회'와 관련된 것은 다음 리스트에 나오는 것이 전부
이다.

제1회

大東亞文學者會 1942.11.5.

大東亞文學者大會　大阪서　閉會式擧行,　各地代表一行　14日來城
1942.11.11.

朝鮮文人들과 交驩, 滿蒙支文學者代表 14日 入城 1942.11.12.

出席者에게 큰 感銘 釜山서 半島文學者代表 辛島氏談 1942.11.13.

友邦文學代表를 迎함 1942.11.14(사설).

---

12 8)과 같다.

印象깊흔 半島山河 昨日 滿蒙支文學者代表入城 大東亞文化를 建設 熱
烈, 各國代表들 所信을 吐露 1942.11.15.

滿蒙華文學者代表座談會 大東亞의文藝復興 感銘기펫든 半島代表의 發
言(1)~(3)

1942.11.17~19.

제2회

文化思想叡智結集 第二回 大東亞文學者大會開幕 1943.8.25.

第二回 大東亞文學者大會開幕 同盟의 同志 一堂에, 劈頭 皇軍에 感謝決議

1943.8.26.

제3회

大東亞文學者大會開幕 東亞文化의 復興問題等 熱烈檢討 1944.11.15.

이상이 『매일신보(每日新報)』에 실린 기사의 전부이다. 이것을 보
면 대회 자체에 대한 기사는 극히 적다는 사실, 제1회 대회 후 각국
대표가 조선을 방문했을 때의 기사가 약간 많긴 하나, 그것도 '내지
(內地)'의 신문과 비교하면 어디까지나 냉담히 취급하고 있을 뿐이라
는 것을 알 수 있다. 조선총독부의 기관지조차도 그 정도의 관심밖에
나타내고 있지 않다.

『국민문학(國民文學)』[13]은 1941년 10월 1일에 인문사(人文社)에서
창간한 것으로, 편집인 겸 발행인은 최재서였다. 창간호에 실은 평

론 「국민문학의 요건」에서 최재서는 이렇게 말하고 있다.

국민문학은…… 지금 고도국방국가체제의 필요에 응하여 일으켜진
혁신의 문학상(文學上)의 목표이다. …… 단적(端的)으로 말하면 구라
파(歐羅巴)의 전통에 뿌리를 둔 소위 근대문학의 한 연장(延長)이 아닌
일본정신에 의하여 통일되어진 동서문화의 종합(綜合)을 지반으로 새롭
게 비약하려고 하는 일본국민의 이상을 노래한 대표적인 문학으로서 앞
으로의 동양문학을 지도해야만 하는 사명을 띠고 있는 것이다.

'대동아문학자대회'에까지 참가하여 어용문학 잡지를 운영했던 최
재서였지만, 그런 반면 그가 아니었으면 남길 수 없었던 중요한 기록
을 남기고 있다.

"이제 누차에 걸친 절충의 결과, 당국과의 사이에 결정된 『국민문학』
편집요강은 다음과 같은 것이다."
　(一) 國體槪念의 明徵 ― 국체에 반대하는 민족주의적, 사회주의적인
　　　경향을 배격하는 것은 물론이고, 국체개념을 不明徵하게 하는 개
　　　인주의적, 자유주의적인 경향을 절대 배제한다.
　(二) 국민의식의 앙양(昂揚) ― 조선문화인 전체가 언제나 국민의식을

---

13 『국민문학』은 당초 조선어로 연 8회, 일본어로 연 4회 발행을 하려 했으나, 실제로
조선어 작품이나 평론이 실린 것은 불과 수 편에 불과했으며 이후 전 페이지 일본
어로 발행되었다.

가지고 사물을 생각하고 쓰도록 유도(誘導)한다. 특히, 고조되는 국민적 정열을 그 주제로 삼도록 주의한다.

(三) 국민사기의 진흥 ― 신체제하의 국민생활에 맞지 않는, 悲哀, 우울, 회의, 반항, 음탕 등의 퇴폐적인 기분을 일소하는 것.

(四) 국책에의 협력 ― 종래의 철저하지 못한 태도를 一擲하여 적극적인 時艱극복에 挺身한다. 특히 당국이 수립하는 문화정책에 대해서는 전면적으로 지지(支持), 협력하여 그것이 개개의 작품을 통하여 구체화할 수 있도록 노력한다.

(五) 지도적인 문화이론의 수립 ― 변혁기에 조우하는 문화계에 지도적 원리가 되어야만 하는 문화이론을 하루라도 빨리 수립하는 것.

(六) 내선문학의 종합 ― 내선일체(內鮮一體)의 실험적 내용이 되어야만 하는 내선문학의 종합과 신문화의 창립을 향하여 온갖 지식을 총동원한다.

(七) 국민문화의 건설 ― 대체로 雄渾, 명랑, 闊達한 국민문화의 건설을 최종목표로 삼는다.[14]

당시의 상황으로는, 『국민문학』 편집부측과 총독부측이 대등한 위치에서 '절충'할 수 있을 리가 없다. 『국민문학』측이 압박 아래 고통 당하고 때로는 반항하기도 했지만 결국 총독부에 휘둘린 바로 나온 결과가 위의 7개항의 편집방침일 것이다.

---

14 최재서, 「조선문학의 현 단계」, 『국민문학』 2권 7호, 1942.8.

최재서는 후세인들을 위하여 『국민문학』의 피억압적 면모를 분명히 하여, 자기 자신이 처한 입장을 기록해 두고 싶다는 의식이 있었기 때문에 굴욕적인 언사를 늘어놓으면서 이 「편집요강」을 써놓았던 것이 아닐까.

『국민문학』이 위와 같은 편집요강을 가지고 있었다면, '내지'의 신문, 잡지처럼 '대동아문학자대회'를 대대적으로 다루지 않으면 안 됐을 것이다. 그럼에도 불구하고 『국민문학』 통권 41회 중에 3회에 걸쳐 개최된 '대동아문학자대회'를 언급하고 있는 문장은 최재서의 「대동아의식의 눈뜸—제2회 대동아문학자대회에서 돌아와」(1943년 10월)와 이광수의 「대동아문학의 길—대동아문학자대회 석상에서」(1945년 1월) 두 편밖에 없다. 그것도 그냥 기행문 정도로서, 어디까지나 '격조'가 낮고, 개조사의 『문예』의 대특집과는 비교할 것도 되지 않는다. 대회 관계의 기사가 『매일신보』에도 적고, 『국민문학』에는 더 적었던 한 가지 이유는 대회가 조선보다 중국을 주요 대상으로 인식하고 있었던 데에 있었을 것이다. 또 한 가지 이유는 『매일신보』의 문예부장이었던 백철과 『국민문학』의 편집부장이었던 최재서가 허락되는 범위 안에서 최대한의 저항을 한 결과가 아니었는가 생각된다.

대체로 '대동아문학자회의'를 진지하게 다룬 것은 일본측과 이광수, 장혁주(張赫宙)와 같은 일부 조선인이었던 것이 아닐까 생각한다. 제3회 대회에 중국대표로서 현지에 참가한 다카미 준[高見順][15]은 이런 일기를 남기고 있다.

> 대회의 풍경은 재미있는 것이었다. 중국인들은 거의 듣고 있지 않다.
> 가끔씩 귀를 기울일 뿐이었으며, 많은 이들은 탁자 위의 잡지를 읽는다든
> 지 하고 있었다. 정말로 자유로운 태도이다. …… 오히려 부러웠다.[16]

일본측이 대표를 정해 설득을 해서 대회에 참가시키는 것도 쉬운
일이 아니었지만, 어찌됐건 간에 참가한 중국인 작가들도 만만치는
않았다. 제3회 대회의 경우에는 벌써 '내지'에 공습이 시작되어 전
황은 일본에게 불리하였고, 왕정위(汪精衛)의 죽음이 전해지기도 해
서 회의를 할 만한 분위기가 아니었던 측면도 있었다. 그 정도로 전
황이 급박하지 않았던 제2회 대회에 중국대표의 한 사람으로『일본
에게 남기는 유서』등을 썼던 대표적인 지일(知日)과 도항덕(陶亢德)
은『문예춘추』1943년 11월호에「나와 일본」이라는 제목의 일본어
로 쓴 에세이를 기고했는데, 그 말미에,

"마지막으로 한 마디 해두고 싶은 것은, 중국 문화인도 일본 문화
인도 양국 문화교류야말로 양국 백년의 우호를 유지하기 위해 현재
의 노력은 물론이고 장래에도 굉장한 노력을 요하는 위대한 사업인
것을 인식하여 결코 임시적으로 이익을 도모하든가 개인적 명성을

---

15 제2회 대회가 열렸을 때는 시가(志賀) 고원에서 여름을 보내고 있어서『日記』를
   중단했다. 물론, 대회에도 참가하지 않았다.
16 『高見順 일기』, 1944년 9월 1일호.

획득하려고 하는 투기적인 유행을 쫓는 속임수에 빠지지 않기를 바라고 싶다"라고 말했다. '대동아문학자대회'가 일본과 중국의 상호 이해는 될 수 없다는 것을 완곡히 비판하고 있다고도 말할 수 있겠다.

그 도항덕(陶亢德)은 중국에 돌아가서 중문잡지『고금반월간(古今半月刊)』제34기(민국 32년 11월 1일 발표)에 「동행일기」를 발표했다. 1943년 8월 15일부터 9월 7일에 이르는 동안의 일지를 동경에서 써서 기고한 것이다. 이 문장은 당시의 일본거리의 풍물을 정확히 파악하고 있어 흥미롭다. 게이오[慶應] 병원의 정원에 있는 소나무의 유래에 대해 관심을 보인다든지, 방귀에 대한 전문서가 일본에 많이 있는 것에서 문화의 차이를 느낀다든지, 동물원에서 자전거에 탄 원숭이를 보고 우리집의 애들도 즐거워 할 것이라고 생각하는 등, 세세한 인상들을 길게 늘어놓았다. 제2회 대회를 기술한 부분에서는, 보고자의 이름만을 열거한 다음에 "무샤노코오지 사네아쓰[武者小路實篤], 사토오 하루오[佐藤春夫] 두 사람의 대가(大家)의 연설이 있었지만, 목소리가 작고 억양이 없어, 저작에 뛰어난 이가 언제나 연설도 뛰어난 것은 아니다"(大村譯, 이하 같음)라고 평을 했는데, 전 발언자에 대해서 그 내용을 전혀 언급하지 않고 무시하고 있는 것은 절묘하다. 이 온후한 중국의 지식인은 야하기 나카오[谷萩那華雄] 소장(少將)과 하야시 후사오[林房雄] 등과 같이 아사히 신문[朝日新聞]을 방문하고 좌담회를 가졌지만, 다음날 아사히신문을 읽어보았더니 좌담회에서 이야기한 것과 차이가 크다고 불만을 토로하고 있다. 강경론자(强硬論者)인 하야시 후사오[林房雄]에게 좋지 않은 인상을 가지고 있는 것은 다른 기술에서도 알 수 있지만, 여기서는 언급하지 않겠다. 도항덕(陶亢德)은 일본측이 짜놓은 스케줄에 따라 걸은 내용을 담담하게 서술하면서 곳곳에 슬쩍 언어폭탄을 작렬시키고 있다. 8월 23일에 메이지 신궁[明治神宮]과 야스쿠니신사[靖國神社]에 참배를 하러 갔을 때에 "주차장에서 배전(拜殿)까지 그렇게 멀지 않음에도 불구하고, 깔려있는 자갈과 찌는 듯한 여름 날씨 때문에 꽤 지쳤다. 동행한 일본인들을 보면 당당히 걸어가고 있어 조금도 피곤한 기색이 없다"라고 말하며, 일견 아무 일도 없는 듯한 묘사 속에 강제로 끌려온 이의 정신적인 피로를 슬쩍 비추고 있다. 8월 22일의 "오후 초대받은 메이지 신궁[明治神宮]의 외원(外苑)의 수영장에 '학생수영(學生水泳) 연성대회(鍊成大會)'를 보러 가다. 지독한 더위에 긴 시간 앉아 있을 수 없어 혼자 나와 작은 찻집에 들어가 냉차를 한 잔 마시다. 가격은 십전(十錢). 계단 아래에서 돈을 내고 표를 받은 다음 2층으로 올라가 마셨다"라는 기술에도 일본측의 접대에 질린 모습이 전해진다. 일본의 점령 아래에 있던 당시의 중국에서도 이런 글들이 쓰여지고, 발표될 만큼의 공통의식이 중국인 사회에 있었다는 것을 알 수 있다.

원래, 일본측은 제1회 대회에 루쉰[魯迅]의 동생으로 '5·4 문화혁명'을 주도한 한 사람인 주작인(周作人)을 예정해 이름까지 신문에 공표(公表)하였다.[17] 하지만, 주작인을 포함한 '중화민국'의 '초대후

---

17 『일본학예신문』, 1942년 1월호.

보자' 아홉 명 중, 실제 참가한 것은 3명뿐이었다. 일본의 공작은 완전히 실패했다고 할 수 있다. 주작인과 다른 후보자들이 왜·참가하지 않았는가를 키야마 히데오[木山英雄]의 『북경고주암기(北京苦住庵記)』[18]는 상세히 말해주고 있다. 지금 이 책을 읽어보아도, 당시 만만치 않았던 중국인의 태도에 저자는 놀라울 따름이다. 제1회 대회 때에 조선의 이광수는 이중교(二重橋 : 천황궁 궁성 앞에 있는 두 개의 다리) 앞에서 궁성(宮城)을 참배하고 "소인 가야마 미츠오[香山光郞], 삼가 성수(聖壽)의 만세(萬歲)를 축복 드려 올리옵니다"[19]라고 최대의 경의를 표해 보였지만, "일행 중, 장아군(張我軍)이라는 사람만이 딴 청을 피우며 절을 하지 않는 것이 인상적이었다. 이 사람은 일본어가 유창하여 통역도 했지만, 꽤 별난 사람인 것 같았다"[20]라고 당시 일본측의 접대 담당을 맡고 있었던 이와야 다이시[巖谷大四]는 회상하였다. 장아군(張我軍)은 당시 북경대학에서 일본문학 강좌를 담당하고 있었다. 내친 김에 말하면 이와야[巖谷]는 제2회 대회의 때에 나고야[名古屋]에서 대표들이 '거리에 즐기러' 나간다든지, 쿄또[京都]에서는 집단으로 기생집에 우르르 몰려들어 간다든지, "대동아문학자 결전대회라는 참으로 위엄 있는 제목이었는데, 결국 인간성의 발로(發露)로 끝난 것 같았다"라고 비아냥거렸다.

---

18 『北京苦住庵記―일중전쟁시대의 주작인(周作人)』, 筑摩書房, 1978.3 간행.
19 이광수, 「삼경인상기」, 『문학계』, 1943.1.
20 巖谷大四, 『私版昭和文壇記』, 虎見書房, 1968.11.

중국 측이 이런 반응을 보인 이유 중의 하나는 언어 문제에 있을 것이다. '대동아문학자대회'의 용어는 '일본어'로 규정되었다. 중국어가 사용되는 경우에는 일본어 통역이 붙었으나, 일본어의 경우에는 통역이 붙지 않았다. 중화민국 대표의 한 사람인 오영(吳瑛) 여사는 "일본 대표의 발언을 만주어, 중국어로 번역하지 않는 탓에 말이 통하지 않아 유감이었지만, 분위기만으로도 충분히 감격하였습니다"[21]라고 말했다. 일본어를 하지 못하는 중국대표들은 뭐가 뭔지 전혀 몰랐을 것이다. 오영(吳瑛)의 경우에는 제1회 대회였지만, 제2회 대회에서도 중국대표의 한 사람인 주월연(周越然)은 일본의 신문이 감상을 묻자 "호식(互識)이야말로 결전시의 긴급한 일임과 동시에 전쟁완수 승리의 그날에 있어서도 역시 없어서는 아니 되는 것이다"[22]라고 말하며, 넌지시 '호식(互識)'이 없는 대회임을 비판하였다.

제1회 대회가 끝난 후, 요시야 노부코[吉屋信子]도 대회에 참가했던 인상을 밝혔는데, 당시 점심자리를 같이 했던 중국대표 장아군(張我軍)의 말을 빌려 이렇게 말하고 있다.

"일본어를 알지 못하는 외국 의원들은 일본 의원들의 높으신 말씀이나 제의도, 통역이 붙지 않았기 때문에 무엇을 말하고 있는지, 왜 박수를 치는지 알 수가 없어, 섭섭합니다."[23]

일본인으로는 사네토오 게이슈[實藤惠秀, 후에 와세다대학 교수], 한

---

21 「滿蒙華문학자대표좌담회」(1), 『每日新聞』, 1942.11.17.
22 周越然, 「互識이야말로 根幹」, 『매일신문』, 1943.8.25.
23 吉屋信子, 「출발의 문의 초석」, 『동경일일신문』, 1942.11.6.

사람만이 1877년의 '동아문학자대회'와 이 대회를 비교한 바 있다. 메이지 시대의 용어는 한문이었지만, 이번의 공통용어는 일본어로 서 50년 전과 지금의 일본과 중국의 "문화적 지위가 참으로 전도(顚 倒)"되었다라고 썼는데, 대회 용어를 일본어로 한 것을 비판한 것은 특기해 두어야만 할 사실이다.

4.

손수건처럼 겸허하게 있으려고 간절히 원하여

손수건처럼 더러워져 돌아간다.

최재서가 주간이었던 『국민문학』에서 편집 업무를 했던 시인 김 종한(金鍾漢)[24]의 시의 한 소절이다. 얌전하고 강곡(剛穀)하며 친일파 이면서 결코 굴하지 않았던 김종한. 해방되기 전 해에 30의 젊은 나 이로 막을 내린 그의 일생은 정말로 그의 시 속의 손수건 같은 것이 아니었을까. '일제말 암흑기'를 살아간 많은 조선인도 그것과 비슷 한 심경이었을 것이라고 생각된다.

'대동아문학자대회'에 일본대표로 참가한 조선인[25]은 김종한과

---

24 졸고, 「김종한에 대해서」, 『旗田巍선생 古稀기념조선론집』에 수록.
25 이 글에서 언급한 7명 이외에 일본에 주재하고 있던 한 명의 조선인 작가 장혁주

달리 문학계를 대표하는 거물들이었다. 때문에 민족이 해방을 쟁취한 순간부터 동족에 의해 민족반역자로서 규탄 당해, 때로는 재판에 회부되는 몸이 되기도 했다.

1948년 8월 15일에 대한민국이 창립되자, 같은 해 9월 22일 법률 제3호로 '반민족행위처벌법'이 공포되었다. 이것은 "한일합방부터 단기 4278년(1945년) 8월 15일 이전의 행위에 이것을 적용한다"(제30조)라는 것으로, 이와 관련하여 '반민족행위 특별조사기관 조직법'이 제정되어 반민족행위특별조사위원회, 약칭 반민특위가 설치되었다. 이 법률이 국회에서 제정되기 전은 물론 그후에도 이것에 반대하는 논의는 많았다. 이승만 대통령은 반공을 우선하고 민족반역자의 처분은 시기 상조라고 하는 견해를 수차에 걸쳐 표명하였다. 국회에서도 반대론이 있었다. 반민특위의 안에 국회의원이 있는 것은 삼권분립의 정신에 위반된다는 형식면에서의 반대와 개인행위의 선악을 묻지 않고 일제시대의 직위에 의해 일률적으로 처벌하는 것은 "8·15 이전의 악질적인 반민족행위를 처벌한다"라는 헌법 제101조의 정신에 위반되는 것이라는 실질적인 면에서의 반대도 있었다. 민중은 열광적으로 반민법을 지지하였지만, 미군정부와 이승만은 질서유지와 반공에 바쁘다는 이유로 반민법에는 소극적이었다. 1949년 6월에는 반민법 실시를 위하여 각지에 배치되었던 경찰대

(張赫宙)가 제2회 '大東亞文學者會議'에 일본대표의 한 사람으로 참가했었다. 이 대회에서, 카타오카 텟페이[片岡鐵兵]가, 대회에 협력하지 않았던 주작인(周作人)을 '반동적 老作家'라고 규탄했던 자리가 있었는데, 바로 그때 그 자리에서 장혁주가 카타오카의 의견에 찬성했다.

를 철수하고 사실상 기능을 정지시키고, 같은 해 8월에는 특별조사기관과 그 부속기관의 폐지안이 국회를 통과하여 정식으로 반민특위는 소멸하였다.

이렇게 하여 불과 9개월 정도의 기간밖에 살아있지 못했던 반민법에 의하여 이광수는 반민특위의 심문을 받았다. 취조광경이나 내용에 대해서는 고원섭(高元燮)의 『반민자 죄상기』[26]에 자세히 나와 있으므로 여기에서는 언급하지 않겠다. 이광수는 이런 사태 속에서 『나의 고백』[27]을 써냈다. 이 215페이지에 달하는 단행본은 표제에 반해서 철두철미하게 자기변호로 시종일관하고 있다. 그 논지를 요약하면 다음과 같다.

"어떻게든 일본에 대한 협력을 하게끔 된다면 자진해서 협력하는 것이 일본에 대해서 발언권을 강하게 한다. 징병, 징용 등을 면할 수 없다면 군사훈련이나 생산기술을 배우는 기회로 삼아 이용하자. 협력은 '내선(內鮮) 차별'을 배제하는 좋은 방도이다. 만약 일본이 지금 전쟁에 이기면, 우리들은 일본과 평등한 권리를 얻을 수 있고, 일본이 지면 우리들은 독립한다. 만약 일본에 협력을 하지 않는다면 일본이 이겼을 경우 일본에 대한 협력을 거부한 죄목으로 보복당할 것이고, 일본이 패하면 철퇴할 때에 보복으로 대학살을 할 것이다. 나는 민족을 위하여 친일행위를 한 것이다. 나에게 비난이 쏟아질 것을 각오하고 일신을 희생하여 살아온 것이다. 거기에다 일제시대에 세

---

26 『반민자 죄상기』, 白葉문화사(서울), 1949.10.
27 『나의 고백』, 춘추사(서울), 1948.12.

금을 내고, 관공립학교에 자식을 보낸 사람은 물론, 더 말하자면 죽지 않고 살아있는 것만으로 일본에 협력한 셈이 된다. 협력하지 않았더라면 죽었든지 옥중에 있었을 것이다."

이것이 이광수의 논리이다. 일리가 있는 것 같지만, 조선인의 분격을 부른 것은 당연한 일이었다. 이렇게 이광수는 민족의 죄를 씻기 위해 구체적인 제안을 한다.

"우리들 삼천만 민족전체로서 홍제원(弘濟院)에서 목욕하고, 죽어도 두 번다시 다른 민족의 지배를 받지 않겠다고 다짐하는 것이 바른 일이고, 또한 효과적이다."28

일본의 경우라면 일억총참회론(一億總懺悔論)과 비슷한 말이다. 근년 한국에서 첨예(尖銳)한 논진(論陣)을 펼친 송건호는 이광수의「친일파의 변(辨)」에 관하여 "당시 파고다공원에서는 친일파들이 '반공구국 총궐기대회'라는 것을 열어, 반민법은 망민법(亡民法)이라고 비난하고, 반민법제정을 주장한 의원들을 가리켜서 공산당이라고 맹공격을 가했다"29라고 말했다. 한국에서 친일행위를 검토할 수 있었던 기회는 이렇게 하여 사라져버린 것이다.

하지만, 1948년, 9년 당시의 친일파에 대한 규탄열은 상당히 높아,『민족정기의 심판』30·『반민자 죄상기』·『친일파군상』31 등은

---

28 이광수,「친일파의 변」,『이광수전집』제13권.
29 송건호,「춘원 이광수론─한 친일문학가의 의식구조」,『한국근대문화사론』, 한길사, 1976.
30 『민족정기의 심판』, 혁신출판사, 1949.4.
31 『친일파 군상』上, 민족정경 문화연구소, 1948.

하나 하나의 친일단체와 한 명, 한 명의 친일행위를 실명을 들어 구체적으로 지적하고 있다. 『민족정기의 심판』은 '기구망측(飢狗望厠)하는', '황도선양(皇道宣揚)을 고취하는', '日帝忠臣의 大獅子吼하는'라는 형용구를 쓴 개인이나 단체명이 목차에 연이어 있는 서적이다. 이광수의 이름은 어느 책에나 나와 있지만, 대동아문학자대회에 참가했던 이광수 이외에 여섯 명의 이름은 '친일파군상'에서만 볼 수 있다. 그들의 이름은 '언론계, 문학계, 연예계의 관계인물' 42명 중에 포함되어 걸려 있다. 이 책은 『민족정기의 심판』이 상당히 열광적인 것에 비해 냉정하고 객관적으로 친일파를 기술하고 있다. 간행사를 겸한 총언(總言)에는 "우리 조선민족 가운데서 적지 않은 數의 친일자와 전쟁협력자 — 일제의 침략전쟁에의 적극 협력자 — 가 생겼다는 사실은 그 범죄자 각자에 대한 責을 묻기 전 우리는 먼저 歷史적인 이 순간에 있었던 우리 민족의 비극면을 슬퍼하는 자이다. 그러므로 우리는 이 범죄자 개개인의 죄를 책하는 것보다는 이 범죄자를 대량으로 내게 된 우리 민족의 역사적 및 사회적 제 조건을 검진, 가료(加療)하야 써 다시는 꿈에서라도 이런 병적 부면에 침해되는 일이 萬無하고 튼튼한 민족 신 생리체를 조직해 내는 것이 긴요한 정당한 일일 것이다"라고 말하고 있다. 경청해야 될 말이다.

이광수와는 달리 김용제의 경우는 6·25 전쟁 중 북에 끌려가는 일도 없었고 김기진처럼 '인민재판'에 회부된 일도 없었다. 그 대신 편집업에 종사하거나 필명으로 대중작품을 써서 생활을 해나가지 않으면 안되었다. 글을 쓰는 것 이외에는 생활을 해나갈 방도가 없었기에, 본명으로 활동할 수 있는 장이 주어지지 않았던 것이다. 그는 당시 자기의 친일행위에 대해 자기변명을 할 수 있는 기회도 없었다. 문인으로서 문단에 부활할 수도 없고, 또 부활하려고도 하지 않았다. 거의반 세상에서 버림받고 일선에서 물러난 모양으로 쥐죽은듯이 조용하게 해방 후의 한국에서 살아왔다. 그래서 저자가 「시인 김용제의 궤적(軌跡)」[32]을 썼을 때에는, 그의 생사조차 확인할 수 없었다. 물론 저자의 조사부족 탓도 있지만, 전후 32년 동안 사회로부터 문학자로서 버림받고 조용히 살아온 것도 하나의 원인이었다. 그것에 비교하면 일본의 문학자들은 제2차 세계대전 중에 범죄적인 군사협력을 하면서 일본 민족을 배신했다는 감각을 가지고 있는 이는 적었던 것이 아닐까. 전시 체제하였기 때문에 어쩔 수 없이 전쟁을 찬미했다고 하고, 전후 바로 다시 민주인사로 변신한 문화인이 굉장히 많지는 않았던가. 전후의 다카무라 고오타로오[高村光太郞]의 삶의 방식에 공조하는 것은 아니지만, 그는 일본에서는 드문 예라고 할 수 있다.

한국의 작가 중에서 일본에 대한 협력 문제를 작품화 하지 않으면, 해방 후 작가로서 재출발할 수 없다고 인식했던 작가가 채만식 (蔡萬植)이다. 그의 「민족의 죄인」[33]에 대해서는 사에구사 토시카츠 [三枝壽勝]가 「굴복과 극복의 말」[34]에서 분석하고 있지만, 결국 자기

---

32 大村益夫, 「시인 김용제의 軌跡」(『季刊 삼천리』 11호, 1977년 8월)
33 채만식, 「민족의 죄인」, 『백민』, 1948.10~11.

변호에 가까운 것이 되더라도 1948년이라는 해방공간에서 자기의 친일문학행위를 반성하고 그것을 작품화해, 그 작품을 해방 후의 문학활동의 재출발점으로 인식한 것의 의의는 대단히 크다.

친일문학의 문제는 한국에 있어서 과거의 문제가 아니다. 1966년 임종국은『친일문학론』을 펴냈다. 이것은 친일파 규탄의 책이 아니고, 객관적 사실을 있는 그대로 보아, 문학사의 공백을 메우려 한 시도였다. 그럼에도 불구하고 이 책을 썼다는 이유로 임종국은 학회와 문학계에서 쫓겨나, 지금도 재야 연구자로 남아 있다.

1986년, 한국사회에서 일어난 민주화의 물결을 타고 겨우 친일문학연구는 금기에서 벗어나고 있다. 실천문학사에서『친일문학작품』1, 2집이, 그리고『친일논설선집』이 이해 연이어 간행되었다. 완본은 아니지만『국민문학』의 영인본도 출판되었다(그렇다고 문제가 없어진 것은 아니다.『친일문학 논설선집』의 경우 김성수의 친일논설만은 삭제하라는 강력한 압력이 편집자에게 가해졌다). 이제부터는 조금씩 친일문학 논의가 심화되어 가리라고 본다. 그것은 두 번 다시 세계의 어떤 나라의 지배도 받지 않겠다는 강한 의지로 연결되는 것이라고도 말할 수 있다. 그렇다고 해도 일본에 협력한 문학자들의 반생과 명예는 어떻게 보상받아야 할 것인가? 시대의 불운으로 넘길 수만은 없다. 모든 죄는 일제의 행위로서 잊혀져 가서는 안될 일이다. 거기에 더하여 천황의 패전 조서(詔書)와 같이 "제국(帝國)과 함께 시종 아시아의 해방에

---

34 三枝壽勝,「굴복과 극복의 말」,『문학과 지성』, 1977년 여름.

협력한 여러 동맹국에 대해 유감의 뜻을 표시하지 않을 수가 없다"라
고 하는 정도로 끝날 수 없다는 것은 분명한 일이다. '아시아의 해방'
이라는 미명 아래 아시아 침략을 행했던 것을 보면 더욱 그러하다.

(『사회과학 토구(討究)』, 와세다대학 사회과학연구소, 1989.3)

김종한金鍾漢에 대하여

1.

상이치쇼보오[三一書房]판『일본 프롤레타리아 문학 대계』제6권을 보면, 두 사람의 조선인 문학자 작품이 수록되어 있다. 김사량의 일본어(日本語) 소설 「빛 속으로[光の中に]」와 김종한의 일본어 시 「유년(幼年)」・「합창에 대해서」가 바로 그것이다. 아무리 보아도 김사량과 김종한을 프롤레타리아 문학자로 보는 것은 무리겠지만, 일본 파시즘과 대결하여 저항하고 싸운 문학자라는 의미에서는 거론될 만한 문학자임에 틀림없다.[1]

---

1 『일본 프롤레타리아 문학대계』제6권뿐만이 아니고 가와데 쇼보오[河出書房]『일본 현대시대계』제8권에도 김종한의『유년』・『합창에 대해서』・『낡은 우물이 있는 풍경』이 수록되어 있다. 두 권 모두 편자는 나카노 시게하루[中野重治]이다. 나카노 시게하루와 김종한은 서신왕래가 있었다. 당시, 나카노는 이미 저명한 문학

그런데 김종한의 「유년」은, 1942년 5월 8일, 그 다음해부터 실시하기로 된 조선인 징병제도의 결정에 즈음하여 쓰여진 일본어 시이다. 「합창에 대해서」는, 임종국이 『친일문학론』(평화출판사, 1966년)에서 김종한 본인의 해설을 참고로 하여 "대동아 건설에 참여하는 반도인의 풍모와 감격을 읊은 것"이라고 평한 바 있다. 프롤레타리아 문학으로 보는 견해와, 민족을 배반한 친일문학으로 보는 견해 중 과연 어느 쪽이 정확한 것일까.

김종한이라는 문학자의 생애는 저항이냐 친일이냐 하는 양자 택일을 강요하는 단순한 시각으로는 파악할 수 없는 복잡한 양상을 띠고 있다. '대동아 전쟁' 하에 살아간 문학자들의 발언을 다시 한 번 당시의 시점으로 되돌려서, 그들이 놓여진 상황 아래에서 상대적으로 바라볼 때, 김종한은 친일문학자이면서도 한편으로는 저항시인이었음을 알 수 있다.

비단 김종한뿐만이 아니라 동시대를 살았던 많은 문학자들의 경우도 이와 비슷한 사정 아래 있었다고 할 수 있을 것이다. 김사량이라 해도 예외는 아니었을 것이다.[2]

자였고, 김종한은 처녀시집을 낸 지 얼마 안되는 청년이었다. 1943년 7월, 시집 『어머니[垂乳根]의 노래』가 발간되자 김종한은 바로 나카노에게 한 권을 증정하고, 얼마 지나서 시집의 소개와 비평을 의뢰한다. 그뿐 아니라 번역시집을 엮을 계획이 있다는 것, 시인으로서의 재능이 없기 때문에 편집자로서 살아가고 싶다는 심정 등을 적어서 나카노에게 보낸다. 나카노는 "노형이 편집 일을 하는 것은 대단히 좋다고 생각하지만, 거기에 자기의 사명을 한정시키려는 것은 좀 지나치게 겸손한 것은 아닌가 생각합니다. 저는 요즘 시를 쓰지 않고 있습니다만 노형의 시를 읽으니, 역시 시를 쓰고 싶은 충동이 느껴집니다"라고 답장을 썼다.

당시, 김종한은 후배인 김달수와 경성부 사간정 57번지의 같은 하숙에 있었다.

김종한에 대하여 쓰여진 평론은 저자가 알고 있는 한으로는 지금까지 세 편이 있다. 하나는『문학』(이와나미[岩波]서점) 1961년 8월호에 실린 김달수의 「태평양 전쟁하의 조선문학」이다. 한 시기를 김종한과 같은 서울의 하숙에서 보낸 김달수는, 문학자다운 센스로 인간 김종한의 모습을 우리 앞에 그려준다.

또 하나는 이석훈의 「김종한의 사람과 작품」(『국민문학』, 1944.11)이다. 요절한 후배 문학자를 추도한 생기있는 글이다.

어느 것이나 김종한의 모습을 생생하게 묘사해주고 있지만, 전면적인 김종한론의 전개를 의도하고 쓴 것은 아니다.

세 번째 김종한론은 임종국의『친일문학론』이다. 이것은 책의 성격 상 '일본어로 문장을 썼는지 아닌지, 총력전수행과 황도조선(皇道

---

2 김종한과 김사량은 서로 통하는 데가 있었다. 김종한은 김사량을 평하여 다음과 같이 말한다. "김사량의 야심적 장편인 「태백산맥」은 그럭저럭 이 수재의 체면만은 유지해 준 것 같다. 일찍이 「배뱅이굿」을 읽고, 올해에 들어와서 「맹진사댁 경사」를 읽으니, 헤매이다 와보니 가을 풀 하나 홀로 남아 피어있구나, 와 같은 희열을 느꼈다"(「문화의 1년」,『신시대』, 1943.12). 모든 것을 시들어버리게 하는 파시즘의 찬바람 속에 하나 피어남은 가을 풀이라고 평한 것이다.
아울러 말하자면 이「문화의 1년」은 급소를 찌르는 듯한 날카로운 비평으로, 제2차 세계대전 말기 조선문학의 분위기를 파악하는 데 유용한 자료이기 때문에 조금 더 소개하겠다.
"뭔가 써주겠지 하고, 기대했던 한설야가 끝내 안 써버렸다. 못쓸 것도 없을 텐데 쓰지 않고 만 사람 중에 유진오도 있다. 그럼 그렇지 쓰지 않으려니 하고 생각은 하고 있었다. 소설 같은 것을 쓰고 있으니 월급쟁이를 하는 편이 마음이 편하고 좋다, 靑木洪(洪鍾羽—저자 주)도 말했던가. …… 연맹상 수상작가인 牧洋(이석훈—저자 주)은 기행문 풍의 작품 속에서 착실한 정신의 정치학을 시도해본 것 같았지만, 노력이나 양에 반비례하여 재능의 빈곤함이 눈에 띄었다. 노력이라고 하면 조선 예술상을 받은 이무영도, 용어의 면에서, 각골부심(刻骨腐心)한 흔적이 보이는 것 같았다. 쓴다, 쓴다 하면서 쓰지 않는 조용만, 안 쓴다, 안 쓴다 하면서 여진히 쓰고 있는 정인택".

朝鮮)을 수립하는 데 협력했는지 아닌지'를 논한 것이지 작가론을 의도한 것은 아니다.

본 논문은 앞으로의 본격적인 김종한론 전개를 위한 하나의 준비작업인 셈이다.

2.

『문장』지의 추천을 받고 김종한이 시단(詩壇)에 등장한 것은 1939년, 소화 14년 6월의 일이었다. 39년이라고 하면 세계는 제1차 세계대전에 돌입하고, 조선에서는 그 전해에 이미 국가총동원법이 시행되어 마침내 이 해에는 창씨개명을 위한 법령까지 공포되는 사태에까지 이르렀던 시기이다. 급성폐렴으로 44년 9월에 서거하기까지 불과 5년간, 조선이 가장 어려웠던 시기에 화려하고 우아한 조선어로, 또한 너무나도 능숙한 일본어로, 김종한은 많은 작품을 남겼다. 그의 작업은 ① 시인으로서, ② 평론가로서, ③ 번역가로서, ④ 편집자로서 수행한 네 분야로 나누어 생각할 수 있다.

김종한은 조지훈・박목월・박두진・박남수・이한직과 함께, 『문장』을 통해서 문단에 데뷔한 여섯 명의 시인 중 한 사람이다.

『문장』은 1939년 1월에 창간되어 1941년 4월에 폐간을 당할 때까지 지속된 순수문예지로, 실질적으로는 이태준이 주재했고 창간호부터 이병기가 「한중록」의 주해를 싣는 등, 민족언어를 갈고 닦고 민족의 에너지를 역사나 언어예술이나 민속 속에서 찾아내려고 하는 전통 지향의 비정치주의적 문학잡지였다. 이른바 일제 말 암흑기 직전의 이 시기에 일본어의 보급, 일본어 창작을 장려했던 이 시기에 조선어와 조선문학을 지키고 성장시킨 이 잡지에 김종한은 정지용의 추천을 받아 등장했다.

말없이 걸어가는 그림자외다
말없이 걸어가는 황소외다
말없이 걸어가는 사나이외다

─황혼의 그림자는 웨 길다랄까요

사나이는 황소를 따라가고
황소는 그림자를 따라가고
그림자는 오솔길을 따라가고

─안젤라스의 종소리는 들려 오지않으나

오솔길이 그림자를 이끌고갑니다
그림자가 황소를 이끌고갑니다
황소가 사나이를 이끌고갑니다[3]

원문의 글자 수는,

345 344 345 346

434 344 444 547

446 436 346

으로 되어 있어 김소월과도 유사한 민요풍의 리듬을 보여 준다.

심사위원인 정지용은 김종한을 추천하면서, 간편하고 깔끔하게 찍은 코닥카메라(원문엔 '코댁') 같다는 혹독한 평을 붙이는 한편으로, '명암이 적확(的確)한 회화' 같다는 칭찬도 덧붙였다.

金鍾漢君 당신이 發表하신 詩를 한두번 본것이 아니오나 번번히 좋았고 번번히 놀랍지는 않습데다.

이 輕快한 『코댁』趣味가 마침내詩의 美術的小部分에 지나지 않습니다.

그러나 하도 텁텁하고 구즈레한 詩만 보다가 이렇게 明暗이 的確한 繪畫

---

3 본문을 집필한 후 임전혜 씨로부터, 1939년 5월에 니혼[日本]대학 예술과에서 발행한『예술과』에, 김종한이 일본어로 「귀로」·「여정」을, 같은 책 6월호에 「낡은 우물이 있는 풍경」을 실었다는 가르침을 받았다. 어느 것이나 조선어로 착상한 작품을 김종한 자신이 일본어로 번역한 것이라 생각된다. 김종한이 번역한 「귀로」는 다음과 같다.
黙々とあるいてゐる影です / 黙々とあるいてゐる牛です / 黙々とあるいてゐる男です / ― なぜ黄昏の影は長いのでせう // 男は牛を便りに / 牛は影をたよりに / 影は徑をたよりに / ―アンジェラスの鐘はきこえないが // 徑は影をひいて行きます / 影は牛をひいて行きます / 牛が男をひいて行きます

4 인용된 시의 발표년도는 이 논문 뒤의 「김종한 작품년도」를 참조바람.

를 맞나보아 마음이밝지 않을수 없읍니다. 어서 學校를 마치시고 깊고 슬

프십시요.[5]

　기교파 정지용으로부터 기교파라는 평을 들었으니, 김종한은 감

격하면서도 겸연쩍은 기분이 들었을지도 모른다. 초기의 김종한은

민족적이고 풍부한 농촌 풍경을 서정적으로 노래했다. 그 표현은 세

련되고 감각적이었다. 현존하는 가장 초기의 작품으로서는 『문

장』지에 추천을 받기 한해 전인, 1937년에 발표한 「낡은 우물이 있

는 풍경」이 있다. 이것은 후에 김종한 자신이 일본어로 번역하여 낸

일본어 시집 『어머니[垂乳根]의 노래』와 『설백집(雪白集)』에 수록되

었다.

　능수버들이 직히고섰는 낡은 우물까

　우물속에는 푸른 하늘쪼각이 떠러저있는 閏四月

　── 아즈머님

　지금 울고있는 저벅국이는 작년에울든 그놈일까요

　조용하신 당신은 박꽃처럼 웃으시면서

5　정지용, 「詩選後에」, 『文章』, 1939년 4월호, 133면.

드레박을 넘쳐흐르는 푸른하늘만 길어올리시네

드레박을 넘쳐흐르는 푸른傳說만 길어올리시네

언덕을 넘어 황소의 울음소리도 흘러오는데

―물동이에서도 아즈머님 푸른하늘이 넘쳐흐르는구료

                                  ―「낡은 우물이 있는 풍경」 전문

　인용한 시를 보아도, 그의 시는 본질적으로 훗날의 청록파와 공통
되는 토양을 지니고 있었음을 알 수 있다.『청록집』에 모인 세 사람
은, 원래『문장』출신인 6인의 멤버로 사화집을 엮으려고 했지만, 이
한직은 작풍이 조금 다르고, 박남수는 월남이 늦어졌으며, 김종한은
이미 타계했기 때문에 참가할 수 없었다. 김종한이 조금 더, 단 1년만
이라도 오래 살았더라면『청록집』은 4인 시집이 되었을지도 모른다.

　나는, 누구보다도 체호프의 약자에 대한 섬세하고도 투명한 애정에 심
취했다. 알사스의 한 소년의 이야기, 프랑스어「마지막 수업」때문에 도
오테를 사랑했다. 미에키치(三重吉)의「흑발(黑髮)」,「물떼새」의 순정
에 17관이나 나가는 남자가 울기도 했고, 사라져 가는 자에 대한 사랑노
래의 아름다움을 돕포(獨步)의「토요오까(豊岡) 선생」에서 만끽하기도
했다. 마찬가지로 혹은 그 이상으로 이태준과 이효석과 정지용을 사랑
했다.

                        ―「새로운 사시(史詩)의 창조」,『國民文學』, 1942년 8월호

이 한 구절은, 그의 자아형성기의 독서력을 통해서, 민족애와 개인애의 양성과정, 그리고 김종한에게 문학적 영향을 준 스승이 누구인가를 명백하게 밝혀주고 있다. 이태준은 언어문화를 사수하고 갈고 닦아서 조선근대문학의 예술성을 비약적으로 향상시킨 대표적인 작가이고, 이효석도 기본적으로는 예술파에 속한다고 할 수 있다.[6]

정지용의 영향은 크다. 김종한은 정지용의 시 11수를 일본어로 번역했다. 김종한이 번역하는 것은 "그 시편 속에서 내 자신의 분신을 발견할 수 있는 경우에 한한다."(『설백집』, 후기) 일본어 번역시집 『설백집』에 수록한 총 29편(자작시나 본인의 시를 스스로 번역한 것은 제외한다) 중, 11편이 정지용에 의해 점유되어 있는 셈이다. "깊은 산 고요가 차라리 뼈를 저리우는데…… 시름은 바람도 일지 않은 고요에 심히 흔들리우노니"(정지용, 「장수산(長壽山)」)와 같은 미의식이나 언어표현은, 『시문학』파에 속하는 것이라 할 수 있다. 한국문학사는 『시문학』파를 전통지향성과 모더니티 지향성의 융합체로 보고 있지만, 1930년대의 모더니즘 시운동이 그 후의 시인들에게 어떠한 영향을 끼쳤는가는 앞으로 규명되어야 할 문학사적 과제일 것이다.

김종한의 시를 키워낸 하나의 뿌리는 조선의 전통에 있으며, 또 하나의 뿌리는 일본문학 및 일본을 통해서 흡수한 서구문학에 있다. 체호프·릴케·도오테에 대한 심취도 아마 일본어를 통해서 얻은 것일 것이다.

---

6 김종한은 이효석의 중편 「황제」를 일본어로 번역했다.

그는 니혼[日本]대학 예술학부에 적을 두었을 당시 "좀처럼 강의에 나오지 않는 대학생"이었던 것 같다. 후진가호오[婦人畫報] 기자를 지낸 것이 니혼대학에 재학 중이었던 때였는지 여부는 확인할 수 없지만,[7] 그 무렵 그는 "스즈키 미에키치[鈴木三重吉]의 초기 단편과 류우큐우[琉球]의 민예, 그리고 유시마 텐진[湯島天神]의 비둘기를 좋아"하는 소박한 취미를 가지고 있었다. 습작시대에 그는 을파소(乙巴素)[8]라는 펜 네임으로 조선어 민요를 썼다고 전해진다. 야나기다 쿠니오[柳田國男]에 경복(敬服)하고 후쿠시 코오지로오[福士幸次郎]에 관심을 가졌던 것도, 민중과 민속에 대한 애착 때문이었을 것이다. 그의 시의 본질이 민요풍의 흙 냄새에 있었기 때문에, 향토의 민중에 접근하는 방법과 그 표현방법을 야나기다 등에게서 배우고 싶었던 것일지도 모른다.

1938년 이른봄 그는 6, 7편의 시를 손에 들고 세키구치쵸오[關口町]에 있던 사토오 하루오의 집을 방문한다. 그 무렵 그는 시인이 되고 싶다는 강렬한 희망을 가지고 있었지만, 시인으로서 재능이 없음

---

7 1939년 3월에 니혼대학 예술학부를 졸업하고, 4월부터 정사원으로서 후진가호오샤[婦人畫報社]에 근무한 것으로 생각된다. 39년 2월에는 아직까지 학생이었다는 것, 같은 해 9월에는 가호오샤[畫報社] 기자였다는 사실은 활자 상에서 확인할 수 있다. 38년 7월경부터 39년 2월인가 3월까지 가호오샤에 재직했던 타니가와 도시코[谷川壽子] 씨(가호오샤 편집부에 김종한과 함께 있었던 것은 불과 1, 2개월로 거의 엇갈렸다)가 가르쳐준 바에 의하면, 김종한은 일주일에 한·두 번 출근할 정도로 전용 책상도 없었다고 한다. 여러 가지 상황으로 미루어 보면 39년 2월인가 3월경은 학생 아르바이트의 형태로 근무하고, 4월부터 정사원이 된 것으로 생각된다. 이력에 관해서 참고로 말하자면 문원각(文元閣)의 『한국문학대사전』에 김종한의 출생이 1916년으로 되어 있는 것은 1914년의 오류이다.
8 을파소는 원래 고구려의 문신인 시조시인의 이름.

에 절망하여 고향에 돌아가려고도 생각했던 시기였다. 그래서 귀향하기 전에 한번 사토오 하루오에게 작품이나 보여보자 하고 우편으로 부쳤는데, 며칠인가 지나서 하루오로부터 엽서를 받는다.

> 귀하의 원고를 오늘 보았습니다. 「스페인 풍의 연가」, 「대구(對句)」 등의 시풍도 재미있지만, 「거종(巨鐘)」, 「동면(冬眠)」의 본격적인 시정(詩情)을 경애하고, 조선 옛 민요를 번역한 것도 훌륭합니다. 요컨대 모두 흥미롭게 보았습니다. 앞으로 나아갈 길은 지금 이대로가 좋습니다. 한층 더 면학에 힘써서 대성하기를 기대하고 있겠습니다. 사토오 하루오
>
> — 「사토오 하루오 선생에게」, 『국민문학』, 1942.4

김종한은 기쁜 나머지 "머리가 혼란스러워서 세 시간 정도 망연자실했다"가, 점점 기뻐져서 "삼일 동안에 예순일곱 군데나 찻집을 원정하여 다니고", 사일째에 하루오의 집을 방문한다. 조선의 시골에서 도쿄(東京)로 온 완전한 무명의 학생이, 대문호 사토오 하루오에게 칭찬을 받은 자랑스러움과 기쁨을 눈앞에서 보는 것 같다.

41년 가을 S서방에서 『조선시집』 출판의 이야기가 있었을 때도 하루오의 집에 상담하러 가서 용기를 받고 온다. 이 이야기는 결국 무산되었지만.

김종한은 하루오의 어디에 끌린 것일까. 자기진로의 결정을 맡길 정도의 신뢰는 어디에서 비롯된 것일까. 당시는 김소운의 『조선시집』(코오후우깡[興風館], 1943)은 물론, 『젖빛 구름』조차 아직 출판되

지 않은 시기였다. 하루오는 『젖빛 구름』에 서문을 기고하는데, 그 이전의 시점에서 조선과 어떠한 관련이 있었을까. 어느 정도의 추측 은 가능하지만, 이것도 앞으로의 연구를 필요로 할 것이다.

3.

김종한의 문학관과 예술관은, 기본적으로는 처음부터 끝까지 일 관된 것이다.

> 特히 詩에 있어서는 內容이 形態에 內屬하는 것이므로 言語 自體의 美 를 떠나서는 如何한 詩想도 思想도 空虛한 槪念에 不過한 것입니다.
>
> ―김종한, 「詩文學의 正道」, 『문장』, 1939.10, 199면

라고 하며, 임화(林和)의 시에 대해서는

> 어린애가 배 아파서 운다든지 動物이 怒叫한다든지, 하는 것은 詩는 아 닙니다. 「感情의 表出」은 作詩의 動機는 될 수 있어도 詩 自體의 目的性은 아닙니다」
>
> ―위의 글, 202면

라고 혹평한다. 여기에는 젊은이가 권위자를 부정하는 세대간 상극 의식 이상의 문학관의 차이가 나타나 있다.

비대(肥大)해진 관념만이 선행하여 예술적 감동을 수반하지 않는 작품에 대해서, 김종한은 상대방에 개의치 않고 비판한다.

동양극장에서 행한 전의앙양(戰意昂揚)을 위한 시 낭독회에서 낭독된 시에 대하여 "시인은 이런 시대가 되면 사회적으로 책임이 있다고 생각한다. 저 낭독된 시중에는 상당히 무책임한 시도 있는 것 같군요"(좌담회 「시단의 근본문제」, 『국민문학』, 1943.2)라고 말한다.

즉 김종한의 논리로는 시인이 '혁신'된 심정을 노래부른다면, 그 시인이 어떤 괴로움을 겪고 혁신되었는지, 그 경로, 발전하는 심리를 독자 앞에 뚜렷하게 밝히라는 것이다. 이것은 전향하여 시국적인 시를 정력적으로 마구 써댔던 시인들에게는 정문일침(頂門一鍼)이었을 것이다. 『친일문학론』에서 나란히 다루어져 있는 김종한과 총독 예술상 수상시인 김용제는 예술관에 있어서는 실은 대조적이기조차 했다. 스기모토 나가오[杉本長夫]도 "김종한의 시적 태도라는 것······ 이것은 가네무라 류사이[金村龍濟] 씨의 방식과는 반대로, 즉 생활을 이해하고 생활 그 자체를 그려나가는 방식이 아니면 진짜가 아니라고 생각합니다"(좌담회 「국민문학의 일년을 말한다」, 『국민문학』, 1942.11)라고 증언한다. 김용제가 『서사시어동정(敍事詩御東征)』이나 『아세아시집(亞細亞詩集)』으로 천황의 능위(稜威)와 대동아 공영권 사상을 관념적으로 노래부르자, 김종한은 관념이 사상을 죽일 것이라고 비판했다. 예술적 감동을 불러일으키지 않으면서 시국에 영합하는 작품은 문학으로 인정하지 않는다는 주장을 마지막까지 굽히려 하지 않았다.

싱가포르 함락에 즈음하여 대부분의 시인이 그것을 시로 짓도록 강요당했다. 대부분이 시라고 하기보다도 '황군(皇軍)'의 전과(戰果)를 칭송하는 절규였다. 이때 김종한은 「일지(一枝)의 윤리」(『국민문학』, 1942.3)라는 시론을 조선어로 써서 그의 입장을 분명하게 했다.

> 드디어 싱가포올도 陷落했습니다. 그날의 國民으로서의 感激을 率直히 作品한다는 것은 作家로서 當然한 일일 것입니다. 그러나 또한 싱가포올의 함락을 노래하기 때문에 古事記, 萬葉에서 비롯된 悠久하고 燦然한 日本詩史에 藝術的인 汚點을 남기는 詩人이 있다면 그의 功罪는 相殺될 것입니다.

이 정도조차도 당시로서는 상당히 용기를 필요로 하는 발언이었다. 지명과 전첩(戰捷)일자와 감탄사를 나열하는 정도의 시라면, 라디오 시국해설이 낫다고 하며 시의 독자성과 자율성을 주장하고, 산문에 요구되는 데모크라시라든가 마르크시즘과 같은 사상성이나, 팔굉일우(八紘一宇)의 대동아공영이라는 슬로건의 소란스러움으로부터 시를 격리시키려 했다.

예술성에 대해서 그는 마지막까지 불변의 신념을 가지고 있었지만, 1942년 초를 경계로, 이전에는 민요적인 리듬으로 농촌풍경과 농민생활을 그렸던 것이, 이후부터는 시국적 테마를 다룬 사상시(思想詩)적인 색채를 띤 작품이 많아진다. 그것은 그 자신의 변화인 동시에 조선문학계 전체의 추이이기도 했다. 일본어로 발표한 「원정(園丁)」(시집 『垂乳根의 노래』에서는 「일지(一枝)에 대하여」라고 改題)・「합창에 대해서」・「풍속」・「유년」(모두 일본어 시) 등으로 시작되는 것이 시국적 테마를 다룬 작품군이라 할 수 있을 것이다.

물론 그에게 그 이전에도 시국적 제재를 다룬 시가 없었던 것은 아니다. 「살구꽃처럼」(『문장』, 1940.11)에서는 낙하산이, 「항공애가(航空哀歌)」(『문장』, 1941.4)에서는 항공기가 시의 제재로서 다루어졌다. 그렇지만, 그것은 제재였을 뿐이며, 군국주의 찬양이 테마는 아니었다. 그런 점에서 「원정」 이후의 작품과는 질을 달리하고 있다. 「원정」의 전문을 한글로 번역하면 이러하다.

해묵은 돌배나무에, 늙은 園丁은
사과의 어린 싹을 접목하였다.
시퍼렇게 날이 선 칼을 놓고
추워보이는, 유리빛 하늘에 담배 연기를 흘려보냈다.
「그런 일이, 가능할까요.」
하면서 원정의 아내는 저윽이 고개를 갸웃하였다.

이윽고, 철죽꽃이 매춘하였다.
이윽고, 버들은 음탕하였다.

해묵은 돌배나무에도, 변명하듯이

두 송이 반의 사과꽃이 피었다.

「그런 일도, 가능하군요.」

원정의 아내도, 비로소 웃었다.

그리고, 버들은 실연하였다.

그리고, 철쭉꽃은 노쇠하였다.

「내가, 죽어 버리고 난 다음에는」

늙은 원정은 생각했다.

「이 가지에도, 사과가 열려 주겠지.

그리고, 내가 잊혀져 버릴 무렵에는……」

아닌게아니라, 원정은 죽어버렸다.

아닌게아니라, 원정은 잊혀지고 말았다.

해묵은 돌배나무에는, 추억처럼

사과의 볼이, 가지를 휘일듯이 빛나고 있었다.

「그런 일도, 가능하군요.」

원정의 아내도, 지금은 죽고 없었다.

— 「원정」 전문, 『국민문학』, 1943.8, 日文

이 시에서 돌배와 사과가 조선과 일본을 비유하는 것임은 한눈에
명백하다. 독자로서는 원정의 선구자 의식에 질려버려서 반드시 유

쾌하지는 않지만, 성질이 괴팍하고, 때로는 동료나 선배 문학자를 하나같이 무능하다고 몰아붙여서 주위로부터 제2의 김문집으로 불리며 반미치광이 취급당했던 이십대 젊은이의 패기로 본다면, 자신을 잊혀진 선구자로 비유하는 정도는 너그럽게 봐주지 않으면 안될 것이다.

그렇다고는 해도 이 시를 접한 조선인은 불쾌감을 느낄 것이다. 임종국의 『친일문학론』에도 이 『원정』이 전문 인용되어 있다. 즉, 대표적 친일 작품의 하나로 꼽히고 있는 것이다.

하지만, 당시의 상황을 생각해보면 조금 다른 견해도 있을 수 있지 않을까 생각된다. 당시는 내선일체(內鮮一體)와 황민화(皇民化)의 바람이 거세게 불어대던 시기였다. 돌배를 잘라내고 뿌리까지 파내어서 사과를 심으려고 한 시기였다. 김종한은 그러한 방향을 옳다고 보지 않았다. 돌배는 돌배 나름대로 존재가치가 있고, 절대로 잘라내서는 안된다. 돌배도 사과도 각자 장단점을 지닌 평등한 존재로, 돌배에 사과의 어린 가지를 접목함으로써 돌배가 새롭게 소생한다, 그러한 가능성에 그는 건 것이었다. 그것은 사과의 억지를 이미 거부할 수 없게 된 상황에서 돌배로서 할 수 있는 최대한의 합법적 자기주장이 아니었을까.

김종한 자신도 이 시의 작시의도를 "내선일체에 헌신하는 한 사람의 문화인의 운명이 갖고 있는 인과(因果)의 아름다움과 슬픔을 우의(寓意)하려고 했다"(『垂乳根의 노래』, 후기)고 쓰고 있다. 그렇다고 해서 그가 내선일체에 헌신했다고 하는 것은 조금 성급한 결론 같다. 상황과의 상관관계 속에서 상대적으로 바라보는 시점을 갖지 않으면, 국외로 망명하였든가 옥사한 문학자 이외의 모든 사람이 친일문학자가 되어버린다.

실은 앞서 인용한 「원정」의 출전은 『국민문학』 1942년 1월호로, 거기에는 시 본문 뒤에 '반가(反歌) / 어머님의 의향에 거역하면 너도 나도 일을 이룰 수 있겠느냐 / 만요오[萬葉]' 3행이 덧붙여져 있다. 이 반가가 무엇을 의미하겠는가. 「어머니」란 고향이며, 대지이고, 조선이자 돌배가 아니었던가.

한편, 단행본 『수유근(垂乳根)의 노래』에는 이 반가가 삭제되어 있다. 시 「유년」(日文)은 징병제 실시가 발표된 5월 8일을 노래한 것이며, 「대기(待機)」는 대동아 전쟁 발발 1주년인 12월 8일을 노래한 것이다. 그것이 친일행위의 일단으로 보이기는 마찬가지겠지만, 그 당시 다른 문학자들의 결의를 표명한 글들과 비교해보면 마음이 한결 가벼워지는 느낌이 든다. 거의 같은 시기에 김용제가 『서사시어동정(敍事詩御東征)』으로 천황지배의 이념 그 자체를 소리 높여 노래하고 있을 때에, 김종한은 십년 후에 전투기를 탈 것임에 틀림없는 꼬마의 야뇨증을 노래하였다.

늦은 오후
어느 집 대문 옆에서 한 꼬마가
글라이더를 날리고 있다
그것이 5월 8일이고

이 반도에 징병이 결정된 날임을
모르는 것 같았다 오로지
엘폰실을 감고 있다

이윽고 십년이 흐르겠지
그러면 그는 전투기를 탈 것임에 틀림없다
하늘계단을 꼬마는
어젯밤 꿈속에서 올라갔다
그림책에서 본 것보다도 아름다워서
너무 높이 날아올랐기 때문에
푸른 하늘 속에서 오줌을 누었다.

늦은 오후
어느 집 대문 옆에서 한 시인이
꼬마의 글라이더를 보고 있었다
그것이 5월 8일이고
이 반도에 징병이 결정된 날이었기에
그는 웃을 수가 없었다
글라이더는 그의 안경을 비웃으며
빛에 젖어서 청기와 지붕을 넘어 갔다

—「유년」 전문, 『국민문학』, 1947.7, 日文

4.

그렇다 치더라도 농촌시인 김종한이 5월 8일이나 12월 8일을 노래하게 된 그 내부논리는 무엇으로 뒷받침되고 있었을까. 그것은 그의 지방주의론에 근거한 것으로 생각된다.

> 우리는 日本國民으로서의 朝鮮人의 아리까따(원문대로임)를 생각하는 同時에 國民文學으로서의 조선文學의 아리까따를 생각하는 것으로 地方作家의 奉公의 可能과 方法을 發見할수 있을 것입니다

이것은 그의 대표적인 평론 「일지(一枝)의 윤리」의 한 구절이다. 덧붙여 말하자면 이 평론이 계기가 되어 김종한은 『국민문학』 편집에 관여하게 된다.

그는 조선이라는 지방을 국가(일본이라고 하지 않고, 단순히 국가 또는 제국이라고 말하고 있다)의 한 유기체로 본다. 경제연보를 보아도 조선쌀의 일본내 이출고(移出高)가 천 만석을 넘어서 제국의 전시(戰時) 식량문제에 대한 불안이 해소되었기 때문에, 쌀 농사를 짓는 조선 농민도 "제일선에서 피를 흘리고 있는 황군(皇軍)"과 마찬가지로 국가의 제일선에 서있는 것이다. 그러니까 조선인은 중앙 또는 전체에 대해서 좀 더 강하게 자기주장을 해도 좋을 것이라고 생각한다.

地方經濟와 地方文化에 對한 關心이 높아진 것도 事變以來의 일이지만
全體主義的인 社會機構에 있어서는 東京도 하나의 地方이라고 생각하는
것이 올흘것입니다. 라기보담 地方이나 中央이란 말부텀 政治的 親疎를
附隨하야 좋지않은듯합니다. 東京이나 京城이나 다같은 全體에 있어서의
한 空間的 單位에 不過할것입니다. 그 境遇의 中央이라든가 全體라든가
하는것은 國家란 觀念的인것이 아닐가 생각합니다.

—「일지(一枝)의 윤리」, 『국민문학』, 1942.3, 원문은 한글

『수유근(垂乳根)의 노래』후기에서 "한 때 '신지방주의'라 하여, 저
마우리스・바레스에다 어설픈 지정학(地政學) 정신을 가미한 문화이
론을 발표하여 젊은 사람들로부터 갈채 받기도 하고 중년들로부터는
백안시 당한 일도 있다"고 쓰고 있다. 여기에서 말하는 마우리스・바
레스란 모리스・바레스(Maurice Barrés, 1862~1923)를 가리킴에 틀림
없다. 신쵸오샤[新潮社]나 가도카와붕코[角川文庫]의 『프랑스문학사』,
하쿠스이샤[白水社]나 신쵸오샤[新潮社]의 『프랑스문학사전』에 따르
면, 바레스의 생애는 "예민한 감수성에 뒷받침된 문학적 재능과 강경
한 내셔널리즘으로 일관된 정치적 실천"이 병존하였다. 그는 프랑스
와 독일의 국경지대인 로렌 지방에서 태어나, 보불(普佛)전쟁에서는
자국군대의 패퇴와 독일군에 의해 고향이 점령당하는 것을 목격하는
데, 그것이 훗날의 사상형성에 중대한 영향을 미쳤다 한다. 대표작의
하나로, 파리로 성공하러 가기 위해 고향을 떠나는 잘못을 저지르는
일곱 명의 로렌 청년의 이야기 『뿌리뽑힌 사람들』이 있다. 바레스에

의하면 모든 살아있는 것은 하나의 종족, 하나의 토지에서 태어나는 것으로서, 그 민족으로부터 고립된, 말하자면 고향을 상실한 뿌리가 없는 존재는 아무런 가치도 없는 것으로 본다.

김종한이 불어를 읽을 수 있었다고는 생각되지 않는다. 영역으로 읽었는지, 일본의 연구나 소개를 통해서 바레스에 접한 것인지, 바레스의 주장 중에서 무엇을 받아들이고 무엇을 버린 것인지, 그것은 알 수 없다. 앞으로의 연구를 기다려야 할 것이다. 하지만, 어쨌든 짐작하건대 김종한의 진짜 주장은, 로렌이 파리이어서는 안되는 것과 마찬가지로 서울이 동경이어서는 안되고, '지방'과 '지방문화'의 말살에 항거하며 조선과 조선문화를 유지하고 계승하여 발전시켜나가는 데에 있었던 것이 아닐까.

이러한 그의 이론은 그의 독창이라고 할 수 없을 지 모르지만, 고뇌하던 당시 지식인의 문화이념의 체계를 명확하게 세운 것이었다. 『국민문학』편집자 겸 발행인인 최재서도 김종한의 「일지(一枝)의 윤리」를 인용한 후 「조선문학의 현 단계」(日文)의 결론부분에서 다음과 같이 말한다.

　　국민문화의 이름으로 어떤 종류의 형식주의를 획일적으로 강요할 위험이 있다. 참으로 국민문화는 국민전체가 지지하고 애호하며 연마해야 할 문화이지만, 그러나 그것은 하나의 덩어리로써 존재하는 것은 아니다. 따라서 그것을 동경에서 경성으로 가져 올 수 있는 성질의 것이 아니다. …… 각 지방의 토양에 뿌리를 내리고 그 생활과 요구 속에서 생겨난 문화가 아닌 한 그것은 국민문화라고는 할 수 없다.

이어서 유진오의 발언만 하나 더 소개하기로 한다.

우리들이 종래 문학의 껍데기를 버리고, 일본문학으로서 재출발한다
고 하면, 자칫하면 조선적인 것을 완전히 버리고 내지(内地)적인 것만 받
아들이게 되기 쉽다. 결국 그렇게 되면 작품이라도 동경의 2차적 위치에
서 항상 만족하는, 동경의 작가가 되기 위한 하나의 준비에 불과하다고
생각합니다. 그러면 의미가 없다. 우리 작품을 동경에 내놓더라도 그 어
떤 의미가 있다고 할 특수성을 지녀야 한다고 생각합니다.

　　　　　　　　　　　— 좌담회 『국민문학의 일 년을 말한다』, 『국민문학』, 1942.11

김종한은 "조선의 옷을 입고 조선 온돌에 누워 있어도 훌륭한 황
민(皇民)이 될 수 있다"(좌담회 『국민문학의 방향』, 『국민문학』, 1943.8)고
굴욕적인 말을 했다. 다만 그 진의는, '황민'을 강요당한 오늘날이라
도 조선의 민족풍습과 생활감정을 지켜야한다는 주장이었다고 할
수 있다. 조선적인 것을 사수하는 데에 그의 모든 것을 걸었던 것일
것이다.

5.

김종한은 순수하고 자아가 강한 만큼, 서울에 나와서도 가는 곳마다 충돌하여 문단 동료들로부터 백안시를 당했다. 그는 조금 편협적이면서 고독함과 동시에, 젊은이가 대개 그러하듯이 상당히 야심적이고 지기 싫어하는 성격이기도 했다. 선배나 동료의 작품에 대해서는 있는 그대로 비판하면서도, 자기의 재능에 대해서 때로는 대단한 자부심을 보이는가 하면, 때로는 절망의 밑바닥까지 빠지기도 해서, 결국은 시인으로서보다도 오히려 '좋은 문학의 이해자가 되고, 좋은 편집자가 되는 것'에 자신의 일을 국한시키려고 했다. 그러나, 『국민문학』의 편집자로서 좌담회의 진행을 맡기 위하여 출석했음에도 불구하고 일본인 게스트 논객에게 대들기도 하여, 『국민문학』을 편집하는 일도 일년 삼개월 남짓 지속했을 뿐, 1943년 7월에는 객원(客員)이라는 형태로 면직되어 버린다. 재직 중에 김사량(金史良)의 『태백산맥』(1943.2~, 日文)을 연재하기로 결정한 것은 김종한이 남긴 업적의 하나라고 할 수 있다. 앞서 서술했듯이 김종한은 김사량을 높이 평가하고 있었고, 김사량의 「물오리섬」(日文) 같은 작품에서 볼 수 있는 시정(詩情)은 김종한에게 지극히 친근한 것이었다.

편집자를 그만둔 김종한은 조선문학을 일본어로 고치는 번역일을 최후의 천직으로 생각했던 것 같다. 그는 스승인 정지용을 비롯해서 홍사용·백석·김동환·주요한·유치환의 시를 일본어로 번역하여 소개했다. 일본어의 고어(古語)를 구사하는 데는 김소운(金素雲)에 못 미쳤을지도 모르지만, 현대어에 있어서는 결코 뒤떨어지지 않았다. 그는 조선 고대가요에도 손을 뻗쳐서, 학생시대에 이미 번역한 것의 일부를 사토오 하루오에게 보이기도 했었다. 그는 일본고전을 공부하여 만요오[萬葉] 풍으로 조선 고대가요를 번역하고 싶었던 것 같지만, 끝내 뜻을 이루지 못하였다. 번역자로서도 김소운·손진태(孫晉泰)와 나란히 많은 뛰어난 업적을 남길 수 있었을 텐데, 해방되기 1년 전에 불과 서른이라는 젊은 나이에 급성폐렴으로 어이없이 그 생애를 마치고 말았다.

후진가호오샤[婦人畵報社] 편집실에서 그라비어로 쓰기 위한 것인지, 소녀들의 스커트가 경쾌하게 바람에 날리고 있는 사진을 물끄러미 바라보다가, "이 스커트는 수다가 너무 많다"고 혼잣말처럼 중얼거렸다는 김종한. 타무라쵸오[田村町]의 레인보우 그릴에서 동료와 커피를 마시며 사토오 하루오의 「머나먼 불꽃」을 읊조리고 있었다는 김종한.[9] 조금 더 오래 살아서 서울에서 해방을 맞이했더라면 그는 어떠한 인생을 선택했을까.

(『하타다 다카시 선생 고희기념, 조선역사논집』, 1997.3)

---

9 타니가와 스미코 씨의 증언.

김종한 작품연보

1934년

3월   小曲 「임자 없는 나루배」(『別乾坤』, 第1回新流行 小曲大題賞當選發表)

                시 「決算」「巨鍾(普信鍾)」(『中央』)

11월 29일   시 「巨鍾」(『조선일보』)

1935년

1월 2일   민요 「베짜는 각시」(『조선일보』 신춘현상문예 입선, 필명 乙巴素)

1월 27일   민요 「남어지이 한밤」(『조선일보』, 乙巴素)

2월   민요 「베 빼는 색시」(『詩苑』, 乙巴素)

2월 8일   시 「雪景」(『동아일보』)

                민요 「얄루강 구비구비」(『조선일보』, 乙巴素)

5월 18일   시 「셋집」「田園」(『조선 중앙일보』, 1935.5.1, 於旺川)

10월 17일   시 「詩・午後세시」(『조선 중앙일보』)

11월 26일   시 「車窓」「鄕愁」(『조선 중앙일보』)

12월 24일   시 「除夜吟」(『조선 중앙일보』)

12월 27일   시 「그늘」「파잎」(『조선문단』, 乙巴素)

1936년

1월 14일   민요 「望鄕曲」(『동아일보』 신춘문예 당선)

8월 7~9일   평론 「民謠를 通해 본 吉州・明川」 1~3(『조선일보』)

1937년

2월 6, 7, 9, 13일

                평론 「新民謠의 精神과 形態」 1~4(『조선일보』, 필명 乙巴素)

7월 3일   민요 「마전 타령」(『동아일보』, 필명 乙巴素)

9월   민요 「白頭山打鈴 伐木歌」(『詩建設』 2號, 필명 乙巴素)

1938년

1월 12일	민요 「명천(明川) 방아타령」(『동아일보』佳作). 주소 東京本郷湯島 三組町17鈴木方
3월 29일	「얄루강 處女」(『조선일보』流行歌募集一等当選作) 주소 東京麹町 區飯田町2-3
	니혼[日本]대학 예술과(藝術科) 재학 중 사또 하루오[佐藤春夫]에게 사사(師事)
4월 25일	속요(俗謠) 「海峽의 달」(『조선일보』)
6월	「조선풍물시(一) 古井戶가 있는 풍경」(일본문, 니혼대학『예술과』)
9월	시 「낡은 우물이 있는 풍경」「未亡人의 초상」(『조광』)
10월	민요 「빨래질」(『여성』)
	평론 「시집『憧憬』독후감」(『海峽』)
11월	시 「女人二題 未亡人의 초상, 생활」(『조광』)
12월 26일	수필 「졸업을 앞둔 예술의 전당에서」(『조선일보』)

1939년

	니혼대학 예술학부를 졸업하고 후진가호오샤[婦人畵報社]에 근무.
2월	시 「山家」「비밀(秘密)」(『女性』)
3월	현재주소 京城府嘉會町1-48
4월	시 「귀로(歸路)」(『문장』)
5월	시 「귀로」, 「여정(旅情)」(니혼대학『藝術科』)
6월	시 「고국(故國)의 시」(나중에 「故園의 詩」라고 개작 改題), 「그늘」(『문장』)
	시 「낡은 우물이 있는 풍경」
8월	시 「할아버지」, 「계보」(『문장』)
8월 18일	시 「노방(路傍)」, 「산중」(『동아일보』)
9월	평론 「나의 작시설계도」(『문장』) 東京芝區南佐久間町, 婦人畵報編集部内
10월	평론 「시문학의 정도(正道)」(『문장』)
10월 26일	시 「해항(海港)」(『동아일보』)
10월 30일	시 「雪景」(『詩建設』第7輯)
	「夏期休暇」, 「길」(『白紙』)

11월	역시(譯詩) 백석 「모닥불」·주요한 「봉선화」·정지용 「백록담」(『모던일본』 조선판)
11월 14일	평론 「詩論＝時論＝試論(一) 현대시와 모뉴멘털리즘」(『동아일보』)
11월 15일	평론 「詩論＝時論＝試論(二) 에피그램의 서정시적 가치」(『동아일보』)
12월 14일	시 「新制作派展」(『동아일보』, 上野公園에서)

1940년

1월 21·23일	평론 「詩壇新世代의 성격 上, 下」(『동아일보』)
2월	시 「연봉제설(連峯霽雪)」(『문장』)
2월 22일	평론 「에줄에 있어서의 비합리성(상)」(『동아일보』)
2월 24일	「시어문제·피카소의 原畫」(『동아일보』)
3월	평론 「시단개조론(詩壇改造論)」(『조광(朝光)』)
4월	시 「泊」(『조광』)
4월 20일	평론 「朴南秀詩集 「초롱불」을 읽고」(『동아일보』 북·레뷰)
5월	시 「돌」(『조광』)
8월	역시 박종화 「은어 같은 하얀 손이」·김상용 「반딧불」·김동환 「죄」·김억 「西關」·임학수 「哈爾濱驛에서」(『모던일본』 조선판)
11월	시 「살구꽃처럼」(『문장』)
11월	평론 「시단시평(詩壇時評)」(『문장』, 京城旅舍에서)
12월	시 「그늘」, 「파잎」

1941년

1월	「詩壇時評」(『문장』)
1월	평론 「조선문학의 기본자세」(『삼천리』)
4월	시 「항공애가(航空哀歌)」(『문장』)
가을	S서방(書房)으로부터 조선시집의 이야기가 있었지만 결국 무산.

1942년

1월	시 「원정(園丁)」. 후에 「일지(一枝)에 대하여」로 제목을 바꾸어 시집 『어머니의 노래(たらちねのうた)』에 수록(『國民文學』 日文)

2월경	조선에 돌아간다.
3월	수필 「南方에의 초대」(『大東亞』, 『三千里』 改題)
3월 16일	시 「춘복(春服)」(『매일신보(每日新報)』)
3월	평론 「일지(一枝)의 윤리」(『국민문학』)
4월부터	『국민문학』의 편집에 종사
4월	시 「합창에 대하여」(『국민문학』 日文)
4월	편지 「사토 하루오[佐藤春夫] 선생에게」(『국민문학』 日文)
6월	시 「弱冠」(日文, 『동양의 빛』)
6월	시 「풍속」(日文, 『국민문학』)
7월	수필 「바다·孝石·하숙」(『춘추』)
7월	시 「유년(幼年)—징병의 노래(徵兵のうた)」(日文, 『국민문학』)
7월	서평 「김동환 서정시집 『해당화』」(日文, 『국민문학』, 쓰키타 시게루 [月田茂]라는 창씨명 사용)
7월	좌담회 「군인과 작가 징병의 감격을 이야기한다」(『국민문학』). 좌담회는 5월 21일에 열리고 최재서와 김종한은 사회를 맡는다. 이석훈·홍종우·허준도 참석.
8월	평론 「새로운 사시(史詩)의 창조」(日文, 『국민문학』)
8월	번역 이효석 「황제」(日文, 『국민문학』)
9월 2일	수필 「국어공부기(國語工夫記)」(『매일신보』)
9월	「편집후기」(『국민문학』)
11월 13~17일	평론 「조선시단의 진로」 1~5(『매일신보』)
11월	좌담회 「국민문학의 일년을 말한다」(日文, 『국민문학』)에서 진행을 담당.
12월	좌담회 「내일의 조선영화를 말한다」(日文, 『국민문학』)에서 진행을 담당.
12월	시 「대기」(日文, 『국민문학』)
12월 4일	징병제 실시에 앞선 선전대(宣傳隊)로서 함경남도에 가서 순국영령의 유가족을 방문.

1943년

1월	평론 「문단점묘(文壇点描)」(日文, 『문화조선』)

1월	수필 「정어리 서정(鰯抒情)」(日文,『신시대』)
1월 16일	르포 「榮譽의 遺家族을 찾아서」(『매일신보』)
2월	시 「거종(巨鐘)」(日文,『춘추(春秋)』)
2월	편집후기(日文,『국민문학』)
2월	좌담회 「시단의 근본문제」(日文,『국민문학』)
3월	평론 「신진작가론」(日文,『국민문학』)
4월	좌담회 「새로운 반도(半島)문단의 구상」(日文,『녹기(綠旗)』)
4월	수필 「단가문외관(短歌門外觀)」(日文,『녹기』)
4월 17일	조선문인보국회(報國會)가 발족된다. 각 부회의 임원을 결정할 때 시부회 간사로 선출된다.
4월	평론 「문학상에 대하여」(日文,『문화조선』)
4월 29일	히노 아시헤에[火野葦平]·우에다 히로시[上田廣]·이노우에 야스후미[井上康文] 등 일본의 종군작가를 맞이하여, 반도호텔에서 조선문인보국회(朝鮮文人報國會) 주최로 환영 간담회를 연다.
5월	『경성일보』기자 김달수(金達壽)와 알게 된다. 두 사람은 우연하게도 종로구 사간정 57번지의 같은 곳에서 하숙을 한다.
5월	편집후기 「편집신화(編輯神話)」(日文,『국민문학』)
5월 26~31일	평론 「海洋과 朝鮮文學」 1~4(『매일신보』)
5월 27일	해군기념일에 문인보국회시부회(文人報國會詩部會) 주최로 「해군을 찬양하는 시 낭독회」가 열려 그 석상에서 시 「대기」를 낭독.
6월	좌담회 「전쟁과 문학」(日文,『국민문학』)
6월	편집후기(日文,『국민문학』)
6월	시 「동녀(童女)」(日文,『문화조선』)
6월	평론 「사상의 탄생」(日文,『신시대』)
6월	평론 「조선의 시인들」(日文,『문화조선』)
7월 1일	시집 『어머니의 노래[たらちねのうた]』를 간행(인문사 간행). 「대기」·「유년」·「동녀(童女)」·「일지(一枝)에 대하여」·「합창에 대해서」·「자복(子福)」·「풍속」·「구름과 노인」·「공산명월」·「낡은 우물이 있는 풍경」·「선부고독(善夫孤獨)」·「행장(行狀)」·「천둥(雷)」을 수록.

7월	좌담회 「영화『젊은 모습』을 말한다」(日文,『국민문학』)에서 진행 담당.
7월 10일	문인보국회시부회 임원회. 11일~21일, 미영(美英) 격퇴를 위한 거리시 가두이동전(街頭移動展). 12일 「바다(海)」(김종한)를 낭독·방송.
7월	편집후기(日文,『국민문학』) 7월호를 마지막으로『국민문학』의 편집에서 물러나 객원(客員)이 된다. 나카노 시게하루[中野重治]와 서신왕래. 요코미쯔 리이치[橫光利一]에게서『垂乳根의 노래』에 대한 사례의 편지를 받고 "칭찬해 주었군요"라며 기뻐한다.
7월 20일	역시집『설백집(雪白集)』을 간행(하쿠분쇼깡[博文書館]). 수지장(壽之章) 정지용 「백록담」·「인동차(忍冬茶)」·「구성동(九城洞)」·「조찬(朝餐)」·「비로봉(毘盧峰)」·「옥류동(玉流洞)」·「장수산(長壽山)」·「폭포」·「진달래」 복지장(福之章) 홍사용「그것은 모다 꿈이었지만은」, 정지용「별똥」, 백석 「머리카락」·「탕약(湯藥)」·「모닥불」, 김동환 「무슨 罪」, 주요한「봉선화」, 정지용「붉은 손」, 김종한「낡은 우물이 있는 풍경」, 김상용「南으로 窓을 내겠오」 부지장(富之章) 백석 「두보(杜甫)나 이백(李白)같이」·「조당(澡塘)에서」·「수박씨, 호박씨」·「안동(安東)」, 유치환 「수(首)」 귀지장(貴之章) 김종한 「원정」·「합창에 대해서」·「풍속」·「유년」 희지장(囍之章) 김종한 「서시(序詩)」·「후기」
8월 6일	시 「님의 부르심을 받들고저」(『매일신보』)
8월	평론 「병제(兵制)와 문학」(日文,『신시대』)
8월	좌담회 「국민문화의 방향」(日文,『국민문학』)
8월	시 「초망(草莽)」(日文,『국민문학』)

8월	문화소식 「偶語二題」(日文, 『국민문학』)
9월	정담(鼎談) 「문학정담」(日文, 『국민문학』)
9월	시 「방송국 옥상에서」(日文, 『신시대』)
10월	좌담회 「처녀 좌담회」(日文, 『신시대』)
12월	평론 「문화의 1년」(日文, 『신시대』).
12월	시 「노자송가(老子頌歌)」(日文, 『춘추』)
12월	수필 「조선의 마음(朝鮮の心)」(日文, 『조광』)

1944년

1월	시 「용비어천가」(日文, 『신시대』). 「김종한」이라고 본명을 사용.
3월	시 「연봉제설(連峰霽雪)」 「설중고원부(雪中故園賦)」(日文, 『춘추』)
3월	시 「귀농시편(歸農詩篇)」(『조광(朝光)』)
6월	시 「금강산」 「폭포」(日文, 『신시대』)
7월 14~16일	평론 「生成하는 文學精神」(『매일신보』)
9월	시 「백마강」 「백제고옹부(古甕賦)」(『조광』)
9월 27일	폐렴으로 서거. 향년 30세.
11월	시 「클라이막스」, 「쾌유기(快癒期)」(日文, 『신시대』)

이 연보는 후지이시 타카요[藤石貴代, 현 니이가타(新潟)대학 조교수] 씨가 작성한 「김종한 연보」를 참고로 하고, 새로 발견한 자료를 보충했다. 저자가 「김종한에 대하여」를 썼을 때 논문 말미에 붙인 「김종한 작품 연보」와는 차이가 있다.(2000년 11월 부기)

시인 김용제 연구

부보訃報와 신발견 자료

1.

김용제(金龍濟)는 1930년대에 일본의 지배계급과 식민지 지배에 누구보다도 강하게 저항했던 조선의 프롤레타리아 시인이었으나, 후에 전향해서 극단적인 친일작가의 면모를 보여주었다. 이두 가지 면에서 그는 일본과 일본문학에 깊이 관여하고 있고, 우리들의 뇌리에서 지울 수 없는 존재이다.

친일문학이라는 용어법은, 임종국(林鍾國)이 지은 『친일문학론(親日文學論)』(평화출판사, 1966)의 "주체적 조건을 상실하고 맹목적 사대주의적 일본예찬과 추종을 내용으로 하는 문학"(16면)이라는 규정을 따르고자 한다.

김용제는 일본과 한국의 프롤레타리아 운동의 역사 속에서 빛나는 업적을 남겼다. 그것은 어느 누구도 부정할 수 없다. 후일의 친일 문학 행적만 보고, 그 이전의 업적까지 모두 부정한다고 한다면, 한국 근대문학의 아버지라고 하는 이광수까지도 전면 부정해버리게 된다. 작가를 도달점에서 평가하는 것이 아니라, 일단 당시의 상황으로 돌아가서 생각해 보는 과정도 필요하지 않을까.

김용제의 초기 문학활동은 프롤레타리아 문학이었다는 점, 그러나 그 작품의 상당 부분이 일본에서 체재하면서 일본어로 발표되었다는 점, 친일작가로서 비교적 화려한 활동을 했다는 점, 그 어느 점을 보아도 한국에서 환영받을 만한 조건은 아니다. 문학사로 볼 때 그는 한국에서 완전히 무시되어졌고, 가끔 언급되는 경우가 있다 하더라도 대표적인 친일작가의 한 사람으로 다뤄질 뿐이었다. 한국문학사는 '일제말기 암흑기'에 민족의 광명을 가져온 시인으로서 윤동주(尹東柱)를 든다. 문학사에서 김용제가 설자리는 없으나, 만약 설정되어진다면, 윤동주와는 극단적으로 다른 부정적인 좌표에 자리매김 되어질 것이다. 윤동주와 김용제, 이 두 명의 시인은 연령도 작풍(作風)도 살아간 방법도 다르지만, 1936년, 37년이라는 시점에 있어서는 공통항목을 가질 수 있다, 고 말할 수 있다고 생각한다.

윤동주가 정지용·서정주·유치환·김광섭 시의 영향을 받으면서, 한편으로는 프롤레타리아 시인 임화·엄홍섭·박세영 등의 문학활동에도 깊게 관심을 기울였던 흔적이 있다. 「김용제 저작 목록」을 보면 알겠지만, 1936~37년 사이에 김용제는 『동아일보』·『조선일보』·『비판(批判)』 등을 통해, 조선 국내에서 활동을 펼쳐나갔고, 애국시인의 마음을 매혹시켰던 것이다. 그는 적어도 1929년부터 38년에 걸친 10년간은, 계급적·민족적인 입장에 섰던 문학전사(文學戰士)였다. 그 작품의 투쟁성과 자기희생을 마다 않는 순수한 삶에 대하여 경의를 품지 않을 수 없다.

좌로 힘껏 밀려간 진자(振子)가 좌절을 당했을 때, 크게 우로 갈 수밖에 없는 사정도 고려하지 않을 수 없다. 그는 1939년까지는, 시대의 흐름에 몸을 맡기거나 안일(安逸)을 탐하지 않고, 생명을 걸고 일본제국주의와 힘껏 싸웠던 것이다. 그 후 그가 친일문학으로 달려간 것은 사실이다. 그러나, 그렇다고 해서 그의 업적 전체를 물에 씻어버리거나 전면 부정해버려서는 안될 것이다.

일본 문학계에서도 김용제의 존재는 잊혀져 있다. 나카노 스즈코[中野鈴子] 연구가인 오마키 후지오[大牧冨士夫] 씨에 의하면, 『간도 빨치산의 노래[間島パルチザンの歌]』의 저자인 마키무라 히로시[槇村浩]가, 그의 노트에 김용제의 「조풍(潮風)」·「사랑하는 동지에게[愛する同志へ]」·「자란다는 것[生ひ立つもの]」 세 편을 베껴서 간직하고 있었다, 라고 한다. 어쨌든, 미야모토 켄치[宮本顕治]와 그의 부인인 유리코[百合子]에게 아낌을 받았고, 나카노 시게하루[中野重治]의 젊은 친구였기도 했고, 일본 프롤레타리아 문학의 일단(一端)이 되기도 했던 김용제를, 현대 일본문학계는 잊어버리고 말았다. 이 망각(忘却)은 두 가지의 태만(怠慢)을 의미한다. 먼저, 국제적인 친구로서의 역할에 둔감하다는 점, 또 한 가지는 이웃나라의 진보적 작가에게 친일문학을 강요하고, 그를 절망에 빠뜨린 사실을, 고통을 갖고 똑바

로 직시하려 하지 않는다는 점에 있다.

친일문학자가, 어쩔 도리 없는 상황 아래였다고는 하나, 조국을 등졌다는 점에서, 본국에서 규탄받는 것은 당연하다. 그러나, 우리 일본인이 그 비난의 합창에 가담할 수는 없다. 물론 우리는 친일 행위를 옹호하려는 것이 아니며, 옹호할 수 있지도 않다. 단지 한 사람의 조선인이, 일본과 조선 사이에서 어떻게 살았는가, 그것을 파악하고 기록해 두려는 것뿐이다.

1992년 3월, 나는 『사랑하는 대륙이여 – 시인 김용제 연구』(다이와쇼보, 大和書房)를 출판했다. 그 후 고려대학교 교환 연구원으로서 1년간 한국에 체재할 수 있는 기회를 얻었는데, 그 사이에 위 책의 부록인 「김용제 저작 목록」에 수록되지 않은 새로운 자료를 발견했다. 그 리스트를 연대별로 제시하면 다음과 같다.

　　평론, 「회우(懷友) – 작가 고바야시 다끼지[小林多喜二]의 프로필」(『조선문
　　　　학』, 1937.3).
　　평론, 「동경문단시감(東京文壇時感)」(『백광(白光)』, 1937.6).
　　소설, 「애광기(愛光記)」(『사해공론(四海公論)』, 1937.8).
　　소설, 「동경연애(東京戀愛)」(『조선문학(朝鮮文學)』, 1937.8).
　　평론, 「문단잡감(文壇雜感)」
　　　　① 작가와 평자(評者)의 관계.
　　　　② 문학상에 대한 제언(提言).
　　　　③ 문인과 저널리즘.

④ 비문학적인 속론(俗論).

(『조선일보』, 1937.9.25・26・28・29).

시, 「문단풍자시」(이기영・백철・임화・장혁주・박영희・한설야・

염홍섭・유진오・이북명을 풍자한 시, 『비판』, 1937.9).

평론, 「시단시감(詩壇詩感)－시건설(詩建設) 제2집 시평을 겸하여」

(『시건설』, 1937.12.30).

르포, 「동경 시나가와(品川) 매립지」(『사해공론』, 1938.4).

시, 「서춘(序春)」(『시건설』, 1938.6).

시, 「전쟁문학 아세아시집」(1)(2)[1](『조선문학』, 1939.4~5).

시, 「해신(海神)」(『조광(朝光)』, 1942.2).

시(日文), 「사석(捨石)」(『국민시가(國民詩歌)』, 1942.3).

시(日文), 「위대한 전사(戰士)－야먀모토 이소로쿠[山本五十六]대장

의 영령에 바친다」(『경성일보』, 1943.7.20).

시(日文), 「바다에서－7월의 진해 바다에 서다」(『경성일보』,

1943.7.20).

담화(日文), 「문학전쟁을 위하여」(『경성일보』, 1943.8.12).

시(日文), 「입단(入團)하는 아침」(『문학보국(文學報國)』,

1944.11.10).

---

1   조선어로 쓰여진 「아세아시집」은 『조선문학』지에 2회에 걸쳐서 연재되었다. 제목
을 보면 「종달새」・「꽃」・「청춘」・「양자강」・「소녀의 한탄」・「폭격」・「전차(戰
車)」・「보초의 밤」・「소화(笑話)」의 9편이다. 이 9편은 후에 출판된 일본어판 시
집 『아세아시집』(대동출판사, 1942.12.10 간행)의 「소화 14년도」 19편 중에 모두
포함되어 있다. 단, 일본어판에서는 제목이 「꽃」이 아니고 「꽃에 부쳐서」, 「소화(笑
話)」가 아니고 「방귀라고도 생각되지 않는다」로 되어 있다.

이 보충 목록을 보아도 알 수 있듯이, 시인 김용제의 태도는 1938년 중반을 분수령으로 하여, 그 후 반년간의 침묵기간이 있고, 1939년 1월부터는 '친일문학'으로 기울어버린다. 이것을 도식화하면, 1938년 중반 이전은 프롤레타리아 시인으로, 39년 이후 1945년 8월까지는 '친일문학자'로 구분할 수 있을 것이다. 한반도에서 '친일문학'은 민족의 주체성을 상실한 일본예찬이나, 일본추종을 내용으로 한 문학이라는 의미로 사용되고 있으므로, 여기에서도 그것을 따르도록 하겠다.

2.

김용제(1909.2.3~1994.6.21)는 충청북도에서 태어났다. 조혼 습관에 따라, 1924년 만 15세에 결혼했다. 1925년에 장호원초등학교를 졸업했으나, 이어서 청주공립고등보통학교(중학)에 2학년 1학기까지 다니는 동안 가업이 몰락하여,[2] 고학을 목적으로 동경에 도착한 것이 1927년 정월 초하루였다. 이후, 1937년 7월에 조선으로 강제 송환되기까지 십 년 동안 일본에서 프롤레타리아 문학자로서 활약했다. 36년 이후는 조선어로 본국의 지면에도 작품을 발표했으며,

---

2 아버지가 족보 출판사업에 실패한 것이 직접적인 원인이 되었다. 이때의 사정은 미야모토 유리코[宮本百合子]의 일기, 1937년 5월 8일자 항목에서 엿볼 수가 있다.

송환 후는 서울을 무대로, 38년 봄까지 진보적인 평론을 정력적으로 집필했다.

일본에 체류하는 동안에는 잡지『프롤레타리아 시』,『나프』,『전기(戰旗)』,『프롤레타리아 문학』,『문학 평론』등에 작품을 발표했다. 신문배달, 우유배달로 생계를 이어가면서 시와 평론 분야에서 활약하여, 미야모토 켄지[宮本顯治], 나카노 시게하루[中野重治], 고바야시 타키지[小林多喜二] 등과도 후배로서 친교가 있었다. 프롤레타리아 작가동맹에서 침식을 하며 서기를 하는 동안, 1932년 6월 13일 콥프(일본 프롤레타리아 문화동맹)와 작가동맹에 대한 일제 검거 때 체포되어, 치안유지법에 따라 징역 3년을 구형 받았다. 미결구류기간이 계산에 포함되지 않았기 때문에, 실질적으로는 3년 9개월을 옥중에서 보내게 된다. 나카노 시게하루가 '징역 2년에 집행유예 5년'이었던 것에 비하면, 김용제가 얼마나 비전향을 일관하며 옥중투쟁을 적극적으로 전개했는지를 짐작할 수 있다.

3.

1994년 6월 23일『동아일보』에 1단 머릿기사로 작은 사망기사가 실렸다.

시인 金龍濟씨 별세. 시인이자 소설가인 金龍濟씨가, 21일 오전 11시 서울 강남시립병원에서 노환으로 별세했다. 향년 85세. 충청북도 음성 태생인 金씨는 민족시 서정시에 주력해 왔으며 시집『山無情』과 소설『방 랑시인 김삿갓』등을 펴냈다. 유족으로는 3남 2녀가 있다. 발인 23일 오 전 9시, 장지는 충북 음성군 생극면 선영.

『중앙일보』기사도 대동소이하지만, 『동아일보』보다 약간 자세 하다. 다른 점을 든다면 다음과 같다.

忠北 陰城출생으로 日本 中央大를 중퇴한 金씨는 30년대 초 東京에서 反日프롤레타리아 詩운동으로 3년 동안 투옥된 후 귀국, 본격적인 시작 활동을 했다. 해방 후, 민족시·서정시에 주력한 그의 대표작으로는 시집 『山無情』등이 있으며 소설『방랑인 김삿갓』은 해방 후 최초의 베스트셀 러로 유명하다.

조금 설명을 덧붙인다면 중앙대학은 중퇴라고 한다면 중퇴지만, 부친에 대한 체면상 당시 입학하기 쉬웠던 중앙대 전문부 법과에 입 학했으나 다니지는 않았다. 신문배달로는 학비를 낼 수 없었던 사정 도 있었지만, 당시 유학생 사이에서는 문학은 대학에서 배우는 것이 아니라는 의식도 일반적이었다.

『산무정』은 김용제라는 이름으로 해방 후에 출판된 유일한 시집 이다. 1954년, 6·25 전쟁으로 인한 산하의 황폐와 인명의 덧없음,

그리고 전시의 피난생활을 노래한 시가 많다.

『방랑시인 김삿갓』은 판을 거듭하며 잘 팔린 것은 분명하지만, 대중적인 읽을거리의 수준에서 벗어나지 못했다.

그리고, 『동아일보』도 『중앙일보』도 병원에서 사망했다고 쓰고 있지만, 실제로는 "자택에서 숨을 거두어, 그날 오후 가장 가까운 병원 영안실로 옮겨서 조문객을 맞이하고, 다음날 자택 부근 교회에서 고별 미사를 올린 다음 상여가 음성으로 향했다"라는 것이 정확하다. 현대 한국의 도회지에 사는 사람들의 일반적인 관습에 따른 것 같다.

음성에는 조상 대대로 내려오는 선산이 있다. 조금 높은 산 전체가 김가의 묘로, 거기에는 몇 대 전부터 있던 무덤들이 산재해 있다. 할아버지 대까지는 광대한 전답과 대지가 인접해 있었지만, 지금은 모두 남의 손에 넘어가고, 묘만이 옛날 그대로 남아 있다. 그 한쪽에 1990년 2월 1일에 타계한 김용제의 부인 권희증(權稀曾)의 묘를 4년 전에 만들었다. 김용제는 그때, 무덤 앞에 세운 묘비에 부인의 이름과 함께 자신의 이름도 새겨 넣었다. 부인의 무덤 앞에서 김용제는 성묘에 동행한 저자에게, "여기에 잠들다. 여기에 나도 잠들다"라고, 미리 준비해 둔 잠자리를 손가락으로 가리키며, 안도 비슷한 만족감을 보였었다.

이번에 비보를 듣고 여름방학까지 기다리다 못해 음성으로 달려갔다. 김용제의 유해는 생가가 내려다보이는 산비탈에, 산의 높은 쪽을 머리로 하여 부인과 함께 합장되었다. 둥글게 부풀어 오른 봉분

에는, 이제 막 심은 것 같은 잔디가 덮여 있었다. 합장된 무덤 오른쪽
에는 '권희중 여사 추모비'가 서 있고, 왼쪽에는 '知村 金龍濟 詩碑'
가 세워져 있었다. 지촌(知村)은 호이다. 시비는 세워진 지 얼마 안된
것으로 「산무정(山無情, 其二)」이 한글로 새겨져 있었다.

내 故鄕의 푸른 山이 그리워
꿈길을 더듬어서 찾아 왔건만
소나무밭 참나무밭 어디로 가고
칡넝쿨 억새뿌리 왜 삭았는고

알을 낳서 새끼칠 山비둘기가
보금자리 둘 나무가지가 없어
絶壁위에 진흙으로 집을랑 짓는
제비놈 입재주를 배운단 말가

아아 하는 내 가슴의 바람소리에
山울림만 그래도 울려 주건만
내 무덤의 봉분을 덮어 보려는
잔디풀 뗏장 하나 뜰 곳이 없네

— 「山無情(其二)」, 1954년

이상은 시비의 전문이다. 1년 정도 지나면 김용제 부처의 묘는 녹색 잔디로 뒤덮일 것이다.

사망기사 이외에, 김용제의 죽음에 즈음하여, 그 문학적 평가와 관련된 글이 두 편 발표되었다. 하나는 1994년 7월 3일자 『한겨레신문』의 「언론이 눈을 감는 김용제 시인의 친일」이라는 평론이다. 그 필자는 친일문제연구소 정운현 씨다. 이 연구소는 『친일문학론』[3]을 쓴 임종국 씨가 수집한 자료를 기초로 해서 그 유지(遺志)를 받든 사람들이 모인 연구소이다. 정운현 씨의 글은 1945년까지 김용제가 행한 수많은 친일 행위를 나열하고, 아울러 1978년 김용제가 쓴 '자기변명'을 비판하며 "언론매체가 그의 친일 행적을 제대로 보도하지 않는 것은 일종의 역사왜곡이다"라고 주장한다.

저자가 보기에는, 『한겨레신문』의 평론에는 한 점의 거짓도 없고, 말하는 바도 모두 사실이다. 그렇지만 『동아일보』나 『중앙일보』의 사망기사도 거짓이 아니다. 김용제라는 시인은 그러한 양면을 지니고 있다. 조선의 프롤레타리아 시인으로서 조국의 운명을 개척하기 위하여, 같은 시기의 다른 일본인 좌익문학자보다도 용감히 싸웠으며, 네 번에 걸친 체포와 4년 동안의 옥중생활을 비전향으로 관철했지만, 시국이 긴박해지자 이겨내지 못하고 친일문학으로 기운 것이었다. 조선 반도의 많은 문학자가 본의 아니게 친일문학에 손을 대기도 하고, 일본어로 작품을 쓰지 않으면 안되었지만, 해방 후 한국에

---

3 임종국, 『친일문학론』, 평화출판사, 1966.7.30. 일본어판은 오무라 마스오역으로 코마쇼링[高麗書林]에서 1976년 12월 10일 발행.

서 그들이 문학자로서의 활동무대를 부여받았던 것에 비해, 김용제 만은 자의반 타의반으로 결코 문단에 다시 돌아가는 일이 없었다.

『동아일보』·『중앙일보』의 사망기사가 그의 친일행위에 대해서 언급하지 않은 것은 틀림없다. '1단 10여 줄'이라는 양적 제한도 있었을 것이고, 고인에 대해서 채찍을 가하는 자리가 아니라는 배려도 있었을 것이다. 힐책할 수는 없다고 생각한다.

또 하나는 『샘터』 1994년 8月호에 실린 최인호의 「사랑하는 나의 대륙아」이다. 1945년 생인 최씨는 대중적으로 인기가 있는 작가로, 도회지 젊은이들의 생태를 그린 『바보들의 행진』(일역명은 『서울의 화려한 우울』)이 일본에서도 번역 출판된 적이 있다. 최씨는 1993년 말에 한 번 김용제를 취재차 방문한 적이 있다. 최인호는 위 글에서 "수많은 지식인이 일제시대에 친일을 하였었다. …… 그런데 그들은 모두 해방과 더불어 과거를 숨기거나 교묘히 정체를 위장하여 민족주의 작가가 되었으며 명예와 문명을 떨치기 시작하였다. 그러나 김용제 씨만은 다르다. …… 해방이 되자 스스로 붓을 꺾었다"는 점에 작가로서 관심을 가졌다고 말한다. 김용제 씨의 행보와 관련해서, 엄밀하게 말해 정확하다고 할 수 없는 부분도 있지만, 기본적으로 최인호의 지적은 정확하다고 할 수 있다.

나는 그분(김용제)을 잘 모른다. …… 내가 어찌 그분을 그 짧은 한 시간의 만남으로 알 수 있을 것인가. 다만 그의 부고 기사를 보면서 나는 그가 청년 때에 쓴 시의 한 구절처럼 우리 굶주린 가슴의 벌판이요, 앙상한 등대뼈, 상처투성이의 어머니인 우리의 대륙에서 태어났다가 사랑과 평화에 빛나는 대륙의 품안으로 한줌의 흙이 되어 돌아가신, 격동의 수난기에 맑은 눈빛을 가지셨던 한 노시인의 모습을 떠올렸다. 그리고 나는 그 무엇으로든 그를 위로해야겠다고 생각했었다. 이 짧은 글이 그의 가엾은 영혼을 달래는 최소한의 진혼곡이 되어주기를 나는 간절히 소망한다.

'김용제 선생님, 수고하셨습니다. 안녕히 돌아가십시오.'

이러한 견해는 아직 한국에서는 극히 소수이다. 예외적인 견해라고 해도 좋을 것이다.

4.

저자가 92년 봄부터 93년 봄까지 한국에서 체재하는 동안 발견한 「동경연애」는 1937년 8월 『조선문학』에 발표되었다. 이 잡지는 서울, 당시의 '경성'에서 발행된 조선어 월간잡지이다. 「동경연애」는 집필년월이 1937년 3월로 기록되어 있다. 1937년 7월에 김용제는 십 년만에 귀국하여 서울 왕십리 아버지의 셋집에서 살게 되는데, 그렇다면 이 소설은 귀국하기 4개월 전에 동경에서 쓴 셈이 된다.

그는 1936년 3월 초, 3년 9개월, 햇수로는 5년을 치안유지법 위반으로 복역한 후, 2·26사건으로 계엄령이 내려진 동경에 돌아온다. 잠시 동안의 자유를 얻어 지친 몸을 쉬게 되는데, 1936년 10월 28일, '조선 예술좌 사건'으로 네 번째로 체포, 불기소·석방을 조건으로 귀국을 강요당하고, 하루하루 미루고 있는 사이에 37년 7월 강제로 송환되게 된다.

「동경연애」는 그 바쁜 와중에, 석방 직후의 심정과 생활을 그린 작품이다.

종래에 볼 수 있었던 김용제가 이 시기에 지은 유사한 내용의 저작으로서는 「반휴·반업(半休·半業)」(『동아일보』, 1936년 7월 1일~2일, 2회 연재)과, 「이향춘광(異鄕春光)」(『조선일보』, 1937년 4월 6일~8일, 3회 연재)이라는 두 편의 에세이가 있다. 「반휴·반업」은, "요 4, 5년간 태양도 녹음(綠陰)도 모르는 철창생활"을 마치고, 동경에 나와서 키시 야마지[貴司山治]의 호의로 붕가쿠안나이샤[文學案內社]에 근무하게 된 시기의 일을 솔직한 필치로 담담하게 쓰고 있다. 정사원은 아니었지만, 프롤레타리아 작가동맹 상근 서기시절의 "이름뿐인 생활수당, 실제로는 고구마를 삶아서 먹을"뿐인 생활에 비하면, 10년간의 일본체재 기간 중 가장 안정된 생활을 할 수 있었던 시기였다. "매일 출근하여 산더미 같이 쌓인 원고와 씨름하며, 일요일에는 근처의 이노가시라[井之頭] 공원에서 시를 쓰기도 하고 독서를 하기도 하면서"라는 식으로 신변잡기를 있는 그대로 그리고 있는데, 어디에서도 오기를 찾아 볼 수 없는 상쾌한 에세이이다.

「이향춘광」은 제목 그대로, 이향인 일본에서 맞은 1937년 봄을 그린 것인데, "서정적인 자연 찬미도 아니고, 최근의 나의 생활단편"

을 옮기는 것이 이 글의 목적이었다.

1936년 3월에 출옥한 다음, 1개월 정도를 기치죠오지[吉祥寺]에 있는 에구치 키요시[江口渙]의 집에서 신세를 지는데, 기치죠오지는 지금이야 동경의 고급 주택가로 멋쟁이의 명소의 하나지만, 당시는 아직 무사시노[武藏野]의 모습이 남아있던 동경의 교외였다. 에구치 의 집은 이노가시라 공원까지 걸어서 15분 정도인 곳으로 넓은 정원 에 십여 종의 상록수와 꽃나무가 심어져 있었다. 열 평 정도의 밭도 있어서, 김용제는 밭일 끝에 손에 물집이 생기기도 했다. 4월 중순에 구 프롤레타리아 작가동맹 사람들 40명이 모여서, 감옥에 있던 김용 제가 석방된 것을 축하하는 환영회를 열어 준 것을 계기로 신원보증 인이 되어 준 에구치의 집을 떠나, 근처에 있는 오오후우소오[櫻楓莊] 라는 아파트의 다다미 여덟 첩짜리 방에서 아동문학자 가와사키 다 이지[川崎大治]와 동거하게 된다. 오오후우소오[櫻楓莊]에서 그 이름 에 어울리게 벚꽃을 만끽하는 사이, 나카노 스즈코[中野鈴子, 시게하루 의 여동생]가 놀러 오기도 한다.

기치죠오지에서 긴자[銀座]에 있던 붕가쿠안나이샤까지는 너무 멀었기 때문에, 칸다[神田]의 니혼[日本]대학 앞 하숙으로 주거를 옮 기지만, 빈대에 시달리다못해 한 달도 살지 못하고 가미오치아이[上 落合]에서 가까운 카시와기쵸오[柏木町] 코오요오소오[光陽莊]로 옮긴 다. 여기는 집 이름과는 반대로 하루종일 빛이 들지 않고, 도야마[戶 山] 연병장의 총성이 신경에 거슬려서 이번에는 아스카야마[飛鳥山] 에서 화가인 친구와 동거한다.

4년만에 자유의 몸이 된 시인 김용제의 눈에는, 일본의 봄이 눈부시도록 자극적이었을 것이다. 꽃과 신록의 자연에 대한 아름다운 묘사를 제외하고, 「이향춘광」의 이야기 전개를 김용제의 행동에 초점을 맞추어서 간추려보면 위와 같이 된다. 「이향춘광」에는 예전 같이 과격한 공격적인 자세는 없다. 그 자신도 고생하며 나이를 먹었고, 더군다나 그가 옥중에 있던 4년 동안 사회 정세는 완전히 바뀌어서, 누구라도 프롤레타리아 문학이라는 이름을 입에 담을 수 없는 상황에 접어들고 있었다.

그러나 김용제는 싱쿄오[新協] 극단이 공연한 「북동풍」을 "예전에 좌익극장이 상연했던 극을 기법면에서 세련되게 만들어 재현해 주었다"라고 찬사를 보낸다. 극중의 부사장 부인 역은 하라 이즈미[原泉子]가 맡았고, 객석에는 목욕탕에서 넘어져 다친 나카노 시게하루가 흰 천으로 왼팔을 어깨부터 둘러메고는 보러 와 있었다.

또한 1936년 초여름에는 시바우라[芝浦] 매립지의 조선인 '빈민굴'을 방문했을 때의 '비참함'을 상당한 지면을 할애하여 기록하기도 했다. "그들의 광경을 정시하기에는 너무나도 가슴이 아프다"(「도쿄 시나가와 매립지 기타」, 『사해공론』, 1938.7)고.

5.

「반휴·반업」이나「이향춘광」을 통해서, 출옥 직후의 김용제의 상황을 어느 정도 알 수 있지만, 「동경연애」는 보다 직접적이고 보다 상세하게 우리에게 김용제의 심경과 행동을 전해 준다는 점에서 중요한 작품이다.

「동경연애」는 물론 창작이라는 형태로 발표된 것으로 에세이도 르포르타주도 아니다. 하지만 동시대의 인물 타키 요오사쿠[多木要作]가 "그의 행동은 곧 시(詩)다"라고 평했듯이, 소설「동경연애」에도 그 자신의 체험이 짙게 반영되어 있다. 작중 인물명도 실명을 조금 바꿨을 뿐이어서, 쉽게 모델을 추측할 수 있다.

주인공 학수는 5년만에 세상에 나올 날을 손꼽아 기다리고 있다. 봉투 만들기로 검붉게 얼어터진 손가락을 꾸부리며, 우쓰노미야[宇都宮] 교외의 기온은 영하 십 오도까지나 내려가고 눈은 3척. 난방도 없는 옥사의 추위가 심신에 사무친다.

출옥하는 날 동경쪽 하늘을 바라보며 "내가 오늘이야 저곳으로 간다!"며 미소를 띄운다. 지금까지 목숨을 유지하기 위하여 먹어왔던 검은 보리밥은 기차 도시락을 맛있게 먹으려고 한술도 뜨지 않는다.

일광부족과 영양부족 그리고 과도한 노동으로 학수 머리는 젊은 나이에 완전히 벗겨져 버렸다. 삼등차에 자리를 잡고 동경의 신문을 사들었다.

제2의 고향인 동경. 그 곳에는 일이 있고 친구들이 있고 애인도 있다. 당장은 에가미(江上, 에구치[江口]가 연상된다) 씨 댁에서 신세지기로 되어 있다. 에가미 씨는 학수가 입소한 이래 보호인이 되어 준 사람으로 작년 사월에도 일부러 우쓰노미야까지 면회를 와주었다. 학수는 에구치 씨가 보내준 봄옷을 입고 출소한 것이었다.

목적지는 기치죠오지(吉城寺, 기치조오지[吉祥寺]를 연상시킨다)에 내린 것은 오후 세시. 에구치 씨댁은 전과 다름없지만, 『문학신문』의 간판이 지금은 없다. "선생님 지금 막 돌아 왔습니다", "어서 올라오게. 얼마나 고생했나?"가 처음 인사. "아무 것도 없어서"라며 부인이 차려준 밥상에는 도미가 오르고 칠기 국그릇에는 고기국이 김을 내고 있었다. 식사 후 문화운동이 쇠퇴했다는 소식을 듣고 깜짝 놀란다. "끝까지 버티다 나온 것은 당신 한 분입니다. 구라하라[藏原]상이 북해도에 있을 뿐이고……" 전향의 계절조차도 지나가려 하고 있었다. 그날밤 다다미방 위에서 부드러운 이불을 덮고 잤다.

춘자는 학수보다 늦게 문학단체에 들어온 젊은 시인으로 구원회(救援會) 출신이었다. 학수가 문학단체에서 기거하며 서기 일을 맡아볼 때, 춘자도 근처로 이층을 빌려서 이사를 해왔다. 학수는 자기 글을 쓸 때 사무소가 편하지 않아서 춘자의 방에 가서 일을 했다. 조그만 석유 난로에 커피를 끓이고 밥상 위의 꽃을 보면서 식빵을 씹을 때, 두 사람은 즐거웠다. 목욕에서 돌아온 춘자가 상기된 얼굴에 가볍게 화장한 모습이 어여쁘다고 생각했다. 춘자가 병이 나서 고향에 돌아간 후에도 동경과 센다이[仙台] 사이에는 편지가 너댓 번 오고갔다. 춘자의 수술경과도 좋고 머지 않아 동경에 돌아온다는 편지를 받은 다음날 아침, 자고 있는 사이에 급습을 당한 학수는 또다시 체포당한 것이었다.

구 문학단체의 벗들이 사십인 정도 모여서 조선으로 송환되게 된 학수의 환영회를 열어준다.

춘자는 그 사이에 재판을 받아 집행유예 3년을 선고받는다. 학수는 출소 후 춘자를 만난다. 춘자의 사랑은 변함 없지만, 사회생활에 대한 그녀의 열의는 느껴지지 않고, 보여준 시 원고에도 예전의 기세는 없으며 문학 소녀의 손장난에 지나지 않는 것처럼 느껴졌다.

어느날, 일찍이 방세를 절약하기 위하여 공동생활을 생각한 적이 있던 춘자와 민자가 함께 학수를 찾아온다. 세 사람은 신주쿠[新宿]로 향하는 성선(省線)을 탄다. 민자는 열심히 문학에 관한 이야기를 꺼내기 시작한다. 차창 밖으로는 봄 경치가 가득한데.

이상이 「동경연애」의 줄거리다. 제목 「동경연애」는 동경에서의 연애라는 의미도 없는 것은 아니지만, 우선적으로는 동경이라는 자기 생활의 터전과, 그 터전에서의 동료들에 대한 사랑이라는 의미로 풀이할 수 있을 것이다.

작중의 민자는 나카노 스즈코를 연상시킨다. 김용제가 출소할 때까지의 연인은 춘자였지만, 춘자에서 스즈코로 사랑이 옮겨가기 시작하는 전조를 암시하며 「동경연애」는 끝난다. 사실 그대로라고는 할 수 없지만, 김용제의 사랑이 기타야마 마사코[北山雅子]에서 나카노 스즈코로 기울어 가는 과정과 비슷한 관계에 있다고 볼 수 있다.

현실의 김용제도 작품 속의 학수도, 햇수로 5년의 형기를 마치고 사회에 나오지만, 좌익문학 운동의 쇠퇴는 눈뜨고는 못볼 정도였고, 동료들은 모두 머리를 숙이고 나와서 일상생활을 영위하고 있었다. 5년 동안의 옥중 생활은 무엇이었던가 하는 허무감도 작용했겠지만, 동시에 옥중에서 전향을 하지 않았다는 자부심도 있었을 것이다.

김용제에게 윤리적으로 빚을 진 구 프롤레타리아 문학자들에 있어서, 김용제라는 존재는 눈이 부셨을 것이다. 『조선일보』 1936년 3월 29일, 「학예소식」란은 "김용제군 송별회, 동경 지우(知友)가 개최"라 하여, 40명 정도의 벗들이 모여 출옥 축하회를 열었다고 전해진다. 물론 출옥 축하회라고 할 수 없었기 때문에, 고국 송환에 즈음하여 송별회라는 형식을 취한 것이다. 그 40명 중에서 뒷자리에서 눈물에 젖은 안경을 닦고 있던 것이 스즈코로, 그 후 두 사람은 급속히 접근하여 이윽고 오빠 시게하루의 귀에도 두 사람의 관계가 알려지게 된다.

「동경연애」는 출옥 직후의 김용제를 둘러싼 상황과 그의 심경을 파악하는 데 있어서 빼놓을 수 없는 작품이라고 할 수 있다.[4]

4　김용제는 청년시대에 발표한 작품의 내용이나 제목을 거의 모두 기억하지 못했다. 반공(反共)을 국시로 해온 한국에서 생활하는데는, 잊어버리는 편이 마음이 편하다는 측면도 있었을 것이다. 「동경연애」도 잊고 있었다. 저자로부터 건네 받은 복사를 보며, 기억을 일부분 되살리기도 하고, 다른 소재를 여러 가지 섞기도 하여 새로운 구상으로 고쳐 쓴 것이, 원고지 180매에 이르는 일본어판 「동경연애」이다. 이것은 나중에 제목을 「환상」으로 바꿔서 동경의 『자오선』이라는 잡지 6호(1993년 8월 간행)에 실었다. 1937년의 한글판 「동경연애」와 「환상」은 제재에 동일한 부분이 있다손 치더라도 그 문학정신은 전혀 다른 것이다.

6.

「애광기(愛光記)」는 『사해공론(四海公論)』(1937년 8월호)에 발표되었다. 치안유지법 위반으로 검거된 김용제는 제1심 동경지방재판소, 제2심 동경공소원(控訴院, 지금의 동경고등재판소), 최종심은 대심원(지금의 최고 재판소)에서 법정 투쟁을 벌였다. 이 중에서 피고 본인이 출정할 수 있는 것은 지방 재판소뿐이고 2심, 3심은 피고인 궐석하에 재판을 받는다. 3심에서 김용제는 스스로 상고서를 썼다. 그 전문을 지금 『대심원 형사 판례집』에서 찾아 볼 수 있다.

「애광기」는 대심원 판결이 내리고 형이 확정되기 전후의 구류생활을 적은 소설이다.

주인공 인수는 치안유지법 위반 상고사건에 관한 대심원 공판일을 기다리고 있다. 변호사를 공판정에 출석시키지도 못하고, 자기가 혼자 작성한 상고취의서(上告趣意書)에 대한 문서심리(文書審理)의 판결통지를 기다리고 있다. 공판일로부터 이미 17일이나 지났는데도, 아직 통지가 오지 않는다. 친구들한테서 오는 편지가 가장 반갑다. 여류작가이자 애인인 마사에[雅江]로부터 온 엽서도 있다. 엽서에 눈을 돌리고 있자니 감방 문이 열린다. '마침내 왔구나' 하고 인수는 생각한다.

　二八一번 오늘부터 자격이 변하니까 자기 물건은 모다 정리하고서 기다려. 앞으로는 사품은 일절 필요가 없으니까 맺기든지 내보내든지 하라.

대심원의 판결 결과가 어땠는지를 물어봐도 간수는 대답하지 않고 관구장(管區長)한테 물어보라고 한다. 12월 11일이 되어 상고는 기각되고, 미결구류기간은 통산되지 않는다는 언도 내용을 전해듣는데, 기각이유는 말해주지 않는다. "그것은 형무당국한테 물어봐. 여기서는 행정상의 집행수속을 할 뿐이니까"라는 말을 듣는다. 누더기 같은 붉은 옷은 썩은 쇠고기와 같은 빛과 냄새가 나서 구역질이 나지만 가까스로 참고 입는다. 짧은 소매 끝은 콧물과 때로 찌들어서 검게 번질거리고 있었다. 머뭇거리고 있자니 욕지거리가 날라 온다. 그곳에 잡일꾼이 와서 "신입의 머리를 깎겠습니다"라고 담당 간수에게 말한다. 인수는 굴욕과 분노를 느끼면서 "시원하게 되었스다 중역갓치는 보이는가요"라고 농담 비슷하게 말하자, 건방진 수작을 말라며 간수는 고함을 친다.

보통 감옥은 1평 1합인데 그의 방은 두 배 이상 넓다. 3인용 방이나 사상범이니 한 사람만 수용한다. 밖은 초봄이나 감옥 안은 볕도 제대로 들어오지 않아서 춥다. 간수가 '입소시 감상록'을 쓰라고 한다. 용지를 보니 '재판에 대하야 어떻케 생각하고 있는가', '었더한 사정으로 범죄를 하게되엿가', '현재 사회제도에 대하야 어떻케 생각하고 잇는가'부터 시작하여 '오락은 무었인가', '담배와 술을 얼마나 하는가'에 이르기까지 질문이 나열되어 있다. '범죄하야 엇든 돈을 무엇에 사용하얏는가'라는 항목만은 쓰기를 거부한다.

간수가 칸트의 『지식의 문제』와 『청년문장강습록』을 가지고 와서 이것을 읽으라고 한다. 인수는 사본(私本)을 청구하였으나 3급 이상의 징역수가 아니면 사본을 허락하지 않는다는 것이다. 3급까지 출세하려면 6개월에서 1년 이상 걸린다. 당분간은 관본(官本)을 1개월에 두 권 빌려 읽을 따름이다.

다음날부터 게다(나막신)의 코 끈을 만드는 작업이 시작되었다. 1일 11시간, 127켤레가 하루 할당량인데, 첫날은 85켤레밖에 못 만들었다. 언 손으로 익숙하지 않은 일을 하니까 상처가 난다. 한번 다치면 불결함과 추위 때문에 좀처럼 낫지 않는다.

인수는 관구장에게 면회를 신청하여, 대심원의 판결서를 보고싶다고 요구한다. "대심원재판은 가장 공명정대하고 조금도 의심둘 곳은 없는데요", "이적지 그러한 레도없었슴으로"(이제까지 그러한 예는 없었기 때문에)라고 일축 당하지만, 집요하게 몇 번이나 "원합니다"를 반복하고, 비용을 자기가 부담하기로 하여 가까스로 열람수속을 밟겠다는 약속을 받아낸다. 관구장(管區長)과의 면회를 마치고 자기 방으로 돌아온 인수는, 자기 사건을 마지막까지 직시하고, 자기 자신을 믿고 여기까지 왔다는 만족한 미소를 띄운다. 넓은 천장으로부터 희미하게 스며드는 햇살을 받으면서, 인수는 양손을 Y자 모양으로 넓게 치켜들고는, 마음껏 커다란 기지개를 펴는 것이었다.

「애광기」에는 잔인한 고문장면이 그려져 있는 것은 아니지만, 일본의 혁신을 노리는 문학자들과 함께 문학활동에 종사한 한 사람의 조선인 문학자의 양심과 고뇌가, 과장이나 오기 없이 작품화되어 있다. 「애광기」속에서도 이 정도로 고집하고, 스스로 쓴 대심원 상고서는 어떤 것이었을까. 김용제가 쓴 상고취의서를 우리는 볼 수가 있다.

일본이 "조선민중을 실로 파렴치하게 착취 압박하고, 해마다 수만을 넘는 민중을 그 고향으로부터" 떠나게 하여, "그 일환으로 내 집도 희생이 되어", 일본에 건너 온 다음도 신문배달이나 우유배달을 하며 최저한의 생활을 했다. 이러한 곤궁한 생활을 타파하고, "반사회적 기구를 개량 변혁하려고 하는 의사나 그러한 목적을 수행하기 위한 제반 활동은, 사회와 인류가 진보하는데 있어서 당연한 요구로, 정의 진리를 열애하는 진보적인 인사의 권리이자 의무인 것입니다"라며, 치안유지법을 만든 정신이야말로 반사회성에 입각한 것이라 비판한다. 더욱이 그가 소속했던 공산주의 청년동맹은 치안유지법에서 말하는 '비밀결사'가 아니라, 전 세계에서 국제적인 규모로 공공연히 활동하고 있는 단체라고 반론했다.

그의 주장이 받아들여지지 않고 상고가 기각된 것은 당연한 결과라고 한다면 당연한 것이겠지만, 그는 최후까지 자기의 신념을 관철했고, 그런 만큼 출옥한 후 사람들에게 존경받았기 때문에, 서울의 『동아일보』와 『조선일보』를 비롯하여 많은 신문과 잡지들이 그에게 활동 무대를 제공한 것일 것이다.

7.

김용제는 조선인 프롤레타리아 문학자로서 가장 용감하게 일본 지배층과 싸웠다. 「현해탄」·「봄의 아리랑」·「사랑하는 대륙이여」 ·「국경」·「3월 1일」 등등, 작품명만 보아도 그가 조선인 프롤레타리아 문학자의 입장에 서 있었던 것을 알 수 있다.

그의 활동 무대는 일본과 조선 양쪽에 걸쳐 있었으며, 저작도 조선어와 일본어 양국어로 썼다. 치안유지법에 걸려서 4년이라는 세월을 징역과 노동으로 보낸 뒤, 전향을 강요당한 끝에 친일문학으로 기운다. 그 몇 년 동안의 친일문학 행위 때문에, 그 이전의 공적까지 모두 부정당하고, 해방 후 1945년부터 죽음에 이르는 1994년까지 문학활동의 장을 기본적으로 제공받지 못했다. 한국에서는 그는 완전히 무시당하고 있는 것이다. 무시 정도라면 그래도 괜찮다. 때때로 그의 이름이 거론되는 것은, 언제나 대표적인 친일문학자로서 규탄을 받을 때뿐이었다. 일본에서도 잊혀져서, 『일본 프롤레타리아 문학대계』 같은 부류에서도 그의 작품을 찾아 볼 수가 없다.

문학자에 대한 평가는 결과만으로 판단해서는 안된다. 루쉰[魯迅]이 위대한 것은, 만년에 그가 공산주의에 접근했기 때문은 아닐 것이다. 김용제의 오점은 오점이라 치더라도, 그가 목숨을 걸고 일본제국주의와 싸운 문학까지도 말소시켜서는 안된다.

또한, 설사 한국에서 친일문학자로서 규탄을 받는다 하더라도, 친일문학을 강요한 일본인의 자손으로서, 비난의 합창에 가세할 수는 없다. 그것은 친일문학을 옹호하는 것과는 별개의 문제일 것이다.

(『세계문학』 80호, 세계문학회, 1994.12)

제3부

한국문학사 연구(2)

제주·북한문학

제주문학을 생각한다

제주문학에 대한 연구는 크게 셋으로 나누어 접근해 볼 수 있다.
첫째, 이름 없는 민중들의 집단 창작인 민요나 민담을 중심으로 접근
하는 방법이다.

둘째, 고전문학을 유배문학으로 파악하는 접근 방법이다. 유배문
학은 양반들의 한문학에 속한다.

셋째, 근대문학, 즉 1920년대 이후에 한글로 쓰여진 소설·평
론·시조·에세이 등을 중심으로 접근하는 방법이다.

지금까지 제주문학을 연구해온 각 분야의 선행 연구자들의 업적
을 어떻게 정리하고 평가할 것인가 하는 문제는 이후의 과제이겠지
만, 여기에서는 저자가 간혹 본 문헌에 대한 느낌, 그리고 제주문학
을 접한 경험이나 생각을 적는 데 그치기로 한다. 따라서 반드시 체
계적인 문학사 서술이 되지는 않을 것이라는 점을 미리 밝혀둔다.

1. 민요

조선 민요에 대한 연구로는 최남선이나 이광수의 선구적인 일련의 작업이 있다. 『조선문단(朝鮮文壇)』·『동아일보』·『조선일보』에 발표된 논설들이 그것이다. 일본어로 된 것으로는 한 권의 책으로 묶인 이치야마 모리오[市山盛雄] 편의 『조선민요연구』(사카모토서점[坂本書店], 1927.10)를 들 수 있다.

그 중에서도 최남선의 「조선 민요 개관」과 이광수의 「민요에 나타난 조선 민족성의 일단(一端)」이 빛을 발한다.

김소운(金素雲)의 작업도 잊어서는 안된다. 단행본만 들어도 『조선민요집』(泰文館, 1929.7)·『언문(諺文) 조선구전민요집』(第一書房, 1933.1)이 있다. 특히 후자는 7백 페이지에 이르는 대작(大作)으로 그 태반이 『매일신보』 학예면의 독자를 통해 수집된 것들인데, 거기에다 일본어로 번역된 『조선민요집』의 원가요(原歌謠, 1924년~1929년 채집)와 '두세 지인(知人)들의 노력에 의해 얻은 자료'를 합쳐놓은 것이다. 경기도에서 시작해 각 도별(道別)로 수집한 민요를 배열한 것이지만, 제주도 민요는 전라남도의 한 지방으로 분류돼 불과 12편밖에 수록되어 있지 않다.

김소운이 이와나미[岩波]문고의 『조선민요선(朝鮮民謠選)』 중에서 "다행히도 구전(口傳)민요의 수집과 보전은 좋은 기회 덕분에 3백여 명의 사람들로부터 협력을 얻을 수 있어서 전(全)조선에 걸쳐 2천 3

백 여의 순수한 자료를 수집할 수가 있었다"고 말한 것은 바로 이 때의 일을 가리킨 것이다. 하지만 『언문 조선구전민요집』의 2,375편 중에서 제주도 민요에 해당하는 12편은 불과 전체의 0.5퍼센트에 지나지 않는다. 제주도가 아직 도(道) 취급을 받지 못했던 시점이긴 해도 이것은 너무 적은 양이다. 좋은 협력자를 얻을 수 없었던 사정이 있었는지는 모르지만, 김소운이 제주도 민요에 그렇게 흥미를 느끼지 못했기 때문이라고도 볼 수 있다.

제주도 민요에 특이한 관심을 가졌던 사람은 경성제국대학(京城帝國大學) 교수로서 조선어학 및 문학 강좌를 담당했던 다카하시 도오루[高橋亨]였다. 그는 『제주도의 민요』(서울 宝蓮閣, 1974.10)를 저술했는데 그 안에 많은 제주 민요를 채록한 위에 일본어 역까지 붙이고 있다. 이 책은 제주 민요를 내용별로 '자장가'·'농요'·'해녀요'·'방아노래[杵磨謠]' 등으로 분류하고 거기에 해설까지 붙인 것인데, 『언문 조선구전민요집』처럼 자료 중심이 아니라 어설픈 논문체를 취하고 있어서 때로 해설이 눈에 거슬리는 경우도 있다.

조선 한문학사, 게다가 조선 유학이나 사상사, 요컨대 한문이 전공이었던 다카하시가 조선 민요에 관심을 가졌던 이유, 특히 제주 민요에 끌린 이유에 대해 다카하시의 제자 가운데 한 사람인 오오타니 모리시게[大谷森繁]는 다카하시의 말을 '그대로 재수록'하면서 다음과 같이 전하고 있다(『제주도의 민요』 후기).

한문으로 쓰여진 조선문학을 아무리 연구해봐도…… 깊은 감명을 준

문학은 좀처럼 없었다. …… 이에 반해 조선의 이른바 농민이라든가 상인 즉 사농공상(士農工商)의 농공상(農工商)에 종사하는 사람들의 마음에는 조선의 정치가 바로 거울에 비추듯 비치고 있다. 그런데 그렇게 비친 조선의 정치 및 조선의 인정(人情), 그것을 버려 두고서는 조선의 문학 또는 조선인의 영혼을 알 수가 없다. 이렇게 생각하며 나는 조선의 민요에 눈을 돌렸다. 그리고 조금씩 연구해가는 중에, 처음에는 경성 부근의 유행가라든가 혹은 무학(無學)의 조선인들이 그저 한 때 부르는 노래라든가 하는 것들이었는데 그것을 점점 확대해감에 따라 의외로 아주 옛날의 풍속이 남아있고 옛 정치가 남아있는 제주도에서 조선의 민요라는 것을 보고 실로 경탄하지 않을 수 없었다. 그것은 바로 일본 만요(万葉)의 민요, 지나(支那) 시경(詩經)의 민요와 완전히 같은 의미의, 내용은 다르지만 완전히 같은 의미의 노래였다.

다카하시 도오루도 역시 그 시대 사람으로서의 한계가 있었다. 조선 한문학에 대해 중국문학을 "모방해서 만든 문학의 범위를 벗어나지 않습니다. 시도 그러하고 문(文)도 그렇습니다"라고 한 데에서도 알 수 있듯이 그는 조선의 독자성을 발견하지 못했다. 그리고 자신에게 가장 자신 있는 전문 영역인 연구 대상의 가치를 스스로 부정해 버린다. "조선문학은 대체로 모방문학이라는 범주를 벗어날 수 없고, 이를 사상사적으로 본다면 중국 사상사의 일부로 편입해야 할 정도의 것이다"라고도 말하는 것이다. 그러나 그의 연구에서는 곁길이라고 할 수 있는 민요에서 문학적 가치를 발견한 공적은 매우 크다고 할 수 있다. 민요 연구가 결국은 시경(詩經)의 국풍(國風) 편찬자의 의도처럼 백성의 소리를 듣고 국정에 도움을 주겠다는 의도를 가진 것이라고 해도 그렇다. 확실히 그는 당시 일본인으로서는 드물게 조선어를 이해할 수 있는 능력을 갖고 있었으며 제주 민요를 민요의 최고봉에 올려놓은 혜안의 소유자였다. 그리고 그의 수집 작업이 있었기때문에 제주 민요가 오늘날까지 단절되지 않고 어느 정도나마 전해질 수 있었다고 확신한다.

물론 그의 민요 수집은 그 개인에 의한 것이 아니라 많은 사람들의 협력이 있었기 때문에 비로소 실현될 수 있었다. 1929년 당시, 다카하시는 자신의 강좌를 듣고 있던 전공학생을 동원하는 한편으로 "경성제국대학 조선어학 문학 연구실이라는 이름으로 전(全) 조선의각 공립보통학교 및 각도(各道) 학무과(學務課)에 그 지방 민요의 수집 보고를 의뢰했다". 그 결과 "천여 장(章)의 가요 보고를 접하고" 그 후에도 다카하시의 수업을 듣는 전공 학생과 그가 관계하고 있던 "경학원(經學院) 부설 명륜학원(明倫學院) 생도를 동원해 각각 향토 민요를 채집하게 했"던 것이다. ―그 스탭 중에 김태준(金台俊)·김재철(金在喆)·김사엽(金思燁)·오영진(吳泳鎭)·조윤제(趙潤濟) 등이있었고, 그들이 해방 후에 눈부신 연구 성과를 올리게 되는 것이다.

이러한 민요 수집 작업 중에서 커다란 성과가 나온 것이 제주도와경상도였다. 다카하시는 전후 텐리[天理]대학에 돌아온 후에 그 제주도 부분에 몇 번 손을 대다가 죽고 마는데, 그때 남은 원고를 후배와제자들이 정리해 출판한 것이 『제주도의 민요』이다.

경성제국대학이 전국에 지시를 내린 민요 수집은 조선총독부 학무국의 민요 수집과 본질적으로 동일한 것이어서 문제가 있긴 하지만, 그래도 뛰어난 조선인 스탭의 협력에 의해 1930년 전후의 민요가 기록으로 남았다는 것은 커다란 공적이라 할 수 있다. 다만 녹음자료가 아니라 활자화된 것이고 또 관료 조직을 통해 수집된 제주 민요라서 어느 정도 신뢰할 수 있을지는 의문이다. 그리고 활자에 제주 방언이 살아있는 부분도 있지만 표준어에 상당히 가깝게 정리되어 있는 것으로 보인다. 상세한 검토는 이후를 기다려야 할 것이다.

진성기(秦聖麒)가 지은 『제주도 민담(民譚) － 제주도 사투리와 옛말』(제주민요연구소, 1976.6)처럼 민담 전승자의 방언을 그대로 채록하고 본문과 같은 분량 정도의 상세한 어학적 주석을 붙인 작업이 민요에서도 있어야 마땅하다. 어쩌면 이미 있는지도 모르지만 지식이 일천한 저자로서는 아직 볼 수가 없었다.

귀중한 제주 민요 자료집으로서는 김영돈(金榮敦)의 『제주도민요연구』(일조각, 1965.11)가 있다. 제주도 전역을 3년 반에 걸쳐 답사하여 3천여 수(首)를 수집했는데 "원가(原歌) 표기는 어디까지나 전승자의 발음에 충실"하게 기록하고 있다. 이 책은 노동요편·타령류편·동요편을 테마별로 분류하고 권말(卷末)에는 제주도 민요 분포도와 제주도 민요곡집(오선지 악보가 붙어 있음)을 싣고 있는 본격적인 자료집이다.

제주의 신화, 전설, 민담 등은 탐라연구회가 출판한 『제주도』 제5권에 실린 두 논문, 즉 양성종(梁聖宗)의 「일본에서의 제주도 연구 현황」과 김영돈·신행철(申幸澈)·강영봉(姜榮峯)의 「해방 후 제주연구 개관-어문학·민속」에 소개되어 있기 때문에 여기에서는 다루지 않기로 한다.

2. 유배문학

유배문학에 대한 연구로는 1960년대에 나온 정익섭(丁益燮)과 김 영기(金永琪)의 연구가 있고 최근의 연구로는 소재영(蘇在英)의 저작이 있다. 조선조 519년의 태반은 당쟁으로 세월을 보낸 시기이기도 했지 만, 그 가운데서 형성된 유배문학은 조선문학 중에서 상당한 비중을 차지한다고 할 수 있다. 유배지는 한반도 남단이나 북단의 벽지였는데 그 중에서도 제주도나 추자도인 경우가 많았다. 저명한 서예가인 추사 (秋史) 김정희(1786~1856)도 서울에서 가장 먼 제주도, 그 중에서도 가 장 먼 대정(大靜)에 유배되었던 것이다.

근대 이전에는 정치가와 문학자의 구별이 없었고 지식인이 문화를 한 손에 쥐고 있었기 때문에 정쟁에 패한 정치가가 유배지에서의 우 수를 문학작품에 의탁하는 경우가 많았다. 제주도는 그 지리적 조건 이나 경제적 조건에서 볼 때 가장 혹독한 유형지였다. 두 번 다시 살 아 돌아갈 수 없다는 절망이나 고독감, 사회적 활동의 장을 몽땅 잃어 버린 상실감 가운데 군은(君恩)에 의한 은사(恩赦)에 희망을 걸고 실의의 눈물 속에서 제주의 산하, 초목, 인물 등을 노래했던 것이다.

조정철(趙貞喆, 호는 靜軒, 1751~1831년)은 33년간의 유배 생활 중 28년을 제주도에서 보낸 사람이다. 그의 한시 한 편만 소개하기로 한다.

> 魯聖乘桴意
> 秦皇採藥愁
> 那曾窺是海
> 猶未到斯州
> 遠謫僊緣重
> 相看俗事休
> 君恩隨處大
> 且莫恨長流

—「漢拏山」 전문

노(魯)나라의 성인(聖人) 공자는 작은 뗏목에서 사색하고
진(秦)나라 시황제는 불로초 찾아 마음 졸였네
당시, 이 바다 건너려 했지만
제주까지 올 수는 없었네

멀리 유배되었으니 선인(仙人)에 가까운 나날 보내고
한라산 바라보면 모든 속사(俗事) 잊는다네

군은(君恩)은 도처에 가득 차 위대하므로

그저 먼 섬에 온 것도 한(恨)하지 않으려 하네

―「한라산」 전문

정온(鄭蘊, 호는 桐溪, 1569~1641)도 광해군 시대에 제주에 유배되어 섬사람들의 가난한 생활을 노래하고 있다.

縞衣貧女不爲容

燈下持針事補縫

夜久假眠衣不鮮

明朝貸粟又孤春

―「貧女吟」 전문

백의(白衣, 주나라에서는 천한 여자의 복장)의 가난한 여자 그 모습 보인 것은 아니네

등잔 밑에서 바느질에 힘쓴다네

밤 깊어 선잠 잘 때도 갈아입을 옷이 없다네

내일 아침에도 좁쌀 빌어 다시 혼자 찧겠지

―「가난한 여자의 노래」 전문

조선시대 제주도의 서민은 혹독한 환경 속에서 살아남는 것이 고작이어서 스스로 한시를 지을 여유 따위는 없었을 것이다. 그러므로

중앙에서의 당쟁에 패해 제주로 유배당해온 지식인들의 손에 의해 당시 제주의 산하(山河)나 서민들의 생활이 문학으로 남았다는 것은 다행스러운 일일지도 모른다. 타지(他地) 사람이 마지못해 제주 땅에 정착해 제주의 풍물이나 생활을 노래한 것을 제외한다면 전근대(前近代)의 제주문학은 성립할 수도 없었을 것이다.

제주도의 유배문학에 대한 연구로는 고(故) 양순필(梁淳珌) 제주대학 교수의 『제주 유배문학 연구』(도서출판 제주문화, 1992년 9월)가 가장 상세하다. 그는 30년간 이 주제만을 쫓아다닌 제주 출신의 연구자이기도 하다.

3. 1920, 30년대의 제주문학자

제주문학의 근대는 1920년의 『동아일보』 창간과 함께 시작된다고 할 수 있다. 와세다[早稻田]대학을 졸업한 김명식(金明植, 1891~1943년)은 『동아일보』 창간에 참여하고 논설이나 시·문학평론 등을 썼다. 김지원(金志遠, 1903~1927년)은 김명식과 같은 고향인 제주도 조천(朝天) 출신으로, 『조선문단』을 무대로 1925년부터 1926년에 걸쳐 7편의 시를 발표한다.

김이옥(金二玉, 1918~1945년)은 제주시 출신으로 일본에서 학업을 받고 공장에서 일하면서 일본어로 시를 발표했으나 그 후 제주로 돌아와서는 한글로 시를 썼다. 1946년 1월 20일 발행된 『신생(新生)』 2권 1호가 『신생』사 편집부 이름으로 "향토 시인 고(故) 김이옥 군(君)을 추도하며"라는 추도문을 싣고 유작 2편을 소개한다. 시집 『흐르는 정서(情緖)』가 있지만 발견되지는 않았다. 일본어로 된 시는 제주대학 탐라문화연구소가 1995년 8월에 발행한 탐라문화총서 13 『제주문학 1900~1949』에 수록되어 있다. 그것에 따르면 「이어도」·「해녀(海女) 1」·「해녀(海女) 2」·「슬픈 해녀인가」·「방고애부(訪故哀賦)」 등과 같이 제목에서 이미 고향 제주를 제재로 노래하고 있다는 것을 알 수 있다. 그 중에서 주목되는 시는 「나의 노스탤지어여」이다. "보리씨 뿌려 좁쌀 밥 먹고 / 감자 방귀 뀌어대는 우둔의 섬", "세찬 바람에 자갈 춤추는 들판", "풀조차 자라지 못하는 궁핍의 땅", "샘도 바싹 말라버린 강가 모래밭은 / 향수의 빈 병인가", "개똥 투성이의 하얀 길"이라고 고향을 실컷 비방하면서도, 이국(異國) 땅에 있는 시인은 그 고향을 "오오 / 나의 노스탤지어여"라고 애증 섞인 노래를 하고 있다.

이영복(李永福, 1921~)은 지금도 번역 등으로 활약하고 있는 사람이다. 이 시인·소설가에 대해서는 「『청년작가』와 제주도 출신 문학자 이영복·양종호」라는 제목으로 글(와세다대학 어학교육연구소, 『語硏포럼』 제4호, 1996)을 쓴 적이 있기 때문에 여기서 다시 반복하지 않겠지만 문학자로서도 편집자로서도 높게 평가할 만한 사람이다.

해방 전의 제주문학에 대한 글로서는, 짧은 논문이긴 하나 김영화

(金永和)의 「일제 강점기의 제주문학」이 빼어나다(『제주문학』제28집, 1995.12). 이 글은 앞에서 소개한 자료집 『제주문학 1900~1949』의 해제(解題)를 겸하고 있는 글이기도 하다.

이상에서 다룬 문학자 외에도 신동식(申東植)이나 강관순(康寬順) 등이 있지만 작품이 적기 때문에 생략하기로 한다.

4. 『국민문학』지와 이시형·구레모토 아츠히코

『국민문학』지는 1941년 11월부터 1945년 5월까지 서울 인문사 (人文社)에서 발행된 월간 문학 잡지이다. 태평양전쟁 직전에 사상 통제의 필요성과 용지난(用紙難)이라는 사정 때문에 다른 문학지가 폐간된 후 조선 유일의 문학 잡지로 창간되었다. 원래는 한글판 연 8회, 일어판은 연 4회 발간할 예정으로 시작했지만 곧바로 일본어 지면만 있는 잡지가 되고 말았다. '친일문학'이 대세를 점한 가운데 김사량(金史良)의 「물오리섬」, 「태백산맥」, 김종한(金鍾漢)의 일련의 시 등이 실려 민족의 정체성을 주장하는 측면도 지니고 있었다.

제주도 문학자로 『국민문학』에 글을 발표한 사람은 이시형(李蓍珩, 1918~50)과 구레모토 아츠히코[吳本篤彦, 본명 미상], 야마다 에이스케[山田榮助], 세 명이 있다.

애월(涯月) 출신의 이시형이 미야하라 산지[宮原三治]라는 이름으로 1944년 8월호에 발표한 소설 「이어도」가 '신인 추천'되었다. 이어 45년 2월호에 「신임교사(新任教師)」가 추천되어 소설가로서 사회적 인정을 받게 된다. 이 두 편 모두 구제(舊制) 중학 교원이 주인공이다.

「이어도」는 제주가 주요 무대가 되고 있다. 중학을 막 졸업한 20세 전의 남(南)은 중학 5년의 여학생반의 담임이 된다. 그 반에는 임죽미(林竹美)라는 문제아 한 명이 있다. '명석한 두뇌'를 가졌지만 '고집불통'으로 본처 소생이 아니며 모친이 보호자로 되어 있다. 어머니는 가슴앓이로 일년의 절반 정도는 드러누워 있어 생활이 쉽지 않다. 남은 죽미를 위해 이것저것 분주하다. 죽미는 졸업 후 고생해서 제2종 교원 면허를 취득하고 훈도(訓導)가 되지만 새로이 제1종에 도전한다. 남은 죽미를 도와주는 사이에 생도에 대한 감정 이상의 애정을 느끼고 결혼을 결심한다.

가난한 집안의 불량스런 소녀가 남에게 계속 반발하면서도 남(南)을 사모하는 감정이 상당히 잘 묘사되어 있다. 절정은 남이 저녁 무렵 시원한 바람을 쐬러 방파제로 나갔을 때 등대 뒤에서 죽미가 혼자 민요 '이어도'를 부르고 있는 것을 듣는 장면이다. 제주도에서 멀리 떨어진 이어도에 용궁과 같은 나라가 있어 고기잡이를 나가 돌아오지 않은 남편이 거기에 있다고 믿으며 자신도 남편이 있는 이어도에 가고 싶은 마음을 애수에 젖어 노래하는 해녀의 노래이다. '이어도'를 부르는 죽미의 모습을 보며, 남은 죽미가 용궁의 궁녀가 아닐까하는 착각마저 일으킨다.

바다와 빛과 전설과 민요와 한라산이 엮어내는 「이어도」를 읽고 난 느낌은 상쾌하다. 1944년 8월이라는 험한 시점에서 쓰여진 만큼 한층 호감이 가는 작품이다.

다만 「이어도」의 가장 마지막 부분에서 남과 죽미가 결혼을 결의하고 "신궁대전(神宮大前)에서 서로를 허락하자"고 조선 신궁(서울)으로 향하는 장면은 납득할 수가 없다. 하지만 이것은 신변을 보호하기 위한 일종의 알리바이가 아닌가 생각된다.

단편 「신임교사」는 제목 그대로 교육에 열성인 신임교사의 이야기로서 무대는 조선 북부의 중학교이다. 많은 교사들이 야스다[安田]라는 생도를 제적 처리하려고 하자 주인공인 구스하라[楠原]는 "생도를 황민(皇民)으로 단련한다는 대목표는 제쳐두고 생도의 잘못만을 찾아다니는" 동료들에게 반대한다. 징병제가 실시돼 야스다가 갑종 합격을 받게 되자 완고했던 교무주임도 주장을 굽히고 축복한다.

「신임교사」에는 젊은 교사의 열정은 잘 그려져 있지만 시국의 요청이 표면에 노출되어 아무래도 가작(佳作)이라고 말하기는 어렵다.

짧은 평론 「애정의 날개」에서 이시형은 「이어도」와 「신임교사」의 창작의도를 밝히고 있(『국민문학』, 1944.9)지만 그것이 그의 속마음인지 어떤지는 알 수 없다.

구레모토 아츠히코는 다작의 작가이다. 1941년 국민총력연맹 문화부의 문화익찬(文化翼贊) 현상소설에 「귀착지」가 입선된 것을 시작으로 두 번째의 일본어 작품인 「양지의 집[日向の家]」이 조선문인협회 모집 현상소설 예선을 통과했으며, 이어 사법보호(司法保護)소설

「한춘(寒椿)」과 저축 선전극 각본 「파도(波濤)」를 발표했다. 그 가운데 『국민문학』이 1943년에 신인 추천제도를 실시한 것을 기회로 「긍지(矜持)」를 투고해 발표되었다. 『국민문학』에 발표된 구레모토의 소설은 4편이고 에세이는 2편이다.

소설 「긍지」, 1943년 9월호.
소설 「기반(羈絆)」, 1943년 11월호.
소설 「휴월(虧月)」, 1944년 4월호.
소설 「벼랑[崖]」, 1944년 9월호.
에세이 「국어 문학과 나—나의 도정(道程)」, 1944년 5월호.
에세이 「나의 주제—유가타[浴衣]의 틈[溝]」, 1944년 9월호.

김영화 교수는 앞에서 언급한 「일제 강점기의 제주문학」 중에서 "구레모토 아츠히코의 경우도 제주도 사람인지 아닌지 알 수가 없다"고 말하고 있는데, 구레모토는 확실히 제주도 사람이다. 아마 제주시 출신이라고 생각된다. 왜냐하면 「나의 도정」에서 "나는 내선(內鮮)의 인연이 깊은 제주도에서 태어나 오늘에 이르고 있다. 곧 귀향해 어릴 적부터 왠지 모르는 향수로 이어진 삼성혈(三姓穴)에서 신의 계시를 찾는다(…이하 생략…)"고 말하고 있기 때문이다.

「긍지」는 3대째 이어진 유서 깊은 광양동(光陽洞)의 철수 집이 아들의 방탕과 사업 실패로 남의 손에 넘어가고 마는데, 구가(舊家)의 자존심을 걸고 필사적으로 집을 되찾기까지의 과정을 담은 이야기이다. 선조로부터 물려받은 것을 일단 넘겨주지만 그것을 다시 찾는 귀기(鬼氣)어린 집념이, 서귀포의 밀감 밭·마을 외곽의 동문교(東門橋)·관덕정(觀德亭)의 석첩(石疊) 위에서의 장기(將棋)·곰방대에 담배를 갈아 채우는 노인들에 대한 묘사를 배경으로 펼쳐진다. 오래된 것에 대한 집착은 감동적이기까지 하다.

일본어로 작품을 쓰는 데 익숙했을 구레모토지만 「긍지」의 일본어에는 기묘한 표현이나 안정감이 없는 어구가 여기저기 발견된다. 역시 무리해서 일본어로 쓰고 있구나 하는 생각이 든다.

「기반」의 무대는 제주도가 아니라 충청남도의 어느 역전(驛前)에 있는 여관이다. 온 식구가 길가에 쓰러져 죽을 뻔한 것을 일본인 에조에[江添]의 도움으로 살아난 권 옹(아내는 사망)은 도와준 여관의 부자(父子)에게 고마움을 느끼고, 다른 호텔에서 온 좋은 조건의 스카우트 제의에도 응하지 않는다. 여관 주인의 아들인 슌이치[俊一]는 전사한다. 어느 날 여관에 불이 나고 권 옹은 슌이치의 유영(遺影)을 모신 불단(佛壇)을 가지러 화염 속으로 뛰어든다. 불길과 연기에 질식할 뻔한 것을 자기의 아들 용삼(容三)이 구해낸다.

생명의 은인인 에조에 부자(父子)에 대한 깊은 정리(情理), 그리고 아들 용삼과의 정리, 그러한 오래된 의리, 인정의 세계와 부모와 자식간의 애정을 차분하게 그리고 있다. 다만 일본인과의 정리가 주제가 된 것이 치명적이다.

「휴월(虧月, 이지러진 달―역자)」은 「기반」으로부터 5개월 후인 1944년 4월에 발표되었다. 이 5개월이란 차이는 대단히 크다. 비상

체제로의 폭주가 굉음을 울리며 지나간 것이다.

「휴월」은 일본인 탄광 책임자 아키야마[秋山]에 대한 게이샤[藝者] 봉옥(鳳玉)의 연정을 엮었을 뿐으로 특별히 내세워 논할 만한 작품은 아니다. 친일적인 작품이라는 것은 틀림없지만, 다만 당시 조선의 시정(市井)이 담담하게 그려져 있어 독자가 당시 사회 상황을 이해하는 데는 도움이 되는 작품이다. 소학교 3학년 국어(일본어) 교과서, 게이샤까지 조직된 여자 분대(分隊)의 군사교련 풍경, '보국채권(報國債券)' 구입의 장려와 실태, 히나마쓰리[ひな祭り]나 단오 등 일본 명절에 대한 소개, 화도정신(華道精神)의 심수(心髓), 병사들 사이에서 불려진 우스꽝스런 노래 등, 「휴월」은 이러한 것들을 기록으로 남겨 놓았던 것이다. 소설이란 주제를 벗어난 곳에서도 가치를 가질 수 있다는 것을 증명해주는 작품이다.

「벼랑」은 늙은 선장 박 서방의 이야기이다. 두 아들을 지원병으로 보내기까지의 갈등과 주저의 과정을 그리고 있는데, 마지막에는 검사일에 맞춰가기 위해 목숨을 걸고 심한 폭풍우 속을 가는 '병사가 될 학생'을 건너편 강가까지 보내주는 장면에서 끝난다.

네 작품을 보면 시기가 늦어질수록 작품이 볼품 없게 되는 것이 느껴진다. 그것은 작자의 기량이 떨어져서가 아니라 시대가 가일층 악화되고 있었기 때문일 것이다. 그리고 "진정한 의미의 신민(臣民) 문학이 태어나는 것을 믿어 의심치 않는다. 오직 하나의 길만이 있을 뿐이다"(「나의 도정」)라고 작자에게 말하게 한 시대였기 때문이다.

그러한 구레모토가 일본의 유카타[浴衣]에는 아무래도 위화감을 느낀다고 고백하고 있어서 흥미롭다(「유카타[浴衣]의 틈」). 아마 그 감각은 진짜일 것이다. 그러나 그는 무리해서 "하루라도 빨리 유카타의 틈을 메우고(유카타에 대한 이질감을 해소한다는 뜻으로 완전한 일본인이 되고자 하는 마음의 표현-역자) 이 장정(壯丁)들에 대해 낯간지럽지 않은 자신을 만들어 내는 일에 나는 더 한층 노력하지 않으면 안된다"고 생각한다. 생각해 보면 「휴월」이나 「벼랑」은 무리한 것 덩어리로 이루어진 작품이라고 할 수 있을지 모른다.

구레모토는『국민문학』지 이외에도 소설 「해녀」(『興亞文化』, 1944.7), 「쌍엽(双葉)」(『新女性』, 1944.11), 「바다 멀리[沖遠く]」(『國民總力』, 1944. 11), 소설 「금선(琴線)」(『興亞文化』, 1945.1) 등을 발표한다. 「금선(琴線)」은 해군 특별 지원병이 된 청년 세키[關]와 그 친구인 구레[吳] 사이에 서로 통하는 마음의 세계를 그린 시국(時局) 소설이다.

『국민문학』지와 관련해서 말하면 또 한 사람의 제주 출신의 문학자로 야마다 에이스케[山田榮助](山田映介라고도 쓴다)가 있다. 그가 제주도 사람이라는 것은 구레모토 아츠히코가 「나의 도정」 중에서 "야마다 씨는 동향(同鄉)의 선배이기도 하고……"라고 증언하고 있기 때문에 틀림없을 것이다. 야마다는『국민문학』1944년 4월호에 평론 「결전(決戰) 문학의 검토」를 쓴다.

그런데 야마다가 실은 오정민(吳禎民)의 필명 또는 창씨개명한 이름이라는 사실을 동국대학 전임강사인 호테이 도시히로[布袋敏博] 씨로부터 들었다.『내선일체(內鮮一體)』1944년 5월호 「풍토와 애정」

(一)과『경성일보(京城日報)』1944년 3월 28일자에 의해 그것을 확인할 수 있다고 한다. 오정민과 야마다가 동일 인물이라면 두 사람의 행동 범위는 상당히 명확해진다. 오정민에 대해서는 임종국의『친일문학론』에서도 2~3쪽을 할애해 서술하고 있다.

그런데 제2차 세계대전 말기에 제주도 문학자가 왜 이렇게 부상했던 것일까. 우연의 결과인가, 아니면 뭔가 이유라도 있는 것일까.

5.『제주문학전집』

해방 후부터 오늘날까지의 제주도문학사에 대해서는 한국에 몇 개인가의 문헌이 있고, 저자도『탐라국 이야기─제주도문학선』(高麗書林, 1996)의 해설 속에서 간단하게 언급해 두기도 했다. 전체 한국문학 중에서 제주문학이 어떤 위치를 차지하고 있으며 어떤 특징을 갖고 있는가 등에 대해서 미숙하지만 나름대로의 생각을 해설 가운데 써두었기 때문에 여기에서는 반복하지 않기로 한다.

그런데 한국에서 제주문학을 모아 놓은 책은 의외로 적다. 소설 부문에 대해 말하자면, 저자가 아는 한은『숨어서 쓴 섬나라 이야기─탐라 소설선』(도서출판 태성, 1990.10) 한 권이 있을 뿐이다. 여기에는 제주에 살고 있거나 제주 출신의 작가 10명의 작품을 각각 한 편씩 모아놓았다(저자가 편역한『탐라 이야기─제주도문학선』이라는 제목도 실은 이 책의 제목에서 힌트를 얻은 것이다). 머리말도 후기도 서문도 그리고 해설마저도 없이 그저 작품만을 모아놓은, 좀 색다른 풍의 이 책은 속표지에 이런 표어가 적혀 있다.

옛날에 탐라국이라는 섬나라가 있었는데 지금은 어떤 나라에 예속되어 있다. 그들 종족 고유의 생활은 모두 빼앗기었으나 아직도 그들은 비밀의 장소에서 그들 고유의 언어로 교통하고 있다고 한다. 그들 나라의 영산 한라산에 숨어든 지사들이 그들의 문화를 지키기 위해 그들 말로 쓴 이야 기책이 있었는데, 이 책이 그 필사본이라는 설이 있다.

재미있는 선전문구이지만 수록된 작품은 제주의 전설이나 설화 나아가 제주의 자연이나 풍습을 다룬 작품이 많은데, 이른바 향토색 은 강하지만 정치성은 미약하다고 할 수 있다.

이 책의 뒤를 이어 나온 것이 『제주문학전집』 전 7권이다(1권~5 권 학문사 간 1997.3~1997.12, 6권~7권 제주문인협회 간 1998.12). 각 권이 660쪽에서 800쪽에 이르는 두꺼운 책이다. 1~2권이 시인데 제1권 에는 83명의 478편의 작품이 실려 있고 제2권에는 45명(그 가운데 9 명은 자료 발굴)의 471편의 작품이 실려 있다. 3~4권은 소설로, 고시 홍(高時洪)·오성찬·최현식·현기영·현길언·고원정·김관후· 김길호·오경훈·오을식·이석범·정순희·한림화, 이렇게 13명 의 37편이 수록되어 있다. 대부분이 중단편인데 그 중에는 이미 단행본으로 출판된 장편이라고 할 만한 작품까지 실려 있다. 앞에서 언급한 오무라[大村] 편역의 『탐라 이야기』가 작가 9명의 작품을 각각 한 편씩 싣고 있는 것에 비해 선택의 폭이 넓으며 작품 수도 많다. 다만 일본어로 된 『탐라 이야기』에 실려 있는 9명의 작가 모두가 이번 『제주문학전집』에 들어 있다는 것과, 작품 선정면에서도 『탐라 이야기』에 실려 있는 9편 가운데 5편이 전집에 실려 있어 마음 든든히 생각했다.

제5권은 에세이집으로 27명의 122편을 수록하고 있다.

1998년에 제6권 아동문학 선집과 제7권 평론과 희곡이 나올 예정이다. 전 7권이 다 갖추어지면 30년이래 제주에 사는 문학자 및 제주 출신 문학자의 윤곽을 한 눈에 볼 수 있지 않을까 생각한다. 이렇게 특정 지방의 문학전집이 대규모로 나왔다는 이야기는 아직 들어본 적이 없다.

물론 이 전집은 사실상 '제주문학선집'이라 해야 할 것으로 본래적인 의미에서의 전집이라 하기는 어렵다. 특히 해방 전 부분은 극히 적고 대부분이 수록되지 않았다.

어쨌든 분량이 많은 『제주문학전집』이 수도 서울에서 출판되어 제주문학의 윤곽이 정리된 형태로 파악 가능하게 된 것은 경사스러운 일이며, 제주문학 발전의 이정표가 될 것임에 틀림없다.

(『제주도』 9호 발표 예정, 탐라연구회, 1998.3 집필)

『청년작가』와 제주도 출신의 작가

이영복 · 양종호에 대하여

지난 3년간 저자는 제주도문학(濟州道文學)에 많은 관심을 쏟아왔다. 제주도문학은 한국문학(1948년 이전으로 올라가면 朝鮮文學)의 일부임에 틀림없다. 제주도가 한국에 속하는 이상 한국의 한 지방문학임을 부정할 수는 없다. 그러나 동시에 한 지방문학으로서 한국문학 전체의 최첨단(最尖端)에 설 수 있다고도 말할 수 있지 않을까 하는 것이다. 그것은 오키나와의 아픔이 일본 전체의 아픔의 첨예(尖銳)한 표징과도 같은 것이라는 데서도 한 예를 찾을 수 있다.

그렇다고 이 글을 통해 제주도문학을 논하려는 것은 아니다. 여기에서는 최근 제주도문학을 쫓아다니던 중에 접한 『청년작가(青年作家)』라는 일본어 잡지를 통해 만난 2인의 제주출신 문학자 이영복(李永福)과 양종호(梁鍾浩)에 대해 써보려 한다. 이 두 사람은 제주도문학의 한 시대를 그었다고 말하기는 어렵고, 또 그들은 어느 한 시기에 작품을 발표하였을 뿐 그 후 지속적으로 작품활동을 한 적도 없다. 그러나 2차 세계대전이 한창인 비상하게 곤란한 시기에 일본 땅에서 일본인 문학자들 틈에서 일본어로 문학활동을 하였다는 점에서 특이한 존재인 것이다.

현재 제주도의 문학연구자들은 이영복(李永福)의 「밭당님(畑堂任, バッタンニム)」이란 작품이 있다는 것만은 알고 있다. 이하 본 논문에서 나는 이영복(李永福)의 작품 「밭당님」이 실린 잡지『청년작가(青年作家)』와 그 외의 그에 관한 자료, 이(李)씨와의 인터뷰 등을 소개하고, 『청년작가』에 소개된 또 한 사람의 제주도 출신 문학자 양종호(梁鍾浩)에 대해 논하려 한다.

1. 『청년작가青年作家』의 성격

『청년작가』는 1942년, 소화(昭和) 17년 2월에 창간된 것으로 생각된다. 저자가 본 것은 1권 4호(1942년 5월 1일 발행)부터 1권 8호(1942년 9월 1일 발행)까지이다. 편집인 겸 발행인은 와타나베 도쿠이치로[渡邊得一郎], 발행한 곳은 최초에는 도쿄도[東京都] 세타가야[世田谷] 1−139, 1941년 7월 이후는 간다구 가마꾸라[神田區鎌倉町] 5의 4 청년작가사이고, 정가는 매호 50전(錢) 송료 8전(錢)이다.

1942년이라면 이미 태평양전쟁이 시작되어 전시하의 언론통제가 진행되고 있었고 일본주의 이데올로기가 횡행하여 6월에는 '일본문학보국회(日本文學報國會)'가 발족할 단계에 이르렀던 해다. 전국 신문사의 정리 통합방침이 발표되었으며 그 영향이 잡지에도 파급되고 있었다.

그러한 정세 하에서도 청년작가사(靑年作家社)는 3항으로 된 명확한 강령을 갖고 있었다.

綱 領

1. 순수문학을 왜곡하고 신작가의 성장을 저해하는 舊文壇을 타도하며 명랑 건전한 新文學界를 수립한다.
2. 低劣卑小한 舊市民的 문학을 섬멸하고 優秀偉大한 新日本文學을 창조한다.
3. 自由主義的 營利萬能의 구출판 저널리즘을 타도하고 純粹 健全한 신저널리즘을 건설한다.

잡지명으로 보나 강령으로 보나 기성문단에 대한 젊은 문학자 세대의 저항의식이 농후하다. '일본문학보국회(日本文學報國會)'가 발족했을 때에도 "간부의 얼굴을 일별하면 우리들의 눈에는 그것이 舊文藝家協會의 단순한 개칭으로밖에 보이지 않는 것은 유감이다"(「건강문학(健康文學)을 위하여」, 1942년 7월호)라고 냉안(冷眼)으로 대하고 있다. 「타도문학막부!(打倒文學幕府)」가 『청년작가』의 슬로건이었으며 구체적으로는 니와 후미오[丹羽文雄], 키쿠치 칸[菊池寬]의 이름을 들고 격렬하게 공격을 가하고 있다.

　'청년작가사(靑年作家社)'는 1942년 7월 당국과 문단의 중진들이 조직·추진한 '일본청년문학자회(日本靑年文學者會)'를 탈퇴하는 등 독불장군의 일면도 있었으나 세대의식만을 우선했을 뿐 문학이념의 상위(相違)에 대해서는 그리 명확히 하지 않았다. 그러므로 문단적 통제에 반기를 휘날리는 한편으로, 어떤 때는 '八紘一宇의 大精神을 본받는', '日本主義的 新世界觀의 確立'('일본청년문학자회(日本靑年文學者會)' 脫會에 대하여, 1942년 8월)을 부르짖으며 기성문단에 가세하는 형세를 취하기도 하였다. 『청년작가(靑年作家)』를 지탱한 중심적 존재는 편집 겸 발행인인 와타나베 도쿠이치로였다. 지면의 주요한 평론과 편집후기를 와타나베가 쓰고 있는 데서도 이 사정을 잘 알 수 있다.

2. 이영복李永福의 「밭당님畑堂任」과 앙케이트의 회답

　이영복(李永福) 씨는 1921년생으로 금년 만 74세이다. 1942년 모리야마 잇페이[森山一兵]라는 이름으로 『청년작가(靑年作家)』에 일본어소설(日本語小說) 「밭당님」을 발표했다. 해방 후 그는 제주도에서 직접 발간한 종합잡지 『신생(新生)』 2권 1호(1946년 1월)에 이영구(李永九)란 이름으로 소설 「밤길[夜路]」과 시 「추억(追憶)」을, 'YKR(Yong-

KuRhee)'이라는 필명의 시 「회루(悔淚)」·「우수(憂愁)」를 발표했다. 발표된 문학작품은 이것이 전부였을 것이라고 생각된다.

그가 남긴 유일한 일본어소설 「밭당님(畑堂任)」은 1930년대 제주도의 인간과 자연과 풍물을 잘 묘사하고 있다.

표제의 '밭당님(畑堂任)'이란 말은, 밭 깊숙이에 있는 마을의 수호신이다('任'은 존경어미). 돌로 좀 높게 쌓아 올린 단(壇)에 신목(神木)이 있고 그 가지에는 빨강·파랑·노랑·하얀 헝겊이 묶여져 있으며, 신목(神木) 밑에는 넓적한 대가 있고, 그 위엔 언뜻 보면 나무조각에 지나지 않는 것처럼 보이는 소박한 불상이 안치되어 있다. 마을 사람들은 그곳에 촛불을 켜고 술잔을 부어 마을의 안녕과 밭곡식의 풍작을 기원하는 것이다. 당 나들이가 밤에 행하여지는 것은, 낮에는 밭일 등의 노동으로 시간이 없고 또한 "현대학문을 습득한 젊은이들"의 눈을 피하려는 배경도 있다.

「밭당님」은 19페이지의, 그리 짧지 않은 단편소설이나 여기에서 전개되는 이야기는 극히 단순하다. 밤에 밭당님께 참배한 노파가 돌아가는 길에 발을 헛디뎌 밭고랑에 떨어지고 디딤돌에 허리를 다쳐 고생하고 있는 것을 마침 지나가던 마부가 발견하여 구조한다는 이야기이다.

이 소설은 이야기의 전개에 가치가 있는 것이 아니다. 노파와 마부 두 사람의 자태를 뜯들여 묘사하는 가운데 제주도의 흙내음을 독자가 마음껏 맡을 수 있게 한 점에 이 소설의 가치가 있다. 제주도 특유의 돌 중심 집구조라든가 노파의 복장이나 소박한 신앙심, 어린애들의 놀이, 논이 없어 조밥·보리밥을 주식으로 삼는 생활이라든가 돌투성이의 길, 막술집과 자전거집, '토속주의 강한 주정냄새', 막사발이나 전병 등 이 소설을 읽는 독자로 하여금 1930년대의 제주도 농촌세계에 듬뿍 젖어들게 한다. 처녀작에는 왕왕 작자의 들뜬 기상이 엿보이기 쉬운데, 당시 21세의 이영복(李永福)의 이 작품은 그리 들뜬 기색이 없이 차분하게 쓰여졌다. 또한 제주도의 풍물을 보여주긴 하나 그것은 관광 안내적인 표면을 보여주는 것이 아니라 소박한 생활자의 눈을 갖고 지긋하게 그리고 있다.

때는 전시체제이다. 「밭당님」이 발표된 같은 호에 나카오카 히로오[中岡宏夫]의 「대동아전쟁(大東亞戰爭)과 문학자(文學者)」란 평론이 실렸으며 전월호에는 이토오 유우타[伊藤祐大]의 시 「신도(神道)를 찬양(讚揚)함」이 실리기도 했다. 조선 본토에서도 1942년 5월 11일에는 징병제 실시 발표가 있었고 유일한 문학잡지 『국민문학(國民文學)』 1942년 7월호가 조선군 참모 2인과 조선 거주 문학자들에 의한 '군인과 작가·징병의 감격을 말함'을 주제로 한 좌담회를 게재하기도 하였다.

그러한 때에 이영복(李永福)은, 전쟁 따위에 조금도 신경 쓰지 않는 제주도의 노파와 마부를 그렸다.

그는 푹악푹악 골담배를 피우며 고개를 돌려 주위를 둘러보았다. 먼 저쪽에 아니 눈앞에 바로 보이는 영봉 한라의 자용을 처음 보았다. 아직도 그 영봉은 정상에 하얀 눈을 간직하고 있다. 훌륭하단 말야, 암 훌륭하고 말고,

우리 제주밖에는 없겠지. 그는 중얼거리며 감탄하고 자랑스러워했다

라고 작중의 마부가 제주도에만 있는 한라산을 자랑스러워하는 장면이 있다. 작자 이영복(李永福) 씨도 한라산과 제주도를 자랑으로 삼고 제주도의 서민인 노파와 마부를 그렸던 것일 게다.

「밭당님」이 발표되었던 당시의 평판도 그렇게 나쁜 것은 아니었다. 찬반 양론이 있긴 하였으나 문제작으로 인식된 것은 사실이다. 『청년작가(青年作家)』 1942년 8월호의 「문예시평(文藝詩評)」에서 지비키 요시다로[地引喜太郎]는 다음과 같이 말하고 있다.

> 森山一兵의 「밭당님(『青年作家』)」과 山田正夫의 「廢曲(新文學)」은 별나게 몸짓이 보이는 작품으로 무리하게 기품을 떠올리려는 언짢은 곳이 있을 뿐 소재를 살리지 못하고 있다. 소재로 말하면 두 편 다 상당히 야심적인 곳이 있기는 하나 결국 살리지 못하고 있다.

이것은 대단히 부정적인 평가인데 내가 보는 바 이 평은 맞지 않다. 「밭당님」에는 '별난 몸짓' 같은 것은 없고 '무리하게 기품을 더 올리려는 언짢은 곳' 같은 데도 없다. 지비키 요시다로[地引喜太郎]는 잘못 읽은 것이다. 이러한 오해가 생긴 이유는 「밭당님」의 문장, 문체에 있는 것 같은데 이 점에 대해서는 후술한다.

『청년작가(青年作家)』는 동인지이며 동인 중 9인이 출석한 제1회

작품연구회가 1942년 7월 26일 열렸다. 그 기록이 동년 8월호에 기재돼 있으므로 「밭당님」에 관한 부분을 전문 인용하여 본다(작품평 담당자는 日岐敏 氏).

　최초 中島가 제주도의 역사, 풍속 등 특수한 사정에 대한 설명을 하여 참고가 됐다. 다음에 日岐는 이 작품을 소설로 보는 것은 옳지 않고 스케치풍에서 소설에 이르는 과도적인 것으로서 소설 공부의 한 과정으로 관찰하는 것이 옳다고 평했다. 그 행보는 견실하고 금후의 성장에 비상한 기대를 걸게 하나 그 문장은 가다가 과대해지고 稚拙하다고 부언했다. 이에 대해 渡邊, 中島는 이의를 제기한다. 이것은 훌륭한 소설이며 풍자소설이란 점을 들어 지시(원문 「指示」, 「支持」의 오식인 듯)한다. 일견 과대한 표현도 이것을 풍자라고 생각한다면 거기에 異樣한 매력이 있음을 역설한다. 中島는 고골리풍의 냄새를 느낀다고 말했다. 이것을 또 아니라고 하는 자 있어 의견은 두 갈래로 나눠진다. 그러나 결국 이 작품에는 풍자가 있으며 그것을 못 본체 놔두고 이 작품을 논할 수는 없다는 것이 명백해졌다. 그러나 개개의 풍자가 살아 있어도 한 편 나름으로 풍자가 통일되어 있는가 아닌가는 중대한 문제라는 것이 渡邊의 의견. 또 그 풍자가 혹시 일반의 눈에 띄지 않은 것이라면 작자의 표현방법에도 落度가 있는 것이 아닐까라는 日岐의 의견도 있었다. 그리고 유치한 문장이 오히려 소박한 느낌으로 사람을 사로잡기도 하는 역작용을 경계할 필요도 있다는 小曾戸의 의견도 있었다. 그러나 이 작품은 금월호 제1의 문제작이라는데 일동 이의 없이 낙착, 좀더 논할 여지가 있긴 하나 시간관계로 다음

<u>으로</u> 미루기로 한다.

이 합평회에 작자 이영복(李永福)은 참석하지 않았다. 그는 이미 동경을 떠나 혹카이도(北海道)의 광산에서 일하고 있었기 때문이다.

합평회의 풍자 운운 부분은 무엇이 논의대상이었는지 모르나 "유치한 문장이 도리어 사람을 사로잡는다"는 부분은 이해가 간다. 「밭당님」의 문장은 일본인 통상의 감각으로 보면 치졸하다고 생각할 것이다. 소학교 시절 '국어(國語)'로 일본어를 강제로 교육받은 경험이 있다고는 하나 1940년 19세란 나이로 일본에 건너간 이가, 일본 체류 2년 사이에 그리 훌륭한 일본어를 쓸 수는 없었을 것이다. 1940년에 아쿠다가와상[芥川賞] 후보작에 오른 김사량(金史良)의 「빛 속으로」도 잘 보다 보면 일본어가 아닌 일본어가 많이 있다. 김사량(金史良)보다 훨씬 체일기간이 짧고 또한 김사량(金史良) 같이 동경대학 독문과를 졸업한 것 같은 고학력을 갖지 않은 이영복(李永福)이 일본인다운 일본어를 쓸 수가 없다. 여러 가지 용어의 표현이 틀리고, 자연스럽지 않은 표현이 있고, 어휘면에서도, 문법면에서도 고개를 갸웃거리게 하는 곳이 있음은 사실이다. 내가 보기에도 이해하기 곤란한 곳이 있으므로 현재의 한국인이 다소 일본어를 할 수 있다 하더라도 「밭당님」의 모국어 번역은 용이치 않을 것으로 안다. 제주대학교의 탐라(耽羅)문화연구소 편, 『제주문학(濟州文學)』(1900~1940)에 번역된 「밭당님」의 한국어 역은 역시 여러 곳에서 원문이 커트 되었거나 부적절한 번역이 있기도 한데 이것은 어찌할 수 없었을 것이다. 「밭당님」의 문장은 『국민문학(國民文學)』에 들어있는 여러 작품보다 일본어로서의 완성도는 낮다.

그러면서도 그것이 또한 매력적이기도 하다. 작자는 창작을 할 때 아마 한국어로 발상하고 그것을 일본어로 옮겼을 것이다. 그러므로 그것은 어떤 의미에서 퍽이나 신선한 것으로 우리 눈에 비친다. 그렇기 때문에, 『청년작가』를 주재한 와타나베 도크이치로나 고소도 야이치[小曾戶彌一] 등이 이영복의 글에 손을 별로 대지 않고 그대로 활자화한 것이 아닐까. 『청년작가(靑年作家)』의 편집부는 「밭당님」이 비록 치졸한 데가 있긴 하지만, 내용과 문장이 너무 재미있는 까닭에, 7월호에 게재된 4편의 소설란의 톱에 「밭당님」을 올리게 한 것이리라.

일본 체재 중 이영복(李永福)이 써 남긴 또 하나의 글로 「나의 문학적 의도ー어떠한 작품을 쓰고 싶은가?」라는 동인 앙케이트에 대한 회답이 있다(1권 6호, 1942년 7월). 이중에서 이영복(李永福)은 달려오는 파시즘 바람 앞에 막아서서 문학의 본래적 사명에 순사하려는 결의를 표명하고 있다. 일본이나 한국에서 지금까지 알려지지 않은 문헌이기도 하여 이하 그 앙케이트 회답의 전문을 인용한다.

문학의 사명이란 무엇인가? 문학은 문화의 첨병이다. 高度國防國家의 건설 이외에 존재 의의가 없다. 이로부터 일보 벗어나면 저것은 비국민이다, 敵性이나라고 비난받는 이 몸을 생각할 때 우리들은 충심으로 슬퍼진다.

문학은 생활인식에 도움이 되는 것이며 그것은 세태, 시대의 기분의 역사이고 사실을 예술적으로 개괄하면서 그것을 보편화하여 종합하는 것이다. 여기에서 문학의 사명, 문학의 지도적 역할을 다 할 수 있는 것이다.

작가란 무엇인가? 시대에 있어서 시국편승 문학, 시대의 流行을 쫓는 자는 작가가 아니다. 작가는 시대의 눈이며 귀이며 소리인 것이다. 작가는 시대의 현실을 조용히 관찰하고 비평 소화하며 그 주위의 욕망과 기분, 희망과 정열, 이해와 악덕과 공적 같은 것을 문학적 형성에 거두어 들여 그것들을 표현하는 것이다.

예술은, 예술의 기본적 사명은 현실보다도 높은 곳에 서서 내일을 위해 싸우는 우리들 인생에 대해 미래의 꿈을 안겨주는 것이다.

이상, 나의 문학적 의도를 表露함에 지나지 않는다.

昭和 17년 6월 3일

짧은 문장이나 그의 문학관이 두드러지게 표현되고 있다. 문학을 무용지물이라 하면서, 문학자를 비국민시 하는 사회적 풍조를 개탄하고 그 위에 작가는 시국에 편승한 문학이나 전시에 호응하는 문학에 물들게 되어서는 안된다고 문학적 진정을 토로하고 있다.

1942년 7월이란 시점에서 더구나 21세라는 젊은 나이에 이만한 문학적 견식을 갖고 있다는 데에 경의를 품지 않을 수 없다.

3. 이영복李永福 씨와의 만남

1995년 9월 13일, '한국예술문화단체총연합회' 제주 지회장인 소설가 오성찬(吳成贊) 씨의 안내로 제주시 이도 2동 1177-4의 이영복(李永福) 씨를 찾았다. 시청 뒤의 한적한 주택가에 부인과 자식 부부와 함께 살고 있었다. "어서 오십시오"로부터 시작하여 우리들과 보낸 2~3시간을 거의 일본어로 말했다. 문헌으로선 얻을 수 없는 귀중한 증언을 해 주었기에 그 요점을 여기에 쓴다.

아버지는 목사였다. 할아버지대부터 기독교신자였다. 어머니도 신자였다. 아버지는 평양의 숭실(崇實)중학교를 나와 평양신학교를 졸업하고 목사가 되었다. 목사로서 제주의 농촌을 돌며 전도생활을 보냈다. 생활은 가난하였고 나도 형도 중학에 진학하지 못했다. 위에서부터 누나, 형, 나, 남동생이 둘, 모두 5남매였다. 어린시절부터 문학에 흥미를 갖기 시작했다. 서귀포의 전 면장집에 아들 3형제가 있었는데 이 집에 『킹그』, 『講談俱樂部』 등 일본잡지가 있어서 빌려 보았다. 그런 중에 후쿠다 마사오(福田正夫)의 『형극의 길』이란 소년소녀 소설책이 있어 빌려 읽었다. 大正末期에 큰 해일이 닥쳐와서 부모는 죽고 두 남매만이 살아 남아 스님이 그 애들을 돌아보면서 키우는 이야기인데 나는 대단히 감격하였다.

「밭당님」을 쓸 당시 나에게는 아버지에 대한 반감이 있었다. 아버지와 달리 민족적인 작품을 쓰려고 했다. 나는 가출하여 평양으로 가 서점에서

2년을 보냈다. 어차피 중학교에서 공부하지 못할 바엔 차라리 내 힘으로 돈을 벌어 내 삶을 꾸리는 것이 좋다고 생각했기 때문에, 가출한 것이다. 가출해서 평양에서 2년을 보내고, 제주로 돌아온 나는 또 1년여 있다가 동경으로 갔다.

동경에서는 下谷의 龍泉寺町에서 신문 배달을 했다. 1940년 3월에 도일해서는 東京外國語專門學校 산하의 제1외국어학교에 入學했으나 1941년에 중도 퇴학했다. 영어는 敵性國語여서 곧 폐지된다는 소문이 돌고 학비 마련이 어려웠기 때문이다. 그 후는 문학수업에 전념키로 했다.

『靑年作家』는 동인지였는데 정부기관의 통제하에 있었다. 용지 배급을 받기 위해서는 통제하에 들어가지 않으면 안됐다. 당시 문학동인지는 전국 9개 지역으로 정리되고, 이에 따라 동인지도 전국 9개지로 제한 발행됐다. 北海道, 東北, 中國四國, 九州 각 1誌, 大阪 關西 2誌, 東京 關東 3誌로 구분됐다. 동경에는 『靑年作家』, 『新文學』 등이 있었다. 『新潮』, 『文學界』, 『文藝首都』 등 기성문예지는 그대로 존속시키고 이상 9개지 이외의 동인지는 모두 폐간시켰다.

당시 조선인은 이유 없이 끌려가기도 했다. 정치활동이나 노동활동을 하지 않은 나 같은 사람도 龍泉寺 근방의 坂本署에 20일, 王子署에 40일간 구류되기도 했다.

생활방도로는 1년 반 동안 신문 배달을 하고 그 후로는 도가다(土方)라는 막노동을 했다. 시미즈 쇼오하찌(淸水庄八, 일명 宮崎遠海)라는 오야가다(親方, 인부공급자)가 나의 출신을 알면서도 친절하게 비호해 주었다. 그 오야가다의 주선으로 北海道로 갔다. 원고가 실린 7월호가 6월말에 北海

道로 우송돼 왔다.

『靑年作家』의 존재는 신문 혹은 잡지의 광고를 보고 알았다. 입회를 신청하였더니 渡邊得一郞이란 분이 그렇다면 원고를 제출하라고 했다. 곰곰 생각하니 고향생각이 자꾸 나서 고향 것을 썼다. 森山一兵이란 이름은 당시 인기를 끈 독일영화 〈최후의 일병〉에서 땄다. 나도 문학의 최후의 일병이 되리라 생각했던 것이다.

「밭당님」을 읽고 실은 나도 제주인이라고 편지를 보내온 『靑年作家』의 멤버가 있었다. 大阪에 거주하는 요시하라 마사키(良原正樹), 본명을 양종호(梁鍾浩)라고 했다. 梁은 나중에 해방이 되어 영주 귀국했다가 소위 4·3 사건 당시 사망했다. 애월면 상가리 출신인 그는 어려서 일본에 부모 따라 간 관계로 우리말을 못했다. 풍문에 의하면 산사람으로 오인되어 토벌군에 의해 죽었다는 것이다.

김사량(金史良)은 문예소식을 통해 이름은 알고 있었으나 면식은 없다. 그의 작품이 실린 『新潮』도 읽은 적이 있다. 고서점에서 얼마든지 싸게 살 수 있었다. 좋아했던 작가는 하야마 요시키(葉山嘉樹). 카와바타 야스나리(川端康成)는 마음에 들지 않았다.

동생이 있었는데 해군의 징용으로 찌바현(千葉縣) 쵸오시(銚子)에 있었다. 하루는 신병을 인수해 가라는 통지를 받고 찾아가 보니 결핵인후염에 걸려 반송장이 되어 있었다. 죽어도 고향에 가서 죽겠다고 하는 것이다. 하는 수 없이 데리고 大阪으로 갔다. 大阪에서 연락선 君代丸에 승선하려고 하자 죽어가는 자를 승선시킬 수 없다고 거절당하였고 동생은 그 날 밤 죽고 말았다. 결국 나는 순사의 불심검문에 걸려들고 말았다. 직업

도 없고 주소도 부정인데다 까까머리 시대에 장발을 하고 있었으니 강제
송환 당하고 말았다.

이영복(李永福) 씨의 일본 체재중의 회상은 끝났다. 그 후의 이씨
의 인생은 결코 뜻을 이룬 것으로 보이지는 않았다.

해방 직후의 1945년에 제주도에서 종합잡지『신생(新生)』을 2명
의 동인들과 발간하여 2권 1호(1946년 1월 1일 발간)에 이영구(李永九),
'YRK'란 이름으로 소설 1편과 시 3편을 쓰고 있다. 잡지 편집의 기
술은『청년작가(靑年作家)』시대에 출장교정을 하면서 인쇄소와 편
집부 사이에서 어깨 너머로 보아둔 덕택일 것이다. 4·3 사건 주모
자의 하나인 이덕구(李德九)가 총살당할 때 이덕구(李德九)의 친척이
아니냐고 추궁 받은 일이 있어 영구(永九)란 이름을 버리고 영복(永
福)으로 개명했다고 한다. 그 후『제주신보(濟州新報)』·『제민일보(濟
民日報)』등 저널리즘의 세계를 거치다가 1962년 6월『제민일보(濟
民日報)』를 그만두고는 긴 낭인생활을 했다. 도중에『경향신문(京鄕新
聞)』제주지사장,『대한일보(大韓日報)』제주취재반장을 했다. 그런
데 어느 곳도 3, 4개월이 지나 궤도에 오르려하면 상부로부터 그만
두라는 압력지시가 내려와 그만두게 되었다고 한다.

1979년 말부터 제주도 문화재감정관이 되어 제주국제공항에서
해외반출 문화재의 감정업무를 1993년 7월까지 보았다. 고미술품
들의 해외 유실을 공항에서 적발해내는 일이었는데 대체로 한직(閑
職)이었던 것 같다.

4. 양종호梁鍾浩의 작품

양종호(梁鍾浩)는 이영복(李永福)보다 앞서 『청년작가(靑年作家)』의 동인이 된 듯싶다. 『청년작가(靑年作家)』 1권 5호, 1942년 6월호의 「신동인소개(新同人紹介)」난에 '森山一兵'의 이름은 있었고 요시하라 [良原]의 이름은 없었으나 그 두 사람이 1942년 7월호에 같이 작품을 발표하고 있기 때문이다.

양종호(梁鍾浩)는 요시하라 마사키[良原正樹]란 이름으로 1942년 7월호에 시 「우리들의 피(血)는」을 쓰고 동호에 「어떠한 작품을 쓰고 싶은가」 앙케이트에 회답을 하고 있다. 그리고 동 8월호에 평론 「반도(半島) 출신의 작가에게」를, 또한 「同人 앙케이트, 최근의 독서 보고(讀書報告) — 청년은 무엇을 읽고 있는가」를 요시하라 마사키[良原正樹]란 이름으로 쓰고 있다. 9월호에도 시 「윤리의 세계」를 쓰고 있다.

읽으면 고통스럽다. 이렇게 시 2편, 평론 1편, 앙케이트 2편이, 양종호가 쓴 글의 전부이다. 이영복 씨가 오늘날까지 양종호(梁鍾浩) 씨의 이름을 명백히 하지 않는 것도 이해할 수 있을 것 같다. 다만, 제주도 발행 『제주도 지(道誌)』 제3권(1993.2) 249면에 "梁鍾浩(良原正樹)는 『關西文學』에 詩들"을 기고했다는 기술이 있으니, '良原正樹'가 양종호라는 것은 비밀 사항이 아니다. '鐘浩'와 '鍾浩', 어느 쪽이 옳은지는 확정할 수 없다.

神倭盤余彦天皇(神武天皇)

八紘을 一宇로 宣布하시고

現神 오늘까지 그 자리에 앉으사

大御稜威 日益하사

세세에 두루 繁榮하소서

세세에 뻗어가는 皇國

民草 우리들

우리들의 피는 용솟음쳐 끓는다.

「우리들의 피」 7연 중 최후의 2연이다. 의고체(凝古體)의 이 시는 결국 'すめらみくに[皇國]'의 백성과 자각을 자랑삼아 노래하고 말았다. 시 「윤리의 세계에」서도 "生을 잊어 死를 잊으며 / 倫理에 살 적에 / 天皇을 위해 御奉公할 수 있는 것이다 / 滅私 奉公 / 忠君 愛國 / 그곳만에 美가 있고 / 道德과 幸福이 있는 것이다"라고 태평양전쟁을 "아세아 搾取의 불윤리의 그물[網]을 깨뜨리는" 성전이라고 노래하고 있다.

평론 「반도 출신의 작가에게」는 아직도 창씨개명을 하지 않은 조선문학자를 비난하는 데서부터 시작한다. 이 평론의 말미에서도 『국민시가(國民詩歌)』(당시 京城에서 발간된 日本語 詩잡지)에 모인 "반도의 젊은 시인들에게 한마디 충고한다"면서 "君들이 진정코 나라를 사랑하는 마음이 있다면 우선 이름부터 개명해야 한다. 昭和 19년에 조선에도 징병제도가 실시되는 고마운 聖代에 감사의 눈물을 흘려라"고 충고하고 있다.

요시하라 마사키[良原正樹]라고 이름을 밝힌 양종호(梁鍾浩)는 그러나 조선인임을 숨기지 않고 있다. "필자 자신이 半島人이기에"라고 말하고 있다. 이 2페이지의 짧은 평론의 중심은 김사량(金史良)과 장혁주(張赫宙) 비판인 것이다. 「반도(半島)출신의 작가에게」란 것도 실은 이 두 사람을 지칭한 것이다.

김사량(金史良)의 「빛 속으로」를 "부아가 날 정도로 어둡다" 하고 "金史良씨는 內地人들에게 학대받고 모욕당하는 반도인을 잘 쓰는 것을 좋아하는데 이런 태도는 어찌된 것일까" 하며 "지금은 內鮮보다 大東亞一體인" 것이다. "반도인은 내지인과 같이 대동아 맹주국의 지도국민임을 자각하여 그것을 작품화하여야 할 것이다"라고 말하고 있다.

장혁주(張赫宙)에 대해서도 작중인물을 의연하게 "반도인으로서의 舊名으로 등장시키고 있는 것은 좋게 생각되지 않는다"고 하고 있다.

이상의 양종호의 주장은 완전히 친일문학 그대로의 논리이다.

'皇國臣民'화가 되어버린 한 조선인 청년의 아픔 ─ 본인도 또한 이 시점에서는 깨닫지 못하였을 아픔을 어떻게 치유할 수 있을까. 일본과 조선반도 사이에 던져져 있는, 아직도 해결이 안된 문제이다.

그의 글을 읽으면 고통스럽다. 그러나 단 하나의 예외가 있다면, 그것이 「최근의 독서보고」라는 앙케이트이다. 여기서 양종호(梁鍾浩)는 실명없이 『발레리전집』 제7 「精神에 대하여」, 『괴테전집』 제5

「켓스」외 3편, 『니체선집』제8 「이 사람을 보라」외 2편을 들고 그와 더불어 나카무라 료헤이[中村亮平]의 「조선 경주의 미술」을 들고 있다.

같은 시기에 같은 문학잡지에, 두 사람의 제주도 작가가 발표한 자료가 특이한 대조를 이루고 있다고 말할 수 있다.

황국청년(皇國青年) 요시하라 마사키[良原正樹]가 어찌하여 4·3 사건의 와중에 죽었을까. 글로 보아 코뮤니스트가 될 리 만무한 그가 어찌하여 빨치산이 되어 산(山)사람이 되었을까. 이영복 씨는 양종호가 산사람으로 오인받고 군경에 살해당했다고 했지만, 그 시점에서는 그렇게 말할 수밖에 없었을 것이다. 1945년 해방을 맞자, 이번에야말로 민족을 위해 온몸을 던지려 했고, 그 정열이 당시 닥쳐온 상황 아래에서 그를 한라산으로 인도했던 것이 아닐까. 그 진상이야 지금은 알 길이 없다.

(『語硏 포럼』 4호, 와세다대학, 1996.3)

탐라耽羅 이야기[1]

1.

일본어 역 『제주도문학선』은 현재 활약 중인 제주도의 소설가 9인 중에서 중편 또는 단편 각 1편씩을 뽑아 번역한 것이다. 9인 중 오성찬・오경훈・고시홍・정순희・한림화 등 5인은 제주도에 거주하는 작가, 나머지 4인 현길언・현기영・이석범・고원정 등은 제주도 출신으로 현재는 서울에서 창작 활동을 하고 있는 작가이다. 한국문인협회 제주도지부 소설분과의 회원으로는 전기 제주도 거주(居住)의 5인 외에 4인의 이름이 더 등재되어 있지만, 그 중 최현식은 해방 후 잠시 제주도문학을 지탱해 온 원로 작가이나, 원래 제주도인

---

1 여기에 실린 「耽羅 이야기」는 大村益夫가 편집 번역한 『濟州島 文學選』에 실린 해설이다. 이 글은 李永福 씨가 번역했다.

이 아니므로 본서에는 수록하지 않았다. 나머지 3인은 더 지켜보아야 할 분들로 생각된다.

예컨대, 이 9인으로 제주도의 소설가(제주도 출신자를 포함해서)는 모아졌다고 할 수 있다. 시·수필 등 소설 이외 분야의 회원은 많으나, 이번에는 거론하지 않기로 한다.

여기에 실린 9편이 그 9인의 대표작이 아니라고 할 수도 있다. 그러나 편자가 읽은 범위 내에서 제주도의 역사와 문화와 인간생활을 그린 작품으로서 문학적인 수준이 높다고 생각된 중·단편을 선택한 것이다. 9편 중 7편은 이야기의 무대가 제주도이다. 나머지 2편 중 이석범의 「적들을 찾아서」의 무대는 경상도이나 주요 등장인물은 제주도 출신이다. 또 하나 고원정의 작품은 무대를 외국으로 삼고 있으나 정치 메커니즘과 정치판에서 벌어지는 인간들의 갈등에 대한 시선과 약동적인 문장표현의 매력 때문에 본서에 수록했다.

2.

제주도는 조선 반도의 남서해상에 있다. 전라도 목포의 남쪽 140여km, 나가사키(長崎)에서 서쪽으로 260km 떨어진 1,825㎢ 면적을 가진 섬이다. 대략 사이타마 현[埼玉県]의 절반 정도의 면적으로 차편을 이용하면 하루에 일주할 수 있는 섬이다. 그 제주도의 문학에 편자는 왜 이렇게 끌리는 것일까. 나 자신도 잘 모르지만 나의 생각을 정리해 보면 이렇다.

『한라일보』의 주필인 수필가 홍순만 씨는 제주도문학의 특징을 '한풀이문학'이라고 했다(『제주문학』 26집, 1994.12). 풀리지 않는 마음속의 울적한 정념을 풀어헤치는 문학이라고 해석할 수 있을까?

역사적으로 보아 제주도는 고난의 땅이었다. 고려시대에는 원(元)에 대한 최후의 무력저항 거점이었으며, 조선시대에는 중앙에서 정쟁에 패한 자들의 유배지였다. 현대에 와서도 동서 냉전과 남북분단에 기인한, 1948년부터 10년간에 걸친 전란에서 도민의 1/4을 잃었다는 4·3 사건을 체험한 섬, 외화 사정이 나빴던 시기에 해외 관광객을 상대로 달러벌이를 시킨 섬, 바람과 돌멩이만 많아 물이 귀하고 따라서 밭이나 논이 적어 간신히 해산물과 목축업으로 가난하게 살아온 섬, 그러한 섬에서 살아온 사람들이 낳은 문학이고 보니 무미건조한 것이 될 수 없다.

제주도는 한국의 일부이므로 제주문학은 한국문학 속의 한 지방문학이다. 그러나 한국에서 푸대접과 신산(辛酸)을 가장 많이 맛보아 온 제주도문학은 따라서 가장 인간적이고 가장 한국적이며, 그것을 통하여 보다 더 세계적인 문학이 될 수 있는 것이 아닐까 생각된다.

편자로서의 개인적 경험을 말하면 1985년 와세다대학[早稻田大學] 재외연구원(在外硏究員)으로서 중국 조선족문학연구를 위해 길림성의 연변대학(延邊大學) 체재중 중국쪽에서 백두산에 올랐을 때 다음은 최남단의 제주도 한라산에 오르리라 마음먹었다. 그 2년 후에 한라산에 올라 백록담을 저자의 눈으로 보고 나서 제주도문학에 관심을 갖게 되었다. 중국 조선족문학 관계의 책을 3권 세상에 내놓고 어느 정도 조선족문학의 윤곽을 잡은 것 같은 생각이 들어 본격적인 제주도문학의 자료수집을 시작했다. 작품을 읽고 선택하고, 번역하는 데는 따로 3년이 걸렸다.

조선 현대문학을 연구할 때 일본문학과의 접점에서부터 연구에 착수하든가 중국 조선족문학이나 제주도의 문학으로부터 시작하는 방법도 있지 않을까 생각한다. 오키나와[沖繩]라는 존재가 공간적으로 중앙과 떨어져 있음에도 불구하고 일본 사회의 모순과 문제점을 드러내는 데에 유리했다는 점에 비추어 볼 때, 제주문학을 통하여 한국문학의 전체상이 보여질 수도 있지 않을까 하는 것이 나의 생각이었다.

제주도문학에 관심을 갖는 또 하나의 이유는 제주도가 여러 가지 의미에서 일본과 밀접한 관계를 가지고 있다는 것이다.

우선 지리적으로 일본과 가장 가까워 제주도 출신자가 일본에 많이 있다. 『이와나미 국어사전[岩波國語辞典]』의 「かんてき」항을 보면 "칠륜(七輪)이란 것, 京阪地方에서 말함"이라고 되어 있다. 이것은 풍로(風爐)로서 제주도 방언의 '간데기'에서 나온 말이다. 교토·오사카 지역에 제주 출신자가 많아 이 사람들로부터 전해진 것이 일본어(日本語)로 정착된 예인 것이다.

일본에 거주하는 제주도 출신자는 일본 전국에 12만 명이 있다 하며 재일사회에서 강한 단결력을 가지고 있다. 단결력이 강하다는 것은 그만큼 항상 곤란한 입장에 서 있었다는 증거이기도 하다. 1세대 전까지는 한반도의 육지 출신 사람과는 결혼도 어려웠다.

태평양전쟁 중 일본 본토 방위를 위해 제주도는 요새화가 되었다. 사이판 함락 후 미군의 본토상륙을 어떻게 저지하느냐 또는 본토 상륙을 어떻게 지연시킬 수 있을까가 지상과제였을 때 '결(決) 7호 작전'이 수행되었다. 이것은 단순한 계획이 아니라 실제의 전투에 대비한 군사행동이었다. 당시 조선에 약 20만의 일본군이 있었는데 그중 5만8천3백20명이 본토 방위의 결사대로서 제주도에 배치되었다. 송악산 가까이에 대촌비행장이, 해안에는 인간어뢰 '回天'의 기지가 만들어졌다. 지금도 현지에 가면 밭 가운데 20여 개의 일본군 전투기 격납고가 산재해 있음을 볼 수 있다. 콘크리트가 너무 두꺼워 부숴도 부서지지 않는다. 관제탑도 옛모습 그대로 있다. 해안의 여기저기에 흩어져 있는 인공동굴은 당시 '回天'의 창고이다.

1945년 7월 일본은 전국(戰局)이 불리해지자 작전기지를 해안으로부터 산 쪽으로 이동시켰다. 어승생악(御乘生岳)에는 일본군 지하사령부가 있고 산 전체에는 인공동굴이 파여졌다. 이에 관한 가장 상세한 자료는 『오늘에 남은 일제』가 있고, 일본어 도서로는 『한국─가깝고도 먼 옛 여행』(凱風社, 1994)가 있다.

이것들의 진지구축에 제주도민이 다수 동원되었음은 말할 나위도 없다. 일본군은 오키나와[沖繩]처럼 도민 20만명과 함께 얼싸안고 전원전사[玉碎]할 것을 결의했던 것으로 생각된다. 다행히도 미군의 제주도 상륙은 없었지만.

문학면에서도 제주도와 일본은 관련이 깊다. 1920년대부터 40년 대에 걸쳐 활약한 김명식·김이옥 등은 제주 출신의 일본 유학생들로서 일본에서 문학 수업을 한 자들이다. 1940년대 전반에 일본에서 생활한 이시행(李耆珩)·이영복[2]·양종호는 다 일본말로 작품활동을 한 적이 있다.

3.

해방 후부터 오늘에 이르기까지의 제주도문학사를 약술하여 작품 이해에 일조를 하고자 한다.

1946년 1월에 2권 1호를 내고 정간(停刊)된 종합잡지 『신생(新生)』은 전체 페이지의 절반 이상을 문학이 차지하고 있다. 문학부문의 중심인물은 해방 전 일본에서 창작활동을 하였던 이영구(이영복) 씨로 자신의 소설과 시를 동지(同誌)에 발표하고 있다. 2권 1호가 '鄕土詩人 金二玉을 追悼'하고 있는 것도 귀중한 자료이다.

1950년대를 절반쯤 지날 무렵 해서 다소 안정된 생활 기반 위에서 제주의 문학이 꽃을 피우기 시작한다. 거기에는 조선전쟁 중에 제

---

2 大村益夫, 「'청년 작가' 시대의 제주도 작가 이영복과 양종호」(와세다大學『語研 포럼 4호」, 1996), 『제주문학-1900~1949』(제주대학교 탐라문화연구소 편, 1995) 참조.

주도에 피난하여 온 계용묵(桂鎔黙)을 비롯한 문학자들과 제주대학에서 교편을 잡은 김영삼·문덕수·박목월 등의 활동이 자극제가 된 것으로 생각된다.

1950년대는 동인지(同人誌)를 중심으로 문학활동이 전개되었다. 『신문학(新文學)』·『흑산호(黑珊瑚)』·『비자림(榧子林)』·『문주란(文珠蘭)』·『시작업(詩作業)』 등이 그것이다. 현재 수중에 있는 것은 『시작업(詩作業)』(1집, 1959.10 / 2집, 1960.8)과 『문주란(文珠蘭)』(1959.6) 뿐이지만 조지훈·정한모·유치환·김관식 등 쟁쟁한 멤버가 시를 기고하고 김춘수·장백일·김우종·양순필 등이 시론(詩論)을 쓰고 있다. 『시작집(詩作集)』의 발행인은 고순하, 주간은 양순필이었다.

1960년대부터 1970년대에 이르기까지 『절벽(絶壁)』·『아열대(亞熱帶)』·『토요구락부』·『정방(正房)』·『탱자 꽃』 기타 많은 동인지들이 나왔다가 사라지고 사라졌다가 나타나고 하였으나 그 수명은 10호를 넘지 못하였다. 문학적 정열을 뒷받침해줄 재정이 빈곤했기 때문일 것이다.

1970년대에는 평론부문에서 김영화·송상일이 활약하기 시작하였고 소설부문에서 현기영(서울 거주)·오성찬(제주도 거주, 실제 데뷔연도 1969년)이 나타난다. 시인들의 출현은 더 많았는데 1980년대에 들어서 30여 권의 개인 시집을 출간하기에 이른다.

1970년대에 잊을 수 없는 것은 1972년 12월의 『제주문학』의 창간이다. 이것은 한국문인협회 제주도지부가 발행한 것으로 20집까지는 연 1회 그 후로는 연 2회로 1995년 11월 현재 제27집까지 발

행되고 있다. 이 잡지만을 보아도 소설·시·시조·에세이·아동
문학 등 문학 각 분야의 제주도의 움직임을 파악할 수가 있다.

1980년대에 들어서면 개인의 저작집이 급증한다. 소설부문에서
는 여기에서 다루는 작가들의 활동이 활발해진다. 시부문과 아동문
학부문은 소설부문보다 층이 더 두터운 것 같은데 여기서는 다루지
않겠다.

제주 문학계의 역사와 현상을 알 수 있는 좋은 참고 문헌으로서는
다음과 같은 글들이 있다.

고시홍, 「제주문단사」(『제주문학』 13집, 1984).

양중해, 「제주문단의 형상과정」(『제주문학』 19집, 1990.10).

한국예총 제주도지회, 『제주문화예술백서』(1988).

「정담, 제주문학의 회고와 전망」(『제주문학』 23집, 1993).

제주도(道), 『제주도지』 제3권(1993).

4.

본서에 수록한 9명의 경력에 대해 다음에 소개한다. 소개하는 순
서는 생년순으로 한다.

| 현길언

1940년 제주도 남원면에서 출생.

제주대학 국문과, 성균관대학 대학원을 졸업하고 「현진건 소설 연구」로 박사학위를 취득하여 현재 한양대학 국문과 교수로 있다.

1980년 『현대문학』지 추천 완료로 문학계에 데뷔한 후, 정력적으로 창작활동을 하고 있다. 단행본과 문학상 수상경력은 다음과 같다.

소설집, 『龍馬의 꿈』, 문학과지성사, 1984년.

소설집, 『우리들의 스승님』, 문학과지성사, 1985년.

녹원문학상 수상, 1985년.

소설집, 『닳아지는 세월』, 문학과지성사, 1987년.

장편소설, 『불임시대』, 전예원, 1987년.

중편소설집, 『身熱』, 고려원, 1987년.

단편소설집, 『무지개는 일곱색이어서 아름답다』, 문학과지성사, 1987년.

소설집, 『우리 시대의 열전』, 문학과지성사, 1988년.

단편소설집, 『우리들의 조부님』, 고려원, 1990년.

중편, 「司祭와 祭物」로 1990년도 현대문학상 수상, 1990년.

장편소설, 『투명한 어둠』 제1부·제2부, 나남출판사, 1991년.

장편소설, 『여자의 강』, 한길사(문예진흥원의 대한민국문학상 수상),
　　　　1992년.

단편소설집, 『껍질과 속살』, 나남출판사, 1993년.

장편소설, 『한라산』 제1부·제2부·제3부, 문학과지성사, 1995년.

위의 작품 외에도 『한국현대문인대사전』에 의하면 「그림자와 칼」이란 작품이 1987년에 출판되었다고 하나 확인되지 않았다.

현길언은 1984년에 44세에 첫 창작집을 낸 대기만성의 소설가이다. 첫 창작집 출간 후에 왕성한 작품활동을 하는데, 일년에 평균 1.5권의 책을 출간한 셈이다.

번역된 「우리들의 조부님」은 4·3 사건 당시 죄 없이 토벌대에 죽음을 당한 한 젊은이를 그리고 있다. 4·3 사건 당시 죽은 4만 또는 5만, 많게는 8만이라고 하는 사람들의 대부분은 이렇게 죄 없이 죽어간 것이리라. 제주도의 작가는 4·3 사건을 제재 또는 테마로 한 작품을 많이 쓰고 있는데 현길언도 그 중의 한 사람이다. 다만, 그의 경우 「꿩의 울음소리」·「불과 재」 등 작품에서는 당시의 좌익 영웅주의 신봉자들에 대한 비판도 하고 있다.

현길언은 개인에게 절대적 가치를 둔다. 권력자와 침략자에 의해 개인의 존엄 — 그 극에 죽음이 있다 — 이 손상될 때에는 위로부터의 압력에 시달리는 자들에 공명하지만, 이데올로기가 개인의 의지나 존엄을 손상케 할 때에는 그것이 반권력세력이라 하더라도 그것에 대결하는 입장에 선다. 이것은 역사적인 사실의 인식에 대해서도 같다고 말할 수 있다. 『계간청구(季刊靑丘)』 제8호(1991년 여름호)에 저자가 번역한 현길언의 단편 「껍질과 속살」 중에서도 제주도의 해녀가 일본의 어업 착취에 견디지 못해 자연발생적으로 봉기하여 선

박을 불사르기까지 하는데 그 후의 역사가들이 그것을 반제국주의
적 민족주의운동이라고 규정한 바 있다. 현길언은 이런 견해를 비판
한 적이 있는데, 이것을 볼 때 그가 집단과 이념보다도 개인의 생을
지상으로 하는 사고에 바탕을 두고 있다고 할 수 있을 것이다.

근년 현길언은 역사 장편소설에 착수하고 있다. 『여자의 강』(2권)
은 무당(巫堂)의 딸이 빨치산과 토벌대 사이에서 희롱 당하는 이야기
며 최근작 『한라산』(3권)은 제2차대전 말기 제주도가 일본군의 요새
화 되는 시기로부터 4·3 사건 전후까지 이른바 '해방공간'의 제주
를 그리고 있다. 현재까지 일본어로 번역된 현길연의 작품으로는
「껍질과 속살」 이외에 「그믐날 밤의 제사」(『韓國의 現代文學』 4, 柏書房,
1992)가 있다.

│ 오성찬

1940년 제주도 서귀포에서 출생.

동아일보사의 『나의 길 나의 삶―한국의 대표 지성 60인의 자전
에세이』에 기고한 자전에 의하면 오성찬은 어부를 겸한 소작농의 집
안에서 태어나, '공부가 밥을 먹여 주나'라는 부친의 '학문 있는 자
에 대한 반감'으로 초등학교밖에 못 다녔다. 그런 그가 독학으로 문
학수업을 거듭하여 15년의 습작기를 거쳐 군대 내의 부조리를 그린
「별을 따려는 사람들」(중편)로 『신아일보』 신춘문예에 당선되었다.
이를 계기로 1969년에 제주신문사에 입사, 이후 10년간 편집업무

에 종사했다. 이후로 역사 연구와 창작활동을 병행하며 정력적인 활동을 계속하여 현재는 한국예술문화단체총연합회의 제주지회장을 맡고 있다. 말하자면 제주문화인의 대표격이라고 할 수 있다. 오성찬의 상세한 연보는 고려원의 『한라산』 말미에 있으므로 참고하기 바라며 여기에는 단행본을 발행순으로 살펴보기로 한다.

『별을 따려는 사람들』, 현대문학사, 1973년.

소설집, 『탐라인』, 창원사, 1976년.

장편소설, 『浦口』, 신아출판사, 1977년.

산문집, 『제주민의 얼』, 창원사, 1977년.

소설집, 『한라산』, 정음사, 1979년.

연작소설집, 『習作寓話』, 정음사, 1984년.

장편소설, 『歲寒圖』, 동광출판사, 1986년.

『크는 산』, 삼성출판 문화재단. 도의문화저작상 수상, 1987년.

『단추와 허리띠』, 지성문화사, 1988년.

장편소설, 『모래 위에 세운 도시』, 지성문화사, 1989년.

연작소설, 『어느 공산주의자에 관한 보고서(한 공산주의자를 위하
　　　여)』, 실천문학사, 1989년.

산문집, 『갇힌 울음 열린 소리』, 도서출판 눈, 1991년.

제9회 요산문학상 수상, 1992년.

세태풍자 소설집, 『그 짝글레기의 유품』, 도서출판 장백, 1992년.

장편소설, 『칼과 보습』 상·하, 도서출판 눈, 1992년.

소설집, 『어두운 시대의 초상화』, 푸른 숲(이 작품으로 한국소설가협
회의 한국소설문학상 수상), 1993년.

장편소설, 『소설, 추사 김정희』, 도서출판 큰산, 1993년.

오성찬은 소설가의 얼굴 외에 또 하나 향토사가의 얼굴을 갖고 있
다. 실제 제주역사연구회 회장의 직책을 갖고 있다. 그의 소설은 제
주도의 역사 탐색 속에서 얻은 감명과 정열을 바탕으로 문학적 구상
을 자아낸 것으로 생각된다.

『제주의 마을』 시리즈도 그의 문학적 출발점이 된 것으로 보여진
다. 1985년부터 10년에 걸쳐 현재까지 14권의 책이 발행되었다. 각
마을을 한 권으로 그 마을의 사람들의 생활·유적·민속·교육·
지명·언어·속담·민요·신앙·산업·전설 등등 요컨대 마을의
역사와 현황을 총망라한 것이 「마을 시리즈」인데 이러한 활발한 활
동 속에 오성찬 문학이 있다.

소설은 픽션이므로 그가 소설에 그리는 것 전부가 역사사실이 아
님은 당연하지만 그의 소설이 역사사실에 가능한 한 충실하려고 노
력하고 있는 것은 사실이다.

더구나 그것은 무원칙적인 역사사실을 재현하는 것은 아니고 사
회적인 주장을 띤 것이다. 그가 '요산(작가 김정한의 호)문학상'을 수
상한 것으로 보아도 한국 사람들은 오성찬의 소설에서 김정한의 문
학세계를 겹쳐 보는 것 같다.

1941년 제주시 노형동에서 출생. 서울대학교 사범학부 영어교육
과 졸업. 1975년『동아일보』신춘문예에 단편「아버지」가 당선되어
문단에 데뷔하였다.

소설집,『순이 삼촌』, 창작과비평사, 1979년.
『변방에 우짖는 새』, 창작과비평사, 1983년.
소설집,『아스팔트』, 창작사, 1986년.
제5회 신동엽창작기금 수혜, 1986년.
장편소설,『바람타는 섬』, 창작과비평사, 1989년.
에세이,『젊은 대지를 위하여』, 도서출판 청사, 1989년.
『마지막 테우리』, 창작과비평사, 1994년.

현기영은 제주도 그 중에서도 4·3 사건에 고집하는 작가이다.
지금까지 붓대에 올리지 못했던 4·3 사건을 정면으로 잡아 올린
것은 역시 1978년의「순이 삼촌」이 처음이었을 것이다. 이 작품은
독자들로부터 상당한 반응이 있었고 이어서 4·3 사건을 제재로 한
「도령마루의 까마귀」·「해룡 이야기」를 발표했다. 다음해에 이들
을 합쳐『순이 삼촌』을 출판한 뒤, 당국에 의해 20일간 유치장에 있
을 때 받은 고문으로 전신이 멍투성이가 되었다고 한다. 그래도 '폭
도'라는 오명을 쓰고 죽어간 원혼(冤魂)들을 위해 쓰지 않으면 안되

었던 것이리라. 취재하였던 노파들을 생각하면서 "쓰면서 나는 여러 번 울었다"(「나의 4·3 탐험의 역정」)라고 말한 바 있다.

「마지막 테우리」는 본서의 작품 중에서 가장 최근인 1994년에 쓰여진 작품이다. 1980년대의 활발한 사회운동 시기에 쓰여진 다른 작품과는 달리 투쟁성은 다소 미약해도 나름대로의 진한 맛을 맛볼 수 있는 작품이다. 소테우리의 반생을 통하여 4·3 사건뿐만 아니라 제주인의 생활의 변화, 특히 무역의 자유화와 레저산업의 침식으로 제주인의 생활형태가 짓눌려 가는 모습을 진지하게 그리고 있다. 이외에 현기영은 『변방에 우짖는 새』에서 1800년대 말의 제주도에서 일어난 민란을 다루었고 『바람타는 섬』에서는 일제시대 해녀가 중심이 되어 일으킨 생존권 투쟁을 그리고 있다.

현기영의 작품 중 일본어로 번역된 것은 다음과 같다.

「순이 삼촌」, 「해룡 이야기」(김석범 역, 『바다』, 1984년 4월), 「도령마루의 까마귀」(三枝壽勝 역, 『한국단편소설선』, 이와나미서점, 1988년 수록), 같은 작품의 다른 번역으로 「도령마루의 까마귀」(시가 기미코 역, 『씨알의 힘シアレヒム』 4호, 1982년), 「길」(강두길 역, 『신일본문학』, 1982년 10월), 「프라타나스 시민」(柳濟櫂 역, 『한국문예』, 1979년 가을호). 2001년에 단행본으로 『순이 삼촌』(김석범 역, 신간사)과 『지상에 숟가락 하나』(나카무라 후크지 역, 헤이본샤)가 간행되었다.

1944년 제주도 북제주군에서 출생.

제주교육대학 졸업. 오랫동안『한라일보』에서 근무. 1987년부터 1993년까지 논설위원 역임. 현재는 프리랜서. 9편의 단편을 모은 『유배지』(신아문화사, 1993)가 있다. 그 대부분은『현대문학』지에 발표한 것으로 그 외에는 동인지『경작시대』에 발표한 것도 있다.

「사혼(死婚)」은 처음『제주문학』제11집(1982년)에 발표하였다가 나중에 개작하여『현대문학』1987년 1월호에 발표한 것으로 단행본『유배지』에 수록하기도 했다. 미혼으로 죽은 젊은 남녀를 결혼시키는 사혼의 풍습 자체는 타지방에도 없는 것은 아니지만 이 작품에는 제주도의 사혼을 통하여 복잡한 가족관계와 딸을 잃은 모친의 애절한 마음 등이 그려져 있다.

같은 저자에 의한 「당신의 작은 촛불」(『현대문학』, 1988년 2월)은 건축현장에서 일하는 3명의 남자의 사연을 그린 작품이다. 4·3 사건 때 불구자인 아버지가 목전(目前)에서 살해당하는 것을 보아야했던 사내, '토벌대'에 몸을 바쳐야했던 여자의 '사생아', '빨갱이 토벌'을 위해 제주에 왔다가 섬 처녀를 아내로 삼아 섬에 주저앉은 사나이, 이 세 사람이 펼치는 고뇌와 갈등을 그린 흥미 있는 작품이다.

| 고시홍

1948년 제주도 부제주군 구좌읍에서 출생.

1972년에 제주대학 사범학부 국어국문학과 졸업. 1983년 4월호 『월간문학』당선작인 단편「죽음의 시작」으로 신인문학상을 수상, 현재「토요구락부」동인으로 제주 중앙여자고등학교에서 교편을 잡고 있다. 소설집으로『대통령의 손수건』(전예원, 1987)·『계명의 도시』(현암사, 1991) 등 2권이 있다.

「도마칼」은『대통령의 손수건』에 포함된 중편이다. 어머니(혈통으로는 숙부의 처)의 치매의 배후에 제주 역사의 비극이 가로놓여 있는 상황을 당시 소년이었던 주인공의 눈을 통하여 잔잔하게 그리고 있다.

고시홍은 창작활동뿐만 아니라 고전연구가로서『고려사탐라록』(공동편저)도 낸 바 있다.

| 정순희

1949년 제주도 성산에서 출생.

제주교육대학을 졸업하고 1970년부터 1984년까지 제주도 내의 초등학교 교원생활을 하였다. 그 후로는 제주시 교외에서 산양목장을 경영하면서 가끔씩 작품을 쓰고 있다.

1987년『시와 시론』지에「짐」, 1988년 동지(同誌)에「닭터럭」이 추천되어 문단에 데뷔하였다. 1990년 1월부터 다음 해 12월까지 2

년간 월간『문화제주』에 생활 에세이를 연재. 소설집으로『가지치기』(도서출판 책나라, 1992)가 있다.

작품「짐」은 70을 넘긴 노인이 목장에서 잔심부름을 하고 있었는데 젊은 목부들과의 마찰로 직장을 그만두게 되는 과정에서 싣다 남은 짐과 같이 버려져 죽는다는 이야기.「춘궁기(春窮期)」는 가난에서 탈출하고자 도회지 생활을 꿈꿔 가출하는 목부들의 아낙네 이야기.「닭터럭」은 술집 여자가 뜨내기 남자와 초라한 살림을 차린다는 이야기. 정순희의 작품은 시정(市井) 사람들의 애감(哀感)을 제주방언으로 따뜻하게 감싸 제주의 자연풍물과 함께 생생하게 그리고 있다.

| 한림화

1950년 제주도 성산포에서 출생.

1973년『카톨릭 시보』에 중편「선률(旋律)」이 당선되면서 작품활동을 시작했다. 한때 중학교에서 국어교사를 지내기도 하고 서울에서 문학수업을 하기도 하였다. 1983년 이후 제주도에 정착하여 주로 제주의 역사에서 제재(題材)를 얻은 작품을 쓰고 있다. 1991년 한길사에서 발간한『한라산의 노을』은 4·3 사건을 다룬 전3권의 장편으로 1947년 3월 1일의 3·1 사건(3·1 독립운동 기념일에 육지에서 온 무장경찰이 발포)으로부터 최후의 유격대장 이덕구가 살해될 때까지의 기간을 중후한 필치로 그리고 있다.

작품집『꽃 한송이 숨겨놓고』가 1993년 한길사에서 나왔다. 본서에 번역된 중편 「꽃 한송이 숨겨놓고」는 처음 1987년 1월 『문학과 역사』에 발표되었던 것이다.

일본어로 번역된 것으로는 사진집 『제주도(1) 한라산 사람들의 생활』·『제주도(2) 해녀와 어부의 四季』(도서간행회, 1993)가 있다.

| 이석범

1955년 제주도 대정에서 출생.

제주대학 국어교육과 졸업. 1986년 『작법(作法)』동인에 참가. 1988년 『문학과 비평』봄호에 중편 「적들을 찾아서」를 발표하면서 문단에 데뷔. 단편 「膿」·「그 사내」·「일각수에 대한 몽상」·「어둠의 입술」등이 있다. 현재는 서울에 거주하고 있다.

단행본으로 장편 『권두수 선생의 낙법』(민음사, 1993)과 장편 『칼라의 분필』(우리문화사, 1992) 등이 있다. 모두 다 학교 교육을 제재로 하고 있다. "오늘의 학교는 정녕 한국사회의 모든 모순이 집중적으로 표출된 상징적인 현장이라는 것이 10여 년에 걸친 나의 교직생활의 결론이다"라고 이석범은 말하고 있다.

번역된 작품 「적들을 찾아서」는 군대 내의 부조리와 회의, 젊은이들의 성을 그리고 있다. 미묘한 테마여서 그런지 난해한 이미지적 표현과 영화수법적인 장면전개가 많이 사용되고 있다.

1956년 제주도 애월리에서 출생.

1971년 제주 제일고교 시절 국어교원이었던 현길언의 영향을 받는다.

1974년 서울의 경희대학 문과 입학.

1981년 현대자동차 홍보실 근무, 1983년 퇴직, 1985년 『중앙일보』 신춘문예에 단편 「거인의 잠」이 당선되었다.

1988년　　소설집, 『거인의 잠』, 현암사.

1989년~1991년 전9권의 대하소설, 『빙벽』, 현암사.

1990년　　소설집, 『칼 한 자루의 사상』, 세계사.

1990년　　소설집, 『회색의 손』, 고려원.

1991년　　소설집, 『비둘기는 집으로 돌아온다』, 고려원.

1991년~1992년 장편, 『최후의 계엄령』 3권, 범조사.

1992년　　장편, 『대권』, 우리문화사.

1992년　　장편, 『숨어 있는 사람들』 2권, 자유문화사.

1992년　　장편, 『그대 안에서 깊어지는 나』, 도서출판 푸른숲.

1993년　　『사랑하는 나의 용사들』, 현대문학사.

고원정은 인기 작가이며 베스트셀러 작가이다. 금기시되어 온 군대를 그린 『빙벽』은 각권 40만 부, 『최후의 계엄령』은 각 70여 만 부가 팔렸다 한다.

가상 정치소설 『최후의 계엄령』에서는 정치가가 실명으로 등장한다. 노태우 대통령의 민자당 탈당은 물론, 박태준·김종필의 민자당 탈당까지 정치동향보다 1년 앞서 마치 예언자처럼 기술하고 있다. 가상 정치소설의 내용이 현실의 정국에서 구현되느냐가 소설의 가치를 결정하는 것은 아니겠지만, 그의 작품이 문학적 가치가 높은 것은 작품 속의 등장인물이 정치에 농락당하다가 회의 끝에 결국은 좌절하여 가는 과정을 심도 있게 그리고 있다는 점에 있다고 하겠다.

1985년에 발표된 「칼(1)」의 주인공 K17도 그러한 사람 중의 하나다. 외국을 무대로 삼고 있지만 실은 한국사회를 그리고 있으며, 소설 중의 회교도와 그리스도교도의 중근동에 있어서의 화해가 현실(1995년)에서 실현된 것은 저자의 통찰력을 보여주는 것이다.

고원정은 제주도 주민의 4대에 걸친 가족사를 그린 『선주민(先住民)』과 역사를 뒤집어 놓은 듯한 『대한제국의 일본침략사』를 구상 중이라고 한다.

번역된 소설로는 『거인의 잠』(吉田美智子 역, 『한국의 현대문학』 5, 柏書房, 1992년)이 있다.

5.

 제주도 4·3 사건에 대해서 간단하게나마 살펴보아야 하는 것은 본 역서의 많은 작품이 4·3 사건과 관계가 있기 때문이다. 4·3 사건은 미·소 대립 구조 속에서 1948년 4월 3일, 미군정하에서 생긴 불행한 사건이다. 제민일보편『제주도 4·3 사건』에서는 4·3 사건을 다음과 같이 정의하고 있다.

 "4·3이란 숫자는 제주도 무장대가 '38선 이남'의 단독선거, 단독정부 반대와 조국의 자주통일이라는 기치하에 미군정, 경찰, 서북청년단 등에 본격적인 공격을 개시한 1948년 4월 3일을 말한다."

 물론 이 전사도 있고 후사도 있겠지만 남쪽만의 단독선거에 반대하는 인민위원회의 무장대를 토벌한다면서 토벌대가 주민의 대학살을 행하여 전도민의 1/4~1/3에 달하는 5~8만 명(정확한 숫자가 없다)이 죽음을 당한 사건이다. 토벌대는 무제한 초토화작전을 전개하여 토벌대에 쫓긴 사람들은 산중 깊이 숨어 버렸다. 주전투가 2년, 완전한 토벌에는 7년, 도합 10년이 걸린 것이다. 수백의 코뮤니스트를 섬멸하기 위해 수만의 주민을 살해한 것이다. 그러나 4·3 사건이 단지 인명피해만 낳은 것이 아니었던 것은 본 역서에서도 살펴볼 수 있을 것이다.

 독자 여러분의 편의를 위하여 일본에서 출판된 4·3 사건 관련 책들을 들어둔다.

제민일보 '4·3 취재반' 편, 『제주도 4·3 사건』 제1권~4권 (문경
수, 김중명 공역, 新幹社, 1994~6).

존 멜릴, 『제주도 4·3 봉기』 (문경수 역, 新幹社, 1988).

김봉현, 『제주도―피의 역사』 (국서 간행회, 1978).

저자가 일본어로 편역한 『탐라 이야기』에 실린 대부분의 작품은
제주도 방언을 사용하고 있다. 제주도 거주 작가는 특히 그렇다. 역
시 제주도인의 생활과 감정을 표현하려면 필연적으로 제주도 방언
이 많아질 수밖에 없을 것이다. 제주도 방언의 번역을 일본의 어느
지방의 방언으로 대치할까 고심하기도 했지만 모두 표준어로 번역
하였다. 원저자의 의도가 많이 손상되었을 것이다. 본서 출판 과정
에서 많은 사람들의 신세를 졌다. 원저자 여러분도 귀중한 시간을
내어 번역상의 도움말을 친절히 해주었다. 1987년부터 4차례에 걸
친 제주도 방문 때에 한결같이 연구에 도움을 주신 제주 작가들에게
감사한 드린다.

(『탐라 이야기―제주도 문학선』, 고려서림, 1996.1)

90년대 북한의 프로문학 연구

1.

1920년대 중엽부터 30년대 전반기에 걸쳐 한반도에서 프로문학이 큰 세력을 갖고 있었던 것은 역사적 사실이다. 문학계를 휩쓸었다고까지는 할 수 없지만, 민족주의문학과 서로 길항하며 문학계를 이분할 만큼 큰 세력을 가지고 있었다. 그럼에도 불구하고 남한에서도 북한에서도 지금까지 프로문학에 대해 충분한 연구가 행해졌다고 보기는 힘들다. 그 이유는 남한에서는 오랫동안 반공이 국시였고 북한에서는 유일사상이 커다란 영향력을 행사해 왔기 때문이다. 이 경향은 기본적으로 변화 없이 계속되고 있다. 그러나 80년대 말부터 90년대에 접어들면서 약간의 변화가 생겼다.

남쪽에서는 월북작가 해금이 있었고, 북쪽에도 변화가 있었다. 이

소론의 목적은 90년대에 평양에서 나온 문학사 혹은 문학사 연구를 통해 '조선민주주의인민공화국'(이후로는 북한이라 칭함)의 프로문학 연구 상황을 살펴보고자 하는 데에 있다.

2.

6·25 후 북한에서 나온 현대문학사로는 다음과 같은 것들을 볼 수 있다.

> 안함광, 『조선문학사』 상·하(1900~1950년대), 1956년.
> 언어문학연구소 문학연구실, 『조선문학통사』 하(1900~1950년대), 1959년.
> 안함광, 『조선문학사』 제10권(1920년대), 1964년.

이상이 50~60년대의 대표적인 문학사이다. 1980년대에 들어서 서도

> 박종원·최탁호·류만, 『조선문학사』(19세기 말~1925), 1980년.
> 김하명·류만·최탁호·김영필, 『조선문학사』(1926~1945), 1981년.

등이 출판되었다.

고대부터 현대까지를 다룬『조선문학사』5권짜리 중에서 위의 두 권이 해방 전 현대문학사에 해당된다. 80년대 초기에 나온 이 두 권의 책은 그 전까지 나온 문학사에 비해 차이가 있다. 60년대까지 나온 문학사에서는 이름조차 볼 수 없었던 김형직·강반석 두 사람이 반일(反日) 민족해방운동뿐만 아니라 그 시기 문학활동의 지도자로서 대서특필된 점이 그것이다.

1986년에 '사회과학출판사'에서 출판된『조선문학개관』(1권, 고대~1925. 정홍교 박종원 / 2권, 1925~1980년대 초기, 박종원·류만)은『조선문학사』를 더 체계적·이론적으로 정리 서술한 것이라고 할 수 있다.

즉, 1926년부터 1945년 8월까지 항일혁명투쟁시기 문학의 주류를 '항일혁명문학'이라고 규정하여 김일성의 항일무장투쟁 속에서 태어난 혁명문학을 서술하고 국내 프로문학은 '항일혁명투쟁의 영향하에 발전한 진보적 문학'으로서 부차적으로 취급하고 있다. 종래의 문학사에서 높이 평가받았던 조명희·이기영·강경애·송영 등과 더불어 "프롤레타리아 문학의 영향하에 진보적인 작가들 속에서는 사회현실을 비판하고 근로자들의 생활과 지향을 의식적으로 반영하려는 경향이 나타났다"고 하면서 채만식·심훈·이효석의 작품을 분석하고 있는 것이 이 문학사의 장점이라고 할 수 있겠다.

3.

90년대에 접어들면 프로문학에 대한 중요한 책이 세 권 출간된다.

① 은종섭,『근대현대문학사』, 김일성종합대학 출판사, 1991년 2월 9
일 발행. 심사 : 류만 · 박춘명.

② 류만,『조선문학사』제9권(1920년대 후반~1940년대 전반), 과학
백과사전 종합출판사, 1995년 6월 10일 발생. 심사 : 리동수[이 책
은『조선문학사』제8권(1926년~1945년)의 항일혁명문학에 이
어진다. 제8권은『꽃파는 처녀』·『피바다』등 김일성이 직접 창작
하거나 지도한 문예작품을 취급하고 있다].

③ 김학렬,『조선 프롤레타리아 문학운동 연구』, 김일성종합대학 출판
사, 1996년 8월 18일 발행.

①은 80년대 문학사의 흐름 속에서 쓰여진 흔적이 농후하다. 프
로문학에 대한 평가도 기본적으로 80년대와 같다. 그러나 여기에도
약간의 변화를 볼 수 있다. 정지용과 윤동주에 대한 긍정적인 평가가
그것으로, 이런 경향은 과거에 볼 수 없었던 것이다(209면~215면).
정지용에 대한 평가는 이렇다.
"후에 순수문학 경향으로 흘러가"지만 "시집『백록담』에는 민족적
정서가 풍기는 시작품들이 적지 않게 실려 있다"고 높이 평가했다.

윤동주에 관해서도 "일제 말기 조선독립의식을 고취한 혐의로 일본에서 체포되어 지조를 굽히지 않고 형무소에서 옥사한 애국 시인이다"고 하고 「쉽게 씌어진 시」와 「서시」를 분석했다.

저자가 아는 한 윤동주를 문학사적으로 평가한 글은 ①이 처음이라고 생각된다. 그 후에, 나온 것 중에서는 박종식 「'하늘과 바람과 별과 시'의 미학」(『통일문학』 8호, 1991년), 김일성 회고록 『세기와 더불어』 제1권(1992년 4월) 1면~19면, 『문학상식』(1994년 12월) 179면의 '윤동주' 항목 등에서 윤동주에 대한 기술을 볼 수 있다.

②는 프로문학을 김일성이 지도한 항일혁명문학(제8권)과 비슷한 분량, 비슷한 비중을 가지고 서술하고 있다. 국내의 진보적 문학에 대한 평가가 80년대보다 상대적으로 높아졌다고 말할 수 있다.

또 1930년대의 '무산대중의 투쟁과 생활, 애국적 지향을 폭넓게 반영한 중·장편소설'로서 이기영·강경애·한설야(『황혼』 등을 높이 평가)가 중점적으로 서술되어 있는 이외에 한인택·채만식·심훈 등도 크게 취급되어 관점의 유연성을 보이고 있다.

이처럼 카프를 비롯한 국내의 진보적 문학을 80년대보다 더 중시하게 된 변화의 근원은 어디에 있을까? 저자 나름대로 추측한다면, 그것은 김일성의 회고록인 『세기와 더불어』와 김정일의 『주체문학론』에 있다고 생각된다.

북한의 문학사상은 위 두 가지를 넘어서는 존재할 수가 없다. 북한의 문학사가(文學史家)들은 두 사람의 절대자가 기술한 내용을 넘어설 수는 없지만, 그렇다고 해서 절대자가 허용하는 범위 안에서 신음하고 있다고 말하기는 어렵다.

본래 사회주의 제도를 채택하고 있는 국가에서는 그 지도자의 발언이 규범성을 갖게 마련이다. 때로 그 발언이 법보다도 위에 있을 수 있는 경우조차 있다. 그러므로 모택동 선집도, 김일성 선집도 시대에 따라, 문구와 문장상의 차이점을 갖게 되는 것이다. 그래서 그 저작은 일국(一國)의 정치를 지배할 정도로 힘을 갖고 있기 때문에, 전적으로 한 사람의 힘만으로 집필될 수 있는 것이 아니다.

김일성 회고록도 김정일 문학론도, 물론 본인의 의지가 충분히 담겨있으며, 본인이 최종적으로 원고를 결정했다고 하더라도, 그 이전에 많은 문학연구자들의 의견수렴과 토론 과정을 거쳤을 것이다. 개인의 이름으로 발표되었다고 하더라도, 그 시기 문학계의 전체적인 의향이 반영되었다고 말할 수 있는 것이다. 앞에서 언급한 안함광·류만의 문학사도 그렇거니와, 아래에 소개할 김학렬(金學烈)의 연구도, 개인의 저작이긴 하나 그 나라에서 사회적으로 공인된 출판물인 이상, 당연히 북한문학계의 토론을 거쳐 공적으로 승인된 결과물로 보는 것이 좋겠다.

김일성은 『세기와 더불어』 제5권에서 카프에 대해 이렇게 말하고 있다.

'신경향파' 문학이라고 불리는 진보적 작가들의 문학운동은 1925년에 이르러 조선프롤레타리아예술동맹(카프)을 낳았다. 카프가 창립된 때로부터 조선의 진보적 문학은 로동자, 농민을 비롯한 근로인민대중의 리해

관계를 대변하고 옹호하는 프롤레타리아 문학예술 발전에 이바지하였다.

이렇게 이기영·한설야·송영·박세영·조명희를 비롯한 우수
한 카프작가들의 이름을 열거하고 작품을 논하고 있다(제5권, 52면~
54면).

『세기와 더불어』 제5권은 1994년 4월, 조선로동당출판사에서 출
판된 책이지만 출판 전에 내부적인 토론이 오랫동안 있었던 것으로
보인다. 종래 부정되어온 최승희를 양심적인 민족 무용가로서 재평
가했던 것(55면~56면)도 문예계 지도자들 간의 토론이 없었다면 불
가능한 일이었을 것이다. 이렇기 때문에, 김일성 개인의 회고와 취
향에 따라서만 북한 문화계의 향방이 일방적으로 결정된다고 할 수
없는 것이다. 이러한 문학계의 분위기야말로 북측의 연구자들로 하
여금 카프를 더 높이 평가할 수 있게 만든 것이었다고 할 수 있다.

또, 카프에 대해 김정일은 『주체문학론』(조선로동당출판사, 1992년 7
월 10일 발행)에서 이렇게 말하고 있다.

카프문학에 대한 평가와 처리를 공정하게 하여야 한다. 지금 문학분야
에서는 카프문학에 대한 평가를 매우 어정쩡하게 하고 있다. 어떤 사람들
은 카프문학을 비판적 사실주의 문학의 계열에도 넣지 않고 사회주의적
사실주의 문학의 계열에도 넣지 않고 그저 프롤레타리아 문학이라고 막
연하게 규정하고 있다. 이것은 카프문학에 대한 공정하지 못한 평가이다.
카프의 작품에는 비판적 사실주의 작품도 있고 사회주의적 사실주의 작

품도 있다. 특히 카프가 새로운 강령을 내놓은 이후시기에 나온 작품은 기본적으로 사회주의적 사실주의 작품이라고 보아야 한다. (77면)

위 문장에 이어서 조명희·송영·이기영·한설야·유완희·김 창술·박세영·박팔양 등의 이름도 들고 있다.

이렇게 보면, 카프에 관해 북한 내에서 여러 가지 의견이 있었지 만 토론의 끝에는 카프에 대해 종래보다는 높은 평가를 부여하도록 하는 결론에 도달한 점, 아울러 1927년의 카프 재편성 이전을 비판 적 사실주의, 이후를 사회주의적 사실주의로 일컫는 까닭을 이해할 수 있다. 위 결론은, 김정일이 파쇼적으로 결정해서 문학연구자가 그대로 절대 복종한 것이 아니라 문학연구자들의 의견을 김정일이 총괄했거나, 혹은 김정일이란 이름으로 문학연구자가 총괄하고 있 는 것으로 이해된다.

같은 예로 사회주의 국가 중국 모택동의 「문예강화」를 떠올려보 면 좋겠다. 모택동이 문제를 제기하고 문학자들이 몇 일간 토론해서 마지막으로 모택동이 총괄한 결과물이 「문예강화」로 활자화되어, 뒤에 『모택동 선집』에 실렸던 것이다.

아무튼 이렇게 김정일의 『주체문학론』에 정리되어 있는 카프에 대한 평가를 북한의 연구자 개인은 현재로선 그 평가를 부정하고 부 인하지는 못할 것이다. 모든 논의, 모든 결론이 이런 과정으로 행해 지므로 큰 틀을 벗어나는 경우는 없다. 다만, 어떤 나라라도 헌법이 영원불변하지 않은 것처럼, 『주체문학론』도 장래에 수정될 가능성이 전연 없다고는 단언할 수 없다. 가령『김일성 선집』의 경우도 여러 판본이 있을 정도이기 때문이다.

앞에서 말한 것처럼, 80년대부터 90년대에 걸쳐 출판된 북한의 문학사는, 거의 비슷한 얼굴을 하고 있다. 항일무장투쟁 중에 만들어진 '항일혁명문학'을 주(主)로 하여, '항일혁명투쟁의 영향 아래 발전된 진보된 문학'(프로문학)을 '종(從)'으로 하면서도, '종'인 프로문학도 '주'와 같은 정도의 비중으로 논해야 한다는 추세가 김정일 『주체문학론』의 카프 평가를 통해 정착되었던 것이다. 1992년에 나온『주체문학론』에서 힘을 얻어 류만의『조선문학사』9권이 1995년에 나왔으며, 이어 1996년이 되어 — 판권에는 1996년 8월 18일이라고 되어 있지만, 실제 책으로 나온 것은 1997년 봄이다 — 김학렬의『조선 프롤레타리아 문학운동 연구』도 나왔던 것이다.

한편 1996년 9월 27일자『문학신문』에 따르면 연속다(多)부작 예술영화「민족과 운명」에서 '카프 작가편'이 3부작으로 완성되었다고 하는데, 이것도 당연히 위에 언급한 바와 같은 흐름 속에서 파악되어야 할 것이다.

그런데 이 3부작은 김정일이 1994년 1월 31일에 영화예술부문 관계자들을 모아놓고 카프작가들을 모델로 영화를 제작하도록 지시해서 작가들이 모두 실명(實名)으로 등장한다고 한다.

이것을 볼 때 카프 평가의 기본 원칙은 변한 것이 없으나, 카프를 이전보다 더욱 중시하는 경향이 늘고 있으며, 그 중심에 김정일이 존재하고 있다는 것도 명확하게 파악할 수 있다고 하겠다.

4.

마지막으로 김학렬의『조선 프롤레타리아 문학운동 연구』에 관해 논할 차례다. 이 저작은 본래 김일성종합대학 박사논문으로 작성되었다(북한의 박사는 한국의 박사와 내용면에서 현저하게 다르다. 한국의 박사는 독자적인 견해를 가진 연구자로서 시작한다는 것을 의미하지만, 북한의 박사는 연구자의 영예로운 도달점을 의미한다. 한국에서는 박사학위가 없으면 대학교수로 취직할 수 없는 것이 현실이지만, 북한에서는 한국에서 교수라고 하는 지위를 '교원(敎員)'이라 하고, '박사'는 현저한 학술적 업적을 보유한 연구자에게만 부여하는 명예로운 칭호이다).

이 책은 3장 13절과 부록 4편으로 짜여 있다. 제1장 '우리나라 프롤레타리아 문학운동의 발생·발전과 문학단체의 활동', 제2장 '프롤레타리아 문학평론', 제3장 '프롤레타리아 문학평론의 특징'으로 되어 있다.

제1장에서는 프롤레타리아 문학운동에서 조직화의 측면, 즉 프로문학단체들의 '결성 경위와 조직적 강화를 위한 투쟁'에 대해 서술하고 있다.

제2장에서는, 프로문학운동의 의식화 측면, 즉 운동의 선도(先導) 분야를 담당하는 문학평론의 전개성을 전면적으로 밝히고 있다.

제3장은, 종래의 북한의 문학사 서술과 큰 차이가 없다. 이 책의 신선미는 제1장, 제2장에 있다고 본다. 그 점은 이 책의 연구방법에

서 잘 나타난다. 책 여기저기에 '위대한 수령 김일성 동지'나 '위대한 령도자 김정일 동지'라는 어구가 고딕체로 강조되어 인쇄된 것은 북한 문헌의 관행으로 볼 때 놀랄 일이 아니지만, 제1차 자료 인용이 풍부한 점과 실증적 방법의 치밀함은 종래 북한의 연구서에서는 볼 수 없었던 점이어서 눈길을 끈다.

예를 들면, 카프 성립의 경위와 그 조직 형성 등을 당시 신문, 잡지를 들어 전면적으로 밝힌 점이 그 경우에 해당된다. 『동아일보』·『조선일보』『조선중앙일보』 등의 당시 기사도 공들여 취했고, 『예술운동』 제1호, 제2호 등 카프 기관지는 물론 『개벽』·『조선지광』·『조선문단』·『별나라』·『대중공론(大衆公論)』·『대조(大潮)』 등의 잡지, 거기에 일본 프롤레타리아 문학의 문헌, 관헌(官憲) 측의 『사상월보』 등에 이르기까지 공들여 훑고 있다. 아울러 1964년 『세대』지 등 해방 후 한국에서 나온 잡지의 인용도 있다. 게다가 책 뒤의 「주요참고문헌」에는 북한에서 나온 책은 8권을 들고 있는 데 비해, 한국측 문헌으로 권영민·김재용·김윤식·박명용·백철·조연현·송민호·임규찬·임종국 등의 저서 13권을 들고, 일본어 문헌도 3권이나 제시하고 있다.

이 책은 북한문학 연구의 큰 틀을 벗어나지는 않지만, 광범한 자료에 의거한 본격적인 프로문학연구가 여기로부터 시작된다고 말할 수 있을 정도의 비중을 갖고 있다.

류만이 이 책에 대한 서평 「우리 학계에서 처음으로 되는 전면적 해명」(『조선신보』, 1996년 11월 29일)에서 "이 연구에 비하면 지난 시기의 프롤레타리아 문학운동 연구는 매우 단편적이고 일반적이며 거의 추상적이었다"라고 평한 것도 지나친 칭찬은 아닌 것이다. 과연 그렇다는 느낌도 든다. 류만은 또 같은 서평에서 이 책의 자료발굴 결과에 대해 언급하면서 "지금까지 우리 출판물들에 공개되지 않았던 많은 자료들을 발굴하여 필자는 이 연구에서 효과적으로 리용하고 있다"라고 말하고 있다. 이 점에도 전적으로 동감한다.

그러나 류만이 "론문의 전반 서술에서 당성, 계급성의 원칙을 확고히 견지하면서 주체의 방법론에 튼튼히 서서 모든 문제, 현상을 대하고 분석하고 있는 것이 또한 중요한 성과이다"라고 한 점은, 주체사상을 이해할 수 없는 저자로서는 납득할 수 없는 설명이다. 저자는 자료에 관한 한 최대한 선입관을 배제하려고 애쓰지만, 이 글은 '주체사상'이란 칼로 작품을 일거에 재단하고 있기 때문이다. 그것은 당성과 계급성의 원칙을 견지했다는 점으로 북한에서는 높이 평가되었을 것이다. 하지만 자본주의의 물에 듬뿍 적셔 있는 저자에게는 '주체의 방법론'이란 것이 도대체 이해되지 않는다.

이 책은 제1장에서 '염군사'·'파스큐라'·'카프'의 결성 경위를 밝혔고, '카프'에로의 합동 경위 및 해산 경위, 조직구성과 중심성원, 기관지 『문예운동』·『예술운동』 발간과 임시총회, 1927년의 조직개조의 구체적 상황을 구체적 자료에 의거하여 기술하고 있다. 한국이나 일본에서는 이미 알려져 있는 자료들도 있으나 북한에서는 처음 소개된 자료들도 많은 것 같다.

이것과 반대로 한국에 '있다'고만 알려져 있으나, 일반에게 공개된 적이 없는 카프 기관지 『예술운동』 제2호가 자세히 소개되어 있기도 하다.

김학렬의 이번 저작이 종래 북한의 문학사 평가와 다른 점을 들자면 다음과 같다.

먼저, 80년대까지는 진보적 문학단체라고 불리어온 '파스큐라'를 거의 전면 부정하고, '염군사'와 대조적으로 파악하고 있다는 점, 그래서 종래 문학사가 작가와 작품을 중심으로 프로문학을 논하고 있음에 대해, 이 책은 문학운동을 중핵(中核)으로 파악하고 있다는 점, 제2장에서 각종 문학론—1927~29년의 내용·형식론·목적의식론·반무정부주의문학론·반민족주의문학론·대중화론, 그리고 1930년대의 볼셰비키화론·농민문학론·'동반자작가'론·사회주의적 사실주의 창작방법론·반순수문학론—에 비중을 둔 것도 아마 그 때문으로 보인다.

프로문학운동의 의의에 관한 김학렬의 주장을 저자 나름대로 요약하면 다음과 같다.

① 프로문학은 내용에서 로동계급의 혁명사상을 구현하고 형식에서 민족문학의 고유한 특성을 살려 사상·예술적으로 해방 전 진보적 문학에서 가장 높은 수준에 이르렀다.

② 일제식민지 통치하에서 신음하는 우리 인민들에게 계급의식과 민족의식을 넣어주고 그들이 신념과 희망을 가지고 살며 투쟁하도록 하는 데 이바지했다.

③ 부르조아 문학의 반동성을 폭로하고 대중 속에 미치는 그 해독
   적 영향을 막아내는 데 이바지했다.
④ 해방 후 우리 문학발전에 이바지한 귀중한 진보적 문학유산을
   마련하였다.
⑤ 당시의 "세계 프로문학 또는 진보적 문학 발전과 앙양, 국제적
   련대 강화에 이바지"했다.

프로문학의 '제한성'에 대해서는 다음의 세 가지를 들고 있다.
① 로동계급이 혁명적 당의 량도를 받지 못함으로써 문학운동이
   정확한 로선에 따라 진행되지 못한 점.
② 작가의 세계관적 제약성으로 인해 창작활동에서 이러저러한
   부족점을 낳게 되었다는 점.
③ 일제의 가혹한 탄압에 위축되어 작가의 의도가 정확히 표현되
   지 못하고 혁명적인 것이 적지 않게 삭제 당하거나 뚜렷이 강
   조되지 못했던 점.

저자는 이러한 주장에 전면적으로 동감할 수는 없지만, 김학렬이
이상과 같은 결론을 내린 사정은 이해할 수 있다. 그러나 이러한 제
한성은 "주체사상을 세계관적 기초로 한 새로운 우리식 사회주의적
사실주의문학, 항일혁명투쟁과정에서 창조된 주체사실주의문학에
이르러 완전히 극복되게 되었다"란 의견은 도저히 이해할 수 없다.
물론 이 '우리식 사회주의적 사실주의, 다시 말하면 주체사실주

의'란 개념은 김정일 어록에서 나온 말이다.

김학렬의 저서를 포함해서 북한문학사의 서술에 저자는 불만을 갖고 있다. 다음과 같은 이유에서이다.

예컨대『백조』나『폐허』에 관해서 이것을 부르조아 잡지로 비난하여 분석조차 하지 않는다. 거기에 모였던 여러 작가와 사상을 당시의 상황에 비추어 분석하려고 하지 않는다.

김기진·박영희·안막·임화·김남천을 '배신자', '우연분자', '행세식 사회운동자들'로 비난하며, 사회주의와의 다양한 관련양상을 확인하려고 하지 않는다. 문학이 문학 이전의 정치적 결말에 따라 과거로 거슬러 올라가 재단(裁斷)되어 버리고 있다.

일본 프로문학운동과의 관련 양상에 대해서도, 카프는 명백히 일본의 나프(NAPF, 전일본 무산자 예술연맹, 1928년 3월 25일 창립)보다 빨리 성립되었고, 나프보다 늦게까지 활동했던 것은 사실이지만, 일본 프로문학과의 관계는 그것만은 아니었을 텐데, 이런 다면성(多面性)에 대해서는 거의 언급이 없다.

불만을 헤아려보자면 다른 것도 여러 가지가 있지만, 나무를 보고 숲을 무시할 수는 없는 법이다. 그것보다도 최근 북한문학계와 입장 및 견해의 차이점이 있더라도, 공통의 자료, 문헌에 기초하여 토론할 수 있는 시대가 다가오고 있다는 점을 기뻐하고 싶다. 한국, 북한, 또 여기에 더 추가하자면 일본의 문학연구자가 함께 연구·토론하는 시대가 올 가능성이 희미하게 보인다고 할 수 있겠다. 북한에서 출판된 책들이 한국에서 복각 출판되고 있고, 한국 학술서가 북한에서 참고

문헌으로서 공적으로 인정되기에 이른 점도 매우 고무적이다.

앞으로 좋은 전망이 있으리라 기대한다. 너무 낙관적인 기대일는지는 모르지만.

(『문학평론』2호, 범우사, 1997.6)

북한의 문학선집 출판 현황

　북한의 각종 현대문학전집·세계문학전집에 수록된 작품을 비교해서 문예정책의 변천을 논해달라는 편집부의 요구에 전면적으로 응할 수는 없다. 왜냐하면 내가 알기에는 북한에서 출판된 문학전집으로는 1957년부터 1961년 사이에 나온 『현대조선문학선집』 16권과 1987년도부터 해마다 두서너 권씩 나오고 있는 『현대조선문학선집』(100권 예정), 이 두 가지밖에 없으므로 비교하기가 어렵기 때문이다.

　북한문학 자료는 일본에서도 구하기 힘들다. 이런 사정 때문에 본고에서는 단편적인 자료를 대상으로 하여 주제와 관련된 논점을 제기할 수밖에 없다는 것을 미리 밝혀둔다.

1.

『현대조선문학선집』16권은 북한문학 연구자들에겐 기본자료의 하나다. 이 선집이 40권으로 이루어졌다고 쓴 자료도 있으나 그 편집체계로 미루어보아 16권으로 완결된 것으로 판단된다.

현대조선문학선집편찬위원회 편, 조선작가동맹출판사 간행으로 된 『현대조선문학선집』(16권)의 구성은 다음과 같다.

제1권 단편집, 나도향·이익상·최서해·조명희, 1957.10.30 발행, 3만부.

제2권 시, 김소월·이상화·조명희·김창술·유완희·김주원·조운·박팔양·박세영, 1957.12.20 발행, 3만부.

제3권 이기영 단편소설, 1958.11.10 발행, 3만부.

제4권 한설야 단편소설, 1959.3.10 발행, 3만부.

제5권 단편소설, 송영·윤기정·김영팔·최승일·송순일, 1958.5.20 발행, 3만부.

제6권 단편소설, 조중곤·엄흥섭·박승극, 1958.8.10 발행, 3만부.

제7권 희곡, 조명희·진우촌·김수산·김두용·송영·한설야·이기영, 1958.11.20 발행, 3만부.

제8권 평론, 이익상·이상화·김수산·한설야·이기영·송영·윤기정·박승극·김우철·권환·한식, 1959.6.20 발행, 3만부.

제9권   수필, 필자 다수, 1960.5.20 발행, 1.5만부.

제10권 아동문학(아동가요·동시·동요·소설·동화극·소년시·

　　　　동화·아동극) / 최서해·박세영·송영·권환·엄흥섭·신

　　　　고송·이동규·박아지·홍구·정청산·안준석·김북원·김

　　　　우철·이원우·박고경·안룡만·남궁만·윤복진,

　　　　1960.3.15 발행, 1.5만부.

제11권 시·혁명가요, 권환·박아지·송순일·무명씨, 1960.3.20 발

　　　　행, 1.5만부.

제12권 이북명 단편집, 1961.1.31 발행, 1.5만부.

제13권 이기영 장편『고향』, 1959.4.20 발행, 3만부.

제14권 중편소설, 이기영「쥐불」, 강경애「인간문제」, 한설야「탁류」·

　　　　「귀향」, 1959. 4.20 발행, 3만부.

제15권 단편소설, 한인택·이동규·강경애·조벽암·석인해·현경

　　　　준·최인준·차자명·이근영·채만식·지봉문·김소엽·김

　　　　만선·김영석, 1960.11.30 발행, 2만부.

제16권 한설야 장편『황혼』, 1959.4.20 발행, 3만부.

이상이『현대조선문학선집』(16권)의 내용이다.

이 선집에서 몇 가지 특징을 볼 수 있다. 이 시점에서는 이기영·
한설야가 꼭 같은 비중을 가지고 있다. 한설야는 다 아는 바와 같이
1962년쯤에 비판을 받았다. 그 원인은 잘 알려져 있지 않지만, 그와
한 시기 함께 문학활동을 한 적이 있고 지금 중국에 살고 있는 한 작

가의 증언에 의하면 작풍(作風)상의 문제 때문이라고 한다. 그는 1962년 좌우로부터 전면적으로 부정되다가 1985~86년부터는 그의『황혼』등 일부 작품이 재평가를 받기 시작하였다. 현진건의 작품은 이 선집에 수록되지 못했다. 그 후에는 비판적 사실주의작가로 높은 평가를 받았지만.

이 선집을 보면 국내 프롤레타리아 문학운동 중에서 나온 작품이 대부분을 차지하고 있으며, '혁명가요'가 16권 중의 한 권에 수록되어 있지만 김일성 등이 옛 만주 땅에서 벌인 문학활동 중에서 나온 작품은 선집의 중심을 이루지 못하고 있음을 알 수 있다.

2.

이 선집에 수록된 모든 단편과 서울 백수사에서 출판된『한국단편문학전집』(1971.10, 증보5판)에 수록된 해방 전 작품을 대조해 보면 다음과 같다.

	현대조선문학선집	한국단편문학선집
나도향	행랑자식, 지형근, 벙어리삼룡이, 자기를 찾기 전, 물레방아, 전차 차장의 일기 몇 절	물레방아, 뽕, 벙어리 삼룡이
이익상	광란, 흙의 세례, 구속의 첫날, 쫓겨가는 이들, 그믐날	(없음)

최서해	고국, 13원, 매월, 탈출기, 큰물진 뒤, 박돌의 죽음, 기아와 살육, 보석반지, 기아, 홍염, 담요, 8개월, 무서운 인상, 전아사, 서막, 류가락 방광관, 수난, 향수, 무명초, 미치광이, 갈등	고국, 탈출기
조명희	땅속으로, R군에게, 농촌 사람들, 저기압, 새거기, 동지, 한여름밤, 박군의 로맨스, 락동강, 춘선이, 아들의 마음	(없음)
김동인	(없음)	배따라기, 감자, 광화사, 광염소나타, 발가락이 닮았다, 태형, 붉은 산, 김연실전
염상섭	(없음)	표본실의 청개구리, 전화, 조그만 일, 두 파산
전영택	(없음)	화수분
주요섭	(없음)	사랑손님과 어머니, 아네모네의 마담
현진건	(없음)	빈처, 술 권하는 사회, 타락자, 할머니의 죽음, 운수좋은 날, 불, B사감과 러브레터
박화성	(없음)	한귀(旱鬼), 고향없는 사람들
유진오	(없음)	김강사와 T교수, 창랑정기, 어떤 부처, 치정, 나비
이효석	(없음)	돈(豚), 산, 들, 메밀꽃 필 무렵, 분녀, 장미 병들다
채만식	앙탈	레디 메이드 인생, 치숙(痴叔)
계용묵	(없음)	백치 아다다
이무영	(없음)	제1과 제1장
강경애	채전, 축구전, 해고	지하촌
박영준	(없음)	모범경작생
김유정	(없음)	소나기, 금따는 콩밭, 산골, 동백꽃, 봄봄, 땡볕, 따라지
이 상	(없음)	날개, 동해(童骸), 봉별기(逢別記), 지주회시, 종생기
김동리	(없음)	무녀도, 바위, 황토기, 동구앞길
정비석	(없음)	성황당, 제신제, 고고(孤高)
최정희	(없음)	지맥(地脈)

김정한	(없음)	사하촌
김영수	(없음)	소복
황순원	(없음)	별, 독짓는 늙은이
곽하신	(없음)	신작로
최태응	(없음)	바보 용칠이, 항구
임옥인	(없음)	봉선화, 후처기
조중곤	아이스크림, 산파역, 데몬스트레이숀, 소작촌	(없음)
한설야	과도기, 씨름, 딸, 태양, 사과, 칠로교차점, 보복, 술집, 진창, 아들, 태양 병들다, 모색, 세로, 류전, 두견, 파도, 숙명?	(없음)
송영	늘어가는 무리, 용광로, 석공조합대표, 군중 정류, 인도 병사, 기쁜 날 저녁, 꼽추 이야기, 교대 시간, 눈발은 날리는데, 야학 선생, 숙수치마, 월파선생, 아버지, 능금나무 그늘, 음악 교원, '솜틀거리'에서 나온 소식, 춘몽(春夢), 문서	(없음)
윤기정	미치는 사람, 딴 길을 걷는 사람들, 양회 굴뚝, 차부, 자화상, 적멸, 천재(天災)	(없음)
김영팔	어떤 광경, 송별회	(없음)
최승일	바둑이, 거리의 녀자	(없음)
송순일	서기 생활, 윤별장의 사환	(없음)
이북명	질소비료공장, 어둠에서 주운 스케치, 출근 정지, 인텔리, 어리석은 사람, 오전3시, 민보의 생활표, 구제사업, 도피행, 하나의 전형, 대싸리, 기초 공사장, 편지, 칠성암, 료양원에서, 아들, 야회	(없음)
이기영	오빠의 비밀편지, 가난한 사람들, 쥐이야기, 민촌, 농부 정도룡, 외교원과 전도부인, 박선생, 민며느리, 채색 무지개, 원보, 제지 공장촌, 묘양자, 박승호, 묘목, 원치서, 적막, 비, 추도호, 돈, 소부, 귀농, 왜가리촌, 공간, 양캐	(없음)
엄흥섭	흘러간 마을, 꿈과 현실, 출범 전후, 산 풍경, 번견 탈출기, 안개 속의 춘삼이, 숭어, 유모, 새벽바다, 가책, 아버지 소식, 과세,	(없음)

박승극	힘, 그들의 간 곳, 길, 실명 농민, 그녀인, 평범한 이야기, 술, 어느 비오 는 날 이야기	(없음)
한인택	개, 월급날, 해직사령, 흑점, 그 남자의 반생 기, 어화, 괴로운 즐거움	(없음)
이동규	우박, 여름, 어느 로인의 죽음	(없음)
조벽암	실직과 강아지, 취직과 양	(없음)
석인해	꽃 피었던 섬	(없음)
현경준	격랑, 명암, 별, 오마리	(없음)
차자명	전락, 청담	(없음)
최인준	춘잠	(없음)
이근영	말하는 벙어리, 농우, 소년	(없음)
지봉문	북국의 녀인	(없음)
김소엽	딱한 자식	(없음)
김만선	홍수	(없음)
김영석	형제	(없음)
양쪽 다 없는 작가	박종화, 함대훈, 김기진, 박영희, 김남천, 박태원, 이태준, 안수길, 장덕조, 심훈, 이광수, 백신애, 이석훈, 이주홍 등	

대조표를 보면 일목요연하다. 남쪽에 있으면 북쪽에 없고, 북쪽에 있으면 남쪽에 없다. 같은 시기 한 나라의 문학사가 마치 두 나라의 문학사처럼 보인다. 남북 양쪽에서 공통적으로 평가하고 있는 작가는 채만식·강경애·나도향·최서해 네 사람뿐이다. 그러나 이런 기형적 상태는 최근 몇 년 동안 많이 개선되었다.

기형을 극복하기 위하여 남쪽에서 많은 노력을 기울였지만, 북쪽에서도 공백지대를 메우기 위한 작업을 전개하였다. 그 과정에 대해서는 후에 다시 언급하기로 한다.

위의 일람표를 보면 임화·이태준을 비롯해서 정치사건에 연루

된 문학자의 작품은 『현대조선문학선집』에 수록되지 못했다. 그러나 김소엽 등 일부 월북작가가 이 시점에서 긍정적 평가를 받은 것은 지적해 둘 필요가 있다.

표에서 양쪽 다 "없음"이라고 씌어 있는 것은 그 대부분(일부는 민중서관 『한국문학전집』에도 있음)이 김우종의 『한국현대소설사』(서울 : 선명문화사, 1968년)에서 언급되어 있는 작품들이다. 1968년이란 시점에서 이 소설사는 남북문화사가 기피하고 있던 작가와 작품을 한 나라의 문학사로 파악하려고 한 선구적 역할을 하고 있다.

요즘 한국에서 월북작가의 작품을 해금한 것은 물론, 북한 책까지 복제하고 있는 상황을 볼 때 금석의 느낌이 있다고 말하지 않을 수 없다.

3.

지금 출판되고 있는 100권짜리 『현대조선문학선집』을 일본에서는 아직 5권밖에 볼 수 없다. 각각 『계몽기소설집』 1・2・3・4・5란 서명이고, 동시에 그 표지에 『현대조선문학선집』 1・2・3・4・5라고 씌어 있다.

제1권의 맨 처음에 「현대조선문학선집(제1권)을 내면서」라는 간단한 서문이 있다. 그 일부를 인용하면 다음과 같다.

…… 우리문학이 달성한 이 모든 성과들은 후손만대에 길이 전하여야 할 우리문학의 귀중한 재보이다. 우리는 우리문학이 달성한 이 모든 성과들을 집대성하는 사업을 미룰 수 없는 과제로 인정하고『현대조선문학선집』을 새롭게 편찬하여 세상에 내놓기로 하였다. …… 1900년대 계몽기문학으로 시작하여 편찬하게 된다. 새롭게 편찬되는『현대조선문학선집』에는 소설·시문학뿐 아니라 희곡, 영화문학, 가극대본, 평론, 예술적 산문, 아동문학 등 다양한 문학 종류들로 구성되며 그 규모는 100권 정도이다

이렇게 말하는 것을 보면 분야별로 대체적인 구성은 되어 있어도 자세한 부분은 아직 토론 중인 것으로 보인다. 아마 가장 어려운 문제는 1920년대 후반기부터 1945년까지의 시기에 있을 것이다. 지금까지 문예출판사에서 출판된 5권의 내용은 다음과 같다.

제1권 리인직 「귀의성」·「치악산」, 반아 「몽조」, 1987.4.10 발행, 5,000부.

제2권 이해조「빈상설」·「구마검」·「자유종」·「모란병」·「원앙도」, 1987.8.30 발행, 5,000부.

제3권 구연학「설중매」, 안국선「금수회의록」, 김교제「목단화」·「현미경」, 리상협「재봉춘」, 작가미상「천중가절」, 1987.12.30 발행, 5,000부.

제4권 최찬식「춘몽」, 작가미상「홍도화」·「세검정」·「금의 쟁성」, 1988.7.10 발행, 5,000부.

제5권　김우진 「화상설」, 박이양 「명월정」, 작가미상 「수일룡」·「만
　　　　인산」, 최연택 「단소」, 조일재, 희곡 「병자3인」 (전4장), 1988
　　　　9.10 발행, 5,000부.

100권 중 5권밖에 볼 수 없지만, 이것만 보아도 북한에 큰 변화가
생겼다는 사실을 알 수 있다.

종래 신소설(계몽기소설)에서 이해조·안국선은 높은 평가를 받았
지만, 이인직은 친일파이기 때문에 평가되지 못했다. 내가 알기에는
1986년 11월 25일 발행 『조선문학개론』이 처음부터 이인직을 적극
적으로 평가한 공개출판물인 것 같다. 새로운 『현대조선문학선
집』(상·하)은 이 『조선문학개론』의 문학적 평가를 토대로 삼아 편
찬·출판되고 있다고 말할 수 있겠다.

이 새로운 『현대조선문학선집』은 작가와 작품의 포괄범위를 훨
씬 넓히고 있다. 그것은 16권과 100권이라는 양적 차이뿐만 아니라
그 작품수록원칙이 훨씬 개방되었기 때문이다. 새로운 선집을 낸 문
예출판사 사장은 "일제시기의 문학에 대해서도 민족적 양심을 지킨
작가들의 작품을 폭넓게 담기로 하였습니다"고 말하고 있다(『조선신
보』, 1988.7.18).

이 원칙에 의하면 초기의 이광수나 한용운도 높이 평가되어야 마
땅하다. 사실 1986년 8월, 북경대학에서 제2차 조선학국제토론회
가 열렸을 때 사회과학원문학연구소 김하명(金河明) 소장은 변절 이
전의 이광수를 우리들도 평가한다고 말했다.

마치 그 말을 입증해주기라도 하듯이 『조선문학개관』 1·
2(1986.11.25, 평양)에서는, 이광수·최남선을 한정적으로 긍정적 평
가를 하면서 한용운을 "애국적 시인"으로, 방정환을 "우리나라에서
근대 아동문학을 개척하고 발전시키는데 기여한 동요작가"로 높이
평가하고 있다. 그러므로 새로운『조선문학선집』에는 그들의 작품
이 틀림없이 수록되리라고 본다. 한설야의 경우도『황혼』같은 작품
은 명예가 회복되리라고 예측된다. 해방 후 시종일관 부정 또는 무
시를 당했던 윤동주·이육사도 조건 없이 평가될 것이다. 한 때 부
정되었던 김소월도 당연히 수록될 것이다.

이번『현대조선문학선집』은 5권을 출판하는 데 2년이 걸렸다. 매
우 신중하다. 앞으로도 토론을 쌓아올리면서 이 보폭을 지킬 것으로
보인다.

원문가필비평도 볼 수 있다. 종래의 선집에 비하면 원문의 뜻을
보충해서 가필할 때에 ※표를 붙이는 등 정확·신중을 기하고 있다.
한국에서 이해조라고 단정하고 있는 작품을 '작가미상'으로 하는 등
북한의 독자적 견해도 있다.

북한에서는 해방 전을 다룬 현대문학사가 몇 가지 나온 적이 있
다. 그 중에서 가장 실망을 느낀 것은 과학백과사전출판사에서 출판
한『조선문학사』제2권(19세기 말~1925, 1980년 7월 발행)과 제3권
(1926~1945, 1981년 12월 발행)이다.

최근에 나온『조선문학개관』1·2는 앞에 말한 바와 같이 그 문
학사 서술내용이 대폭적으로 풍부해졌다. 이 문학사의 출판으로 인

해 문학사적인 의미에서의 남북통일의 날은 한 걸음 더 가까워진 것 같다.

이 두 가지 문학사를 두고 문학계에서 어떤 토론이 있었는지는 모른다. 북한은 결과만을 공개한다. 중국도 마찬가지이지만 문학을 포함해서 내부 참고자료, 내부 출판물이 있다. 그것은 500부 정도의 부수이고, 그것을 소재로 해서 내부적이면서도 전문적인 토론을 한다. 그 토론내용은 그 나라의 일반인도 모른다. 하물며 외국사람은 알 수 있을 리가 없다. 결과만이 주어진다. 우리는 두 가지 문학사를 비교하면서 어떤 내부적인 토론이 있었을 것이라고 추측할 뿐이다. 극단적 정치주의는 문학을 여위게 한다. 문학작품에 있어서 정치성은 필수불가결의 요소이겠지만 문학은 문학이어야 한다는 의견도 제기되었을 것이다. 우리는 그런 견해에 문학의 건강성과 문학의 장래성을 기대해 보고 싶은 것이다.

4.

세계문학선집은 몇 가지가 있다.

낡은 것으로는 1960년부터 1967년 사이에 출판된 문학예술총동맹출판사 간 『세계문학선집』이 있다. 이 선집의 전체 규모는 100권쯤 되는 듯하다.

제1권 『근대영국시선』(쉘리·키쯔·스코트·번즈), 1967.2.5 발행, 3,000부.

제23권 유고, 『레 미제라블』 상, 1960.10.5 발행, 1만부.

제24권 유고, 『레 미제라블』 하, 1963.6.15 발행, 1만부.

제30권 졸라, 『제르미날』, 1966.4.20 발행, 7,000부.

제31권 로맹롤랑, 『매혹된 넋』(1), 1965.8.10 발행, 2만부.

제36권 엘 똘스또이, 『부활』, 1963.12.20 발행, 1만부.

제38권 챨즈 디켄즈, 『돔비와 아들』, 1967.2.10 발행, 5,000부.

제39권 윌리암 메이크피스 쌔커리, 『허영의 시장』(1), 1965.1.15 발행, 3만부.

제44권 버너도 쇼우, 존 끌즈워디, 『근대영국희곡선』, 1966.5.30 발행, 3,000부.

제52권 하인리히 만, 『충복』, 1965.2.5 발행, 3만부.

제53권 토마스 만, 『부덴브로크 일가』(1), 1965.2.25 발행, 3만부.

제54권 『부덴브로크 일가』(2), 1966.6.20 발행, 5,000부.

제65권 미하일 숄로호브, 『개간된 처녀지』(1), 1960.11.30 발행, 1만부.

제66권 『개간된 처녀지』(2), 1960.12.20 발행, 1만부.

제71권 모순(茅盾), 『한밤중(子夜)』, 1960.9.15 발행, 1만부.

이상의 책들 이외에 『하이네 시선』·『북구라파 작품집』·『환멸』·『아이반호』·『일리아트』·『바이론시선』·『우제니 그랑데』·『고리오 영감』·『모리에르 희곡선』·『쉴러 희곡선』이 있는 것을 확인할 수 있다.

구성 내용은 한국이나 일본에서 보통 볼 수 있는 세계문학전집과 큰
차이가 없는 것 같다.

다음으로는 1984년에 평양의 교육도서출판사에서 낸 『세계문학
작품선집』이 있다.

제 1 권 『일리아트』
제 2 권 『그림형제·안데르센 동화』
제 3 권 『삼국지연의』
제 5 권 『동귀호테』
제 9 권 『바이론·쉘리시선』
제12권 『죽은 넋』
제17권 『허영의 시장』
제31권 『아담 미쯔께위치·샨도르 뻬뙤피·이완 바조브의 시』

전체상은 알 수 없지만 60년대의 세계문학선집에 비해 소련문
학·중국문학에 관심이 깊어지는 경향을 보여주는 것 같다.

세계문학전집·선집의 배경에는 반드시 외국문학연구가 있어야
한다. 북한을 봉쇄적이고 세계에 있어서의 문화적 고도처럼 말하는
것은 사실 오인이다. 세계문학전집의 존재가 고도설(孤島說)을 부정
한다.

김일성종합대학출판사에서 낸 『외국문학작품해설』(제2권, 1985.

7.24간, 제3권 1986.2.3간)은 2,000부라는 발행 부수로 미루어보면 교원의 참고도서 혹은 대학 교과서가 아닐까 생각된다. 고전부터 현대에 이르는 명작을 취급하고 있는데 각 국별 작품 수를 헤아려보면 제2권이 중국-17, 로씨야-10, 영국-11, 독일-2, 제3권이 중국-11, 로씨야-7, 쏘련-3, 영국-8, 독일-3, 프랑스-3 등으로 구성되어 있다.

중국과 로씨야 · 쏘련이 상당히 많다. 중국작품으로서는 관한경(關漢卿) 「두아원」, 포송령(蒲松齡) 「요재지이」와 같은 고전도, 그리고 노사(老舍) 「낙타상자」, 이계(李季) 「왕귀와 이향향」, 고옥보(高玉宝) 「고옥보」 같은 현대 작품도 해설되고 있다. 중국문학에 대한 꽤 깊은 연구가 국내에서 진행되고 있는 것을 알 수 있다.

1986년 8월 이후부터는 또 새로운 『세계문학선집』이 출판되고 있다. 이 시리즈는 『현대조선문학선집』과 『세계아동문학선집』과 같이 각각 100권 체계로 출판 중이다. 아래의 표는 문예출판사 간 『세계문학선집』의 작품 목록이다. 이 표는 1984년 11월 말 시점에서 이미 공개되어 있다. 현재 일본에서 19 · 24 · 25 · 39 · 58 · 77권을 볼 수 있다.

세계문학선집 작품목록

1. 서사시, 『일리아드』, 호머(희랍).

2. 서사시, 『오듀쎄이아』, 호머(희랍).

3. 희곡, 『희랍고전극선』, 종합(희랍).

4. 『중국고전시선』, 종합(중국).

5~6. 서사시, 『신곡』(1~2), 단떼(이딸리아).

7~10. 장편소설, 『삼국지연의』(1~4), 라관중(중국).

11. 단편소설집, 『데까메론』, 보까치오(이딸리아).

12~14. 장편소설, 『수호전』(1~3), 시내암(중국).

15~16. 희곡, 『쉑스피어의 희곡선』, 쉑스피어(영국).

17. 서사시, 『실락원』, 밀톤(영국).

18. 장편소설, 『돈끼호테』, 쎄르반테스(에스빠냐).

19. 희곡, 『쉴리희곡선』, 쉴리(독일).

20. 장편소설, 『아이반호』, 스코트(영국).

21. 시, 『바이론시선』, 바이론(영국).

22. 시, 『근대영국시선』, 종합(영국).

23. 시극, 『파우스트』, 괴테(독일).

24~25. 『뿌쉬낀작품선』(1~2), 뿌쉬낀(로씨야).

26. 장편소설, 『붉은 것과 검은 것』, 스땅달(프랑스).

27. 장편소설, 『우제니그랑테, 고리오령감』, 발자끄(프랑스).

28. 장편소설, 『죽은 넋』, 고골리(로씨야).

29. 장편소설, 『제인에어』, 브론테(영국).

30. 종합, 『메리메, 듀마작품선』, 메리메 · 듀마(프랑스).

31~32. 장편소설, 『허영의 시장』(1~2), 쎄커리(영국).

33. 시 『하이네시선』, 하이네(독일).

34. 장편소설, 『보바리부인』, 플로벨(프랑스).

35. 장편소설, 『데이비드 커퍼빌드』, 디켄즈(영국).

36~38. 장편소설, 『레 미제라블』(1~3), 유고(프랑스).

39. 장편소설, 『전야, 아버지와 아들』, 뚜르게네브(로씨야).

40~41. 장편소설, 『죄와 벌』(1~2), 도스또옙스끼(로씨야).

42. 시 『로씨야시선』, 종합(로씨야).

43~46. 장편소설, 『전쟁과 평화』(1~4), 엘 똘스또이(로씨야).

47. 시(빼뗴피, 미쯔케위치시선), 빼뗴피(웽그리아), 미쯔께위치(뽈스까).

48. 장편소설, 『제르미날』, 졸라(프랑스).

49. 장편소설, 『그 녀자의 일생』·『삐에르와 쟝』, 모파쌍(프랑스).

50. 장편소설, 『테스』, 하디(영국).

51. 장편소설, 『꾸어바디스』, 쉔 께비치(뽈스까).

52. 장편소설, 『등에』, 위이니치(영국).

53. 희곡, 『북구라파작품선』, 종합(북구라파).

54. 장편소설, 『부활』, 엘 똘스또이(로씨야).

55. 종합, 『체호브작품선』, 체호브(로씨야).

56. 종합, 『이완 바조브작품선』, 바조브(벌가리아).

57. 소설, 『나쯔메 소세끼작품선』, 나쯔메 소세끼(일본).

58~59. 종합, 『고리끼작품선』(1~2), 고리끼(쏘련).

60. 희곡, 『입센희곡선』, 입센(노르웨이).

61~64. 장편소설, 『쟝 끄리스도프』(1~4), 롤랑(프랑스).

65. 장편소설, 『철의 흐름』, 쎄라피모위치(쏘련).

66~67. 장편소설, 『미국의 비극』(1~2), 드라이저(미국).

68. 장편소설, 『마틴이돈』, 론돈(미국).

69. 시, 『마야꼽스끼시선』, 마야꼽스끼(쏘련).

70. 장편소설, 『강철은 어떻게 단련되었는가』, 오스뜨롭쓰끼(쏘련).

71. 장편소설, 『프롤레타리아트의 딸 안나』, 오르브라프트(쏘련).

72. 종합, 『로신작품선』, 로신(중국).

73~75. 장편소설, 『바람과 함께 사라지다』(1~3), 밋첼(미국).

76. 장편소설, 『분노의 포도』, 스타인백(미국).

77. 소설, 『로사작품선』, 로사(老舍)(중국).

78. 장편소설, 『한밤중』, 모순(茅盾)(중국).

79~82. 장편소설, 『고요한 돈』, 숄로호브(쏘련).

83. 장편소설, 『누구를 위해 종이 울리는가』, 헤밍웨이(미국).

84. 장편소설, 『도리나강의 다리』, 안드리츠(유고슬라비아).

85~87. 장편소설, 『고난의 길』(1~3), 엘 똘스또이(쏘련).

88. 장편소설, 『어두운 강물』, 바레라(아르헨띠나).

89. 희곡, 『레씽, 하우프트만희곡선』, 레씽·하우프트만(독일).

90. 소설, 『로므니아소설선』, 종합(로므니아).

91. 장편소설, 『초원의 려명』, 린첸(몽골).

　　장편소설, 『등불이 꺼진다』, 오랄로(월남).

92. 장편소설, 『청춘의 노래』, 양말(楊沫, 중국).

93~94. 장편소설, 『자유를 위한 지하투쟁』(1~2), 아마두(브라질).

95. 소설·시, 『인도작품선』, 종합(인도).

96~97. 장편소설, 『개간된 처녀지』(1~2), 숄로호브(쏘련).

98. 장편소설, 『큰집』, 디브(알제리).

　　장편소설, 『농민』, 샤르까비(애급).

99. 장편소설, 『열풍』, 우스만(세네갈).

100. 시, 『라틴아메리카시선』, 종합(라틴아메리카).

5.

　문예출판사의 『세계아동문학선집』도 1984년부터 계속해서 나오고 있다. 그 발행 부수는 보통 5만 부, 적으면 3만 부이다. 사회적 영향력이 크다고 말할 수 있을 것이다.

　제 1 권 조선편, 『이마 벗어진 앵무새』.

　제 3 권 조선편, 『수달의 금강산 구경』.

　제 9 권 중국편, 『금빛 물고기』.

　제10권 중국편, 『그림 속의 마을』.

　제14권 로씨야편, 『꼬리빠진 늑대』.

　제19권 로시야편, 『호두 속에서 나온 옷』.

　제20권 독일편, 『코 큰 난쟁이』.

　제24권 『돌심장』.

제25권 사회주의나라편, 『방울 단 염소』.

제26권 인도편, 『신기한 나무』.

제27권 『유리신발』.

제31권 『닐스의 이상한 려행』.

제32권 이딸리아편, 『삐노끼오』.

제41권 『너구리의 호박농사』.

제43권 희랍편, 『코끼리와 달』.

제72권 독일편, 『에밀과 탐정들』.

제81권 프랑스편, 『어린 파테트』.

제89권 영국편, 『우주전쟁』.

제94권 아메리카편, 『귀공자』.

제99권 아메리카편, 『어린 아가씨들』.

외국문학 도서에 이런 전집만이 있는 것은 아니다. 물론 외국문학을 비판적으로 받아들인다는 한계는 있지만 북한이란 사회주의 사회에서도 비사회주의적 작품이 많이 읽히고 있다는 사실을 잊어서는 안된다.

1984년 11월, 조선작가동맹 외국문학 번역분과위원회 김능보 위원장은 세계문학의 소개에 관하여 두 가지 문제를 말하고 있다. 하나는 앞으로 제3세계 나라의 작품 소개에 힘을 기울이려고 한다는 것이다.

1945년 이후의 문학작품과 관련하여 종래는 쏘련·중국을 비롯해서 루마니아 · 불가리아 · 유고슬라비아 · 체스코슬로맨스코 · 뽈스까 · 웽그리아 등 이른바 사회주의 나라의 작품을 소개하는 데 치중하였으나 앞으로는 제3세계 나라의 문학을 소개하는 방침을 세운 듯하다.

둘째는 일본문학의 중요성을 인식한 것이다. 제2차 세계대전 이후의 현대 일본문학은 오늘까지 소개되지 않았었다. 그러나 지금 "원서들을 수많이 입수하여 번역작업에 착수하려고 준비작업을 다 그치고 있는 중이다"고 한다. 체제가 다르더라도 흡수할 것은 흡수하자는 뜻으로 보인다.

이번에는 언급하지 않았지만 『조선고전문학선집』의 출판도 활발하다. 1960년대에 『고전문학선집』을 출판했었는데 42권까지 냈다가 마무리를 짓지 못했다. 1983년에 들어와서 90권쯤의 규모로 『가요집』으로부터 시작하여 『조선고전문학선집』을 오늘도 계속 출판하고 있다.

이상, 북쪽 땅에서도 문학활동이 활발하게 벌어지고 있는 상황을 현대문학선집과 세계문학선집의 편집 · 출판을 통해서 보았다. 오늘 남녘 땅에서 월북작가에 대한 연구가 공개적으로 심화되고 있고, 동시에 북녘 땅에서도 윤동주처럼 사회주의자가 아니라도 민족적 양심을 지킨 작가이기만 하면 그들에 대한 연구를 심화시키고 있다. 나는 정치는 모른다. 그러나 문학에서는 확실히 희망이 보인다.

(『한길문학』 2호, 1990.6)

북한에서의 김조규金朝奎의 발자취와 그 작품 개작

　1980년경, 일본 평범사(平凡社)에서 발행하는 개정판 대백과사전에 넣을 작가 명단과 자료를 분담 집필자인 김학렬 씨가 조선민주주의인민공화국의 작가동맹중앙위원회에 보내 달라고 요청하였더니 시인 34명의 약력을 보내 온 적이 있었다. 그것을 보면 조기천(趙基天), 박세영(朴世永), 이찬(李燦), 백인준(白仁俊), 최영화(崔榮化), 정서촌(鄭曙村), 정문향(鄭文鄕)에 이어 김조규(金朝奎)의 이름이 8번째에 실려 있었다. 이 순서가 연령순도 아닌 것으로 보아 문학적 평가에 의한 것으로 추측된다. 이것은 저자가 알고 있는 한 김조규가 가장 높게 평가를 받은 예에 해당한다.

　1994년 12월에 문학예술종합출판사가 발행한 『문예상식』에도 해방 후의 문학자 53명 중에 김조규의 이름이 포함되어 있다. 이렇게 보면, 1960년 이후 김조규는 상당히 높은 평가를 받아 왔다고 할 수 있다.

그런데 1955년 5월 조선작가동맹출판사에서 낸『해방 후 10년간의 조선문학』에는 단 한 군데에만「그대는 조국에 충실하였다」란 시 제목이 기록되어 있을 뿐, 김조규의 시에 대한 언급은 전혀 없다.

시기에 따라 김조규에 대한 평가가 왜 이렇게 달라지는가? 이는 김조규의 생애의 발자취와 작품을 살펴보지 않으면 해답을 찾을 수 없을 것이다.

이 글의 주요목적은 다음 두 가지이다.

① 공화국에서의 김조규의 발자취를 제한된 자료를 통해서나마 가능한 한 명확히 밝히는 것이다.

② 해방 전의 쉬르리얼리즘 시인이 해방 후의 사회주의 사회에 적응해서 살아가면서도 과거를 전면적으로 부정함이 없이 과거를 등에 지고 사회주의국가의 시인으로서 활약해 간 과정을 밝혀내고 76년이라는 세월을 어려운 문학환경 속에서 살아간 공화국의 중진 시인의 생애를 돌이켜 보고자 한다.[1]

---

1 월북문학자 해금 이후, 한국에서는 김조규 연구가 시작되었으며, 논문도 몇 편 발표되었다. 연구 논문으로서 아래와 같은 것이 있다.
권영진,「金朝奎의 詩世界―해방 전의 작품을 중심으로」,『숭실어문』제9집, 1992년.
구마키 쓰토무(熊木勉),「金朝奎硏究」上・中・下(上:『숭실어문』제14집, 1998년 6월, 中・下:『숭실대학교 대학원 논문집』제16집, 1998년・제17집 1999년).
김태진,『金光均詩와 金朝奎詩의 比較硏究』, 보고사, 1996년 4월.
김태진,『더듬이의 言語』, 보고사, 1996년 10월.
유대식,「김조규 시 연구」,『숭실어문』제14집, 석사논문, 1998년 6월.
김우규,「전파를 타고 온 북한 시인 김조규의 사망」,『문학사상』, 1992년 7월.
신규호,「시인 김조규론」,『믿음의 문학』제8호, 1999년 봄호.
조규익,「在滿詩人・詩作品硏究 Ⅴ―金朝奎의 解放前 詩를 중심으로」, 1990년 6월.
김영선,「不在의 공간 故鄕, 祖國을 향한 "戀心"」, 서강대 석사논문 초안, 1999년 11월.
이들 논문의 대부분을 모은 김태규,『김조규 시 연구 자료집』(1998년 7월)은 논

1.

그는 1914년 1월 20일 평안남도(平安南道) 덕천군(德川郡) 풍전리(豊田里)에서 출생하였다. 친동생 김태규(金泰奎) 목사의 증언에 의하면 '비교적 부유한 지주의 가정'[2]이었다고 한다. 그러나 조선작가동맹출판사 간행의 『현대조선문학전집』 제11권에 실린 김조규 약력에는 "화전농가에서 출생"이라고 기록되어 있다. 공화국에서는 지주는 출신성분이 나쁘고 화전민은 출신성분이 좋다고 판단되기 때문에 이런 표현이 되었다고 추측되지만, 사실은 역시 지주계급출신이라고 할 수 있다. 시인 자신이 쓴 경력에서는 다만 '농가에서 출생하였다'고 되어 있다. 성장해서 숭실전문학교(崇實專門學校) 영문과를 졸업, 1930년대 초기부터 시를 창작, 1943년부터 간도(間島) 조양천(朝陽川)의 농업학교에서 영어와 역사를 가르쳤다. 1945년 5월에 귀국하여 8·15를 평양(平壤)에서 맞는다. 8·15 직후부터 초(初)·중(中)·고(高)의 교과서 편찬작업에 착수하며 45년 10월경에

문 이외에도 김조규의 육필 편지(복사)도 수록하고 있어서 귀중하다.
상기 논문들은 모두 해방 전의 김조규 작품을 논한 것이다. 해방 후의 김조규를 논한 글로서는, ① 김태규, 「재북시인 김조규」(『月刊同知』, 1991년 8월)와 ② 강형철, 「재북시인 김조규 연구」가 있을 뿐이다. ①은 북에서의 발자취에 대한 언급이 있어서 흥미있지만, ②는 2면 분량의 요약문 같은 것이다. 요컨대 해방 전의 김조규 연구는 진척되고 있지만 해방 후 김조규에 관한 본격적 연구는 현재 거의 없는 셈이나 마찬가지라고 하겠다.

2 『金朝奎詩集』, 崇實語文學會編(1996.8.30)에 수록. 김태규(金泰奎), 「나의 형님 金朝奎」.

평양예술문화협회(平壤藝術文化協會, 회장 崔明翊, 46년 2월에 해산하여 北朝鮮文學藝術總同盟에 흡수됨)를 결성하였고 1946년 1월경에 발행한 『관서시인집(關西詩人集)』에 「현대수신(現代修身)」 등 5편의 시를 싣고 있다. 이것이 해방 후 그가 넘어가야 했던 최초의 난관이었지만 자기비판을 함으로써 어쨌든 뛰어넘게 된다.

제2의 난관은 이태준(李泰俊)과의 친교 때문이었다. 이른바 연좌된 꼴이지만, 시인의 생활에 격변을 가져다 준다. "1956년부터 흥남지구에 파견되어 룡성기계공장에서 흡뻥그공으로 로동하면서 창작에 전진"(『현대조선문학전집』 제11권, 1960년 3월 출판. 김조규 약력)하게 된다. 자본주의사회의 용어로 말하자면 그것은 벽지로의 좌천으로 보일지도 모른다. 그러나 그 생활은 그렇게 비참한 것도 아니었다. 그는 결코 집필정지를 당한 것은 아니었다. 문학자가 생산현장에 내려가 노동하면서 대중을 알고 대중 속에서 자기개조를 하는 기회가 주어진 것이라고 봐야 할 것이다.

1956년 12월호의 『조선문학』에 발표된 「언덕을 넘어서며」란 제명이 붙은, 해변의 공장에서 일하는 처녀를 노래한 시편의 말미에는 '1956.5 흥남에서'라고 씌어 있다. 흥남지구에 파견되어 치차절삭공으로 일하고 있었을 때에 지은 시라고 생각된다. 이 당시의 사정을 보다 자세히 엿볼 수 있는 것은 산문 「현지에서 온 작가들의 편지」(『문학신문』, 1959년 2월 19일)이다. 거기에는 노동하는 시인 김조규의 모습이 있다. 공장의 공원으로 일하면서 공장의 문예서클의 지도도 하고 때로는 스스로 시의 낭독도 하는 지식인의 모습이 밝게 보고되어 있다. 그렇지만 1956년에서 59년에 걸친 4년간은 김조규에게는 가장 어려운 시대였음이 확실하다. 한국의 일부의 연구자는 김조규가 "량강도 惠山鎭에 좌천되었다"고 하지만 이것도 정확하지는 않은 듯하다. 혜산은 6·25 당시의 피난지였다.

6·25 동란 중 김조규는 종군작가로서 각지를 전진하게 된다. 1950년 7월에는 경북 목암동에서, 그리고 상주(尙州) 봉화산(烽火山)의 참호 속에서 지내기도 한다. 같은 해 8월에는 상주군 새고리, 9월에는 경북 립암동으로 전진하다가 10월 지나서는 UN군의 북진에 눌려 압록강변의 혜산으로 간다. 거기서 한 때 중학교 교사를 했었다고 하지만 확인은 되지 않고 있다(50년 12월에는 江界에 있었으며 朝鮮勞動黨 第3次 全員會談의 헌시를 썼다). 혜산과의 인연은 평생토록, 적어도 1980년대 중반까지 계속되어 조선작가동맹 양강도창작실(朝鮮作家同盟兩江道創作室)에 관계했었다.

이태준(李泰俊)처럼 문학자로서의 사회활동이 전면적으로 막힘 없이, 김조규가 두 번의 고비를 넘길 수 있었으며, 평범사(平凡社)의 백과사전을 위해 준비된 자료가 보여주는 것처럼, 북한사회에서 여덟 번째의 시인에까지 복귀할 수 있었던 것은 그가 기본적으로 공화국의 사회주의를 수용했기 때문이다. 시세가 시인에게 수용을 촉구한 면도 부정하기 힘들지만 시인도 시대의 흐름에 적극적으로 임하면서 끊임없이 자기변혁을 이룩해 갔다고 할 수 있다. 다만 그때, 해방 전의 일부의 문학자들이 친일전향을 할 때에 종래의 문학활동을 '낡은 시대의 운명'이라 하고 결별한 것과는 달리, 후술하는 바와 같이 김조규는 낡은 시대의 운명을 등에 지고 지난 시대의 작품을 방기도 절연도 하지 않고 자신이 걸어 온 삶을, 일관성을 가지고 인식·파악하고자 힘썼던 것이다. 공화국에 들어 간 후의 작품집에 그가 집요하게 해방 전의 시를 개작·수록하고 있는 것은 그 때문이다.

김조규가 문학전선의 제일선에 부활하여 죽음의 순간까지 공화국의 대표적 시인의 한 사람으로서 존재할 수 있었던 것은, 그의 사회주의 수용과 자기변혁 외에도 그의 문학적 사회적 활동 업적, 그 위에 그의 인간관계가 유리하게 작용한 면도 있다고 생각된다.

우선 생각할 수 있는 것은 소련군과의 관계이다. 해방 후 초기의 김조규 시의 제재를 보면, 조국해방에 도움을 준 소련에 감사하고 소련군을 칭송하고 소련과의 우호를 기리며 소련의 지도자 스탈린을 찬양한 시가 많다. 이는 공화국의 다른 시인들도 별반 다름없지만 그의 경우는 특히 그 경향이 두드러진다.

또한 현수(玄秀-박남수의 필명)의 『적치육년(赤治六年)의 북한문단(北韓文壇)』[3]에 따르면 "쏘聯軍隊는 '朝鮮人을 위한 붉은 軍隊의 新聞'이란 스로강을 내걸고 『조선신문(朝鮮新聞)』이란 다부로으트 四페지의 日刊新聞을 발행하였다. 이 新聞에는 조선말을 아는 쏘聯人과 쏘聯二世들이 從事하였다".

그러나 그 조선어가 형편없는 수준으로 "진기한 조선語를 사용하는 것이었다". 그리하여 "文學藝術總同盟에 飜譯校閱을 할 수 있는

---

3 이 책은 월남자의 원한이 짙게 배여 있어 전면적으로 믿는 것은 위험하지만, 체험자만이 알 수 있는 진실의 일부를 전해 주고 있다. 현수는 시인 박남수의 필명이다.

한 사람의 文人을 보내 달라는 請託을 하였다. 그 結果 人選된 사람이 詩人 金朝奎였다."[4]

이른바 문장력을 인정받은 김조규는 적산가옥(敵産家屋)을 물려받고 후한 보수를 받으며 소련군과 재소2세의 조선인들의 일에 협력하게 되어 그 가운데 재소2세 시인 조기천(趙基天)의 작품을 손질하게 되었다. 소련에서 교육을 받은 소련군인 시인이 처음부터 조선말로 감동적인 시를 쓸 수는 없다. 김조규의 도움이 필요했을 것이다.

장편서사시『백두산(白頭山)』으로 문명을 떨친 조기천과의 연줄은 김조규의 활동을 순풍에 올려 놓았을 것이고 비판을 받았을 때도 문학계의 복귀에 유리하게 작용했을 것이다.

또한 김조규가 숭실(崇實) 출신이란 점도 도움이 되었을지도 모른다. 김일성(金日成)의 부친 김형직(金亨稷)은 숭실중학 출신이다. 김일성(金日成)도 회고록『세기와 더불어』제1권 속에서 꽤 자세히 숭실중학에 대해 언급하고 이를 높이 평가하고 있다.

시인으로서의 발군의 재기를 가진 데다가 이러한 사회적 배경이 겹쳐, 김조규는 해방 후 공화국의 문학계에서 지도적 지위를 차지함과 동시에 눈부시게 활약할 수 있었던 것이다.

조선작가동맹중앙위원회(朝鮮作家同盟中央委員會)의 기관지인 월간『조선문학』의 판권장(板權張)을 보면, 1954년 3월호에서 12월호까지 '책임주필'은 김조규로 되어 있다. 그 밑에 '편집위원'으로서 박

---

4 『赤治六年의 北韓文壇』, 46면.

팔양·홍순천·민병균·조령출·황건·김순석·서민일·김명수 (54년 3월호)의 이름이 이어져 있다. '편집위원'은 호에 따라 다소 드나듦이 있어서 예를 들면 54년 8월호·9월호에서는 조령출·박팔양의 이름이 사라지고 그 대신 리춘진·류기홍이 등장하고 있으며 12월호에서는 새로 엄호석·윤세평이 가담하고 그때까지 있던 김순석·김명수가 사라진다. 그러나 '책임주필'은 여전히 김조규였다. 1954년 3월호에는 김조규의 이름이 다른 편집위원보다 한층 큰 활자로 씌어 있어서 권위와 권력을 상징하고 있는 것처럼 보인다.

그런데 1955년 1월호·2월호·3월호가 되면 '책임주필'은 엄호석으로 바뀌고 김조규는 편집위원 10인 중의 한 사람이 되고 말며 1955년 4월호 이후로는 편집위원에서도 그 이름이 사라진다. 그 시기는 1956년부터 흥남지구의 공장의 공원으로서 일하게 된 시기와 겹친다. 김조규가 실의에 빠진 시기였는지도 모른다.

김조규는 1947년에 최초의 시집『동방』을 출판한 바 있다. 해방된 지 겨우 2년, 아직 감격이 생생한 자유로운 분위기 속에서 시인은 새로운 사회를 노래하고 있다. 현재『김조규 시선집』(조선작가동맹출판사, 1960년)의 서두에는『동방』에서 뽑은 8편의 시가 수록되어 있다. 그러나 이것은 상당부분 개작된 것이다. 여하튼 개작벽(改作癖)이 있는 그이니까.

1948년 소련군이 철수함에 따라『조선신문』이 폐간되자, 김조규는『소비에트신보』로 옮겨가 계속 편집을 맡게 된다. 48년에서 50년 사이에는 예술대학(藝術大學)에서 교편도 잡았다.

6 · 25가 시작되자 그는 종군작가의 일원으로서 인민군과 함께 최전선으로 향한다. 그는 시를 창작한 시기와 장소를 시의 말미에 적은 경우가 많았는데 그것을 추적해 가면, 1950년 7월에는 경북 목암동, 상주 봉화산, 상주군 새고리, 9월에는 경북 립암동, 경북 영천 등지로 전전하고 있었던 것을 알 수 있다. 그 후 10월이 지나서는 UN군의 북진에 쫓겨 압록강변의 혜산(惠山)으로 간다. 이 혜산과의 관계는 평생 끊어지지 않았으며, 조선 작가동맹 량강도 지부와도 밀접한 관계가 지속되었다. 1950년 12월의 조선로동당제3차회담(朝鮮勞動黨第三次會談) 때에는 강계(江界)에 가서 회의에 「헌시」를 바치고 있다. 1951년에는 전선에서 돌아와 조선작가동맹출판사의 주필이 되고, 같은 해에 시집『이 사람들 속에서』를 낸다. 이 시집은 1954년 조선인민군 창설 5주년 기념 문학예술부문 3등상을 수상했다.

이 시집은 대부분이 6 · 25의 전투와 인민군 병사들을 기린 것이다. 시집 그 자체는 볼 수 없으나 1960년 출판의『김조규 시선집』에도『이 사람들 속에서』가운데서 뽑은 11편의 시가 재록되어 있으므로 대요를 알 수는 있다. 전술한『문예상식』에서 김조규를 가장 높이 평가하고 있는 것도 이『이 사람들 속에서』이다. 이 시들은 같은 시기의 임화(林和)의『너 어느 곳에 있느냐』(문화전선사, 1951.5)에 비하면 비탄과 감상이 배제되어 전투의욕을 고양시키는 내용으로 되어 있다.

1952년 3월 조선인민대표단의 부단장으로서 중국을 방문한다. 바로 중국인민의용군(中國人民義勇軍)의 항미원조(抗美援朝)가 이루어지고 있던 그때이다. 김조규는 중국 곤명(昆明)에서 「조선의 형제들이 왔다 - 어느 지원군 안해의 노래」를 창작한다.

1952년 12월에는 오스트리아의 빈(오지리 원나)을 방문한다. 세계인민평화대회(世界人民平和大會)에 참석하여 '미제 침략전쟁을 즉시 중지하라'고 호소하기 위해서였다.

김조규가 가장 빛을 발하던 시기였는지도 모르지만 시인이 문화관료로 타락할 위험성이 가장 높았던 시기라고도 할 수 있다.

이후에는, 전술한 바와 같이 이태준과의 친교 때문에 1956년부터 "흥남지구에 파견되여, 룡성기계공장 조기청년직장에서 흡뼁그공으로 로동하면서 창작에 정진"[5]한다. 『김조규 시선집』의 권말 약력에서는 "룡성기계공장 치차절삭공으로 로동하면서 창작하고 있다"고 되어 있는데 같은 것을 가리키는 것이라 하겠다.

김조규가 중앙에 복귀한 것은 1959년 말이라고 생각된다.

『김조규 시선집』의 머리말을 1959년 10월에 흥남에서 쓰고 있고 그 책의 '저자의 약력'을 1959년 11월에 쓰고 있다.

이 시선집에는 『동방』에서 8편, 『이 사람들 속에서』에서 11편, 그리고 제3부를 「생활의 이야기」라고 제명을 붙이고 "전후 복구건설의 벅찬 로력 투쟁을 노래한 시편" 18편을 수록하고 있다. 더욱 주목해야 할 점은 제4부로 해방 전의 시 「검은 구름이 모일 때」·「리별」·「三춘 읍혈(三春泣血)」·「누이야 고향 가며는」의 4편을 수록하

---

5 『현대조선문학선집』제11권, 작자 略歷.

고 있는 점이다. 그는 해방 전에 있어서는 프롤레타리아 시인이 아니었지만, 자신의 과거를 결코 지워 버리고 있지 않음을 알 수 있다.

1960년 3월 10일 동시집『바다'가에 아이들이 모여든다』를 아동도서출판사에서 출판한다. 14편의 동시를 모은 것인데 모두 바닷가의 소년소녀에게서 제재(題材)를 따 온 것이다. 바닷가에서 놀고 있는 어린이들의 모습에서 내일의 밝은 사회를 보는 시인의 희망과 신뢰가 가슴에 와 닿는다.

김조규의 개인저서로서 이들 외에 평론집『시(詩)에 대한 이야기』, 종군수기『그는 살아 있다』, 가극『푸른 소나무』가 있다고 시인 자신이 증언하고 있지만 언제 출판되었느지는 밝혀지지 않고 본인도 비중 있는 저작으로 생각하지 않는 듯하다. 자신이 계획한 작품선집 속에 이들 저작은 들어가 있지 않기 때문이다(그러나 혹시 이 저작들이 본인에게 한 권도 남아 있지 않은 탓인지도 모른다).

결국 1960년에『김조규 시선집』을 출판한 후로는 수많은 작품을 여러 잡지·신문에 발표하면서도 단행본으로 묶지는 않았다. "그는 로년기의 병으로 1990년 12월 3일에 사망"[6]했는데 만년의 30년간 시집을 한 권도 내지 못한 것은 시인으로서는 필시 한이었을 것이다.

---

6 『문예상식』(문학예술종합출판사, 1994.12)의 김조규項.

2.

김조규는 개작마(改作魔)라고 할 수 있을 정도로 개작을 자주 한
다. 같은 1960년에 나온 『김조규 시선집』과 『바다'가에 아이들이
모여든다』의 양쪽에 실린 「바다'가에 아이들이 모여든다」를 비교해
봐도 꽤나 다르다.

해방 후의 대표작의 하나라고도 할 수 있는 「수령의 말씀을 받들
고」도 종합시집 『수령은 부른다』(문예출판사, 1953.7.30 발행)에 수록
된 것과 『김조규 시선집』(조선작가동맹출판사, 1962.2.25 발행)은 크게
다르다. 전자는 17련 94행인데 비해, 후자는 11련 46행으로 짧아졌
고, 전자에는 시의 제명 다음에 부제가 「전선의 8·15(八·一五)」라
고 붙어 있는데 비해 후자에는 없다. 또한 전자에는 전투현장에 있다
는 긴박감이 감도는데 비해, 후자에서는 시구는 다듬어져 있으나 분
위기는 극히 한가롭고 "새들아 너도 / 이 강산의 이슬 마시고 자랐음
이구나" 하는 저으기 장면에 맞지 않은 서정성까지 곁들여져 있는
등 별개의 작품이라 해도 과언이 아닐 정도이다.

『김조규 시선집』에서는 시집 『동방』에서 시 8편이 채록되어 있으
나 시선집의 맨 처음에 있는 「당신이 부르시기에」는 "조국, 그것과
더불어 / 김일성 장군! / 그 이름은 우리들 가슴마다에서 / 타오르는
횃불이였습니다."(제5연)고 김일성이란 이름을 전면에 내걸고, 열렬
한 경애심을 표현하고 있으나, 원시집 『동방』에서는 김일성이란 이

름은 작품의 어디에도 없다. 위의 해당부분을 찾는 것은 곤란하지만 억지로 찾으면 아래와 같다.

> 그것은 祖國─당신을 지킨 지성이였습니다.
> 찌끼우고
> 채우고
> 할키우고
> 매맞고 천대 받고……
> 그러기 당신을 버리고 權力에 발라마치는 變節이 많아서도
> 내가 지는 그 모습
> 빛과 希望과 사랑과 義 미쁘게 마음의 燈불을 그렸노니
> 祖國, 하도 크고 아름답고 貴했음입니다.

『김조규 시선집』에서의 '당신'은 김일성을 뜻하지만, 『동방』에서 '당신'은 조국임이 확실하다.

개작과정을 조사한 결과, 1947년과 1960년이라고 하는 두 시점에서 공화국의 사회적 분위기의 변화와, 시인의 사상변화를 추측할 수 있다. 단지 『동방』에서도 「쓰딸린에의 헌시(獻詩)」나 「레닌송가(頌歌)」를 쓰고, 조국에 광복을 가져다 준 은인에게 헌시(獻詩)를 올리고 있기 때문에, 같은 논리로 그것이 김일성에게까지 발전하는 것은 시간 문제였을지도 모른다.

어떻든 『동방』의 김조규 시에는, 바로 1, 2년 전까지의 구(舊)'만

주'시대에 볼 수 있었던 침울한 분위기는 어디에서도 볼 수 없다.

여기서는 해방 후의 개작문제에 대해서는 깊이 언급하지 않고 해방 전의 작품을 어떻게 수개(修改)하여 공화국에서 발표했는지를 살펴보고자 한다. 이 작업을 통해서, 시인이 해방 전의 작품을 어떻게 인식하고 해방 후에 그것을 어떻게 계승하고자 했는지, 그 연속성과 이질성을 해명하는 실마리를 잡을 수 있지 않을까 생각한다.

샘플로서 「해안촌의 기억」과 「리별」을 거론해 보기로 한다.

「해안촌의 기억」은 텍스트가 여러 가지가 있으며 여느 것과 마찬가지로 그때마다 손질을 가하고 있다. 초출은 ①『단층(斷層)』제3호(1938.3.3)이고, 다음이 ②『동아일보(東亞日報)』(1938.7.2)이며, 이어 ③『신선시인집(新選詩人集)』(詩學社, 1940.2)이 있고, 그리고 마지막으로 가장 만년의 서거하기 1·2년 전으로 생각되는 ④ 자필원고가 있다. ①·②·③은 한 편에 몇 군데의 이동(異同)이 있을 뿐 그렇게 큰 차이는 없다. ④만이 현저하게 다르다. 여기서는 ①와 ④의 양자를 비교해 본다. ①의 1·2연과 ④의 1·2연은 거의 대응하고 있지만 상당히 손질이 가해져 있다. ④는 평이하게 되어 있는 만큼 설명적으로 되어 있다. ④의 3연은 덧붙여진 것으로 ①에는 존재하지 않는다. 시의 후반 부분은 이동이 더 심하다.

여윈 肉體여 고여한 村落이여

포드득 海鳥인양 旅情이 품에 날어드니

파아란 煙氣야

빨간 信號澄의 움직이기를 기다려보자

(밤車의 누-런 들窓은 황홀한 心思어니)

위의 인용시에서 '信號澄'이란 단어에서 '澄'은 '燈'의 오자일 것
이다.

위에서 든 ①의 마지막 연도 ④에서는 2연으로 되어 있다.

말없는 촌락이여

또 어떤 불행이 이밤에 날아들지

파도는 바위에 처철석

물새는 끼르륵……

아. 이제는 나도

발길 돌려야 할 시각

푸드득 산새인양 旅愁가 날아드니

푸른 신호등이 걸어오기 기다려

쓴 담배라도 또 한대 물어볼까

저무는 바다, 저무는 청춘

황혼 황혼속에

양자는 같이 지나가는 청춘의 고독감을 노래하면서 그 표현은 꽤
달라, ④는 ①에 보이는 자칫 자의적이고 감각적인 표현을 누르고

대중에게 이해되기 쉬운 설명적인 표현을 취하고 있다. 그만큼 ④
의 예술성은 약간 떨어지는 것으로 생각된다.

「리별」은 1934년 4월 4일자의 ①『조선중앙일보(朝鮮中央日報)』에
최초로 게재되어, 해방 후 ②『김조규 시선집』에 수록된 해방 전의
시 4편중의 1편이다.

　①은 1연 2행째가

　　　밤비는 에스팔트웨 哀愁의 詩篇을 그리고

로 되어 있지만, ②에서는

　　　밤비는 거리 우에 거리 우에 내리고

로 되어 있다. ②는 단순간명하고 ①쪽이 예술적 향기가 높다. 이 작
품 2연 '故鄕은' 이하의 6행은 ①과 ②가 상당히 다르다.

　①
　　都下의 뒷골목은 물흠으기 긴歲月ㅡ (저자 주 : '으기'는 활자가 불선명함)
　　동무는 해맑은 슬잔우에 이렇게 배앗지 않았든가
　　창백한 노스탈쟈, 노ㅡ란 幻像에 아른거리며……

위 부분을 ②에서는

②

도시의 골목을 오고 가면서

동무는 눈동자를 붉히며 이렇게 말 하지 않았던가?

고향 사람들과 일하겠노라고,

②에서는 ①의 서양취향적인 냄새가 빠지고 에두른 표현은 자취를 감추어 단순화하고 소박화해진 반면에 감칠맛이 없다.

이 시의 끝 무렵의 2행은 ①과 ②가 다음과 같이 다르다.

① 東쪽거리는 太陽의 거세인 合唱으로 새벽이 움직이리라.

　버들꽃 날으는 애쓰팔트에 동무들의 발소리 가득찼으리라.

② 북쪽은 너를 맞는 동무들로 가득하리라.

　거리에선 어깨 걸고 노래하며 나가리라.

①에서는 태양이 떠오르는, 희망이 내리 쪼이는 방각으로서 '東쪽'으로 표현하고 있으나, ②에서는 사회주의국가 소련의 이미지로서 '북쪽'으로 바꾸어 놓고 있다. 전체적으로 ②는 알기 쉬우나 ①쪽이 멋이 있다. 개작은 알기 쉬움을 목표로 하고 있기 때문에, ①을 이해하기 위하여 ②는 ①의 해설을 하고 있다고 할 수 있는 면도 있다.

개작작업에 의해 생겨난 신구(新舊)의 표현의 차이에 대한 본격적인 비교분석은 후일로 미루기로 하고, 여기서는 다만 김조규라는 시인은 죽음의 직전까지 해방 후의 작품은 물론이고 해방 전의 작품에 이르기까지 시대와 환경과 새로운 세대의 독자를 고려하여 퇴고와 개작에 진지하게 몰두했다는 사실을 지적해 두고 싶다.

3.

45년 간을 38도선 이북에서 생활한 김조규는 기본적으로는 공화국의 시인이다. 그렇지만 해방 전에도 1931년부터 1945년 사이에 각종 신문·잡지에 작품을 발표하고 있다.[7] 그 수는,『만주시인집(滿洲詩人集)』(1942)·『재만조선시인집(在滿朝鮮詩人集)』(1942) 등의 단행본에 수록되어 중복 발표된 것을 포함해서 계산하면, 대략 147편이라는 숫자에 달한다.

일제치하의 한반도, 소위『만주국(滿洲國)』, 조선민주주의인민공화국이라는 역사적 조건을 달리하는 세 공간에서 산 김조규는 공화국에 몸담고 있으면서 해방 전의 작품을 어떻게 대했을까?

---

7 해방 전의 작품리스트에 관해서는, 金泰奎(金朝奎의 친동생) 씨가 작성한「金朝奎詩作品年表(解放前)」(『金朝奎詩集』권말부록, 崇實語文學會編)과 熊木勉(구마키 쯔토무)「金朝奎의 日帝時代末紹介作品에 대하여-金朝奎硏究(中)」(崇實大學校 大學院論文集 제16집)이 있다.

구 작품에 여간 아닌 애착을 지니고 있었던 것은 틀림없다. 해방 전의 작품을 가령 말살했다고 한다면 그가 태어나 31세가 되기까지 의 작품이, 즉 그외 청춘의 전부가 소멸해 버리고 만다는 애통함을 느꼈을 것이다.

나이가 들어 자신의 여생이 그리 남지 않았음을 깨달은 인간은, 자신의 생애를 돌이켜 보고 자신이 일생동안 무엇을 이루었는지, 이 제까지 해 온 일을 정리하려고 하는 법이다. 김조규도 예외는 아니었 다고 할 수 있다.

그는 해방 전의 작품을 거의 몰래 감추듯이 보관하고 있었다. 비 판을 받았던 시기도 있었던 만큼 그것은 때로는 극히 위험한, 자칫 하면 생명을 말살할 가능성조차 있었을지도 모르는 일이다. 그러나 그는 줄곧 간직했다. 복사가 안되던 시대였으므로 아마도 원고 그 자체로던가 발표된 경우는 게재잡지·신문의 스크랩이었을 것으로 생각된다.

그는 만년에, 개인의 전집까지는 안되더라도 개인선집(個人選集) 만은 낼 계획을 세웠다. 그는 해방 전 작품 자선 자필본 머리말 속에 서 "유고집(遺稿集)이 아니기를 절절히 바라면서"라고 한 것을 보면 어쩌면 유고집이 될지도 모른다는 생각에 사로잡힌 채 작품집을 구 상했음을 짐작케 한다. 그의 구상에 의하면 작품집의 제1부는 해방 전의 시와 산문 37편을 골라 연대순으로 배열하고, 『암야행로(暗夜行 路)』라고 이름 붙였다. 그렇지만 이 37편은 해방 전에 발표된 모습과 는 많은 이동(異同)이 있다. 이 개정작업에 대해서는 그 일부를 이미 앞서 살펴보았다.

제2부는『동방(東方)』으로, 역시『김조규 시선집』속에서 8편을 그대로 답습하고 있고, 제3부는『이 사람들 속에서』이며, 제4부는『김조규 시선집』이후의 시 60편을 골라「생활 이야기」라고 제명을 붙여 주제별로 4분야로 나뉘고 있다. 제5부가 동시(童詩)로서 동시집『바다'가에 아이들이 모여든다』와, 그 후에 창작해『아동문학』등에 발표한 동시에서 8편을 집어넣고 있다.

아마도 3~4권 분량이 될 것으로 생각되는 이 작품집을 자신이 산 증표로서 세상에 남기고 싶었을 것이다. 그러나 당분간은 상당한 양의 개인작품집을 공화국에서 내는 것은 불가능하고 한국에서의 출판도 아직 곤란할 것으로 생각된다. 자신의 건강상태에 미루어 남북통일 후의 출판을 기다릴 수 있을지 어떨지 의문스러웠을 것이다. 그렇다면 제3국에서의 출판은 어떨까하고 그 가능성도 생각해 본 것이 아니었을까. 시인의 심정을 알 도리도 없지만, 생애의 작품을 정리하여 언젠가는 출판하리라는 구상을 짰던 것이다.

김조규는 "詩人이 몸으로 體驗한 70여 성신의 生活路程"을 방대한 숫자의 작품으로 남겼다. 그리고 그 자신은 전생애를 걸고 낳은 그의 작품이 몇백만 명의 "海外同胞들의 祖國統一의 成業에 한 줌 밑거름이라도 된다면" 하고 바랐던 것이었다. 인간이 시대와 환경에 따라 얼마나 변할 수 있는가, 또는 얼마나 변하지 않고 있을 수 있는가라는 물음에 대해 김조규란 사람의 생애와 작품은 하나의 답을 제공해 주고 있는 것이 아닌가 생각된다.

김조규金朝奎 해방 후 작품연보

창작년·월·일	작품 및 작품집	발표지
1945.8 作	民族의 祝典	『東方』(조선신문사, 1947.9)
1945.9 혹은 10 作	당신이 부르시기에	①『東方』 ②『김조규 시선집』 (조선작가동맹출판사, 1960.2)
1946.1 作	마을의 午後	『東方』
1946.2 作	祝盃	『東方』
1946.4.14 作	牡丹峯	①「국문 고중 제1학년용」, 신구현 편 (북조선인민위원회 교육국, 1948.5.15) ②종합시집『서정시 선집』 (조선작가동맹출판사, 1955.6.30) ③『김조규 시선집』 ④『조선문학사 작품선집(1945.8~50·6) (학우서방, 發行年月日不詳)
1946.5 作	五月의 노래	『東方』
1946.6 作	生活의 흐름	①『東方』 ②『김조규 시선집』
1946.7 作	風景畵(2)	『東方』
1946.7 作	森林	『東方』
1946.7 作	鐵嶺	『東方』
1946.8.15 作	八月十五日	『東方』
1946.10.9 發表	訓民正音發布의意義─創制 五百週年記念日에 際하여(평론)	『朝蘇新聞』
1946.10.29 發表	'新刊紹介' 交流되는 朝쏘人民의 體溫	『朝鮮新聞』
1946.10 作	汽車	①『東方』 ②『김조규 시선집』
1946.10 作	쇠콜령 고개	『김조규 시선집』

창작년·월·일	작품 및 작품집	발표지
1946.10 作	쓰딸린에의 獻詞	①『朝鮮新聞』(1946.11.12) ②『東方』 ③『쏘련군환송기념시집 영원한 친선』 　(북조선문학예술총동맹 문화전선사, 1949.2.15) ④『서정시 선집』
1946.10 作	風景畵(1)	『東方』
1946.11.12 發表	쓰딸린에의 獻詞	『朝鮮新聞』
1946.11.20 發表	世界的文豪 杜翁에 對한 所感	『朝鮮新聞』
1946.12 作	배움의 밤	①『朝蘇文化』第4集 　(여기에는「一九四七년正月」로 되어있음) ②『동방』 ③『김조규 시선집』
1946.12 作	祖國創建의 돌기둥 세울려면	『東方』
1946.12 作	除夜吟	『東方』
1947.正月 作	배움의 밤	『朝蘇文化』第4集
1947.1 作	勝利의 날	『東方』
1947.1.16 發表	愛國米의 烽火(評論)	『朝鮮新聞』
1947.1 作	山의 盟誓	『東方』
1947.1.21 作	레닌頌歌	『東方』
1947.2.2 發表	人類는 讚揚하리 그 이름 보·이·레닌!	『朝鮮新聞』
1947.2.8 作	인민의 뜻	『東方』
1947.3.1 作	三月이여 새 勝利를 盟誓하노라	『東方』
1947.3.23 發表	배움의 밤	『朝蘇文化』第4集
1947.5 作	풀밭에 누워	『東方』
1947.5 作	五月의 構圖	『문화전선』第5輯(북조선문학예술총동맹 發行, 1947.8.1)에 수록
1947.6 作	夜頌	『東方』
1947.6. 發表	밤을 노래함	『조선문학』
1947.8.1 發表	五月의 構圖	『문학전선』第5輯
1947.9.18 刊	詩集『東方』	조선신문사 發行
	第一部 歷史의 再建	

창작년 · 월 · 일	작품 및 작품집	발표지
	東方序詞	1946.4.14 作(나중에 「모란봉」으로 改題)
	당신이 부르시기에	1945.9(10) 作
	民族의 祝典	1945.8 作
	生活의 흐름	1946.6 作
	쓰딸린에의 獻詞	1946.10 作
	五月의 노래	1946.5 作
	祝盃	1946.2 作
	八月十五日	1946.8.15 作
	夜頌	1947.6 作
	祖國創建의 돌기둥 세울려면	1946.12 作
	十一月三日	1946.11 作
	레닌頌歌	1947.1.21 作
	汽車	1946.10 作
	인민의 뜻	1947.2.8 作
	勝利의 날	1947.1 作
	三月이여 새 勝利를 盟誓하노라	1947.3.1 作
	除夜吟	1946.12 作
	第二部 大地의 敍靑	
	山의 盟誓	1947.1 作
	배움의 밤	1946.12 作
	風景畵(1)	1946.10 作
	風景畵(2)	1946.7 作
	마을의 午後	1946.1 作
	森林	1946.7 作
	鐵巖	1946.7 作
	春譜	기재 없음
	풀밭에 누워	1947.5 作
	봄은 꽃수레를 타고	기재 없음
1948.1.22 發表	레닌의 肖像	①『朝鮮新聞』 ②종합詩集『祖國의 깃발』(1948.7.1)
1948.6 作	바다'가에 아이들이 모여든다	①『국어 제五학년용』 (북조선인민위원회 교육국, 1949.9.30) ②『바다'가에 아이들이 모여든다』 (아동도서출판사, 1960.3.10) ③『김조규 시선집』
1948.7.1 發表	레닌의 肖像 ─레닌 逝去24周年追慕詩	종합詩集『祖國의 깃발』
1948.7 作	北方으로 띄우는 편지	『創作集』(文化宣伝省, 1948.9.25) 八一五, 三週年記念藝術祝典 指導部編
1948.9.25 發表	北方으로 띄우는 편지	『創作集』

창작년·월·일	작품 및 작품집	발표지
1948.12 作	전별의 노래 －쏘베트 군대를 보내며	『서정시 선집』(題名의 副題를 삭제하여 『김조규 시선집』에 재록)
1949.2.15 發表	쓰딸린에의 獻詞	『쏘련군환송기념시집 영원한 친선』
1949.7.20 發表	힘의 隊列	종합시집『詩集』(八一五解放四週年記念 出版, 文化戰線社, 1949.7.20)
1949.7.20 發表	餞別	종합시집『詩集』 (八一五解放四週年記念出版, 文化戰線社)
1949.9.30 發表	봄 노래	『국어 제五학년용』
1950.3.15 發表	그대는 祖國에 忠實하였다.	종합시집『한 깃발 아래에서』 (文化戰線社, 1950.3.15)
1950.7.27 作	달도 없는 어두운 밤	①『로동신문』(1950.8.26) ②『서정시 전집』 ③『김조규 시선집』
1950.7 作	이 사람들 속에서 (경북 전선 목암동에서)	①『로동신문』(1950.8.25) ②詩集『이 사람들 속에서』(평양, 1951) ③『조국해방전쟁시집 영웅』 　(조선작가동맹출판사, 1953.10.30) ④『서정시 선집』 ⑤『김조규 시선집』 ⑥『해방 후 서정시 선집』 　(문예출판사, 1979.10.10) ⑦『조선문학작품선집』2 (1950.6~1953.7) 　(학우서방)(發行年月日不詳)
1950.8.25 發表	이 사람들 속에서 (○○전선에서)	『로동신문』
1950.8.26 發表	달도 없는 어두운 밤	『로동신문』
1950.8 作	흘러라 강이여	『김조규 시선집』
1950.8 作	여기 한 사람을 묻는다	①『조국해방전쟁시집 영웅』 ②『김조규 시선집』
1950.9 作	간호장 박기춘(경북 입암에서)	①종합시집『서정시 선집』 ②『김조규 시선집』 ③詩集『조선의딸』(국제부녀절 50주년 기념시집, 조선작가동맹출판사, 1960.3.5)
1950.12 作	새로운 승리의 길로 －조선로동당 제三차 전원회의에 드리는 헌시	『김조규 시선집』
1951.5 作	당신을 보낸 샘터길에서	①『조국해방전쟁시집 영웅』 ②『김조규 시선집』

창작년 · 월 · 일	작품 및 작품집	발표지
1951.8.15 作	수령의 말씀 받들고-전선의 八一五	『김조규 시선집』(개작) ① 詩集『이 사람들 속에서』 ② 종합시집『평화의 초소에서』 (문예출판사, 1952.12.20) ③ 종합시집『수령은 부른다』 (문예출판사, 1958.7.30) ④『김조규 시선집』
1952.3 作	조선의 형제들이 왔다 -한 지원군의 안해의 일기에서(中國昆明에서)	①『한 태양아래서』(문예총출판사, 1953.9.1) ②『김조규 시선집』
1952.10 作	한 가을 밤의 이야기	『김조규 시선집』
1952.12 作	브람쓰의 동상 밑에서 오지리 원나에서(오스트리아 빈에서)	『김조규 시선집』
1953.6.15 刊	『조국해방전쟁선집 영웅』 (以下의 3篇 收錄)	조선작가동맹출판사 發行
	이 사람들 속에서 여기 한 사람을 묻는다 당신을 보낸 샘터 길에서	1950.7 作 1950.8 作 1951.5 作
1953.10 發表	승니의 력사 모주석 탄생60주년에의 헌시(장시)	『전우의 노래』(조선작가동맹출판사, 1953.10.30)
1954.5 作	아침독보회 -1954년 5월 제네바회의에서 우리나라대표는 조국의 평화통일에 대한 우리의 방안을 제출하다.	①『조선문학』(1955, 6月号) ②『김조규 시선집』
1954.5 作	정방공 처녀들	①『조선문학』(1955, 6月号) ②『김조규 시선집』
1955.5 作	포전 오락회	① 종합시집『아침은 빛나라』 (조선작가동맹출판사, 1958.8.10) ②『조선문학』(1957.10)
1956.4 作	또 다시 바다가에 아이들이 모여든다	『김조규 시선집』
1956.5 作	언덕을 넘어서며(興南에서)	①『조선문학』(1956, 12月号) ②『김조규 시선집』
1956.5 作	길	①『조선문학』(1956, 5月号) ②『김조규 시선집』
1956.8 發表	그 어떤 그리움이	『조선녀성』
1956.12 發表	언덕을 넘어서며	『조선문학』

창작년 · 월 · 일	작품 및 작품집	발표지
1956.12 發表	또 다시 바다 가에 아이들이 모여든다	『조선문학』
1957.1 作	어머니 환갑날에	『김조규 시선집』
1957.5 作	섬	①『조선문학』 ②『김조규 시선집』
1957.7 發表	진달래	『조선문학』(『김조규 시선집』에 없음)
1957.8 作	전쟁을 싹에서부터 없애라! ―어느 한 점경에서	종합시집『평화의 목소리』 (조선작가동맹출판사, 1958.5.1)에 수록
1957.9 作	어머니의 마음	『김조규 시선집』
1957.10 發表	호수 가를 걸으며	『조선문학』
1957.11 作	10월에 드리는 송가	『김조규 시선집』
1958.4 作	그의 세 번째 편지	『김조규 시선집』
1958.4 作	나의 도시의 노래	『김조규 시선집』
1958.5.1 發表	전쟁을 싹에서부터 없애라!	『평화의 목소리』
1958.6 發表	바다에는 어머니가 있다	『아동문학문고』
1959.2.19 發表	수필「붉은 환상의 나라를 펴리라―현지에서 온 작가들의 편지」	『문학신문』
1959.3 作	수령께서 우리 공장에 오신다	『김조규 시선집』
1959.4.20 發表	당신을 맞이하며 자랑함은	종합시집『영광은 만리여』 (국립문학예술출판사, 1959.4.20)
1959.5 作	나의 일터 나의 공장은	『김조규 시선집』
1959.6 作	배꽃 피는 마을에서 너는 왔다지	『김조규 시선집』
1959.6 作	가족식당에서	『김조규 시선집』
1959.8 作	돌아라, 타닝	『김조규 시선집』
1959.9 作	달을 노래하노라	『김조규 시선집』
1959.10 作	『김조규 시선집』 머리말 (흥남에서)	
1959.11 作	저자의 약력	『김조규 시선집』, 214~215면
1960.2.25 刊	『김조규 시선집』	조선작가동맹출판사 發行
	머리말 第一部 동방에서	1959.10 흥남에서

창작년 · 월 · 일	작품 및 작품집	발표지
	당신이 부르시기에	1945.9(10)
	모란봉	1946.4
	생활의 흐름	1946.6
	기차	1946.10
	배움의 밤	1946.12
	쇠쿨령 고개	1946.10
	바다'가에 아이들이 모여든다	1948.6
	전별의 노래	1948.12
第二部 이 사람들 속에서		
	이 사람들 속에서	1950.7
	달도 없는 어두운 밤	1950.7
	간호장 박기춘	1950.9
	여기 한 사람을 묻는다	1950.8
	흘러라 강이여	1950.8
	당신을 보낸 샘터길에서	1951.5
	새로운 승리의 길로	1950.12
	수령의 말씀 받들고	1951.8
	조선의 형제들이 왔다	1952.3(운남성 곤명에서)
	한 가을 밤의 이야기	1952.10
	브람쓰의 동상 밑에서	1952.12
第三部 생활의 이야기		
	수령께서 우리 공장에 오시다	1959.3
	길	1956.5
	아침 독보회	1954.5
	정방공 처녀들	1954.5
	또 다시 바다'가에 아이들이 모여든다	1956.4
	언덕을 넘어 서며	1956.5
	어머니 환갑날에	1957.1
	나의 도시의 노래	1958.4
	그의 세 번째 편지	1958.4
	포전 오락회	1955.5
	어머니의 마음	1957.9
	10월에 드리는 송가	1957.11
	섬	1957.5
	나의 일터 나의 공장은	1959.5
	배꽃 피는 마을에서 너는 왔다지	1959.6
	가족 식당에서	1959.6
	달을 노래하노라	1959.9
	돌아라, 타닝	1959.8
第四部 누이야 고향 가며는		

창작년 · 월 · 일	작품 및 작품집	발표지
	검은 구름이 모일 때	1931.10
	리별	1934.5
	삼촌 읍혈	1934.4
	누이야 고향 가며는	1934.4
	저자의 약력	1959.11
1960.3.5 發表	간호장 박기춘(경북 입암에서)	詩集『조선의 딸』(국제부녀절50주년기념시집)
1960.3.10 刊	동시집『바다'가에 아이들이 모여든다』	아동도서출판사 發行
	바다'가에 아이들이 모여든다	1948.6
	혜산 소년과 조약돌	
	종이배	
	해파리	
	소라	
	등대	
	갈매기	
	수평선	
	보천보로 가는 길	
	그물뜨는 누나들	
	바다가의 우등'불	
	푸른신호	① 동요 동시집『빛나는 아침』(아동도서출판사, 1960.6.30)에도 수록
	바다의 사열식	
	바다'가의 약속-책을 엮고 나서	
1960.3.20 刊	『현대조선문학선집』 제11권 (해방전 혁명가요 · 시) 以下의 4篇 收錄	조선작가동맹출판사 發行
	소낙비 쏟아지는 가두로	1931.10
	삼촌읍혈	1934.4
	리별	1934.5
	눈이야 고향 가며는	1935.4
1960.6.30 發表	푸른신호	① 동시집『바다'가에 아이들이 모여든다』 (아동도서출판사, 1960.3.10) ② 동요 동시집『빛나는 아침』(8 · 15 해방 15주년 기념 출판, 아동도서출판사, 1960.6.30)
1960.10.1 發表	모든 힘을 비날론 공장건설에로!	종합시집『당이 부르는 길로』 (조선작가동맹출판사)
1960.10.9 發表	멀리로 왔고나 세월이여 15년	『조선문학』
1962.5 發表	장하구나 바다는	잡지『소년단』
1962.6.4 發表	밤, 돌아가는 길이다	『문학신문』
1962.6 發表	(童話詩) 쌀 한 숟가락	『아동문학』
1962.8 發表	비로봉 우에서	『문학신문』

창작년 · 월 · 일	작품 및 작품집	발표지
1962 發表	손님없는 나룻배	『아동문학』(1962)
1963.1 發表	축산반 처녀들	『조선문학』
1963.1 發表	목장의 가야금소리	『조선문학』
1963.1 發表	갈골등에서	『조선문학』
1963.6.4 發表	우리 직장에 오신 수령	『문학신문』
1963.9.17 發表	귀한 손님 오셨네 (류소기同志 평양에 도착)	『문학신문』
1964.2.25 發表	발동기 소리	『문학신문』
1964.4 發表	고원의 봄	『조선문학』
1964.4.20 發表	연두봉 기슭에서 (혜산에 안치된 혁명렬사묘)	① 종합시집 『청춘송가』 (조선문학예술총동맹출판사, 1964.4.20) ② 종합시집 『아름다운 강산』 (조선문학예술총동맹출판사, 1966.9.20)
1964.5.22 發表	노을도 웃어주네	『문학신문』
1964.5.22 發表	물길	① 『문학신문』 ② 『해방 후 서정시선집』 (문예출판사, 1979.10.10)
1964.5.22 發表	눈과 눈	『문학신문』
1964.5.22 發表	포전 교실	『문학신문』
1965.7	남호두의 겨울밤	종합시집 『영광의 길우에』(조선문학 예술총동맹출판사, 1965.10.1)에 수록
1965.7.30 發表	해녀에게	『문학신문』
1965.11	밤마다 박꽃이 피어났소 -미국화 동지에게 (시초 『등로평』 중에서)	
1965.11 發表	초평 옛집에 돌아와서 -간길부의 어머니에게 (시초 『등로평』 중에서)	
1966.1 發表	하루에도 몇 차례 (시초 『등로평』 중에서)	『조선문학』
1966.1 發表	달밤의 피리소리 (시초 『등로평』 중에서)	『조선문학』
1966.2.8 發表	초병에게	『로동청년』
1966.6.2 發表	남호두의 겨울밤	① 『량강일보』 ② 『조선문학』(1967.5 · 6 合倂號
1966.7.5 發表	評論 「서정시와 체험의 심도」	『문학신문』

창작년 · 월 · 일	작품 및 작품집	발표지
1966.9.20 發表	연두봉 기슭에서 (혜산에 안치된 혁명렬사묘)	종합시집『아름다운 강산』 (조선문학예술총동맹출판사, 1966.9.20)
1966.10.4 發表	흰 구름에게 (시초『백사봉 기슭에서』중에서)	『문학신문』
1967.3.7 發表	어쩌면 새벽마다	『문학신문』
1967.5	남포두의 겨울밤	『조선문학』5 · 6 合倂號
1969.3 發表	명신학교 옛집에서	『조선문학』
1969.3 發表	초가집의 등잔불	『조선문학』
1969.3 發表	만경대로 가는 길	①『조선문학』 ②시집『우리 인민은 행복합니다』 (문예출판사, 1972.4.15)
1970.4 發表	백산부녀회	『량강일보』
1970.7 發表	속보원의 붓끝 (북창화력발전소에 나갔던 시인들의 벽시묶음)	『조선문학』
1970.10 發表	(벽시)용해공들이 뽑은 쇠물은	『조선문학』
1971.1.9 發表	이 밤도 전우들의 꿈을 지키며	『조선문학』
1972.4 發表	만경대로 가는 길	시집『우리의 인민은 행복합니다』
1974.1 發表	(가사) 백두산	『조선문학』
1974.1 發表	노래에 깃든 서정	종합시집『향도의 해방 우러러』 (1976.12.3 發行所不詳)
1974	(詩) 미제국주의를 단죄한다	(初出不詳)
1975.5	내 아들이 있다. 딸이 웃는다	종합시집『영광의 길우에』
1975.7.9 發表	새벽 종소리 -순화학교에서	『조선문학』
1976.8 發表	포평, 위대한 서약이여	종합시집『영광의 길』
1976.11.12 發表	개마고원 구름 속에 출렁이는 강물소리	『문학신문』
1976.12.3 發表	사랑의 손풍금 소리, 노래에 깃든 서정	종합시집『향도의 해발 우러러』
1977.4 發表	(長詩) 주체의 해발 우주에 찬연하다	『량강신문』
1978.9.9 發表	위대한 맹세	『행복하여라 인민의 나라』(문예출판사)
1979.4.15 發表	사랑의 길 천만리	종합시집『인민은 태양을 우러러』 (문예출판사, 1979.4.15)
1979.10.10	물길	『해방 후 서정시선집』(문예출판사, 1979.10.10)

창작년·월·일	작품 및 작품집	발표지
1982.4.15	신갈과 나루터에 달이 뜨네	종합시집『수령님께 드리는 축원의 노래』(문예출판사, 1982.4.15)
1984.4	꿈길 천만리를	『향동의 해방 우러러』
1985.3 發表	ㅌㄷ의 불씨 안고	조선로동당 창당 40돐 기념 작품집 『당은 우리 어머니』 (문예출판사, 1985, 231~233면)
1985.9.9 發表	기발을 우러러	『민주조선』
1986.2 發表	(종군수기) 그는 살아있다	『조선문학』
1986.2.16	2월의 영광	『조선인민군 신문』
1986.6.9 發表	삼지연 못가에서	『조선문학』
1986.9.9 發表	신갈과나루터에 달이 뜨네	『조선문학』
1986.10 發表	별과 함께 꽃과 함께(동요)	『아동문학』
1987.4.10 發表	조국이여 그 품속에서	『문학신문』
1987.6 發表	그 하나만으로도	『조선문학』
1987.12 發表	사령부 깊은 밤에	『문학신문』
1988.1.1 發表	만민의 축원	『문학신문』
1988.6 發表	아름다움을 불러	시집『백두의 노을』(65~67면)
1988.9 發表	첫 개통 렬차에 앉아	
1988.9	바람은 소리없이	
1988.9	우리들의 삶은	
1989.1.27 發表	먼 바다 우에서	『문학신문』
1989.4	온포의 서정	
1989.9	창문	
1989.9	꾀꼴새에게	
1989.10	주작봉 마루에서	

발표년월일, 발표지 불명 작품

숲속의 손풍금소리
류별마을의 아낙네들
한 의병장의 무덤 앞에서
신계사 송림
꽃송이 동동 버들잎이 동동(동시)
목장에서(수수께끼, 동요)
명동 찻집에서
목장에서(동요)
하늘에 뜬 장수별(동시)
歌劇「푸른 소나무」
從軍記『그는 살아있다』
評論集『詩에 대한 이야기』

(『조선학보』176·177집, 조선학회, 2000.10)

구舊 만주滿洲 한인문학韓人文學 연구

1. 서두에

만주국(滿洲國)은 일본 제국주의(帝國主義)가 중국 동북부(東北部)에 만들었던 위태국가(僞態國家)이다. 중국에서는 이것을 위만(僞滿)이라고 부르고 있다.

만주국 지배 하의 합법적 문학은 따라서 소극적으로라도 일본의 침략에 봉사하거나, 봉사는 하지 않았다 해도 그것과 타협하지 않으면 안될 상황 하에 놓였었다. 물론 만주국의 문학이 모두 침략에 봉사하거나 그것과 타협했다는 뜻은 아니다. 거기에 사는 사람들의 민족적 기개와 민족적 정서를 유지·발전하게 한 측면도 있었다. 그러한 측면이 있었기 때문에 만주문학의 조명이 오늘날 필요하게 된 것이다.

만주는 '오족협화(五族協和)'를 슬로건의 하나로 했다. 그것은 '협화(協和)'를 슬로건으로 높이 쳐들지 않으면 안될 만큼 '불협화(不協和)'가 존재하고 있었던 것을 얘기하고 있다.

1932년부터 45년까지 일본이 중국 동북지방에 범죄적으로 존재케 한 만주국의 땅에 만주 각 민족이 창조해 낸 문학을 '만주문학'이라는 통일적 명칭을 가지고 부를 수 있는 것일까. 오족(五族)이 공유하고 있는 공동 강령적 이념이 있었던 것일까. 아직 조사가 행해지지 않은 단계에서 결론을 내리는 것은 조급함이 있지만 오족(五族) 공통의 문학이념은 애초부터 최후까지 없었던 것으로 생각된다. 한민족(韓民族)은 한민족 나름대로 일본인(日本人)은 일본인 나름대로 저마다의 민족의 독자적인 노래를 읊고 있었던 것이 만주문학의 실체가 아니었을까. 그것은 합창도 아니고 이질적(異質的)인 것의 하모니도 아니고, 단지 잡연(雜然)히 이종(異種)한 것이 동시에 존재하고 있었던 것은 아닐까. 정치적 사상적 제약과 만주국 건설 이념의 강요만은 공통된 것이었지만.

가와무라 미나토(川村湊)의 『이향(異鄉)의 소화문학(昭和文學)─「만주(滿洲)」와 근대일본(近代日本)』(岩波新書, 1990.10)은 만주에 있어서의 일본인 작품을 소개·분석하고 있어 대단히 큰 의의가 있다. 그런데 그러한 일본인이 썼던 문학작품이 당시 만주 땅에서 생활하고 있던 타민족의 문학자, 그리고 만주땅의 일반 독자들에게 어떻게 수용되었을까에 대해서 앞의 책은 언급하고 있지 않다. 아마 이들 만주에 가 있던 일본인들의 작품은 거의 무관심 속에 방치(放置)되어 있었던 것은 아닐까.

우선 언어의 문제가 있다. 한인(韓人)에 대해선 본국에서도 만주에서도 일본어가 국어(國語)로 강요되었지만 한족(漢族)·만족(滿族)·몽골족(族) 그밖에 소수민족에 대하여 민족어를 폐기하고 일본어를 강요하기까지는 이르지 못했다. 한반도(韓半島)의 경우 1910년 '한일병합(韓日倂合)'부터 30년 가까이 지난 후 일본어에 의한 문학작품 창작이 강요되었지만, 애초부터 다민족국가(多民族國家)를 표방한 만주의 경우는 30년이 지나서도 그것은 불가능했음에 틀림이 없다.[1]

만주의 몽골인이나 러시아인이 썼던 작품에 대해선 거의 알 수 없으므로 발언을 삼가기로 하자. 재만(在滿) 중국인 작가 고정(古丁), 소송(小松), 산정(山丁), 천목(天穆), 오영(吳英), 작청(爵靑), 의지(疑遲), 석군(石軍), 이치(夷馳), 전병(田兵), 파녕(巴寧), 하례징(何醴徵), 금명(今明), 반고(盤古), 요정(遼丁) 등등의 일부의 작품을 볼 수가 있지만 여기엔 일본인 문학과는 전혀 이질적인 문학세계가 전개되고 있다.[2]

가령 『예문지(藝文志)』(1939.12.17 發行. 第2輯 漢語)에 발표된 고정(古丁)의 장편 『평사(平沙)』는 오탁(汚濁) 속 연화(蓮花)같은 존재(存在)가 차츰 세속에 물들어 가는 주인공, 전도가 암흑과 추악밖에 없다고 비관하는 결핵환자인 젊은이, 자유분방하게 돌아다니면서도 실은 복수를 꾀하는 젊은 여성, 그것들이 마가(馬家) 일족(一族)의 몰락을 배경으로 중후하고 면밀한 필치로 묘사되어 있어 현대판 『홍루몽

---

1 예외적 존재로서 이마무라 에이지(今村榮治)가 있다. 그는 한인(韓人)이면서도 일본어로 소설을 썼다. 이마무라 에이지는 필명인지 창씨명인지 알 수 없다.
2 '疑遲'와 '夷馳'는 같은 인물일 가능성이 높다. 한어(漢語)로서는 동음이다.

(紅樓夢)』을 보는 것 같다.

거기에는 상류사회의 권태와 피로와 부취(腐臭)가 있어 그런 의미에서 만주지식인의 고뇌가 투영되어 있다고 할 수 있을 지 모르겠지만, 그러나 이 작품에는 일본의 정책이나 시국이 드러나 있지는 않다.

고정의 작품은 전혀 만주국이나 일본을 상대하고 있지 않은 것처럼 보인다. 1939년 말에 발표된 이 작품 하나를 보더라도 한반도(韓半島)와 만주와는 문학적 환경에 상당한 차이가 있었다고 보아도 좋다. '일시동인(一視同仁)'의 한반도와 어떻게 간신히 만족의 황제를 세운 만주를, 식민지와 반식민지의 차이라고 한마디로 단정해도 좋을지 의문이지만 확실히 차이가 있으며 역사적으로 과연 만주국에 만주문학이 존재하였는지 여부도 논하지 않으면 아니 될 것이다. 그러나 어쨌든 각 민족이 같은 만주 땅에서 같은 시기에 문학작품을 창조한 것은 틀림없는 사실인 것이다.

조선민주주의인민공화국(이하 北朝鮮이라고 약칭한다)이 만주의 항일무장 투쟁 대열 중에서 창출된 작품을 자국(自國)의 문학사의 중심에 고정시키는 것은 당연하다. 그것은 일본의 지배가 미치지 못했던 유격(遊擊) 지구에서 창출된 싸움의 문학인 것이다. 그 문학적 자료는 좀처럼 입수하기 어려우므로 북조선이나 중국에서 출판된 2차적 자료에 의거하지 않을 수가 없다. 한국에서의 만주문학 연구가 이 부분을 빠뜨리고 있다는 게 아쉽다.

반면에 북조선에서 만주국 통치하의 합법적 출판물을 전면적으로 무시한다는 것은 또한 문제일 것이다. 그것은 일본 관헌(官憲)의 의지와 전혀 무관한 것은 아니었으므로, 약간 부정해야 할 면을 지녔을지 모르지만, 조선민족의 생활의 호흡과 민족의 미래에의 전망이 내포되어 있는 것임에는 틀림없는 것이다. 평가는 다음에 하기로 하고 우선 그 실태를 분명히 하는 것이 중요한 작업이라고 생각한다. 본 소론(小論)은 만주 시대의 한인문학의 개요를 저자 나름대로 정리·약술하고 그 문제점을 지적함과 동시에 한국·북조선·중국에서의 이 문제에 관한 연구상황에 대해서도 살펴보기로 한다.

2. 연구성과 검토

평양에서 발행된 최신의 문학사 『조선문학 개관』(사회과학출판사, 1986.11)에서는 현대문학사의 시기구분을 다음과 같이 하고 있다.

① 항일혁명 투쟁시기(1926.10~1945.8) 문학.

② 평화적 건설시기(1945.8~1950.6) 문학.

③ 위대한 조국해방 전쟁시기(1950.6~1953.7) 문학.

④ 전후복구 건설과 사회주의 기초건설을 위한 투쟁시기(1953.7~1960) 문학.

⑤ 사회주의의 전면적 건설과 사회주의의 완전 승리를 앞당기기 위한 투쟁시기(1961~) 문학.

본 소론에 관계되는 것은 1의 항일혁명 투쟁시기의 문학이지만 이것은 개화기(開化期)를 제외한 해방 전 근대문학사의 전체에 해당한다.

이 시기는 김일성(金日成)이 '타도 제국주의 동맹'을 만든 1926년 10월부터 시작하여 45년 8월의 광복까지를 의미한다. 북조선은 전기(前記) 문학사에서 그 시기 초기의 성과를 「혁명가요」에서 찾아 「혁명가」·「사향가(思鄕歌)」·「무산청년가」·「소년군가」·「아동단가」 등을 그 대표적인 것으로 들고 있다.

이후에 김일성이 중국 땅에서 항일 혁명투쟁을 전개하던 중에 스스로 창작했다고 하는 「조선(朝鮮)의 노래」·「조선(朝鮮)의 별」이라는 혁명가요, 그리고 또한 김일성이 창작해 공연을 조직·지도했다고 하는 연극 「삼인일당(三人一黨)」·「지주와 머슴군」·「흡혈귀」 등이 있다. 그것들의 정점(頂點)에 서는 것이 혁명연극으로는 「성황당」·「꽃파는 처녀」이고 혁명가요로는 「토벌가」·「피바다」인 것이다.

1979년 9월호의 중국의 『연변문학(延邊文學)』이 1937년 항일전쟁 중의 까마귀작(作) 연극대본 『혈해지창(血海之唱)』 2막1장을 게재한 바가 있다. 이것과 『피바다』는 스토리가 흡사한데, 근년(近年) 중국과 한국의 교류가 빈번해지면서 문제가 되어 연변문학예술연구소(延邊文學藝術研究所)의 기관지 『문학(文學)과 예술(藝術)』(1986년)에 재수록된 일이 있다.

살펴보건대 이러한 소형(小型) 연극의 대본은 중국 동북지구의 각지에 여러 종류가 있어서 가요로서, 이야깃거리로서 연극으로도 된 것이라고 생각한다. 『혈해지창(血海之唱)』의 원본은 등사판 인쇄(孔版)로 품질이 나쁜 종이를 사용했었다고 한다. 연변(延邊)에 보관되어 있었지만 외교 루트를 통해 북조선에 이관(移管)되어 현재는 평양의 어딘가에 있을 것이라고 한다. 『혈해지창(血海之唱)』을 『연변문학(延邊文學)』에 발표했을 때 동지(同誌)는 '편집의 말'이라고 해서

「血海之唱」은 우리들이 발견한 작품 중의 한 개에 불과하다.

라고 말하고 있지만 그렇게 본다면 중국에는 아직도 미발표 작품이 있다는 것이 아닌가 생각된다.

『피바다』는 김일성이 스스로 창작한 '불후의 명작'이라고 북조선은 말한다. 그러나 『피바다』의 원형(原型)의 하나가 항일전쟁 중에 대중들이 창출한 『혈해지창(血海之唱)』인 것임에 틀림이 없을 것이다. 일견(一見) 모순되는 이 두 개의 사항도 중국 동북지구에서의 항일전쟁은 김일성이 지도한 것이므로 항일투쟁 중에 생긴 혁명가요나 연극의 대본도 결국은 김일성의 '불후의 명작'이라고 인식하고 있는 것으로 이해한다면 북조선의 논리도 성립이 가능하게 된다.

요컨대 북조선의 문학사는 만주에서의 항일투쟁 중에 창작된 문학이 북조선문학의 본류이고, 1920년대에서 30년대까지의 조선 국내의 프롤레타리아 문학을 비롯한 진보적 문학은 '항일 혁명투쟁의 영향 밑에 발전한 진보적 문학'이라 보는 것이다. 이기영(李箕永)의 『고향(故鄕)』이나 강경애(姜敬愛)의 『인간문제(人間問題)』를 그 대표

적 작품으로 들 수 있다.

북조선에서는 물론 '滿洲國'의 문학을 인정하지 않는다. 그러나 '滿洲' 시대의 '滿洲'라고 부르던 땅에서 창출된 문학이 우리나라문학의 본류라고 생각하는 방법은 앞서 소개한『조선문학개관』상·하권 이전의『조선문학사 1926~45』(科學·百科事典出版社, 1981.12)에서도 그 논지(論旨)가 일관되고 있다.

한국에서 만주문학에 관한 논저(論著)는 근래 수년간에 걸쳐 비교적 많이 출판되었다.

| 채훈蔡燻,『일제강점기日帝强占期
재만한국문학연구在滿韓國文學硏究』(깊은샘, 1990.11)

본서는 저자가 수년간에 걸쳐 쓴 논문을 책으로 정리한 것으로「재만한국문학연구(在滿韓國文學硏究)」·「재만문예동인지(在滿文藝同人誌)『북향(北鄕)』고(考)」·「재만작가(在滿作家) 김창걸(金昌傑)의 "붓을 꺾으며"에 대하여」·「만선일보소재(滿鮮日報所載) 각종작품(各種作品) 현상모집(懸賞募集)의 광고문안(廣告文案)과 관련된 몇 가지 논의(論議)」·「강경애론(姜敬愛論)」 등의 6편의 논문과 자료 7편 등을 포함하고 있다. 자료와 실증에 무게를 둔 착실하고 귀중한 업적이다. 본서는「한국인(韓國人)의 만주(滿洲) 이주(移住)」로부터 시작하여「재만(在滿) 한국문학(韓國文學)의 형성(形成)」에 이어지는 만주문학을 한국문학(韓國文學)의 만주에의 진출(進出)·이전(移轉)·확대(擴大)로 포착한다.

한국의 다른 연구자도 모두 그렇지만, 만주에서의 한인(韓人)의 한글에 의한 문학활동을 한국문학의 일부로 보고 있다. 특히 이른바 '일제말 암흑기'의 광명을 만주 땅에서 찾아내고 거기에 뛰어난 민족문학의 전통을 부여하려고 한다.

그런데 중국에서는, 한국이 한국문학(韓國文學)으로 보고 있는 이욱(李旭)이나 김창걸(金昌傑)을 한국문학으로 보지 않고 중국조선족문학(中國朝鮮族文學), 중국문학의 일부로 보고 있다. 한국에서는 안수길(安壽吉)·강경애(姜敬愛)·김창걸(金昌傑) 등을 모두 재만한국문학자(在滿韓國文學者)로 취급하고 있지만, 중국에서는 안수길(安壽吉)·강경애(姜敬愛)는 외국문학자로, 김창걸·이욱은 중국문학자로 보고 있다. 윤동주(尹東柱)도 중국 소수민족문학자의 한 사람으로 보고 있다. 중국에서 말하는 조선족문학(朝鮮族文學)은 그러한 뜻에서 때로는 이중국적(二重國籍)을 갖는 것이 된다.

| **오양호**吳養鎬, 『**한국문학**韓國文學**과 간도**間島』(文藝出版社, 1988.4)

"1940에서 1945년 사이의 한국문학사는 間島 移民文學을 중심으로 써야 한다"(「책머리에」)는 문제의식에 바탕을 두고 씌어진 책이다. 결국 '일제말 암흑기'의 광명을 한인의 '滿洲文學'에서 찾으려 하고 있다. 그러나 '滿洲文學'이 동시기(同時期)의 국내 한인문학(韓人文學)에 비하여 보다 항일적·민족적·진보적이었다고 하는 결론을 이끌어내는 것은 현존하는 작품에서 검토하는 한 무리일 것 같다. 본서는

「간도(間島) 체험(體驗)과 한국문학(韓國文學)」, 「유적지(流謫地)의 서
정(抒情)」의 이장(二章)과 자료로 이루어지고 있다.

| 이명재李明宰, 「식민지 시대 망명문단亡命文壇에 관한 연구

─광복 이전의 간도지방(間島地方)을 중심으로」(中央大『人文學硏究』第17輯, 1990.2)

"비록 중국 영토에서 중국 국적을 지니고 사는 그들이라 할지라도
韓族의 핏줄을 받은 우리 겨레로서 언어와 풍습 등 문화를 함께 하는
자신들이 모국어로써 창작활동을 해온 망명문단이므로 어쩌면 국내
문학보다도 더 의미 짙은 것이다"라고 이명재(李明宰)는 말하고 있다.

채훈(蔡壎)은 비교적 객관적으로 '재만한국문학(在滿韓國文學)'이
라 칭하였고, 오양호(吳養鎬)는 역사적 관점에서 '이민문학(移民文學)'
이라 하였으며 이명재(李明宰)는 정치적 의미를 중시하여 '망명문학
(亡命文學)'이라 하였다. 어느 것이나 중국 측의 관점과는 그 차이가
크다.

| 김열규金烈圭 · 허세욱許世旭 · 오양호吳養鎬 · 채훈蔡壎,
『대륙문학 다시 읽는다』(대륙연구소, 1992.8)

잡지『전망(展望)』에 연재한 소론(小論)을 정리한 것으로 표제에
'대륙문학(大陸文學)'이라 한 데에서 알 수 있듯이 구소련이나 중국에
영주 또는 일시기(一時期) 생활했던 적이 있는 한인문학자(韓人文學者)

를 다루고 있다. 그 중에 '만주'문학에 관련된 부분이 있다.

| 김윤식金允植, 『**안수길연구**安壽吉研究』(正音社, 1986.4)

작가론이지만 안수길(安壽吉)의 초기 활동무대가 만주이기 때문에 만주문학에도 언급하고 있다. '망명문학(亡命文學)'이라는 고찰 방법에는 부정적 태도를 취하고 있다.

한편 중국 측의 성과는 어떠한가. 1930년대 이후 45년까지 나온 조선족문학(朝鮮族文學)의 연구 논저로는 다음과 같은 것이 있다.

① 任範松・權哲 主編, 『朝鮮族文學研究』(黑龍江 朝鮮民族出版社, 1989.6). 總論 2편, 분야별 개관 4편, 작가론 15편 등의 논문을 수록하고 있다. 작가론 중에는 李旭論(全國權), 金昌傑論(玄龍順), 尹東柱(임철)가 '滿洲' 시대에 관련하고 있다(임철은 권철의 필명이라고 추측된다).

② 權哲, 「『北鄕會』 始末」(『朝鮮族研究論叢』, 延邊人民出版社, 1989.3).

③ 이상범, 「『在滿朝鮮詩人集』에서 본 민족의식」(『朝鮮族文學藝術研究』(1) 所收, 延邊人民出版社, 1989.11).

④ 趙成日・權哲 主編, 『中國朝鮮族文學史』(延邊人民出版社, 1990.7).

그밖의 작품집으로 『김창걸단편소설선(金昌傑短篇小說選)』(遼寧人民

出版社, 1982), 『이욱시선집(李旭詩選集)』(延邊人民出版社, 1980.4) 등이
있다.

중국 측의 연구는 1945년 이후 남북 어느 지역으로든 본국에 돌
아간 문학자는 외국인(外國人) 문학자로 다루고, 45년 이후에도 중국
에 정착하여 중국 땅에서 살아있거나 중국에서 죽은 문학자는 조선
족 문학자로서 중국문학의 영역에서 다루고 있는 특징을 보여준다.
북조선과의 관계를 염두에 두고 있는 것으로 볼 수 있는 이 방침이
성립된 사정은 충분히 이해되지만 당시의 만주 한인문학의 전체상
(全體像)을 파악하는 데는 효율적이라고 할 수 없을 것이다.

일본인의 저술로서는 일찍이 오자키 홋키[尾崎秀樹]의 『근대문학
(近代文學)의 상흔(傷痕)』(普通社, 1961), 그 개정판(改訂版)인 『구식민
지(舊植民地) 문학(文學)의 연구(硏究)』(頸草書房, 1971)가 있다. 날카로
운 문제의식에 바탕을 두고 있어 참고가 되지만 취급하고 있는 대상
은 일본통치 하의 대만(臺灣)에서 창작된 일본어 작품이 대부분이다.

가와무라 미나토[川村湊], 『이향(異鄕)의 소화문학(昭和文學)』에 대
해선 앞서 말한 바 있다.

사에구사 도시카츠[三枝壽勝]의 「만주(滿洲)의 한국문학(韓國文學)」
(『慶熙文選』 3, 1977. 한글)은 한국문학 측에서 논한 일본인으로선 유일
한 논문이라 하겠다.

한국인이지만 일본어로 발표된 논문으로서 채훈(蔡壎)의 「한국(韓
國) 현대소설(現代小說)에서의 간도(間島, 滿洲) 체험(體驗)에 대하여―
1945년까지의 작품을 중심으로」(『朝鮮學報』 第118輯, 1986.1)가 있다.

3. 혁명가요革命歌謠

'혁명가요'는 1930년대에 "혁명적 연극과 함께 항일무장투쟁 대렬과 유격 지구 인민들 속에서 군중 문학예술로서 급속히 창작 보급되어 수백편에 달하였다"라고 『현대 조선문학선집』 제11권(혁명 가요편)의 해제 중에서 언급되고 있다. 1963년에 평양에서 발행된 이 책 중에는 81편의 혁명가요가 수록되어 있다. 혁명가요는 모두가 작자미상이다. 전투 중에 구전(口傳)되어진 것이므로 바리에이션도 많았음에 틀림이 없다. 곡(曲)도 창작되어진 것이 있는가 하면 전에 있던 곡에 맞추어서 노래하는 등 독자적인 곡을 갖지 않은 가사(歌詞)도 많다. 동일한 곡에 몇 수의 가사가 붙여져, 어느 것이 본래의 것인지 알 수 없는 경우도 있다.

그것들은 어느 것이나 강렬한 민족의식과 혁명적 정열과 전투정신이 충만한, 노래하기 쉽고 대중들에게 어필하기 쉬운 소박한 내용인 것이다. 멜로디는 웅장한 행진곡 풍인 것이 많고 그밖에는 추도가(追悼歌)와 같은 침울·장엄한 것도 있다.

그 예를 두 가지 들어보기로 한다.

모여라 동무들아 붉은 기 아래
한마음 한뜻으로 모여 들어라
폭탄과 권총을 손에다 들고

주권을 틀어 쥐려 모여 들어라

우리 피땀 빨아 먹던 자본가들아
총창 끝에 쓰러진다 원쑤놈들아
제놈들의 썩은 통치 무너지더니
간 곳마다 갈팡질팡 개걸음친다

무산 빈농 쓰라린 가슴 속에는
영용한 기세가 가득 찼구나
산림 속에 눈 깔고 누워 잘 때에
끓는 피는 더욱 더 솟아 오른다

눈보라 몰아치는 동북 벌판에
쓰라린 가슴 쥐고 헤매이는 자
모두 다 억울한 무산 빈농민
북만의 찬바람에 시달리노나
(…이하 略…)

—「끓는 피는 더 끓어」

다음은 「용진가(勇進歌)」라고 하는 가요이다.

백두산하 높고 넓은 만주 들판은

건국 영웅 우리들의 운동장일세

걸음걸음 떼를 지어 앞만 향하여

활발하게 나아감이 엄숙하도다

대포 소리 앞뒤산을 뜰뜰 울리고

적탄이 우박같이 쏟아지여도

두렴 없이 악악하는 돌격 소리에

적의 군사 정신 없이 막 쓰러진다

한양성에 자유종을 뎅뎅 울리고

삼천리에 독립기를 펄펄 달릴 제

자유의 새 정부를 건설하고서

무궁화 동산에서 만세 부르자

이상 두 수(首)는 모두 『현대조선문학선집』(全16卷)이라는 대중적·일반적인 간행물에서 소개되었다.

이에 대하여 꽤나 학술적·기록적 성격을 띤 혁명가요집도 있다. 이러한 가요의 수록 작업은 6·25의 정전 후 재빠르게 착수되었다.

조선로동당(朝鮮勞動黨) 중앙위원회(中央委員會) 직속 당 력사연구소 편 『혁명가요집』(조선로동당출판사, 1959.6)은 33개의 곡과 93수의 가사 등을 수록하고 있다. 이 책이 귀중한 것은 ① 노동당(勞動黨) 중앙위원회(中央委員會) 직속의 당(黨) 역사연구소(歷史研究所)가 당사(黨

史)의 일환으로서 가요를 수록하고 있다는 점, ② 가사(歌詞)도 악보 (樂譜)도 상당히 대량으로 채집하고 있다는 점, ③ 수집함에 있어 객 관성·정확성을 기하고 있다는 점, ④ 따라서 그 후에 출판된 몇 개 의 동종(同種)의 저작에 비해 가장 원형(原型)에 가깝다고 생각된다 는 등등의 이유가 있기 때문이다.

원형에 가깝다고 생각되는 이유는

> 당 력사연구소는 이 혁명 가요집을 출판함에 있어서 매개 가사와 곡의 정확성을 기하기 위하여 항일유격투쟁에 직접 참가하였던 동지들로부터 귀중한 의견들을 받았다. (…중략…) 이 가요가 많은 경우에 구비 창작이 기 때문에 후에 와서 원작과 다소 달라져서 그 의의가 불명확하거나 어휘 가 정확치 못한 부분이 있었으므로 약간 수정하지 않을 수 없었다.

라고 하는 수집 작업의 방침에서 정확성을 기하고 수정은 최소한으 로 하려고 했던 자세를 느낄 수 있기 때문이다.

본서 중에서 「민족 해방가」 한 수를 소개하기로 한다.

> ① 조중 량국 민중아 압박 받는 민족아
>   민족 해방을 위하여 모두 다 뭉쳐 싸우자
> ② 살인 강도 일제는 만주 벌판을 먹었다
>   *민족 해방을 위하여 모두다 뭉쳐 싸우자.
>   (이하 *부분은 각절마다 되풀이 된다)

③ 일제 놈들은 총칼로 조중 민족 해치니

④ 일제 주구 만주국은 조중 민족 해치니

⑤ 매국적 군벌들은 나라와 민족 팔았다.

⑥ 간악한 개떼 우리 나라와 민족 망치니

⑧ 망국 노예 면하며 자유 권리 찾으려

⑨ 전 민족이 일어나 해방 전선에 나가자.

⑩ 민족 해방 반일전을 전세계가 돕는다.

⑪ 조중 민족 련합으로 반일전을 강화하자.

(⑦ · ⑫聯 생략)

조(朝) · 중(中) 항일(抗日) 연군(聯軍)의 대열이 위의 노래를 부르면서 만주(滿洲)의 광야와 밀림을 행진하는 모습이 선연하다.

조 · 중 항일연군이 전투를 전개한 것은 동북(東北) 삼성(三省), 특히 중국 길림성동부지구(吉林省東部地區), 오늘의 연변(延邊) 일대였다. 전투 현장이던 중국에서도 혁명가요의 채록은 6 · 25 정전 직후부터 본격적으로 시작되었다.

1958년 중국 공산당 연변조선족자치주위원회(延邊朝鮮族自治州委員會) 선전부 편『혁명의 노래』제1집(延邊人民出版社, 1958.8)은 71수의 혁명가요를 수록하고 있다. 편찬 작업은 단순한 문학사적 관심에서 비롯된 것은 아니다.

"가장 가렬한 전투에서도 언제나 승리의 고무자였으며, 수천 수만의 인민을 불러일으킨 혁명의 무궁한 힘의 원천이었던" 혁명가요가 "오늘 우리의 가슴속에도 사회주의 건설 속에서의 새 승리에로의 무궁한 힘을 북돋우어 줄 것이다"라고 한 「편자의 말」이 있듯이 항일전쟁 중의 혁명가요를 가지고 사회주의 건설의 에너지로 전환시키려는 당대적 의의를 가지고 있었다. 제1집에 수록할 수 없었던 많은 혁명가요의 제공을 독자에게 호소하고 있다는 점에서 볼 때 제2집 · 제3집도 계획하였던 것 같다.

또 한 권의 책인 1961년 7월 중국음악가협회(中國音樂家協會) 연변분회(延邊分會) 편 연변인민출판사(延邊人民出版社) 간(刊)의 『혁명가곡집』은 33편의 가사(歌詞)와 22개의 곡을 수록하고 있다.

이들 중국에서 채록된 가요와 북조선에서 채록된 가요를 대비하면 적잖은 부분이 중복되고 있다. 중복되었다고 하기보다 원래 하나의 것이었기 때문에 겹치는 부분이 있어도 당연하다. 혁명가요는 조(朝) · 중(中)의 공동 재산이라고 해서 좋으리라.

인적(人的)으로도 1949년의 중화인민공화국 창건까지는 한반도(韓半島)와 자유로운 왕래가 있었다. 6 · 25가 발발해서도 많은 조선족이 동북(東北)에서 한반도(韓半島)의 전장(戰場)에 나섰는데 그 중에는 거기에 정착한 자도 있었으나, 반면에 많은 한인(韓人)이 전화(戰火)를 피해 연변(延邊)지구에 들어가 정착한 경우도 많았다. 국적의 규제는 유동적으로 엄하지 않았으며 당적(黨籍)마저도 어느 쪽 당에 귀속할 것인가 명확치 않았던 경우도 있었다.

항일전쟁에 참가하여 혁명가요와 함께 생활했던 전사(戰士)들도 북조선과 중국에 갈리어 살았던 일도 있었고 갈리어도 상호 왕래는 상당히 자유로웠다. 그런 가운데 중국과 북조선에서 거의 같은 시기에 같은 혁명가요 발굴작업이 행해진 것은 그 의의가 깊다. 그 결과가 매우 유사했다는 점도 매우 흥미롭다. 물론 쌍방이 다른 가요들을 수집한 경우도 많았지만 동일한 가요의 경우는 가사(歌詞)의 이동(異同)이 의외로 적다고 할 수 있다. 그 한 예로 「레닌 탄생가」를 보기로 한다.

> ① 일천 팔백 칠십년 사월 스무이틀
> 볼가 강변 농촌에서 붉은 레닌 나셨네
> 아버지는 울리야노부 어머니는 마리야
> 새'별같은 붉은 레닌 품에 안아 길렀네
> ② 로동자의 사랑동아 자본가의 미움동아
> 나신 곳을 알려거던 볼가강에 물으라
> 볼가강아 볼가강아 사랑하는 볼가강아
> 붉은 레닌 나신 후엔 네가 더욱 그립다
>
> —「레닌 탄생가」 전문

이상이 조선로동당출판사(朝鮮勞動黨出版社) 간행 책에 실린 가사이다. 이것에 비해 중국의 연변인민출판사(延邊人民出版社) 간 『혁명의 노래』 소수(所收)의 「레닌 탄생가」는 다음과 같이 되어 있다.

볼가 강변 농가에서 붉은 레닌 나셨다.

1870년 4월 22일 그 때라

*볼가강아 볼가강아 사랑 높다 볼가강아

붉은 레닌 나신 후로 너를 더욱 사랑해.

(이하 *부분 각절마다 되풀이 된다)

아버지는 울리야노브 어머니는 마리야

새' 별같이 귀한 몸을 품에 안아 길렀다.

로동자의 사랑동아 자본가의 미움동아

나신 곳을 알겠거든 볼가강을 불러라.

　한국에서는 근년(近年) 월북작가의 저작은 행정적으로 대부분, 실질적으로는 거의 전면적으로 해금되어 북조선 서적의 영인본도 얼마든지 서점에서 팔리고 있지만 항일전쟁 중의 혁명가요는 전혀 관심을 끌고 있지 못한 듯하다.

　혁명가요는 확실히 예술적 향기가 적다. 종이도 없이 필기 용구도 없이 밀림과 설원 중에서 전투와 행군을 계속하면서 지기(志氣)를 드높이고 사상을 높이기 위해 집단으로 불리어졌을 이들 구전의 혁명가요를 만주(滿洲)문학에서 빠뜨려서는 아니 될 것이리라.

　그렇다고 해서 혁명가요가 조선문학의 본류이며 본토인 한반도(韓半島)에서 전개된 문학은 지류라고 하는 북조선의 문학사 인식에는 동의할 수 없다. 한국문학이라는 시점에서 본다면 역시 한반도

(韓半島)의 문학을 주(主)로 할 수밖에 없을 것이다. 그러나 한국에서 처럼 혁명가요를 경시해서는 아니 될 것이다. 반면에 만주(滿洲)문 학, 재만(在滿) 한인문학(韓人文學)이라는 시점에서 보면 혁명가요는 필요불가결한 일환이 된다. 만주(滿洲) 통치 세력 하의 문학과 무기를 가지고 그것과 대치(對峙)하는 문학과 그 쌍방에 주목하고 있다는 점에서『중국조선족문학사(中國朝鮮族文學史)』는 균형잡힌 서술을 하고 있다. 위 책에는 제3편 제3장「1931년~1945년의 문학」, 제4장「항일가요와 극문학」, 제5장「김창걸, 윤동주」라는 장이 마련되어 있다. 이것은 한국·북조선이 양쪽 모두 취급하고 있지 않은 시점인 것이다.

4.『북향北鄉』

앞장에서는 항일 무장투쟁 중에 나온 혁명가요를 살펴보았다. 가요 외에 소연극(小演劇)도 그 수가 많았을 것인데도 현재 연변(延邊)에서 공표된 대본(臺本)은 앞서 예시한『혈해지창(血海之唱)』뿐이다.

이하에서는 만주 땅에서 1930년대부터 40년대 전반에 걸쳐 출판된 비전투지구의 출판물에 대해서 살펴보기로 한다.

당시의 간도성(間島省) 용정촌(龍井村, 현재의 吉林省 龍井市)은 일본 관헌 세력의 중심지임과 동시에 항일 문화운동의 거점이기도 했다.

용정촌(龍井村)만 해도 6개의 중학교가 설치되어 있는 등 교육열이 치열했으며 캐나다계(系)의 그리스도교의 교세도 강하여 일본으로서도 '진저리 나는' 지구였다. 그 용정(龍井)에서 문학동인지, 활자본 『북향(北鄕)』이 제4호까지 발행되었다. 2~4호는 볼 수가 있으나 창간호는 아직 발견되지 않았다. 하지만 목차만은 『조선문단(朝鮮文壇)』 1935년 12월호의 광고를 통해서 알 수가 있다.

『북향(北鄕)』에 대한 글로는 채훈(蔡壎)의 「재만문예동인지(在滿文藝同人誌) 『북향(北鄕)』고(考)」(『在滿韓國文學研究』所收)가 있으므로 여기서는 중복을 피하여 서술하기로 한다.

『북향(北鄕)』 제2호는 1936년 1월 10일 발행된 29면의 소책자이다. 『북향』의 중심 인물은 일본의 법정대학(法政大學) 영문과를 졸업하고 용정의 광명중학(光明中學, 永新中學의 後身)의 영어교원을 하고 있던 이주복(李周福)이었다.

이주복을 중심으로 중학교의 학생들이 그 밑에서 활동했다. 김유훈(金裕勳)·천청송(千靑松) 등이 편집 실무를 담당하였다. 당시는 중학생이라고 해도 20세를 넘은 예도 흔해서 김유훈도 19세 나이로 중학에 입학하였다.

저명한 집필가 혹은 고문격으로서 『북향』에 관계하고 있었던 문학자(文學者)로서는 이미 한국문단에서 작가로 인정받고 있던 안수길(安壽吉), 그리고 용정의 동흥중학(東興中學)의 교원 김국진(金國鎭)·박영준(朴榮濬), 거기에 1932년부터 용정에 자리잡고 있던 여류작가 강경애(姜敬愛) 등이 있었다. 거주는 하고 있지 않았지만 박화성(朴花城)도 기고(寄稿)하고 있다.

『북향』 제2호 16면의 「문단 안테나」란에, 북향회 주최 「문예강연회」의 보고 기사가 실려 있다. 이것을 봐도 『북향』의 영향력이 어느 정도인가를 알 수 있다.

本社에선 二週年記念事業으로 恩眞校友會智育部와 協力하여 지난 十一月十六日 밤에 明信女校大講堂에서 文芸講演會를 開催하였는데 入場者는 無慮千餘名이었고 当夜場所關係로 도라간 이도 數百名에 달하는 大盛況을 이루웠다.

當夜의 演士는 다음과 갓다. 金國鎭, 李周福, 姜敬愛, 崔文鎭

최문진은 대성중학교에서, 김국진은 동흥중학교에서, 이주복은 광명중학교에서 각각 교편을 잡고 있었으며, 강경애는 이미 여류 작가로서 본국내에서도 이름이 높은 상태였다.

안수길의 「용정·신경(新京) 시대」[3]는 『북향』 시대를 회상하고 있어서 참고가 된다. 『북향』의 편집 겸 발행인인 이주복은 호세이[法政] 대학 영문과를 졸업하고 광명중학교의 영어 교사로 부임해 왔다. 당시 안수길의 부친이 광명중학교의 자매교인 광명여자중학의 교무주임을 맡고 있던 관계로 이주복의 편이를 위하여 자기 집에 살게 하였다. 같은 지붕 밑에서 가까워진 안수길과 이주복은 거의 매일 문

---

3 『한국문단이면사』, 깊은 샘, 1983년 10월.

학론을 주고받았을 것이다. 둘은 용정에서 문학 조직을 만들자고 합의하여 「북향회」란 모임 이름까지 결정해 두었는데, 안수길이 팔도구(八道溝)의 소학교 교원으로 부임하게 되자, 문학동인지의 계획은 이주복 혼자 중심이 되어 일을 하지 않을 수 없게 되어버렸다.

활자본 이전에 『북향』 등사판본이 있었다. 안수길도 "그해(1936년)에 『조선문단』 복간 기념 문예에 단편과 꽁트가 당선이 되었는데, 그동안 전기 이씨는 학생들을 데리고 『복향』이라는 프린트 동인지를 내고 있었다"[4]고 말하고 있다.

해방 후 연변대학(延邊大學) 부학장(副學長)을 지낸 바 있는 김유훈(金裕勳, 1914~, 86 또는 87)의 회상담에 의하면 역시 활자본의 전에 등사판 인쇄의 『북향』이 4책이 있었다고 한다. 이것은 아직 알려지지 않은 것이므로 이하에 기록한다.

1985년 12월 만년(晩年)의 김유훈은 길림성(吉林省) 연길시(延吉市)의 연변대학 사택에서 중학생 시대를 회상하여 다음과 같이 말해 주었다.

등사판 인쇄는 창간호부터 나와 千靑松이 중심으로 편집하였다. 편집 책임을 지고 있었으므로 창간호에는 사양해서 자기의 원고를 싣지 않았다. 그래도 2호에 시를 실었다.

李周福은 永新中學의 영어교원으로 문학에 재능이 있었다. 『北鄕』은

---

4 같은 책, 231면.

李周福의 지도하에 행해진 학교의 과외활동 출판물 같은 느낌이 있었다. 나는 永新에 입학하고 光明을 졸업했다(校名이 바뀌었다). 5년제였다.

姜敬愛는 집안에 있어서 직장에는 나가지 않았다. 집에 자식도 없고 학생 기분의 부부였다. 둥근 두레밥상 한 개로 식사도 하고 원고도 써서 생활은 소박했다.

『조선문단』과『北鄕』과는 연계가 있었다. 서울에선 먼 延邊(間島)의 사정을 알 수 없었던 탓인지 모르겠지만『北鄕』을 높이 평가해 주어서 편지의 왕래도 있었다. 그들은『北鄕』에 어느 정도의 자금 원조와 판매 루트를 기대하고 있었다. 間島는 목재 자원이 풍부해서 확실히 본국보다 풍부했다. 우리들도『北鄕』에 발표된 좋은 작품을 서울의 『조선문단』에 재록해 줄 것을 바라는 계획을 가지고 있었다.

김유훈이 편집 실무를 담당하고 있었던 것은 활자본『북향』 2권 3호의 편집 후기를 보아도 알 수 있다. 전(全) 8책 중 등사판 인쇄 4책과 활자본 제1호는 찾아볼 수가 없지만 현존의 3책만 보아도 대체로 전체의 모습을 생각해 볼 수 있다. 매호 30페이지 전후의 얄팍한 책자로 작품의 질도 그다지 높다고는 할 수 없다. 소설이라고 해도 콩트 풍의 짧은 것이 많고 시의 대부분은 학생들이 쓴 것이다. 수필(일부의 시)은 비교적 이름이 알려진 사람들이 쓴 경우가 많았다.

김유훈의 「반역심(反逆心)」은 어머니와 동생(주인공)에게 무단으로 토지를 팔고 자기 일가만 서울에 가는 형에 대한 반항심을 그려낸 소품(小品)이다. 이주복(李周福)의 3막 희곡 「파천당(破天堂)」은 2막

까지 연재되다가『북향(北鄕)』정간 때문에 완성을 보지 못했지만,
일본의 가나가와(神奈川)현의 여자 신학교를 무대로 하여 교포나 본
국의 교육문제를 언급하고 있다. 연설조로 연극 대본으로선 실패작
이라 할 수 있다.

『북향(北鄕)』은 안수길·강경애 등의 소장 문학자를 고문격으로
받아들여 중학교 교원 이주복이 중심이 되어 젊은 학생들에게 활동
의 무대를 마련하기 위한 문학 동인지였기에 그 사회적 영향력은 크
지는 않았지만 어쨌든 만주에서의 한글로 써진 문예잡지의 제1호였
다는 점에서 매우 큰 의미를 지닌다고 하겠다.

5. 『싹트는 대지大地』

『북향(北鄕)』이 1933년 내지 34년에 시작하여 36년까지 계속된
후, 1941년 11월 15일에는 장춘(長春 : 당시의 新京)의 만선일보사(滿
鮮日報社)에서 신형철(申瀅澈) 편『싹트는 대지(大地)-재만(在滿) 조선
인작품집(朝鮮人作品集)』이 출판되었다. 36년에서 41년 사이에 만주
국(滿洲國)의 '사상건설(思想建設)' 따위가 진행된 때문인지 혹은『싹
트는 대지(大地)』가 만선일보라는, 넓게 배포되어 시장성을 가진 출
판물이기 때문인지, 『북향(北鄕)』과『싹트는 대지(大地)』는 그 경향
이 매우 다르다.

『싹트는 대지(大地)』는 당시 길림성(吉林省)을 중심으로 거주하고 있던 재만조선인(在滿朝鮮人)의 단편, 중편이 모아져 있다. 서문은 염상섭(廉想涉)이 쓰고 김창걸(金昌傑)의 「암야(暗夜)」, 박영준(朴榮濬)의 「밀림(密林)의 여인(女人)」, 신서야(申曙野)의 「추석(秋夕)」, 안수길(安壽吉)의 「새벽」, 한찬숙(韓贊淑)의 「초원(草原)」, 현경준(玄卿駿)의 「유맹(流氓)」, 황건(黃建)의 「제화(祭火)」 등 7편의 소설이 수록되었으며, 편자인 신형철(申瑩澈)이 후기를 쓰고 있다.

작품의 경향도 여러 가지여서 서문이나 발문만으로 그 책의 성격을 얘기한다는 것은 곤란하지만 염상섭의 서문은 재만조선인문학의 성장 과정을 이해하는 데 참고가 될 것이다.

사람의 情意가 움직이고 행동이 있고 생활이 있는 곳에 문학이 없을 수 없다. …… 우리는 지금 滿洲에서 十指로 꼽을 수 있는 신진 유망한 작가들을 가지고 있고 여기에 그 업적이 아무 데 내놓아도 부끄럽지 않은 작품집을 자랑하게까지 되었다. …… 근세의 조선 사람이 滿洲 생활에 뿌리를 박은 지도 반세기는 훨씬 넘었건만 문학적 소산이라고 고작 이뿐이냐고 웃을 사람도 없지 않을 것이다. 그러나 개척민은 실생활의 빈곤 이상으로 현대문화의 혜택에서 멀리 떨어져 있었다는 사실로 보아서는 결코 오늘의 이것을 적다하고 뒤늦다 못할 것이다. …… 어느 작품에서나 滿洲의 흙내 안남이 없고 조선문학의 어느 구석에서도 엿볼 수 없는 大陸文學 개척자의 문학의 특징과 新鮮味·新生面을 발견할 수 있는 것은 全朝鮮文學을 위하여 큰 수확이 아니면 아닐 것이요, 작가와 편자의 자랑이라

할 것이다. ……

염상섭은 서문 중에서 『싹트는 대지(大地)』를 첫째 "滿洲朝鮮人文學"의 최초의 수확이라고 규정하고 있다. 둘째로 "開拓民의 文學"이라고 규정하고 있다. "나는 이 작품들을 읽어 가는 동안에 그 대부분의 작품에서 '前期墾民'의 참담한 생활상을 회고 추억하는 일종의 '移民受難記'와 같이도 느꼈다"고 하면서 개척민문학(開拓民文學) 곧 이민문학(移民文學)이란 등식의 성격을 부여하고 있다.

그런데 염상섭 자신도 "일부 작품에 重點을 둔 偏頗에 빠졌다"고 말하고 있지만 『싹트는 대지(大地)』에 수록된 작품 중 개척농민의 수난상을 그려낸 작품은 「암야(暗夜)」·「추석(秋夕)」의 2편, 거기에 소금 밀매를 하는 「새벽」을 합해도 3편에 불과하다. 다른 작품도 넓은 의미에선 이민문학(移民文學)이라 하나 주인공들은 농업상의 개척자는 아니다.

김창걸(金昌傑)의 「암야(暗夜)」는 농촌에 사는 22세의 나(명순)가 주인공으로 되어 있다. 사랑하고 있는 고분이의 집에 가서 그녀의 부친에게 정식으로 결혼을 허락 받으려 하지만 가난한 집에는 딸을 줄 수 없다고 거절을 당한다. 고분이의 집은 빚돈이 2백원(百圓)이나 있어 딸을 윤주사(尹主事)의 첩으로 팔 수밖에 없는 지경에 몰려 있었다. 명순은 평소에는 여섯 다발을 하던 땔감 나무를 일곱 다발이나 하여 6킬로 떨어진 시장에 가서 팔았지만 1원 19전(錢)밖에 되지 않는다. 고분이의 아비도 딸이 불쌍하지만 어찌할 수 없어 매춘가에 파는 것보다는 오히려 나을 것이라고 울면서 체념한다. 명순은 고분이와 같이 도망치겠다는 최후의 수단을 결심한다. 부모가 걱정되고, 고향을 떠나는 것도 가슴 아프지만 훗날 어버이에 대한 효행을 마음에 서약하고 약속한 큰 바위 위를 향해 고분이를 기다리려고 밤길을 급히 재촉한다.

> 이 어두운 밤이 밝으면 빛나는 대낮이 되듯이 나와 고분이와의 앞길에
> 도 이 어두운 밤이 지나가고 밝은 햇발이 비쳐주기를 마음속으로 빌면서
> 나는 어두운 이 밤길을 바빠하였다.

라고 하여 이 소설은 끝맺고 있다. 이기영(李箕永)의 「민촌(民村)」을 연상하게 하는 점이 있지만, 「암야(暗夜)」는 「민촌(民村)」처럼 농민을 조직하려고 하는 지식인 등이 등장하지 않는 점이 좋다.

박영준(朴榮濬)의 「밀림(密林)의 여인(女人)」은 밀림에서 빨치산 투쟁을 하고 있다가 포로가 된 '공산비(共産匪)'인 젊은 여성을 자기 집에 데리고 와서 우여곡절 끝에 드디어 '참한 보통 처녀'로 양육해 낸 얘기지만 무슨 동물을 길들여 가르치는 얘기를 닮았고 읽으면서 기분이 나쁘다. 10년간 밀림 속에서 사나이들과 함께 지내왔던 처녀는 세간의 상식도 없고 자존심만이 강하지만 주인공 부처의 인내심 강한 교육에 의해 드디어 부모 곁으로 돌아가는 마음을 가지게 되기까지의 과정을 그리고 있지만 어쨌든 시대적 정책에 따른 느낌이 있다.

신서해(申曙海)의 「추석(秋夕)」은 감동적이어서 「암야(暗夜)」에 필

적할 작품이다. 김서방의 아내는 추석 준비를 마련하기 위해 통제
(統制) 밖의 쌀을 팔려고 하다가 감시원에게 발각되어 그것을 괴로
워하다가 죽고 만다. 이듬해 아내의 명일(命日)에 제물도 살 수 없으
므로 김서방은 마차에 실은 모래 사이에 쌀부대를 숨겨서 시장에 간
다. 그 돈으로 암거래로 직물을 산다. 순사에게 의심받아 간을 조이
지만 전주에 묶어 둔 마차가 교통방해가 된다고 주의를 받는 정도이
었으므로 내심 안도하면서 필사적으로 사과한다. 겨우 용서받아 피
로한 몸을 소의 등에 타고 마을에 돌아가는 김서방, 옛적 마을의 서
당에서 훈장을 했었던 그는 슬픈 일이 있으면 시조를 읊는다.

春江花月夜인데
秋窓風雨夕이라……

김서방은 자기의 노랫소리에 설움이 북받쳐 났다. 구리 빛으로 그스른
두 뺨에는 은연 중 두 줄기의 눈물이 떨어진다. 그는 육십 평생에 두 번에
흘리는 눈물이었다. 한 번 눈물은 작년 이때 안해가 죽었을 때와 또 오늘
하고.

안수길(安壽吉)의 「새벽」은 소년(少年)인 '나'의 눈을 통해 두만강
연안의 농장에서 살아가는 한 집안의 불행을 그려주고 있다. 빈궁하
여 아버지는 소금 밀수를 하지 않으면 아니 될 처지가 되지만 그것이
적발되어 다액의 벌금을 물게 된다. 벌금을 대신 물어주고 은인처럼

행동하는 박지민이 실은 몰래 견사대(絹私隊)에 밀고하여 적발케 하고 벌금을 대신 물어 준 대가로써 소년의 누나를 자기의 것으로 하려는 연극이었다.

소년의 아비의 고뇌를 중심으로 중국인 지주 밑에서 학대당하는 한인(韓人)의 생활을 리얼하게 묘사하고 있다. 안수길(安壽吉, 1911~77년)은 1932년부터 45년까지 길림성(吉林省)의 용정(龍井)과 장춘(長春)에서 살며 신문기자를 하면서 창작활동을 계속했다.

한찬숙(韓贊淑)의 「초원(草原)」은 "몽골 땅의 미개한 백성을 지도하기 위해 스스로 지원하여" 대초원에 온 조선 청년인 수의사가 몽골인 처녀의 구애를 뿌리치고 직무에 몰두하는 이야기이다. 초원의 자연묘사는 신선하지만 '야만스런 풍습'이 있는 몽골 땅에 근대의 바람을 불어넣는 한인 수의사라고 하는 도식(圖式)이어서 읽고 난 후의 느낌은 상쾌하지 않다.

현경준(玄卿駿)의 「유맹(流氓)」은 소설이라기보다는 다큐멘트에 가깝다. 아편 중독자나 밀수인, 도박 상습범 등을 재교육하는 보도소(輔導所) 안의 이야기이다. "王道樂土를 건설하려는 滿洲國이 아니고는 꿈에도 상상할 수 없는 이런 고마운 혜택을 모르고 여전히 비뚤어져만 나가려는"자들 가운데서도 예전부터 아편 중독 환자였던 한 사람의 사나이가 바른 길로 나서자 보도소장(輔導所長)의 알선으로 결혼하게 된다는 이야기이다.

황건(黃建)의 「제화(祭火)」는 연극을 마음에 두고 있었으나 좌절에 빠진 한 청년이, 그를 기대하던 어미가 중병에 걸리자 오갈데가 없게 된 심경을 그려낸, 무거운 기분이 드는 소설이다.

『싹트는 대지(大地)』는 1945년 이후 한국에서 활동의 자리를 마련한 안수길·염상섭·박영준, 북조선에 들어간 황건, 중국에서 생애를 마친 김창걸 등이 한데 모인 흥미 깊은 소설집이다. 그것은 또한 만주 땅에서 처음으로 한인(韓人)에 의해 한글로 창작된 작품집이라는 점에서 의의가 크다.

『싹트는 대지(大地)』의 발문에서 신형철(申瑩澈)은 다음과 같이 말하고 있다.

> 반세기간 세계의 문화라는 것은 엄청나게도 나아갔건만 반세기간의 滿洲 소土만은 솔직히 말하자면 암흑시대라고 하여도 可하리만큼 전체의 문화라는 것이 云謂할 여지조차 없었던 것입니다. 더구나 그 틈에 끼어서 오직 빈주먹과 무딘 괭이로 오로지 생활을 개척하기에 여념이 없었던 조선 사람들로는 더욱이 문화에 생각이 미칠 수 없는 것은 차라리 지나친 當然이었을 것입니다. 그러나 어둡고 막혔든 천지는 기어코 밝고 열리고야 말았습니다. 民族協和 王道樂土를 목표하고 새 출발을 한 滿洲 建國이 그것입니다.

조금 위험한 말들이 섞여 있지만 문학자가 아닌 신형철(申瑩澈)이 편자로서 다소의 더러움을 덮어쓰지 않았더라면 이 획기적인 소설집은 햇빛을 볼 수 없었을 것으로 안다.

6. 『만주시인집滿洲詩人集』

『만주시인집(滿洲詩人集)』은 1942년 9월 29일 제일협화구락부(第一協和俱樂部) 문화부(文化部)가 발행한 것이다. 발행소 주소는 길림시(吉林市) 조양구(朝陽區) 영정(榮町) 397. 발행인은 조양구 영정 225의 1의 강천룡조(江川龍祚), 편집인은 영정(榮町) 237의 2의 안전관호(安田觀祜), 인쇄소는 길림시(吉林市) 통천구(通天區) 유신정(維新町) 74의 1의 청산인쇄소(靑山印刷所)로 되어 있다. 제일협화구락부(第一協和俱樂部)가 어떠한 성격의 기관인지 알 수 없다. 발행인, 편집인 등의 이름은 창씨명(創氏名)인 것 같지만 본명(本名)이 무엇인지는 알 수 없다.

이 시집의 존재가 확인된 것은 극히 최근의 일이다. 한국에서는 극히 최근에 오양호(吳養鎬)가 『대륙문학 다시 읽는다』(大陸硏究所, 1992.8) 중에서

> 저자는 몇 개월 전에 『滿洲詩人集』이란 말로만 듣던 자료를 구하게 되었다. 1942년 길림시 제일협화부락부에서 발행한 전 69쪽의 얄팍한 시집이다.
>
> —『대륙문학 다시 읽는다』, 214면

라고 하여 동시집(同詩集) 소수(所收)의 윤해영(尹海榮)의 시 한편을 소개하고 있는 것이 유일한 예로 본시집(本詩集)의 본격적 연구는 이제부터이다.

중국에서는 연변문학예술연구소 기관지『문학과 예술』1993년 2
기에 리상범「동토의 뮤즈-『만주시인집』을 읽고서」가 발표되었다.

진보적이고 량심있는 시인들은 자기들의 시창작에 강렬한 민족의식을
체현시켰으며 암흑의 동토우에 빛나는 뮤즈를 엮어나갔다. 력사의 한 시기
를 대표하고 있는 그들의 문학창작은 비록 길지 않은 기간이였으나 그들이
쌓아놓은 업적은 력사의 갈피속에 귀중한 문학유산으로 간직되여 있다.
　　　　　　—「동토의 뮤즈-『만주시인집』을 읽고서」,『문학과 예술』1993년 2기, 14면

일제 강점기말의 수난의 년대에 태여난 이 시집은 아주 중요한 자료적
가치를 갖고 있다. 중국에서 첫 조선문 시집으로 활자화되여 출판된 이
시집은 이민문학이면서도 또한 정착문학이다.
　　　　　　　　　　　　　　　　　—위의 책, 17면

좌우간 오늘까지『만주시인집』을 다룬 논문은 오양호와 이상범
의 두 가지밖에 없다. 1992년까지 환영의 시집으로 알려져 왔던『만
주시인집』에 대한 연구는 이제부터라고 하겠다.
　『만주시인집』은 유치환(柳致環)・윤해영(尹海榮)・신상보(申尙寶)・
송철리(宋鐵利)・조학래(趙鶴來)・김조규(金朝奎)・함형수(咸亨洙)・장
기선(張起善)・채정린(蔡禎麟)・천청송(千靑松)・박팔양(朴八陽) 등 11
인의 시를 각 2편~4편씩 모아 놓았다.
　이들 11인 37편의 시는 그 작품도 테마도 제각각이지만 각자의

많은 시에 공통적으로 흐르고 있는 것은 만주(滿洲)라고 하는 자신들이 사는 토지에의 긍정인 것이다. 적극적인 만주 예찬은 물론 아니지만 자신들은 허리를 펴고 여기에서 산다고 하는 정착(定着) 의식이 강하게 나타나고 있다. 이러한 점이 다음에 취급하는『재만조선시인집(在滿朝鮮詩人集)』과는 분명히 다르다. 『만주시인집(滿洲詩人集)』이 1개월 빨리 출판되었지만 수록 작품은『재만조선시인집(在滿朝鮮詩人集)』쪽이 오래된 것이 아닌가 한다.[5]

시「진달래」로 선구자를 읊었던 박팔양(朴八陽)은『만주시인집(滿洲詩人集)』에 서문을 붙여 이렇게 말하고 있다.

> 우리가 滿洲를 사랑하는 심정은 이 땅 이 나라의 大氣를 호흡하고 살아온 우리가 아니면 상상하기도 어려우리라. 남이야 무어라 하거나 滿洲는 우리를 길러준 어버이요 사랑하여 안어준 안해이다.
>
> 이 나라의 單調로운 퍼언한 지평선, 紅柿같은 새빨간 저녁해, 모양새없는 우리 부락의 토성, 머언 白楊나무숲, 적은 개울물, 하나 하잘 것 없는 돌덩이 흙덩이 하나 하나에도 우리네 歷史와 傳說과 한없는 애정이 속속들이 숨어 있다. …… 그러므로 이 땅 이 나라의 자연과 사람은 완전히 애무하는 우리 육체의 한 부분이다.
>
> 長白靈峰의 품미를 의지하고 살은 우리요. 黑龍長江의 울타리 안에서 사는 우리가 아닌가? 松花江 언덕 杏花村에 情드리고 살고 海蘭江 白沙場

---

5 兩詩集에 수록한 작품의 初出, 혹은 창작연대의 조사는『滿鮮日報』를 통독하면서 어느 정도 알 수 있겠지만 後日을 기약하지 않으면 안되겠다.

에 넷이야기를 주으며 귀로 「오랑캐고개」의 傳說과 눈으로 「渤海古址 六宮의 남은 자취 주춧돌도 놀근것」(尹海榮)을 듯고보고 살어온 우리다.

박팔양(朴八陽)은 역시 시인이다. 서문이면서 한 편의 시를 읽는 기분이 든다. 그는 장백산(長白山)·흑룡강(黑龍江)·해란강(海蘭江), 그리고 만주(滿洲)의 자연을 자기의 것으로 수용하여 거기에 생활의 근거를 마련하려고 하는 사고방식이 시집 서문에도 이 시집 전체에도 있다.

이 시집에 실려 있는 박팔양의 두 편의 시 중 한 편을 소개하기로 한다.

> 나는 나를 사랑하며
> 나의 안해와 자녀들을 사랑하며
> 나의 부모와 형제와 자매들을 사랑하며
> 나의 동리와 나의 고향을 사랑하며
> 거기 사는 어른들과 아이들을 사랑하며
> 나의 일본—조선과 만주를 사랑하며
> 동양과 서양과 나의 세계를 사랑하며,
>
> 그뿐이랴 이 모든 것을 길르시는
> 하누님을 공경하고 사랑하며
> 그 분의 뜻으로 이루어지는 인류와 모든 생물
> 사자와 호랑이와 여호와 이리와 너구리와

소, 말, 개, 닭 그 외의 모든 즘생들과
조고마한 새와 버러지까지라도 사랑하며,

그뿐이랴 푸른 빛으로 자라나는 식물들과
산과 드을과 물과 돌과 흙과 그 외에도
내 눈으로 보며 또 못 보는 모든 물건을
한없이 아끼고 사랑하면서 한 세상 살고 싶다.
그들이야 나를 돌아보든 말든 그까짓 일 상관말고
내가 사랑 아니할 수 없는 그런――
하늘같이 바다같이 크고 넓은 마음으로 살고 싶다.'

─「사랑함」 전문

　박팔양이 '강덕(康德) 9년'(1942년)이라고 창작년을 기록한 작품
이다. 마음에 거리끼는 "나의 일본─조선과 만주를 사랑하며"라는
일절은 '만주'라고 하는 국책국가(國策國家)를 수용하려는 의미보다
도 만주라는 토지에의 정착성을 나타내고 있다고 하겠다.
　그러나, 같은 시집에 수록된 박팔양의 「계절(季節)의 환상(幻想)」
은 더 위태로운 시이며, 프롤레타리아 시인의 이미지는 전혀 없다.

아츰저녁으로 다니는 나의 거리는
나에게 잇서 한개의 그윽한 密林이외다
沈黙하며 걷는 나의 무거운 行進속에서

나는 五色의 꿈과 무지게를 봅니다.

白雪의 大同廣場우에 瞑想을 밟으며
世紀의 驚異속을 나는 移動합니다.
康德會館은 正히 中世紀의 육중한 城廓
海上「삘딩」은 陸地우의 巨艦이외다.

「뻐스」는 궁둥이를 뒤혼드는 양도야지 떼
牧者도 없이 돌돌거리며 몰려오고가고
「닉게」는「스마ー트」하게 洋裝한 아가씨
「오리지날」香水 내음새가 물컥 몰려듭니다.

大陸의 太陽이 西便 하늘우에 眞紅이 될 때
나는 때로 超滿員 뻐스속에 雜木처럼 佇立하야
이나라 男女同胞의 體溫과 重量을 堪耐하기도 합니다.
窓外에는 建物들이 龍宮처럼 어른거립니다.

季節을 타고 靑春이 逃亡간다는 것은
「센치멘탈리스토」가 아니라도 嘆息할일이지요.
어느곳 壁書에 褪色아니한 丹靑이 있스릿가마는
罪없는 童心이 久遠의 靑春을 꿈꿉니다.

曠野를 航海하는 이 思索하는 雜木이

때로는 行者와 같이 素朴한 바위를 求하고

때로는 奔放한 舞女처럼 多彩와 恍惚을 그리며

沈黙과 饒舌속에 헛되히 季節을 送迎합니다.

―「계절의 환상」 전문

박팔양은 '만주·신경'의 근대적 건축물이 늘어서 있는 거리에서 '五色(五族을 뜻함)의 꿈과 무지게'를 눈앞에 보면서 "침묵과 요설 속에 헛되히 계절을 송영"하고 있었으리라.

그것은 '계절의 환상'이 아니고, 현실 그대로이었다. 시인은 현실의 가장 위태한 벼랑에서 작품을 남긴 것이다.

이 시집의 제1의 특징이 정착성에 있다고 하면, 제2의 특징은, 제1의 특징과 모순이 있는 것 같지만, 여기에 담겨진 노스탈쟈에 있다. 정착을 의도하려는 자의 고향·고국에의 향수는 부정할 수가 없다.

조국을 떠나 외지에 뿌리를 내리고 살아가려고 하면 할수록, 조국과 고향은 더욱더 그리워지는 것일까.

조학래(趙鶴來)는 「만주에서(헌시)」라는 제목의 시로 노래하고 있다.

가슴은 새발간 장미로 얽켜

닙히 질가 두려워 대견히도 간직합니다.

언덕은 숨고

짜작나무 바람잔 벌판

써난대서 손수건 흔드는 당신들이어

고향도 집도 모두 버렸습니다.

언제든지 고웁고 아름다운

장미꽃 송이를 안고

먼——동산으로

시들지 안는 세월을 차저왔습니다.

당신들이 항용 조와하고

그리워 하시든……

　이 시는 고향도 집도 버리고, 희망을 품고 동경하는 '만주' 땅에
온 심정을 노래하고 있다. '만주'를 영주(永住)할 땅으로 여기지만,
두고 온 고향 사람들에 대한 그리움을 끊어버릴 수가 없다.

　부제처럼 「헌시」라고 씌어있지만, 어떤 것에 대한 헌시인지 명확
하지 않다. 다만, 창작한 날짜가 '九月二日'이기 때문에, 1932년 9월
15일 「일만의정서(日滿議定書)」의 조인－'만주국'의 탄생에 대한 헌
시일지도 모른다. 가령 그렇다 할지라도, 시인은 '만주국'을 인정한
것이 아니라, 중국 동북부 이주민의 신생활에 헌시를 한 것에 지나지
않을 것이다.

　함형수의 「비애(悲哀)」란 제목의 시 말미에서도 "저 나라에서도
나는 쏘 여기서처럼 이러케 孤獨할까바"라고 노래하고, '만주' 생활
도 조국과 마찬가지로 비애가 가득찬 것이라며 "아득한 하늘을 치어
다"보고 있다.

『재만조선시인집』에 수록된 13명의 시인 가운데 4명의 이름은 원래의 한자 이름 옆에 '창씨명'이 표시되어 있다. "李鶴松, 창씨명 東震儀, 아호 月村. 宋鋧利, 창씨명 石山靑苔. 趙鶴來, 창씨명 豊田穰. 千靑松, 창씨명 千山靑松"라고.

그러나 작품 내용을 보면, 거의 친일적인 색채는 없다. 『만주시인집』보다 시기적으로 일찍 편찬되었다고 추측되는 이유의 하나이다.

寂寞한 江이로다.

거룩한 江이로다.

고원 잃은 자식들 젓줄을 빨리기

海蘭江 百里 언덕에 주름ㅅ살은 잡혔느니

傳說의 물ㅅ줄기 더드머 오르면

鈴蘭이 핀 언덕에 어진 사슴이

호사로운 두 뿔을 비춰보는 時節엔

亭亭한 落葉松의 아지 가지가

銀河의 별빛조차 가렸다건만

이주민의 斧鉞에 歷史가 빛날 때!

쓸어지는 丸木의 도막도막을

가슴에 안고서 흘리느니.

銀河長長 天心에 별이 종종

流城에는 아리아리 人煙이 종종!

간냉이대 마디마디에 希望을 매준

어진 旅屬들이 별떼처럼 茂盛해서

잎이 필 때면,

기러기가 울 때면,

懷鄕病 젊은이들의

로멘스도 실어갔다.

근심 많은 사나이들의

큰 뜻도 실어 갔다.

한 世紀 數多한 이 地域의 歷史를

늙은 海蘭江 白沙場에 찾으리

—昭和 13年 5月 於龍井

　윤해영(尹海榮)의 「해란강(海蘭江)」의 전문이다. 윤해영의 가곡
「선구자(先驅者)」는 한국의 운동권에서 널리 불리어지고 있다. 그의
가비(歌碑) 「선구자(先驅者)의 탑」이 한국인의 손에 의해 해란강가 용
정(龍井)에 세워졌지만 1992년 7월 중국정부(中國政府)에 의해 폭파
되었다. 건립(建立) 수속(手續)도 문제지만 한국의 가비(歌碑)를 중국
땅에 세운다고 하는 발상이 애초부터 문제가 되었으리라. 폭파라고
하는 조치가 적당한가의 여부는 재론의 여지가 있다 해도 폭파를 폭
거(暴擧)라고 하며 성낼 이유는 아무 데도 없는 일일 것이다.[6] 하지만

6　「暴擧」라고 하는 韓國側의 태도 표명의 하나로서 「韓中文化協定 서둘러야」(『동아
　일보』, 1992년 10월 8일)가 있다.

어쩌면 폭파의 참된 이유는『만주시인집(滿洲詩人集)』에 실린 윤해영의「오랑캐 고개」에 볼 수 있는 친일적(親日的) 시구에 있었을 가능성도 없지 않다.[7]

『만주시인집(滿洲詩人集)』에 표백된 제3의 무드는 좌절감과 비애에 있다. 그것은 만주 땅이 강요한 것이다. 좌절감이 나타난 함형수(咸亨洙)의「귀국(歸國)」을 인용하기로 한다.

> 그들은 묻는다. 내가 갔었던 곳을
> 무엇을 하려고 무엇을 얻었는가를
> 그러나 내 무엇이라 대답할꼬
> 누가 알랴 여기 돌아온 것은 한 개 덧없는 그림자 뿐이니
>
> 먼— 하늘 끝에서
> 총과 칼의 숲을 헤엄쳐
> 이 손과 이 다리로 모—든 무리를 무쩔렀으나
> 그것은 참으로 또 하나의 肉體였도다.
> 나는 거기서 새로운 言語를 배웠고 새로운 行動을 배웠고
> 새로운 나라(國)와 새로운 世界와 새로운 肉體와를 얻었나니
> 여기 돌아온 것은 實로 그의 그림자 뿐이로다.
>
> — 함형수,「歸國」전문

---

7 吳養鎬,「尹海榮의『先驅者』와 親日詩『樂土滿洲』」,(「大陸文學 다시 읽는다」所收)는『半島史話와 樂土朝鮮』에 실은 시「樂土滿洲」를 사용하여 尹海榮의 變節을 논하고 있다.

함형수는 시 「비애」의 말미에서도 "저 나라에서도 나는 또 여기서처럼 이러케 孤獨할까바"라고 노래했다. 만주 생활도 본국과 같이 비애에 차는 것이어서 "저 아득한 하늘을 처어다 보"고 있다.

7. 『재만조선인시집在滿朝鮮人詩集』

『재만조선인시집(在滿朝鮮人詩集)』은 1942년 10월 10일 간도성(間島省) 연길가(延吉街)의 예문당(藝文堂)에서 발행된 것이다. 편자는 김조규(金朝奎, 1914~)로 해방 후는 북조선에서 몇 권의 시집을 출간한 바 있는 시인이다. 이 시집에는 김달진(金達鎭) 5편, 김북원(金北原) 5편, 김조규(金朝奎) 5편, 손소희(孫素熙) 3편, 송철리(宋鐵利) 3편, 유치환(柳致環) 3편, 조학래(趙鶴來) 5편, 천청송(千青松) 3편, 함형수(咸亨洙) 4편 등의 시가 수록되어 있다.

이 시집에 대해서는 오양호(吳養鎬)를 비롯해[8] 채훈(蔡燻)·김윤식(金允植)·이명재(李明宰) 등 한국측 연구 성과가 이미 있으므로 여기서는 극히 간단히 언급하기로 한다.

『싹트는 대지(大地)』 이후 1945년까지의 사이 문학작품집으로 볼 수 있는 것은 『재만조선시인집(在滿朝鮮詩人集)』과 『만주시인집(滿洲

---

8   吳養鎬, 『韓國文學과 間島』(문예출판사, 1988.4)

詩人集)』등 두 권의 시집밖에 없으므로 그런 의미에서 귀중한 것이다.

『재만조선시인집(在滿朝鮮詩人集)』은『만선일보(滿鮮日報)』에 발표되었던 작품을 정리한 것이다. 간행은『만주시인집(滿洲詩人集)』보다 1개월 늦은 것이지만 실제의 편찬 작업은 대략『재만조선시인집(在滿朝鮮詩人集)』쪽이 한 두 해 빠르고 수록 작품도『재만조선시인집(在滿朝鮮詩人集)』쪽이 오래된 것이 아닌가 생각한다.

『재만조선시인집(在滿朝鮮詩人集)』과 『만주시인집(滿洲詩人集)』은 표제의 차이가 그대로 책의 성격에 나타나고 있는 것처럼 생각된다. '在滿朝鮮詩人'이라고 할 때 '在滿'은 단지 지리적 위치를 나타내고 있어 조선시인(朝鮮詩人)에 악센트가 있는 데 반해『만주시인집(滿洲詩人集)』의 경우는 시인의 소속이 만주로 되어 있어 조선이라는 속성이 탈락되어 있다.

『재만조선시인집(在滿朝鮮詩人集)』에는 편자 김조규(金朝奎)의 서문이 기술되어 있다.

> 建國 10周年의 聖典, 우리는 敬虔한 世紀의 기적을 가지고 있다. ……
> 이 곳 대륙의 雄圖에서 일대 浪漫을 창작하며 호흡하는 거룩한 정열과
> 새로운 意慾─詞華集의 요구도 바로 여기에 있으며 우리는 이 微誠으로
> 나마 빛난 건국 10주년을 경축함과 아울러 大東亞 新秩序 文化建設에 참
> 여하련다.

1942년 여름에 썼던 서문에는 이러한 구절이 있지만 수록된 시편

에는 하나도 만주국을 찬미한 것은 없다. 이 시집도 편집·출판에
얼마 정도 곤란이 있었을 것으로 생각한다. 우선은 경제문제가 있고
사상통제문제도 있었을 것이다.

앞서 예거한『만주시인집(滿洲詩人集)』의 경우도 출판함에 있어
"經費를 원조해 주신 大山基行, 江川龍祚 兩氏"와 "출판의 편의를 돌
보아 주신 安田觀祐, 平山瑩澈, 宋方龍雄 諸氏"와 "인쇄로 희생을 돌
보지 않으신 아오야마 시게오[青山茂夫] 씨에" 감사하는 일문(一文)이
목차 다음에 있다. '平山瑩澈'이 신형철(申瑩澈)의 창씨명(創氏名)이
었다는 점에서 볼 때 아오야마 시게오[青山茂夫]를 제외하고는 모두
한인(韓人)이었다고 생각되며 결코 만주국이 추진한 체제내 문학운
동의 일환이 아니었다고 해도 좋을 것으로 생각된다.

『재만조선시인집(在滿朝鮮詩人集)』도 다분히 똑같은 환경 속에 생
긴 산물이고, 서문에 만주건국10주년(滿洲建國10周年)의 성전(聖典)을
찬양한 것은 민족의 희망을 활자로 남기기 위한 부득이한 타협이자,
위장책이었다고 보아도 될 것이다.

김조규(金朝奎)의 시「연길역(延吉驛) 가는 길」을 보기로 한다.

　　벌판 우에는
　　갈잎도 없다 高粱도 없다 아무도 없다.
　　鐘樓넘어로 하늘이 무너져
　　黃昏은 싸늘하단다.
　　바람이 외롭단다.

머얼리 停車場에선 汽笛이 울었는데 나는 어데로 가야하노!

호오 車는 떠났어도 좋으니
驛馬車야 나를 停車場으로 실어다고
바람이 유달리 찬 이 저녁
머언 포플라길을 馬車우에 홀로.

나는 외롭지 않으련다.
조곰도 외롭지 않어다.

—「延吉驛 가는 길」 전문

망향(望鄕)의 염이 그지없다. 같은 모양의 향수는 다른 작품에도 많다. 김달진(金達鎭)의 「용정(龍井)」에서도 "알 수 없는 말소리가 귀ㅅ가로 지나가고 / 때묻은 검은 다부산즈자락이 나부끼고 / 어디서 호떡굽는 냄새가 난다"고 하여 이향(異鄕)에 있는 몸을 의식하여 전족(纏足)을 한 신부(新婦)의 그림자에서 나그네로서의 여수(旅愁)를 느끼면서

黃昏 길거리로 허렁허렁 헤메이는 흰 옷자락 그림자는
서른 내가슴에 허렁 허렁 떠오르는 조상네의 그림자—

라고 동족에의 염을 강렬하게 표출하고 있다. 천청송(千靑松)의 「무

덤」에 보이는

 靜隱의 집
 墓地는 寂寥하다.

 故鄕이 하그리워
 넋이나마 南쪽을 向했도다.

 오직 慰撫란
 北斗七星이 빛여줄뿐…….

이라고 하는 시구(詩句)에도 고향을 뒤에 두고 이향(異鄕)에 사는 자
의 그지없는 향수가 있다. "故鄕이 하그리워 / 넋이나마 南쪽을 向했
도다"에는 실감이 있다. 용정시(龍井市, 해방 전의 龍井村)의 구동산교
회(舊東山敎會) 묘지(墓地)에는 윤동주(尹東柱) 외 몇 개의 묘비(墓碑)가
남아있지만 어느 것이나 남쪽 고국(故國)의 방향을 향하고 있다. 또
근년(近年) 무산(茂山)의 대안(對岸)에 세워진 시인 이욱(李旭, 李鶴城)
의 시비(詩碑)도 두만강을 내려보는 언덕 위에 남쪽을 향하여 세워져
있다.

8. 마무리

1930년대부터 40년대 전반기의 구(舊) 만주(滿洲) 땅에서 나온 한인문학(韓人文學)의 제상(諸相)을 시기(時期)를 따라 문헌을 중심으로 일별(一瞥)해 보았다. 본래, 각장은 개별 논문화 해야 할 정도로 큰 문제를 갖고 있으나 논할 것도 많고 해서 전체상(全體像)을 잡느라고 약간 무리해서 글을 전개할 수밖에 없었다.

만주(滿洲) 한인문학(韓人文學)의 연구는 생각하면 이제까지 거의 일본(日本)에 없었다. 한국(韓國)에도 남북대화의 진전이나 중국과의 국교수립에 이르는 우호관계 촉진, 인적 교류의 확대와 더불어 근년(近年) 10년 내에 왕성해진 데 불과하다. 중국에서도 1980년대부터 조선족문학(朝鮮族文學)의 역사연구 중의 일부로 다루어져 성과를 올리고 있지만 아직 충분하다고는 할 수 없다. 그러한 가운데 일본인의 입장에서 만주(滿洲) 한인문학(韓人文學)을 어떻게 파악하면 좋을까라는 물음에 직면하여 조금이라도 그 실태를 밝혀보려고 펜을 든 것이다.

그렇긴 하나 와세다대학[早稻田大學] 교환연구원(交換研究員)으로서 고려대학(高麗大學) 체재 중에 손 가까이 있는 문헌만 갖고 이소론(本小論)을 쓸 수밖에 없었던 까닭에 아쉬움만 남는다.

이 시기의 문헌으로서 본소론(本小論)에서 다루었던 것 외에 이학성(李鶴城) 편, 『재만시인집(在滿詩人集)』(1943년), 신형철(申瑩澈) 편 『재만수필선(在滿隨筆選)』(1939년) 등이 있다고 하는데 아직 발견되지 않고 있다.

안수길(安壽吉)의 『북원(北原)』(第一創作集, 1944년)·『북향보(北鄕譜)』(1944년부터 45년에 걸쳐 5개월간『滿鮮日報』연재) 등의 위상을 어떻게 할 것인가도 미해결 과제로서 이번에는 다루지 못했다. 신문자료로 빠뜨릴 수 없는 것은『만선일보(滿鮮日報)』이지만 이것도 지금의 단계로선 찾아본다는 것 자체가 곤란하다(일부분 影印本이 있지만).

한어(漢語, 中國語)나 몽골어(語)나 일본어(日本語)로 씌어진 동시기(同時期)의 문학과 비교한다면 한인문학(韓人文學)의 위치가 보다 명확해질 것이지만 이것도 남겨놓은 일 중의 하나이다. '만주(滿洲)' 한인문학(韓人文學)의 문제는 새로운 자료의 발굴과 기존 자료의 분석을 통해 앞으로도 계속 추진되어 나가야 할 큰 테마라 할 것이다.[9]

(『勤齊梁淳珌博士華甲記念語文學論叢』, 1993.11)

---

9 앞서 인용문은 원전 그대로 인용했다고 하지만 의미의 差違가 생기지 않은 한 철자 띄어쓰기에 관해서는 약간 수정했다. 예를 들면,
ㅅ당 → 땅, ㅅ부 → 뿐, 업는 → 없는, 숩 → 숲, 강낭ㅅ대 → 강낭이대
만혼 → 많은, 일흔 → 잃은, 서름 → 설음, 한업시 → 한없이, 비츠로 → 빛으로 등등이다. 다만 "가삼" 등은 원문의 뉘앙스를 생각하여 그대로 "가삼"이라고 하여 "가슴"으로 고치지 않았다.

『시카고 복만福万이』(중국 조선족 단편소설선)를 번역하고 나서

1.

중국 조선족이란 중국의 소수민족 가운데 하나로 중국 국적과 공민권(公民權)을 가진 조선인을 말한다. 그들은 민족적으로는 조선인이고 국가적으로는 중국인이다. 해방(1949.10.1, 중화인민공화국 창건) 전이나 이후에 중국에 살면서 중국 국적을 갖지 않은 극히 소수의 조선인이 있긴 하지만, 그들은 조선족이 아니라 외국인으로서의 조선인 취급을 받는다.

중국은 한족(漢族)을 비롯한 57개의 민족으로 이루어진 다민족국가이다. 조선족은 인구수로 말하면 장족(壯族)·회족(回族)·위구르족·이족(彝族)·묘족(苗族)·티벳족·몽고족·토가족(土家族)·푸이족[布依族]에 이어 열한 번째로 많은 약 180만 명의 인구를 가지고 있으며 높은 수준의 문화를 향유하고 있다. 조선족이 없는 성(省)은 없지만, 가장 많이 사는 곳은 길림성(吉林省)으로 인구가 약 110만 명이며 그 가운데 연변(延邊) 조선족 자치주에 75만 명이 살고 있다. 그밖에 흑룡강성(黑龍江省)에 43만, 요녕성(遼寧省)에 20만, 동북삼성(東北三省)에 173만 명이 집중적으로 살고 있다. 북경시(北京市)에는 3천 명 정도 살고 있으며 주로 연구·교육 활동·출판·편집 활동 등에 종사하고 있다.

중국의 현행 헌법에는 "각 민족은 자기의 언어, 문자를 사용하고 발전시킬 수 있는 자유를 지니며 자기의 풍습이나 습관을 유지, 개혁할 수 있는 자유를 갖는다"고 규정되어 있으며, 민족 자치구역과 민족 자치의 권한에 대한 골격을 미리 정해놓고 있다. 이 헌법 규정을 근거로 '민족구역 자치법'이 제정되고, 자치법을 근거로 각 민족 구역에서 자치조례를 만들어 운용하고 있다. 조선족의 자치구역으로는 길림성 동부에 일본의 큐슈(九州) 정도의 면적을 가진 연변 조선족 자치주가 있고, 연변 이외의 장소로는 길림성 남부에 장백(長白) 조선족 자치현이 있으며 흑룡강성·요녕성·내몽골·길림성 내 비(非)연변지구 등에 40여 곳의 자치향(鄕, 마을)이 있다. 자치구역의 국가 기관이나 사업소의 서류는 조선어와 한어(漢民族의 언어)가 병용되며, 근로자의 검정시험이나 승급시험에도 두 언어가 모두 사용된다. 물론 재판 역시 그렇다. 연변의 주도(州都) 연길시(延吉市)의 거리 간판은 조선어와 한어가 병기되어 있으며, 시장에서는 두 언어가 어지럽게 뒤섞이고 있다. 연변에는 초급중학과 고급중학의 민족학교가 있으며, 학생의 7할 이상이 조선족인 대학이 네 곳이나 된다. 연변 이외의 지역에서는 민족학교를 세울 만한 학생수가 되지 않은 경우, 민족학급을 만들어 민족어에 의거한 교육을 실시하고 있다.

2.

조선족문학은 이러한 환경 속에서 발전하고 있다. 채 2백만이 안 되는 조선족의 인구는 중국 전체에서 보면 결코 많다고는 할 수 없다. 4천만의 대한민국, 2천만의 조선민주주의인민공화국과 비교해도 그것은 극히 소수이다. 그러나 인간 존재는 소수라고 해서 귀중하지 않은 것은 아니다. 역으로 소수이기 때문에 귀중한 존재인 경우도 있다.

조선을 종합적으로 파악하려고 할 경우, 남쪽만으로 혹은 북쪽만으로 우리의 관심을 한정해서는 안된다는 것은 두말할 것도 없다. 그러나 그것만으로는 아직 불충분하다. 발해나 고구려의 유적이 현재의 중국 땅에 많다는 사실을 봐도, 그리고 1920년대부터의 항일운동·항일투쟁의 최대 거점이 중국이었다는 점만을 들어봐도, 중국에 사는 혹은 살았던 중국의 조선인에 대한 이해 없이 조선 민족의 전체상을 파악할 수는 없을 것이다.

그러면 이야기를 문학에 한정해 보기로 하자.

작년인 1988년, 한국에서 『만선일보(滿鮮日報)』의 영인본이 출판되었다. 조선어로 된 이 신문은 1937년에 길림성 용정(龍井)의 『간도일보(間島日報)』와 장춘(長春)의 『만몽일보(滿蒙日報)』가 통합된 신문으로, 최남선이 편집고문, 염상섭이 편집국장을 지냈다. 최남선은 이광수와 함께 조선 근대문학·근대사상의 시조(始祖)라고 할 수 있고, 염상섭은 1920년대 이래 조선 근대문학 유수의 민족주의파 리얼리즘 작가이다. 그밖에 『만선일보』의 기자로는 해방 후 북조선에서 활약한 박팔양이나 김조규가 있었고, 한국에서 활약한 안수길·이석훈·손소희 등도 있었다. 그들은 기자임과 동시에 작가이기도 했다. 조선의 근대문학자 다수는 구(舊)간도(현재의 연변과 거의 겹친다)에서 생활했거나 장기간에 걸쳐 체재한 경험을 갖고 있다(여행자까지 포함하면 대다수의 근대문학자라고 할 수 있다). 그러므로 중국 동북지방(舊만주)의 영향은 많든 적든 조선문학자들에게 그 그림자를 드리우고 있는 것이다.

　1920년대의 작가 김동인에게는 중국인 지주(地主) 밑에서 학대받는 조선 농민을 그린 「붉은 산」이라는 단편이 있고, 해방직후에 38선 북쪽으로 넘어간 이태준에게는 구 만주의 농민을 그린 「농군」이 있다. 그리고 러시아문학에서 전향한 우직한 작가 이석훈에게는 「이주열차(移住列車)」, 청년시대에 처음으로 서구 근대시를 본격적으로 조선에 소개한 주요한의 동생 주요섭에게는 소품 「봉천역(奉天驛) 식당」이라는 작품이 있다. 안수길에게는 장편 『북간도(北間島)』가 있고, 최서해의 많은 단편도 간도 시절에서 제재를 취하고 있다. 이렇게 간도를 포함해 '만주'를 체험한 조선문학자의 이름을 든다면, 문학사에 남은 사람만 해도 30여 명에 이른다. '만주'는 당시 조선인에게 이향(異鄕)이긴 하지만 본국(本國)보다는 아직 자유가 남아있는 신천지로 인식되었던 것이다. 1945년 해방직후에 그들 문학자들 중 어떤 사람은 본국인 북으로 돌아가고 또 어떤 사람은 남으로 돌아갔다. 또 어떤 사람은 중국에 남아 조선족문학의 발전에 공헌했다. 이렇게 해서 재 중국 조선인의 문학활동은 조선문학과 뗄 수 없는 그 일부임과 동시에 중국문학의 일부인 조선족문학의 필수불가결한 구성요소가 되었던 것이다.

한국에서 가장 인기 있고 존경받는 시인은 윤동주이다. 이것은 해방 후 40년 동안의 일관된 경향이어서 국민적 시인이라고 해도 좋을 것이다. 북조선에서도 근년에는 그를 비마르크스주의자 애국시인으로 일정하게 긍정적인 평가를 내리고 있다는 이야기를 들었다. 그 윤동주를 중국에서도 항일애국의 조선문학자로서 높이 평가하고 있다. 조부(祖父) 대(代)에 일가(一家)가 중국 길림성으로 건너가 중국에서 태어나고 자란 윤동주를 중국의 시인으로 보는 것은 어쩌면 당연하다고도 할 수 있다.

무엇이 '조선문학'이고 무엇이 '조선족문학'일까. 잘 알다시피 그 경계선을 긋는다는 것은 상당히 어려운 일이다. 구 만주는 중국의 영토이기 때문에 거기에서 전개된 조선인에 의한 조선어문학은, 속지주의(屬地主義)에 따르면 중국문학에 속하고, 속인주의(屬人主義)에 따르면 조선문학에 속한다고 할 수 있는 측면을 갖고 있다.

1945년 이전, 구 만주에 사는 조선인은 일본 국적과 만주 국적이라는 이중 국적을 가지고 있었다. 일본의 패전에 의해 조선은 독립하고 만주국은 사라졌다. 두 개의 국적을 동시에 잃어버린 그들은 조선 국적으로 있는 것도 가능하긴 했지만, 중국에 정주(定住)하는 구 만주 조선인의 대부분은 중국 국적을 신청해 취득했고 중국인으로서의 삶을 선택했다. 그 후 그들이 낳은 문학을 조선족문학이라고 부르는 데에는 이론(異論)이 없는 듯하다. 문제는 그 전의 문학인 것이다.

3.

조선족의 뿌리는 조선반도에 있다. 그렇다면 언제 조선족이 생기고 조선족문학이 발생한 것일까. 이 물음에 대해 중국 내에서도 여러 의견이 있는 듯하다. 가장 옛날로 거슬러 올라가 그 기원을 찾는 사람은 고구려 · 발해에서 찾고, 맨 밑으로 내려온 사람은 중화인민공화국의 성립에서 찾는다. 각기 근거가 없는 것은 아니지만 현재의 시점에서 다수의 의견은 19세기 중엽에서 그 기원을 찾는 관점으로 모아지고 있는 것 같다.

역사나 문학사에서도 그렇지만 중국에서 사망했거나 지금도 중국에서 생존하고 있는 조선인을 조선족이라 하고, 제2차 대전 후나 조선전쟁시에 본국으로 돌아가 사망했거나 지금도 본국에서 생존하고 있는 사람을 외국인으로서의 조선인으로 간주하는 원칙이 채택되고 있는 듯하다. 이 '사망지 원리(死亡地原理)'는 소수민족 인정의 기본 이념이라기보다는 곤란한 현실문제를 처리하기 위해 편의상 생각해 낸 원칙이라 생각된다. 조선족이 공간(公刊)한 어떤 역사책을 봐도 항일전쟁의 역사는 비중 있게 쓰여있으나 김일성 장군의 이름은 한번도 나오지 않는다. 중국 땅에서 전개된 항일투쟁이었다고 해도 주체가 된 사람이 그 후 계속해서 조선반도에 거주하고 있었다면 조선의 역사로 취급해야한다는 태도가 표명된 것으로 보아야 할 것이다.

똑같은 소수민족이라고 해도 조선족·몽고족·타이족과 같이 중국 밖에 자민족(自民族) 국가를 갖고 있는 경우에는 이야기가 복잡해진다.

평양의 최신 문학사인 『조선문학개관』(사회과학출판사, 1986)을 봐도 1926년부터 1945년까지를 '항일혁명투쟁기의 문학'으로 규정하고 구 만주에서의 항일빨치산투쟁 중에 창작된 혁명적 문학을 문학사의 주류로 놓고 있으며, 동시기 조선 국내의 문학을 '항일혁명투쟁의 영향하에서 발전한 진보적 문학'이라고 규정하고 있다. 다시 말해 중국 땅에서 생겨난 문학이 조선문학의 주류라는 것이다.

조선노동당출판사가 1959년에 간행한 『혁명가요집』은 주류 문학의 가요를 이른 시기에 수집한 귀중한 문헌이다. 험난한 항일전쟁 속에서 창작된 이들 혁명가요는, 같은 시기의 혁명가요를 모아

1958년과 1961년에 중국 연변에서 출판한『혁명의 노래』·『혁명
가요집』과 내용이 상당 부분 겹친다. 개인에 의한 창작의 경우에는
사망지 원리를 채택해 중국문학(=조선족문학)과 조선문학의 경계를
획정할 수 있지만, 작자 미상의 혁명가요의 경우에는 그렇게 할 수가
없다. 원래 함께 싸웠던 항일전쟁 중에 창작된 가요이고 보면, 작품
이 중복되거나 약간 변형되어 채록되는 것은 어쩌면 당연한 일이다.
그래서 그런지 동일한 혁명가요를 조선과 중국 모두 자국의 문화유
산으로 간주하고 있다.

1942년에 출판된『재만조선시인집(在滿朝鮮詩人集)』이라는 앤솔
로지가 있다. 이 시집은 시인 13인의 작품을 4, 5편씩 모아놓은 것으
로, 그 중에는 중국 조선족의 대표적 시인인 이욱(李旭, 李鶴城), 해방
후에 한국으로 돌아가 활약한 유치환·손소희·김달진, 해방 후 북
조선에서 활약한 김조규나 천청송(千靑松)의 작품이 실려 있다.

또한 1941년에 장춘(長春)의 만선일보사가 발행한『싹트는 대지』는
조선어로 된 단편소설집인데, 이 가운데는 중국 조선족인 김창걸, 한국
문학자인 염상섭·박영준·안수길 그리고 북조선문학자인 황건의 작
품이 들어 있다.

한 권의 작품집에 이름을 함께 올려놓았지만, 현 시점에서는 중국
과 서울 그리고 평양으로 갈려버렸다. 분단된 현 시점에서 본다면
중국 동북지구에서 태어난 문학이 장차 예견되는 통일 민족문학에
대해 하나의 시사점을 던져주는 존재이기도 한 것이다. 근년에 들어
한국에서 연변문학이 각광받고 있는 것은 단순히 한중무역(韓中貿易)

의 돌파구로서의 의미나 이국(異國)에 사는 동족에 대한 동포애 때문만이 아니라, 그것이 민족의 통일에 대한 지향과 중첩되는 측면이 있기 때문일 것이다.

요컨대 조선족문학은 중국에 속하고 조선문학은 조선에 속하며 그 성격은 확실히 다르다. 하지만 막상 개개 작가나 작품을 살펴보면 이 양자의 구획은 그렇게 명확하게 나뉘어지는 것은 아니다. 특히 1949년 이전 시기의 경우는 쌍방 모두에 속한 부분이 적지 않다. 앞에서 윤동주를 거론했지만 역사가이며 문학자인 신채호(1880~1936), 우국의 사상가이며 한시인(漢詩人)인 김택영(1850~1927) 등도 조선문학사에서도 다루어지는 한편으로, 만년(晚年)을 중국에서 보내고 중국의 흙이 되었기 때문에 중국의 조선족문학사 가운데서도 다루어지고 있는 것이다.

중국 쪽에서도 소수민족(조선족문학도 그 중의 하나)에 대한 개념규정이 꼭 결론을 짓고 있다고는 말할 수 없으며, 다만 많은 이론가들이 각종의 의견을 내고 때로는 논쟁도 하고 있는 실정이다(졸고, 「中國朝鮮族文學の現況(上)」, 『民濤』 4号, 참조). 소수민족문학이라는 개념이 나온 지 30년밖에 지나지 않았고 또 각 소수민족마다 각각의 특수한 조건을 안고 있어서 보편적이며 통일된 견해를 낸다는 것은 아직은 곤란한 일인지도 모른다.

4.

　19세기 후반부터 중국 땅에 정착하기 시작한 조선족의 압도적 다수는 농민이었다. 그들은 1919년 5 · 4 운동까지의 구(舊) 민주주의 혁명 시기에 민담(民譚) 등의 구두(口頭)창작과 교육, 근대사상, 반제 반봉건 사상을 고무하는 계몽 가요를 만들었다. 「학도가(學徒歌)」· 「권학가(勸學歌)」 등의 '창가'도 이 시기의 소산이다.

　1919년부터 1949년의 중화인민공화국 성립까지의 신민주주의 혁명 시기에서 중요한 것은『싹트는 대지』·『재만조선시인집(在滿朝鮮詩人集)』, 동인지『북향(北鄉)』등의 일본 점령구(占領區)문학과 항일유격지구의 혁명가요와 혁명적 연극이다. 그것은 앞에서 소개한 것처럼 중국과 조선, 양국 공통의 문학유산이라고 할 수 있는 것들이다.

　혁명가요의 표제(表題)를 몇 개 들면 다음과 같다. 「국제가(國際歌)」, 「적기가(赤旗歌)」, 「유격대행진곡」, 「혁명가」, 「노동자해방가」, 「반일전가(反日戰歌)」, 「소련옹호가」, 「여자투사가(女子鬪士歌)」, 「결사전가(決死戰歌)」, 「메이데이가」, 「불평등가」, 「민족해방가」, 「붉은 봄 되살아나다」, 「동북인민혁명군가(東北人民革命軍歌)」, 「현대사회모순가」, 「반일가(反日歌)」, 「피오네르」 등. 제목이 같은데 가사가 다른 경우도 있고, 가사가 거의 같다고 해도 채집한 조건에 따라 세부에서는 다른 경우도 많다. 그것들은 다분히 슬로건적인데 채집된 악보를 보면 행진곡풍이다.

소형(小型) 연극은 항일전쟁 중에 커다란 위력을 발휘했을 것으로 생각된다. 그 하나로 1937년에 창작된 『혈해지창(血海之唱)』이라는 작품이 있다. 작자는 '까마귀'로 되어 있는데 물론 본명은 아니며 개인 혹은 집단의 필명일 것이다. 등사판으로 남아있던 것이 근래에 와서 『연변문예(延邊文藝)』에 재수록 되었다. 중국인 지주의 방탕한 자식, 조선인의 딸, 유격대의 조선인 정찰병, 그 정찰병을 숨겨주었다가 살해당한 중국인 노모(老母), 노모의 유지(遺志)를 이어받아 유격대 근거지에 정보를 전달하는 청년 등이 이 연극의 주요 등장인물이다.

『혈해지창』이라는 제목은 쉽게 『피바다』를 연상시킨다. 후일(後日) 평양에서 '피바다식 혁명가극'의 원조가 된 『피바다』가 농촌 어머니의 혁명적 성장에 역점을 두고 있다면, 『혈해지창』은 조선과 중국의 민족적 연대에 초점을 맞추고 있는 등 차이점은 있지만 일부 유사한 점도 있다. 이렇게 볼 때 1936, 7년이라는 시점의 항일유격대 지구에서는 수많은 『피바다』가 각종의 변형된 형태로 존재하고 있었던 것이 아닌가 생각된다.

5.

조선족문학이 비약적인 발전을 이룬 것은 1949년의 중화인민공화국 성립 이후이다. 이 시기에 시인으로는 그 이전부터 활약하고 있던 이욱, 현남극, 김예삼, 임효원, 이성휘(雪人), 김창석, 서헌 등에 더해 김철, 김성휘, 황옥금, 김학, 김응준, 김태갑, 마송학 등의 젊은 시인들이 배출되었다. 그리고 소설에서는 김창걸, 염호열 등에 이어 김학철, 이근전, 마상욱, 이홍규, 김순기, 허해룡, 김동구 등의 작가가 등장했다.

1949년 이후의 조선족문학은 '1949~1966', '1967~1977', '1978~현재'라는 세 시기로 구분하는 것이 보통이다. 문혁(文革) 전의 17년, 문혁 중의 10년, 그 이후가 11년이다. 연변문학예술연구소가 엮어낸 『조선족문학예술개관(朝鮮族文學藝術槪觀)』(1982)도, 그리고 조성일의 『중국조선족문학개관(中國朝鮮族文學槪觀)』도 이러한 시기구분을 택하고 있다.

제1기(1966년까지)의 대표적 소설가로는 역시 김학철과 이근전을 들 수 있다. 둘 다 장편소설이 많기 때문에 이번 번역에서는 김학철의 단편 한 편만 소개했을 뿐이며, 장편은 다음 기회로 미룰 수밖에 없었다.

6.

1976년 10월에 이른바 '4인 무리'가 타도되고, 1978년 10월에는 중국작가협회 연변분회가 부활, 확장되어 신체제를 갖추게 되었다. 현재 분회 회원은 약 400명이지만 문혁 이전에는 100명도 채 안되었다고 하니 비약적인 증대라고 할 수 있다. 회원이 되려면 심사와 비준(批准)이 필요하다. 그런데 분회 회원이라고 해서 반드시 전국 조직인 중국작가협회 회원인 것은 아니다. 400명 중에서 현재는 39명이 중국작가협회 회원이다. 연변 분회에는 연변 이외의 지역에 사는 조선족 작가도 가입하고 있어서 마치 조선족 분회와 같은 양상을 띠고 있다.[1]

1989년 현재 연변 분회의 조직과 구성은 다음과 같다. 주석(主席) 이근전, 명예주석 김철, 상무부주석(常務副主席) 김성휘, 부주석 임원춘, 김학철, 이원길, 한수동, 이상옥, 조성일, 임범송, 김훈, 유덕상, 주석단 위원으로는 앞의 사람들 외에 김순기, 이홍규, 임효원, 김해진, 최현숙, 난수봉, 한창희, 박화, 남영전, 허광일이 있다.

교원, 기자, 편집 등의 업무를 겸임하는 것이 아니라 국가로부터 전문직 문학자로서 봉급을 받는 전문직 작가로는 김순기, 이홍규, 임효원, 이근전, 김성휘, 유원무, 이혜선(여류), 우광훈, 임원춘, 이원길 이

---

1 2000년 현재, 분회 제도는 없어지고 '중국작가협회 연변분회'는 '연변작가협회'로 조직 개혁되었다.

렇게 10명이 있다. 중국 전체의 전문직 작가가 수백 명밖에 되지 않기 때문에 연변의 전문직 작가의 비율은 매우 높은 편이라고 할 수 있다.

조선어로 된 단행본은 대학이나 연구소에서 발행되는 것 외에는 연변인민출판사, 흑룡강조선민족출판사, 요녕민족출판사, 그리고 북경의 민족출판사에서 출판된다. 1988년은 예외였지만 각 출판사 모두 단행본 발행부수가 해마다 급증하고 있다.

조선어문학 전문지로는 1951년에 창간된 월간『천지(天池)』, 연변문학예술연구소의 기관지로 격월간인『문학과 예술』, 1981년에 창간된 중편소설 중심의『아리랑』(이상 연길시), 길림시 조선족 문화관에서 발간하는 격월간『도라지』, 하얼빈시 조선족 문화관에서 발간하는 격월간『송화강(松花江)』, 목단강시(牧丹江市)의 격월간『은하수』, 심양시(瀋陽市)의 격월간『갈매기』, 장춘시 조선족 문화관의 격월간『장춘문예』, 길림성 통화시(通化市)의 격월간『장백산』이 있다. 이 외에도 문학작품이 자주 실리는 잡지로는『청년생활』,『연변여성』,『해란강(海蘭江)』이 있으며, 문학에 힘을 쏟고 있는 조선어 신문으로는『길림신문』,『연변일보』,『흑룡강신문』,『요녕조선문보(遼寧朝鮮文報)』가 있다.

7.

개개의 작품에 대해서는 독자가 직접 접해보는 것이 가장 좋을 것이므로 무턱대고 해설을 붙일 필요는 없을 것이다.

그러므로 여기에서는 80년대에 들어와 쓰여진 작품 가운데 저자가 읽은 범위 안에서, 어떤 제재를 다룬 작품이 많았는가에 관해서만 적기로 한다.

① **항일전쟁에서 취재한 작품**

윤임호의 「길」, 이만호의 「투사의 슬픔」, 김학철의 『격정시대』, 『항전별곡』, 「무명용사전」, 「전적지에 얽힌 사연」

② **사상투쟁의 상흔을 그린 작품**

한원국의 「망각을 위한 악수」, 남주길의 「접동골 녀인」, 「마음의 십자가」, 허해룡의 「녀주인」, 정세봉의 「하고 싶던 말」, 김종운의 「세월은 넘어」, 이근전의 「부실이」, 박선석의 「처가집」, 임원춘의 「몽당 치마」

③ **건강한 연애나 연애관을 그린 작품**

차중남의 「청춘원무곡」, 윤금철의 「약혼한 뒤」, 이태수의 「결혼등기」, 김훈의 「시름거리」, 고신일의 「련애대장」, 최현숙의 「나의 사랑」, 임원춘의 「볼우물」

④ **당의 경직화와 관료주의를 비판하고 당의 건전한 발전을 희구한 작품**

이원길의 「어느 당원의 자살」, 김길연의 「우도감과 좌선생」, 김
학철의 「우정」

⑤ **가정 내의 인간관계, 애정이나 알력을 다룬 작품**

서광억의 「가정문제」, 현용순의 「새손부」, 김훈의 「해와 달」,
이만호의 「비 오는 밤거리」, 김호근의 「누나」, 이혜선의 「눈내
리는 아침길」, 김학의 「그녀는 고향에 돌아왔다」, 김순기의
「꿈에 본 얼굴」

⑥ **사회주의 사회를 지탱하는 성실한 인간상을 그린 작품**

이웅의 「수림은 설레인다」, 이광수의 「분홍 적삼」, 유원무의
「비단 이불」, 이근전의 「박창권 할아버지」, 이선근의 「정든 고
장」, 강정일의 「숨소리」, 이만호의 「공장장의 하루」, 우광훈의
「아. 너는」

⑦ **생산책임제 도입 후 농민의 생산의욕과 생활향상을 그린 작품**

정세봉의 「첫 대접」, 박은의 「콩나물」, 홍천용의 「구촌조카」

⑧ **교육과 사제지간의 사랑을 그린 작품**

정덕교의 「보슬비」, 이성권의 「채 알지 못한 세계」

이상(以上)은 예시에 지나지 않는다. 그리고 8개 항목의 분류에 잘
들어맞지 않은 작품도 많다. 다른 방식으로 분류할 수도 있고 또 항
목이나 작품을 추가할 수도 있지만 문학작품은 작품으로서의 감동
이 전부인 것이라서 정밀한 분류를 한다고 해도 그다지 큰 의미는 없
을 것이다. 대체로 이상과 같은 제재나 주제의 작품이 비교적 많다

는 것을 아는 것으로 충분하다고 생각한다.

『천지』(전『연변문예』) 창간 35주년 300호를 기념해, 그 동안 발표된 우수한 작품을 뽑아 수록한 『천지의 물줄기』(민족출판사, 1986년 2월) 서문에서 김철은 이렇게 말하고 있다.

"기형아였던 우리 문학이 자기의 모습을 제대로 회복하였다. 이리하여 작가들은 자기의 작품에서 진심의 소리를 하게 되였다."(위의 책, 4면)

그것은 확실히 실감할 수 있다.

좀 거칠게 말하자면, 문혁이 끝나는 시기까지의 문학은 백퍼센트의 선인(善人)과 백퍼센트의 악인(惡人)이 싸워 선인이 이긴다는 이야기뿐이었다. 그리고 지금도 무제한의 자유가 있는 것은 아니다. 예컨대 사회주의 사회나 공산당을 부정하는 작품을 설사 쓴다고 해도 발표할 수는 없다. 하지만 그 외에는 무엇을 어떻게 쓰든 자유이다. 거리의 점원도 공장의 노동자도 그리고 대학생도 작품을 써서 투고하는 등 조선족문학의 작가층은 실로 폭넓은 저변을 갖고 있다. 그리고 작품에 등장하는 인물은 극히 보통의 사람들로, 관제(官製)의 주제가 문학이라는 옷을 걸치고 있는, 그러한 문학이 아닌 것이다.

전반적으로 말해서 중국의 조선족이 주로 농촌에서 쌀 농사 등을 하고 있는 현실을 반영해 농촌과 농민을 그린 작품이 압도적으로 많은 것이 조선족문학의 첫 번째 특색이다. 다만 당사자들은 그러한 경향의 작품이 지나치게 많다고 생각한 탓인지, 연변문학예술연구소 소장 조성일은 "조선족문학작품의 대부분이 농촌을 소재로 하고 있"

는데 "조선족문학이 보여주는 문학관념·가치체계·도덕규범·사고방식·심미특성 등에 봉건적 요소가 많은 나머지 현대 과학문명의 맥과 숨결이 미약하다"고 조선족문학의 현대화를 촉구하고 있다.

조선족문학의 두 번째 특색은 민족색이 강하다는 것이다. 풍속, 습관은 물론 경로사상, 사물에 대한 사고방식, 세심한 애정, 자신들의 뿌리인 조선반도에 대한 관심 등 모두 백의민족만의 특성을 보여준다. 세 번째의 특색으로는 건전성(健全性)을 들 수 있다. 병적인 것·악마적인 것·퇴폐적인 것은 거의 없다. 물론 당이나 사회에 대한 비판이나 풍자는 있지만, 그것은 보다 나은 당과 사회를 목표로 한 것이다. 지금은 모택동(毛澤東)의『문예강화(文藝講話)』가 중국문학의 지침일 수 없지만 "광명을 그릴 것인가 암흑을 그릴 것인가"라는 모택동의 문제제기에 대해서는 종래의 견해를 긍정하고 있는 듯하다.

8.

조선족문학은 우리들이 모르는 세계를 개척해 보여주었다. 그것은 첫째로 조선문학 전체상을 파악하는 데 있어서 종래에는 빠져 있었던 부분이었고, 둘째로 중국문학과 조선문학의 공동사용지(共同使用地)적 성격을 갖는 양자의 접촉 지역의 문학이었으며 양자를 이해하는 데 필요한 존재라는 사실이다. 셋째로 구(舊) 만주는 조선반도의 식민지화와 함께 일본 군국주의 침략의 최전방이었다는 사실을 보면, 조선족의 생활 방식은 역사적으로도 그리고 현시점에서도 우리 일본인과 무관할 수가 없다는 점이다. 그리고 넷째로 조선족의 생활 방식은 재일 한국인과 조선인의 현재와 미래에 하나의 암시를 던져준다고 할 수 있다. 마지막으로, 이것들을 종합해 보면 우리들에게 국가와 민족의 관계를 다시 한번 생각하게 한다는 점을 지적할 수 있겠다.

여기에 번역 출판한 13인 13편의 중·단편소설은 모두 중국에 거주하면서 지금도 활약하고 있는 조선인 작가가 조선어로 쓴 작품들이다. 작품 각각의 원제(原題), 첫 발표, 번역 원본(原本)을 분명히 하면 다음과 같다.

장지민, 「시카코 복만이」
 • 첫 발표 : 『연변문예』, 1983년 5월호.
 • 원본 : 『천지의 물줄기』, 민족출판사(북경), 1986년 2월.
최홍일, 「생활의 음향」
 • 첫 발표·원본 : 『대문산 비곡』, 연변인민출판사, 1985년 5월.
김성휘, 「포로」
 • 첫 발표·원본 : 『연변문예』, 1980년 7월호.
임원춘, 「상장」
 • 첫 발표 : 『도라지』, 1986년 6호.

- 원본:『격류속에서』, 흑룡강조선민족출판사(牧丹江), 1987년 5월.

박 은, 「사시절가」

- 첫 발표:『연변문예』, 1982년 6월호.
- 원본:『천지의 물줄기』, 민족출판사, 1986년 2월.

김학철, 「구두의 력사」

- 첫 발표: 불명, 1955년 작.
- 원본:『김학철단편소설선집』, 요녕인민출판사(심양), 1985년 5월.

유원무, 「오이꽃」

- 첫 발표:『도라지』, 1984년 6호.
- 원본:『격류속에서』, 흑룡강조선민족출판사.

김 훈, 「시름거리」

- 첫 발표:『아리랑』 6기, 1982년 2월.
- 원본:『연변조선족자치주 성립 30돐 기념 단편소설집』, 민족출판사, 1982년 8월.

이원길, 「배움의 길」

- 첫 발표:『아리랑』 5기, 1981년 12월.
- 원본:『백성의 마음』, 연변인민출판사, 1984년 4월.

박선석, 「처가집」

- 첫 발표:『연변문예』, 1984년 8월.
- 원본:『천지의 물줄기』, 민족출판사, 1986년 2월.

정세봉, 「하고 싶던 말」

- 첫 발표:『연변문예』, 1980년 4월호.

• 원본 : 『하고 싶던 말』, 민족출판사, 1985년 11월.

이홍규, 「중국사람」

• 첫 발표 : 『연변문예』, 1981년 6월호.

• 원본 : 『천지의 물줄기』, 민족출판사, 1986년 2월.

김종운, 「조선에서 온 손님」

• 첫 발표·원본 : 『흑룡강신문』, 1985년 6월 8일.

이들 13인의 작가는 올해 73세의 김학철, 62세의 이홍규 등 제1세대의 소위 노작가(老作家)로부터 김종운·김성휘·유원무·임원춘·박은이 등 1930년대에 태어난 중견작가, 그리고 40년대에 태어난 장지민·정세봉·이원길·박선석, 50년대에 태어난 최홍일·김훈 등 젊은 작가에 이르기까지 다양하다. 다만 김학철의 작품 이외의 것들은 모두 1980년대에 발표된 작품들이라는 공통점을 갖고 있다.

작품 선택시 중국의 평론을 읽거나 조선족문학의 관계자로부터 직접 의견을 듣는 등의 작업을 병행했지만, 그것은 어디까지나 참고로 했을 뿐 편자가 직접 읽은 범위 내에서 일본에 소개하고 싶다고 생각되는 작품을 선택했다. 그러므로 작품 선정이 중국에서의 평가와 꼭 일치한다고 할 수는 없다. 물론 문학상 수상 여부를 참고하기는 했지만, 내가 볼 때 문학상 수상작품이 반드시 재미있는 작품이라고는 말할 수 없는 것 같다. 여기에 번역한 13편 이외에도 소개하고 싶은 작품은 많지만 한 권의 책에 담기에는 양적 제한이 있어 이번 기회에 다 소개할 수는 없었다. 유재순·이혜선·방용주·김양금 등의 여류작가들도 매력이 있었지만 이번에는 그냥 넘어가기로 했다.

이 번역서가 조선족문학을 일본에 소개하는 첫 케이스이고 해서 처음부터 그렇게 욕심부릴 수는 없는 일이다. 어쨌든 조만간에 제2권, 제3권의 출간을 생각해보고 싶다.

번역 분담은 13편 가운데 강정기(와세다대학 조교수, 연극학 전공)가 2편, 다카야나기 도시오[高柳俊男 : 동경대학 조교(助手), 근현대 조선사 전공]가 1편, 우에다 코오지[植田晃次 : 오오사카외국어대학 조선어과 학생]가 1편, 나머지 9편과 전체의 통일 그리고 13인의 저자 소개와 역주, 작품 선정은 오무라 마스오[大村益夫]가 담당했다. 작품 선정에 걸린 2년과 번역에 걸린 1년 반 동안 원저자(原著者)를 비롯한 많은 사람들의 가르침과 조언을 받았다. 깊이 감사드린다.

중국의 조선족문학에 대해 일본어로 소개된 문헌은 많지 않다.

『계간삼천리(季刊三千里)』 27호(1981년 겨울)에 권철·조성일이 공동 집필한 논문 「중국의 조선족문학 개황(槪況)」(이철 역) 외에 『민도(民濤)』 4, 5, 6호(1988년 가을~89년 봄)에 오오무라의 「중국 조선족문학의 현황」, 『개풍(凱風)』 10·11호 합병호(1984년 7월)에 다카야나기의 「중국의 조선족 작가들」, 와세다대학 ILT뉴스 81호(1987년 3월)에 오무라의 「중국의 조선족과 그 언어상황」이 있는 정도이다. 조선족에 대한 전면적이며 계통적인 소개로는 연변조선족자치주개황 집필반(延邊朝鮮族自治州槪況執筆班)이 쓴 『연변조선족자치주개황』이 있다.

(『시카코 복만이-중국조선족단편소설선』 해제, 고려서림, 일본, 1989.8)

인삼人蔘의 고향을 찾아서

장백 조선족 자치현長白朝鮮族自治縣 방문기

중국 길림성(吉林省) 남쪽 외곽에 위치한 장백 조선족 자치현은 멀었다. 같은 길림성에 속한 연변(延邊) 조선족 자치주의 주도(州都)인 연길시(延吉市)에서 616킬로미터, 백두산 산록의 수해(樹海)를 뚫고 산 넘고 또 산 넘어 지프로 꼬박 이틀이 걸렸다. 기차와 장거리 버스를 갈아타고 갈 수도 있지만 그렇게 가면 사흘이나 걸린다고 한다. 지난 1991년 7월 말 장백 조선족 자치현이 대외로 개방된 이래, 20일만에 처음으로 방문한 외국인이 바로 우리였다.

장백현의 중심지 장백진(長白鎭)은 산을 넘고 넘어 땅끝이라고 생각되는 변경에, 이만큼 정연한 근대적 도시가 존재한다고는 믿기 힘들 정도의 청결한 시가지였다. 장백현이라고는 하지만 일본에는 그다지 알려져 있지 않기 때문에 그곳에 대한 소개를 겸해서 우리의 인상을 적어보려고 한다.

1. 자치현의 성립

장백 조선족 자치현은 길림성 최남단에 위치하고 있는데, 남쪽과 동쪽은 압록강 상류를 경계로 조선민주주의인민공화국과 접해 있고, 북쪽으로는 백두산(長白山)을 머리에 이고 무송현(撫松縣)과 인접해 있으며, 서쪽으로는 혼강시(渾江市)와 닿아 있다. 지금의 교통 수단으로서는 곧장 서쪽으로 뻗어 통화시(通化市)에서 요녕성(遼寧省)의 심양(瀋陽)에 이르는 도로가 주된 길이지만, 올해 안에 백두산을 넘어 남북으로 통하는 도로가 재정비되고 포장된다고 한다. 이 길이 완성되면 연길(延吉) 도문(圖們)까지도 하루에 갈 수 있게 되고, 장백현의 유통 기구에도 커다란 변화를 가져올 것이다. 더욱이 3년 후에는 비행장 건설까지 예정되어 있다고 하니 송이버섯이나 조선인삼이 당일 안에 일본에 들어오게 될지도 모른다. 이미 부지까지 확정되었다고 하니 꿈 같은 이야기는 아닌 셈이다.

장백현의 총 면적은 2497.6평방 킬로미터로서 동경도(東京都)의 약 1.2배에 해당한다. 다만 인구는 아주 적어 7만8천6백6십 명으로 8만에도 미치지 못한다. 현의 대부분은 백두산 산록의 삼림으로 덮여있다고 생각해도 좋을 정도이다. 위도 상으로는 북조선의 북쪽에 있고, 최고 2천4백5십 미터의 높이로부터 최저라고 해도 해발 4백5십 미터이기 때문에 여름은 서늘한 대신 겨울은 혹독하게 추워 연평균 기온이 2.2도밖에 되지 않는다. 그리고 서리가 내리지 않는 기간

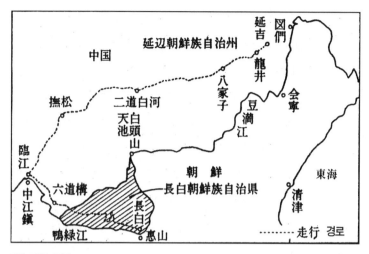

장백 조선족 자치현

도 매년 대략 5월 20일부터 9월 15일 전후까지 채 4개월이 못된다.

80여 년 전까지는 온통 인적이 드문 원시림 일색이었던 것이 청조(淸朝) 말, 중화민국 초기부터 개척이 시작되어 항일 전쟁 중에는 중조(中朝)항일연군이 활약한 지역이기도 했다. 그리고 이곳은 김일성의 빨치산 투쟁의 전적지(戰跡地) 중의 하나인데, 지금은 당시의 영사(營舍)나 나무에 새겨진 슬로건의 흔적조차 찾을 수 없다고 한다.

장백 조선족 자치현이 성립한 것은 1958년의 일이다. 중국 내의 조선족 자치주로는 연변이 유일하고 주(州) 밑의 행정단위인 현(縣)으로는 장백 조선족 자치현이 유일한 것이다. 그밖에 동북삼성(東北三省)에 자치향(鄕)이 몇 십 군데 있다. 1988년 통계에 따르면 자치현에는 한족(漢族)이 6만 5천백7십8명으로 전체의 82.8%를 차지하고, 조선족이 1만 2천9백3십8명으로 전체의 16.4%를 차지한다. 뒤

이어 만족(滿族) 3백여 명, 회족(回族) 88명, 몽골족 29명 등으로 이어진다. 조선족의 비율은 연변과 마찬가지로 약간 감소하는 경향이 있는데 한족의 계속된 유입이 주된 원인이라고 한다.

이처럼 현재는 인구상 채 17%가 못되는 조선족이 장백에다 자치현을 마련할 수 있었던 것은 오로지 역사적인 요인에 있다고 생각된다. 청조 말기, 중화민국 시대, '만주국' 시대, 중화인민공화국 시대를 통해 장백현의 조선족이 타민족과 생사를 같이 하며 개간 작업과 혁명 투쟁을 계속해온 것에 대한 경의(敬意)가 조선족 자치현을 가능하게 했을 것이다.

일본의 '한일합병' 움직임이 시작되자 이 지역으로 조선인의 이입이 급속하게 증가했다. 1909년의 통계에서는 이 땅에 사는 6천여 명 가운데 조선족이 5천여 명을 헤아렸다고 한다. 1930년대에는 장백현 전사들이 양정우(楊靖宇) 장군의 지휘 아래 항일전쟁에 참가했다. 이러한 역사를 거쳐 1958년 9월 5일, 장백 조선족 자치현이 탄생했던 것이다.

2. 영광탑靈光塔과 탑산공원塔山公園

장백현의 중심지인 장백진 뒷산에는 탑산공원이 자리잡고 있다. 거의 완성되었는데 공원 내 '고려식당' 등은 아직 간판을 내걸고 있

장백진부터 조선의 혜산을 바라본다. 중앙에 압록강이 흐른다.

지는 않았지만 내년부터 영업을 시작하기로 되어 있는 것 같다. '조선'이라고 하지 않고 '고려'라고 한 것은 한국에서 오는 관광객이나 사업가들을 의식한 탓일까. 공원은 전망 좋은 곳에 자리잡고 있으며, 아래로는 장백진과 압록강의 가는 물줄기를 사이에 둔 조선의 혜산시(惠山市)가 한눈에 내려다보인다. 혜산시는 상당히 큰 도시로 고층 건물이 즐비하고 시가지를 조금 벗어난 곳에는 탄광이 있다.

　맞은편 기슭의, 산꼭대기를 주격으로 잘라놓은 것처럼 평평한 곳은 비행장이라고 한다. 흔히 보는 '속도전'이라는 슬로건도 보였는데, 그것보다는 오히려 '산불조심'이라는 슬로건이 더 생활감을 느끼게 했다.

820미터의 작은 산정(山頂)에 위치한 탑산공원에는 압록강과 가장 가까운 쪽에 '영광탑'이 우뚝 솟아있다. 높이 30미터의 5층 기와 탑인데 발해 시대에 세워졌다고 하며, 길림성의 중요 문물로 지정되어 보호되고 있다고 한다. 소박한 탑신(塔身)이지만 각 층의 처마 밑에는 모두 장식이 달려있다. 고고학자나 고대사가(古代史家)가 본다면 틀림없이 깊은 관심을 보일 것이다.

이 지역에는 신석기 시대의 돌화살촉·돌칼·돌창·돌도끼 등과 철제 화살촉이나 철 냄비 그리고 고대 토기 등이 출토되어 공원 내의 전시실에 소장되어 있다. 또 신석기 시대의 석관이 발굴된 적도 있는데 거기에서 각종 장식품이 출토되었다고 한다.

『장백조선자치현개황(長白朝鮮自治縣槪況)』이라는 책이 있는데, 사실 나는 이 책을 일본에 소개하고자 번역 허가를 신청했다. 국가 민족위원회 민족문제 5종 총서의 하나이고 중국 소수민족 자치지방 개황 총서 중 하나이기도 한 공적(公的)인 책인데, 장백 자치현을 알기 위한 기본적인 자료에 해당한다. 그런데 뜻밖에 장백현의 회답은 안된다는 것이었다. 1985년 8월에 연변인민출판사가 발간한 책으로 '후기'가 1983년 12월인 것으로 봐서 집필은 당연히 그 전에 이루어졌을 것이다. 처음에는 집필한 지가 시기적으로 8년이나 지나 내용이 낡게 된 탓이거니 생각했다. 장백진이 비약적인 발전을 이룬 것은 85년 이후이고 새로운 근대적 건물도 모두 이 5, 6년 내에 세워진 것이라고 본다면 83년의 시점에서 쓰여진 내용에 불만이 있다는 것은 어쩌면 당연할 것이다. 그러나 그것만이 아닌 것 같다. 오히려 역사 부분, 특히 고대, 중세 부분에 대해 새롭게 발굴된 유물과의 관계에서 서술을 개정할 필요가 있는 것 같다. 발굴된 석관이나 부장품이 기원전 7백년의 것이라고 추정되기 때문에 신석기 시대나 철기 시대의 유물과 함께 이 지역의 역사를 다시 쓸 필요가 있는 듯했다. 유감스럽게도 번역은 단념할 수밖에 없었다.

3. 일본인 혁명 열사의 묘

장백현에서는 장백 조선족 자치현 민족사무위원회의 허영복(許永福) 씨에게 많은 신세를 졌다. 그는 올해로 53세이며 아버지가 아홉 살 적에 할아버지를 따라 조선에서 이 땅으로 이주해 왔다고 하니까 2세라기보다는 3세라고 해야 할 것이다. 나보다 젊은데도 관록이 붙었고 이 지역의 지도자로서 마을 사람들로부터도 존경받고 있었다. 대외개방 후 처음으로 장백을 방문해 이것저것 흥미를 보이고 또 알고 싶어하는 일본인 부부에게 처음에는 미심쩍은 표정을 보였지만 사흘동안 얼굴을 대

일본인 열사의 묘

하는 사이에 서로간의 신뢰관계가 생기게 되었다.

탑산공원의 영광탑 맞은편에는 혁명열사 기념비가 서있다. 연변 땅 어디를 가도 혁명열사 기념비가 없는 마을은 없다. 항일전쟁·국내 혁명전쟁·한국전쟁 등으로 희생된 사람들의 영령을 모시는 곳으로, 청명절(淸明節)이나 기타 행사가 있을 때마다 꽃다발이나 화환이 비(碑) 앞에 받쳐진다.

그런데 장백진의 혁명열사 기념비는 단순한 비가 아니라 비 뒷면에 한 사람 한 사람의 묘까지 있었다. 산의 경사지 위로 올라가면서 가운데가 볼록한 79개의 반원주형 토분이 나란히 늘어서 있었다. 각각의 봉분에는 잔디가 심어져 있었으며 그 앞에 묘비가 서 있었다.

장백현은, 항일전쟁 시기에는 항일연군의 제2·4·6사단이 싸웠던 지구(地區)였고, 국민당과 싸웠던 국내 해방전쟁 시기에는 임강(臨江) 방위전쟁의 후방 기지였으며, 한국전쟁 시에는 최전선(最前線)이 되기도 했다. 연길에서 장백현까지 자동차 미터기로 616킬로미터가 나왔는데, 만약 장백에서 조선으로 616킬로미터를 간다면 북청, 함흥은 말할 것도 없고 평양까지도 충분히 갈 수 있는 거리이다. 따라서 이곳은 전략적으로 중요한 의미를 지녔을 것이다.

79기(基) 대부분은 한족(漢族)의 열사였는데 단 한 사람의 조선족이 있다고 하기에 분묘 사이를 올라가 보았다. 묘비 위에는 짙은 핑크 빛 코스모스 한 송이가 바람에 날리지 않도록 작은 돌에 눌려 있었다. 묘비에는,

瀋陽市戰士

一九六四年八月

金尙連烈士

一九八七年八月

이라고 새겨져 있었다. 연월이 두 개 적혀 있는데 위는 사망한 날이고 아래는 이 장소로 이장(移葬)한 날이라 생각된다(1964년 8월이라고 새겨져 있는데 혹시 1946년 8월의 잘못인지도 모른다는 의문이 들기도 한다). 묘지에 조선족이라고 적혀 있지는 않지만 이 지역 조선족들은 그가 조선족이라는 것을 모두 알고 있다. 묘에 참배하고 있자니 산 위쪽에서 사나운 표정의 노인이 이곳으로 내려왔다. 이전에 묘를 관리하던 사람으로 이름은 엄철수(嚴哲洙)라고 했다. 그런데 엄씨가 제일 위 줄에 일본인 묘지도 있다고 가르쳐 주었다. 아니나다를까 세 기(基)가 있었다. 묘비에는 각각 이렇게 새겨져 있었다.

日本福崗縣

一九四七年三月九日

阿部多男烈士

一九八八年八月十五日

日本福崗縣

一九四七年三月九日

島榮辰也(女)烈士

　　一九八八年八月十五日

日本福崗縣

　　一九四七年三月九日

荒牧百合子(女)烈士

　　一九八八年八月十五日

　'福崗'은 '福岡[후쿠오카]'의 잘못일 것이다. 엄씨의 이야기에 따르
면 국민당과의 국내 혁명전쟁 시기에 팔로군(八路軍) 병사로서 전투
에 참가해 임강(臨江) 전투에서 중상을 입고 들것에 실려 장백진까지
후송되었으나 이곳에서 사망한 사람들의 묘라고 한다. 예전에는 일
본과 적대관계에 있었지만 그들 세 사람은 팔로군 병사로서 희생된
이상 아무리 일본인이라도 여기에 모셔야 한다고 생각했다는 설명
이었다.
　그 이상 아무 이야기도 하지 않았지만 어쩌면 일본인을 함께 모실
지 여부에 대한 내부토론이 있었을지도 모른다. 중국 공산당 중앙위
원, 전(前) 심양군구(瀋陽軍區) 정치위원 유진화(劉振華) 등이 이 열사
기념비에 참배하고 꽃다발을 바쳤던 때의 사진이 남아있는데, 그 때
묘는 48기밖에 없었다. 일본인 묘는 그 뒤 산 사면(斜面)의 제일 위에
만들어졌다. 여기에 묻힌 것이 1988년 8월 15일이기 때문에 1947
년 3월 9일에 전사하고 나서 41년간은 다른 장소에 묻혀있었음에

틀림없다. 그렇지 않다면 이름, 출신지, 사망 연월일이 1988년 당시까지 명확하게 남아있었을 리가 없을 것이다.

임강(臨江)이라면 지프를 타고 장백에서 8시간이나 걸리는 곳이다. 당시로서는 차로 지날 수 있는 길이 없었을 텐데 중상의 일본인을 들것에 싣고 산길로 여기까지 온다는 것은 이만저만한 고생이 아니었을 것이다. 이렇게 중국인 전우들과 함께 정중히 모셔진 것에 나는 가슴이 찡했다.

그건 그렇고 세 사람 모두 후쿠오카현 출신인데, 무슨 이유로 팔로군에 들어간 것일까. 팔로군과 함께 임강에서 싸우다 살아남아 일본으로 돌아간 동료는 아직도 살아있을까. 세 사람의 일가(一家)는 후쿠오카에 있을 텐데 이렇게 모셔져 있다는 것을 알고는 있을까. 일본으로 돌아가면 세 사람의 육친을 찾아 이 사실을 알려주자는 생각이 들었다.

세 사람의 묘비 모두에 들꽃이 놓여 있었다. 두 개는 바싹 말라 있었지만 하나는 아직 황색이 선명했다. 세 사람의 묘비에도 다른 묘비들처럼 꽃이 놓여 있었다. 다른 묘비에도 꽃이 놓여 있는 것으로 보아 일본인 묘에만 바쳐진 것이 아니었다 해도 감사한 마음에 머리가 숙여졌다. 다만 세 일본인 가운데 아베 가즈오[阿部多男]는 남자이고 아라마키 유리코[荒牧百合子]가 여자인 것은 당연하다고 생각되지만, 시마에 다츠야[島榮辰也]를 여자라고 한 것은 이름만을 가지고 판단했다면 틀린 것일지도 모르겠다.

4. 압록강

　장백진의 시가(市街)는 북쪽을 보면 중국의 산이고 남쪽을 보면 조
선의 산이며, 압록강을 따라 동서로 살짝 열린 경사지에 건물이 늘어
서 있다. 천변 도로가 동서로 달리고 그 길과 평행하지만 높이를 달리
한 주요도로가 셋 정도 뻗어 있다. 그리고 그것을 연결하는 남북 도로
가 뻗어 있어 시가를 장방형으로 구획하며 블럭을 형성하고 있다. 가
로수는 버드나무를 주로 한 활엽수가 그늘을 드리우고 있고 가로등
은 거리마다 색채나 디자인, 밝기를 달리하며 늘어서 있어 가로등만
봐도 거리의 위치를 알 수 있게 되어 있다. 시중(市中)에 초가집은 한
채도 없고 상점과 주택은 모두 콘크리트나 기와로 되어 있다.
　거리는 청결하고 조용하며, 도시 설계에 상당한 자본을 투여한 것
으로 보인다. 연변 사람들에게 들으니 인삼으로 돈 사정이 좋아졌기
때문이라고 한다. 확실히 그도 그럴 것이다. 그러나 관광으로 돈이
넉넉해진 연길시가 활기에 흘러 넘치는 대신 떠들썩하고 또 청결하
다는 인상을 주지 않은 것은 인구의 많고 적음과 시가의 규모, 교통
편에 주된 원인이 있다고 생각된다. 압록강변에 서면 조선의 혜산시
가 눈앞에 펼쳐진다. 장백진 내에서 가장 강폭이 좁은 곳은 채 50미
터도 되지 않는다. 강 건너 편에서 낚시를 하고 있는 중년의 남자가
있었다. 초등학교 학생인지 모두들 똑같은 모자를 쓴 아이들의 떠드
는 소리가 물소리에 섞여 들려오기도 했다. 증기 기관차가 지나가고,

손에 닿을 듯한 압록강 저편은 북한 영토이다.
강 저편에 보이는 검은 부분들은, 북한의 터널식 강변철도에 난 아취형 구멍들이다.

버스가 천천히 언덕을 올라갔다. 머리에 짐을 인 아주머니가 걸어가고, 양복을 입은 지식인 풍의 남자, 가방을 든 여학생이 걸어갔다. 북조선의 식량사정이 좋지 않다고 많은 사람들이 말하고 있지만, 강 건너로 보이는 마을 사람이나 강가에 보이는 소나 산양은 그렇게 야위어 보이지 않았다.

제2차 세계 전쟁 전부터 유명한 압록강의 뗏목꾼은 지금도 볼 수 있다. 뗏목의 출발점이 장백진이고 종점이 임강이다. 그리고 거기서부터는 트럭이나 철도를 이용한다. 장백에서 임강 사이는 앞에서도 언급한 것처럼 산세가 험해 압록강을 따라 난 길이 없다. 백두산을 북쪽의 정점으로 하고 압록강을 남쪽과 동쪽의 두 변으로 해, 백두산에서 아래 두 변을 향해 방사선상으로 산맥이 뻗어 있고 그 사이에 계곡이 흐른다. 이러한 지리적 조건하에서 도로는 산맥을 횡으로 가로지를 수밖에 없다. 따라서 도로는 고개를 꾸불꾸불 오르고 다 오르고 나서는 다시 꾸불꾸불 내려오면 거기에 계곡이 있고, 그것을 건너면 또 고개와 계곡이 있는 식이다. 따라서 이러한 장백에서 임강 사이를 육로가 아니라 수로로 운반하는 것은 굉장히 합리적인 방법이다. 뗏목을 띄우는 시발점은 장백진의 중심에서 강을 따라 5, 6백 미터 동북동으로 벗어난 곳에 있다. 중국과 조선의 합의하에 압록강 전체를 수책(水柵)으로 막아 중국 쪽의 20미터 정도를 잘라 놓았다. 수량이 적을 때에도 뗏목을 띄울 수 있게 하기 위해서이다. 수책은 그렇게 높지 않으며, 우리가 갔을 때도 물은 수책 너머로 어느 정도 흐르고 있었는데 다량의 물이 20미터의 폭에 집중되기 때문에 강의 흐름은 보기에도 무서울 정도로 빨랐다. 우리는 저녁 무렵 그 위에 걸쳐진 통나무 세 개로 엮은 다리를 엉거주춤한 자세로 건너 강 중간에 세워진, 나무를 띄워 만든 섬에서 시원한 바람을 쐤다.

뗏목은 중국 측만이 띄우고 있었다. 조선 측은 혜산에서부터 철도가 있기 때문에 그럴 필요가 없는지도 모르겠다.

5. 약재와 목재

　무송(撫松)에서 장백에 걸쳐 비닐하우스로 된 인삼밭이 눈에 들어 왔다. 평탄한 곳은 물론이거니와 상당히 경사진 곳에도 어린애 키 높이의 세로로 긴 비닐하우스가 있어 대량으로 인삼이 재배되고 있 었다. 위 부분은 덮여 있었다. 이 부근은 산삼 즉 천연 고려인삼도 나 오는 곳이다. 따라서 인공재배에도 적합한 토질일 것이다. 『미려부 요적장백(美麗富饒的長白)』(아름답고 풍요로운 장백)이라는 소책자에 따 르면 1987년의 농촌 한 사람 당 평균 수입이 전체 성(省)에서 가장 많은 816원으로 1980년의 5배에 달한다고 한다. 수입원의 대부분 은 목재와 인삼인데, 목재는 백두산(장백산) 일대가 모두 같은 조건 이기 때문에, 장백이 풍요롭다면 그것은 아마 인삼 덕분일 것이다. 인삼만으로 연간 칠천이백십삼만원의 수입을 올리는데 농업총생산 액의 72.1%를 차지한다. 주로 일본 · 필리핀 · 싱가포르 · 말레이지 아 · 독일 · 캐나다 등으로 수출되고 있으나 올해 들어서는 가격이 상당히 하락해 현의 지도자가 고심하고 있는 듯하다. 그 원인 중의 하나는 생산량의 급격한 증가이고 또 하나는 가공기술과 포장기술 의 문제라고 한다. 장백 특산의 월귤(越橘)이나 양질의 고사리 · 목이 버섯 등의 산채나 무지개송어 등도 풍부하다.

　현재 매출 중인 다년생 초목식물로는 고산홍경천(高山紅景天)이 있 는데 이는 한국어로 참돌꽃이라 한다. 인삼에 필적할 만한 약재로서

널리 보급하려고 하는데, 약학적으로도 이미 그 효과가 검증되었고 특히 스포츠 선수나 조종사와 같이 격무에 시달리는 사람들의 피로 회복에 효과가 있다고 한다. 혈압이나 기타 만병에 잘 듣는 영지버섯은 한국에서는 눈이 튀어나올 정도로 비싸서 손도 대지 못했지만 여기서는 상당히 싸다. 그것도 자연산과 재배물이 있어 약효가 꽤 다르다고 하는데 가격도 상당한 차이를 보였다.

그 외에도 불로초·녹용·흑담비(紫貂) 등의 약재가 8백여 종이나 있다고 한다. 백두산 산록에 펼쳐진 북쪽의 연변, 남쪽의 장백은 바로 약재의 보고(寶庫)이다. 약재를 이용한 각종 제약공장·약주(藥酒) 제조공장도 100% 가동 중이다.

지하자원에 대해 말하자면, 첫째로는 뭐니뭐니 해도 규조토(硅藻土)이다. 석회처럼 희고 다공질(多孔質)이어서 흡수성이 좋고 가벼우며 무르다. 이것이 내화재(耐火材)·흡수제(吸收劑)·여과제(濾過劑)로 이용되기 때문에 국방산업, 화학공업, 식품공업에 수요가 많고, 국내의 25성(省)이나 시의 3백여 공장으로 운송될 뿐만 아니라 미국, 호주까지 수출되고 미국이나 홍콩의 기업과는 무역계약까지 체결하고 있다. 소맥분과 같은 하얀 가루를 담은 자루를 가득 실은 트럭이 도로를 빠져나가면 그것은 예외 없이 규조토를 실은 차이다. 장백현에는 규조토 매장량이 일억톤이고 노천광인데다 순도가 높아 품질이 좋다고 한다.

고령석(高嶺石)은 엷은 주홍색과 흰색 그리고 흑색이 도는 청색이 섞인 돌이다. 강서성(江西省) 경덕진(景德鎭)은 도자기 재료가 되는 고

령토로 유명하지만, 고령석도 도자기, 제지, 전자공업의 원료, 인감이나 조각의 소재가 되기도 한다. 금광・동광(銅鑛)・철광산도 있다. 목재는 인삼 다음 가는 주요 산업이다. 무엇보다 현 전체의 88%가 삼림이다. 지금도 수많은 대형 트럭이 무너져 내릴 만큼의 많은 목재를 싣고 장백을 빠져나가는 모습을 자주 볼 수 있다.

목재의 교역뿐 아니라 가공업도 상당히 발달했다. 그래서 일본 시장의 아이스바 막대의 약 40%를 차지한다고 한다. 베니아판・가구, 그리고 나무젓가락 제조도 활발하다. '와리바시'(나무젓가락)라는 말은 연변에서와 마찬가지로 일본어 그대로 통용된다. 중국어로는 '衛生木筷'(위생적인 나무젓가락) 또는 '위생쾌자(衛生筷子)'라고 한다.

나무젓가락 제조는 단순한 가공업이어서 기계화가 상당히 발전했지만 문제는 선별작업이다. 나무젓가락이나 아이스바 막대의 선별은 모두 인해전술에 의존한다. 사람 손으로 하나하나 골라내 일등품과 이등품을 일본에 수출한다. 나무젓가락은 솎아낸 목재로 만들기 때문에 지구자원을 유효하게 이용한 것이라는 이야기는, 수입 나무젓가락에 관한 한 거짓말이다. 예전에 연변 팔가자(八家子)의 나무젓가락 공장을 견학한 적이 있었다. 그곳에서는 자작나무의 통나무를 젓가락 길이로 자른 다음 이것을 삶아 껍질을 벗기고 목재를 회전시키면서 기계로 얇게 깎아 가늘고 긴 띠를 만들며 이것을 다시 세로로 잘라 건조시키는 것이 공정이었던 것이다. 일본 기업과 합병 관계이기 때문에 기계나 약품은 모두 일본에서 가져오고, 제품은 일본으로 수출하고 있었다. 장백현도 마찬가지일 것이다. 산처럼 쌓인 나무 제품을 보고 있자니 우리가 장백의 원시림을 잠식하고 있음을 실감할 수 있었다. 아이스 바 막대도, 나무 젓가락도 그렇거니와 중국의 목재 자원과 값싼 노동력에 의존해 일본인이 '문명적'인 생활을 영위하고 있는 것은 아닌가 하는 생각이 들었다.

6. 민족학교

여름 방학 중이었지만 두 군데의 민족학교를 방문했다. 하나는 녹강(綠江)소학교였고 다음이 장백이중(長白二中)이었다. 녹강소학교 교정에는 그네, 철봉 등의 놀이 시설이 있고 흙으로 된 운동장은 잘 정비되어 있었으며 화단에는 코스모스, 백일초(百日草) 꽃이 어우러져 피어 있었다. 3층 건물의 교사(校舍) 정면에는 한글로 '존사애생(尊師愛生)'이라고 쓰여 있었다. 한문에 대한 지식이 없이는 이해할 수 없는 조선어였다. 녹강소학교에서는 최운학(崔雲鶴)·허용남(許龍男)·황영성(黃永成) 세 선생들을 만났는데, 그들은 회의실에서 학교 사정에 대해 이야기해 주었다.

이 학교의 역사는 상당히 길어 해방 전의 졸업생들이 기증한 '강덕(康德) 5년 3월 25일 창립'이라고 적힌 큰 거울이 지금도 사용되고 있었다. 강덕(康德) 5년은 1938년이다. 그후 지금까지 민족학교로서 이어져 내려오고 있다. 현재의 교사(校舍)는 1989년에 신축한 건물이었다. 현재 전 현에 소학교는 103개교 453학급으로 재학생은 10,469명, 교원은 609명이다. 그 중에서 조선족만의 이른바 독립 소학교는 녹강소학교뿐이고, 한족(漢族)과 조선족의 민족합동교는 39개교, 64학급이다. 현재 녹강소학교에는 학생이 446명, 한 학년에 두 반씩 12학급이 있다. 교원은 38명으로 전원이 조선족이고 그 중에서 여자 교원이 22명이다. 장백진 안의 조선족 학생의 92%가 이 학교를 다니고 있으며 나머지는 한족(漢族) 학교를 다니고 있다. 한어(漢語) 시간은 1학년 때에는 회화만 하고 2학년부터 6학년까지는 매주 6시간의 수업을 한다. 조선어는 일주일에 9시간으로 한어보다 많다. 교과서는 소학교, 중학교 모두 전 과목이 연변인민출판사에서 나온 것을 사용하고 있는데, 동북삼성(東北三省)의 어떤 조선학교에서도 만찬가지이다.

이어서 방문한 곳이 장백이중이었다. 새 학기를 대비해 직원회의 중이었는데도 교장 김춘식(金春植) 선생이 교장실로 초대해 주었다. 전 현에 17개의 중학교가 있고 학생수가 4,757명인데 그 가운데 한족과 조선족의 합동 중학이 5개교이며 조선족 독립 중학은 장백이중뿐이다.

초급중학과 고급중학이 합쳐져 길림성의 중점(重點)중학이 되었다. 현재 재학생은 400명이고 각 학년에 두 반씩 12반이다. 덧붙여서 말하면 현내(縣內) 조선족 중학생은 635명이라고 하니까 63%가 이 중학교에서 공부하고 있는 셈이다.

1964년 6월 15일에 창립해 지금까지 3천5백명의 졸업생을 배출

했으며 그 가운데 연구직 2백 명을 키워냈다. 현재 교직원이 총 75명이고 그 중에서 교원이 53명이며 여성은 26명이다. 53명의 교원 가운데 부교수(副敎授) 교원 5명, 일급 교원 13명, 이급 교원 25명이 있다.

지도자격의 교원은 동북(東北)사범대학이나 통화(通化)사범학원을 졸업한 선생으로, 연변대학을 졸업한 사람은 거의 없는 듯하다. 교원 가운데 한어를 가르치는 교원 한 사람이 한족이고 나머지는 전원이 조선족이라고 한다. 그러나 직원회의는 한어로 하고 있었다. 연변이라면 조선어로 회의를 할지도 모르겠다. 역시 장백현은 인구 가운데 조선족의 비율이 17% 정도라서 이렇게 된 것일까. 장백이중학 학생의 가정은 사무직·노동직과 농업이 반반으로 생활 수준은 한족보다 낮다고 한다.

왕석굉(王錫宏)이 책임 편집한 『중국변경민족연구(中國邊境民族硏究)』(1990년, 중앙민족학원출판사)에 수록된 장백 조선족 자치현 교육국의 윤철우(尹哲羽) 씨가 쓴 「장백 조선족 자치현 민족교육의 현상과 발전을 생각한다」라는 글은 훌륭한 논문이다. 보통 이런 종류의 논문은 성과만을 언급하는 경우가 많지만 이 논문은 오히려 결함을 들며 그 원인을 추적하고 다시 그것을 어떻게 극복할 것인가에 대해 여러모로 생각하고 있다. 그것에 따르면 다음과 같다.

① 민족학교 교원의 자질이 교육의 질과 향상에 영향을 미치고 있다.

전(全) 현 중, 소학교 교원 240명 중에서 학력 규정에 미달하는 교원이 25%이다. 교원의 노령화가 진행되면서, 장백이중을 예로 들면 40세 이상의 교원이 24명으로 43.6%를 차지한다. 그리고 음악, 미술, 정치, 역사, 지리, 생물 등의 전과(專科) 교원이 부족하다.

② 조선족 초급중학의 이과(理科)의 질이 일반적으로 낮다. 한족 학생과 비교해 수학, 물리, 정치의 각 학과 성적에 약간의 격차가 있는 듯하다.

③ 일반적으로 조선족 학생이 한족 학급으로 빠져나가는 현상이 존재하고, 그것이 민족 교육의 발전에 일정한 영향을 미치고 있다.

이러한 지적은 옳다. 그러나 ①은 어떻든 간에 ②와 ③은 소수민족 자치구역이 일반적으로 안고 있는 문제라고 할 수 있다. 조선족 학생의 이과 점수가 낮은 것은 능력이 모자란 때문이 아니다. 자치현의 경우 소학교, 중학교 12년 동안을 통해 조선족 학생은 조선어 외에 1,700시간이나 한어 수업을 받아야 한다. 한족의 경우 한어만 하면 되니까 조선족이 조선어를 배우는 시간을 다른 교과로 돌릴 수 있는 셈이다.

연변의 경우는 소학교 6년간 조선어문(朝鮮語文) 1,764시간, 한어문(漢語文) 900시간을 배운다. 초급중학과 고급중학(고급중학 2학년부터 문화계와 이과계로 나뉜다)의 6년간, 문화계 학생은 조선어문 824시간, 한어문 996시간, 이과계 학생은 조선어문 696시간, 한어문 926시간을 하게 되어 있다. 즉 소학교와 중학교를 통해 조선족 학생은 한어문 시간이 문화계가 1,890시간, 이과계가 1,826시간이나 되는 것이다. 소학교 1학년 때부터 두 개의 말을 동시에 배우는 부담은 쉽지 않은 것이고, 이것이 다른 교과의 성적에도 영향을 미치지 않을 수 없다.

또한 ③에 대해서도 소수민족의 자제가 소수민족 거주지에서 뿐만 아니라 중국의 중추부(中樞部)에서 나래를 펴려고 한다면 한어 능력이 충분치 않으면 안되고, 그 때문에 저학년부터 한족학교를 다니게 하는 것도 무조건 부정할 수만은 없는 일이다. 각종의 시험이 한어만으로 시행되는 경우도 문제지만, 다민족 국가에서 소수민족 언어의 유지, 발전과 소수민족이 재능을 발휘할 장(場)을 중앙에서 찾으려는 성향도 일부 모순되지 않을 수 없으며, 따라서 그 해결 또한 간단하지가 않다.

자치현의 교육에서 또 하나 말하지 않을 수 없는 것은, 1987년에 34만원(元)을 들여 건설한 용강(龍崗) 조선족 기숙제(寄宿制) 소학교이다. 근대적인 교사(校舍), 숙소, 그리고 설비를 갖춘 이 소학교는 장백현에서 북북서로 20킬로미터 정도 들어간 용강에 위치하고 있다. 이곳은 학생이 23명인데 각 마을에 두 세 명씩 흩어져 있는 조선족의 자제들을 모아 기숙시키는 곳이다. 마을에서 멀리 떨어진 곳에 사는 학생은 통학할 수 없기 때문에 기숙사 생활을 하고, 토요일 오후에 집에 돌아가 일요일 오후에는 다시 학교로 돌아온다. 기숙제 소학교는 흑룡강성과 길림성 돈화(敦化)에도 있다. 이러한 학교가 다른 민족에 없는 것은 아니지만 역시 교육열이 높은 조선족들에게 많다.

7. 문학예술

일찌감치 허영복 씨에게 문학자들과 만나고 싶다는 부탁은 해두었지만, 아무도 없다느니 수준이 낮다느니 하면서 곧바로 만날 기회를 만들어주지 않았다. 그래도 8월 18일에는 드디어 문학자 두 사람과 만날 수 있었다. 시인인 김용칠(金龍七) 씨와 소설가인 이성태(李聖泰) 씨였다.

김용칠 씨는 1939년 조선 양강도(兩江道)에서 태어나 지금은 길림성 장백현 창작조의 주임을 맡고 있다(창작조에는 현재 5명의 문학자가 있다). 중국 소수민족 작가학회에도 가입해 있으며, 1983년에는 서정시 「단풍」으로 『장백산』 문학상을 수상하기도 했다[『장백산』은 초기에는 계간이었지만 지금은 격월간이고 중국 작가협회 길림분회의 기관지이다. 예전에는 통화(通化)에서 편집했지만 지금은 장춘(長春)으로 옮겨졌다]. 평양에서 발행한 『조선문학』 90년 11월호에 실린 서정시 세 편 가운데 한 편은 북한에 있는 누이를 노래한 시로, 정감이 넘치는 훌륭한 작품이었다. 김용칠 씨는 가요의 작사나 무용 방면에서도 그 능력을 발휘하고 있다. 매력적인 것은 이 시인의 시와 마찬가지인 그 인품이었다. 마을 전체가 정전(停電)이 된 덕택에 호텔 방에서 여유 있게 이야기를 나눌 기회를 가질 수 있었다.

이성태 씨도 순수한 장백현 사람으로 1950년 8월에 이곳에서 태어나 지금은 장백현 문화관의 부관장으로 일하고 있다. 1982년에 중국 작가협회 길림분회 회원이 되었고, 89년에는 중국 소수민족 작가학회에 가입했으며, '요녕조문보(遼寧朝文報) 1990년도 압록강 문학장(文學獎)'을 비롯해 3개의 문학상을 수상했다. 그리고 단행본으로 소설집을 한 권 내기도 했다. 연변에서 생활한 적도 있고 작가로서의 경력도 가지고 있다.

이러한 작가들의 이력(履歷)은 중국 조선족문학을 연구하는 사람들에게는 귀중한 것인데도, 김용칠 씨나 이성태 씨 모두 너무 겸손한 탓인지 아니면 수줍음 때문인지 좀처럼 이야기해주지 않아서, 결국 김용칠 씨로부터 이성태 씨의 이력을, 이성태 씨로부터는 김용칠 씨의 이력을 듣게 되었다.

이 지역에서는 『장백』이라는 조선어로 된 문학잡지가 매년 한 번씩 나오고 있다. 본격적인 소설, 시, 에세이 외에 고급 중학생의 작품도 실려있는 문화 계몽적인 성격의 잡지이다. 전체 인구의 17%에 불과한 이 지역에서 조선족 지식인들이 이렇게 분투하고 있는 한 조선어는 계속해서 유지될 것이다. 게다가 뭐니뭐니 해도 조선민주주의인민공화국이 바로 눈앞에 있기 때문에 더욱 그렇다. 장백과 혜산 사이의 장혜(長惠)대교도 최근에 준공되어 친척방문도 용이해졌으며 변경무역도 상당한 수준에서 이루어지고 있다.

이러한 지리적 조건과 중국 소수민족 우대정책이 지속되고 조선족의 주체적 노력이 계속되는 한 자치현의 민족문화는 계승되어갈 것이다.

또한 북한의 텔레비전도 극히 선명하게 볼 수 있다. 이틀 밤은 숨을 죽이고 끝까지 지켜봤지만, 셋째 날은 밤이 되자 도중에 정전이 되어 오히려 안도할 수 있었다. 내용이야 어쨌든 북경의 중앙 전시대(電視台)보다 북한의 텔레비전이 선명하게 보이기 때문에 조선어는 장백현 사람들에게 영향을 주지 않을 수 없을 것이다.

8. 맺으며

장백현에는 가는데 이틀, 오는데 이틀이나 걸려 그곳에 머문 기간은 고작 3박뿐이었다. 3일 동안에 뭔가를 안다는 것은 불가능하다. 나는 85년부터 86년에 걸쳐 1년간 연변에 머물렀으며 귀국 후에는 「연변생활기」를 『계간 삼천리』에 연재한 적이 있었다. 불과 1개월 동안 연변을 뛰어다녔을 뿐인 사람이 한 권의 책으로 써내는 예를 몇 번인가 보고, 이 사람들이 무엇을 알 수 있을까 하고 생각한 적이 있었다. 그러한 내가 이번에는 3일간 머물렀던 것을 가지고 장백현에 대한 인상기를 쓰게 된 것이다. 장백에 사는 사람들이 본다면 천박한 여행기로 비칠 것이 뻔하다. 그럼에도 이 글을 쓰려고 한 것은 장백 조선족 자치현이 대외에 개방된 지 20일만에 들어간 첫 외국인으로서, 3일간뿐이었지만 이 눈으로 직접 본 장백현을 일본에 소개하는 것이 중국과 조선 그리고 일본을 생각하는 데 의미가 있다고 생각했기 때문이다.

1991년 8월 19일 새벽 5시에 장백빈관(長白賓館)을 출발했다. 한낮은 덥기 때문에 시원한 아침에 여정을 재촉할 심산이었다. 허영복 씨는 채 5시도 되기 전에 호텔로 찾아와 배웅해주었다. 장백현에서는 온통 그 분에게 신세를 졌다. 이 사람을 통해 나는 장백현을 조금이나마 이해할 수 있었던 것이다.

썸머 타임으로 5시는 아직 어둡다. 차는 라이트를 켜야할 정도였다. 출발하고 얼마 지나지 않아 압록강 건너편 기슭에 우뚝 선 거대한 김일성 상(像)이 밑으로부터 푸른 불빛을 받아 떠올랐다. 거대한 홍기(紅旗) 밑에 수십 명의 군중이 전진하고 있는 상이었다. 마치 중국 측에 보이려는 듯 강변 언덕에 높이 솟아 있고 언덕 밑에서부터 장혜대교(長惠大橋)가 뻗어 있었다. 그 지역 사람들은 무슨 생각을 하며 살고 있는 것일까. 다소 감상에 잠기면서 장백진을 뒤로 했다.

두 시간 반 정도 달려 십삼도구(十三道溝)의 봉우리를 다 오른 지점에서 산사태를 만났다. 봉우리의 전봇대가 몇 개나 계곡 밑에 처박혀 있고, 산이 반으로 갈라져 대량의 토사가 폭포처럼 떨어져 내리고 있었다. 산사태가 난 지 얼마 되지 않은 것 같았다. 우리들은 현장에 오래 머무르는 것은 위험하다고 판단하고 우선 십삼도구의 마을까지 돌아왔다. 그곳에서 두 시간 대기하면서 정보를 입수했다. 결국 복구에는 며칠 걸릴 것 같고 붕괴된 곳을 우회하는 산길이 있다는 것을 알았기 때문에 위험을 예상하면서도 산길로 접어들었다. 처음에는 급류를 이용한 발전소들이 차례로 나타나는 것을 보기도 해서 기뻤지만, 백두산 산록의 집중호우는 우리의 상상을 초월했다. 산길은 강이 되었고 지프는 강가의 모래밭을 달린다기보다는 폭포를 오르내리는 형상이었다. 사고가 나지 않은 것이 오히려 기적이었다.

우리와 동행해 안내를 해주었던 중국조선민족사학회(中國朝鮮民族史學會)의 사무주임 박성경(朴成京) 씨와 지프를 운전해준 김상희(金相熙) 씨 그리고 우리 부부 이렇게 네 명은 난파선에 함께 탄 것처럼 운명을 같이 한 심경이었다. 눈앞에서 길이 언제 끊어질지도 모르고 좌우에서 산이 무너져 내릴지도 모르는데 여기에서 죽는다면 사체(死体)조차 찾을 수 없을 것이라는 생각이 들기도 했다. 그러나 "저희들도 가본 적이 없는 장백현에 외국 손님들을 모시고 안내할 수 있게 되어 영광입니다"라고 말해준 두 사람의 조선족 청년들을 그러한 일에 말려들게 해서는 안되었다.

악전고투하기 세 시간, 호우 속의 수해(樹海)와 산골짜기 길을 방향도 모른 채 헤맸는데, 공로(公路)로 나왔을 때에는 모두 목숨을 얻은 듯이 기뻤다. 동시에 이렇게 가혹한 자연 조건 속에서 빨치산 투쟁을 계속했던 병사들의 노고를 생각해 보기도 했다.

오후 3시에는 숙박지인 무송(撫松)에 도착할 예정이었지만 아주 늦어져 밤 9시에야 간신히 도착할 수 있었다. 한낮에 1시간만을 쉰 채 하루 16시간의 주행이었다.

이번 여행에서 자치현과 교섭해준 중국조선민족사학회 이사장인 한준광(韓俊光) 선생님 및 안내를 맡아준 박성경·김상희 씨에게 깊이 감사드린다.

장백현 인상기를 다 쓴 지금, 뇌리를 스치는 것은 각각의 장소에서 만났던 조선족 사람들 한사람 한사람의 따뜻한 얼굴들이다.

(『季刊 靑丘』 10호, 1991.11.15)

제5부

일본에서의 남북한문학의 연구 및 번역 상황

일본에서의 남북한 현대문학의 연구 및 번역 상황

아동문학에 대한 메모

일본에서의 남북한 현대문학의 연구 및 번역 상황

1.

일본에서 행해진, 남북한문학의 연구·번역 상황에 대해 써달라는 편집부의 의뢰를 받고 몹시 당황했다. 일본에서는 한반도의 문학 연구가 과연 얼마나 축적되어 있는 것일까? 전혀 없다고는 할 수 없지만 논할 만한 업적이 어느 정도나 될까? 내심 부끄러움을 금할 수 없다.

일본의 조선학연구 가운데 가장 앞선 것은 역사학일 것이다. 전통적인 '동양사'의 범주 속에서 한 부분을 차지하고 있는 까닭이다.

일본에는 조선학 관련 학회가 둘 있다. 하나는 '조선학회'로서, 국내 회원(국적 불문)이 600여 명이고, 해외 회원이 200여 명, 그 중에 한국에 사는 회원이 150여 명이다. 그 대부분이 역사·고고학 분야이며 언어학이 그 뒤를 잇고 있다. 다른 하나의 학회는 '조선사연구회'인데, 약 350여 명의 회원이 가입되어 있다. 이 두 학회의 회원 전부가 연구자는 아니라 하더라도, 많은 학회비를 내면서 조선학에 뜻을 두고 있는 이가 국내에 400여 명이나 있건만, 조선문학을 연구하려는 이는 10여 명이 될까 말까 하는 것이다. 가장 가까운 이웃 나라의 문학연구자가 이리도 적은 것은 어떤 이유에서일까?

대학 등의 연구기관에 자리가 없다는 것도 이유의 하나일 것이다. 또한 문학연구에는, 역사 등의 다른 분야와는 달리 상당한 정도의 어학력이 필요하므로 웬만큼 해서는 연구자로서 제 역할을 할 수 없다는 사정도 있을 것이다. 하지만 근본적으로 한민족의 생활과 숨결을 내면으로부터 파악하고자 하는 감성이 결여되어 있다는 데 원인이 있지 않을까 싶다.

2.

대학을 비롯하여 일본의 연구체제는 확실히 뒤틀려 있다. 일본의 근대는 구미(歐美)의 문화를 섭취하고, 그것을 모방하는 데서 시작되었다. 문명개화를 위한 연구는 탈아입구(脫亞入歐) 일변도였고, 따라서 아시아학은 제대로 성립될 수 없었다. 아시아학이 그나마 존재할 수 있었던 것은 정신문화나 물질문명의 풍요로움을 위해서가 아니라, 단적으로 말하면 그것은 침략을 위한 실용성 때문이었다. 따라서 메이지[明治]에서 쇼와[昭和]에 걸쳐서 아시아 연구는 아카데미즘으로부터 동떨어진 민간에서 육성되었고, 그 때문에 관(官)과 모순되는 측면을 지니기도 했지만, 아시아 여러 나라에 대한 침략에 있어서는 관민 일치의 공통항을 지니고 있었다. 그리고 때로는 관도 하지 못할 악질적인 짓을 자행하기도 했다. 중국에서 활동한 대륙낭인(大陸浪人), 한반도에서 활동한 녹기연맹(綠旗聯盟) 등은 그 예가 될 것이다.

2차대전 후 국제적 환경도 바뀌었다. 선배들의 노력에 힘입어 조선학도 많이 정비되었다. 하지만, 전체적으로 조선학이 아카데미즘 속에서 아주 작은 부분밖에 차지하고 있지 못한 것이 현실이다. 겨우 10여 년 전까지만 해도 저자가 근무하는 와세다[早稻田] 대학에서는 영어·독어·불어·중국어·러시아어·스페인어 이외의 외국어를 일괄하여 '특수어'라 불렀고, 특수어의 강좌를 '특수 강좌'라 부르고 있었다(현재는 '특설 강좌'로 바뀌었다). 조선학은 일본의 대학 안에서 '특수'하며, 그와 관련된 사람은 '특수'한 인간이 되는 셈이다. '조선사연구회'의 전 회장이신 하타다 다카시[旗田巍] 씨가 20년쯤 전에 어떤 좌담회에서 "조선사는 특수부락 같다"고 말했다가, 차별적 발언이라 하여 혹독한 사회적 규탄을 받은 적이 있다. 하지만 조선사의 외길을 걸으며 50여 년이나 대학에서 교육과 연구를 계속하고, 1959년에 발족한 '조선사연구회'의 회장으로 오랫동안 모임을 이끌어온 대가(大家)로 하여금 조선사가 아카데미즘 속의 '극소수파(極少數派)'와 같다고 말하게 했던 상황에서 아무도 그를 비난할 수는 없을 것이다. 오히려 그 말의 의미가 지닌 무게를, 20년 가까이 지난 지금도 되새겨볼 필요가 있다고 여겨진다.

그런데 조선사가 아카데미즘의 '극소수파'라고 한다면, 조선문학은 조선학 안에서의 '극소수파'가 될 것이다.

사쿠라이 요시유키[櫻井義之]가 펴낸『조선연구문헌(朝鮮研究文獻)─명치대정편(明治大正編)』(류우케이서사[龍溪書舍], 1971년)에 따르면, 1910년을 사이에 둔 전후 20년 동안에 몇 십 권이나 되는『조선사정(朝鮮事情)』·『한국안내(韓國案內)』·『반도총람(半島總覽)』 따위가 출판되고 있지만, 그 대부분은 역사·지리·종교·민속·사회·경제·산업·자원·군사 등에 대한 언급뿐이고, '문학'은 건드리지조차 않고 있다.

동경대학교 동양문화연구소 부속 문헌센터에서 간행한『조선연구문헌목록(朝鮮研究文獻目錄)』단행본 편은, 메이지 이후 1945년까지의 '일본어로 된 조선연구 문헌 및 관련자료를 망라(머리말)'한 것이지만, 상·중·하 3권, 총 507쪽으로 이루어진 이 목록 속에서 문학관계는 조선을 무대로 한 일본인의 소설이나 기행문을 넣어도 전부 6쪽밖에 안된다.

이것은 메이지 이래 일본이 조선반도에 대하여 기본적으로 문학을 필요로 하지 않는 관계를 맺어온 탓이리라. 한 나라에서 살아 숨쉬는 사람이 무엇을 생각하고 무엇에 괴로워하며 울고 웃는가, 하는 삶의 모습에 관심을 지니지 못했던 것이다.

루쉰[魯迅]은 1907년「마라시역설(摩羅詩力說)」에서 이렇게 말한

바 있다.

　　문학의 효용은 지식을 더해주는 점에서는 역사에 미치지 못하고, 사람
을 훈계하는 데는 격언만 못하다. 돈벌이에 있어서도 상공업에는 도저히
이를 수 없으며, 입신출세를 하는 데에도 졸업증서만큼의 도움도 되지 않
는다.

　　학문 가운데 문학만큼 쓸모 없는 것은 없다. 하지만 하나의 국가
나 민족을 성립시키고 있는 사회의 근간이 되는 것은 살아있는 인간
이며, 그 인간을 이해하는 데 문학을 뛰어넘을 학문은 없다.
　　문학 경시의 구조는 메이지 초기이래 기본적으로 변하지 않았다.
다음의 글은 이러한 기본구조를 지닌 일본 사회 속에서, 그래도 조선
문학의 연구와 소개가 어떻게 어려운 길을 걸어왔는가를 약술하려
는 것이다.

3.

고전문학, 특히 시조와 한시에 대해서는 일본인들도 메이지 시대
부터 조금씩 관심을 보여온 바 있다. 오카쿠라 유사부로[岡倉由三郎]
의 「조선의 문학」(『哲學雜誌』 74~75호, 1893년)은 시조를 원문과 함께

소개하고 있으며, 요사노 뎃칸[與謝野鐵幹]도 「한요십수(韓謠十首)」(『東西南北』, 1896년)에서 시조를 소개했다. 그 뒤에도 아유가이 후사노신[鮎貝房之進]의 「한문학(韓文學)」(『韓國硏究會談話錄』 2호, 1903년)이라든가 시데하라 다이라[幣原坦]의 「한국문학담(韓國文學談)」(『東洋時報』, 1907년) 등이 있었다. 그 후, 경성제국대학에서 조선문학을 전문적으로 연구했던 다카하시 도오루[高橋亨]나 다다 마사토모[多田正知] 등이 있다. 그들은 민요·가요까지로 관심을 넓히면서도, 신소설 이후의 조선 근대문학에 대해서는 같은 시대를 살면서도 전혀 관심을 보이지 않았다. 1920년대에 들어서 호소이 하지메[細井肇]가 여러 조선인들에게 번역 등의 실무를 맡겨, 고전소설·세시기(歲時記)·가요 등을 많이 편역했으나, 역시 근대문학에는 발을 들여놓지 않았다. 근대문학 소개의 효시는 1925년 9월 『문장구락부(文章俱樂部)』에 실린 채순병(蔡順秉)의 『조선의 근대문학과 현대문학(朝鮮の近代文學と現代文學)』일 것이다.

저자는 1984년에 『조선문학관계일본어문헌목록(朝鮮文學關係日本語文獻目錄)』을 단행본으로 출판한 적이 있다. 그 뒤 새로운 자료도 발견되고 당시 입수할 수 없었던 자료의 영인본이 대량으로 출판되기도 하여 보충해야 할 항목이 200개를 넘지만, 개정은 장래의 문제로 미루기로 한다. 8년 전에 만든 이 목록은 1,712 항목에 이른다. 이 목록은 1904년부터 1945년 8월 사이에 일본어로 씌어진 조선문학 관계의 문헌목록으로서 저자의 국적이나 발행처의 소재지는 구별하지 않았다. 따라서 서울에서 발행된 『동양지광』·『국민문학(國民文

學)』·『신시대(新時代)』·『녹기(綠旗)』등도 포함되어 있다.

이 목록의 연도별 편수(篇數)를 바깥쪽에 표시하고, 또 그것을 그래프로 그리면 아래의 표와 같이 된다(재일교포의 일본어 작품은 포함하지 않았음).

표를 보면, 유감스럽게도 일본어로 된 조선문학의 창작·연구·소개가 넓은 의미에서 정치적 요청에 따르고 있음을 알 수 있다. ① 우선 통감부 설치시기를 전후하여 연구·소개가 시작되고 있다. ② 1925년부터 1936년에 이르는 동안은 세계적으로 프롤레타리아 문학운동이 고양된 시기로서, 그 동안은 주로 좌익적 경향을 지닌 문헌이 남아 있다. ③ 1936년 이후, 프롤레타리아 문학 괴멸 후의 일본문학계에서는 더 이상 붓으로 나타낼 수 없는 사정을 조선의 작품을 통하여 말하게 하려는 일본문단측의 의도와 하다 못해 일본어로라도 민족의 문학을 보존 계승하고 싶다는 조선인 쪽의 의도가 들어맞아

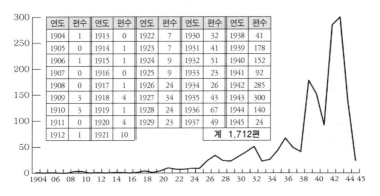

연도	편수	연도	편수	연도	편수	연도	편수	연도	편수
1904	1	1913	0	1922	7	1930	32	1938	41
1905	0	1914	1	1923	7	1931	41	1939	178
1906	1	1915	1	1924	9	1932	51	1940	152
1907	0	1916	0	1925	9	1933	23	1941	92
1908	0	1917	1	1926	24	1934	26	1942	285
1909	3	1918	4	1927	34	1935	43	1943	300
1910	3	1919	1	1928	24	1936	67	1944	140
1911	0	1920	4	1929	23	1937	49	1945	24
1912	1	1921	10					계	1,712편

〈표〉 조선문학 관계 일본어 문헌 수

『문학평론(文學評論)』・『문학안내(文學案內)』・『문예수도(文藝首都)』 등에 조선문학이 자주 등장했으며, 그 외에『개조(改造)』・『문예(文藝)』・『문학계(文學界)』등에서도 취급되는 일이 많았다. 제일교포문학의 시조(始祖)라고 불리는 김사량도 이 시기에 일본문단에 받아들여졌다. ④ 1941년부터 1944년까지의 기간에 문헌수가 급증하고 있다. '친일문학'의 색채가 농후했기 때문이다. 하지만 이 '친일문학' 속에도 강제된 상황의 속박으로부터 벗어날 길을 찾아 필사적으로 몸부림치던 면종복배(面從復背)하는 조선인 문학자의 신음 소리를 들을 수가 있다. ⑤ 1944년부터 1945년 사이에 감소한 것은 일본의 전세 악화에 따른 용지나 인쇄소의 사정과, 이제 문학 따위는 미지근하다는 격앙된 절규만이 지면을 메우고 있었기 때문이었다.

4.

해방의 환희에 벅찼던 전후 재일교포들의 문학운동은 김달수・이은직 등을 중심으로 전개되었다. 그들은 스스로가 일본어로 창작을 함과 동시에 조국문학의 소개에도 노력하였다. 『민주조선(民主朝鮮)』・『계림(鷄林)』・『현실과 문학[現實と文學]』은 모두 김달수가 주재했던 잡지로, 해방 전후의 조국문학의 상황을 선명히 전달했다. 『신일본문학(新日本文學)』・『세계(世界)』・『문학(文學)』은 지금도 계속 간행되고 있는 잡지인데, 여기에도 조선문학의 번역과 소개가 자주 실렸다.『신일본문학(新日本文學)』은 이제까지의 총목록이 있어 비교적 쉽게 찾아낼 수 있으니, 여기서는『인민문학(人民文學)』에 실린 것을 소개한다.

> 임　화, 허남기 역, 「너 어느 곳에 있느냐」, 1952년 3월.
> 임　화, 허남기 역, 「바람이여 전하라」, 1953년 2월.
> 이태준, 박원준 역, 「고귀한 사람들」, 1953년 4월.
> 이태준, 박원준 역, 「고향길」.
> 조선전쟁시초, 허남기 역.
> 　김조규, 「이 사람들 속에서」.
> 　김상옥, 「어느 도시에서」.
> 　이병철, 「중화인민공화국」.
> 유정희, 「조국조선에서의 편지」, 1953년 8월.

인용한 내용 중에 발표 연월이 기재되지 않은 것은『인민문학(人民文學)』1953년 6월호의「조선문학 특집」으로 실린 글이다.

위 시들은 모두 북한의 작품으로서, 한국전쟁을 소재로 한 것들이다.「고귀한 사람들」은 중국인민해방군의 간호원을 다룬 단편이고, 「고향길」은 한국전쟁을 소재로 한 중편이다. 임화의「너 어느 곳에 있느냐」·「바람이여 전하라」는 모두 1951년 5월 15일 평양의 문화전선사(文化戰線社)에서 출판된 임화의 서정시집『너 어느 곳에 있느냐』에 실린 시를 번역했음에 틀림없을 것이다.

『인민문학(人民文學)』과『신일본문학(新日本文學)』이외에『세계(世界)』·『문학(文學)』도, 때때로 조선문학 특집을 마련해서, 번역된 작품을 싣곤 했다.

이 시기의 특색은 글쓰는 이가 재일교포들뿐이었다는 점, 그리고 전후 일본의 민주주의 고양기 속에서 사회주의 북한의 문학만이 소개되어 한국의 문학은 거의 무시되고 있었다는 점이다.

1946년부터 50년대까지의 중요한 평론에는 다음과 같은 것들이 있다.

- 「조선문단의 현상(朝鮮文壇の現狀)」,『民主朝鮮』, 1947년 2월호.
- 「북조선의 문학(北朝鮮の文學)」,『新日本文學』, 1948년 5월호.
- 「조선문학에서의 민족의식의 흐름(朝鮮文學における民族意識の流れ)」,『文學』, 1948년 11월호.
- 「조선문학의 사적 비망록(朝鮮文學の史的おぼえがき)」,『文學』, 1952년 8월호.

이들은 모두 김달수의 평론이다. 이외에 김민의 「전후의 조선문학(戰後の朝鮮文學)」(『朝鮮問題研究』, 1957년 3월호), 이은직의 「격동하는 조선문학(激動する朝鮮文學)」(『세계의 움직임[世界の動き]』, 1949년 5월호), 박춘일의 「일본에 있어서의 조선문학의 역사적 의의와 그 문제들(日本における朝鮮文學の歷史的意義とその諸問題)」(『日本文學誌要』, 1957년 12월

호), 김민의 「해방 후의 조선문학(解放後の朝鮮文學)」(『新日本文學』, 1956년 6월호) 등이 있다.

50년대에 새로이 번역 간행된 단행본으로서는(개정판과 재판은 제외), 이기영의 『소생하는 대지[蘇える大地]』(원제 『땅』, 김달수·박원준 역, 1951년 6월), 김소운 편 『파를 심은 사람－조선민화선(ネギをうえた 人－朝鮮民話選)』(1953년 12월), 조기천 『백두산(白頭山)』(허남기 역, 1952년 4월), 김달수 편 『金史良作品集』(1954년 6월), 허남기 역 『조선시선 (朝鮮詩選)』(1955년 8월), 한설야 『대동강(大同江)』(이은직 역, 1955년 8월) 등이 있다. 이 가운데서도 『소생하는 대지』는 토지개혁과 인간 해방의 송가로서 읽는 이를 감동시켰다.

5.

한국의 문학이 소개되기 시작한 것은 기본적으로 1965년 이후라고 할 수 있다. 물론 그 이전에도 일반 독자를 대상으로 하는 잡지에서 산발적인 소개가 이루어졌고, 또한 재일 한국인을 주요 대상으로 삼는 신문·잡지에 번역되는 일도 있었다. 전자의 예를 들면, 『신조 (新潮)』(1953년 11월호)의 '한국현대소설특집'이 있으며, 후자의 예로서는 『통일조선신문(統一朝鮮新聞)』(현재의 『統一日報』 전신, 1961년 창간)이나 한국의 공보지적 성격을 지닌 『뉴 코리아(ニューコリア)』(1963년

창간) 등이 계속적으로 소설 번역 작품을 실었으나, 광범한 독자를 얻지는 못하였다.

그러다가 1965년 한일회담 체결을 분수령으로 하여 일본문학계에서 한국과 북한의 위치가 역전되기 시작하였다. 비로소 한국이라는 나라와 민중이 일본인의 눈에 보이기 시작한 것이다. 저자의 생각으로는 일본 공산당이 좌익문화운동에 지배적 영향력을 행사할 수 있었던 것은 아무래도 1965~1966년까지의 시기가 아닌가 한다. 사회변혁의 에너지는 그 후 신좌익이 담당했다고 볼 수 있을 것이다. '배평련(ベ平連 : 베트남에 평화를! 시민연합)'의 발족은 1965년 4월이었다. 평화운동마저 기성 정당에 좌우되어 유효성을 잃고 있던 때에, 무당파적인 지식인과 시민을 주체로 한 넓은 의미에서의 신좌익운동이 한때 조선에 관심을 나타냈다. 하지만 신좌익도 짧은 기간에 괴멸되어 버린다. 권력의 탄압과 신좌익 자체가 지니는 취약성(脆弱性)과 파벌성 때문에 4분5열된 끝에 궁지에 몰리게 되고 결국은 반사회적인 과격행동으로 인해 시민으로부터 외면당하기에 이른다. 1970년대부터는 구좌익도 신좌익도 믿지 않고, 조총련에도 민단에도 의지하지 않는 — 즉 성급한 정치주의에 빠지지 않는 — 시민 차원에서 조선문학에 관심을 갖는 일본인들이 나오게 되었다.

1965년을 경계로 북한문학작품의 소개가 일본 사회에서 격감한 것은 북한문학의 도식화·경직화에 기인하는 부분도 있다. 1950년대에 보여주었던 해방과 자유, 그리고 인간회복의 환희가 사라지고 지도자에 대한 칭송 일변도로 변질되었기 때문에 일본의 독자로부터 외면당한 것은 어쩌면 너무도 당연한 것이었는지 모른다.

1960년대에 출판된 조선문학의 주요 단행본은 다음과 같다.

① 안우식(安宇植) 역, 『세 사람의 청년(三人の靑年)』, 1960년 1월.

② 한설야, 무라카미 도모유기(村上知行) 역, 『歷史』 상·하, 1960년 5~6월.

③ 허남기 편역, 『現代朝鮮詩選』, 1960년 9월.

④ 한설야, 이은직 역, 『黃昏』 상·하, 1960년 11~12월.

⑤ 김명화, 박영일·안우식 역, 『불굴의 노래(不屈のうた)』, 1961년 1월.

⑥ 이기영, 이은직 역, 『두만강』 1~7, 1961년 6월~1962년 8월.

⑦ 김병훈 외, 안우식 역, 『鴨綠江』, 1963년 8월.

⑧ 최 현, 『백두의 산맥을 넘어서(白頭の山なみを越えて』, 1964년 5월.

⑨ 석윤기, 『전사들(戰士たち)』, 1964년 7월.

⑩ 이윤복, 쓰카모도 이사오(塚本勳) 역, 『윤복이의 일기(ユンボギの日記』, 1965년 6월.

⑪ 황 건, 안우식 역, 『개마고원(ケマ高原)』 상·하, 1965년 8~10월.

⑫ 이기영, 이승옥 역, 『유랑의 추억－한 여인의 운명(流浪の追憶－ある女性の運命)』, 1965년 11월.

⑬ 김용호 외, 오임준 역, 『아리랑 노랫소리－현대 남조선 시선(アリランの歌ごえ－現代南朝鮮詩選』, 1966년 3월.

⑭ 이승옥 편, 『歲月－現代南朝鮮文學』, 1967년 6월.

이들 중에서 ③④⑤⑥⑧⑨⑫는 조총련 산하기관 중의 하나인 '조선청년사(朝鮮青年社)'에서 간행한 것으로서 재일 조선인 2~3세들을 주요 대상으로 삼고 있다. ⑦⑪은 일본 공산당계의 출판사에서 간행한 것이며, ⑩ ⑬ ⑭는 재일 조선인이 경영하는 출판사에서 간행한 것이다. 말하자면 정치적 계몽이나 민족적 자부심을 우선하고 경제적 채산이나 시장성은 경시한 채 오로지 목적의식적 출판물로써 간행한 셈이다. 앞에서 1965년이 남북이 역전되는 분수령이 되었다고 말했으나, 60년대 전반은 여전히 북한 쪽 성향의 출판물이 압도적 우세에 있었고, 북한문학과 북한에서 좋다고 인정한 소수의 남한 쪽 문학의 소개가 대부분이었다. 역자 역시 ②⑩을 제외한 모두가 조총련계 인사이고, ⑨는 평양에서 직접 번역한 것이다. ②는 중국어로 번역된 것을 중역한 것이며, ⑩은 전후 일본인의 손에 번역된 단행본의 효시가 되었다.

6.

2차 대전 후 일본인에 의해 조선문학 작품이 처음 번역되어 등장한 것은 오사카 외대[大阪外大]의 쓰카모토 이사오에 의한 『윤복이의 일기』이다. 그 후 '일본조선연구소'(이사장 후루야 사다오[古屋貞雄])의 기관지 『조선연구(朝鮮研究)』에 저자의 번역으로 게재된 조명희의

「낙동강(洛東江)」(1966년 10월), 최서해의 「탈출기(脫出記)」(1966년 11월)와 가지이 노보루[梶井陟]가 번역한 한설야의 「과도기(過渡期)」 등이 역시 초기 조선문학의 번역권에 드는 작품이 될 것이다. 임동권의 「민요에 반영된 항일의식(民謠に反映した抗日意識)」(『일본에 호소한다 −한국의 사상과 행동(日本に訴える−韓國の思想と行動)』에 실림)과 윤세중의 『붉은 신호탄[赤い信號彈]』은 모두 저자의 번역으로 1966년과 67년에 간행되었다. 가지이는 당시 남과 북 양쪽에서 등한시했던 한설야의 초기 단편을 문학사적으로 파악하여 이를 번역해내 일본인 연구자로서 독자적 위치에 서 있었고, 저자 역시 남과 북 양쪽의 문학에 모두 관심을 두고 번역하고 있다. 이와나미[岩波]의 월간잡지인 『문학(文學)』에서는 윤학준을 필자로 기용하여 「현대 조선문학의 현상과 과제(現代朝鮮文學の現狀と課題)」라는 제목으로 남한문학에 대해 조명했으며(1964년 8월호), 그 다음 호에는 북한의 문학에 대하여 박춘일에게 집필토록 하는 시대가 왔던 것이다.

1970년 12월, 『조선문학−소개와 연구(朝鮮文學−紹介と研究)』가 6명의 일본인의 손에 의해 고고(呱呱)를 터뜨리게 되었다. 그 다섯 필자는 가지이 노보루[梶井陟], 다나카 아키라[田中明], 오구라 히사시[小倉尙], 이시카와 세쓰[石川節], 조 쇼키치[長璋吉], 그리고 저자였다. 당시 가지이는 중학교의 이과(理科) 교사였고, 다나카는 신문사 근무, 저자는 와세다 대학의 중국어 조교수, 오구라는 잡지사 근무, 조 쇼키치는 한국유학을 마친 실업자인 관계로 어느 누구도 조선문학 연구자로서의 전문적인 생활이 가능한 사람은 없었다. 나중에서야

가지이가 도야마 대학의 조선어 조선문학과의 주임교수가 된 것을 시작으로 다나카는 다쿠쇼쿠[拓殖] 대학, 조 쇼키치는 도쿄 외대[東京外大]에서 전임이 되고, 저자도 와세다 대학내에서 배치 전환되어 각각 조선문학연구를 직업으로 삼게 되었다. 그런데 이는 극히 느린 속도이긴 하지만 일본 사회가 조선어문학의 연구자를 필요로 한 결과였을 뿐, 『소개와 연구』는 처음부터 끝까지 아마추어 집단이었다. 이 동인지의 모체는 '조선문학회(朝鮮文學の會)'였는데, 잡지의 창간에 이르기까지 2년 동안의 월례 연구 활동과, 와세다대학 오무라 연구실에서 5년간에 걸친 주1회 작품 강독을 계속해왔다. 동인지를 발행한 동기도 강독한 작품을 번역하여 기록으로 남기려는 것이었다. 창간호의 「동인의 말」에서 저자는 다음과 같이 말했었다.

> 우리의 모임에 회칙은 없다. 하지만 적어도 이 모임이 ① 일본인의 적어도 일본인을 주체로 한 모임이라는 점, ② 백두산 이남, 현해탄에 이르기까지의 지역에 살았던, 그리고 살고 있는 민족이 낳은 문학을 대상으로 하고 있다는 점을 원칙적으로 확인해두자. 우리들의 마음속에 38선은 없다.

이 계간지는 3년 8개월 동안에 12호까지를 발간하고 종간되었다. 그 동안 논문이 9편, 에세이가 10편, 번역으로는 소설 29편, 시 24편, 시조 12편, 동화 7편, 동시·동요 7편, 민요 4편, 평론 4편이 게재되었다. 작품의 선택은 해방 전후에 두루 걸쳐 있으며, 해방 뒤에는 남과 북을 함께 대상으로 삼았다.

또 하나 일본인이 번역소설을 기고했던 잡지가 있다. '일한친화회
(日韓親和會)'의 기관지인『친화(親和)』였다.『친화(親和)』는 1967년
이후 한국문학의 소개를 꾀하여 종간될 때까지 86편을 실었다. 86
편 모두가 일본인의 번역으로 보이지는 않는다. 번역의 수준도 옥석
이 뒤섞인 격이었다. 북한의 문학은 완전히 시야 밖에 놓여 있고, 남
한 쪽의 문학이라도 '현실 참여파'의 것은 취하지 않는다는 특색이
있었다.

70년대에 들어오면, 갖가지 형태로 한국문학의 출판물이 급증한
다. 서울에서 나온 일본어 잡지 중,『한국문예(韓國文藝)』(1976~1980
년쯤)에는 전편에 현대 한국문학의 번역이 가득 차 있었고(약간 무질
서하게), 월간『아시아 공론[アジア公論]』에도 매호 번역소설이 게재되
었다. 한국에서 편찬·번역되어 일본에서 발매되었던 김소운 역
『현대한국문학선집(現代韓國文學選集)』전5권은 종래에 볼 수 없었던
분량을 자랑하지만, 한국에서의 작품 선택이 일본의 출판물로서 반
드시 적절하다고는 할 수 없었고, 또한 번역도 김소운 스스로가 한
것으로 보이지는 않는다.

'조선청년사'의 출판물처럼 조총련에 의한 번역 출판도 그 당시까
지 상당히 많았는데, 그 중에는 평양의 '외국문(外國文)출판사'에서
출판된 책이 재판(再版)된 것도 있었다.

또한 70년대는 김지하의 시대이기도 했다. 저널리즘에서는 한국
문학이 곧 김지하라는 식으로 소란스러웠고, 번역과 평론이 몇 종류
씩이나 출판되었다. 하지만 지나치게 운동의 측면에서만 비추어져

김지하를 단순히 권력에 저항하는 정치인사로서 받아들였을 뿐, 한국문학의 틀 안에서 이해하려들지는 않았다. 예를 들면 「진오귀[チノギ]」와 같은 연극대본은 1920년대 후반의 프롤레타리아 연극처럼 전투적이기만 할 뿐, 구성도 유치하고 사용하는 낱말도 빈약하여 도저히 김지하의 작품이라 여겨지지 않음에도 불구하고, 일본을 대표하는 종합잡지 중의 하나인『중앙공론(中央公論)』에 김지하의 이름으로 당당히 발표될 정도였다. 말하자면 일본에서의 김지하는 한국 사회에 살고 있는 김지하와는 동떨어진 별개의 존재였던 셈이었다. 번역에는 으레 오역이 있게 마련이고 저자에게도 그러한 경험이 있다. 하지만 아무리 그렇다 치더라도 김지하 작품의 번역은 지나칠 정도였다. 번역자에게 그럴 만한 힘이 없는데 저널리즘으로부터 독촉을 받다보니, 김지하의 종횡무진 하는 토착적 언어구사 능력을 미처 좇아갈 수가 없었을 것이다. 저자는 「김지하 작품 번역에서의 어학상의 문제점(Kimjiha作品飜譯における語學上の問題點)」(『紀要』 21호, 早稻田大 어학교육연구소)에서 원문과 각종 번역물을 나열, 비교 검토한 적이 있다.

'조선문학회'에 모였던 조·가지이·다나카, 그리고 저자도 각각의 분야에서 그런 대로 작업을 계속하고 있다.『조선문학―소개와 연구』에 실렸던 것 중에서 뽑은 작품들을 단행본 2권으로 묶은『현대조선문학선(現代朝鮮文學選)』(1973~1974년)은 체계적인 계통을 세워서 출판한 것은 아니었지만, 선택된 작품들은 문학으로서의 일정한 수준을 유지하고 있다고 볼 수 있을 것이다. 이 기간에 조가 행한

주요한 작업으로는 서울 유학의 기록들을 묶은『나의 조선어 소사전(私の朝鮮語小辭典)』(1973년 11월)과 평론『한국소설 읽기(韓國小說を讀む)』(1977년 10월)가 있고, 김우종이 지은『한국현대소설사(韓國現代小說史)』를 번역하기도 했다. 저자는 이 기간 동안에 김윤식의『한일문학의 관련양상』(일역서는『상흔과 극복[傷痕と克服]』)과 임종국이 지은『친일문학론』을 번역하였다.

고전문학사로는 일본어로 써 내려간 김동욱의『조선문학사(朝鮮文學史)』가 있는데, 현대문학 쪽의『한국현대소설사(韓國現代小說史)』번역과 함께 고전과 현대 양쪽이 갖추어져 조금씩 연구의 기반이 정비되었다고 할 수 있을 것이다.

『조선문학—소개와 연구』의 제5호를 펴낸 시점에서 동인을 그만둔 다나카는, 연구 영역을 넓혀 역사·정치·사상사의 분야에서 활동을 계속하고 있다.

이들『조선문학—소개와 연구』의 동인들과 거리를 두고 간헐적으로 남한의 문학에 대해 발언하고 있는 시부야 센타로[澁谷仙太郎]와 이데 구주[井手愚樹], 이데 켄주[井手賢樹]가 있다. 셋 다 필명으로 실은 동일인물이다. 후에 하기와라 료[萩原遼]란 필명도 썼다. 김지하 붐을 타고 70년대 후반에 활약했으나 80년대에 들어서 침묵하고 있다.

조총련계에 속하지 않은 재일동포로서 많은 일을 하고 있는 이는 김학현인데, 평론 활동을 하고 있다.

안우식, 강순과 이승옥도 탈조총련계의 문인으로서 이 시기에 많은 번역물을 내놓았다. 어려운 생활 속에서도 한국문학에 대한 집념을 잃지 않고 있었다.

70년대에 공개적으로 출판되었던 조선문학 관계의 단행본을 각 장르별로 열거하면 다음과 같다.

① 문학사 · 평론 · 기타

- 김일성, 『革命的文學藝術論』, 未來社, 1971년 9월.
- 김사엽 · 조연현 『朝鮮文學史』, 北望社, 1971년 12월.
- 김동욱, 『朝鮮文學史』, 일본방송출판협회, 1974년 12월.
- 김우종, 조 쇼키치 역, 『韓國現代小說史』, 龍溪書舍, 1975년 3월.
- 김태준, 안우식 역, 『朝鮮小說史』, 平凡社, 1975년 4월.
- 김윤식, 오무라 마스오 역, 『상흔과 극복(傷痕と克服)』, 朝日新聞社, 1975년 7월.
- 김지하, 이데 구주 편역, 『내 영혼을 해방시켜라(わが魂を解き放せ)』, 大月書店, 1975년 7월.
- 다나카 아키라, 『서울 실감록(ソウル實感錄)』, 北洋社, 1975년 9월.
- 김지하 외, 이데 구주 편역, 『良心宣言』, 大月書店, 1975년 12월.
- 무로 겐지(室謙二) 편, 『김지하─우리들에게 있어서의 의미(金芝河─私たちにとつての意味)』, 三一書房, 1976년 9월.
- 최인학, 『한국 옛날이야기 연구(韓國昔話の研究)』, 弘文堂, 1976년 9월.
- 임종국, 오무라 마스오 역, 『親日文學論』, 高麗書林, 1976년 12월.
- 송민호, 김학현 역, 『조선의 저항문학(朝鮮の抵抗文學)』, 拓植書房,

1977년 2월.

- 아사오 다다오(淺尾忠男), 『김지하의 세계(金芝河の世界)』, 淸山社, 1977년 3월.

- 이데 구주, 『한국의 지식인과 김지하(韓國の知識人と金芝河)』, 靑木書店, 1977년 4월.

- 아사오 다다오 외, 『金芝河』, 淸山社, 1977년 10월.

- 조 쇼키치, 『한국소설 읽기(韓國小說を讀む)』, 草思社, 1977년 10월.

- 이어령, 배강환 역, 『한의 문화론(恨の文化論)』, 學生社, 1978년 3월.

- 김지하, 김지하 간행위원회 편역, 『苦行』, 中央公論社, 1978년 9월.

- 김열규, 요다 치호코(依田千百子) 역, 『한국 민간전승과 민화의 연구(韓國民間傳承と民話の硏究)』, 學生社, 1978년 12월.

② 소설

- 히야마 히사오(檜山久雄) 편, 『아시아의 각성(アジアの目覺め)』, 學藝書林, 1970년 8월.

- 희망출판사 편, 『韓國名作短篇集』, 한국서적 센터, 1970년 10월.

- コ・ビョンサム 외, 『불꽃 속에서(炎のなかで)』, 朝鮮靑年社, 1970년 12월.

- 작자 미상, 『조선의 어머니(チョソンの母)』, 평양 외국문출판사, 1972년.

- 조선문학회 편, 『現代朝鮮文學選』 I・II권, 創土社, 1973년 1월・1974년 8월.

- 김동리 외 편, 김소운 역, 『現代韓國文學選集』 1~5권, 冬樹社, 1973

년 4월~1976년 11월.

- キム・ボヘン 外, 現代朝鮮短篇小說集飜譯委員會 역,『밀림의 봄(密林の春)』, 朝鮮青年社, 1973년 5월.

- 안우식 외 편,『金史良全集』1~4권, 河出書房, 1973년 1월~1974년 9월.

- リュ・ドヒィ 外, 변재수 역,『비약의 나날(飛躍の日日)』, 朝鮮青年社, 1974년 3월.

- コ・ドンオン 外, 변재수 역,『창조자들(創造者たち)』, 朝鮮青年社, 1974년 6월.

- 조선작가동맹중앙위원회 4·15문학창작단, 박춘일 역,『역사의 동이 트는 길(歷史の夜あけ道)』, 朝鮮青年社, 1974년 10월.

- キム・ヨングン, 변재수 역,『여교사의 노래(女敎師のうた)』, 1975년 2월.

- 오무라 마스오, 동화집『불개(火の犬)』, 高麗書林, 1975년 4월.

- 조선작가동맹중앙위원회 4·15문학창작단, 변재수 역,『불멸의 역사— 1932년(不滅の歷史−1932年)』, 朝鮮畫報社, 1975년 5월.

- 홍상규 역,『韓國古典文學選集』1~3권, 高麗書林, 1975년 6~9월.

- 조 쇼키치,『김동인 단편집』, 高麗書林, 1975년 11월.

- 마키세 아야키,『황진이·유관순』, 高麗書林, 1975년 11월.

- 정윤모, 변재수 역,『수난의 청춘(受難の靑春)』, 朝鮮青年社, 1975년 12월.

- 김성한, 김소운 역,『이마 이야기(イマ物語)』, 서울 太陽出版社, 1976년 7월.

- 집단창작, 변재수 역,『피바다(血の海)』, 朝鮮畫報社, 1976년 8월.

- 최인호, 시게무라 지케이(重村智計) · 후루노 요시마사(古野喜政) 역, 『바보들의 행진(ソウルの華麗な憂鬱)』, 國書刊行會, 1977년 1월.
- 윤진우, 박춘일 역, 『슬픔은 바다를 건너(悲しみは海をこえて)』, 朝鮮靑年社, 1977년 3월.
- 신석상 외, 이승옥 역, 『제국 유령 · 황구의 비명(帝國幽靈 · 黃狗の悲鳴)』, 同成社, 1978년 4월.
- 최인훈, 다나카 아키라 역, 『廣場』, 泰流社, 1978년 5월.
- 서용달 편역, 『침묵에 항거하여(沈黙に抗して)』, 中央公論, 1978년 5월.
- 이청준, 조 쇼키치 역, 『씌어지지 않은 자서전(書かれざる自敍傳)』, 泰流社, 1978년 6월.
- 집단창작, 변재수 역, 『어느 자위단의 운명(ある自衛團員の運命)』, 朝鮮靑年社, 1978년 9월.
- 윤정규 외, 이승옥 역, 『공포의 계절 · 아리랑(恐怖の季節 · アリラン)』, 同成社, 1978년 11월.
- 윤흥길, 강순 역, 『장마(長雨)』, 東京新聞社, 1979년 4월.

③ 시
- 김지하, 시부야 센타로 역, 『긴 암흑 저편에(長い暗闇の彼方に)』, 中央公論社, 1971년 2월.
- 김지하, 간순 역, 『五賊 · 黃土 · 蜚語』, 靑木書店, 1972년 7월.
- 김사엽, 『조선의 마음—민족의 시와 진실(朝鮮のこころ—民族の詩と眞實)』, 講談社, 1972년 9월.

- 조선작가동맹 시문학분과위원회, 『우리의 태양 김일성 원수(われらの 太陽キム・イルソン元帥)』, 朝鮮畵報社, 1973년 9월.
- 김지하, 김지하작품집 간행위원회 편역, 『김지하, 민중의 소리(金芝河 民衆の聲)』, 사이마루(サイマル) 출판사, 1974년 7월.
- 김지하, 강순 역, 『金芝河詩集』, 靑木書店, 1974년 9월.
- 김지하, 이희성 역, 『不歸』, 中央公論社, 1975년 12월.
- 김지하, 이데 구주 역, 『金芝河作品集』 1·2권, 靑木書店, 1976년 2월~5월.
- 우노 슈야(宇野秀弥) 역, 『조선문학시역』 16~70호, 1977년 11월~ 1989년 10월
- 신경림, 강순 역, 『農舞』, 梨花書房, 1977년 12월.
- 김사엽, 『한국-시와 에세이의 여행(韓國-詩とエッセーの旅)』, 六興出 版社, 1978년 2월.
- 윤학준, 『時調』, 創樹社, 1978년 4월.
- 양성우, 강순 역, 『겨울공화국(冬の共和國)』, 晧星社, 1978년 7월.
- 김수영, 강순 역, 『거대한 뿌리(巨大な根)』, 梨花書房, 1978년 7월.
- 유진오 외, 허집 편역, 『韓國發禁詩集』, 二月社, 1978년 10월.
- 이한직, 다나카 아키라 역, 『李漢稷詩集』, 昭森社, 1979년 7월.
- 신동엽, 강순 역, 『껍데기는 가라(脫穀は立ち去れ)』, 梨花書房, 1979년 7월.
- 若松實, 『대역·주석, 한국의 옛시조(對譯注釋韓國の古時調)』, 高麗書 林, 1979년 9월.

④ 민화 · 신화 등

• 손진태, 『조선의 민화』(재간), 이와사키미술사, 1968년 4월.

• 최인학, 『韓國昔話百選』, 일본방송출판협회, 1974년 11월.

• 박영준 편, 한국문화도서출판사 편집부 역, 『한국의 민화와 전설(韓國
の民話と傳說)』, 1975년 8월.

• 일연, 김사엽 역, 『三國遺事』, 朝日新聞社, 1976년 4월.

• 김봉현, 『조선의 전설(朝鮮の傳說)』, 國書刊行會, 1976년 7월.

• 최인학, 『조선전선집』, 일본방송출판회, 1977년 3월.

• 양병호, 『韓國代表民譚選』, 大韓公論社, 1977년 3월.

• 이영규, 『대성산 전설집』, 평양: 외국문출판사, 1977년.

• 현용준, 이전시 역, 『제주도의 민화』, 대일본 회화교예(巧藝)미술,
1976년 9월.

• 김열규, 泊勝美(도마리 가쓰미) 역, 『한국신화의 연구』, 학생사, 1978년.

• 허집, 『조선의 옛날이야기(朝鮮のむかしばなし)』, 朝鮮靑年社, 1979
년 7월.

⑤ 전기 · 기행문 · 수필 등

• 조선로동당중앙위원회, 『조선 인민의 자유와 해방』, 미래사, 1971년.

• 하토리 류타로(服部龍太郞), 『제주도 민요 기행』, 미래사, 1972년.

• 무궁화회, 『身世打鈴』, 東都書房, 1972년 8월.

• 김사량, 안우식 역, 『鴛馬万里』, 朝日新聞社, 1972년 8월.

• 조 쇼키치, 『나의 조선말 소사전(私の朝鮮語小辭典)』, 北洋社, 1973년 11월.

- 신유한, 강재언 역, 『海遊錄』, 平凡社, 1974년 5월.

- 김진홍, 고바야시 사와코 역, 『새벽을 알리는 종(曉を呼びさます鐘)』, 新敎出版社, 1975년.

- 장준하, 안우식 역, 『石枕』 상・하, 사이마루 출판사, 1976년 8월.

- 전태일, 변재수 역, 『불꽃과 청춘의 외침(炎と青春の叫び)』, 朝鮮青年社, 1977년 11월.

- 오오무라 마스오・난리 도모키(南里知樹) 편, 『어느 항일운동가의 발자취(ある抗日運動家の軌跡)』, 龍溪書舍, 1978년 3월.

- 박지원, 이마무라 요시오(今村與志雄) 역, 『熱河日記』 1・2권, 平凡社, 1978년 3〜4월.

- 김소운, 『가깝고도 먼 나라에서(近く遙かな國から)』, 신쵸사(新潮社), 1979년 12월.

7.

1980년대 한국문학에 관한 연구 및 소개의 흐름을 역사적으로 파악하려면 좀더 시간이 흘러야 할 것 같다. 저자 스스로의, 또는 동료・후배 연구자들의 성과를 객관적으로 서술한다는 것도 어려운 일이거니와, 지금은 다만 1980년대 일본 사회 속에서 한국문학이 어떤 상황에 놓여 있었는가 하는 것을 생각나는 대로 적어보고자 한다.

1984년에는 전두환 전 대통령이 일본에 왔었고, 곧이어 88년에는 한국에서 서울올림픽이 열렸었다. 이를 계기로 일본에서는 새롭게 한국 붐이 조성되기 시작했다. 인적 왕래는 이전에 비해 훨씬 빈번해졌고 일본내 텔레비전에 한국에 관한 영상이 나오지 않는 날이 없게 되었다. '고하쿠[紅白] 노래자랑'[1]에 한국의 가수들이 여럿 등장하는가 하면, 텔레비전·라디오에서는 '한글강좌'가 시작되었다. 한글로 된 책을 전철 안에서 들고 읽는 것은 어느 틈엔가 유행의 한 부분이 되었다. 1960년대에는 조선관계 도서를 구입할 수 있는 공식적인 유통기구가 없었기 때문에 책방에서 특별히 주문을 해야만 살 수 있었다. 그러던 것이 1970년대 들어서는 커다란 서점들에 조선 코너가 설치됨으로써 많이 편리해졌고, 1980년대에 들어서면서부터는 어떤 서점을 가더라도 한국 관계 책이 없는 곳이 없게 되었다. 이제 한국은 일본인에게 일상적으로 '가깝고도 가까운 나라'가 되었음에 틀림없다.

하지만, 이러한 한국 붐이 앞으로도 계속되어 이웃 나라에 대한 깊은 이해로까지 연결될 것인지는 솔직히 의심스럽다(실제로 1990년대에 들어와서는 거리의 외국어 학원이나 대학에서 조선어 강좌를 듣는 사람들이 줄어들고 있다. 올림픽은 끝났고, 일본의 기업들도 한국을 떠나기 시작했다). 우선 1980년대의 특징을 살펴보자.

---

1 고하쿠[紅白] 노래자랑 : 매년 12월 31일 저녁에 인기 있는 남성 가수를 백, 여성 가수를 홍으로 각각 편을 나누어 서로 노래 부르고 승부를 겨루는 노래자랑. 일본에서 시청률이 가장 높다.

① 먼저 무엇보다도 한국의 문화가 '가벼운 문화'라는 형태로 일본인에게 파악되었다는 점이다. 가벼우면서 즐겁게 놀이를 하듯이 이웃 나라를 이해하려드는 것은, 종래의 조선 연구자들이 지녔던 구도자적인 태도들에 비교하면 나름대로 신선한 데가 있긴 하다. 이러한 범주에 속하는 것들을 살펴보면 다음과 같다.

- 『윤무하는 서울(輪舞するソウル)』, 角川書店, 1985년 12월.
- 『서울 원체험-한국 생활을 즐기는 법(ソウル原體驗-韓國の生活を樂しむ法)』, 亞紀書房, 1985년 12월.
- 『서울 랩소디(ソウルラプソデイー)』, 草風館, 1985년 9월.
- 『좀 알고 싶어요, 한국(ちょっと知りたい韓國)』, 三修社, 1985년 7월.
- 『타오르는 한국-가기 전에 읽는 책(燃える韓國-行く前に讀む本)』, 毎日新聞社, 1987년 10월.
- 『이불 안에서 읽는 한국(ベッドの中で讀む韓國)』, 勁文社, 1988년 10월.
- 『한국을 걷는다-이렇게 즐길 수 있는 이웃 나라(韓國を步く-こんなに樂しめるとなりの國)』, 集英社, 1986년 2월.

이상은 몇 개의 예에 지나지 않는데, 이런 종류의 책들은 이보다 5배, 10배나 많이 시중에 널려 있다. 이런 책들이 나쁘다는 것은 아니다. 그중에는 나름대로 자극을 주는 것도 있다. 하지만 여행안내 서적이 지니는 가벼움을 부정할 수는 없다.

② 또한 1980년대에 들어와서 한국에 대한 일본인의 이해가 좋은

의미에서건 나쁜 의미에서건 대중의 수준으로 변화했다는 점이다. 유행가 · 대중가요의 세계에서도 일본과 한국은 간단히 국경을 넘나들고 말았다. 사진집이나 민속에 관한 책도 이 시기에 대량 출판되었고, 한국의 서민들 사이에서 1~2년간 살아본 일본인이 경험적인 실생활 수준의 한 · 일 문화론을 전개하는 일도 많아졌다.

③ 그럼에도 불구하고 문학관계의 출판량은 1970년대에 비해 오히려 반감되었다. 그 이유의 대부분은 조총련 조직이 그 동안 해오던 북한 문예작품의 번역 출판을 그만두었기 때문이다. 번역을 해봤자 일본인들이나 재일교포 3~4세 젊은이들에게 흥미를 불러일으킬 수 없다고 생각한 것인지, 아니면 경제적 이유 때문인지는 알 수 없다.

④ 80년대 들어 또하나 중요한 것은 남한에 대한 관심이 지대해진 반면, 북한에 대한 인식은 결여되어 있다는 것이다. 남북 분단의 사실은 알고 있지만 한반도 내부에서처럼 분단의 아픔을 현실적으로 느끼지 않는 것이다. 오히려, 『악몽의 북조선[惡夢の北朝鮮]』(光文堂, 1987년 6월), 『북조선의 비극-'김 왕조' 붕괴의 시나리오[北朝鮮の悲劇-'金王朝'崩壊のシナリオ]』(泰流社, 1986년 11월), 『김일성의 거짓말-테러국가 북조선이여 어디로[金日成の嘘-テロ國家北朝鮮よいずこへ]』(文藝春秋社, 1988년 7월) 등의 출판물에서 볼 수 있듯이 대형 출판사들까지도 노골적인 반(反)북한 캠페인에 가세하는 현상이 나타나기 시작했다. 이러한 영향 탓인지 1980년대에는 조총련계 학교의 학생들이 등하교 때마다 갖가지 모욕과 폭력을 당하는 사건이 계속되기도 하였다. '북한은 천국, 남한은 지옥'이라는 1950년대의 인식이 1980년대에

들어서는 '남한은 천국, 북한은 지옥'으로 뒤바뀌어 버린 것이다.

현재의 남북한 정부가 어떻든, 거기에 살고 있는 민중은 같은 민족이며 같은 언어를 쓰면서 생활하고 있다. 너무나 지당한 이야기지만 거기에는 어쨌든 인간의 삶이 있고, 문학이 있다. 우리들은 그 양쪽에 동등한 관심을 가져야 마땅하지 않을까 한다. 적어도 일본인이라면 부부싸움에서 어느 한쪽 편을 든다든지, 형제싸움에 부채질을 해대는 짓을 해서는 안될 것이다. 일본의 지식인들은 주체성을 가져야 하는 것이다. 초대된 여행에서 향응을 받고 그 나라의 정권을 칭송하는 문화인들이 80년대 이후에도 있는 것이 사실이나 우리는 그들의 말을 믿지 않는다.

⑤이런 상황에서도, 꼭 문학은 아니지만 한반도의 문학적 기반을 이해하는 데 도움을 주는 책들도 적지 않게 나왔다. 『조선을 아는 사전[朝鮮を知る事典]』(平凡社, 1986년 3월)은 말하자면, 일본의 조선학계가 온 힘을 기울인 것으로서 현재 일본이 가지고 있는 조선학 연구 수준을 나타내는 것이라 할 수 있다. 한국문화인류학회 편의 『한국의 민속대계[韓國の民俗大系]』(국서간행회) 전10권, '뿌리깊은나무사'의 『한국의 발견[韓國の發見]』 전11권도 '요미우리[讀賣]신문사'에서 출판되기 시작하였다.

문학분야에서의 성과 가운데 단행본은 이 논문의 말미에 분류해 놓았다. 우선, 그 중에서 눈에 띄는 것을 들어보면, 실로 오랜만의 대하소설 번역이라 할 수 있는 박경리의 『토지(土地)』 전8권(안우식 등 역)이 있다. 또한 김윤호의 『이야기조선시가사(物語朝鮮詩歌史)』는 대중성을 견지하면서도 책이름과는 달리 의외로 학술적인 책으로서, 한시·고려가요·시조를 포함한 시가의 역사를 좇고 있다. 이는 북한의 고전문학연구 성과를 섭취·소화해낸 것이다.

그밖에 해방 전의 단편 22편을 모아놓은 『조선단편소설선(朝鮮短篇小說選)』 상·하권(岩波書店, 1984년)과 해방 후 남한의 단편 19편을 수록한 『한국단편소설선(韓國短篇小說選)』(岩波書店, 1988년)은, 일본인의 눈으로, 그리고 문학사적 흐름을 읽어낼 수 있도록 작품의 선택에 신중을 기했다는 특색이 있다.

책의 수로 보면, 1980년대 이후에도 역·저자의 과반수가 재일교포(때로는 한국에 사는 한국인)로 채워져 있다. 이는 어쩔 수 없는 일이기도 하다. 다만 곤혹스럽게 여겨지는 것은 불성실한 번역을 해놓고는 필명을 쓰는 일이다. 번역은 시시한 논문을 쓰는 것보다 뜻 있는 작업이므로 마땅히 실명을 써야 할 것이다.

⑥ 일본 내에 조선문학 연구자가 부족한 것은 현실이다. 나중에 열거해보겠지만, 일본인 전문 연구자는 고전문학 3명과, 현대문학 5명뿐이다. 따로 직업이 있는 연구자, 대학의 비상근 강사, 대학원 박사과정생을 넣어도 겨우 10여 명밖에 안된다. 연구할 분야는 너무나 넓고 깊으며, 사회적인 요구 또한 다방면에 걸쳐 있으면서도 현실적으로는 도저히 분업화가 불가능한 상황인 것이다. 전임 교수의 정원제를 세워놓고 한 사람이 그만두면, 같은 전공의 교수를 꼭 한 사람만 채용하는 식의 기존의 대학들에 기대를 걸 수는 없다. 조선학이라는 전문과정을 지닌 학과나 코스를 신설하겠다는 영단을 내릴 만

한 대학 관리자의 출현, 그것이 아니면 튼튼한 경제적 기반을 지닌 민간 연구재단의 설립이 요청된다고 하겠다.

8.

마지막으로 문학 연구자들과 그들의 주요한 작업들을 소개하기로 하자. 지금까지는 재일교포의 활동을 포함하여 이야기를 해왔으나, 이번 장에서는 순수 일본인 연구자·번역자에만 한정시켜 살펴보도록 한다.

│ 조 쇼키치長璋吉(1941~1988년)

그는 한국에서 문학작품이 나오면 즉시 흐름을 따라 읽고 빨리 소개하던 제1인자였으나, 안타깝게도 1988년에 뇌종양으로 타계했다. 『나의 조선어 소사전—서울 유학기[私の朝鮮語小辭典—ソウル遊學記]』(1973년)에서는 스스로의 체험을 기초로 하여 하나하나의 낱말을 창문(窓門)으로 삼아 한국 사회를 관찰하고 있다. 이는 유학기(留學記)의 효시로서 한일회담 체결 직후의 한국의 모습을 자신의 눈높이에서 파악하고 있다. 그의 문학연구 방법은 문학을 국제정세나 일본의 침략사로부터 풀어내는 것이 아니라, 낱말 하나하나를 감각적으로 살펴 자기 것으로 만드는 데서 출발하고 있다. 두 번째 야심작인『평상복 차림의 조선어－나의 조선어 소사전[普段着の朝鮮語－私の朝鮮語小辭典]』(1988년)은 약간 진부한 느낌이 없지 않았다.『한국소설 읽기[韓國小說を讀む]』(1977년)는 한국의 현역 작가들의 작품론이라고 할까, 독후감 같은 글이다. 황순원·장용학·손창섭·서기원·최인훈·김승옥·박태순·이청준·최인호의 작품을 각각 1편씩 다루고 있다.

번역으로는 김우종의『한국현대소설사(韓國現代小說史)』와 이청준의『쓰어지지 않은 자서전[書かれざる自敍傳]』이 있고, 학술 논문에는「이태준(李泰俊)」(『朝鮮學報』92호)이 있다. 유고집인『조선·말·인간(朝鮮·言葉·人間)』(河出書房新社, 1989년 10월)에는 이미 간행된 단행본을 제외한 그의 저작이 거의 빠짐없이 수록되어 있다.

｜ 가지이 노보루梶井陟(1927~1988년)

『조선인 학교의 일본인 교사[朝鮮人學校の日本人教師]』(1974년)는 자전적 에세이로서, 글쓴이의 성실한 인간성을 엿볼 수 있다.『조선어를 생각한다[朝鮮語を考える]』(1980년)는 일본인 사회에서의 조선어 교육의 역사를 추적한 역작이었다.

문학관계의 논문으로는 다음과 같은 것들이 있다.

• 「조선문학 번역의 발자취(朝鮮文學飜譯の足跡)」 1~12, 계간『三千里』22~33호, 1980~1983년.

- 「근대 일본인의 조선문학관(近代における日本人の朝鮮文學觀)」, 『朝鮮學報』 119 ·120합병호, 127집, 1986년 7월.
- 「현대조선문학에 대한 일본인의 대응(現代朝鮮文學への日本人の對應)」, 『조선을 둘러싼 중국과 일본, 그 세 나라 사이의 어학·문학의 상호 교류에 관한 종합적 연구(朝鮮をめぐる中國と日本, その三國間の語學·文學の相互交涉に關する總合的研究)』, 1983년.
- 「조선 근·현대소설의 작가별 번역작품 연보(朝鮮近現代小說の作家別飜譯作品年譜)」, 『富山大學人文學部紀要』 8호, 1984년.
- 「잡지 『조선』과 『조선 및 만주』에서의 조선문학의 위치(雜誌『朝鮮』ならびに『朝鮮及滿洲』における朝鮮文學の位置)」, 『富山大學人文學部紀要』 7호, 1983년.

위의 논문들은 제목에서 볼 수 있듯이, 일본인의 조선문학관이 그의 평생 동안의 문제의식이었다고 할 수 있다. 2차세계대전 후 일본에서 가장 먼저 조선어 교육과 조선문학 연구를 정열적으로 진행했던 선배였다.

| 다나카 아키라田中明

날카로운 논조를 지닌 그의 평론은 최근에는 문학을 떠나 역사·사상·정치에까지 미치고 있는 듯하다. 이미 나온 그의 저서에 수록되어 있지만 중요한 문학관계 논문에는 다음과 같은 것들이 있다.

- 「문학의 대중화와 문장의 개혁」, 『文藝中央』, 1979년 봄호.
- 「전후 일본에서의 조선문학의 소개(戰後日本における朝鮮文學の紹介)」, 『코리아 평론(コリア評論)』, 1978년 9월호.
- 「조선문학에 대한 일본인의 관련양상(朝鮮文學への日本人のかかわり方)」, 『文學』, 1970년 11월호.

그리고 번역서에는 최인훈의 『廣場』, 천관우의 『한국사에 대한 새로운 시점[韓國史への新視點]』이 있다. 지난해 『新東亞』를 무대로 하여 박경리 씨와 떠들썩한 논쟁을 벌였었다.

| 사에구사 도시카츠三枝壽勝

도쿄 외대의 사에구사 연구실에서는 매달 한 번씩 '조선문학연구회'의 모임이 열려 동일본(東日本)의 연구자들이 모이고 있다. 현재 회원은 졸업생과 젊은 한국인 연구자를 포함하여 10여 명인데, 문학연구회로서는 일본 국내에서 이것이 유일한 것이다.

사에구사의 문학관계 논문에는 다음과 같은 것들이 있다.

- 「屈服과 克服의 말-日帝末期 韓國文學이 제기하는 問題點」, 『文學과 知性』 28호, 1977년 여름호.
- 「1940년대의 소설에 대하여(1940年代の小說について)」, 『朝鮮學報』 86집, 1978년.

- 「이태준 작품론─장편 작품을 중심으로(李泰俊作品論─長篇作品を中心として)」, 九州大學 『史淵』 117집, 1980년.

- 「해방 후의 이태준(解放後の李泰俊)」, 九州大學 『史淵』 118집, 1981년.

- 「『無情』에서의 유형적 요소에 관하여─이광수론(『無情』における類型的要素について─李光洙論)」, 『朝鮮學報』 117집, 1985년.

- 「8・15 이후의 친일파문제(8・15以後における親日派問題)」, 『朝鮮學報』 118집, 1986년.

- 「이광수와 불교(李光洙と佛敎)」, 『朝鮮學報』 137집, 1990년 10월.

- 「김동인에 있어서의 근대문학─아이러니의 좌절(金東仁における近代文學─イロニーの挫折)」, 『朝鮮學報』 140집, 1991년 7월.

편역서에는 조 쇼키치와 저자가 함께 펴낸 『조선단편소설선(朝鮮短篇小說選)』 상・하권(岩波書店, 1986년)과 『한국단편소설선(韓國短篇小說選)』(岩波書店, 1988년)이 있다.

┃ 오무라 마스오(저자)

1970년 이후의 조선문학관계에 한정(어학・중국관계를 제외)하여 중요한 것들을 들어보면 다음과 같다(저자의 약력과 저서는 이 책 뒤에 있으므로 생략한다).

이상 ①에서 ⑤까지의 다섯 명의 연령층을 살펴보면 다나카가 1926년, 가지이가 1927년, 저자가 1933년, 조와 사에구사가 1941년생으로 약간의 차이는 있지만, 이들 모두가 제1기에 속한다 할 수 있을 것이다. 문학적 관심과 범위는 물론 다르고, 연구방법이나 지향하는 바도 각기 다르다. 가지이는 조선어 교육과 일본인에 의한 조선문학의 소개·연구사에 가장 큰 관심이 있고, 다나카는 역사와 사상면에 깊은 흥미를 갖고 있으며, 조는 언어의 감각적인 파악을 주로 하고 있다. 저자는 중국·북한의 문학에 대해서도 연구 영역을 넓혀가고 있으며, 사에구사는 이광수부터 본격적으로 접근하기 시작하여, 그 후의 근대문학의 전개에 전반적으로 관심을 두고 있다.

한편 제2기에 속하는 조선문학 연구자로는 시라카와[白川豊]·세리카와[芹川哲世]·고노[鴻濃映二] 등이 있는데, 이들은 마흔 살 남짓한 젊은 사람들로 모두 긴 한국 유학 경험을 지니고 있다. 특히 세리카와[芹川哲世]는 유학이라기엔 너무 오랜 기간인 18년 동안을 한국에서 살았다.

｜ 시라카와 유타카[白川豊]

시라카와의 연구논문으로는, 아래와 같은 것이 있다.

- 「韓國近代文學草創期의 日本的影響－文人들의 日本留學體驗을 中心으로」, 1982년.

- 「한·일·중 삼국 문인의 유학체험고(韓·日·中三國文人の留學體驗考)」, 1982년.
- 「韓中現代小說에 나타난 리얼리즘」, 1983년.
- 「韓·日口碑文學對比小考－판소리와 가타리모노(語り物)[2]를 中心으로」, 1984년.
- 「장혁주의 조선어 작품고(張赫宙の朝鮮語作品考)」, 1986년.
- 「장혁주의 일본어 소설고(張赫宙の日本語小說考)」, 1987년.
- 「戰前期日本文學界의 狀況과 張赫宙」, 1989년.

그밖에 시라카와는 그의 논문들을 한데 묶어서 「장혁주연구(張赫宙研究)」라는 제목으로 한국의 동국대학교에서 박사학위를 수여받기도 하였다.

| 고노 에이지 鴻農映二

- 「한국인 문학자의 일본어 수용(韓國人文學者の日本語受容)」, 『日語日文學研究』, 1981년.
- 「소월·일본어 작품의 유형연구(素月·日本語作品の類型研究)」, 『國際大論文集』, 1982년.
- 「한국의 전후 시인들(韓國の戰後詩人たち)」 1～7, 『아시아 공

---

2 語り物[가타리모노] : 곡조를 붙여 악기에 맞추어 낭창(朗唱)하는 이야기나 읽을거리.

론』(서울발행), 1983년 11월~1984년 10월.

- 「한국의 근대시인들(韓國の近代詩人たち)」 1~7,『韓國文化』, 1984
  년 7월~1985년 2월.
- 「韓國現代詩人論」 1~6,『아시아 공론』, 1985년 1~6월.

    이상의 5편이 중요한 것으로서, 이외에도 「윤동주(尹東柱), 그 죽음의 수수께끼」(『현대문학』, 1980년 10월호) 등 다수의 평론이 있다.

    번역서로는 시라카와와 공역한 서정주의『조선 민들레의 노래[朝鮮タンポポの歌]』(冬樹社, 1982년),『신라풍류(新羅風流)』(角川書店, 1986년 11월)가 있다. 편역서에는『신기한 항아리·춘향전[ふしぎな瓶·春香傳]』(第三文明社, 1989년)이 있으며, 이 밖에도『제비의 보은[つばめの恩がえし]』·『을지문덕장군(乙支文德將軍)』(大學書林, 1982년) 등 설화의 번역이 있다. 또한 계간『한국문예(韓國文藝)』의 1980년 봄호에서 이듬해 겨울호까지에 걸쳐 현대소설 29편을 번역하여 싣기도 했다.

| 세리카와 뎃세이 芹川哲世

- 「韓日開化期政治小說의 比較硏究」, 1976년.
- 「韓日開化期寓話小說의 比較硏究 – '人類攻擊禽獸國會'와 '禽獸會議錄'을 中心으로」, 1977년.

    이외에도 한국의 학회지 등에 발표된 논문이 더 있으리라 여겨진다.

위의 연구자들 말고도 젊은 인재들이 더 있는데, 세키네 하루코[關根春子]는 「이광수장편소설연구(李光洙長篇小說研究) — 『무정(無情)』·『재생(再生)』·『흙』의 여성관(女性觀)을 중심으로」(1983년), 오노 나오미[小野尙美]는 「이광수『무정』의 자전적 요소에 대하여[李光洙『無情』の自傳的要素について]」(『朝鮮學報』127호, 1988년)라는 논문을 발표했다.

규슈[九州] 대학의 박사과정에 적을 두고 있는 후지이시 다카요[藤石貴代]는 「김종한론(金鍾漢論)」(『東洋史論集』17集, 九州大學, 1989년)과 『문장』지 출신 시인의 시사적 의의(『文章』誌出身詩人の詩史的意義」, 1990년)를, 서울대학교에서 박사과정을 밟고 있는 스기사와 이즈미[杉澤いずみ]는 「신시초창기(新詩草創期)의 시관(詩觀)에 미친 중(中)·일시론(日詩論)의 영향(影響)」(1990년)이라는 논문을 썼다.

또한 니이가타[新潟] 대학 강사인 하타노 세츠코[波田野節子]는 「이광수의 민족주의 사상과 진화론[李光洙の民族主義思想と進化論]」(『朝鮮學報』136집, 1990년 7월)과 「이광수의 자아—작품을 통해서 본 이광수의 제1차 유학시절의 세계관[李光洙の自我—作品を通して見た李光洙の第一次留學時代の世界觀]」(『朝鮮學報』139집, 1991년 4월)을 썼다. 이 하타노의 논문은 실증적·본격적인 이광수론이다.

그 외에도 정확한 논문 제목은 알 수 없으나 오가와 가요코[小川佳世子]에게는 '이상(李箱)론', 마에다 마사히코[前田眞彦]에게는 최인훈의 '광장론', 가모시타 히로미[鴨下ひろみ]에게는 '이효석론'이 있다.

이러한 젊은이들의 활약과 이들의 뒤를 이을 연구자들이 나타나기를 간절히 바랄 뿐이다.

40~50대의 연령으로 고등학교 교사이면서 조선문학에 정열적으로 매달리는 세 명의 연구자가 있다.

우선 우노 슈야[宇野秀彌]. 일본사를 가르치는 고등학교 교감으로서 벅찬 업무에도 불구하고 1974년 2월부터 88년 4월에 이르는 동안에 무려 66권에 달하는 『조선문학시역(朝鮮文學試譯)』을 번역·간행하였지만, 재작년에 애석하게도 세상을 떠났다. 번역작품은 현대 단편소설·신소설·시조·가사(歌辭)·전기(傳記)·민속극 등으로 다양하지만 가장 많은 것은 고전소설이다. 번역의 정밀도면에서는 군데군데 아쉬움이 남지만, 시장성도 없는 번역 시리즈를 15년에 걸쳐 66권이나 간행해 낸 노고를 생각하면 고개가 숙여진다.

필명 이부키 고[伊吹鄕]는 고등학교 수학교사로서 윤동주의 『하늘과 바람과 별과 시[空と風と星と詩]』(記錄社, 1984년), 이육사의 시문집 『청포도[靑ぶどう]』(筑摩書房, 1990년)를 번역하였다. 앞 책의 편자는 윤일주인데, 편자가 번역에도 깊이 관여하고 있다. '筑摩書房'에서 발행된 고등학교 교과서에는 시인 이바라기 노리코[茨城のり子] 씨의 글이 실려 있는데, 그 속에 이부키가 번역한 윤동주의 「서시」가 인용되어 있다.

나카무라 오사무[仲村修]도 고등학교 교사이며 아동문학 전문연구자이다. 『계간 메아리―조선 아동문학 번역과 연구[季刊メアリ―朝鮮兒童文學飜譯と硏究]』는 1983년 10월에 창간되어, 87년 12월까지 11호를 낸 후 잠시 휴간되고 있는데, 주로 해방 전후 남한의 동시·

동화·동요를 다수 번역하였다.

　지금까지는 근·현대문학 연구자 중에서 일본인에 한정시켜 논의해 왔다. 이 이외에도 고전문학 연구분야에는 '조선학회' 부회장이며 덴리[天理] 대학 교수인 오오타니 모리시게[大谷森繁]가 조선조 시대 소설의 연구자로 활동하고 있다. 간다 외대[神田外大]의 나리사와 마사루[成澤勝]는 설화와 판소리를, 마츠바라 다카토시[松原孝俊]는 민속·설화·세시기 등을 연구하는 소장 학자이다. 또한 와세다 대학의 다카시마 요시로[高島淑郞]는 『임진록(壬辰錄)』·『일동장유가(日東壯遊歌)』의 전문가, 가나자와[金澤] 대학의 츠루조노 유타카[鶴園裕]는 역사 전공이지만 「춘향전」에 관한 평론도 썼다. 오사카[大阪] 시립대학 전임강사인 노자키 미츠히코[野崎充彦]는 야담을 전문분야로 삼고 있는데, 차주환(車柱環)의 『조선의 도교[朝鮮の道教]』를 번역 출간하였다. 하마세 히로시[濱政博司]에게는 『일·중·조의 비교문학연구[日·中·朝の比較文學硏究]』(和泉書院, 1989년)가 있으며, 한국에 살고 있는 니시오카 겐지[西岡健治]는 「춘향전」에 관하여 연구하고 있다.

　재일교포 문학연구자의 경우도 헤아려 보면 10명을 넘는다. 가장 눈부신 활약을 하고 있는 이는 안우식으로 김사량에 관한 연구서와 윤흥길 작품의 번역 등이 많이 있다. 김학현은 일제하 저항적 자세의 시인들에 관한 평론을 많이 썼고, 임전혜(任展慧)는 재일조선인문학사를 연구하여 호세이[法政] 대학에서 박사학위를 받았다. 윤학준은 근년 양반연구에 주력을 기울이고 있다. 제10호로 종간한 계간지

『민도(民濤)』의 중심인물 이회성(李恢成)·양민기(梁民基)·김찬정 (金贊汀) 등에는 창작과 르포르타아즈 이외에 모국문학의 연구나 번역도 있다. 이승옥은 한국 현대소설의 소개에 노력을 기울였으나 1990년 타계했다.

김학렬(金學烈)·김윤호·변재수는 모두 조선대학교(일본)의 교 수이다. 김학렬은 해방 전의 프롤레타리아 문학과 현대 북한문학에 관해 많은 평론을 썼다. 김윤호의 『이야기 조선시가사(物語朝鮮詩歌 史)』는 계몽적인 면이 있긴 하지만, 주석만 보아도 글쓴이의 풍부한 학식을 알 수가 있다. 변재수는 주로 북한소설을 많이 번역하였고, 때로는 신영상(辛英尙)이란 이름으로 문예 평론도 쓴다.

지금까지 일본인 연구자의 활동을 중심으로 일본에서의 근·현 대 조선문학의 연구 및 소개의 역사를 객관적으로 쫓아가 보았다. 출판물에 관해서는 저자의 조사 능력에 한계가 있으므로 빠진 것이 있으리라 여겨진다.

힘없고 보잘 것 없을지라도 남·북한 본국에서의 연구와는 다른 입장과 관심을 갖고 일본사회 속에서 어떤 모습으로 나름대로 조선 문학의 연구와 소개에 노력해왔는가를 써보고 싶었지만, 결과적으 로 연구 실적의 빈약함을 드러냈을 뿐인 것 같다. 사회적 필요성에 비하면 우리의 연구나 번역은 너무나 빈약하다. 미래에로 희망을 걸 어볼 수밖에 없으나, 연구의 심화와 확대란 것이 급속히 이뤄질 수 있는 것도 아니니, 다만 암연한 마음 가운데 서 있을 뿐이다.

80년대의 출판물

① 문학사 · 평론 · 기타

- 조 쇼키치 외, 『조선과 일본의 사이(朝鮮と日本のあいだ)』, 朝日新聞社, 1980년 5월.

- 김학현, 『황야에 부르는 소리(荒野に呼ぶ聲)』, 拓植書房, 1980년 11월.

- 나카가미 겐지(中上健次) · 윤흥길 대담, 『동양에 위치한다(東洋に位置する)』, 作品社, 1981년 1월.

- 다나카 아키라, 『상식적인 조선론의 권유(常識的朝鮮論のすすめ)』, 朝日新聞社, 1981년 9월.

- 변재수, 『한과 저항(恨と抵抗)』, 創樹社, 1981년 10월.

- 염무웅 외, 김학현 역, 『제3세계와 민중문학(第三世界と民衆文學)』, 社會評論社, 1981년 10월.

- 백낙청, 안우식 역, 『韓國民衆文學論』, 三一書房, 1982년 10월.

- 김동욱 외, 『한국의 전통사상과 문학(韓國の傳統思想と文學)』, 成甲書房, 1983년 9월.

- 안우식, 『評傳金史良』, 草風館, 1983년 11월.

- 다나카 아키라, 『朝鮮斷想』, 草風館, 1984년 2월.

- 김찬정, 『저항시인 윤동주의 죽음(抵抗詩人尹東柱の死)』, 朝日新聞社, 1984년 3월.

- 변재수, 『조선문학』, 靑木書店, 1985년 2월.

- 백낙청, 다키자와 히데키[瀧澤季樹] 편역, 『민족문화운동의 상황과 논리』, 御茶水書房, 1985년 12월.

- 가와무라 미나토(川村湊), 『한국이란 거울(韓國という鏡)』, 東洋書院, 1986년 6월.

- 가와무라 미나토(川村湊), 『만취선의 청춘(醉いどれ船の青春)』, 河出書房新社, 1986년 12월.

- 김윤호, 『이야기 조선시가사(物語朝鮮詩歌史)』, 彩流社, 1987년 12월.

- 신영상, 『분단극복과 한국문학』, 創樹社, 1988년 11월.

- 가와무라 미나토, 『아시아란 거울(アジアという鏡)』, 思想社, 1989년 5월.

- 조 쇼키치, 『朝鮮·言葉(말)·人間』, 河出書房新社, 1989년 10월.

- 김지하, 다카사키 소지(高崎宗司)·나카노 노리코(中野宣子) 역, 『飯·活人』, 오차노미즈 쇼보(御茶の水書房), 1989년 10월.

- 밴재수, 『남조선문학 점묘』, 朝鮮青年社, 1990년 1월.

- 송우회, 이부키 고 역, 『윤동주―청춘의 시인』, 치크마 서방, 1991년 10월.

② 소설

- 조세희, 무궁화희 역, 『趙世熙小品集』, 무궁화희, 1980년 3월.

- 윤흥길, 안우식 역, 『황혼의 집(黃昏の家)』, 東京新聞社, 1980년 3월.

- 이금옥(李錦玉), 『よめむしごうけつ』, 1981년 6월.

- 表文台, 김병두 역, 『합격자·가면의 裏』, 第三文明社, 1982년 4월.

- 徐錫達, 『獵師傳』, 福永書店, 1982년 6월.

- 심훈, 가지무라 히데키(梶村秀樹他) 역, 『常綠樹』, 龍溪書舍, 1981년

10월.

- 후루야마 고마오(古山高麗雄) 편, 『韓國現代文學13人集』, 新潮社, 1981년 11월.
- 윤흥길, 안우식 역, 『에미(母)』, 新潮社, 1982년 8월.
- 김동리, 임영수 역, 『乙火』, 成甲書房, 1982년 8월.
- 이광수, 지명관 역, 『有情』, 高麗書林, 1983년 10월.
- 박경리, 『土地』 1~5(안우식 역), 6~8(가마타 미쓰토 역), 福武書店, 1983년 3월~1986년.
- 오무라 마스오 · 조 쇼키치 · 사에구사 도시카쓰 편역, 『朝鮮短篇小說選』 상 · 하권, 岩波書店, 1984년 4~6월.
- 나카가미 겐지 편, 『韓國現代短篇小說』, 안우식 역, 新潮社, 1985년 5월.
- 이승옥 편역, 『現代韓國小說選』 III, 同成社, 1985년 6월.
- 임왕성, 주석(朱碩) 역, 『설죽화』, 조선청년사, 1986년 3월.
- 김홍신, 니시 몬게이(西門啓) 역, 『인간시장』, 朝日出版社, 1986년 4월.
- 김선경, 이바라기 노리코 역, 『うかれがらす』, 筑摩書房, 1986년 6월.
- 황석영, 다카사키 소지 역, 『「객지」 외(「客地」ほか)』, 岩波書店, 1986년 10월.
- 주치호, 김용권 역, 『서울은 지금 몇 시냐』(潮文庫), 潮出版社, 1986년 10월.
- 정비석, 이은택 역, 『소설 손자병법』, 光文社, 1986년 11월.
- 박순녀, 다자카 죠와(田坂常和) 역, 『박순녀 작품집』, 中央日韓協會, 1986년 11월.

- 최학수 원작, 최오성·김옥 역, 『평양 시간』, 평양: 외국문출판사, 1986년.

- 조기천, 허남기 역, 『백두산』, れんが書房新社, 1987년 4월.

- 복거일, 가와시마 노부코(川島伸子) 역, 『京城·昭和62年』 상·하권, 成甲書房, 1987년 9월.

- 신봉승, 信元企劃 역, 『왜란』, 講談社, 1987년 10월.

- 한구용 편역, 『밤중에 본 구두』, エスエル出版會, 1988년 7월.

- 조벽암, 니시요코하마·조선고전문학을읽는모임 역, 『온달전』, 조선청년사, 1988년 7월.

- 오무라·조·사에구사 편역, 『韓國短篇小說選』, 岩波書店, 1988년 9월.

- 김홍신, 江南乙鳥 역, 『일본 상륙―속 인간시장』, 朝日出版社, 1988년 10월.

- 한구용 편저, 『아동문학을 통한 조선 이해(朝鮮を理解する兒童文學』, 에스엘(エスエル) 출판회, 1988년 11월.

- 이종열, 『열풍』, 평양: 외국문출판사, 1988년.

- 황석영, 다카사키 소지·사토 히사시(佐藤久)·임예(林裔) 역, 『무기의 그늘(武器の影)』 상·하권, 岩波書店, 1989년 3~4월.

- 윤흥길, 안우식·가미야 니지(神谷丹路) 역, 『낫(鎌)』, 角川書店, 1989년 4월.

- 박범신, 안우식·하야시 마사오(林昌夫) 역, 『법도(掟)』, 角川書店, 1989년 6월.

- 한승원, 안우식·야스오카 아키코(安岡明子) 역, 『塔』, 角川書店, 1989

년 8월.

- 양민기, 이회성 감수, 우리문화연구소 편, 『꼬마 옥이(ちっちゃなオ ギ)』, 1990년 5월.

- 고노 에이지(鴻農映二) 편역, 『한국고전문학선』, 제삼문명사, 1990년 5월.

- 이승옥·이회성 감수, 『조선문학선－해방전 편』, 삼우사, 1990년 12월.

- 김학열, 고연의 역, 『조신환상소설 걸작선』, 백수사, 1990년 12월.

- 정비석, 이은택 역, 『소설 손자병법』, 광문사(光文社)문고(재판), 1990년 12월.

- 유기수, 고대유 역, 『유기수 작품집』, 마세 노보루(間瀨昇), 1991년 5월.

- 양민기·이회성 감수, 『꽃에 파묻힌 집(花に埋もれた家)』, 소인사, 1991년 9월.

- 이문열, 후지모토 새니가즈 역, 『우리의 일그러진 영웅』, 정보센터출 반국, 1992년 3월.

- 손창호, 오선화 역, 『도꾜아리랑 이야기』, 삼교사, 1992년 3월.

- 장정일, 안우식 역, 『아담이 깨어날 때』, 新潮社, 1992년 4월.

- 이병주, 고고 요코(吾郷洋子) 역, 『박정희와 그 시대』, 씨알의힘사, 1992년 4월.

- 윤정모, 가시마 세쯔코(鹿島世津子)역, 『어머니－종군위안부』, 神戸 학생센터, 1992년 4월.

- 강상구 기타 편, 『한국의 현대문학－시·소설집』, 가시와서방, 1992 년 5월.

- 김학열·고연의 편역, 『웃음의 삼천리』, 백수사, 1992년 6월.

- 박홍근, 나카무라 오사무 역, 『해란강이 흐르는 마을(ヘラン江のながれる町)』, 신간사, 1992년 7월.

- 박완효, 나카노 노리코 역, 『결혼』, 학예서림, 1992년 9월.

- 백낙범, 히라이 히사시 역, 『1999 한일전쟁-개선편, 사투편』, 도쿠마서점, 1993년 3월.

- 정비석, 마치다 도미오 역, 『삼국지』 상·중·하, 광문사, 1993년 3월~5월.

- 안정석, 김이광 역, 『하얀 배지』, 광문사, 1993년 5월.

③ 시

- 조태일, 강순 역, 『국토』, 이화서방, 1980년 7월.

- 이열, 『수남곡(受難曲)』, 동신사(同信社), 1981년 4월.

- 이성부, 강순 역, 『우리들의 양식 기타(われらの糧)』, 이화서방, 1981년 8월.

- 서정주, 사라카와 유타카 역, 『조선 민들레의 노래(朝鮮タンポポの歌)』, 冬樹社, 1982년.

- 이복숙, 『鐘』, 한마음사, 1983년 2월.

- 김규태, 『고려속요의 연구』, 제일서방, 1983년 3월.

- 권오택, 『불새(火の鳥)』, 기오이서방(紀尾井書房), 1983년 12월.

- 신경림·이시영 편, 신영상 역, 『마침내 시인이여-한국 17인 신작시집(いまこそ詩人よ-韓國17人新作詩集)』, 靑木書店, 1984년 6월.

- 윤일주 편, 이부키 고 역,『하늘과 바람과 별과 시(空と風と星と詩)』, 影書房, 1984년 11월.

- 허남기 편역,『남으로부터의 송가(南からの頌歌)』, 未來社, 1986년 9월.

- 서정주, 시라카와 유타카·고노 에이지 역,『新羅風流』, 角川書店, 1986년 11월.

- 장성환 편,『한국의 고전 단가—고전 시조의 숨결(古典時調のいぶき)』, 国書刊行会, 1986년 11월.

- 김남주, 남조선민족해방전선사견건 피탄압자를 구원하는회 역편,『농부의 밤』, 凱風社, 1987년 4월.

- 강상중 편역,『한국현대시집』, 토요미술사, 1988년 8월.

- 김양식, 모리타 스스무(森田進) 역,『까치가 우는 마을』, 화신사, 1988년 4월.

- 김인호(金仁顯) 감역,『자충회 전설—제주도의 샤먼 신화(チャチュンビ傳說—濟州島のシャーマン神話)』, 工作舍, 1988년 12월.

- 고은, 김학현 역,『조국의 별—고은시집(祖國の星—高銀詩集)』, 新幹社, 1989년 8월.

- 이육사, 이부키 고 역,『청포도(靑ぶどう)』, 筑摩書房, 1990년 2월.

- 야마네 도시오(山根俊郎),『가마귀여 시체 보고 우지 말아(カラスよ屍を見て泣くな)』, 장정사, 1990년 9월.

- 김봉현,『조선민요시—서민의 마음 시』, 국서간행회, 1990년 10월.

- 이바라기 노리코(茨城のり子) 편역,『한국현대시선』, 화신사, 1990년 11월.

- 김원식, 조사옥・모리타 스스무 역, 『명동 예수-한국예수자 39인 시집』, 교문관, 1991년 7월.
- 양성우, 가토 겐지(加藤健二) 역, 『오월 제』, 자비출판, 1991년.
- 윤학준, 『조선의 시신-시조의 세계』(재판), 강담사, 1992년 4월.
- 장정임, 김지영 역, 『그대, 조선의 십자가여』, 가게서방, 1992년 8월.
- 박노해, 강종헌・후쿠이 유(福井祐) 역, 『지금은 빛나지 않아도(今は輝かなくとも)』, 影書房, 1992년 11월.
- 양성우, 가토 겐지 역, 『너의 하늘 길(おまえの空の道)』, 자비출판, 1992년.

④ 민화・신화 등

- 시부사와세이카(渋沢青花), 『조선민화집』, 社会思想, 1980년.
- 최인학, 『한국의 옛이야기』, 三弥井書店, 1980년.
- 김열규, 『한국의 신화 민속 민담』, 成甲書店, 1984년 6월.
- 황패강, 송귀영 역, 『한국의 신화・전설』, 東方書店, 1991년 5월.

⑤ 전기・기행문・수필・일기・기타

- 아주홍, 田坂常和 역, 『한국 소화선』, 六興出帆, 1980년.
- 김소운, 『수필집 마음의 벽』, 사이마루출판회, 1981년 1월.
- 서승・서준식, 서경식 편, 『서 형제 옥중으로부터의 편지』, 岩波書店, 1981년 7월.
- 신재효, 강한영・다나카 아카라(田中明) 역주, 『판소리-춘향전・신

청전 외』, 平凡社, 1982년 5월.

- 안우식 편역, 『아리랑고개의 나그네들(アリラン峠の旅人たち)』, 平凡社, 1982년 5월.

- 김소운, 『하늘 끝에 살더라도(天の涯に生くるとも)』, 新潮社, 1983년 5월.

- 원종성, 김용제 역, 『나무들의 속삭임』, 神奈川新聞社, 1984년 3월.

- 와카마쯔 미노루(若松実), 『가혹풍류소화(苛酷風流笑話－初期李朝艶 笑譚)』, 風媒社, 1985년 9월.

- 변재수, 『조국과 청춘과(祖国と青春と)』, 朝鮮青年社, 1985년 10월.

- 신영걸, 『하늘에 거는 다리(天に架ける橋)』, 新教出版者, 1986년 1월.

- 5월을 기록하는 모임 편, 『빛이여 되살아나라(光よ甦れ)』, 1987년 1월.

- 김정빈, 武田崇元 역, 『丹』, 八幡書店, 1987년 2월.

- 김남조, 가미가이토 겐이치(上垣外憲一) 역, 『바람과 나무들(風と 木々)』, 花神社, 1988년 4월.

- 오혜영, 김자림 역, 『일어나라, 빛을 내라(起きよ, 光を放て)』, 新教出 版社, 1988년 7월.

- 양민기 편역, 『한국마당극집－녹두의 꽃(韓国マダン劇集－緑豆の 花)』, 1988년 10월.

- 죠쇼키치(長璋吉), 『평상복의 조선어(普段着の朝鮮語)』, 河出書房新 社, 1988년 10월.

- 안우식 편역, 『속, 아리랑고개의 나그네들』, 平凡社, 198년 12월.

- 이윤복, 한구용 역, 『윤복이의 시』, 海風社, 1989년 1월.

- 장한철, 송창빈 역, 『표해록(漂海錄)』, 新幹社, 1992년 2월.
- 한운사, 村松豊功 역, 『현해탄은 알고 있다ー아로운전(玄界灘は知って いるー阿魯雲伝)』(正・続), 角川書店, 1992년 2월.
- 김완영, 岩波春美 역, 『조선인 군부의 오키나와 일기(朝鮮人軍夫の沖 縄日記)』, 三一書房, 1992년 7월.

(초출:『한국문학』, 한국, 1992.3・4, 5・6.)

아동문학에 대한 메모

1.

저자가 접한 극히 좁은 범위 내에서 피부로 느낀 실감은, 한국 창작동화의 빈곤함이다(반대로 동요는 뛰어나다고 생각한다). 성과가 없는 것은 아니다. 작품이 적은 것도 아니다. 작자가 진지하게 작품에 몰두하지 않는 것도 아니다.

오히려, 그 반대다. 객관적 조건이 어려움에도 불구하고 한국의 아동문학자는 실로 진지하게 창작활동을 계속하고 있다. 그렇기 때문에 오히려 그 노력의 크기에 비해서 빈곤함이 두드러지는 것이다.

단적으로 말하면 너무나도 지나치게 교육적이다. 교훈적인 냄새가 문학적 감동을 옅게 만들어 버린다는 것이 전체적인 인상이다.

물론 모든 문학작품은 작자가 의도하건 안 하건 간에 상관없이 일정한 입장과 주장을 갖는다. 조금도 자기주장을 하지 않는다거나, 독자에게 어떠한 영향을 끼칠 것을 기대하지 않는 작품은 있을 수 없다. 그런 의미에서는 모든 문학 작품이 넓은 의미에서 교육적 의의를 갖는다. 이러한 '교육'을, 마르크스주의에서는 '정치에 대한 봉사'라고 부르는 것일 것이다.

저자가 '지나치게 교육적이다'라고 한 것은, 조금 더 좁은 덕육주의(德育主義)를 가리키는 것이다.

실례를 들어보자. 한국에는 '교육동화'라는 단어를 제목 앞에 붙인 동화집이 때때로 눈에 띈다. 예를 들면『교육동화집, 날아가는 새 구두』와 같은 것이다. 그 차례를 보면 이십 편의 동화가 있는데, 그 이십 편이 각각 사은(師恩)·우정·희생·효도·동정·가정·이해·위로·자비·인내·보은·검소·용기·근면·정의·정직·행복·성탄·애호·면학의 덕목을 함양하는 이야기로 되어있다. 이 책은 1956년에 초판이 나온 이래, 70년까지 7판을 거듭했다. 아무리 기독교가 배경에 있다고는 해도 7판까지 나온 책은 한국에서는 예외 중의 예외이다.

스무 개의 덕목 중 '가정'을 살펴보자(원래는 '가정'은 덕목이라 할 수 없고, '부모의 은혜' 또는 '가족의 사랑'이라고 해야 할 것이다). 제목은『가정, 천장 밑에서』로 되어있다.

아버지도 어머니도 보기만 하면 잔소리하니까 '죽는다'라고 써놓고 소녀가 집을 나간다. 그러나, 갈 곳도 없고, 그렇다고 해서 염치없이 집에 돌아갈 수도 없어서 살짝 집 천장 밑에 숨어든다. 아버지도 어머니도 할머니도 남동생도 모두 자기를 걱정해서 대소동이 난 것을 위에서 본 소녀는 천장 밑에서 얼떨결에 울음을 터뜨려 버린다. 가출하지 않은 것을 알고 한숨 놓은 가족은, 소녀와 함께 일가가 단란하게 저녁밥을 다시 먹는다.

이것이 『가정, 천장 밑에서』의 줄거리이다. 이런 교육동화가 있어도 좋을 것이다. 다만, 그런 경향이 아동문학의 대세를 점하고 있는 것을 보면, 저자와 같은 청개구리는, '어딘가에 한량없이 즐거운 동화는 없을까, 제멋대로이고 장난꾸러기인 데다가 욕심쟁이고, 그러면서도 순수한 어린이의 세계를 생생히 그려내 주는 동화는 없을까' 하고 찾아보고 싶어진다.

한국동화의 '교육성'에 대해서는, 이전부터 논의된 바 있고, 일부 사람들은 그 결함을 지적한 바 있다.

詩나 童話, 또는 少年小說따위를 가지고 어린이를 改善해 보자, 이런 갸륵한 생각을 가지고 있는 것이 우리 주변의 兒童文學家들이다. 신춘문예 현상작품이나 무슨 文學賞受賞作을 심사할 때면 더욱 이러한 생각을 가지게 된다. …… 아름다운 우정의 세계, 가난한 어린이를 부유한 집 어린이가 도와주는 이야기, 욕심꾸러기 어린이가 반성을 하는 이야기, 어린이들에게 밝은 유우머를 주고 싶어하는 이야기, 불쌍한 어머니에게 효도를 다하는 이야기, 선생님과의 눈물겨운 사랑, 동물을 사랑합시다, 그리고 애국심을 높입시다 같은 주제는 오늘에 사는 作家들로서는 古典作品에 맡길 만한 '知的 傲慢'이 있어도 좋겠다.

라고, 김요섭은 지적한다.[1] 김요섭은 '교육' 대신에 아동문학에서 '상상력의 확충'과 '꿈의 창조'를 얻고자 한다. 이원수의 『야화(野火)』·『나그네 풍선』[2] 등은 그러한 메르헨적인 요구를 충족시켜주는 작품이겠지만 독자를 충족시키기에는 조금 거리가 있는 것 같다.

김요섭은 다른 논문에서 "生活童話에 대한 반동으로 근래 판터지의 세계에 많이들 손을 대고 있다. 그러나 판터지의 세계를 만들어내는데 몇 가지 工學에 미흡한데가 있어 도식화된 작품을 보여주고 있다. 그래서 황당무계하다는 評을 듣게 마련이다"라고 하고 있다.[3]

전래동화는 그렇게 풍부한 꿈을 지니고 있는데, 창작동화가 되면 갑자기 설교적이 된다. 설교적이지 않은 것은 현실로부터 유리된 뜬구름 같은 세계에서 잠깐 졸은 것 같은 기분이 된다.

윤석중 씨는 「아동문학의 교육적 의의」에서 이러한 이야기를 소개한 적이 있다.

추운 겨울, 어느 학교에서, 선생에게 무엇을 갖다 바친 가정의 학생은 따뜻한 곳에 앉히고, 그러지 못한 가난한 학생은 추운 곳에 앉힌다는 내용의 동화가 교육적이냐 아니냐로 논쟁이 벌어진 것이었다. 선생과 학생 사이에 불신감을 심어주니까 교육적으로 나쁘다는 평에 반박하면서, 작자는 그런 옳지 못한 교육자를 폭로함으로써 경종을 울리고, 아울러 진정으로 어린이편에 선 참다운 교육자가 존경

---

1 김요섭, 「상반기 아동문학의 문제점」, 『월간문학』, 1969.8.
2 『월간문학』, 1970.4.
3 김요섭, 「가치창조의 의식」, 『월간문학』, 1970.1.

을 받을 수 있게 함이었노라고 했다는 것이다.[4]

원작을 보지 않은 이상, 우리들이 이러쿵저러쿵 말참견할 수는 없지만, 교육적이면 선(善)하고 존재가치가 있는 것이고, 비교육적이면 존재가치조차 없다는 식의 발상으로는 교육이란 무엇인가, 라는 본질론이 수반되지 않는 한 무모한 논쟁이 되어버릴 위험성이 있다.

아동문학도 문학의 한 영역인 이상, 독자에게 주는 문학적 감동이 없다면 뛰어난 작품이라고 할 수 없다. 아동의 각 발전단계에 따른 배려는 물론 필요하겠지만, 각각에게 모두 좋은 작품은, 어른이 읽어도 문학적 감흥이 일어나는 것이다. 사이죠오 야소[西條八十]나 키타하라 하쿠슈우[北原白秋]의 동요는, 유아의 시절은 유아 나름대로, 어른이 된 지금도 나름대로 감명을 받는다. 『거인 산코』라든가 『용의 아들 타로오』 같은 것은 어린이 대상의 책임에도 불구하고, 어린이에게 읽어주는 어른이 무의식중에 목이 메게 되는 경우도 있다.

일본의 아동문학이 한국보다 앞섰다는 것을 말하고 싶은 것이 아니다. 한국 아동문학의 현재 상황은, 협의의 교육이 문학성을 앞지르고 있다는 사실을 지적하고 싶을 따름이다.

---

4 『현대문학』, 1966.5.

2.

한국의 동화가 이와 같이 '교육적'인 데에는 역사적인 이유가 있다.

중국이든, 한국이든, 아니면 근대화 과정에서 외국의 침략과 싸우지 않을 수 없었던 그밖의 아시아 나라들이건 간에, 민족적 양심에 충실하려고 하면, 침략자와 싸우는 쪽에 서지 않을 수 없었다. 그 투쟁을 뒷받침해주는 사상이, 마르크스주의든 그것과 대립되는 사상이든, 뛰어나게 민족적이라면, 넓은 의미의 민족수호투쟁에 참가한다는 의미에서, 그 나라의 문학은 능동적이고 적극적이며 정치적이지 않을 수 없었다. 예술을 위한 예술이라는 주장이라든가, 서구의 문예적 가치체계를 직수입하려는 시도가 몇 번 있긴 했으나, 또, 그것이 그 나름대로의 의미가 있었다고 하더라도, 문학사의 주류를 이루지는 못했다.

원래 근대문학의 하나의 출발점이라고도 할 수 있는 『소년』지는 ('소년'이라는 의미는, 지금으로 말하면 '청년'이라든가 '젊은이' 정도일까), 창간호부터 「수편총론(首編總論)」으로 젊은이의 모험심을 부채질하고, 「피터 대제(大帝) 전」, 「나폴레옹 전」(제2호)을 실어 근대화와 계몽사상의 보급에 힘썼다.

우리 대한을 소년의 나라로 만들어라. 그렇게 하려면 능히 이 책임을 견딜 수 있게 그를 교도(敎導)하라.

『소년』의 이 간행취지가 오늘날의 아동문학에도 살아 있는 것 같다.

『소년』은 창작동화와 동요 외에 이솝이야기, 걸리버 여행기 등의 번안물을 통해 청소년의 눈을 새롭게 뜨게 했다는 점에서 계몽적 역할을 했다.

근대화의 사상적 기반을 구축하기 위해서는 봉건체제를 타파하지 않으면 안되며, 그것을 위해서는 유교적 계층조직의 말단에서 가장 학대받고 있는 어린이를 해방하는 일이 급선무였다. 루쉰[魯迅]이 『광인일기(狂人日記)』에서 「구구해자(救救孩子)!」(어린이를 구하라)고 외친 것은 그야말로 이 때문이고 최남선·이광수 등이 소년잡지를 잇달아서 낸 것도 같은 이유인 것이다. 1915년의 『자녀중심론(子女中心論)』은, 『신청년』지상의 유교비판에 비하면 좀 약하기는 하지만 봉건적이고 유교적인 가족제도가 지니는 전근대적인 인습으로부터 젊은이의 인권을 옹호하려고 한 도전임에 틀림없었다.

1920년대에 접어들면 프롤레타리아 문학 전성시대를 맞이한다. 조선 프롤레타리아 예술동맹은 1925년에 결성되지만, 그 전 22~3년경부터, 계급문학 운동이 시작된다. 미래에 혁명을 짊어질 기수를 어떻게 양성할 것인가 하는 과제는, 새로운 세계를 창조하고, 현실의 불합리한 제도를 근본적으로 변혁하려고 하는 프롤레타리아트에게는 절실한 문제가 되지 않을 수 없다. 변혁을 지향하는 자는, 먼저 인간 의식의 변혁부터 시작하려 하고, 변혁에 목숨을 건 자는 자기 피와 땀의 결정을 남겨서, 다음 세대에게 보다 풍부하고 충만한 세계를 보증해주려고 한다. 아동문학은, 그러한 계급문학의 입장에 선,

민족해방이라는 사명을 짊어진 문학의 일환으로서 작용하게 된다.

송영의 『쫓겨난 선생』이라는 동화를 소개하겠다. 1930년 6월에 쓰여진 이 동화는, 어느 소년의 수기라는 형식을 빌어서 식민지하의 양심적 교사상을 그린 것이다.

네 학급에 선생님은 두 명이며 이부제 수업을 하고 있는, 가난한 집안의 자제들이 다니는 보통학교가 무대이다. 학생들은 그 학교에 새로 부임해 온 선생님을 '이상한 선생님'이라는 별명을 붙여서 부른다. 도회지에서 양복을 입고 멋지게 많은 월급을 받을 수 있는 샐러리맨 생활을 버리고, 산골 학교 선생님을 일부러 지원해 온 것부터 '이상'하다. '교과서에 없는 것'을 칠판에 써서 가르치는 것도 '이상'하다. 하지만 학생들은 그 칠판의 글자를 읽는 것만으로도 눈물이 배어난다. '이상한 선생님'은, 너희들은 모두 도덕교육이 되어 있지 않다며, 소작인이 괴로워하는 원인, 농촌의 착취 구조를 도덕으로서 가르쳐 준다. 어린이뿐만 아니라, 조금만 틈이 있으면 부모들을 모아서 농민 강좌를 열기도 하고, 청년들을 대상으로 하여 청년 강좌를 열기도 하여, 지역 사람들의 신뢰를 얻는다. 그런데 이윽고 학교에서도 조선어를 사용할 수 없게 되고, 일본어가 주 다섯 시간으로까지 늘어나자 '이상한 선생님'도 결국 학교에서 쫓겨날 날이 온다.

「쫓겨난 선생님」은, 전형적인 프롤레타리아 동화이고, 그런 의미에서 문학사에 남을 작품일 것이다.

해방 후, 프롤레타리아 문학의 흐름은 조선민주주의인민공화국에 계승되고, 그와 대립했던 민족주의파의 흐름은 한국에 계승되었다(따라서, 현시점에서 총체적인 문학사적 파악은 남북 모두 매우 곤란한 상황에 있다고 할 수 있다).

3.

다음으로 비프롤레타리아파 아동문학의 흐름을, 해방 후의 한국과 연결지어 살펴보자.

현대 창작동화의 선구자 중의 한 사람 마해송이, 「바위나리와 아기별」을 쓴 것은, 1926년 마해송이 21세 때의 일이었다. 그 이전에 전혀 동화가 없었던 것은 아니지만, 대부분은 외국작품의 번역이나 번안 혹은 전래동화를 각색한 것 등이었다.

이 작품은 마해송의 처녀작인 동시에 대표작의 하나이기도 하며, 탐미적 경향이 짙은 작품이다. 권선징악 사상에 사로잡히지 않고, 섬세한 감정묘사, 바위나리의 고독한 모습, 아기별의 숭고한 자기희생 등등 미적인 예술적 생명이 넘치는 성향을 보여주었다.

마해송이 기쿠치캉[菊池寛] 밑에서 『모던 일본』의 편집을 맡았던 것은 일본에서도 알려져 있지만, 창작동화의 개척자의 한사람으로서 그의 공적은 그다지 알려져 있지 않은 것 같다. 마해송 이전에 소파(小波) 방정환의 존재도 잊을 수 없다. 번안, 번역이 많고, 동화 작가라기보다도 아동문화 운동가적인 측면이 컸지만, 소파 없이는 마해송도 나타나지 않았을 것이다. 소파는 호부터가 이와야 사자나미[巖谷小波]에 경도(傾倒)했었음을 짐작하게 한다.

이어서 등장한 인물이 이원수나 임인수 같은 현역의 원로격인 작가들, 그리고 십여 년 전에 타계한 강소천 같은 이들이다.

강소천은 오가와 미메에[小川未明]와 미야자와 켄지[宮澤賢治]에 심취했었던 것으로 알려져 있다.[5] 그의 작품은 미메에나 켄지와는 상당히 경향이 다른데, 이 독실한 아동 교육가는 예술작품이어야 할 동화를 교훈적 주제로 가득 채운 측면도 있었던 것 같다. 좋든 나쁘든 그가 한국에 남긴 영향은 큰 것 같다.

임인수의 작품은, 기독교를 사상적 기반으로 한 아동생활의 스케치 풍 작품이 많다.

이원수는 현재 한국아동문학협회회장으로, 말하자면 예술파에 속한다고 할 수 있다.

"그의 아동문학은 예술성을 주축으로 하는 본격 문학에, 한국적 전래동화의 환상성을 가미하고 소설적 수법을 빌린 특이한 동화형식을 시도한 작가이다."[6]

이번 호에 번역한 「야화(野火)」는 대표작이라고 할 수 없을 지도 모르지만, 비교적 최근 작품으로, 아동문학전문지가 아닌 시장성이 있는 일반 문학잡지에 게재된 것 중에서 선택했다.

---

5 박목월, 「소천의 동시」, 『현대문학』, 1963.6.
6 신재은, 『한국동화의 발달과정 연구』, 1970.

김성도는, 현재 한국 아동문학가협회 부회장을 맡고 있다. 「담 밖에서 듣는 희망 음악회」는, 걸작이라고는 생각되지 않으나, 전반(前半)에서 다방을 돌며 물건을 파는 소년 행상의 생활이 그려져 있다. 현실에서 실제로 행상을 하는 소년이나 구두닦이 소년은, 더 대담하고 생활력에 넘칠 것이다. 그 중에는 주인공처럼 베토벤을 듣는 기특한 소년도 있기는 있겠지만, 좀 더 욕심을 부리자면 선과 악을 한 몸에 겸비한 것 같은 다수의 늠름한 소년의 모습을, 그 생활과 심리의 내면에 파고 들어가서 묘사했으면 한 바 있다.

이영호의 「복권을 산 아이」에 대하여, 이상현은 다음과 같이 평한 바 있다.

> (이영호는) 작중인물을 社會의 非情에 직접 참여시켜 휴머니티의 추구와 함께 意識의 心層을 뜨겁게 파악하는 作家이다. ······ 생활의 그늘에 짙게 억눌린 주인공이 번번이 복권에 낙첨, 걷잡을 수 없는 공황의 심리를 아프게 갈파한 작품이었다. 童話의 小說的 구성, 고발된 主題의 전개가 인상적이다. 다만 小說的 잠재성으로 인한 '主題와 文章의 體重'이 동화로서 좀 힘겨울 때가 있다.[7]

작품의 결말은, 빈곤 때문에 무기력에 빠진 소년이 정처 없이 탄 버스 창 밖으로, "자신의 아이를 사랑하듯이 혜택을 받지 못하는 아

7　이상현, 「내면의 친화와 주제의 개척」, 『월간문학』, 1972.12.

이를 돌보자"라고 쓰여진 교육회관의 네온이 보이는 것으로 맺고 있는데, 문제제기의 날카로움이 독자를 움찔하게 만든다.

4.

이러한 직설적이며 고발적인 동화 외에도, 현실에 토대를 두면서도 동식물의 세계를 빌어서 풍자적이고 우화적 수법을 사용한 동화도 많다. 이것도 역시 해방 전부터의 전통이 있다.

그 대표작은 마해송의 장편동화 『토끼와 원숭이』일 것이다. 줄거리는 다음과 같다.

커다란 강 동쪽에 원숭이 나라가 있고 서쪽에는 토끼나라가 있었는데 서로의 존재를 모르는 채 평화롭게 지내고 있었다. 그런데 까까, 끼끼, 꼬꼬라는 이름의 원숭이 세 마리가 토끼 나라에 표류한 것이 계기가 되어, 다른 나라의 존재를 알게 된다. 원숭이 왕은, 천하에 우리나라 이외의 존재는 인정할 수 없다하여 토끼나라에 출병시킨다. 까까들은 원숭이이기는 하지만 원숭이 군대가 토끼나라에 강제로 들어가서, 자신들의 생명을 구해준 인정 많은 토끼들을 죽이는 것을 보고, 언젠가 원숭이 왕을 죽이기로 맹세한다. 원숭이에게 점령당한 토끼나라 학교에서는 "원숭이는 세상에서 제일 가는 짐승이다"라고 암기하면서 통학하게 한다. 선생님은 "너희들은 세상에 제일 가는 짐승이 되고 싶지 않느냐?"라고 하며, 한 마리씩 직원실로 불러서 커다란 가위로 토끼의 양쪽 귀를 바싹 잘라내어 원숭이에 가까운 모습으로 만들어 버린다. 아프다고 울새도 없이 얼굴과 엉덩이를 면도칼로 깎고 빨간 페인트를 칠한다. "원숭이는 세상에 제일 가는 짐승이다"라는 이유로.

토끼나라 남쪽에 뚱쇠라는 살찐 소 같이 생긴 동물의 나라가 있었는데, 원숭이는 뚱쇠도 잡으려고 했기 때문에 뚱쇠는 전 동물계에 긴박한 상황을 호소하고 정의의 원조를 청한다. 호랑이·여우·사슴 등은 모두 도망쳐버리지만, 단 하나 센이리라는 키가 크고 코가 높으며 주둥이가 긴 동물만이 동조하고 협력해서 원숭이 군대를 전멸시킨다. 그 사이에 까까들은 동지를 모아서 원숭이 왕을 죽인다.

토끼들은 자국을 해방시켜준 뚱쇠와 센이리에게 감사하며 그들의 비위를 맞추려는 것을, 나이 먹은 토끼 슈슈는 냉소한다.

원숭이를 쓰러뜨리는 데 협력한 뚱쇠와 센이리는 사이가 좋지 않다. 둘은 끝내 토끼나라를 무대로 하여 대 전쟁을 시작한다. 커다란 짐승이 서로 부딪치는 소리는 천지를 진동시키고 뚱쇠도 죽고, 센이리도 죽는데, 토끼도 몸을 피하지 못하고 죽는다. 이렇게 하여 시체가 문자 그대로 산을 이루자 하늘은 부정(不淨)하다고 하여 눈을 내린다. 눈으로 뒤덮인 대지 위에 토끼 한 마리가 두 개의 귀를 쫑긋 내밀고 뛰기 시작한다. 그러자, 또 한 마리.

이렇게 여러 해가 지나서 토끼가 토끼를 낳고 옛날처럼 행복하게 살았다.

설명을 덧붙일 것도 없이, 원숭이와 토끼는 일본과 조선을 상기시키고, 뚱쇠와 센이리는 중국과 미국 등을 상기시킨다. 그렇기 때문에 이 작품은 연재 도중 1933년 발표금지를 당하여 해방 후에 겨우 완성을 보게 된 것이다.

이러한 우화적 수법의 동화는 현대 한국에 뿌리깊게 살아 있다.

전휘찬의 「원숭이의 구두」[8]는 한일관계를 소재로 한 풍자동화이다. 오소리는 원숭이가 가지고 있는 풍부한 식량을 어떻게 해서든 차지하고 싶어 지혜를 짜낸다. 처음에는 아름다운 모양의 구두를 공짜로 원숭이에게 준다. 기뻐하며 신고있는 사이에 원숭이는 구두 없이는 밖을 걷지 못하게 된다. 그래서 오소리는 점차로 조건을 늘려가고, 원숭이는 연달아서 불리한 조건을 받아들이며, 오소리에게 구두를 애걸하는 지경이 된다. 이렇게 해서 오소리는 원숭이를 하인처럼 만들어 버리고, 결국 원숭이의 식량을 차지해버린다.

이 이야기로부터 한일관계를 연상하는 것은 저자의 지나친 상상이 아닐 것이다. 원숭이의 애걸에 오소리는 구두를 무상으로 주는 대신에, 강을 건널 때 나를 업고 건너라고 요구한다. 원숭이는 그렇다면 마치 하인이나 다름없지 않은가 하며 항의하자, 오소리는 "우리들은 친구 사이다, 친구니까 서로 돕는 것이다"라고 하는데 이런 대목은 얄밉기 그지없다.

예술파로 불리는 이원수의 최근작에 「별」이 있다.[9] 이 작품은 3부

8 계몽사, 『소년소녀 세계문학전집』 제50권(한국 현대동화 편)에 수록. 발표연대 미상.

로 구성되어 있어 1부는 3·1 독립운동, 2부는 일제말기의 광폭한 권력과 그 아래에서 허덕이는 민중의 모습, 3부는 베트남에 파견된 병사를 그리고 있다. 각각 이십여 년이라는 세월의 차이가 있어도, 고개를 들어 바라보는 별이 한결같듯이, 부모 자식 삼대의 고뇌에도 공통점이 있는 것 같다. 해방직전 강제징용을 당한 탄광에서 낙반(落盤)사고로 한쪽 다리를 잃은 아버지는, 이십 년 후 베트남에서 한쪽 다리를 잃은 아들이 용감무쌍하게 싸웠다는 편지를 받고는, "용감한 아들녀석"이라고 만족하면서도, "무서운 내 아들"이라며 중얼거리는 것이었다.

동화가 너무나도 무거운 사회적 과제를 직접적으로 짊어져 버린 것 같다.

「하얀 조개의 꿈」은 1972년도 추천작이다. 저자의 연령은 알 수 없지만 신인의 작품으로서 수작으로 추천을 받은 것이다. 상당히 어려운 용어를 쓰고 있고, 관념적인 사고와 상징적인 수법의 참신함을 인정받은 것 같다.

---

9 『현대문학』, 1973.12.

5.

한편, 북쪽 공화국은 사회주의 사회이기 때문에 남쪽의 한국과는 전혀 양상이 다르다. 저 사회주의 사회에서 궁전이 있는 것은 '소년 궁전'뿐이므로, 어린이는 왕으로 혜택을 받고 있다고 할 수 있다. 출판물도 어린이 것이 많고, 발행 부수도 보통 만 부를 넘기는 것 같다.

공화국의 문학상황을 어느 정도 파악할 수 있는 것은 1964~5년 경까지이고, 그 이후가 되면, 그렇지 않아도 입수하기가 여의치 않았던 문헌이, 우리 손에는 거의 들어오지 않게 되어버렸다. 한정된 범위에서 보는 한 최근에는 아동문학에서도 '김일성 수상의 유년시대'라든가, '소년소녀가 수상을 우러러보며 수상의 뜻을 따르는 어린이가 되도록 노력한다'라는 소재일색인 것 같다. 한 나라의 국민이 그 국민에게 행복을 가져다주는 지도자에 대해서 충성을 바치는 것은 당연하다고도 할 수 있지만, 우리 외국인에게는 최근 것보다 1960년 전후까지의 작품이 친근하게 느껴진다.

황민, 강효순 등은 수많은 아동문학 작가 중에서도 일본에 번역하여 소개하고 싶은 의욕을 불러일으키는 작가이다.

황민의 작품으로서 이번 호에 「아버지」를 번역했는데, 그밖에 「깃발」·「제3반 친구」 등도 즐거운 작품이다. 초등학교 저학년을 대상으로 하는 「깃발」은 생산과 노동이라는 테마가 어린이다운 감각과 꿈과 의욕 속에 무리 없이 전개되어 있다.

「제3반 친구」의 용범이는 개구쟁이로 자주 집단의 규칙을 깨뜨린다. 어느 날 친구들과 돼지를 방목하게 되는데, 용범이는 돼지를 놀라게 하여 먼 곳으로 달아나 버리게 한 데다가, 조금 뒤쫓아 가다가 잡히지 않으면 금방 단념한다. "다리가 네 개란 말야, 나보다 빠른 건 당연해"라고. 친구들한테 주의를 받으면 화를 내며 곧장 집에 가버린다. 용범이는 돼지보다도 규율이 없다고 모두로부터 비판을 받는다.

소년은, 무슨 일이든지 마음에 들지 않으면 금방 불평불만을 터뜨리고, 때로는 학교조차도 놀아버릴 정도로 제멋대로인 아이다. 확실히 틀에 박힌 것 같은 좋은 아이는 아니지만, 그러나 멀리 보이는 초원을 바라보며, '여기를 빨리 대목장으로 만들어야지'라고 생각하는 꿈을 갖고 있다. 학교에서 지각·결석을 없애는 운동을 할 때에도, 하급생을 데리고 집단등교 하겠다는 약속을 지키지 않고 혼자서 먼저 가버리는 자기 멋대로인 면도 있지만, 우산이 없는 자기 동생이 부반장 아이와 우산을 같이 쓰고 등교한 것을 보고 창피해져서, 금방 반성하는 순진한 아이이기도 하다. 떼꾸러기 용범이가 집단규칙을 지키게 되기까지의 이야기인데, 초등학교 고학년을 대상으로 한 이 작품 속에, 휴전 직후의 농촌 어린이의 생활이 구체적으로 생생하게 그려져 있어서 흥미롭다.

강효순의 「새 담임 선생님」·「이상한 약」·「행복의 열쇠」 등도 소개할 만한 작품이다. 황민, 강효순 이외에도 심연서, 김도빈·강훈·김신복·리자운·리원우 등이 1960년 전후에 뛰어난 동화를 남겼다.

이상으로 아주 간단하게 창작동화에 대하여 언급해 보았다. 이것은 그야말로 메모 이상의 것이 아니어서, 본격적인 논의는 다음을 기약하고 싶다. 그리고 조선의 아동문학을 논하는 자리에서는 빼놓을 수 없는 전래동화와 동요에 대하여, 여기에서는 전혀 언급하지 않았다. 특히 전래동화는 매우 풍부하여서 현재도 여러 가지로 개작되어 널리 읽히고 있다. 일본에 소개된 것도 많다(자료1 참조). 조선의 민간설화 · 전래동화 · 민요는 그지없이 사람을 매혹시키는 보고(寶庫)이다.

(『조선문학─소개와 연구』 12호, 아동문학 특집 해설을 겸해서 씀, 1974.8)

[자료 1] 일본어로 번역된 아동문학 및 관련 논저

다카하시 토오루[高橋亨], 『조선 이야기집 부록 속담』, 일한서방(日韓書房) 서울, 1910.

『조선동화집』(조선 민속자료 제2편), 조선총독부 편.

나카무라 료오헤에, 『조선동화집』, 후잔보오(冨山房), 1926.

시미즈 헤에죠오, 「조선의 동요」, 『조선』, 1927.5~7.

시미즈 헤에죠오, 「조선의 민요」, 『조선』, 1927.8~9.

정인섭, 『온돌야화』, 니혼쇼잉[日本書院], 1927.3.

김소운, 「동요로 보는 조선의 아동성」, 『동양』, 1929.4.

김소운, 「조선 아동의 생활정서」, 『동양』, 1929.8.

『조선신화전설집』(『신화전설대계』의 일부), 1929.

손진태, 『조선 민담집』, 향토연구사, 1930.

김소운, 「어머니를 부르는 조선동요」, 『부인세계』, 1932.9.

김소운, 『조선동요선』, 이와나미 문고[岩波文庫], 1933(1972개정판).

김소운, 『푸른 잎새』(동화집), 상가쿠쇼보오[三學書房], 1941.

데쓰 짐페이(鉄甚平, 김소운), 『돌종』(동화집), 도우아쇼잉[東亞書院], 1942.

김소운, 『누런 소와 검은 소』(동화집), 텐유우쇼보오[天佑書房], 1943.

신래현, 『조선의 신화와 전설』, 1943(타이헤에출판[太平出版], 1971 재발행).

金海相德, 『반도 명작동화집』, 성문당(盛文堂, 서울), 1943.

『일선(日鮮)신화 전설의 연구』, 미시나 쇼오에이[三品彰英], 1943.

김소운, 『조선 옛날이야기 당나귀 귀와 임금님』, 코오단샤[講談社], 1953.

김소운, 『파를 심은 사람』, 이와나미[岩波], 소년문고, 1953.

손진태, 『조선의 민화』, 이와사키[岩崎]서점, 1956(『조선민담집』의 내용을 일부 삭제).

『조선 고대설화집』, 평양 외국문출판사, 1959.

『조선 민화집(民話集)』, 평양 외국문출판사, 1959.

이윤복, 쓰가모토 역, 『윤복이의 일기』, 타이헤에[太平]출판, 1965.

윤세중, 오무라 역, 『붉은 신호탄』, 신니혼출판[新日本出版], 1967.

손진태, 『조선의 민화』, 이와사키[岩崎] 미술사, 1968년 재발행.

핫도리 시로오[服部四郎] 외, 『터키·몽골·조선의 민화』, 사에라쇼보오[さ·え·ら書房], 1970.

키미지마 히사코[君島久子], 『중국·조선의 이야기』, 각슈우켕뀨우샤[學習硏究社], 1970.

마츠타니 미요코[松谷みよ子]·세가와 타쿠오[瀬川拓男], 『조선의 민화 1, 요술 쓰는 도깨비』, 타이헤에출판, 1972.

마츠타니 미요코·세가와 타쿠오, 『조선의 민화 2, 하늘동자와 소녀 연희』, 타이헤에출판, 1972.

마츠타니 미요코·세가와 타쿠오, 『조선의 민화 3, 금강산의 호랑이 퇴치』, 타이헤에출판 1972.

「한국의 동화」, 『통일일보』(연재), 1974.

〔자료 2〕 주요 총서류(원문)

『조선아동문학문고』(전23권), 아동도서출판사, 1964, 평양.

『아동문학집』, 조선작가동맹출판사(현대 조선문학선집 제10권), 1960.

『한국아동문학선집』(전10권), 동민문화사(東民文化社), 1972.

『한국아동문학선집』(전12권), 민중서관, 1965.

『아동문학선집』(1), 어문각(신한국문학전집 제46권), 1973. (2)는 미발행

『옛날이야기선집』(전10권), 교학사, 1972.

『한국아동문학독본』, 을유문화사, 1962.

『소년소녀 한국문학전집』, 계몽사, 1973.

〔자료 3〕 현대 아동문학사에 관한 주요논문(원문)

『현대 조선문학선집』(제10권 해제), 1960.

윤석중, 『한국아동문학사』(미확인), 대한교련(大韓敎聯), 1963.

이원수, 『아동문학의 개관』, 『현대문학』, 1965.4.

최인학, 『동화의 특질과 발달과정 연구』(미확인), 1967.

이원수, 「아동문학의 결산」, 『월간문학』, 1968.11.

신재은, 『한국아동의 발달과정연구』, 1970.

박화목, 「한국아동문학 반세기고」, 어문각(『신한국문학전집』 제46권 해설), 1973.

나의 8·15

1945년 8월 15일, 미야기현[宮城縣] 나루고마치[鳴子町]에서 집단 소개 생활을 하고 있던 나는, 그 날 열이 40도로 올라 의식이 혼미한 상태였다. 엎드려 있던 나를 누군가 일으켜 세워, 1층 식당으로 데리고 가 '옥음방송(玉音放送)'을 들려주기는 했지만, 뭐가 뭔지 모른 채, 누군가에게 업혀 혼자 먼저 방에 돌아와 또 잠에 빠졌다. 잠시 후엔 모두가 방에 돌아왔는데, 보통 때와는 분위기가 달랐다. 언제나 기숙사의 청소도 하고, 빨래도 해주며 우리들을 돌봐 주고 있었던 요시다 요모(寮母 : 기숙사 등에서 생활하는 아이를 돌보아 주는 여성)가 반침에 얼굴을 박은 채로 서서 소리높이 울고 있었다. 키가 훌쩍 크고 동요를 잘 불러주었던 요시다 요모가 나는 좋았다. 인형도 장식품도 필통의 스티커 역시도 모두 곰 일색이었던, 지금 생각하면 보통의 젊은 처녀에 지나지 않는 여성이었지만, 소학생인 우리에게는 제2의 어머니였다. 그 요모가 웬일인지 언제까지나 울음을 그치지 않았다.

저녁 무렵 전원집합령이 떨어졌다. 나도 고열로 비틀거리는 몸으로 나갔다. 최연장자이신 시마[島] 선생님이 통곡하고 있었다. 금세 화를 내며 따귀를 쳐대는 아줌마 선생님으로 학생들의 공포의 대상이었는데, 그 시마 선생님이 여러 학생들 앞에서 문자 그대로 통곡하고 있었다.

"일본은 졌다. 여러분이 장성하면 원수를 꼭 갚아다오!"

그 진지함에 가슴이 울렸다. 부모님들이 보내주시는 식료품들을, 평등하게 나눈다는 구실로 전부 먹어버렸던 교사들이 우리는 밉지 않을 수 없었으나, 시마 선생님만은 그때부터 예외적으로 좋아졌다.

집단 소개 생활은 괴로웠다. 부모 곁을 멀리 떠나, 매 끼니마다, 주식은 쌀밥이 섞인 한 공기 분량의 감자였다. 반찬은 짠 오이 아니면 가지무침이 두 쪽. 배가 고프고 또 고파서 모두 영양실조였다. 1년 2개월의 집단소개 생활 중, 몇 번째인가의 추첨에 뽑힌 어머니가 도쿄에서 면회하러 와주셨을 때, 밤에 침상에서 몰래 빈대떡을 주셔서 정신 없이 먹었는데, 그만 위장이 받지 못해 곧장 설사를 해버리고 말았던, 심하게 낭패를 보았던 기억이 훗날까지도 남았다.

소개 생활 중에는 '청경우독(晴耕雨讀)'이라는 것을 배웠다. 비가 오는 날만 수업하고, 나머지는 노동한다는 것이다. 가솔린 대용으로 쓰는 송근유(松根油) 원료인 소나무 뿌리를 캐낸 후, 산에서 마을에 있는 공장으로 불볕 속을 죽을 힘을 쓰고 운반했다. 기차역으로 한 역 반 정도 걸어서는, 가와타비[川渡]에 있는 도호쿠[東北]대학의 실

험목초지를 고구마밭으로 일궈서, 풀을 뜯거나 수확을 하거나 했다. 눈이 많이 쌓여서 전봇대가 머리만 내밀고 있는 설원 속을, 가타누마[カタ沼]에서 산을 넘어 장작운반을 했다. 방에는 난방이 없었기 때문에 모두 사기로 만든 유담포를 안고 있었다. 다행히도 나루고 온천의 수량은 풍부해서 뜨거운 물에 부족은 없었다. 3일에 한 번 목욕탕에 들어가긴 했지만 모두가 이 때문에 고통받고 있었다.

그보다도 힘들었던 것은 '낫빠[菜っ葉]'라는, 지금말로 '이지메'라는 것을 당했던 일이다. 나는 어두운 성격인 탓에 남들의 이야기에 끼어 드는 일이 없었다. 뿐만 아니라, 언제나 하얀 보자기에 책을 싸서 갖고 다녔기 때문에, '유골(遺骨) 운반꾼'이라고 불렸다. 공부를 좀 한 탓에 5학년인데도 6학년생을 제쳐두고 실장을 맡게 되었는데 그것이 좋지 않았다. 아무도 말을 걸지 않는 날이 언제까지나 계속되었다. 나는 내 방에 있지 못하고, 계단 아래 있었던, 천정이 낮은, 원래 이불 창고였던 두 자매의 방에서 대부분의 시간을 보냈다. 모두 사면발이가 있었음에도 불구하고, 두 자매는 그것이 남들보다 유별나게 많다는 이유로 까까머리가 되어, 계단 아래의 어두운 방에 격리되어 있었다. 그 자매들은, 말이 좀 어눌해서 주위에서 바보취급을 받고 있기도 했는데, 실은 마음이 착한 소녀들이었다. 언니 쪽은 이름이 다에코[妙子]라 불렸다. 자유시간에, 나는 그 방에서 흰 보자기의 '유골함'을 열고 중학교 국어교과서에 실려 있는 『만엽집』의 장가·단가를 한쪽 끝에서부터 암송하고 있었다. 이불 방에서 계속했던 암송이 이지메의 강도를 다시 가속화시켰다. 이지메를 주동한

세 명의 얼굴과 이름은 지금도 잊을 수 없다.

당시 소학교에서 배운 노래 중에는 의문이 가는 가사도 있었다.

> 타로[太郎]야 너는 착한 어린이
> 튼튼하고 커다랗고 강해지거라
> 네가 커다랗게 자랄 무렵엔
> 일본도 커다랗게 된단다
> 타로야 나를 넘어서 가라

이 가사를 이해하기 어려웠기 때문에 나는 선생님께 물었다.

"어린이가 커다랗게 된다는 것은 알겠는데, 일본의 토지도 커다랗게 되는 겁니까"

선생님은 잠시 침묵했다가, "일본이 커다랗게 된다는 것은 영토가 그렇게 된다는 것이 아니라, 나라의 힘, 즉 천황폐하의 어능위(御稜威)를 뜻하는 것이다"라고 설명했다. "그래도"라고 나는 다시 질문했다. 눈에 보이는 커다랗게 되는 것과, 눈에 보이지 않고 커다랗게 되는 것을 나란히 다루는 것은 이상하지 않습니까. 선생님은 아무 대답 없이 노려보았다.

모든 것은 "승리의 날까지" 참고, "바라지 않아요, 이길 때까지는"(그 당시의 노래가사) 하며 참아 왔던 것들이, 패전과 더불어 한꺼번에 긴장의 끈이 끊어져 버렸다. 지금까지 참아온 것은 무엇 때문이었던가. 기댈 지주를 잃고 망연자실한 것이었다. 무턱대고 어머니가 그리웠다.

전쟁은 주변에도 많은 죽음을 불러왔다. 나루고 마을에서도 송근유(松根油 : 소나무 뿌리에서 채취한 기름) 공장이 폭격과 기총소사를 받아 낯익은 공장노동자가 죽었다. 여름방학 때마다 어머니의 친정에 놀러 가면, 냇물에서 함께 은송어를 잡아 주었던 사부로[三郞] 외삼촌은 나고야[名古屋]의 직물공장에 징용 나갔다가 먼지를 마시고는 결핵에 걸려 죽었다. 1년 정도 우리 집에서 같이 살았던 고로[五郞] 외삼촌은 유황도(硫黃島)에서 옥쇄(玉碎)했다는 공보가 왔다.

원래 심장과 신장이 나빴던 어머니는, 방공연습 중 바케쓰 릴레이를 하고 집에 도착하자마자 현관 앞에 쓰러져 입에 거품을 내뿜고 계셨다. 연습을 쉬라고 아버지가 소리를 질렀지만 인근 조의 반장이기 때문에 쉴 수는 없다고 하면서, 무리에 무리를 겹치고 있었다. 어머니는 전쟁 직후 식료난 시대에 무리가 더 겹쳐, 전후 1년 반만에 돌아가셨다. 전쟁과 궁핍이 죽인 것과 같았다. 내가 중학교 1학년 때였다.

'옥음방송'을 듣고 울고 있던 요시다 요모도 그 다음해 독신인 채 결핵으로 죽었다. 병상에서 뼈와 가죽만 남은 상태였던 요시다 요모, 그녀에게 병문안을 갔을 때, 요모는 미친 것처럼 기뻐했다. "내 아들아" 하고 간병인과 간호원들에게 자랑하면서, 마시다 남은 분유캔을 주었다. "정말 아드님?" 하고 간호원이 묻자, 나는 "응" 하고 대답했다. 정말 아이가 된 듯했다. 거짓말을 한 듯한 기분은 들지 않았다.

이윽고 조선전쟁이 시작되었으나, "빨리 끝나지는 않겠구나" 하는 생각밖에는 들지 않았다. 나는 고등학교 시절, 일요일마다 요츠야[四 谷]에 있는 이그나치오 교회에 다녔을 정도로 카톨릭에 심취해 있었 다. 또 같은 학년의 마루야마 케이자부로[丸山圭三郎 : 소쉬르 언어학], 사토 마사야(佐藤方哉 : 심리학, 사토 하루오[佐藤春夫] 아들) 등과 동인 문 예잡지에 에너지를 쏟는 한편으로 1, 2학년 아래 여학생들 때문에 애를 태우고 있던 터라, 조선문제는 아직 머나먼 세계의 일이었다.

그러나 사회주의 중국이 기세 좋게 세계사의 무대에 등장한 데에 는 시선을 빼앗기지 않을 수가 없었다. 대학에 들어가 중국어를 제2 외국어로 선택한 것을 계기로 하여, 아시아에 대한 관심이 급속하게 높아졌다. 정경학부 학생임에도 불구하고 정치·경제는 내버려두 고, 오로지 중국어와 중국문학에만 열중했다. 1957년, 대학원에 들 어감과 동시에 조선어를 배우기로 결심했지만 어디에서도 가르쳐 주는 곳이 없었다. 님 웨일즈의『아리랑의 노래』와 김소운의『조선 시집』(상, 중)에 접한 것이, 중국 연구의 세계에 안주할 수 없게 만든 계기가 되었는지도 모른다. 석사논문「청말(淸末) 사회소설 연구」를 쓰면서, 동시대의 조선문학을 알아야 할 필요성을 통감하고 있었다. 1958년 4월, 재일조선인의 귀국사업이 신문에 보도될 무렵, 60년 안보투쟁을 앞두고서야 겨우 주 2회 아·야·어·여를 배우기 시작 했던 것이다.

(『李刊靑丘』 23호, 1995.8.15)

나와 조선

내 속에 언제부터 조선이 뿌리를 내리기 시작했는지는 분명하지 않다. 어릴 때 뒷집에 장(張)상이라는 타크쇼크대학[拓植大學]생이 하숙하고 있었는데, 술에 취하면 유리컵을 와작와작 씹어먹는다 해서 무서웠다. 또 내 또래의 소학생들이 "죠센징, 죠센징하고 놀리지 마. 똑같이 밥 먹는데 다른 게 뭐가 있어" 하고 한국사람의 서투른 일본말 말투를 흉내내며 놀려대는 걸 보고 불쾌했던 적도 있다.

그러나 그것은 모두 조선이라는 것을 의식하기 전의 일이다.

나는 1년 재수 뒤인 1953년, 와세다에 들어갔으나 환멸을 느꼈다. 와세다에 대한 환멸이라기보다는, 대학이라는 것에 대한 환멸이었던 것인지도 모른다. 그 환멸 속에서 안도 히코타로[安藤彦太郎] 선생님을 만났으며, 그 분으로 인해 중국에 눈을 돌리게 되었다. 이후, 중국 근대사와 문학을 공부하던 중, 나는 항상 인도와 조선이 마음에 걸렸다. 아시아 문화와 역사가 새로운 관점에서 연구되어야 한다고 생각하면서도, 보잘것없는 내가 손을 뻗으면 신세만 망치고 마는 것이 아닌가 주저하고 있었다. 허나 인도는 제쳐놓는다 하더라도 중국과 비슷한 듯한, 혹은 그 이상으로 가혹한 운명 속에 놓여 있었던 조선의 역사는, 일본과 너무나도 생생한 관계를 맺고 있는 만큼 눈을 돌릴 수는 없었다. 일본·조선·중국이 서로 뒤얽혀 있는 관계를 해명하고, 일본의 왜곡을 자그맣게나마 정상으로 돌려놓아야 한다, 또 조선을 연구하기 위해서는 우선 조선어를 배워야 한다고 생각했다.

조선인 친구의 도움으로 시나노마치[信濃町]에 있는 조선회관(朝鮮會館)을 찾은 것은, 지금부터 6년 전인 1957년 연말이었다. 거기서 다음 해 3월부터 청년동맹이 주최하는 청년학교가 개교한다, 그때쯤에는 엽서로 통지한다고 해서, 주소와 씨명을 쓰고 돌아왔는데, 3월이 되어도 연락이 없어 직접 찾아가 보니 개교 5일 전이었다. 그날로부터 세 번이나 그곳을 찾아가, 청년학교에서 같이 공부할 수 있다는 허가를 간신히 받아냈다. 처음에는 간첩이 아닌가 의심을 받았던 듯하다.

그 개강식 자리에서의 긴박감은 지금도 잊을 수 없다. 저 지부, 이지부에서 젊은 청년남녀들이 엄청나게 몰려들어 온다. 모두 아는 사이인 듯하다. 낯선 조선어가 어지럽게 날라 다닌다. 악수가 교환된다. 처녀들의 웃음소리가 솟는다. 강당의 정면에는 김일성의 사진이 커다랗게 걸려 있다. 2·3백 명이나 되는 젊은이들의 훈김으로 숨이 콱 막힐 것 같다. 복도까지 사람이 넘치고 있다. 전부 조선인뿐이다. 아는 얼굴이 있을 리 없다. 나는 사람들의 벽 뒤에 숨어 조그맣게 앉아 있었다. 이어 연설이 시작되었다. 일본에 대한 격렬한 언어가 거대한 파도들처럼 부풀어오른다. 그것은 진짜 조선인의 소리였다. "일본인, 일본인"이라고 나는 입 속에서 염불처럼 외고 있었다. 일본인이라는 사실이 묵직한 무게로 다가왔다. 나는 3·1 운동을 생각하고 창씨개명을 생각하고 관동대지진을 생각했다. 조선은 나를 민족주의자로 만들었다.

청년학교에서는 좀처럼 친구가 생기지 않았다. 이름을 '오무라[大村]'라 밝혀도, 진짜 이름이 뭐냐고 물어 왔다. 실명이 '오무라'라 해도 일본인이라는 것을 좀처럼 믿어주지 않았다. 겨우 사실이 알려지자 이젠 괴짜 취급을 받았다. 하지만 학기가 끝날 무렵에는 정말 친하게 되었다. 한번 결석했을 때, 걱정해주며 "어떠셨어요. 몇 페이지까지 끝냈어요"하는 편지를 준 여성도 생겼다. 결국 그 학기 초급반에 마지막까지 남은 것은 나를 포함한 세 명이었다.

조선어 학습은 즐거웠다. 지금 조선대학에 계시는 박정문(朴正汶) 선생은 나를 조선어에 홀리게 만들었다. 지금도 그 분만한 조선어학자는 안 계실 것이라고 생각하고 있다. 근대 중국 문학에 관한 석사 졸업 논문을 쓰면서 나는 주 3회 빼먹지 않고 다녔다.

1961년 나는 고등학교 선생이 되었고, 그해 첫 월급으로 결혼생활을 시작했다. 사회인이 된 뒤는 공부도 순조롭지 않았다. 하지만 조선어 공부가 한 걸음 한 걸음 진척됨에 따라, 조선이라는 존재의 위대한 모습이 눈앞에 서서히 거대하게 솟아 올라왔다. 18세기의 실학파 사상가들이 우선 흥미를 끌었다. 『열하일기』를 어떻게든 원문으로 읽고 싶었다. 우리 부부는 태어날 애가 사내라면 이름을 '지원 (志源)'이라고 짓자고 약속했다. 물론 박지원을 닮고 싶었던 것이다.

이제부터는 1920년대와 1930년대의 문학을 조금씩 공부해가고 싶다. 일조(日朝) 양문화의 상호관련성과 같은 비교문학적 연구보다도, 곤란하긴 할 것이나, 조선민족의 발상·사고방법 그것부터 탐구해 가고 싶다. 그것은 이중의 의미에서 현대에 살고 있는 일본인의 지침이 되는 것이다. '이중의 의미'에서라는 것은, 하나는 당시 일본의 수법을 조선이라는 거울에 낱낱이 비춰내서, 꿈이여 다시 한 번 하고 비는 이들에게 타격을 가하기 위해서이며, 또 하나는 자유가 속박된 인간의, 광명을 얻기 위한 투쟁, 그 에너지의 근원이 무엇이었는가를 탐구하기 위해서이다.

후자에 관해 말한다면, 신경향파 문학에 관철되고 있는 피압박자 의식, 두터운 벽을 무너트리려 해도, 방화나 강도나 살인 같은 수단 외에는 호소할 길이 없는 폐쇄상황 등등, 그것들은 어느 것이나 현재의 우리 것에 가깝다. 그렇게 비합법적 수단에 의한 것이 아니면, 스스로가 광인이 될 수밖에 없는 어두운 시대다. 이 시대의 소설에는 미치광이가 다수 나온다. 이익상(李益相)의 「광란」, 최서해의 「박돌의 죽음」·「미치광이」, 번역된 이태준의 단편소설집에도 미치광이가 다수 등장했던 기억이 있다. 광인의 등장이 보여주는 밝음은, 암야의 촛불처럼, 오히려 주변의 어둠을 극명하게 드러낸다. 이러한 와중에서 조선민족은 돌파구를 찾고, 자기 나라를 해방시켰던 것이다.

빈곤과 기아 속의 골육의 애정을 차분히 그렸다는 점에서 「담요」·「탈출기」·「기아(棄兒)」 등 최서해의 작품보다 나은 작품을 나는 아직 모른다. 유사한 작품이 중국에도 다수 있긴 하나, 고옥보(高玉寶)나 조수리(趙樹理)의 소설에서 볼 수 있는 바와 같이, 심각하면서도 환하게 밝은 데가 있다. 중국인은 모택동을 위시해서 지나치게 낙천적이어서, 오히려 이 쪽이 어리둥절할 지경이다. 물론 조선인은 노래와 춤을 매우 좋아한다고 하며, 최서해의 경우에도 「육가락, 방팡관」 같은 유모어스러운 소품이나 「매월(梅月)」 같은 극히 로맨틱한 작품이 있긴 하다. 그러나 그 어느 것이나 우리 일본인에게는 저항감 없이 있는 그대로 들어오는 것이다.

허나 일조 양국이 서로를 완전히 이해할 수 있는 날이 오리라고는 결코 생각하지 않는다. 아마도 그 날은 영원히 오지 않을 것이다. 민족주의적 관점에 서는 한 그것은 당연한 일이다. 나는 근래 3년간 가나가와현[神奈川縣] 북부에서 여학교 교사를 하고 있는데, 세계사 숙제로 아시아 관계 서적을 학생에게 읽혔더니, 유아사 가쓰에[湯淺克衞]의 「간난이」를 읽은 학생이 이렇게 썼다.

"처음 놀란 것은 간난이가 일본어를 매우 잘한다는 사실이었습니다. …… 식민지에서 일본인이 행했던 것은 수치스럽게 생각됩니다. 일본어는 일본인의 것. 조선어는 조선인의 것, 그것이 가장 가치 있고 아름답다고 생각했습니다. 그리고 용기 있는 아이들이라고 느꼈습니다. 슬픈 이야기였습니다. 왜냐하면 류지[龍二]가 일본인이고 간난이가 조선인이었기 때문입니다."

독특한 표현이라고 생각되어, 불러서 물어 보니, 그녀의 중학교

시절이래 가장 친했던 친구가, 귀화는 했지만 버젓한 조선인이라는 것을 알았다고 한다. 그녀는 그렇게도 흉허물없이 지냈던 그 친구와의 사이에도, 아무래도 뛰어넘을 수 없는 선이 있다는 사실이 안타까웠던 것이다. 나는 말했다.

"어쩔 수 없어요. 그것은. 아무리 사이좋은 친구라 해도, 혹 부부라 해도 민족이라는 벽은 넘어설 수 없는 거에요. 그래도 포기해서는 안되지요. 두 나라가, 상대방 나라를 향해 다리를 놓아가는 노력은 포기해선 안돼요. 일본과 조선의 경우는 더욱 특별해요."

(『조양(朝陽)』 제2호, 1963.3.1)

진군 나팔소리는 들리지 않는다[1]

동인의 변辯

우리는 1970년이라는 이 시점에서 간신히 우리의 제1호 회지를 세상에 내어놓는다. 고생담을 늘어놓을 계제는 아니나, 여기까지 도달하는 데는 우리 나름의 사연과 우여곡절이 있었다. 조선문학은, 우리 다섯 명의 동인들과 조력자를 포함한 총 6명을 하나로 뭉치게 만들어주었다.

동인 잡지는 뜻을 같이하는 이들이 모여, 필요한 경제적 부담과 시간적 부담 그리고 정신적 부담을 무릅쓰고 출판하려 하는 잡지다. 신들린 듯한 집념이 없다면 발족은커녕 지속도 불가능하다. 우리의 힘은 약하며 우리의 연구는 서투르다. 그러나 조선어와 조선문학에 매료되어 오늘까지 2년여를 함께 걸어 온 다섯 명의 일본인은, 감히 잡지 『조선문학』을 세상에 내어 보낸다.

---

1 『조선문학-소개와 연구』 창간호, 편집후기.

조선문학이 다섯 명의 동인을 굳게 뭉치게 했다고 앞에서 말했다. 그것은 이면에서 보자면, 조선문학을 사랑하고 조선문학을 필생의 사업으로 삼는다는 오직 하나의 목표로 우리가 뭉쳤다는 것을 의미한다. 우리 동인들의 개인적 사상·신조·정치적 입장·세계관·문학관은 너무나도 다르다. 인생담으로 밤을 지새우기에는 우리는 너무 나이를 먹었다. 단지 조선문학에 대한 정열과 상호간의 인간적 신뢰만이, 우리들 사이에 엿보이는 심연을, 그 깊은 크레파스를 뛰어넘을 수 있게 하는 힘이다.

　이 회에 일정한 입장은 없다. 우리 회는 조선문학의 소개와 연구에 의욕을 불태우고, 회비를 내고, 연구회에 참가해야 하는 의무를 제외하고는 회원 개개인의 행동 일체를 구속하지 않는다. 아니 그보다 이 회 자체는 회원 개개인의 협의체에 지나지 않는 것이다. 나로서는 회로서 통일적 행동을 취한다든가, 성명을 내는 등의 일은 앞으로도 일체 생각하고 있지 않다. 우리 동인지는 개인잡지의 합본(合本)이라 해야 할 만한 성격의 것이다.

　오무라가 모임의 대표자로 되어 있긴 하나, 이것은 완전히 명목상의 것이다. 나의 연구실이 연락이 용이하다는 이유 하나로 대표자를 잠칭하고 있는데 지나지 않는다. 회계 및 기타 사무는 내가 맡고 있으나 이 이외에는 회를 대표하는 일이 없다.

　이렇게 다소 느슨하게 결합된 연구회이긴 하나, 현재는 존재 의의가 있다고 생각한다. 우리 회가 언제까지 지속될 수 있을지는 자신이 없다. 오히려, 너무 오랜 기간 동안 존속하지 않기를 우리는 바란다. 10년 정도만 간다면 된다. 그 사이에 회원도 늘고 그리고는 세포 분열을 일으키다가, 우리 연구회 자체는 없어지게 되는 것이 아닐까. 그렇게 되길 빈다.

우리 회에는 회칙은 없다. 그러나 최소한, 이 모임이 ① 일본인에 의한, 적어도 일본인을 주체로 한 모임이라는 점, ② 백두산 이남에서 현해탄에 이르는 지역에서 살았던, 또한 살아가고 있는 민족이 낳은 문학을 대상으로 한다는 것이 원칙이라는 점을 확인하자. 우리의 마음속에 38선은 없다.

우리는 발을 내딛었다. 어쨌든 간에, 우리의 기분은 무겁다. 기세 좋은 진군 나팔소리는 들려오지 않는다. 서두르지 말자. 서둘러서는 안된다. 비수에 찔리어도, 피를 흘리면서도, 우리는 쉬지 않고 걸어 갈 것이다.

(『조선문학(朝鮮文學)―소개와 연구[紹介と研究]』 창간호, 1970.12.1)

기쁨과 당혹과

『조선문학—소개와 연구』 창간호를 내고

우리의 당초 예상을 깨고 창간호가 의외의 반향을 불러 일으켜서, 우리는 얼떨떨하다. 우리의 연구 수준이 높다고는 할 수 없으며, 우리의 잡지 역시도 훌륭하다고 할 수는 없다는 것은, 우리 자신이 가장 잘 알고 있다. 그럼에도 불구하고 독자들로부터 총 121통의 편지를 받았다. 전화 문의 역시 그에 뒤지지 않았다. 각 신문에 이 잡지가 소개된 뒤에는, 허풍을 조금 섞으면, 우리 회의 전화는 쉴 사이 없이 울려댔다.

신청한 분 중 반수 이상이 정기 구독을 희망했다. 그 중에는 천엔 2,000엔씩 선금을 부치시거나, 잡지가 나오는 날까지 정기구독을 하시겠다고 신청한 분도 계셨다. 계좌이체로 송금해 주신 분 중에도 통신란에 세세하게 회 앞으로 보낸 사연을 써주신 분도 있었다. 나 같은 사람은 보통 계좌이체 용지의 통신란에 글 같은 것을 쓴 적이 없다. 쓰는 경우가 있더라도 그야말로 사무적인 것에 불과했는데도 불구하고 연구회로 오는 계좌용지는 그 정도를 넘어 있었다.

예를 들면, 후쿠시마[福島]의 A씨는 "『조선문학』을 신속히 보내주셔서 감사합니다. 이 책을 읽고 여러 가지 생각을 하게 되었습니다. 다시 깊게 성찰해보려고도 생각하고 있습니다. 연구회의 발전을 빕니다"라고 써주셨다. 오오사카[大阪]의 재일 조선인 B씨는 "······ 조선인이란 이름 뿐 조국에 관해서는 무지에 가까운 상태여서 『조선문학』지의 발전을 마음 속 깊이 기뻐하고 있습니다"라고 쓰셨다.

독자로부터 온 소식은, 일본인 쪽이 반 정도, 재일 조선인 쪽이 약 반 정도다.

중국 연구가인 C씨로부터는 "일본의 조선사 연구의 맹점이었던 문학·사상 연구의 결여는, 약간의 예외를 제외하고는 조선인을 인간으로서 간주하지 않았기 때문에 당연할 것입니다. 이 당연함을 부정하는 지점에 『조선문학』 창간의 의미가 있으며 그 앞길에 희망과 곤란이 있습니다. 동인 여러분의 분투를 빈다"는 격려를 받았다.

사카이시[堺市]에 사시는 62세 되시는 영어 선생님 D씨는 제1신 (이 분을 포함하여 상당수의 분들이 편지를 두 번 주셨다)에서 이렇게 말씀하셨다.

"······ 소생도 작년부터 조선어 독학을 시작하였으며, 조선문학과 역사 경제 등도 연구하려고 하고 있습니다만, 조선어가 어렵고 혼자 공부하기도 쉽지 않았기 때문에 진척이 되지 않았던 상태였습니다만 낭보를 듣고 기쁩니다. 매우 귀하고 존귀한 연구로서 깊이 존경하고 있습니다. ······"

가마쿠라[鎌倉]시에 사는 청년 E씨는 조선어를 군데군데 섞어서 편지를 주셨다. 강조 부분은 조선어로 씌어진 것이다.

"안녕하십니까. 처음으로 편지를 드립니다. 저는 올해 대학에 가는 18세 학생입니다. 작년에 한국을 다녀온(서울에 한국 사람 친구가 있어서) 후, 조선 반도의 역사·문학·언어에 흥미를 갖고, 과거의 조선반도는 일본에 있어서 무엇이었는가, 지금은 무엇인가, 미래에 무엇이어야 하겠는가를 알기 위해, 지금 공부하고 있습니다. 대학에서도 조선·중국 관계 공부를 할 예정입니다. 하지만 그런 저에게 조선 관련 서적이 적다는 것은 번민이었으며 놀라움이었습니다. ……하지만 그렇게 생각함과 동시에, "좋아 내가 해보지" 하는 투지가 생겼습니다. 그런 저에게『조선문학』이라는 계간지의 발견은 근사한 것이었습니다. 전부터 읽어보고 싶었던 최인훈 씨의「총독의 소리」(전에「웃음소리」를 읽은 적이 있다) …… 등등, 지금 저는 조선어를 독학하고 있습니다. 그리고 빨리 조선문학을 한글로 읽고 싶습니다. 이제부터 여러 가지 지도 부탁드립니다. 선생님! 안녕히 계십시오."

조선문학 관련 참고서나 작품의 번역서에 대한 문의도 많았다. 잡지논문의 발표 년월·발행처까지 알려드리기에는 상당한 수고와 시간이 걸리는 것이다. 문학 이외의 역사·정치·경제 등의 저작에 대한 문의도 있었지만 이것은 능력 밖의 일이라서 양해를 구했다.

수많은 재일 조선인 여러분으로부터, 분에 넘치는 찬사를 받았다. 우리는 솔직히 말해서 몸이 오그라들 정도다.

제일 처음 편지를 주신 도쿄 시부야의 F씨. "조선문학을 통해 조국을 보다 더 잘 알게 되었으며, 나아가서는 조국의 사회 변혁을 위한 실천 대열에 참여한 재일조선인의 한 청년으로서 『조선문학』 창간을 축하드리며 가슴 가득 인사를 올립니다. 축하드립니다. 정말 감사합니다. 가깝고도 먼 나라 조선이라고 흔히 말합니다만, 특히 문학 방면에서 가장 멀리 있다고 생각됩니다. '조선문학의회'의 활동이, 이 거리를 메우는 데 커다란 역할을 감당하리라고 기대합니다. ……"

사가미하라[相模原]의 G씨. "…… 저는 재일 한국인인 G라고 합니다만, 저의 조국의 문화·문학에 대해 깊은 흥미를 갖고 있습니다. 우연히 요미우리신문 기사를 읽고 일본 분이 조선문학에 대해 연구하고 계시다는 것을 알고, 매우 기쁘게 생각했습니다. 왜냐하면 일반적으로 일본의 경향은, 조선이라는 나라에 대해 그렇게 좋은 감정을 갖고 있지 않은 것처럼 느끼고 있었기 때문입니다. 그러나 학문적인 공정한 입장 아래에서 견실한 작업을 꾸준히 진행하고 있는 분도 계신다는 사실을 알고, 제 자신의 좋지 않은 편견을 부끄럽게 생각했습니다. ……"

오오사카의 H씨는 두 번에 걸쳐 정중한 편지를 주신 분으로 상경 시에 회를 찾아주셨다.

'일본 속의 조선문화'사의 정귀문(鄭貴文) 씨도 정성이 깃들인 긴 편지를 주셨다.

진작부터 이 잡지가 발행된다는 소식은 듣고 있었습니다. 지금 이렇게 잡지를 손에 넣고 보니, 60여 쪽의 그 양이, 한량없이 무겁게 느껴집니다.

저는 지금까지, 많은 일본인과 교제해 왔습니다. 또 많은 친구도 있었습니다. 한편으로는 일본인이 쓴 것, 또는 일본인의 손에 의해 만들어진 책도 적지 않게 읽었습니다만, 그 어느 경우나 반드시, 언젠가, 무언가 때문에, 어딘가에서, 당혹감과 불안을 느꼈습니다. 이렇게 말씀드리면 아실 것으로 생각됩니다만, 그러나 귀지는, 매우 실례스러운 말씀일지는 모르지만, 일자 일구에서도 그런 것을 느끼지 못했습니다. 귀지는 처음 만난 유쾌한 친구 같은 느낌이 듭니다.

편집 내용에 대해서는, 주제넘은 일이라서 말씀드리지 않겠습니다만, '동인의 변'을 무엇보다도 흥미 깊게 읽었습니다. 그렇기 때문에 더욱 깊은 감개를 느끼지 않을 수 없었습니다.

일본인에게서도 많은 반향이 있기를 저 역시도 기대합니다만, 한 사람의 조선인으로서도 잠자코 있을 수 없어서 편지를 올리는 차입니다.

다음호를 손꼽아 기다립니다.

이러한 따뜻한 격려의 말씀에 우리는 깊이깊이 머리를 숙인다. 그러면서도 "여기에 인간의 사랑과 일본인의 양심이 있다"든가, 이 잡지의 창간이 "현대 일본문학사상 하나의 사건"이라는 말씀까지 들으면, "잠깐만, 우리는 안 그래" 하며 도망가고 싶어진다. 때로는 등에 지워진 책임의 막중함에, 견딜 수 없다고 느끼는 적도 있다. 우리의 힘은 보잘것없다. 그러나 그와 동시에, 초라한 우리가, 그러한 기대를 받지 않으면 안될 정도로, 지금까지 일본인이 아무것도 한 일이 없다는 무서운 사실을 새삼스럽게 깨닫게 되는 것이다. 조선인 여러분의 말씀은, 우리에게는 감언이 아니라, 어떤 의미에서는 잔혹한 채찍이다. 정신을 똑바로 차리라고 엉덩이를 내려치는.

우리에 대한 비판으로는 『조선연구(朝鮮研究)』 100호가 있으며 또한 회지명에 대한 독자들의 의문도 있었다(박원준 씨의 개인잡지 『조선문학』이 이미 있었다. 우리 잡지에는 「소개와 연구」란 부제를 붙이고, 박원준 씨의 양해를 얻었다). 우리의 눈에 드러나지 않은 무언의 비판은 더욱더 많을 것이다.

마지막으로 한 마디. 우리 잡지를 서점의 좋은 위치에 놓아주신 서점 여러분의 특별한 호의에 감사의 말씀을 올리고 싶다. 우리는 아직 닛판[日販], 토한[東販] 같은 도매상과 거래할 형편이 아니다. 직접 서점에 갖고 가서 부탁을 드릴 수밖에 없는데, 일반적으로는 환영받지 못했다. 그것은 또 당연하기도 하다. 그런 가운데 우치야마서점[內山書店]·호분도[芳文堂]·우니타서점·이와나미[岩波] 도서판매의 신잔샤[信山社]·도리쓰서방[都立書房] 등은 흔쾌히 우리 잡지를 받아주었다. 특히 시부야의 다이세이도[大盛堂] 후나사카[舩坂] 사장님은 아베 게이지[阿部圭司] 씨의 소개로 서점을 찾은 우리를 만나 격려해 주셨다. 우리는 처음 경험이라고는 하나, 선비의 상법(商法)이라고나 할까, 납품서(納品書)도 없이 다이세이도[大盛堂]에 갔는데, 사장님은 메모 용지에 납품서와 그 사본을 자필로 써주셨을 뿐만 아니라, 서점 내에 광고를 내걸 수 있게끔, 세로로 긴 종이 몇 장과, 적색과 흑색 매직펜 두 개까지 준비해 주셨다. 우리는 사장실 책상을 빌려 앉아, "『조선문학-소개와 연구』창간. 1층 잡지매장으로"라고 썼던 것이다.

독자들의 반향이 예상외로 컸던 이유 중의 하나는, 신문 등이 이 잡지를 다뤄주었던 데에 있다. 『마이니치신문[每日新聞]』1970년 12월 18일 및 1971년 1월 25일. 『요미우리신문[讀賣新聞]』1971년 1월 8일. 『아사히[朝日]저널』1971년 1월 22일호. 『아사히신문[朝日新聞]』1971년 1월 8일(朴泰一 씨 투서). 아카하타[赤旗] 1970년 12월 25일 및 1971년 1월 31일. 그리고 『교도통신[共同通信]』을 통해 지방지로 소식이 나갔다고 추측되는데, 독자들의 편지를 통해, 『코오베신문[新戶新聞]』1970년 12월 25일, 『홋코쿠신문[北國新聞]』, 『도쿠시마신문[德島新聞]』 등에도 소개되었다는 것을 알았다. 우리에게 너무 성대한 무대는 어울리지 않는다. 고맙다기보다도 과대한 평가를 받았다는 부끄럼이 앞선다. 그러나 이로 인해 많은 독자와 편지로 소통을 할 수 있었다. 순수한 마음으로 감사드려야 한다고 생각한다.

(『朝鮮文學-紹介와 硏究』제2호, 1971.3.1)

발표년도	갈래	작품명	발표지	비고
1955.9.25	共譯	『靑年・學生の生活と修養』(中國・靑年出版社編, 安井康譯(ペンネーム))		三一書房
1956.	翻譯	「『天演論』自序」(嚴復)		미발표 원고
1956.3.30	評論	「『老殘遊記』についての張畢來の評價」	『中國硏究會機關誌』9號	早大中國硏究會
1957.12.20	譯・解說	「魯迅〈人類の歷史〉」	『魯迅硏究』19號	魯迅硏究所
1959.6.15	書評	「〈秋瑾史蹟〉－中國婦人運動史の一頁」	『日本讀書新聞』	日本讀書新聞社
1960.8	隨筆	「ソン・ムンソン氏の『民族の誇りをみいだすまで』を讀んで」	『朝鮮民報』1625號(한글)	朝鮮民報社
1961.6	評論	「バートランド・ラッセルと魯迅」	『魯迅』24號	筑摩書房內魯迅友の會
1962.4.16	翻譯	「脫出記(上)」(崔曙海)	『柿の會月報』No.20	柿の會編集部
1962.6.16	翻譯	「脫出記(下)」(崔曙海)	『柿の會月報』No.21	柿の會編集部
1962.11.20	論文	「解放後の朝鮮文學(上)」	『柿の會月報』No.24	柿の會編集部
1963.1.20	論文	「解放後の朝鮮文學(下)」	『柿の會月報』No.25	柿の會編集部
1963.3.31	隨筆	「わたしと朝鮮」	『朝陽』第2號	リアリズム硏究會
1963.秋	論文	「民族言語の純潔性」	『I.L.T NEWS』22, 1963秋號	早稻田大學語學敎育硏究所
1963.10.5	書評	「〈魯迅につらなる道〉－『中國現代文學選集4 淸末・五四前夜集』」	『圖書新聞』	圖書新聞社
1963.11.25	目錄	「中國語譯朝鮮文學作品の目錄」	『朝鮮硏究月報』23號	日本朝鮮硏究所
1964.1.25	論文	「植民地支配下における革新的インテリの側面－崔曙海の場合を中心として」	『朝鮮硏究月報』25號	日本朝鮮硏究所
1964.1	翻譯	「洛東江(上)」(趙明熙)	『朝鮮と文學』No.1	朝鮮文學の會
1964.2	翻譯	「洛東江(下)」(趙明熙)	『朝鮮と文學』No.2	朝鮮文學の會

발표년도	갈래	작품명	발표지	비고
1964.3	論文	「淸末社會小說(上)」	『東洋文學研究』12號	早稻田大學東洋文學會
1966.3	論文	「淸末社會小說(中)」	『東洋文學研究』14號	早稻田大學東洋文學會
1967.3	論文	「淸末社會小說(下)」	『東洋文學研究』15號	早稻田大學東洋文學會
1964.7.25	書評	「白頭の山なみを越えて」(崔賢)	『圖書新聞』767號	圖書新聞社
1964.12.1	譯・解題	『老子・列子』		德間書房
1964.12.25	目錄付小論	「『朝鮮之光』1927.11～1930.1 總目次」	『朝鮮研究』35號	日本朝鮮研究所
1965.4	翻譯	「おそらく－挽歌」 「うらまないで」(聞一多)	『日中友好ニュース』第4號	日中友好協會 早大敎職員班
1965.5.10	隨筆	「『朝鮮文化史』の翻譯に參加して」	『日朝學術交流』第3號	日朝學術交流促進の會
1965.9.1	論文	「中國人・朝鮮人に對する漢字語彙敎育について」	『講座日本語敎育』第1分冊	早稻田大學語學敎育研究所
1965.9.15	翻譯	「『韓國民族運動史』(韓國文化史體系)」	『朝鮮研究』No.43	日本朝鮮研究所
1965.10.16	書評	「〈老殘遊記〉－自傳的な政治小說 社會と自然を描くリアルな筆致」	『圖書新聞』	圖書新聞社
1965.11.10	論文	「1920年代の朝鮮文學」	『文學』Vol.33-11	岩波書店
1966.1.29	論文	「朝鮮の初期プロレタリア文學 －崔曙海の諸作品」	『社會科學討究』11-3	早稻田大學 社會科學研究所
1966.2.1	評論	「朝鮮を除外しては何も考えられない」	『新しい世代』7-2	朝鮮靑年社
1966.7.15	隨筆	「金笠慢筆」	『朝鮮研究』No.52	日本朝鮮研究所
1966.7.25	翻譯	『朝鮮文化史』(上)(梶井陟, 渡部學(共譯))		亞東社
1966.12.25	翻譯	『朝鮮文化史』(下)(梶井陟, 渡部學(共譯))		亞東社
1966.9.30 (再版 71.10.25)	共譯編	『日本に訴える－韓國の思想と行動』 (シリーズ日本と朝鮮2) 梶井陟, 渡部學(共譯編)		太平出版社
1966.10	翻譯	「洛東江」(趙明熙)	『朝鮮研究』No.55	日本朝鮮研究所
1966.11	翻譯	「脫出記」(崔曙海)	『朝鮮研究』No.56	日本朝鮮研究所
1967.2.28	翻譯	「孫中山先生の思い出」(何香凝) 安藤彦太郎・岩村三千夫・野澤豊 編	『現代中國と孫文思想』	講談社

발표년도	갈래	작품명	발표지	비고
1967.5.30	翻譯	『赤い信號彈』(尹世重) [單行本, 『붉은 신호탄』의 譯]		新日本出版社
1967.6	論文	「解放後の林和」	『社會科學討究』35號 13-1	早稻田大學 社會科學研究所
1967.7.15	論文	「『毛澤東著作選讀乙種本』注釋試稿」	『毛澤東著作言語研究』 第2號	大安
1967.8.15	目錄	「朝鮮近代文學に關する日本語文獻」	『朝鮮研究』64號	日本朝鮮研究所
1967.8.15, 12.15, 1.15, 2.15	翻譯	「金日成の文藝に關する論文 (1)~(4)」	『朝鮮研究』64, 68~70號	日本朝鮮研究所
1967.11.15	評論	「朝鮮文學の「特色」と文化大革命」	『朝鮮研究』67號	日本朝鮮研究所
1968.1.1	中國旅行記	「郭家德さん―中國のある勞働者」	『大安』14-1(通146號) [『宗懇』No.6, 日中友好宗教者懇談會, 1968.9.1에 전재]	大安
1968.3.15	評論	「朴世永の詩「臨津江」とザ・フォーク・クルセイダーズの歌"イムジン河"」	『朝鮮研究』71號	日本朝鮮研究所
1968.3.21	翻譯	「文藝十條(當面の文學藝術工作についての意見)」	『アジア經濟旬報』714	中國研究所
1968.4.25	評論	「『紅岩』の讀まれかたをめぐって」	『中國研究旬報』242號	中國研究所
1968.11.30	評論	「朝鮮民族解放闘爭と日本」	『日本資本主義とナショナリズム 研究會會報』第2號	早稻田大學 社會科學研究所
1968.11.30	論文	「文藝における二つの路線のたたかい」	『文化大革命の研究』 (安藤彦太郎編)	亞紀書房
1969.1.1	評論	「如夢令〈元旦〉」(毛主席の詞)	『日中文化交流』No.137	日中文化交流會
1969.1	目錄共編	「文化大革命における文藝問題文獻目錄(1967.1~1968.11)」	『中國研究月報』No.251	中國研究所
1969.2.10	論文 論文	「〈乙種本〉中の說明を要する同義詞」 「〈乙種本〉中の注を必要とする事項および意味のわかりにくい語」	『毛澤東著作言語研究』 第3號 同上	大安
1969.2.15	講演	「中國現代文學における思想闘爭」	『社會科學研究所 公開講座概要』第1號	早稻田大學 社會科學研究所
1969.2.20	論文	「革命的人間像と『紅岩』の 讀まれかた」	『人文論集』第6號	早稻田大學法學會

발표년도	갈래	작품명	발표지	비고
1969.7.10	論文	「朝鮮語の發音と構造」	『講座日本語教育』第5分冊	早稻田大學語學教育研究所
1969.9.1	譯·解說	「羅稻香略傳及び〈ある冬の一日〉譯(原題 행랑자식)」	『朝鮮文學』Vol.1 No.4	新興書房
1969.9.21	評論	「『文化工作危險論』と『上海の朝』批判について」	『アジア經濟旬報』	中國研究所
1970.2.20	評論	「ハングル專用問題おぼえ書き－韓國の漢字政策」	『人文論集』第7號	早稻田大學法學會
1970.5.3	論文	「第2次世界大戰下における朝鮮の文化狀況」	『社會科學討究』第43號	早稻田大學社會科學研究所
1970.6.5	論文	「中國語教育の問題點」	『國際文化』192號	國際文化振興會
1970.7.15	論文	「周揚の文藝理論」	『現代中國の基本問題』(中國研究所編)	勁草書房
1970.11.10	論文	「奪われし野の奪われぬ心－解放前の朝鮮近代文學」	『文學』	岩波書店
1970.12.1	翻譯	「日帝末暗黑期文學の抵抗」(宋敏鎬)	『朝鮮文學－紹介と研究』1號	朝鮮文學の會
1970.12.1	編集 後記	「同人の辯－進軍ラッパは聞こえない」	同上	
1970.12.18	評論	「梁正明君の死をめぐって」	『早稻田大學教員組合ニュース』No.106[『日中講座第9號 日本帝國主義の爪あと』(日中友好協會, 1971.3.1)에 재수록]	早稻田文學教員組合
1971.2.20	論文	「中國語類義語研究試論」	『人文論集』第8號	早稻田大學法學會
1971.3.10	翻譯	「巫女圖」(金東里)	『朝鮮文學－紹介と研究』2號	朝鮮文學の會
1971.3.10	隨筆	「喜びと, とまどいと」	同上	
1971.4.1	譯·解說	「上海の暗い一日」(兪鎭午, 上海의 記憶)	『中國』89號	德間書店
1971.4.1	講讀(對譯·語釋)	「過橋」	『中國語』第135號	中國語友の會
1971.5.1		「過橋」	『中國語』第136號	中國語友の會
1971.6.1		「過橋」	『中國語』第137號	中國語友の會
1971.6.1	翻譯	「アジュッカリ神風－三島由紀夫に」(キムジハ)	『朝鮮文學－紹介と研究』3號[『べ平連ニュース』No.75, 1972.11에 전재]	朝鮮文學の會

발표년도	갈래	작품명	발표지	비고
1971.6.1	編集後記	「金思燁先生のお便り」	同上	
1971.6	評論	「轉折の朝鮮文學者-李光洙と金龍濟」	『アジア』8月號	アジア評論社
1971.9.1	編集後記	「さらんばん」	『朝鮮文學-紹介と研究』4號	朝鮮文學の會
1971.10.13	小論	「ミニ講義-中國の新文藝から」	『早稻田』1971, 10號	早稻田大學廣報課
1971.12.1	資料紹介	「日本留學時代の李光洙」	『朝鮮文學-紹介と研究』5號	朝鮮文學の會
1971.12.1	編集後記	「投書にお答えして」	同上	
1972.1.15	分擔執筆	「プロレタリア文學」	『セミナー日本と朝鮮の歷史』	東出版
1972.1.17	書評	「民衆の苦しみえぐる-キムジハ著, 澁谷仙太郎譯『長い暗闇の彼方に』」	『信濃毎日新聞』(『日本海新聞』72.1.19, 『伊勢新聞』72.1.24, 『北海タイムズ』(夕) 72.1.24)	
1972.3.1	書評	「朝鮮文學史」(金思燁)	『漢陽』11-2	漢陽社
1972.3.5	隨筆	「本との出會い」	『ほるぷ新聞』第128號	ほるぷ新聞社
1972.3.10	資料紹介	「『白潮』とその同人たち」	『朝鮮文學-紹介と研究』6號	朝鮮文學の會
1972.3.10	編集後記	「學年末の憂うつ」	『朝鮮文學-紹介と研究』6號	朝鮮文學の會
1972.4.1	書評	「かの哭聲を聞け キムジハ著 澁谷仙太郎譯『長い暗闇の彼方に』」	『世界』	岩波書店
1972.7.10	翻譯	「日本文壇と在日僑胞作家」(金允植)	『朝鮮文學-紹介と研究』7號	朝鮮文學の會
1972.7.10	編集後記	「韓國から見た在日朝鮮人作家」	同上	
1973.1.1	共譯	『現代朝鮮文學選Ⅰ』	朝鮮文學の會 編	創土社
1973.8.18	評論	「韓國の知識人-根强く殘る日本への拒絶反應」	『毎日新聞』夕刊	
1973.9.1	隨筆	「かの地の人々」	『朝鮮文學-紹介と研究』10號	朝鮮文學の會
1973.9.1	編集後記	「自戒をこめて」	同上	
1973. 秋	論文	「中國の"晚淸小說"と朝鮮の"新小說"」	『龍溪』No.7	龍溪書舍
1974.1.20	翻譯	「波紋」(崔海君)	『朝鮮文學-紹介と研究』11號	朝鮮文學の會

발표년도	갈래	작품명	발표지	비고
1974.2.1	案内	「朝鮮語テキスト案内」	『まだん』vol.2 no.1	創紀房新社
1974.2.20	論文	「梁啓超および『佳人之奇遇』」	『人文論集』第11號	早稻田大學法學會
1974.8.15	共譯	『現代朝鮮文學選Ⅱ』	朝鮮文學の會 編	創土社
1974.8.20	解說	「兒童文學おぼえ書き」	『朝鮮文學—紹介と研究』 12號	朝鮮文學の會
1974.8.20	翻譯	「アボジ」(ホアン・ミン)	同上	
1974.9.12	評論	「私の仕事—朝鮮文學の會を續ける 文學と政治の間の溝」	『東京タイムズ』 (『德島新聞』(夕) 74.9.18, 『日本海新聞』74.9.18)	
1975.4.25	對譯	『火の犬』[單行本]		高麗書林
1975.6.1	譯・解說	「朝鮮の笑話(上)」	『まだん』No.6 75夏號	
1975.9.1	譯・解說	「朝鮮の笑話(下)」	『まだん』No.7 75秋號	
1975.7.30	翻譯	『傷痕と克服』(金允植)[單行本]		朝日新聞社
1976.5 ~1977.4	編・整理	「連載・ある抗日運動家の軌跡 (1)~(8)」	『龍溪』21~28	龍溪書舍
1976.6	論文	「中國語教育の問題點」	『國際文化』192號	
1976.11.29	評論	「朝鮮語を學ぶために—限られる 入門書, 番組放送の實現を望む」	『朝日新聞』	
1976.12.10	譯・解說	『親日文學論』(林鍾國)[單行本]		高麗書林
1977.8.1	論文	「詩人・金龍濟の軌跡」	『三千里』11號(77秋)	三千里社
1977.9	論文	「日本における朝鮮語教育」	『言語』9 Vol.6 No.10	大修館
1977.9	講演記錄	「朝鮮近代の漢詩」	『神奈川大學自主講座 朝鮮論』No.7	神奈川大學
1977.11.1	報告	「大學における朝鮮語講座の現狀」	『三千里』12號(77冬)	三千里社
1978.3.3	小論	「詩人 金鍾漢のこと」	『朝日新聞』(夕)	
1978.3.15	論文	「金鍾漢について」	『旗田巍先生古稀記念 朝鮮歷史論集(下)』	龍溪書舍
1978.3.15	評論	「朝鮮語のすすめ」	『センター通信』No.35	Kyoto English Center
1978.3.15	編・整理	『ある抗日運動家の軌跡—"不逞鮮人" の證言』(金顯杓口述)		龍溪書舍
1978.7.3	書評	「現代韓國小說選『帝國幽靈・黃狗の 悲鳴』—深刻な現實を銳く把え」	『日本讀書新聞』1963號	日本出版協會

발표년도	갈래	작품명	발표지	비고
1979.6.1	論文	「日本語・朝鮮語の表現について－受身と使役」	『講座日本語教育』第15分冊	早稻田大學語學教育研究所
1979.10.15	論文	「日本に 있어서의 韓國文學研究」(한글)『기러기』10	『기러기』10	興士團
1980.9.25	論文	「Kimjiha 作品翻譯における語學上の問題點」	『早稻田大學語學教育研究所 紀要』21	早稻田大學語學教育研究所
1981.8.1	論文	「朝鮮プロレタリア文學についての敍述」	『三千里』27號(81秋)	三千里社
1981.8.1	評論	「朝鮮語學習の必要性」	『北海道新聞』	
1982.5.1	論評	「戰後日本に紹介された三八度線以北の文學 李箕永「よみがえる大地」韓雪野「大同江」」	『月刊ソダン』2-6	皓星社
1982.5.1	評論	「文學史をめぐる二、三の問題」	『コリア評論』	コリア評論社
1982.8.13・20(合倂号)	評論	「"韓國・朝鮮語"は妥當か」	『朝日ジャーナル』	朝日新聞社
1983.3.25	評論	「呼稱'朝鮮語'に正當性」	『朝日新聞』	
1983.4.8	評論	「朝鮮研究と'主體性'朝鮮研究をめぐって」	『北海道新聞』(夕)(『日本海新聞』83.4.19)	
1983.6.10	解說	『北の詩人』(松本清張)		角川書店
1983.夏~1986.冬	對譯	「朝鮮近代詩選 (1)~(15)」	『三千里』34~48號	三千里社
1983.12.16	論文	「朝鮮と韓國の呼稱」	世界の國シリーズ『朝鮮モンゴル』	講談社
1984.1	評論	「NHKへの手紙」	『ばらむ』94號	朝鮮の會
1984.1	隨筆	「森八段と朝鮮・中國將棋」	「草風館だより」第12號	草風館
1984.3.10	目錄	『朝鮮文學關係日本語文獻目錄』(任展慧 共編)		プリントピア
1984.4.16	編譯	『朝鮮短篇小說選(上)』	長璋吉・三枝壽勝 共編譯	岩波書店
1984.6.18	編譯	『朝鮮短篇小說選(下)』	長璋吉・三枝壽勝 共編譯	岩波書店
1984.4.19	評論	「朝鮮研究をめぐって」	『西日本新聞』(夕)	
1984.5.1	報告	「大學における朝鮮語教育の現狀」	『三千里』38號	三千里社
1984.8	評論	「『朝鮮文學關係日本語文獻目錄』の編纂」	『書誌索引展望』Vol.8 No.3	日本索引家協會

발표년도	갈래	작품명	발표지	비고
1985.10.30	論文	「小說 張吉山における日常的語・句(1)」	『早稻田大學語學教育研究所 紀要』31	早稻田大學語學教育研究所
1985.11.1	隨筆	「詩人・尹東柱の墓にもうでて」	『三千里』43號 (85秋)	三千里社
1986.2.20	小論文	「金基鎭の初期文學活動」	『朝鮮語大辭典』	角川書店
1986.3	講演	「日本의 敎育과 社會狀況」	黑龍江省五常朝鮮族師範學校에서	
1986.3	論文	「김기진의 초기 문학활동」(한글)	『북두성(北斗星)』통권15기	(中國)
1986.3	監修・分擔執筆	『朝鮮を知る事典』		平凡社
1986.8~1987.5	隨筆	「延辺生活記 1~4」	『三千里』47號(86秋)~50號 (87夏)	三千里社
1986.10	論文	「尹東柱の事跡について」	『朝鮮學報』121號(『コリアナ』1988春號(88.3)に轉載)(『文學思想』(87.5)에尹仁石譯,『韓國文學』87.5에는金宇鍾譯)	朝鮮學會
1987.2.1	報告	「朝鮮語言文學國際學術討論會に参加して」	『交流簡報』第71號	日中人文社會學交流協會
1987.3.20	論文	「中國の朝鮮族とその言語狀況」	『I.L.T NEWS』No.81 [후에, 洪承稷編『延辺朝鮮族自治州研究』(亞細亞問題研究所)에 수록]	早稻田大學語學教育研究所
1987.4	評論	「朝鮮プロレタリア文學」	『基礎ハングル』12號	三修社
1987.12.10	譯・解說	『中國の朝鮮族－延辺朝鮮族自治州概況』[單行本]		むくげの會
1988.2.25	隨筆	「ソウルの圖書館たち」	『ふみくら』早稻田大學圖書館報 No.13	早稻田大學
1988.3.25	書評	「漢語で書かれた初めての朝鮮文學史－韋旭升『朝鮮文學史』」	季刊『鄔其山』第19號	內山書店
1988.5	解題	「김학철선생의 발자취」(한글)	『해란강아 말아라』卷末解題	불빛
1988.8.25	論文	「1920년대 초기의 八峰金基鎭」(한글)	第2回朝鮮學國際學術討論會	東京外國語大學

발표년도	갈래	작품명	발표지	비고
1988.8.25	紹介	「林成虎先生」	『アジア・アフリカ言語文化研究所 通信』第63號	北京大學
1988.9~89.2	翻譯	『韓國短篇小說選』	長璋吉・三枝壽勝と共譯	岩波書店
1988.9	書評	「朝鮮族文學の魅力―天池流韵」	『東方』90號	東方書店
1988.9.12	論文	「中國朝鮮族文學の現狀(上)(中)(下)」	『季刊 民濤』4, 5, 6號	民濤社
1988.11.1	追悼文	「梶井陟を悼む」	『季刊 서울―東京』12號	
1989.3	論文	「大東亞文學者大會と朝鮮」	『社會科學討究』第100號	早稻田大學社會科學研究所
1989.4.1	弔辭	「長璋吉を悼む」	『季刊 서울―東京』13號 長璋吉『韓國・言葉・人間』(1989.10)에도 수록	河出書房新社
1989.8.15~1992.2.15	對譯	「近代朝鮮詩選」(林和・金龍濟・尹一柱・金達鎭・金朝奎・朴世永・白石・異河潤・尹崑崗・李庸岳)	『季刊靑丘』1~11號	靑丘文化社
1989.8.15	翻譯	「賞狀」(林元春)	『季刊靑丘』1號	靑丘文化社
1989.9.3	編譯	『シカゴ福萬―中國朝鮮族短篇小說選』[單行本]		高麗書林
1989.9.25	評論	「延辺」抜きに語れぬ朝鮮文學」	『讀賣新聞』朝刊東京版(大阪版은 1989.10.12 揭載)	
1989.11.15	翻譯	「こんな女がいた」(金學鐵)	『季刊靑丘』2號	靑丘文化社
1989.11.18	評論	「연변을 빼놓고 말할 수 없는 조선문학」(한글)	『연변일보』	
1989.12	論文	「1920년대 초기의 팔봉 김기진」(한글)	『第2次朝鮮學國際學術討論會』	(北京) 民族出版社
1990.1.22	評論	「金學鐵先生のこと―數奇な歷史を生きた作家」	『中國新聞』90.1.22 (『北海タイムズ』90.1.20, 『高知新聞』90.1.18, 『日本海新聞』90.1.17, 『山梨日々新聞』90.1.22)	
1990.2.15	翻譯	「運のない男」(禹光勳)	『季刊靑丘』3號	靑丘文化社
1990.3	評論	「Where Korean Writers Thrive in China Today」	『Koreana』Vol.4 No.1	한국국제교류재단
1990.5.15	翻譯	「さびたレール」(文淳太)	『季刊靑丘』4號	靑丘文化社

발표년도	갈래	작품명	발표지	비고
1990.5.30	追悼文	「照れ屋さん」	『梶村秀樹著作集別卷, 回想と遺文』	明石書店
1990.6	論文	「북한의 문학선집 출판현황」(한글)	『한길문학』第2號	한길사
1990.9.7	講演	「윤동주 시의 기초적 연구에 관해서」		성신여자대학교 德城女子大學校
1990.11.15	翻譯	「生け簀にて(가두리에서)」(崔熇)	『季刊靑丘』6號	靑丘文化社
1990.11.17	論文	「80年代までの日本における南北 現代文學の硏究」	『現代語學塾第41期, 第1回公開講座記錄』 (『韓國文學』1992.3・4, 5・6에 번역연재)	
1991.2.1	論文	「1945年까지의 金龍濟」(한글)	『現代文學』37-2	
1991.5.15	譯・解說	「殼と中身」(玄吉彦)	『季刊靑丘』8號	靑丘文化社
1991.8.20	論文	「朝鮮のプロレタリア詩人 金龍濟」	『幻野』33號	幻野の會
1991.11.15	紀行文	「人參の郷を訪ねて―長白朝鮮族 自治縣訪問記」	『季刊靑丘』10號	靑丘文化社
1991.12.1	評論	「中國での二つの朝鮮學國際學術會 議」	『交流簡報』	日中人文社會科學 交流協會
1992.3.1	著書	『愛する大陸よ―詩人金龍濟硏究』 [單行本]		大和書房
1992.3.10	論文	「日本における朝鮮現代文學の硏究・ 紹介小史」	『靑丘學術論集』第2集 (『제주문학』21집, 22집에 번역전재)	韓國文化硏究振興 財團
1992.3.1 ~5.1	論文	「일본에서의 남북한 현대문학의 연구 및 번역 상황」	『한국문학』통권 208~209	
1992.4.10	卷末解說	『朝鮮の詩ごころ―時調の世界』(尹學準)		講談社學術文庫
1992.5.15	翻譯	「德興から來た男」(鄭昌潤)	『季刊靑丘』12號	靑丘文化社
1992.5.20	講演	「日本に있어서의 南北韓 現代文學 硏究狀況」		德成女子大 韓日文化硏究所
1992.6.11	講演	「尹東柱硏究의 몇가지 問題點」		서울大 韓國學硏究所
1992.7.20	評論	「敎育界への提言―アジアのことばと 文化を學ぶ」	『週刊敎育資料』	敎育公論社
1992.8.21	口頭發表	『『하늘과 바람과 별과 詩』 版本比較硏究」	第4回朝鮮學國際學術 討論會	北京五州飯店

발표년도	갈래	작품명	발표지	비고
1992.9.1	論文	「金鍾漢と金龍濟と日本の詩人たち」	『昭和文學研究』第25集	昭和文學會
1992.10.17	口頭發表	「日本에 있어서의 韓國現代文學研究・紹介의 歷史」		延世大韓國文學研究會 가을세미나
1992.10.21	口頭發表	「『하늘과 바람과 별과 詩』 版本比較研究」		高麗大大學院 招聘特講
1992.11.14	隨筆	「胃の痛い話」	『語學教育研究所報』 No.2	早稻田大學語學 教育研究所
1992.12.28 ~ 93.1.25	評論	「韓國の日本語 (1), (2) 一韓國からの現地報告」	『週刊教育資料』	教育公論社
1993.2.22~ 4.26	評論	「韓國の大學入試 (1)~(4)」	『週刊教育資料』	教育公論社
1993.3	論文	「戰前の朝鮮文學と神奈川」	『神奈川と朝鮮との 關係史』	神奈川縣涉外課
1993.3	評論	「朝鮮語について」	同上	同上
1993.3.31	論文	「NHKハングル講座が始まるまで」	『早大語研30周年記念論文集』	早大語研
1993.4	論文	「『하늘과 바람과 별과 詩』 판본비교연구」(한글)	『文學思想』22-4(통246)	文學思想社
1993.6.1	隨筆	「成耆兆 先生님을 만나뵙고」(한글)	『세월의 그림자 (靑荷成耆兆 詩人華甲記念 文集)』	시원문화사
1993.6.25	翻譯	『都市の困惑』(崔紅一)[單行本]		早稻田大學出版部
1993.10	發刊辭	「日本支部通信 發刊にあたって」	『日本支部通信』創刊號	國際高麗學會 日本支部
1993.10	論文	「『하늘과 바람과 별과 詩』 판본 비교 연구」	『뉴욕문학』3집	美東部 한국문인협회
1993.11.15	隨筆	「韓國の大學入試風景」	『靑丘』18号(93冬季)	靑丘文化史
1993.11.30	論文	「在「滿州」韓人文學研究」(한글)	『勤齊 梁淳珌博士 華甲 記念 語文學論叢』	學文社
1993.3.31	論文	「NHK「ハングル講座」がはじまる まで」	『早大語研30周年 記念論文集』	早稻田大學語學 教育研究所
1993.12.30	論文	「在「滿州」朝鮮人のアイデンティ ティー朝鮮人の文學活動の側面から」	『社會科學討究』第114號 (39-2)	早稻田大學 社會科學研究所
1994.1.25	論文	「尹東柱의 事跡에 대하여」(한글)	金允植, 『우리시대의 중국문학기행』	現代文學社

발표년도	갈래	작품명	발표지	비고
1994.2.1	評論	「韓國社會の中の日本語」	『東亞』No.320	霞山會
1994.3	論文	「戰前の朝鮮文學と神奈川」	『神奈川と朝鮮の関係史調査報告書』	神奈川県庁
1994.10.2	口頭發表	「外國語科目としての朝鮮語教育」	朝鮮學會	天理大學
1994.12.1	論文	「詩人金龍濟研究－訃報と新資料發見」	『世界文學』No.80	世界文學會
1995.1.14	追悼文	「和明さんと共同で作った本」	『大和和明追悼集』	大和和明追悼集編輯委員會
1995.3.31	著書	『わかりやすい朝鮮語の基礎』(權泰日 共著)		東洋書店
1995.8.15	隨筆	「私の8・15」	『季刊靑丘』23號	靑丘文化社
1995.8.20	論文	「윤동주 시의 원형은 어떤 것인가」	『윤동주 연구』(權寧珉 編)	文學思想社
1995.9.30	翻譯	「受難二代」「白い紙のつけひげ」(河瑾燦)	『KOREANA』1995秋號(8-3)	韓國國際交流財團
1995.11.10	目錄・解說	『『滿鮮日報』文學關係記事索引』(付解說)	(李相範と共編)	大村研究室
1995.12.31	翻譯	「あの年の冬」(李文烈, 「그해 겨울」)	『KOREANA』1995冬號(8-4)	韓國國際交流財團
1996.1.30	翻譯・解題	『耽羅のくにの物語－濟州島文學選』[單行本]		高麗書林
1996.3.15	論文	「『靑年作家』と濟州島出身文學者－李永福 梁鍾浩」	『語研フォーラム』4號	早稻田大學語學教育研究所
1996.3.15	翻譯	「『滿鮮日報』と「滿州」朝鮮語文學」(李相範)	同上	
1996.3.15	翻譯	「1990年代韓國文學の動向」(李德和)	同上	
1996.5.31	翻譯・解題	『老子・列子』[改訂版]		德間書店
1993.7.21	口頭發表	「한국현대문학 연구에 관한 하나의 어프로치」"海外韓民族과 次世代"	國際韓國大會主催"Committee for SAT II Korea"	Omni Hotel (LA)
1996.7.27	口頭發表	「윤동주의 "서시"에 대하여」		ワシントン韓米友好會舘
1996.7.28	口頭發表	「윤동주의 일본체험－독서력(歷)을 중심으로」		ニューヨーク
1996.9.30	翻譯	「ヤギは力がある」「力人」(金承鈺)	『KOREANA』1996秋號(9-3)	韓國國際交流財團

발표년도	갈래	작품명	발표지	비고
1996.11.10	口頭發表	「クラルテ運動の朝鮮での展開と金基鎭」, 佛・日・韓 國際シンポジウム "クラルテ"の日本と朝鮮での展開		立命館大學
1996.11.20	論文	「윤동주의 일본 체험」(한글)	『두레사상』5號 1996겨울호	두레시대社
1997.1.31	目錄	『朝鮮文學關係日本語文獻目錄 1882~1945』(布袋敏博와 共編著)		綠蔭書房
1997.2.15	論文	「尹東柱의 事跡에 대하여」(한글)	『尹東柱詩人52週忌 韓・日 文學세미나 告論文集』	東西文化社主催
1997.2.16	資料紹介	「尹東柱を理解するための資料について」	『星うたう詩人』	尹東柱詩碑建立委員會編
1997.2.16	論文	「尹東柱をめぐる四つのこと」	同上	
1997.3.1	隨筆	「氣樂? 氣重?」	『東亞』No.357	霞山會
1997.6.1	論文	「윤동주 3형제의 시에 대하여」(한글)	『東西文學』27-2, 1997여름호	東西文學社
1997.6.1	論文	「90년대 북한의 프로문학 연구」(한글)	『문학평론』2호, 1997여름호	汎友社
1997.9.1	解題	「尹東柱の詩と生涯」	『詩とメルヘン』	
1997.10.18	講演	「尹東柱詩の原型を求めて」	第34回 朝鮮史研究會 全國大會	立教大學
1998.1.30	共著	『近代朝鮮文學における日本との關連樣相』		綠蔭書房
1998.3 (執筆)	論文	「濟州文學を考える」	『濟州島』9號(耽羅研究 會) 發表豫定	
1998.4.15	監修・解題	復刻版『國民文學』(人文社)		綠蔭書房
1998.5.5	追悼文	「大西君の思い出」	『追悼大西君』	
1998.5.20	追悼文	「惜別のあいさつ」	『追想金達壽』	靑丘文化社
1998.6.1	對譯	『對譯 詩で學ぶ朝鮮の心』[單行本]		靑丘文化社
1998.9.1	對談	「한국문학에서 일본은 무엇인가」, [호테이 토시히로(布袋敏博)]와의 대담	『문학평론』2-3, 1998가을호	汎友社
1998.10.1	書評	「愼根縡『韓國近代文學の比較研究』評」	『語研フォーラム』9號	早稻田大學語學教育研究所
1999.2.28	書評	「沈元燮『한・일문학의 관계론적 연구』評」(한글)	『현역 중진작가 연구 IV』	國學資料院

발표년도	갈래	작품명	발표지	비고
1999.3.1	編著	『寫眞版尹東柱自筆詩稿全集』 (尹仁石, 沈元燮, 王信英과 共編)		民音社
1999.7.12	口頭發表	「中國の公共圖書館に朝鮮關連資料を 求めて」		早稻田大學語學教 育研究所 朝鮮文化研究會
1999.12.1	飜譯	「67년만에 본격 공개되는 조선인 잡지『우리동무』」	『文學思想』 12월호	
1999.10.1	論文	「コップ朝鮮協議會と『ウリトンム』」	『語研フォーラム』 11號 (『文學思想』 2000년 1월호에 번역전재)	早稻田大學語學 教育研究所
2000.1	小文	「2000년 신년사」(한글)	『아리랑』 1월호	
2000.3.30	資料集	『舊「滿洲」文學關係資料集(一)－ 『滿洲日日新聞』『京城日報』』[호테이 토시히로(布袋敏博)와 共編]		大村研究室
2000.2.7	追悼文	「朴先生の仕事」	『追想朴慶植』	發行人 張金川
2000.4.20	論文	「近代朝鮮文學史に占める 金基鎭の位置」	『クラルテ運動と『種蒔く 人』』(安齋育郎・李修京 編)	御茶の水書房
2000.4.7	評論	「民族的抵抗精神と人間愛－尹東柱 全詩集『空と風と星と詩』」 (20世紀名著探訪)	『北海道新聞』(夕)	
2000.4.21	評論	「問いかける民族の主體性－南廷賢 『糞地』」(20世紀名著探訪)	『北海道新聞』(夕)	
2000.7.4	評論	「社會の變貌映す詩 金朝奎」 (世界文學・文化アラカルト)	『北海道新聞』	
2000.9.12	評論	「市井の哀歡描いた金史良」 (世界文學・文化アラカルト)	『北海道新聞』	
2000.10.26	論文	「共和國における金朝奎の足跡と作品 改作」	『朝鮮學報』 176・177輯	朝鮮學會
2000.12.19	評論	「韓國・北朝鮮, 統一文学全集で 交流が活發に」	『北海道新聞』	
2001.3.13	評論	「滿洲での苦惱示す手稿・沈連洙」	『北海道新聞』	
2001.3.20	論文集	『윤동주와 한국문학』		소명출판
2001.3.30	資料集	『旧満洲文学関係資料集(2)』 (布袋敏博と共編)		緑蔭書房

발표년도	갈래	작품명	발표지	비고
2001.3	論文	「早稲田出身の朝鮮人文学者」	『語研フォーラム』 14号	早稲田大学語学教育研究所
2001.7.10	評論	「忘れ去られた金龍済」	『北海道新聞』	
2001.7.27	論文	「시집 『동방』 전후의 김조규」	『2001 만해축전』	만해사상실천선양회
2001.9.16	評論	「尹東柱, 一点の恥なきことを」	世界の文学シリーズ, 112巻, 『韓国・朝鮮の文学』	『朝日新聞』
2001.10	論文	「共和国における金朝奎の足跡と作品改作」	『朝鮮学報』 176・177合併	朝鮮学会
2001.10.23	評論	「韓龍雲への熱い視線」	『北海道新聞』	
2001.12.15	編纂	『近代朝鮮文学日本語作品集』 第1期(1939~43) 創作篇 全6巻 (布袋敏博と共編)		緑蔭書房
2001.12.18	評論	「戦争にほんろうされた生涯－朝鮮族作家金学鉄」	『北海道新聞』	
2002.2.20	論文	「金昌傑研究試論」	『朝鮮近代文学者と日本』	科研費研究成果, 大村研究室刊
2002.2.28	索引	『毎日新報文学関係記事索引』(1939.1~45.12.31) 布袋敏博と共編 科研費研究成果		大村研究室刊
2002.3.19	評論	「相互理解, 日本をリード」	『北海道新聞』	
2002.3.25	評論	「延辺訪問記」	『中国朝鮮族研究会会報』 創刊号	
2002.3.30	編纂	『近代朝鮮文学日本語作品集』(1939~45) 評論・随筆篇, 全3巻		緑蔭書房. 布袋敏博と共編
2002.6.2	講演	「日本の童謡を考える－相馬御風とその時代」		上早川文化事業実行委員会
2002.6.18	評論	「南北で歌いつがれる童謡－〈故郷の春〉」	『北海道新聞』	
2002.7	論文	「日本에서의 朝鮮現代文学研究 및 翻訳에 대하여」	『東亜細亜叙事文学研究』	東아시아고대학회・판소리학회 한국고소설학회 共同. 천리대학

발표년도	갈래	작품명	발표지	비고
2002.9.3	評論	「合法の枠内で親日を拒否」	『北海道新聞』	
2002.9.10	論文	「와세다 출신의 근대 문학자들」	『韓国学研究』2号	延辺科学技術大学 韓国学研究所
2002.9.28	講演	「金学鉄－人と文学」	『中国朝鮮族研究会報』4号 2003.3に要旨	
2002.10	翻譯	沈元燮「韓日文学の関わり合い －自分を見つめるための文学」	『語研フォーラム』17号	早稲田大学語学教 育研究所
2002.11.26	評論	「謙虚に暮らす一般庶民」(北朝鮮)	『北海道新聞』	
2003.2.20	講演要旨	「尹東柱－人と作品」	『高麗博物館』5号	
2003.2.25	評論	「重い課題背負う済州島」	『北海道新聞』	
2003.3.31	論文集	『中国朝鮮族文学の歴史と展開』		緑蔭書房
2003.5.20	評論	「4つの選集に質の高さ」(北朝鮮)	『北海道新聞』	
2003.7.1	論文	「在'満'朝鮮人の文学」	『植民地文化研究』2号	植民地文化学会
2003.8.5	評論	「高まる北朝鮮研究熱」	『北海道新聞』	
2003.8.22	放映	〈人物現代史, 林鍾国〉	KBSテレビ	
2003.9.26	論文	「일본문학 속에 나타난 한국전쟁」	한국문학평론가협회 국제심포지움	경희대학교
2003.10.28	評論	「認められた林さん」	『北海道新聞』	
2003.10.31	論文集	『朝鮮近代文学と日本』		緑蔭書房
2003.11.28	論文	「在'満'韓人文學의 諸相」	『東西洋植民地時代의 言語와 文学』	第8次 国際言語文 学会. 성결대학교
2004.1.20	評論	「沈黙を強いられた当時の象徴」	『北海道新聞』	
2004.2.11～ 13	評論	「詩魂の原型を求めて－尹東柱研究」 上, 下	『西日本新聞』	
2004.3.15	論文	「朝鮮戦争を日本文学はどう見たか」	『語研フォーラム』20号	早稲田大学語学教 育研究所
2004.3.31	講義録	「朝鮮近代文学と日本とのかかわり」	『40周年記念語研綜合口座 講義録』	早稲田大学語学教 育研究所
2004.4.6	評論	「脚光浴びぬいらだち」	『北海道新聞』	
2004.4.6	講演	「일본에서의 '만주문학' 연구 상황」		원광대학교
2004.6.29	評論	「今や女性憧れの地」	『北海道新聞』	

발표년도	갈래	작품명	발표지	비고
2004.6.30	編纂	第2期『近代朝鮮文学日本語作品集 1901~1938』(布袋俊博と共編) 創作篇 全5巻		緑蔭書房
2004.9.5	論文	「일본에서의 한국 현대문학 연구 －한국문화, 세계화를 위한 연구」	『펜문학』2004년 가을호	국제펜클럽
2004.9.14	評論	「南北融和へ交流進む」	『北海道新聞』	
2004.10.15	編纂	第2期『近代朝鮮文学日本語作品集 1901~1938』(布袋俊博と共編) 評論・随筆篇 全3巻		緑蔭書房
2004.10.15	論文	「済州文学を考える」	『済州島』9号	耽羅研究会
204.10.19	論文	「안수길『북향보』의 의미」	第7次環太平洋韓国学国際 学術大会	台湾, 中国文化大学
2004.12.7	評論	「社会に土着, 南北超えて評価 －姜敬愛」	『北海道新聞』	
2004.12.15	解説	「상처의 깊이와 화해에의 길」 (오성찬『한라구절초』해설)	『한국소설』2005년 2월호	푸른사상사
2005.3.8	評論	「在日朝鮮人の母国語文学」	『北海道新聞』	
2005.3.30	随筆	「無用の用」	『財団15年の歩み』	韓国文化研究財団
2005.5.24	評論	「国花に表れる民族の気概」	『北海道新聞』	
2005.7.31	編著	『金鍾漢全集』(藤石貴代・沈元燮・布袋敏博と共編)		緑蔭書房
2005.8.2	評論	「朝鮮文化愛した金鍾漢」	『北海道新聞』	
2005.10.15	論文	「在満朝鮮人文學의 두 가지 측면」	제1회 식민주의와 문학 국제심포지움	주최 민족문학연 구소. 연세대학교
2005.10.18	評論	「朝鮮語の美しさ極めた詩人－鄭芝溶」	『北海道新聞』	
2006.1.10	評論	「〈分断時代〉の表現を模索」	『北海道新聞』	
2006.2.20	随筆	「임종국 선생을 기리며」	『실천문학』2006 봄호 통권 81	
2006.4.4	評論	「南北和解に先鞭－朱明九の人生」	『北海道新聞』	
2006.5.24	翻譯・解説	姜敬愛『人間問題』		平凡社
2006.6.20	評論	『心洗われる抒情詩』(北朝鮮)	『北海道新聞』	

발표년도	갈래	작품명	발표지	비고
2006.7.10	講演	「沈連洙の日本認識—読書歴を中心にして」		서울 프레스센터
2006.8.6	研究報告	「강경애『인간문제』판본 비교 연구」	『디아스포라의 조상』	延辺大学
2006.9.6	評論	「1作品にテキスト13種—姜敬愛, 人間問題」	『北海道新聞』	
2006.11.21	評論	「人影少ない捕虜収容所跡」	『北海道新聞』	
2006.11.24	研究報告	「일제 말기를 살았던 김종한」	제2회 식민주의와 문학 국제 심포지움 '일제 점령하의 동아시아 문학'	연세대학교
2007.2.13	評論	「小さな島に隠された抗日の歴史」	『北海道新聞』	
2007.3.30	編纂	『大村主計全集』全4巻		緑蔭書房
2007.4.5	評論	「金学鉄 선생님의 편지」	『연변문학』	
2007.5.1	評論	「肌で感じた厚い道義心」	『北海道新聞』	
2007.5.18	評論集	『조선의 혼을 찾아서』		소명출판
2007.5.26	研究報告	「안수길『북향보』에 대하여」	『근대 동아시아 문학에서의 식민과 반식민』	한국문화예술위원회. 연세대학교
2007.6.8	研究報告	「「서시」의 일본역에 대하여」	제7회 윤동주문학 국제 심포지움 '한·미·중·일'	서울대학교
2007.6.28	基調講演	「세 시인의 행보」	제3차 국제학술대회 '근대 전환기의 아시아와 한국'	동아시아 한국학회. 인하대학교
2007.7.12	研究報告	「安寿吉에 관한 일고찰」	제2회 중국조선민족문학 국제학술회의 『해방 전 중국민족문학 연구』	延辺大学
2007.7.17	評論	「仁川の旧租界, 観光に活用」	『北海道新聞』	
2007.10.2	評論	「未来を照らす寄贈文化財」	『北海道新聞』	
2008.1.8	評論	「詩碑が兵士の士気を弱める?」	『北海道新聞』	
2008.2.16	講演	「尹東柱の詩—その背景と研究の現状」		同志社大学校友会 コリアクラブ
2008.3.11	評論	「確固たる位置しめている詩」	『北海道新聞』	
2008.6.3	評論	「三つの顔持つ悲劇の文学者」	『北海道新聞』	
2008.7.15	翻訳・解説	「在〈満州〉朝鮮詩人選」(在'満'朝鮮人作家の創作1)	『植民地文化研究』7号	植民地文化学会

발표년도	갈래	작품명	발표지	비고
2008.7.25	評論	「現存する朝鮮文雜誌」	『彷書月刊』通卷 274号	
2008.8.26	評論	「『統一文学』, 初の南北共同執筆」	『北海道新聞』	
2008.9.20	講演	「퇴고 과정으로 본 윤동주의 시 작품－「곡간」과 「무서운 시간」」		시드니 한인 문인 협회
2008.10.24	講演	「김용제가 걸어온 길」	제5회 국제학술심포지움 '한국인은 일본을 어떻게 보아왔는가'	전남대학 일본문 화연구센터
2008.12.9	評論	「転向強いられたプロレタリア詩人」	『北海道新聞』	
2008.12	인터뷰	윤필립 기자 「꼴보기 싫은 일본인 이라고? 하지만 누구보다 박지원과 윤동주를 사랑합니다」	『신동아』	호주 시드니에서
2009. 3.17	評論	「済州島にこだわる」	『北海道新聞』	
2009.3.26	書評	「野間秀樹編『韓国語教育講座第4巻』を評す」	『朝鮮学報』	朝鮮学会
2009.4.25	翻譯・解説	『風と石と菜の花と－済州島詩人選』		新幹社
2009.6.17	評論	「日本人女性との愛貫いた李仲燮」	『北海道新聞』	
2009.7.15	翻譯・解説	「金昌傑〈暗夜〉」(在'満'朝鮮人作家の創作2)	『植民地文化研究』8号	植民地文化学会
2009.9.20	編著書	『제국주의와 민족주의를 넘어서』 (김재용과 공편)		도서출판 역락
2009.9.25	研究報告	「이토에이노스케[伊藤永之介]의 『만보산』과 장혁주의『개간』」	第5回 식민주의와 문학 포럼 ''만주국'과 동아시아 문학'	KAIST에서
2009.9.29	評論	「公教育でも疎外される漢字」	『北海道新聞』	
2009.12.3	研究報告	「동해산사의『가인지기우』와 양계초의 번역」	『제국의 추억, 식민의 기억』	인하대학교 한국 학연구소
2010.1.12	評論	「翻訳で見る社会状況」	『北海道新聞』	
2010.3.30	評論	「〈八方美人〉はほめことば」	『北海道新聞』	
2010.6.29	評論	「済州学の基礎築いた〈蝶博士〉」	『北海道新聞』	
2010.7.3	研究報告	「윤동주 시집 정본 작성을 위하여」	2010년 한국시학회 夏季 국제학술대회 '한일근대 시의 전개 양상'	

발표년도	갈래	작품명	발표지	비고
2010.7.15	翻訳·解説	「戯曲, カマギ作〈血の海の歌〉」(在'満'朝鮮人作家の創作3)	『植民地文化研究』9号	植民地文化学会
2010.7.16	翻譯 金史良	「留置場で会った男」	中村邦生編『生の深みを覗く』	岩波書店
2010.9.21	評論	「社会映す碑石の'きずあと'」	『北海道新聞』	
2010.12.4	研究報告	「대동아문학자대회에 참가했던 문학자, 하지 않았던 문학자」	제6회 식민주의와 문학 포럼 '아시아주의를 되묻는다, 대동아문학자대회의 안과 밖'	KAIST
2010.12.21	評論	「生き方問う〈大東亜文学者大会〉」	『北海道新聞』	
2011.1.22	研究報告	「尹東柱〈序詞〉の翻訳」	『言葉のなかの日韓関係』(2013.4.1 発行)	立命館大学にて 立命館大学コリア研究センター
2011.3.15	評論	「朝鮮語で描いた多喜二の素顔」	『北海道新聞』	
2011.7.15	翻訳·解説	「安寿吉〈車中にて〉,〈よろず屋おじさん〉」(在'満'朝鮮人作家の創作4)	『植民地文化研究』10号	植民地文化学会
2011.9.3	研究報告	「제2회 대동아문학자대회와 김용제」	제7회 식민주의와문학 국제학술대회 '대동아문학자대회를 되묻는다'	충남대학교
2012.7.15	論文	「第2回大東亜文学者大会と金龍済」	『植民地文化研究』11号	植民地文化学会
2012.7.15	翻訳·解説	「〈満洲朝鮮文藝選〉より」(金朝奎「白墨塔序章」等7篇)(在'満'朝鮮人作家の創作5)	『植民地文化研究』11号	植民地文化学会
2012.7.15	編集後記	편집후기	『植民地文化研究』11号	植民地文化学会
2012.7.15	研究報告	「'만주'시대의 김조규」	제8회 식민주의와 문학 포럼 '일본 제국 하의 동아시아 문학'	연세대학교 원주 캠퍼스
2013.6.25	追悼文	「李哲先生を思う」	『耽羅研究通信』118号	
2013.7.15	翻訳·解説	「沈連洙の詩」(在'満'朝鮮人作家の創作6)	『植民地文化研究』12号	植民地文化学会
2013.11.1	研究報告	「『야포도』와 김일선」	제9회 식민주의와 문학 국제학술대회 '일본제국 하/후의 동북아문학'	KAIST

발표년도	갈래	작품명	발표지	비고
2014.5.26	論文集	『식민주의와 문학』		소명출판
2014.5.30	研究報告	「태평양전쟁하 제주도문학자들의 활동」	제10회 식민주의와 문학 국제학술대회 '제주4·3 과 동아시아 평화, 식민주 의와 문학'	제주대학교 탐라 문화연구소
2014.7.15	論文	「野葡萄と金逸善」	『植民地文化研究』13号	植民地文化学会
2014.7.15	翻訳·解説	「姜敬愛〈間島の春〉, その他」(在'満'朝 鮮人作家の創作7)	『植民地文化研究』13号	植民地文化学会
2014.12.15	随筆	「自著を語る―〈植民主義と文学〉」	『植民地文化学会会報』 14号	
2014.12.16	翻譯	画集〈李仲燮〉解説(日本語版)		株式会社天空
2015.6.8	撮影	江原道テレビGI. 沈連洙関連		
2015.7.15	追悼文	「上笙一郎さんをしのんで」	『植民地文化研究』14号	植民地文化学会
2015.7.15	論文	「アジア·太平洋戦争下の済州島文学 者たち」	『植民地文化研究』14号	植民地文化学会
2015.12.11	撮影	KBSテレビ, 尹東柱関連		
2016.3.24	撮影	RKBテレビ(福岡) 尹東柱関連		
2016.2	対談	張紋錫「1960～70년대 일본의 한국 문학 연구와 '朝鮮文學의 會' ―오무라 마스오 교수에게 질문하다」	『한국학연구』40집	인하대학교 한국 학연구소
2016.7.4～ 10	講演	「외국인으로서 한국문학 연구를 시작한 계기와 과정, 어려움과 극복」	해외 대학 박사과정생 한국문학 워크숍	한국국제교류재 단 SOMERSET PALACE SEOUL

| 찾아보기 |

인명